쑤저우의 연인

SPRING MOON

Copyright ⓒ ………(as in Proprietor's edition)
Published by arrangement with HarperCollins Publishers. All rights reserved.
Korean translation copyright ⓒ 2007 by Prume Publishing Co.
Korean translation rights arranged with HarperCollins Publishers,
through EYA(Eric Yang Agerncy)

이 책의 한국어판 저작권은 EYA(Eric Yang Agency)를 통한
HarperCollins Publishers사와의 독점계약으로 한국어 관권을
'도서출판 푸르메' 가 소유합니다.
저작권법에 의하여 한국 내에서 보호를 받는 저작물이므로
무단전재와 복제를 금합니다.

쑤저우의 연인

Spring Moon

베트 바오 로드 지음 ● 이동민 옮김

푸른메

쑤저우의 **연인**

초판 1쇄 발행 2007년 3월 15일
개정판 1쇄 발행 2009년 6월 5일

지은이 | 베트 바오 로드
옮긴이 | 이동민
펴낸이 | 김이금
펴낸곳 | 도서출판 푸르메
편집 | 김정현
마케팅 | 이승수
등록 | 2006년 3월 22일 (제318-2006-33호)
주소 | 서울시 마포구 서교동 451-45 303호 (우 121-841)
전화 | 02-334-4285~6
팩스 | 02-334-4284
전자우편 | prume88@hanmail.net
종이 | 화인페이퍼
인쇄 · 제본 | 한영문화사

ISBN 978-89-92650-21-2 03840

* 책값은 뒤표지에 표시되어 있습니다.

새벽의 씨앗이 자라 저녁이 되고
황혼의 씨앗이 자라 아침이 된다

지은이의 말

 1938년 11월 3일, 어머니에게는 두 가지의 중요한 일이 있었다. 하나는 윈난성에 계시던 아버지에게 나의 출생 소식을 전보로 알리는 것이었고 다른 하나는 내 운명을 점치기 위해서 외할아버지께 사람을 보낸 일이었다. 외할아버지는 한의사이자 시인, 서예가였고 동시에 점성술에도 능했다. 그분은 내 손금과 미간, 귓불의 길이, 머리의 굴곡 그리고 얼굴을 자세히 살폈다. 또 내가 호랑이 해의 새벽 세 시에 태어났다는 것을 알고는 복잡한 도표와 천도(天圖)를 읽으셨다. 바로 그 순간이 내 운명을 결정하는 순간이었다. 어머니도 호랑이 해에 태어났다. 그리고 내 생일은 아버지와 할아버지의 생일과 똑같았다.
 마침내 외할아버지께서 입을 여셨다.
 "에미야, 나는 한 어린아이 속에서 이토록 많은 길조를 본 적이 없구나. 너는 조금도 걱정할 게 없다. 이 아이는 풍족하게 살게다."

나는 그 당시의 외할아버지를 기억하지 못하지만 그분의 예언은 언제나 내게 힘을 주었고 위로가 되었다. 대부분의 중국인처럼 나는 기본적으로 운명론자이며 만신을 거부하기에는 너무나 미신적이며 종교를 믿기에는 너무나 이지적인데도 내가 왜 그토록 위로를 받는지 모르겠다.

가장 최근의 축복은 내 일생이 중국에서 시작되어 미국에서 계속되다가 다시 고향으로 돌아가서 절정을 이룰 수 있었다는 사실이다.

서른다섯의 나이에 나는 인생의 양면을 바라볼 수 있었다. 중국인이자 미국인으로서, 인생의 이쪽이면서 동시에 저쪽인 지점에서, 한 개인인 동시에 가문의 일원으로서 조상들의 이야기를 듣고, 친척들의 삶—그들의 삶은 어쩌면 내 삶이 되었을지도 모른다—을 보았다.

이 소설의 주인공 '춘월'의 정신은 그러한 여행 속에서 태어났다. 그 정신은 신문의 표제나 공산당의 표어, 서구식 원칙, 문화의 격차, 정치적 고립, 언어의 장벽 등을 뛰어넘어 내 친척들의 가슴과 사고 속에 스며들어 있다. 친척들은 상하이에서 시안까지 중국 전역에 걸쳐서 살고 있다. 그들은 공산주의 운동의 영웅들이며 순교자이고, 청소부이고, 당 간부인 동시에 패배자이고, 승리자이며…… 살아 있는 자이고, 죽은 자이다.

한번은 외할아버지가 보고 싶어 깊은 상심에 빠진 적이 있다. 그러나 고향으로 돌아가자마자 우리가 실제로 손을 잡고 서로를 껴안았다면, 아마 만신들이 미칠 정도로 시기심을 느꼈을 것이다. 그러나 그같은 일은 결코 없었다. 질투심 많은 만신들은 우리의 운명적인 만남을 침묵으로 달래주었다.

외할아버지는 쑤저우 가까이의 땅 속에 잠들어 있다. 바람을 막아주는 산이 있고, 가축들이 풀을 뜯는 농장이 있고, 대나무 숲 그늘이 있고 거대한 타이후 호의 고요가 있고 지평선 위로 아지랑이가 피어오르는 곳에 그분은 있다. 그리고 생전에 같이 있던 자연이 그 곁에 있고 그분에게는 이름이 있다. 그 이름은 비석에 또박또박 새겨져 있다. 그 비석은 뽑히거나 부서지거나 버려지거나 마차에 실려 다른 곳으로 옮겨가지 않을 것이다. 그것은 나의 외할아버지를 위해서, 우리를 위해서, 나의 중국인으로서의 뿌리를 위하여 그대로 서서 인내할 것이다. 그리하여 중국어를 말하지 못하지만 중국인처럼 보이고, 중국에 대해서 아는 나의 자식들과 또 그들의 자식들이 이 외로운 조상을 찾게 될 때, 내가 그날 오후 그분의 묘지에서 그랬던 것처럼 중국인으로서의 자부심을 느낄 것이다.

거기서 나는 세 번 절했다. 나는 무덤에 국화를 놓고 외할아버지와 어머니의 평온을 빌었다. 외할아버지의 예언은 여전히 유효하다.

뉴욕에서
베트 바오 로드

▪ 일러두기

1. 이 책은 영어로 쓴 중국의 이야기이다. 따라서 표음문자(영어)로 표의문자(중국어)를 표현한 영어 원서를 우리말로 옮기는 과정에서 발생하는 혼동을 줄이고 가독성을 높이기 위해, 본문에 나오는 지명은 중국 현지음으로 표기하고 인명은 한자음으로 표기하는 것을 원칙으로 삼았다.

2. 지명 중 널리 알려지지 않고, 한자를 사용해야 의미가 더 정확하게 전달되는 것은 한자음으로 표기했다.

3. 건물이나 배의 이름 등 지명이 아닌 명칭의 경우, 가독성을 높이기 위해 익숙한 한자음으로 표기했다.

차례

007 • 지은이의 말

015 • 프롤로그
049 • 새 가장
071 • 개혁
082 • 신발
090 • 군인
106 • 사주단자
135 • 새색시
153 • 이방인
166 • 기다림
173 • 의화단
192 • 균열
202 • 작별
209 • 미망인
217 • 귀향

235 • 현모양처
241 • 설날
250 • 모사꾼
258 • 비단끈
281 • 자객
297 • 점괘
319 • 간주곡
330 • 복종
338 • 시샘
349 • 편지
361 • 친어머니
382 • 졸업
394 • 선물
406 • 신여성
419 • 구애

424 • 용선

431 • 호랑이

441 • 놀이

449 • 선구자

459 • 어머니와 딸

468 • 구혼

482 • 흔적

488 • 여성 간부

503 • 분열

519 • 마지막 빛

539 • 에필로그

572 • 옮긴이의 말

프롤로그

　태초에 혼돈이 있었다. 모든 소리가 있었지만 듣는 이 하나 없었고, 모든 형상들이 있었지만 보는 이 하나 없었다. 몇 겁의 세월 동안 어둠이 계속되었다.
　때가 되자 잠자던 거인 반고가 혼돈에서 튀어나왔다. 반고는 잠을 깬 순간 모든 것이 텅 비어 있는 것에 화가 나 한주먹에 혼돈을 깨뜨려버렸다. 그래서 가벼운 것은 위로 올라가 하늘이 되고, 무거운 것은 가라앉아 땅이 되었다. 그의 머리칼과 수염은 별이 되고, 이마에 흐른 땀은 비와 이슬이 되었으며, 그의 몸에 살던 벼룩은 남자와 여자가 되었다. 그렇게 인간 세상이 시작되었다.
　삼황께서 인간을 도우려고 나타나셨다. 삼황께서는 검은 머리칼을 가진 사람들에게 불을 만드는 법과 고기를 잡고 사냥을 하고 짐승을 길들이는 법을 가르치셨으며 곡식을 기르는 법도 가르치셨다. 삼황께서는 한 분씩 차례로 천년씩 세상을 다스리셨다. 그러나 삼황의 뒤를 이은 사람들이 현명하지 못했기 때문에 다시 혼돈이 찾아왔다. 질서가 무너지자 인간에게는 평화스러운 날이 없었고 사람들은 짐승과 다를 바 없었다.
　마침내 황제께서 옥좌에 오르셔서 법도를 바로 세우셨다. 황허 유역 사람들은 황제로부터 광석을 캐내 주조하고 병자를 치료하고 인간의 예지와 시간의 흐름을 기록하는 법을 배웠다. 황제께서는 비단 짜는 비법도 가르쳐주셨다.
 그 뒤 4천 년 동안 무수한 왕조와 가문들이 세월의 흐름 속에서 일어났다가 몰락하고 꽃피었다가 시들었다. 그리고 사람들은 언제나 호랑이나 홍수, 귀신보다도 혼돈이 다시 닥쳐올까 두려워했다. 혼돈의 시기에는 군주와 신하, 부모와 자식, 지아비와 지어미, 그리고 형제, 친구 등의 관계가 송두리째 무너져버렸기 때문이다.
 위대한 성인이신 공자께서 살아계실 때, 오나라의 왕이 영화를 이루고자 대신들에게 이렇게 말했다.
 "짐의 나라에 천지의 뜻에 따라 새 도읍을 짓고, 거기에 덕 있는 선비와 아름다운 여인들을 살게 하며, 난을 당했을 때 백성과 재물이 적으로부터 온전하게 하라."
 그로 인해서 일년에 열 달 동안 꽃이 피고 숲이 우거진 언덕과 기름진 들판이 있는 땅에 쑤저우성이 세워지고, 성 주위에 해자가 만들어졌다. 이 성에는 마치 하늘처럼 여덟 개의 수문이 있었고, 마치 땅처럼 여덟 개의 문이 있었다. 언덕에는 왕관 모양의 돌탑이 세워졌고, 운하가 복잡하게 파인 계곡에는 드넓은 정원이 만들어졌다.
 계절이 바뀌듯 2천 년이 흘렀다. 그즈음 한 가난한 선비가 늙은 어머니를 모시고 베이징으로 과거를 보러 가는 길에 쑤저우에 들렀는데, 그 어머니가 그만 병이 들고 말았다. 어머니는 숨을 거두면서 자신을 아무 곳에나 묻어주고, 다시 길을 떠나서 훌륭한 사람이 되라고 부탁했다. 선비는 어머니가 시키는 대로 했다. 어머니를 묻은 곳 근처에는 연못이 하나 있었고, 거기에는 원앙 한 쌍이 다정하게 노닐고 있었다. 선비는 어머니의 무덤에 백양나무 가지를 꺾어 표시를 했다.
 그 선비는 수도에서 큰 영광을 차지했지만, 스물일곱 달 동안 한번도 웃음을 보이지 않았다. 신하가 슬퍼하는 것을 보고 마음이 상한 황제는 이유를 물었다. 장원급제한 그 선비가 연유를 말하자 그 얘기를 들은 모든 사람들이 감동했다.
 황제는 그 선비를 쑤저우로 부임하게 하여 죽은 어머니 가까이에서 지낼 수 있게 해주었다. 그가 쑤저우에 도착해보니 어머니의 무덤은 그대로 있었고, 떠날 때 꽂았던 백양나무 가지는 어린 나무로 자라 있었다.
 그는 나무 남쪽에 집 대문을 세우게 하고, 나무 둘레에는 정원을 만들어 담을 쌓게 했다.

―문중 이야기

 춘월은 서쪽 하늘이 봉숭아빛으로 물드는 것도 모른 채 곤히 자고 있었다. 청기와 지붕이 해묵은 돌담 위에 부드럽게 굽어 솟아 그늘을 드리우고 있어서 방은 서늘했다. 춘월은 분홍빛 비단 휘장을 치고 박하향을 뿌린 침대 한모퉁이에서 몸을 웅크린 채, 쌔근거리며 단잠에 빠져 있었다.
 갑자기 한줄기 햇살이 처마에서 미끄러져, 열려 있는 문으로 들어와서는 휘장의 틈 사이로 비집고 들어와 침대 위에 비쳤다. 춘월이 햇살에 눈이 부셔 이불을 뒤집어썼다. 빨간 궤짝이 아직도 눈에 선했다. 다시 꿈을 꾸고 싶었지만, 잠은 이미 천리만리 도망가버리고 말았다.
 "이화, 왜 휘장을 걷어놓았어? 정말 근사한 꿈을 꾸고 있었는데 망쳐버렸잖아."
 춘월은 이불을 젖히고 일어나 앉으며 볼멘소리로 말했다.
 신비스러우면서도 으스스한, 정말 멋진 꿈이었다. 먼 곳에서 온 짐꾼들이 빨간 옻칠을 한 궤짝을 들고 있었다. 궤짝 뚜껑에는 큰삼촌도 못 알아볼 만큼 이상한 금빛 글자가 씌어 있었다.
 "춘월 아씨께 드리는 선물입니다."
 짐꾼들은 그렇게 말하며 사흘 밤낮이 지나고 춘월이 태어난 시간이 되어서 그 궤짝이 군밤처럼 소리를 내며 절로 벌어질 때까지 기다려야 한다고 당부했다. 꿈에서 춘월은 그때를 기다리는 중이었다. 그러나 막 신시가 되려는 참에 햇살 때문에 잠이 깨고 만 것이다. 그러니 궤짝 안에 뭐가 들어 있는지 알 도리가 없게 되었다.

춘월은 한숨을 내쉬었다. 틀림없이 뭔가 굉장한 것이 들어 있었을 것이다. 노래를 불러주는 마술 복숭아씨나, 아니면 겨자를 단맛나게 해주는 마법의 물약 같은 것인지도 모른다. 이화가 휘장을 걷어둔 것은 아무리 생각해도 잘못한 짓이었다.

"이화?"

여전히 대답이 없었다. 춘월은 다시 목소리를 높여서 이화를 불렀다.

"이화! 넌 내가 깨어 있을 때는 자면 안 되잖아. 어디 있는 거야?"

춘월이 휘장을 걷었다. 방안에는 아무도 없었다.

"이화? 숨바꼭질하는 거야?"

춘월은 침대에서 기어 내려와 침대 밑을 들여다보았다. 침대 밑에는 골무 하나와 머리맡 아래쪽에 놓인 귀신 쫓는 표주박밖에 없었다.

춘월은 일어서서 이맛살을 찌푸리며 잠시 생각해보았다. 그러고는 재빨리 분홍신을 신고 뜰에 맞닿아 있는 마루 쪽으로 걸어갔다. 뜰은 작아서 숨을 만한 곳이 없었기 때문에 춘월은 방을 하나하나 들여다보았다. 이화는 어디에도 없었다.

어디 갔지? 춘월은 갑자기 겁이 덜컥 나서 가슴이 두근거리기 시작했다. 머리 둘 달린 뱀이 아니면 이화를 데려갈 사람이 없는데. 혹시…… 어머니, 향설이 불러서 갔나? 화소댁이 아침에 머리가 아프다고 했지? 혹시 화소댁 대신에 어머니 시중을 들러 갔는지도 몰라.

춘월은 재빨리 선자문을 빠져나가 셋째 할아버지 식구들이 사는 묵죽원과 노대인들의 조카들이 사는 처소를 지나 내왕교가 있는 현숙당 쪽으로 갔다. 현숙당 입구의 붉은 기둥 가까이 갔을 때, 사람들의 말소리와 마작패 부딪치는 소리가 들렸다. 춘월은 잠시 망설였다. 어머니가 또 셋째 고모할머니에게 지고 있으면 어쩌지? 혹시 이겨서 좋아하고 있는지도 몰라. 춘월은 마음을 다져 먹고 열려 있는 문 쪽으로 다가갔다.

춘월은 문지방 위에서 다시 멈춰서 대대로 물려받은 서른 칸짜리 한집에서 같이 어울려 살고 있는 할머니들과 고모들, 첩, 딸, 하녀들 틈에 이화나 어머니가 있는지 살폈다. 춘월은 혼처가 정해진 세 육촌과 비단 부채에 꽃을 수놓고 있는, 텐진에서 온 숙모를 얼른 훑어보았다. 그 숙모는 자신의 시누이가 노마님을 웃기느라, 입술을 앙다물고 수놓는 데 열중하고 있는 자신의 모습을 등 뒤에서 흉내내고 있는지도 모르고 있었다. 얼굴이 쭈글쭈글한 노마님도 모르는 척 시치미를 떼고 있었지만, 노마님이 웃음을 참고 있다는 것은 분명해 보였다. 노마님은 방 한가운데 앉아 있었고 양옆에서 두 하녀가 시중을 들고 있었는데, 하녀들의 고운 몸매와 옷차림에서도 집안의 부와 권위가 드러나고 있었다.

춘월은 셋째 할머니와 마작을 하는 사람 중에 어머니가 없는 것을 보고 안심이 되었다. 셋째 할머니의 목소리에 생기가 도는 것을 보니 이기고 있는 모양이었다. 그러나 거기에도 이화의 모습은 보이지 않았다. 춘월은 이 사람 저 사람 쳐다보는 도중에 다시 무서운 생각이 들었다. 문득, 자줏빛 비단옷이 눈에 띄었다. 어머니는 몇 해 전에 자신에게는 자줏빛이 가장 잘 어울린다고 생각한 이후 언제나 자줏빛 옷을 입었다. 어머니는 석양빛을 받을 수 있도록 서쪽 창가에 앉아서 수를 놓고 있었다. 춘월은 사람들 사이를 헤집고 들어가 어머니 곁으로 갔다.

"어머니!"

춘월은 향설의 소매를 잡아당겼다.

"어머니!"

향설이 딸의 손을 찰싹 때렸다.

"무슨 짓이냐, 버르장머리 없이. 바람처럼 휙 들어와서는 어른들께 인사도 하지 않고 성가시게 굴다니! 다들 내가 딸을 버릇없이 키웠다고 생각할 거다. 선조들께 누를 끼치지 않을까 걱정이구나!"

춘월은 고개를 숙여 절했다.

"어머니, 죄송합니다."

춘월은 돌아서서 노마님 쪽으로 천천히 걸어갔다. 그러나 노마님이 다섯째 조카딸에게 임신중의 몸가짐에 대해서 얘기하느라 정신이 팔려 있어서 춘월은 노마님의 치맛자락만 바라보고 있었다.

"……그리고 잊지 말거라. 애가 방종해질 수 있으니까 저민 고기를 먹으면 안 된다."

춘월은 노마님이 자신을 아는 체 해줄 때까지 기다렸다.

"……또 청승맞은 생각을 하면 애기에게 옮을 수가 있으니까 절대 그러지 말아라."

노마님이 고개를 끄덕였다.

"이제 나가서 차를 끓여도 좋다."

노마님은 그제야 춘월을 바라보았다.

춘월은 낮잠을 자고 일어나 세수를 하지 않은 것이 생각나서 갑자기 얼굴이 화끈 달아올랐다. 노마님은 분명히 알아차리실 거야. 언제나 알아차리셨으니까. 그러나 노마님은 얼굴에 쌀가루분을 두껍게 발라서, 마치 큰삼촌이 떠나가면서 주신 인형의 얼굴에 씌우는 탈처럼 무슨 표정을 짓고 있는지 가늠할 수가 없었다. 춘월은 노마님이 쳐다보자 몸이 참깨씨만큼 오그라드는 것 같았다.

"왜 그러느냐?"

춘월은 마른침을 삼키고 깊이 고개 숙여 절을 했다.

"할머님, 안녕하셨어요? 금방 들어오면서 제대로 인사도 여쭙지 못해서 정말 죄송합니다."

노마님은 이가 빠진 잇몸이 드러나지 않게 조심스럽게 웃었다.

"들떠 있구나, 얘야."

춘월은 마음이 조금 편해졌다.

"무슨 일이냐, 아가?"

춘월을 그 말을 듣자마자 입을 열었다.

"할머님. 이화가 없어졌어요. 여기저기 다 찾아봤는데 없어요."

마치 귀신 이야기라도 들은 듯이 방안에 있던 여자들이 하던 일을 멈추고 춘월을 바라보았다.

"그게 무슨 바보 같은 말이냐?"

노마님의 얼굴에서 미소가 사라졌다.

"그 아이는 틀림없이 집안 어딘가에 있을 거다. 네 방에서 너를 찾고 있을지도 모르지."

춘월은 노마님이 차를 마시는 것을 꼼짝도 못하고 지켜보면서 자신이 차처럼 삼켜지는 듯한 느낌이 들었다.

"왜? 다른 할 말이라도 있느냐?"

노마님은 춘월이 아무 말도 하지 않자 거친 목소리로 말했다.

"말해봐라, 얘야. 어서!"

춘월은 노마님의 명을 거역할 수가 없어서 떨리는 목소리로 말했다.

"할머님. 제가 일어나보니 이화가 없었어요. 전 이화가 여기 있을 거라고 생각했는데 여기에도 없고요. 무슨 일이 일어난 게 분명해요. 전 무서운 생각이 들어서……"

춘월이 말을 잇지 못했다. 노마님은 실눈을 하고 방안을 둘러보며 춘월의 어머니를 찾았다. 향설이 자리에서 일어나 버릇없이 구는 딸의 귀를 잡고 문 쪽으로 데리고 갔다. 모든 사람들이 쳐다보았다. 향설의 금팔찌가 짤랑이는 소리 외에는 아무 소리도 들리지 않았다. 향설은 붉은 기둥을 지나 사람들이 보이지 않는 곳에 이르자 춘월을 꾸짖기 시작했다.

"춘월이 넌 언제나 집안일에 나서려고 하는구나. 착한 계집아이는 어른께 그런 걸 여쭙지 않는 거다."

향설이 저리 가라는 듯이 손짓을 했다.

춘월이 변명을 하려고 입을 열려했지만, 어머니가 한마디라도 했다가는 가만두지 않겠다는 듯이 눈썹을 치켜떴다. 춘월은 그만 입을 다물었다. 춘월은 어머니에게 절을 하고 천천히 걸어나가 안채 쪽으로 향했다. 어쩌면 할머니 말씀처럼 이화는 늘 있는 자리에 있을지도 모른다.

그러나 옻칠한 의자는 여전히 비어 있었다. 춘월은 여섯째 사촌이 기르는 원숭이 새끼나 간신히 들어갈 수 있을 정도로 작은, 자단으로 만든 옷장과 백단으로 만든 고리짝까지 열어보았다. 춘월은 마침내 포기하고 하녀의 대나무 침상에 걸터앉아서 쉬었다. 옆집 계집종처럼 이화도 도망간 것은 아닐까? 춘월은 고개를 설레설레 흔들었다. 이화는 절대 그럴 사람이 아냐.

춘월은 전족한 발이 아파와서 이화가 늘 해주던 대로 정강이를 주물러보았지만, 손에 힘이 없어 별로 시원하지 않았다. 춘월은 드러누워서 하염없이 흐르는 눈물을 닦았다. 이젠 울 나이가 지났어. 일곱 살 때 붕대로 발을 묶었고, 벌써 2년이나 지났잖아. 작은 발가락 네 개가 발바닥 아래로 접혀 들어가고, 발이 거의 안으로 접혀버릴 만큼

발바닥이 발꿈치께로 꺾였을 때는 울기도 많이 울었다.

"애야, 너 좋으라고 이러는 거다. 아무리 예쁘고 효성이 지극하다 해도 발이 삽처럼 넓은 여자한테 어떤 사내가 장가들려고 하겠니."

어머니는 그렇게 말하며 춘월을 달랬다.

발이 아플 때마다 이화는 나를 다독거려주면서 발을 약물에 씻어주어 발가락이 상하지 않도록 해주었는데. 이화는 매일같이 나를 신우지까지 업어다주곤 했지. 그러면 나는 시원한 돌에 누워 금붕어랑 놀곤 했는데…….

춘월은 갑자기 배시시 웃으며 벌떡 일어나 앉았다. 그래, 고적원 동산이야! 왜 여태 거기 가볼 생각을 못했지? 이화가 오래전에 거기가 쉬기에 제일 좋은 곳이라고 했었지. 아마 거기서 시간가는 줄도 모르고 앉아 있을 거야.

춘월은 침대에서 미끄러지듯 내려와 쏜살같이 밖으로 달려나갔다. 춘월은 축대 있는 곳에 이르렀을 때 걸음을 멈추고 귀를 기울였다. 귀신의 발소리만큼이나 작은 소리가 들렸다.

"이화? 이화, 거기 있어?"

그녀는 동산 맞은편으로 조심스럽게 걸어갔다. 무릎을 꿇고 있던 이화가 고개를 들어 어린 여주인을 바라보면서 손등으로 눈물을 훔쳤다.

"이화?"

춘월이 나직한 목소리로 말했다. 춘월은 모든 사람들이 다 우는 초상 때 말고는 이화가 우는 것을 본 적이 없었다. 오늘 아침만 해도 시집갈 날을 받아놓은 사촌들이 이화에게 얼굴이 너무 둥글고 미간이 좁은 것만 빼면 상당한 미인이라고 추켜세워주었기 때문에 연신 싱글거리며 웃었다. 춘월이 이화의 뺨을 어루만지려고 하자 이화가 춘월의 손을 밀쳐버렸다.

"아기씨, 제발 그냥 내버려두세요. 아기씨한테 곧 갈게요."

"이화야, 왜 그러는 거야? 어디 아파? 아프면 어머니한테 의원을 불러달라고 하지 그래."

"아니, 안 아파요."

"그럼 왜 우는 거야?"

"우는 게 아니에요. 그냥 생각할 게 좀 있어서 그러는 거예요."

"무슨 일인데?"

"별일 아니에요."

"그럼, 가서 놀자."

이화가 고개를 저었다.

"넌 내 말을 들어야 해! 넌 내 하인이잖아? 그러니까 넌 내가 시키는 대로 해야 해."

이화가 고개를 숙여 절했다.

"그래요. 맞아요. 전 그저 아기씨의 보잘 것 없는 하인이죠."

이화는 춘월이 뭐라고 하던 간에 한번도 그렇게 말한 적이 없었다. 춘월이 이화의 손을 잡아 자신의 가슴에 대었다.

"아냐. 이화, 넌 내 언니나 같아. 화를 내서 미안해. 널 찾느라고 여기저기 돌아다니다 보니 그만 짜증이 나서 그런 거야. 무슨 일이야? 나한테 말해봐, 응?"

이화는 고개를 젓기만 했다.

춘월이 바싹 다가가서 이화의 귀에 대고 속삭였다.

"쉿!"

이화는 손으로 춘월의 입을 막았다.

"할머니 때문에……."

"노마님 얘기를 하시면 안 됩니다."
"괜찮아. 어서 말해봐!"
춘월이 목소리를 높였다.
이화는 머뭇거리다가 입을 열었다.
"노마님께서 그러시는데, 저는 다른 집으로 가야 한대요."
그럼, 이화는 진짜로 운 것이 아니라 헤어질 때면 사람들이 억지로 우는 것처럼 가짜로 운 거군. 춘월은 마음이 놓여서 화낼 생각도 들지 않았고, 이화의 감쪽같은 연기에 감탄해서 손뼉을 쳤다. 어쩌면 저렇게 진짜같이 울 수 있을까! 설날, 창극에 나오는 여배우보다 더 그럴듯하게 날 속였어.
"하지만, 그건 정말 좋은 소식이잖아? 할머니께서 네 신랑감을 골라주셨구나! 넌 이제 얼마 안 있으면 시집가서 자유롭게 살 수 있을 거고, 그러면 나는……."
춘월은 이화가 다시 얼굴을 손으로 감싸고 소리 없이 흐느껴 울었기 때문에 말을 멈추었다. 춘월은 점점 더 영문을 알 수가 없었다. 계집종들은 모두 스무 살 이전에 시집을 갔는데, 이화는 벌써 열일곱 살이었다.
"왜 우는 거야? 이런 일이 있을 줄 알고 있었잖아. 넌 가끔씩 들르러 올 수도 있잖아? 내가 널 부를게. 그럼 우리는 뜰에서 차를 마시고, 난……."
춘월은 이화가 울음을 멈추고 눈이 멍해져 있는 것을 보고는 말을 멈췄다.
"아기씨는 이해하지 못하실 거예요. 시집을 가는 게 아니라고요."
"하지만 네가 금방 그렇게 말했잖아."
"다른 집으로 간다고 했지, 결혼한다고 하지는 않았어요. 어른들께서 여씨 영감에게 저를 첩으로 주겠다고 약속하셨대요."

춘월은 여전히 무슨 말인지 이해할 수가 없었다. 여씨 영감의 마누라가 볶아놓은 새우처럼 쪼글쪼글 늙은 건 사실이지만, 그보다 더 나쁜 경우도 있을 수 있는데. 이화를 절름발이 노씨나 사팔뜨기 이발장이한테 줘버릴 수도 있는 것이다. 여씨 영감은 그래도 선비인 데다가 부자잖아.

"울지 마, 이화야. 할머니께서 네게 지참금을 많이 주실 것을 생각해봐. 그럼 넌 다시는 가난하게 살지 않을 거야. 그러면 넌 네 딸 중의 하나를 팔지 않아도 되고 말이야. 여씨 영감에게 아들 하나만 낳아줘봐. 네 아들은 선비가 될 거야. 틀림없어. 그 앤 모든 과거 시험에서 장원급제할 거야. 그러고는 한림원 학사가 될 거야. 그 애의 영광은 모두 네 것이 될 거고, 그래서 넌 언젠가 훌륭한 가문의 노마님이 될 거야. 넌 그렇게 될 팔자야. 어쩌면 사람들이 나보다 너를 더 우러러볼지도 모르지. 그렇게 되면 네가 나를 차 마시러 오라고 불러줘야 할 거야."

그러나 이화의 표정은 바뀌지 않았다. 춘월이 잠시 숨을 돌리려고 말을 멈추자 이화가 말했다.

"제발 가주세요."

이화의 목소리는 잘 익은 참외처럼 부드러웠지만 가시가 돋아 있었다.

"너하고 같이 있으면 안 돼?"

"제발 가주세요. 조금 있다가 아기씨 저녁옷 갈아입혀드리러 갈게요."

춘월은 혹시나 이화가 마음을 바꿀지도 모른다고 생각해서 몇 걸음 가다가 뒤를 돌아보곤 했다. 이화는 작은 동산가에 쭈그리고 앉아 있었다. 감고 있는 이화의 거무스레한 눈꺼풀이 마치 햇빛이 들지 않도록 닫아놓은 창문 같았다.

춘월은 무슨 일인지 알아봐야겠다고 마음먹긴 했지만, 아낙네들에게 또다시 물어볼 용기는 나지 않았다. 그렇다면 이제 물어볼 수 있는 사람이라고는 문중의 남자들과 어린 사촌들밖에는 없는 셈이었다. 사촌들은 틀림없이 서당에 있을 것이고, 설혹 안다 해도 가르쳐 주지 않을 것이다. 춘월은 한 사람 한 사람 남자 어른들을 꼽아보았다. 작은할아버지들은 그녀의 응석을 받아주곤 했지만, 일을 방해하는 것은 싫어했다.

어쩌면……. 어쩌면 작은삼촌은 얘기를 들어줄지도 몰라. 작은삼촌은 다른 사람들과는 다르고 나를 굉장히 귀여워해주잖아. 삼촌이 군관학교에서 돌아와서 나한테만 청국의 지도가 그려진 부채를 줬잖아? 화소댁은 지도의 얼룩덜룩한 점이며 구불구불한 선들을 보고 춘월의 형편없는 자수솜씨가 생각났기 때문에 삼촌이 주었을 거라고 떠벌리고 다니긴 했지만, 아무래도 상관없었다.

춘월은 안채와 바깥채가 이어지는 백양원 쪽으로 잰 걸음으로 걸어갔다. 그녀는 중문에 이르자 걸음을 잠시 멈추었다. 그리고는 뒤로 몇 걸음 물러난 다음 그늘 아래 놓인 돌의자에 앉았다.

춘월은 날마다 이화와 함께 여기 와서 담장 너머에 있는 문중 서당에서 글 읽는 소리를 엿듣곤 했다. 남자 아이들은 모두 한꺼번에 큰 소리로 책을 읽었지만, 저마다 다른 데를 읽고 있어서 춘월은 무슨 뜻인지 이해할 수가 없었다. 그래도 춘월은 글 읽는 소리가 너무 좋아서 제멋대로 글귀를 지어내면서 흉내를 내곤 했다.

그러나 지금은 글 읽는 소리가 하나도 귀에 들어오지 않았다. 그녀는 하인이 나타나기를 초조하게 기다리고 있었다. 하인이 나타나면 여자의 출입이 금지되어 있는 바깥채로 가서 작은삼촌을 좀 불러달라고 부탁할 셈이었다. 이윽고 서당 안이 잠시 조용해진 순간, 신발 끄는 소리가 들렸다. 정원지기 영감이 둘째 할머니의 꾀꼬리를 바람 쐬어주러 가는 길이었다.

춘월은 일어나서 손을 흔들었다.

"정원지기 할아범. 이리 좀 와봐요."

정원지기가 대답을 하지 않자 춘월은 더 큰 소리로 불렀다.

"이리 좀 와봐요, 할아범. 네?"

그러나 정원지기는 여전히 느릿느릿 걸었다. 정원지기는 춘월에게로 다가와서는 중얼거렸다.

"난 귀머거리가 아니에요, 작은아씨. 처음 불렀을 때 알아들었다구요. 하지만 무릎이 맞닿을 거린데 뭐하러 힘들여서 대답합니까?"

"할아범 말이 맞아요. 정원의 나무를 손질하려면 힘을 아껴야죠."

춘월은 정원지기에게 부탁을 하려면 비위를 맞춰주어야 한다는 것을 알고 있었다. 어머니는 나이 든 하인들은 떠받들어야지 명령을 해서는 안 된다고 말씀하시곤 했다. 춘월은 힘줄이 불거지고, 검게 그을린 정원지기의 팔을 다독거렸다.

"난 아씨의 증조할아버지 때부터 이 일을 해왔어요."

정원지기는 마치 싸움에서 이겼다는 듯 고개를 주억거리며 말했다.

춘월은 고개를 깊이 숙여 절했다.

"할아범은 우리집에서 누구보다도 오랫동안 일해왔어요. 우리 집안이 할아범 덕을 많이 본 거죠."

정원지기의 눈빛이 부드러워졌다. 춘월은 다시 절을 한 다음에 정원지기에게 말했다.

"할아범, 작은 부탁 하나만 들어줄래요? 금방 되는 일이에요."

정원지기가 대답을 하지 않자 춘월이 다시 말했다.

"부탁이에요. 작은삼촌을 찾아서 내가 좀 뵙자고 한다고 전해주세요. 급한 일이에요."

"아씨 같은 어린 사람에게 급할 게 뭐가 있어서요?"

정원지기 영감이 웅얼거리며 대답했다.

"부탁이에요. 너무 늦으면 안 돼요."

"아씨는 언제나 서두르는군요. 하긴 아씨 말고도 서두르는 사람은 많죠. 이 늙은이 말을 새겨들으세요. 만사가 다 순리대로 되어야 하는 법이에요. 제철도 아닌데 꽃나무에 억지로 꽃을 피게 만들면 열매가 실하지 못한 법이라우."

춘월은 화가 치밀어오르는 것을 꾹 참았다.

"맞아요, 할아범. 서둘 필요 없어요. 천천히 가도 좋아요. 그 꾀꼬리는 내가 가지고 있을게요."

정원지기는 성긴 수염을 쓰다듬며 춘월의 말을 곰곰이 생각하더니 한참 후에 입을 열었다.

"진작 그렇게 말할 것이지. 그랬으면 시간 낭비를 하지 않았을걸. 지금쯤이면 벌써 갔다 왔을 텐데. 아씨는 말이 너무 많아서 탈이에요."

노인이 발을 끌면서 걸어갔다. 고개를 떨고 있었기 때문에 바람에 수염이 날렸다. 정원지기가 가는 것을 보고 춘월은 다시 돌의자에 앉았다. 그러고는 대나무 조롱을 조심스럽게 곁에다 내려놓고 자그마한 새가 이리저리 옮겨 앉는 모습을 바라보았다. 새는 조금 후에 그네에 앉아서 저녁 노래를 부르기 시작했다. 새가 노래를 마치고 나서 춘월에게 답가를 하라는 듯이 고개를 까딱였다. 춘월은 자기가 처음으로 배운 노래를 불렀다. 이화의 마을에 살던 어떤 남자에 관한 노래였다.

설날에 눈 내리고
집집마다 붉은 등 밝혔네.
식구들 모두 한자리에 모였건만
만리장성 쌓으러 간
내 님은 아니 오네.

새가 다시 고개를 까딱이고 나서 부리를 벌려 노래를 하려는 참에 정원지기 영감이 귀재를 데리고 왔다. 작은삼촌은 웃지 않을 때는 어쩜 저렇게 무서워 보인담! 춘월은 작은삼촌에게 물어볼까 말까 잠시 망설였다. 하지만 다른 방법이 없었다. 춘월은 입술을 깨물며 벌떡 일어나 공손하게 절했다.
"와주셔서 고마워요, 삼촌. 할아범도 애써줘서 고맙고요."
"뭘요, 아기씨."
두 사람은 정원지기 영감이 문밖으로 나가는 것을 물끄러미 쳐다보았다.
"춘월이 네가 나를 보자고 했다면서?"
귀재가 물었다.
춘월이 삼촌을 올려다보았다. 삼촌은 키가 하도 커서 입고 있는 긴 장삼자락이 설날에 사당 서까래에 걸려 나부끼는 깃발 같았다. 춘월은 무슨 말을 어떻게 꺼내야 할지 난감했다.
"그래, 무슨 일이냐?"
춘월은 숨을 한번 깊이 들이쉬었다.
"왜 군복을 안 입으셨어요, 작은삼촌? 군복은 정말 멋있는데."
귀재가 웃었다. 됐어, 이젠 된 거야. 몇 번 더 웃으시게 해야지. 춘월은 자신의 물음에 대답하는 삼촌의 팔을 끌어 돌의자에 앉게 했다.

"그래, 그런 생각을 하는 사람은 너하고 네 아버지뿐인 것 같구나. 다른 식구들은 군복은 오랑캐나 천민들이 입는 옷으로 생각하는데 말이다."

"사람들은 왜 그렇게 생각하죠, 작은삼촌?"

"너도 '좋은 쇠는 못을 만들지 않고, 좋은 사람은 군인을 만들지 않는다'는 말을 들어봤을 거다."

"그게 정말이에요, 삼촌?"

"아니다. 나는 그 말이 언제나 맞다고는 생각하지 않는단다. 하지만 대부분의 사람들은 나하고 생각이 다르지."

귀재는 마치 무슨 비밀 이야기라도 하는 듯이 빙그레 웃었다.

"그런데 네가 나를 불렀잖아? 무슨 일이냐?"

춘월은 삼촌이 손목을 꼭 쥐어주자 용기가 나서 대뜸 말을 꺼냈다.

"삼촌, 여씨 영감이 왜 제 계집종을 데려가려고 하는지 말씀 좀 해주세요."

귀재의 얼굴에서 웃음이 가셨다. 작은삼촌이 아니라 무서운 장군이 앉아 있는 것 같았다.

"우리 집안이 그러겠다고 약속을 했단다. 그러니 약속을 지켜야지."

"하지만 이화는 너무 슬퍼하고 있어요. 계속 울기만 하는걸요. 이화는 다른 계집종들과는 달리 좀처럼 울지 않는데 말이에요. 이화 대신에 밀아나 복화를 보내면 안 되나요? 그 애들은 뒷문에서 낯선 사람을 볼 때마다 자기들끼리 키득거리거든요."

"그럴 수도 있겠지. 하지만 그 애들로는 우리 가문의 체면이 서지 않는데……"

"말도 안 돼요. 착한 계집종을 늙은이의 첩으로 보내서는 안 돼요."

귀재가 벌떡 일어났다. 춘월은 그 자리에 얼어붙고 말았다. 내가 무슨 말을 잘못했기에 저렇게 화를 내시지? 귀재는 중문 쪽으로 몇 걸음 걸어가다가 문득 멈추더니 힘든 재주를 부리려는 광대처럼 몸을 가누었다. 춘월은 삼촌이 돌아와주기를 기도하며 숨을 죽이고 기다렸다. 귀재는 한참 후에야 돌아서서 다시 돌의자에 앉아 춘월의 손을 잡았다.

"춘월아. 너는 이번 일을 이해할 수 없을 거다. 내가 어린 너하고 이런 일에 대해서 얘기할 수도 없는 거고……. 하지만 내가 아주 어렸을 때, 나 역시 사람들이 왜 속 시원히 이야기해주지 않는지 이해하기 쉽지 않았단다."

귀재가 목청을 가다듬었다.

"간밤에 둘째 작은할아버님께서 여씨 영감집 잔치에 가셨단다. 두 분이서 바둑을 두셨는데, 둘째 할아버님께서 번번이 지셨어. 새벽녘이 되었을 때 여씨 영감이 마지막 한 판으로 결판을 내자고 제안하셨단다. 둘째 할아버님이 이기시면 그때까지 잃은 돈을 다 돌려받고, 지면 이화를 여씨 영감에게 첩으로 주기로 약속하셨다는구나. 그런데 둘째 할아버님이 지신 거야."

춘월은 삼촌의 설명을 듣고 난 후에도 여전히 이해할 수가 없었다.

"내 계집종인데 왜 여씨 영감이 데리고 간다는 거죠?"

"이화는 네 것이 아니란다."

귀재는 슬픈 목소리로 조용히 얘기했다.

"그 아이는 장씨 가문의 것이야. 너도 이제 철이 들었으니 그 정도는 알겠지? 집안의 어느 누구도 가문의 재산을 혼자 독차지할 수는 없는 거야."

"하지만……."

춘월의 눈에 눈물이 고였다. 춘월은 눈물이 보이지 않게 하려고 재빨리 눈을 깜빡거렸지만, 눈물 한 방울이 뺨을 타고 흘러내리기 시작했다.

귀재는 몸을 꼿꼿이 펴고 일어섰다.

"이젠 가봐야겠구나."

더 붙잡고 얘기할 필요도 없었다. 아마 여씨 영감은 이화가 얼마나 슬퍼하는지 모르고 있을 것이다. 누군가 여씨 영감에게 귀띔을 해준다면 여씨 영감이 마음을 바꿀지도 모르는데. 하지만 누가 귀띔을 해주지? 춘월은 어머니에게 또 한번 꾸중을 들을 각오를 하고 안채로 살금살금 걸어갔다.

어른들의 방을 엿보았다. 이제는 건강을 되찾은 듯이 보이는 화소댁이 어머니의 머리를 빗겨드리고 있었다. 춘월은 간이 콩알만 해지는 것 같았다. 향설은 매주 자신이 새롭게 만들어내는 머리 모양에 자부심을 갖고 있었고, 누가 화장하는 것을 방해하기라도 하면 무척 싫어했다. 그러나 자세히 보니 머리 모양은 아까 차 마실 때와 마찬가지로 넓적한 연잎 모양 그대로였다. 화소댁은 흐트러진 머리카락만 만져주고 있었던 것이다.

춘월이 화장대 가까이 다가갔다. 화장대 위에는 뚜껑이 열려 있는 화장품 곽 하나밖에 없었다.

"어머님, 잠깐 말씀 좀 여쭈면 안 되겠습니까?"

"뭐가 그리 급해서 귀찮게 구는 거냐?"

화소댁은 제 남편 노옹을 마음대로 주무르는 여장부였는데 어디서든지 꼭 참견을 했다.

"아기씨를 '성가신 염소 새끼'라고 부르는 게 좋겠군요, 마님. 겁도 없고 고집은 왜 저리 센지. 이 댁에서는 눈이 까맣고 크다고 모두들 예쁘게 봐주니까 괜찮지만, 시어머니 눈에는 생쥐 퉁방울눈처럼 보일걸요?"
 화소댁이 풍채 좋은 부처처럼 앉으며 말을 이었다.
 "어디, 그 눈 좀 봅시다!"
 두 아낙네가 마주보며 웃음을 터뜨렸다.
 춘월은 화소댁의 검정색 저고리를 휙 잡아당겼다.
 "저리 가. 내가 뭐 화소댁하고 얘기한댔어?"
 "애야, 버릇없이 무슨 짓이냐!"
 향설이 날카로운 목소리로 말했다.
 "괜찮습니다, 마님. 아기씨가 장난으로 그러는 거예요."
 화소댁은 입이 걸어도 마음은 너그러웠다.
 "애들한테 오냐오냐 해서는 안 되는 법이야. 그래, 말해봐라. 무슨 일이냐?"
 향설은 손가락으로 연지를 찍으면서 화장품 곽 위에 놓인 거울을 들여다보았다.
 "어머니, 여씨 영감한테 이화를 데려가지 말라고 얘기 좀 해주세요!"
 향설이 거울에 비친 춘월의 얼굴을 노려보았다.
 "어린것이 방자하구나. 이건 어른들 일이야. 어린애가 끼어들 일이 못 돼. 그리고 이미 약조를 했으니 끝난 일이다."
 "약속을 안 지킬 수도 있잖아요!"
 두 아낙네가 춘월을 쳐다보았다. 춘월은 어머니에게 맞을까봐 몸집이 큰 화소댁의 등 뒤로 얼른 숨었다.
 "어떻게 그런 생각을 할 수 있느냐?"
 향설은 마치 혼잣말을 하듯이 중얼거렸다. 향설이 잠시 후 다시 입을 열었을 때, 목소리는 날카롭지는 않지만 우물물처럼 차가웠다.

"하찮은 계집종 하나 때문에 우리 가문에 먹칠을 한다면 다른 사람들이 뭐라고 하겠느냐? 그랬다가는 자손 대대로 얼굴을 들고 다니지 못할 게다. 어른들 일에 참견하지 마라. 네가 사리분별 없다는 얘기가 온 마을에 퍼지면 누가 널 데려가려고 하겠니? 아무리 지참금을 많이 가져간다 해도 말썽 많은 며느리를 받아들이려는 집안은 없을 게다."

향설이 다시 거울 쪽으로 몸을 돌렸다.

"화소댁, 여기 머리핀 하나 꽂아주구려."

더 할 말이 없었다. 춘월은 방에서 나와 마루를 건너 아버지의 서재 쪽으로 향했다. 춘월의 아버지, 진재의 방 앞에서 멈췄다. 아버지는 저녁 먹기 전에는 늘 그렇듯 책상머리에 앉아 책을 읽고 있었다. 책꽂이에 가지런히 정돈된 수천 권의 책들이 방의 세 벽면을 가득 메우고 있었다. 아버지는 언제나 글을 읽고 있었기 때문에 춘월은 아버지와 말을 한 적이 거의 없었다. 하지만 조금 있으면 저녁을 먹으러 일어나셔야 할 테니까 방해해도 노여워하지 않을 것 같았고, 어쩌면 이번만은 아버지가 도움을 주실지도 모른다는 생각이 들었다.

춘월은 어머니나 화소댁이 지켜보지 않나 얼른 살피고 안으로 들어갔다.

"죄송합니다, 아버님. 드릴 말씀이 있어요."

진재는 들은 척도 하지 않았다. 뜻밖이라고 할 것도 없었다. 아버지의 정신은 늘 다른 곳에 가 있었다. 지금은 진 정승댁 뜰에서 성현의 말씀에 귀를 기울이고 있는 건지도 모른다.

춘월이 다시 말했지만 또 대답이 없었다. 춘월은 용기를 내서 책상으로 다가가 아버지가 읽고 있던 책을 손으로 가려버렸다. 진재는 그제야 조금 놀란 얼굴로 고개를 들었다. 그러고는 부드러운 눈길로 외동딸을 바라보았다.

"아, 춘월이구나. 어머니가 나를 부르던? 아니면 귀한 손님이 오시기로 한 걸 내가 깜빡 잊었거나 문중 회의가 있다는 걸 잊은 거냐?"

"아니에요, 아버지. 제가 부탁드릴 게 있어서 왔어요."

"어머니한테 가보렴. 네 어머니가 알아서 해결해줄 테다."

"어머니는 할 수 없는 일이에요."

"무슨 일인데?"

"이화 말이에요, 아버지. 그 애를 여씨 영감에게 주기로 했대요. 저는 그 아이가 가지 않았으면 좋겠어요!"

진재는 뭐가 뭔지 모르겠다는 듯이 책상 위에 놓인 옥 염주만 만지작거렸다.

"무슨 말이냐? 이화가 누구냐?"

"제 계집종이에요!"

"그렇다면 별일 아니구나. 네 어머니가 다른 아이를 데려올 거다."

"다른 애는 싫어요."

"얘야."

진재가 춘월의 어깨에 손을 얹으며 말했다.

"성현께서는 성품이 고결한 사람은 모든 것을 자기 마음속에서 찾으려 하나 천박한 사람은 다른 사람에게서 찾는다고 말씀하셨다."

"그런데요, 아버지?"

춘월은 아버지가 그 말을 설명해주기를 기다렸지만 아버지가 아무 말도 하지 않자 먼저 물었다.

"그렇다면 여씨 영감은 어째서 이화를 갖고 싶어하는 거예요?"

진재는 이미 춘월을 보고 있지 않았다. 그는 갸름하고 창백한 얼굴을 책 위로 기울여, 길고 가는 손가락으로 글자를 짚어가며 다시 책을 읽었다.

"이만 물러가겠습니다, 아버님."

춘월은 절을 하고 서재에서 나와 천천히 마루를 건너 제 방으로 갔다.

"어디 갔다 오세요?"

옻칠한 의자에 앉아서 전족하는 데 쓰는 천을 감고 있던 이화가 물었다.

"약속을 깨게 하려고 여기저기 돌아다니다 오는 길이야. 하지만 아무 소용없었어."

춘월이 이화의 침상에 앉아서 이화의 손을 쳐다보았다.

"어른들 말씀이 옳아요. 한번 해버린 말을 다시 주워 담을 수는 없잖아요? 이젠 울지 않을게요."

"난 네 마음을 모르겠어, 이화야. 그게 무슨 말이야?"

"아기씨가 어떻게 아시겠어요."

이화는 전족하는 천을 더 빨리 감기 시작했다.

"아기씨는 집이 있어요. 그리고 한번도 담장 밖으로 나가본 적이 없잖아요."

"하지만 난 부적이 들어 있는 복주머니를 내주고라도 밖에 나가볼 수 있다면 아깝지 않을 거야."

"그런 말씀 마세요! 그래선 안 돼요."

춘월은 이화가 떠나버리면 다시는 못 볼지도 모른다는 생각이 들자 방정맞게 또 눈물이 나왔다.

"왜 안 된다는 거야. 넌 내가 우는 꼴을 보고 싶어서 그러는 거지?"

이화는 감고 있던 천을 내려놓고 춘월의 고개를 가만히 들어올려 그녀의 눈을 들여다보았다.

"아기씨는 너무 어려서 잘 모르세요. 하지만 언젠가는…… 언젠가는 기억하게 되겠죠."

이화의 목소리가 잦아들었다.

"이화야!"

"네?"

이화가 흠칫 놀라며 대답하고는 잠시 후에 말을 이었다.

"우리 아버지가 저를 팔아서 멀리 보낼 때부터 오늘날까지 제겐 언제나 꿈이 하나 있었답니다. 제가 마음만 곱게 먹고 부지런히 일하면 노마님께서 저를 읍내에 있는 기술자나 대갓집의 청지기에게 시집보내주실 거라는 꿈이죠. 나한테 어울리는 남편을 만나 아들을 낳고 싶었어요. 그렇게만 되면 전 시집에서 며느리, 아내, 어머니로서 떳떳하게 살 수 있게 되겠죠. 그런 꿈이 있었기 때문에 제가 종이라는 것이 그다지 가슴 아프지 않았어요. 그런데 오늘 아기씨가 낮잠을 자고 있는 사이에 제 꿈이 산산조각 나버린 거예요. 전 이제 시집 한번 제대로 못 가보고 첩의 신세가 되었어요. 제가 아들을 낳고, 아들 덕에 호강할 거라는 아기씨의 말씀이 마치 비수처럼 제 심장을 후벼파더군요. 저는 절대 아들을 못 낳을 거예요. 여씨 영감이 너무 늙었거든요. 여씨 영감은 정실부인에다가 첩도 여럿 거느리고 있지만, 자식은 하나도 없어요. 그러니 나도 틀림없이 애를 못 낳을 거예요. 떳떳하게 살아보긴 다 틀렸어요. 여씨 영감이 죽거나, 내가 노인 마음에 차지 않으면 나를 구정물처럼 버릴 게 뻔해요. 이젠 희망도 꿈도 다 부질없게 되어버렸어요."

이화가 일어섰다. 춘월은 전족천을 옷장 속에 개어놓는 이화가 생전 처음 보는 사람처럼 낯설어 보였다

춘월은 밥을 먹는 둥 마는 둥 아무 말 없이 밥상 앞에 앉아 있었다.

다른 사람들도 여느 때와 같이 춘월을 골려먹으려고 하지 않고, 춘월이 마치 오랜 중병을 앓다가 일어난 사람이라도 되는 것처럼 묵묵히 바라보기만 했다. 이화는 평소와 마찬가지로 분주히 움직이며 춘월의 시중을 들었다.

춘월은 밥상에 앉은 지 한참이 지나서야 노마님의 자리가 비었다는 것을 깨달았다. 춘월은 여섯째 사촌에게 물었다.

"언니, 할머님 어디 가셨어?"

"할아버님께서 심상치 않으신가봐. 할아버님 시중들러 가셨어."

진작 할아버지한테 가보는 건데. 병상에 누워 계시기는 하지만 문중의 어른은 역시 할아버진데. 할아버지가 일단 결정을 하면 누가 뭐라고 해도 지체 없이 따라야 했다. 그러나 춘월이 할아버지를 만날 수 있을지 의문이었다.

춘월은 손짓으로 이화를 불러서 노대인을 좀 뵐 수 있겠느냐고 여쭈어보라고 시켰다.

장씨 가문의 가장은 자단 침상에 누워 있었다. 그의 곁에는 의원들과 하인들이 대기해 있었다. 노인은 자신의 죽음이 임박했음을 알고 있었기 때문에 곁에 있는 사람들이 공연히 헛수고하지 말고 물러나 주었으면 싶었다. 그들이 순순히 나갈 것 같으면 나가라고 명령을 내리겠지만, 그들이 자신의 명령에 따르지 않을 것은 뻔한 노릇이었다. 한때는 그의 말이 온 고을에서 법으로 통했던 적도 있었지만, 지금은 모두가 그의 비위나 맞추려고 했다. 그가 관직에 있던, 서슬이 시퍼렇던 시절에는 모두들 두려워하고 공경하면서 엄한 법도에 따라 대하더니 이제는······.

노대인은 힘없이 눈을 감고, 자신이 누워 있는 이 방이 대대손손 존엄의 상징이어서 아무나 함부로 드나들 수 없었던 지난날을 회상하고 있었다. 눈을 떠서 보지 않아도 방안 구석구석이 머릿속에 환하게 떠올랐다. 방안에 있는 것은 모두 반듯반듯 제자리를 지키며 조화를 이루고 있었다. 출입문 대신으로 사용하는 아자(亞字)무늬 나무 병풍이며, 책상 옆에 놓인 등받이가 높은 의자 한 쌍이며, 대대로 친구들끼리 주고받은 서화 족자들. 자신의 할아버지가 수집해놓은 도자기, 아버지가 소중히 여기던 벽옥, 또 자신이 애지중지하던 청동그릇 따위 등등. 그리고 문중에서 어떤 재물보다도 소중하게 여기는 책들.

나이 든 사람에겐 모두가 가지런히 있는 게 제일인데…… 아무나 섣불리 드나들지 못하던 내 침소가 이 지경으로 난장판이 되다니……. 하인배들, 중놈들, 거기에다 마누라까지……. 모두들 나를 못살게 구는군. 도무지 혼자 있을 시간이 없어. 잠잘 때조차 쓰잘 데 없는 것들이 지키고 있으니…….

화소댁이 간병인 무리에 끼어서 제 남편이 갓 짜낸 암소젖으로 끓인 암죽을 건네고 있었다. 노인의 코끝에 죽 냄새가 스쳤다.

"치워."

노대인이 눈을 부릅뜨며 소리쳤다. 그때 방밖이 소란스러워졌다. 노대인은 하인 우두머리에게 눈짓을 하며 말했다.

"무슨 일이냐? 내가 아프다고 집안일마저 숨길 셈이냐?"

"아무것도 아닙니다, 어르신. 마음 쓰실 일이 아닙니다요. 이화라는 계집종이 어르신께 드릴 말씀이 있다고 왔는데 제가 그냥 돌려보냈습니다."

건방진 녀석 같으니라고. 노대인은 심사가 뒤틀려서 계집종을 들여보내라고 말했다.

이화가 침상 가까이 다가오자 노대인은 머리맡으로 오라고 손짓을 했다.

"그래, 무슨 일이냐? 왜 날 만나자고 했느냐?"

노대인은 자신의 목소리가 갈라져 나오는 것이 스스로도 못마땅했다.

"죄송합니다. 저는 춘월 아기씨의 계집종입니다. 아기씨가 어르신을 뵐 수 있겠느냐고 여쭈어보고 오라고 해서 왔습니다. 아기씨께서는 어르신의 건강이 어떠신지 문안드리고 싶으신 모양입니다."

춘월이라……. 이름이 곱기도 하군. 노대인은 빙그레 미소를 지었다. 자식들한테는 엄하면서도 손자에게는 약한 것이 중국 남자들의 특징이었다. 노대인은 손녀가 보고 싶었다. 그러나 노대인이 입을 열기도 전에 노마님이 단호하게 말했다.

"그게 무슨 소리냐! 어르신께서는 안정을 취하셔야 하는데, 문안은 무슨 문안이란 말이냐!"

노대인은 아내를 노려보며 말했다.

"그 아이에게 와도 좋다고 일러라. 그리고 다른 사람은 다 밖으로 나가도록 해라. 부인, 당신도 나가시오. 어서, 다들 나가!"

노대인은 손을 휘휘 내저었다. 방안에 있던 사람들은 사람 그림자에 놀란 새떼처럼 서둘러 나갔다. 노대인은 졸음을 물리치느라 안간힘을 쓰면서도 춘월이 문 앞에 왔을 때까지 웃고 있었다. 노대인의 머리와 가늘어진 목이 연신 꾸벅거렸고, 눈은 하염없이 감기려고 했다.

"할아버님, 들어가도 되겠는지요?"

"응? 아, 내 손녀로구나."

노대인은 너무나 앳된 손녀를 보고는 문득, 자신이 죽어가고 있다는 사실을 절감했다.

"아가, 자, 이리 와서 내 손을 좀 주무르거라."

프롤로그 | 41

춘월이 할아버지의 말이 떨어지자마자 침상으로 올라가서 뺨을 할아버지의 가슴에 정겹게 가져다댔다. 노대인은 한숨을 쉬었다.

춘월은 할아버지의 가슴에 얼굴을 묻은 채 말했다.

"할아버님께서 편찮으셔서 정말 가슴이 아파요. 어디가 안 좋으신 거예요?"

"늙으면 누구나 다 앓는 병이란다."

"하지만 곧 나으실 거예요. 틀림없어요."

"글쎄다. 그래, 무슨 일로 왔느냐?"

"할아버지, 생각만 해도 끔찍해요. 제 계집종 이화를 하필이면 여씨 노인한테 보내기로 했대요. 전 이화가 가지 않았으면 좋겠어요. 제발 그 애가 가지 않게 해주세요. 그 애가 가버리면 저는 아마 슬퍼서 죽을 거예요."

노대인이 다시 한숨을 내쉬었다.

"아니다. 넌 죽지 않을 거다."

"아니에요. 전 정말 죽을 거예요."

노대인은 눈을 감고 자신이 처음으로 좌절을 맛보았던 것이 언제인지 생각해보았다. 그러나 생각나지 않았다.

"할아버님?"

춘월은 할아버지가 계속 눈을 감고 있자 겁이 나서 말했다.

노대인이 몸을 일으켰다.

"아니다, 아가. 넌 죽지 않을 거야. 우리는 신이 아니니까 매사를 마음대로 할 수 없다는 것을 잊지 말거라. 인간은 자신의 팔자를 거스를 수 없단다. 그러니 제 팔자에 따르는 법을 배워야 한단다."

"하지만 왜 제가 여씨 노인의 욕심에 져야 하나요?"

"이것은 명예와 의무가 걸린 문제란다. 춘월아, 이번 일은 네가 생각하는 것보다 훨씬 큰 문제란다."

"하지만 노름빚 때문이라면서요? 작은삼촌이 그랬어요."

"네 삼촌이란 작자가 잘 알지도 못하면서 허튼소리를 한 모양이구나. 내 말을 믿어다오. 나도 어쩔 수가 없는 일이란다."

노대인은 손녀의 눈에 물기가 어리는 것을 바라보면서, 자신이 마지막으로 겪는 슬픔이 될지도 모른다는 생각을 했다.

"자, 춘월아. 다 큰 애가 울어서 되겠느냐. 이 할애비가 눈물을 닦아주마. 그리고 얘기를 하나 해주겠다."

노대인은 떨리는 손으로 손녀의 눈물을 닦아주었다.

"아주 오랜 옛날에 어떤 내외가 살았는데, 그들은 아들 하나 갖는 게 가장 큰 소원이었단다. 몇 해 동안이나 아이가 없자 마음씨 착한 아내는 남편에게 첩을 두라고 애원했지. 남편은 처음에는 거절하다가 아내의 간곡한 부탁에 어쩔 수 없이 그러기로 했단다. 그러나 첩을 얻었는데도 자식을 낳지 못했어.

그 내외는 큰 집에 살고 땅도 많이 가진 부자인 데다가 남편은 지체 높은 관리였지만, 자식이 없었기 때문에 거지들조차도 그들을 안쓰럽게 여겼단다. 그 남편이 문중에서 유일한 남자였기 때문에 양자를 맞아들일 수도 없었지. 그 내외는 자식을 낳지 못하면 저승 가서도 몸 붙일 데가 없는 처지였단다. 제사 지내줄 자식 하나 없이 저승에선들 무슨 낙이 있겠느냐. 내외는 아들 하나만 점지해주십사고 밤낮으로 치성을 올렸단다.

그러나 소용없는 일이었어. 그 내외는 절망에 빠진 나머지 딸이라도 좋으니 제발 자식 하나만 낳게 해달라고 치성을 드렸단다. 딸에게 지참금을 듬뿍 얹어주면 가문을 이어줄 데릴사위라도 얻을 수 있을 거라고 생각한 거지. 하지만 딸자식조차도 볼 수가 없었단다.

그러던 중에 남편이 고향에서 멀리 떨어진 뤄양이란 곳에 부임하게 되었는데, 그 내외의 옆집에 아들 하나를 둔 부부가 살고 있었단다. 그런데 어느 해던가, 두 집 남편이 모두 나라님의 일을 보러 출타했을 때 마을에 돌림병이 번졌단다. 순식간에 많은 사람들이 죽어갔지. 시체를 묻어줄 사람이 없었기 때문에 시체들이 길거리에서 썩을 정도였단다. 옆집 모자도 모두 병에 걸렸단다. 충직한 노복들은 이미 죽어버렸고, 젊은 하인들은 모두 도망쳐버렸지. 그런데 자식이 없는 이 옆집 부인이 그 모자를 돌봐준 거야. 음식도 만들어주고 빨래도 해주고 병간호도 하면서 그 모자 곁을 떠나지 않은 거야. 잠도 제대로 못 자면서 말이다.

그렇게 사흘이 지나고 저녁 무렵이었는데, 그 집 아들이 갑자기 얼굴이 백지장처럼 되더니 숨이 멎어서 몸이 식기 시작했단다. 그러나 옆집의 마음씨 착한 부인은 그 아이가 죽어가도록 내버려두지 않았어. 그 부인은 아이의 옷을 들고는 유령이 날뛰는 길로 뛰어 나가서 '돌아오거라. 제발 돌아오거라' 하고 소리쳤단다. 부인은 썩은 시체들이 널브러져 있는 컴컴한 골목에서 몇 시간이고 그렇게 소리쳤단다. 그런데 목이 쉴 때까지 소리치다가 집에 돌아와보니 그 아이가 글쎄 다시 숨을 쉬고 있었다는구나!

그 착한 부인이 아이의 혼백을 저승사자한테서 빼앗아온 셈이지. 자기 아들도 아닌데 말이야.

그 착한 부인 내외는 이제 모두 늙었단다. 여전히 자식은 없고 말이다. 그런데 얼마 전에 그 부인이 자기가 아는 어떤 영리하고 튼튼한 계집종을 첩으로 맞으면 아들을 볼 수 있을 거라는 꿈을 꾸었다는구나. 그 착한 부인은 그 꿈이 관음보살님의 계시라고 믿었지.

남편은 처음에는 아내의 말을 무시해버렸단다. 하지만 아내가 갈수록 수척해지자 결국 그런 계집종이 있는 집안을 수소문해서 그 아이를 얻어낼 궁리를 했지. 하지만 간접적인 방법을 써야 했단다. 부탁을 하면 절대 거절하지 않을 친구에게 값진 것을 요구한다는 것은 점 잖지 못한 노릇이니까 말이다.

아가, 지금까지 내가 한 이야기에 나오는 사내아이가 바로 네 큰삼촌 용재란다. 그리고 그 계집종은 이화이고, 마음씨 고운 이웃집 부인은 바로 여씨 노인의 정실부인이란다."

노대인은 손녀가 무슨 말을 하지 않을까 잠시 기다렸다가, 아무 말도 하지 않자 말을 계속했다.

"춘월아, 내 이야기는 아직 안 끝난 셈이구나. 너는 내 이야기가 어떻게 끝났으면 좋겠느냐?"

"할아버님, 그 얘기를 괜히 들었나봐요. 뭐가 뭔지, 어느 게 옳고 어느 게 그른지 모르겠어요. 알고 싶지도 않고요."

춘월이 기어드는 소리로 말했다.

"애야, 빤한 얘기 아니냐? 일을 제대로 하려면 한 가지 길밖에 없다. 우리가 은혜를 갚아야 하는 거지. 팔자는 어쩔 수 없는 법이다. 그냥 따를 수밖에."

"할아버지께서는 그렇게 쉽게 말씀하시지만 저는 정말 가슴이 아파요."

춘월은 이제 드러내놓고 울었다.

"춘월아, 네 가슴이 가끔씩 아프지 않다면 너에게 가슴이 있다는 것을 어떻게 알 수 있겠느냐? 가슴앓이란 원래 시작도 끝도 없어서 때가 되면 좀 덜하다가도 또 심해지고, 그러다가 또 낫고 그러는 거란다. 새벽의 씨앗이 자라서 저녁이 되고, 황혼의 씨앗이 자라 아침이 되듯이 말이다."

노대인이 춘월의 눈물을 닦아주었다. 한참 후에 춘월의 울음이 잦아들었다.
"할아버지 말씀을 들으니 모든 게 아름답게 느껴져요."
"자, 이제 늦었다. 난 잠 좀 자야겠구나."
춘월은 침대에서 내려가 할아버지에게 절했다.
"안녕히 주무세요, 할아버지."
노대인의 눈은 벌써 감겨 있었다.
춘월은 이화에게 일이 어떻게 되었는지를 조금이라도 늦게 말해주려고 할아버지 방에서 천천히 나왔다.
춘월은 이화가 떠나면 자신의 삶이 어떻게 변할지 생각해보았다. 춘월은 갓난아기 때부터 아버지나 어머니의 품이 아니라 이화의 품에서 자랐다. 걸음마를 배울 때도 이화의 자장가를 들으며 자고 싶어했다. 이화의 머리채를 고삐처럼 잡아당기며 이리저리 끌고 다니기도 했다. 춘월은 처음에는 그렇게 하면 이화가 아프다는 것도 몰랐다.
춘월은 마당을 가로질러 갔다. 이화가 모진 비바람에도 굽을 줄 모르는 큰 나무처럼 몸을 꼿꼿이 세우고 문밖에 서있었다. 춘월은 이화에게 달려가고 싶은 것을 꾹 참았다. 그리고 이화가 아무 말도 하지 않자 적이 마음이 놓여 이화의 뒤를 따라 처소로 갔다. 계절에 맞지 않게 따스한 저녁이었고, 대기 속에는 향기가 떠다니고 있었다. 하늘에는 구름 한 점 없었고, 마치 소금을 뿌려놓은 것처럼 많은 별들이 반짝이고 있었다. 담장 너머에서 피리 부는 소리가 들려왔다.
처소에 이르자 이화가 춘월의 옷을 벗겨주고 이부자리를 폈다. 춘월은 갑자기 맥이 풀어져 눈이 반쯤 감긴 채 이불 속으로 들어갔다. 이화는 춘월의 얼굴에 흩어져 내려온 머리카락을 쓰다듬어 올려주고 돌아섰다.

"이화야, 잘 자."

"좋은 꿈꾸세요, 아기씨."

이 두 마디가 춘월과 이화가 나눈 마지막 대화였다.

이튿날 새벽, 소란스런 문밖 동정에 춘월은 화들짝 놀라 눈을 떴다.

"그 애가 방에서 나오지 못하게 해. 보면 안 된단 말야. 어서!"

어머니의 목소리였다.

춘월이 용수철처럼 벌떡 일어나서 휘장을 젖혔다. 화소댁이 문 앞에 서서 가쁜 숨을 몰아쉬며 앞치마로 얼굴을 닦고 있었다.

"무슨 일이야? 아줌마가 왜 여기 있는 거야?"

춘월이 소리쳤다.

화소댁이 울음을 터뜨렸다.

"울지 말고 무슨 일인지 얘기해봐! 이화는 어디 있어?"

화소댁은 코를 헹 풀고 염불을 외기 시작했다.

"어머니께서 오셔서 말씀해주실 거구먼요."

"지금 말해봐. 무슨 일이야?"

화소댁은 고개를 젓기만 했다. 춘월이 침대에서 펄쩍 뛰어내려 문으로 달려갔다. 화소댁이 붙잡았지만 춘월은 뿌리치고 빠져나갔다. 사람들이 백양원 쪽으로 뛰어가고 있었다. 춘월도 뒤따라 뛰었다.

백양원에 모여 있는 사람들은 해묵은 백양나무 주위에 모여 나무를 멍하니 쳐다보고 있었다. 춘월은 사람들에 가려 나무를 볼 수가 없었으나 아무도 길을 터주지 않았다. 춘월은 돌거북이의 등 위로 뛰어올라갔다.

이화가 나뭇가지에 대롱대롱 매달려 있었다. 그녀는 저승 떠날 채비를 하느라 제일 좋은 비단옷을 입고 있었고, 목에는 아껴두었다 명절날에만 하는 목도리가 매여 있었다.

계집종이 복수를 한 셈이었다. 결국 장씨 가문의 이름이 더럽혀졌다. 빚을 갚으려다가 또 다른 빚을 지고 만 것이다.

백양나무는 베어졌다.

그로부터 일주일 후에 노대인이 죽었다.

청나라 광서제가 다스리던, 1892년 용(龍)의 해 5월 쑤저우에서 있었던 일이다.

새 가장 ❁

양원이란 사람은 중국 최초의 외국 유학생으로 알려졌다.

그는 광둥 출신으로서 선교사 학교에서 영어를 가르쳤다. 선교사들은 먼저 양원을 개종시키고 나서 예일 대학으로 유학을 보냈고, 양원은 1854년에 대학을 졸업했다.

양원은 고국에 돌아오자 '무지한 동포들의 눈에는 보이지도 않는 임무'들을 자진해서 떠맡았는데, 보다 많은 중국 청년을 미국으로 유학 보내는 것이 그의 꿈이었다. 그의 꿈은 18년 후에 이루어졌다. 정부에서 120명의 학생을 코네티컷 주의 하트포드로 보내기로 결정한 것이다. 양원의 계획에 따르면 학생들은 15년 동안 미국에서 공부한 뒤에 돌아오기로 되어 있었다.

얼마 안 있어서 그들 모두가 양원처럼 다른 사람이 되어버렸다. 공자보다 의회주의를 더 신봉하게 된 그들은 중국옷 대신에 양복을 입으려고 했다. 얼마 안 있어서 황제가 위험을 직감하고 그들을 불러들였다.

하지만 너무 늦었다. 나라 안 여기저기에는 조약항들이 생겨나서 오랑캐들이 활개를 치며 자기네 관습을 퍼뜨리고 있었던 것이다.

앞날을 내다볼 줄 아는 한족의 후예들은 자식들이 장차 중국을 구하기를 바라며 자식들을 외국인이 운영하는 학교에 보냈다.

　양원의 고향인 남부 지방의 가난한 농부 수천 명은 이미 세계 방방곡곡으로 배를 타고 가서 황제에게 머리를 조아려 절하는 풍습이 없는 여러 나라의 문물을 보고 돌아왔다.

　그들 가운데 한 사람은 장차 중국의 혁명가로 불리게 된다. 손문은 열세 살 때 호놀룰루로 가서 외국의 종교를 받아들였다. 그는 돌아오자마자 절간에 즐비하게 놓여 있는 우상을 깨부쉈고 의학박사가 되려고 공부했음에도 해부 전문의로 개업했다.

─중국사

　용재는 하숙집 여주인이 내미는 전보 봉투를 받아 호주머니에 넣었다.

　"열어보지도 않아요?"

　여주인이 궁금하면서도 걱정스러운 목소리로 물었다.

　"무슨 내용인지 다 아는데요, 뭐."

　"나쁜 소식이 아니었으면 좋겠군요."

　"특별한 내용은 아닐 겁니다. 기다려주셔서 고맙습니다."

　"괜찮으세요, 미스터 장?"

　"그럼요, 걱정하지 마십시오."

　용재는 3층에 있는 자신의 방으로 천천히 걸어 올라갔다. 베이컨 냄새가 코를 찔렀다. 이 집에 처음 왔을 때만 해도 저 냄새에 속이 뒤집혔는데……. 문을 여니 저무는 햇살이 비치는 서쪽 창가의 책상 외에는 방 전체에 어둠이 고여 있었다. 용재는 스탠드도 켜지 않은 채 코트를 벗고 넥타이를 풀었다. 그러고는 집에서 온 전보를 놋쇠로 된 잉크 스탠드에 놓았다. 용재는 한참 동안 전보 겉봉을 뚫어져라 보았다. 아버지에게 작별을 고한 것이 벌써 일곱 해 전이었다. 이제 다시는 뵐 수 없게 된 것이다.

예상했던 일이었다. 아버지는 권세가에서 태어나 뛰어난 신하로서, 보기 드문 효자로서 가문의 명예를 드높이셨다. 그리고 언제나 중용을 지키며 사셨다. 틀림없이 편안하게 눈을 감으셨을 것이다.

용재는 겉봉을 뜯고 전보를 읽었다.

노대인 돌아가심.

용재는 전보의 날짜를 보고 달력을 보았다. 시간이 촉박했다. 49일 전에 쑤저우에 도착하려면 지금 당장 뉴 헤이븐을 떠나야 했다.

용재는 한참 후에 일어서서 불을 켰다. 그러고는 벽장에서 트렁크를 꺼내 짐을 꾸리기 시작했다. 지난 일곱 해 동안 모인 물건들을 트렁크에 꾸역꾸역 집어넣다 보니 온갖 기억들이 칠흑 같은 밤의 불꽃처럼 떠올랐다. 처음으로 앞뒤로 수가 놓인 관복을 입고 아버지 앞에 섰을 때 아버지는 기쁨을 감추지 못하셨는데……. 그리고 안에 털을 댄 아버지의 코트가 생각났다. 한번은 아버지의 코트 속에 정원지기 영감이 가장 아끼는 국화를 숨겨서 들고 나오려고 했던 적도 있었다. 그러나 결국은 정원지기 영감에게 들켜서 혼이 났지.

"정원지기에게는 국화 한 송이 한 송이가 다 제 자식 같은 법이라는 것을 잊지 말거라."

그때 아버지는 그렇게 말씀하셨지.

너무나 많은 추억이 있다. 뤄양으로 다시 돌아오셨을 때 거의 죽어가던 내 이마에 얹어주시던 아버지의 그 손길 하며……. 남양함대가 프랑스 해군에 괴멸된 지 며칠 후에 아버지가 하신 말씀이 아직도 용재의 머릿속에 뚜렷하게 남아 있었다.

"애야, 난 너를 미국으로 보낼 생각이다."

용재는 어리둥절해서 아버지의 장죽에서 피어오르는 담배 연기만 물끄러미 바라보았다. 내가 미국으로 쫓겨가야 할 만큼 무능한 군수였단 말인가? 내가 다스리는 방식이 만주족 사람들은 물론이고, 한족 출신의 상인들이나 외국인 등 그 어느 누구에게도 마음에 들지 않았다는 것은 사실이지만……

아버지가 담배를 한 모금 빨면서 말을 이으셨다.

"놀란 모양이구나. 자, 대답해보아라. 내가 이 담배를 한 대 피우는 데 시간이 얼마나 걸릴 것 같으냐?"

용재가 머뭇거렸다.

"어서. 얼마나 걸릴 것 같으냐?"

"10분 정도 걸릴까요?"

"생각해보아라. 우리나라 남양함대가 침몰하는 데 10분도 채 안 걸렸다. 중국이 다시 일어서려면 근대화되어야 한다. 그런데도 베이징의 보수주의자들은 외국 문물을 가르치는 등원관을 폐쇄해버렸고 외국에 유학 갔던 정부 장학생들도 모두 불러들였다. 그 사람들과 견해가 다른 우리들로서는 개인적으로라도 사람을 외국으로 내보내서 공부를 시켜야만 한다. 그러니 넌 당연히 유학을 가야 한다. 네 약혼녀가 죽은 지금, 그 아이 집안에 대한 예의를 생각한다면 앞으로 수년 동안은 다른 배우자를 고를 수도 없는 노릇이 아니냐. 그리고 넌 어려서부터 묻는 것을 좋아했고 말이다."

"동생들도 같이 가는 겁니까?"

"아니다. 귀재에 대해서는 다른 길을 생각해두었다. 중국은 현대식으로 훈련받은 군인이 필요해. 그 애는 산둥성 태수가 세운 신식 군관학교에 입학시킬 생각이다. 베이징 보수주의자들의 생각에 따르지 않는 관리가 있다는 것이 그나마 다행이구나."

"그럼 진재는요?"

"그 애는 책만 좋아하니 집에 남게 할 생각이다."

노대인은 아무 말 없이 담배가 다 탈 때까지 장죽만 빨았다. 이윽고 문중 제사를 올릴 때와 같은 근엄한 목소리로 말했다.

"서양으로 가거라. 가서 외국 사람들의 지식을 배워라. 그러고 나서 돌아와 문중 사람들과 우리 동포들에게 서양 사람들의 힘의 비결을 가르쳐주거라."

몇 주일 후 용재가 떠나던 날, 노대인은 가마 타는 데까지 따라 나와 아들의 장도를 빌어주었다. 그러고는 못내 아쉬운지 대문까지 걸어나와 집을 악귀로부터 보호해준다는 가리개 뒤에 서서 아들이 가마에 오르는 모습을 지켜보았다. 노대인은 용재가 그의 모습을 볼 수 없을 때까지도 청동 사자상 옆에 서있었다. 용재는 가마가 묵탑 모퉁이를 돌아섰을 때 아버지를 본 것이 마지막이었다. 아버지가 금으로 수놓은 장삼에 석양빛을 받으며 꼿꼿하게 서있는 모습을 보았다. 아버지의 그 꼿꼿한 모습은 당신께서 하실 수 있는 그 어떤 말보다 더 가슴에 와 닿았다.

용재가 책장과 서랍을 다 비워 트렁크를 챙기고, 침대 밑에서 작은 가죽 가방을 끄집어냈을 때는 이미 먼동이 트고 있었다. 6년 전 예일 대학에 온 이후로는 한번도 만져보지 않았던 가방이었다. 용재는 그 속에 여행하면서 입을 옷가지를 꾸려 넣었다. 그러고는 그가 가장 아끼는 물건들을 넣었다. 뉴 헤이븐에 오기 전에 의무적으로 아테네와 파리, 런던 등 유럽을 열두 달 동안 돌아다녀야 했을 때에도 가지고 다니던 것들이었다. 그것은 손잡이가 옥으로 된, 여우털로 만든 붓과 연꽃잎이 새겨진 벼루, 그리고 아버지가 주신 먹이었다.

그 다음에는 장삼 두 벌 사이에 가족사진을 넣었다. 그 사진은 용재가 쑤저우를 떠나기 전에 찍은 것으로, 3대에 걸친 쉰네 명의 집안 식구가 모두 들어있었다. 사진 한가운데에는 노대인과 노마님이 자단의자에 딱딱한 자세로 앉아 있었고, 그들의 발치에는 노대인이 가장 귀여워하는 춘월이 서 있었다.

마지막으로 침대 머리맡에서 칠보 상자를 집어들었다. 황제께서 아버지에게 하사하신 장기판이었다. 아버지는 그것을 용재의 서른번째 생일날 선물로 주셨다. 용재는 그것을 받기 전까지는 아버지가 정말로 장손으로 자신을 택할지 간혹 걱정이 되곤 했다. 3백 년 동안의 가족사를 기록한 족보를 보면 아들이 있음에도 조카를 장손으로 삼은 경우가 몇 번 있었던 것이다.

용재는 상자를 열고 두툼한 상아로 된 원판 위에 전서체로 새겨진 글씨들을 손가락으로 더듬어 읽었다. 졸·마·포·상·차·왕. 만져만 보아도 어느 것이 어느 것인지 알 수 있었다. 용재는 아버지가 수도에서 몇 해 만에 돌아왔던 어느 해의 중추절을 생각하고는 조용히 웃었다. 그가 갓 스물이었고, 큰동생은 세 살 아래였다. 아버지가 장기 시합을 열겠다고 하시기에 두 아들은 아버지의 마음에 들기 위해서 미리 연습해둘 생각으로 몰래 장기원에 갔다. 막내동생도 질세라 형들 뒤를 졸졸 따라갔는데, 장기를 두는 법도 잘 몰랐다.

세 형제가 장기를 두고 있는데 날아오르는 학이 수놓아진 주홍빛 장삼을 입은 아버지가 죽문으로 불쑥 들어오셨다. 장기를 두던 아이들이 튕긴 듯 일어났다. 막내는 벌써 달아나고 없었다.

"그냥 있거라!"

아버지가 엄한 목소리로 말했지만, 눈에는 웃음이 담겨 있었다.

귀재는 도망가다 멈춰서서 돌아다보고는, 아버지가 고개를 끄덕이자 슬금슬금 되돌아와서 돼지꼬리 같은 앞이마를 까딱거리며 세 번 절했다.

"계속 두어라."

아버지가 그렇게 명령했지만, 아이들은 의자에 앉으라고 아버지가 손짓할 때까지는 감히 앉지도 못했다. 아버지는 아무 말 없이 몇 수 지켜보다가 자신의 생각을 얘기했다.

"용재야, 너는 한 수 한 수에 지나치게 집착하지 마라. 목표를 잊으면 안 된다. 그리고 진재는 책을 보고 이것저것 잡다한 수를 외는 건 이제 그만두고 시합을 많이 하거라. 귀재야, 너는 정공법이 언제나 최선책이 아니라는 것을 기억하거라. 술수를 익혀야 해."

아버지는 그 말만 하고는 바로 나가셨다. 아들들이 뭐라고 대답할 틈도 없었다. 아버지가 그들의 장기 두는 것을 본 것은 그때가 처음이었다.

참으로 많은 추억들이 있었다. 용재는 조용히 상자를 닫고 리넨 천으로 싸서 가방에 넣었다.

그로부터 일주일 후, 장씨 가문의 새로운 가장은 샌프란시스코에서 영국 기선 북경호를 타고 상하이로 향했다.

용재는 배 안에서 먹을 갈아 글을 쓰려고 했다. 그러나 붓을 들자 먹물이 종이에 떨어지고 말았다. 놀랄 일도 아니었다. 마지막으로 붓으로 글을 쓴 게 언제였지? 기억이 잘 나지 않았다. 그동안 새로운 학문을 배우느라 정신이 없었던 것이다.

용재는 의무감 때문에 집에 편지를 쓰곤 했다. 용재는 사실 물리학과 기계학에 관심이 있었지만, 편지에는 수학과 자연 과학, 서양 철학에 대해서만 썼다. 그러나 갈수록 불안해지는 심정에 대해서는 한

마디도 하지 않았다. 용재는 배우면 배울수록 아버지에게 말을 하고 싶지가 않았다. 기계에 대해서 배우라고 유학을 보내신 아버지에게, 기계는 서양이 가지고 있는 힘의 근원이 아니라 하나의 현상일 뿐이라는 것을 어떻게 설명할 수 있을까? 중국인에게는 서양인의 사고방식이 기차보다 더 이상하게 보일 것이고, 분명히 기차보다 더 받아들이기 어려울 것이다.

대서가 가까운 어느 날 정오에 북경호는 30일 동안의 항해 끝에 황푸 강 어귀의 물 깊은 곳에 닻을 내렸다. 승객들은 그로부터 한 시간도 못 되어서 상하이까지 80리를 태우고 갈 창녕호에 옮겨 탔다.

용재는 그날 아침, 비둘기빛 장삼을 입고 오랫동안 거울 앞에 서서 북받쳐오르는 흥분을 감추느라 애를 썼다. 용재는 기대에 부풀어 거룻배 머리에서 앞을 바라보고 있었지만, 쑤저우 사람답게 침착했으며 그의 길고 가느다란 손가락도 난간 위에 가만히 놓여 있었다.

황푸 강은 미국으로 떠날 때와 조금도 달라지지 않았다. 강 귀신을 물리친다는 크고 둥근 눈을 뱃머리에 그려 넣은 기선과 예인선, 거룻배, 정크선 등이 어지럽게 경적과 호각, 고동을 울리며 분주히 오가는 모습도 그대로였다. 누더기를 걸치고 그물을 든 사람들이 갈매기와 뒤섞여 외국 기선이 버리고 간 쓰레기를 앞다투어 건지고 있는 것도 여전했다.

멀리 상하이가 보였다. 부두에는 청나라 황제의 용이 그려진 깃발 대신에 프랑스 국기와 빅토리아 여왕의 영국 국기가 펄럭이고 있었다.

배가 미끄러지듯 항구에 들어서고 닻이 내려졌다. 용재는 마중나온 사람이 나타나기를 기다렸다. 한떼의 미국인 선원들이 부두에 있는 사람들에게 뭐라고 소리치거나 휘파람을 불었다. 선원 한 명이 난간에 위태롭게 매달리자 그의 동료들이 다리를 들어 바다에 집어던지는 시늉을 했다. 구경하던 사람들이 모두 재미있어 했다. 용재는 고개를 저었다. 미국 사람들은 어쩌면 저렇게 어린애들 같을까. 미국 남자들은 처음 보는 사람에게도 손을 흔들고, 여자들은 처음 만나는 사람하고도 친구처럼 수다를 떨었다. 그리고 아이들은 어른들과 눈싸움을 하기도 했다. 아마 미국이 그리울 거야.

용재는 한번도 마음 편하게 미국인들과 같이 있은 적이 없었다. 이를테면 손아래 친구인 명원과 장기를 둘 때와 같은 편안함은 느낄 수가 없었다.

아버지가 '내 친구 아들 명원이 예일 대학에서 공부를 하려고 뉴헤이븐에 갔으니 친동생처럼 보살펴주거라'는 내용의 편지를 하신 것이 일년 전이었다. 아버지의 분부는 어려운 일이 아니었다. 명원은 소탈한 편이어서 과묵한 용재는 그 덕분에 심심하지 않았다. 명원은 서양 것이라면 스포츠라고 하는 격렬하게 움직이는 것까지도 열심히 배웠고, 시간이 갈수록 중국의 앞날에 대해서 낭만적인 낙관을 했다. 명원은 유별난 데가 있으면서도 그 나이 또래 치고는 재미있는 젊은이였다. 용재는 속으로 쓴웃음을 지었다. 일곱 해 동안 미국에서 살면서 단 하나 사귄 친구가 중국인이라니.

"나으리, 나으리."

등 뒤에서 쑤저우 억양의 목소리가 들렸다. 용재가 뒤를 돌아보니 정원지기 영감이었다.

"아, 할아범."

용재는 세상을 떠난 노대인과 돌아온 그의 아들에 대한 충정으로 눈을 빛내며 반겨주는 정원지기 영감을 보자 가슴이 뭉클했다.

두 사람은 격식대로 인사를 주고받았다.

"나으리, 너무 오랫동안 못 뵈었습니다요."

"할아범을 보니 고향에 돌아온 게 실감나는구려."

그들은 쑤저우 강을 거슬러 남은 여정을 재촉했다. 앞으로도 3백 리 길이 남아 있었다. 배로 사흘 밤낮을 더 가야 할 거리였다. 용재는 날마다 뱃머리에 앉아 노젓는 소리를 들었다. 정원지기 영감이 장례식 절차에 대해서 상의하는 얘기는 건성으로 들었다.

날마다 금빛 실오라기 같은 햇살이 나무 사이에서 천을 짜듯 비추는 해질 무렵이면, 한떼의 찌르레기가 강변의 전신주며 전깃줄에 내려앉곤 했다. 달라진 것이라고는 전신주와 전깃줄뿐이었다. 그리고 달라진 게 하나 더 있다면 학생인 용재 자신이 이제는 가장이 되었다는 사실이었다. 용재는 만나는 순간 속에 이미 이별이 시작된다고 하시던 아버지의 말씀이 생각났다.

나룻배가 정박할 자리를 찾아 한참 동안 이리저리 움직인 다음, 이윽고 쑤저우의 북쪽 수문 정박지에 비집고 들어갔을 때는 장날의 이른 오후였다. 장터에는 햇볕에 검게 그을린 수백 명의 농부들이 엄청나게 큰 광주리를 하나씩 옆에 놓고 물건을 팔고 있었다. 백 명쯤은 될 듯한 봇짐장수들도 돗자리 위에 물건을 펼쳐놓고 서로 질세라 큰 소리로 외쳐대고 있었다.

물건을 사러 온 사람들은, 윗옷도 걸치지 않은 평민이건 금실로 수를 놓은 옷을 입고 있는 부자건 간에 물건값을 조금이라도 깎아보려고 입씨름을 하고 있었다. 온갖 소음과 지독한 냄새에 질겁을 한 용재는 정원지기가 뱃삯을 다 치를 때까지 안절부절했다. 전에 이곳을 지나다닐 때는 한번도 쓰레기 더미나 욕설에 마음을 쓰지 않았던 것이 신기할 정도였다. 용재는 장터가 변한 것이 아니라 자신의 눈과 귀가 새로워진 것이라는 생각이 들었다.

"복숭아요! 불로주만큼이나 맛있는 복숭아요……."
"연뿌리 사시오, 연뿌리! 옥황상제님도 좋아하실 연뿌리요."
"직녀가 손수 짠 비단이오! 시어머니 심통도 딱 멈추는 비단이오!"
"오리새끼 사시오!"
"고을 제일의 집안 밥상에서 금방 나온 뼈다귀요!"

용재는 여행 가방을 든 손에 힘을 주며 하릴없이 모여선 두 패거리의 사람들 틈을 비집고 앞으로 나아갔다. 한 패거리는 이발사가 면도하는 것을 지켜보고 있었고, 다른 한 패거리는 돈 받고 글씨를 써주는 사람이 글씨 쓰는 것을 구경하고 있었다. 용재가 장삼에 묻은 먼지를 털고 있는데, 뒤에서 토할 것 같은 악취가 풍겼다. 코를 감싸며 뒤돌아보니, 고약하게 생겨먹은 거지 하나가 천천히 다가오고 있었다. 거지가 다가오자 이발사와 글씨 써주는 사람, 구경꾼들이 한쪽으로 비켜섰다.

용재는 거지에게 동전을 주려고 주머니를 뒤져보았지만 한푼도 없었다. 정원지기 영감은 도대체 어디로 간 거야? 이제는 동전 한 닢이 없어서 누더기에 똥칠을 한 거지에게 봉변을 당하는 수밖에 없을 것 같았다. 그런데 웬일인지 거지가 갑자기 멈칫하더니 구걸하려고 내밀었던 손을 내렸다. 그 거지는 장승처럼 빳빳이 서서는 눈곱 낀 눈으로 용재를 한참 동안 쳐다보더니 땅에 침을 퉤 뱉고 돌아서서 운하로 내려가는 층계에서 훌쩍거리며 국물을 마시고 있는 짐꾼 옆으로 가 털썩 주저앉았다.

"어르신, 한 입만 마시게 해줍쇼. 한 입만요."
"저리 가! 꺼지라구!"
거지는 짐꾼 옆으로 바싹 다가앉았다.
"꺼지라니까! 입맛 떨어진단 말야!"

짐꾼이 거지를 국그릇으로 밀었다. 거지는 그 기회를 놓치지 않고 번개처럼 국그릇에 침을 뱉고는 짐꾼을 보며 히죽 웃었다. 짐꾼은 벌떡 일어나서 자신의 점심을 땅에다 천천히 부어버리고는 고개를 들고 걸어갔다.

용재는 짐꾼이 사람들 사이로 사라지는 것을 바라보며 속으로 감탄했다. 얼마나 중국인다운가! 얼마나 멋있는 행동인가! 국물을 땅바닥에 쏟아버리는 것으로 일이 끝나버린 것이다. 서양 사람들 같으면 피를 보지 않고서는 물러서지 않을 텐데…….

거지는 웃음을 터뜨리며 땅바닥에 흩어진 고기며 야채 조각 따위를 얼른 집어 입으로 가져갔다. 다 주워먹은 거지는 다시 돌처럼 무표정한 얼굴로 용재를 보았다.

거지는 아직도 그 자리에 서서 계속해서 용재를 보았다. 용재는 불안해지기 시작했다. 왜 저렇게 나를 뚫어져라 보는 걸까? 용재는 짜증스러운 얼굴로 나룻배 쪽을 쳐다보았다. 용재에게로 오고 있던 정원지기가 걸음을 재촉했다.

"이제야 끝났습니다요, 나으리. 짐은 뒤쫓아 보내달라고 말해놓았습니다요. 이제 가마를 타러 가시지요."

그들이 시장에 모인 사람들 틈을 비집고 걸어가는 동안 앞장선 정원지기는 몇 번이나 공손히 고개를 꾸벅거리며 사람들에게 예의를 차렸다.

"어르신네들, 자, 길 좀 비켜주십쇼."

그들이 지나가면 모두들 입을 다물고 용재를 쳐다보았는데, 그들의 얼굴에는 조금 전에 거지가 지었던 것과 같은 표정이 떠올랐다. 용재는 자기 장삼을 내려다보았다. 예전과 다를 게 없었다. 서양 구두를 신은 것도 아니었다. 그런데 어디가 이상해서 나를 쳐다보는 거지?

용재는 앞장서서 걷는 정원지기를 불렀다.
"네, 나으리."
"저 사람들이 뭘 보는 건가?"
"네, 저 송구스럽지만…… 나으리를 보는 겁니다요."
"저 사람들이 나를 아는가?"
"아닙니다요, 나으리."
"그런데 왜 다들 나만 뚫어져라 보는 건가?"
"신경쓰실 것 없습니다요, 나으리. 저것들은 하릴없는 게으름뱅이들인데요, 뭘."
 정원지기 노인이 손을 내저어 모여드는 사람들을 쫓으려고 했지만 사람들은 막무가내로 뒤따라왔다.
 이윽고 가마 있는 곳에 이르렀다. 가마꾼이 공손히 허리를 숙여 절을 하고 허리를 폈다. 그러나 자신을 보는 가마꾼의 눈빛도 시장에서부터 따라온 다른 사람들의 눈빛과 같았다.
 왜 저러는 걸까? 용재는 다시 정원지기를 보며 물었다.
"할아범, 망설이지 말고 얘기해봐요. 저 사람들이 왜 저렇게 나를 보는 거요?"
 정원지기 영감이 고개를 숙인 채 대답했다.
"저 사람들이 나으리같이 지체 높으신 분을 뵐 기회가 자주 있는 게 아니기 때문입니다요. 나으리의 당당한 풍채만 봐도 나으리 문중이 얼마나 점잖고 훌륭한지 알 수 있답니다."
"요점만 정확하게 말하시오."
"소인의 이야기는 나라님의 샘물만큼이나 깨끗합니다요. 다른 마음은 전혀 없습죠. 나으리가 입고 계신 장삼은 궁궐에서 쓰려고 내관들이 사들이는 것만큼이나 훌륭하굽쇼. 그런데……."

"그런데?"

정원지기 영감은 이제 감추려들지도 않고 잇몸을 드러내며 웃었다.

"나으리 머리 때문입니다요. 저 사람들은 한림학사 어르신이 어째서 변발을 하지 않았는지 궁금해하고 있는 겁니다요, 나으리. 나으리 머리는 오랑캐의 원숭이만큼이나 짧습니다요."

노인은 자신의 말이 지나쳤음을 깨닫고 얼른 손으로 입을 가렸지만, 여전히 웃음을 참지 못하고 키득거렸다.

용재는 그제야 쓴웃음을 지었다. 뉴 헤이븐을 떠나온 뒤 한번도 머리를 자르지 않았지만, 그래도 땋아서 변발을 만들기에는 너무나 짧았다.

"외국놈들 앞잡이! 오랑캐 하나님이나 믿는 놈!"

사람들의 눈빛은 그렇게 나무라는 것 같았다. 용재는 중국인의 모습을 되찾으려고 애를 썼으면서도 여행중에 머리가 자랐으니 집에 닿는 대로 바로 이발을 해야겠다는 생각만 했지, 땋아서 변발을 만들어야겠다는 생각은 한번도 하지 않았다.

"나으리, 그깟 일에 마음 쓰실 것 없구먼요."

미국 생활에 너무 젖어 있어서 나도 모르게 내 감정을 얼굴에 드러내고 말았단 말인가? 용재는 억지로 너털웃음을 웃었다. 그 웃음소리는 용재 자신의 귀에는 공허하게 들렸지만, 정원지기 노인은 마음이 놓이는 모양이었다.

"할아범, 저 사람들이 옳아. 내 머리가 너무 짧군."

정원지기 영감은 얼굴이 벌게져서 주인을 가마에 오르게 하고는 자기도 가마에 올랐다. 두 채의 가마가 사람들을 뒤로 하고 출발했다.

용재는 오랜만에 타보는 가마가 영 불편했다. 가마는 지난 여름에 마지못해서 학교 친구들과 소풍을 갔을 때 탔던 돛단배만큼이나 흔들렸다. 그때 용재는 미국에서 앞으로 백 년을 더 산다 해도 미국인들이 좋아하는 돛단배를 다시는 타지 않겠다고 마음먹었다. 용재는 혼자 조용히 웃었다. 어쩔 수 없는 중국인이라는 생각이 들었다.

그러나 가마가 큰길을 벗어나 조용한 시골길로 접어들면서부터는 가마의 흔들림에 익숙해지기 시작했다. 얼마나 갔을까, 갑자기 가마가 멈췄다. 해묵은 집의 지붕 위에 그림자를 드리우고 있는 묵탑이 보였다.

고향집에는 공손하게 걸어서 들어가야 했으므로 용재는 가방을 들고 가마에서 내렸다. 용재는 돌담을 따라 천천히 대문으로 걸어갔다. 대문 앞에는 명나라 때부터 전해 내려오는 청동 사자상들이 버티고 서있었다. 문중의 누군가가 죽었음을 알리는 푸르고 흰 만장이 문간 지붕에 드리워져 있는 것 말고는 떠나던 날과 똑같았다.

용재가 대문 가까이 갔을 때 갑자기 회오리바람이 일어 만장이 휘날렸다. 용재의 눈에 먼지가 들어갔다. 용재가 눈을 깜빡이며 잠시 머뭇거렸다. 그때였다. 금실로 수를 놓은 주홍빛 어깨옷을 걸친 사람 하나가 문 앞에 서있었다. 노대인의 혼백이 되살아나 몇 해 전 아들을 떠나보내던 자리에서 아들을 기다리는 것은 아닐까? 거리가 멀어서 누군지 알 수가 없었기 때문에 용재는 뛰기 시작했다. 아, 아버님. 아들이 돌아왔으니까 이제 쉬셔야죠.

그러나 문 앞에 이르기도 전에 또다시 먼지바람이 일었다. 눈을 떠 보니 만장만 축 늘어져 있을 뿐 아무것도 없었다. 혼백도 사라지고 없었다.

용재는 곧 대문에 이르렀다. 그는 몸을 가누려고 가방을 들지 않은 손으로 청동 사자상을 붙잡았다. 사자상은 햇볕을 받아 따뜻했다. 정원지기 영감은 주인 맞을 채비를 하기 위해 숨을 헐떡이며 앞서 들어갔다. 잠시 후에 아들의 도착을 알리고 아버지의 죽음을 상기시키는 징과 북소리가 들렸다. 용재는 크게 심호흡을 했다. 집에 온 것이다.

용재가 대문을 들어서서 마당을 둘러보니 풍각쟁이들과 정원지기 영감밖에 보이지 않았다. 집안사람들은 모두 빈소에 모여 있었던 것이다.

"이쪽입니다요, 나으리."

정원지기가 말했다.

"응? 그래."

용재가 넋을 잃고 고개만 끄덕였다. 버드나무 그늘 아래 있는 저 사람은 아버님이 아닌가? 아냐, 아무도 아니군.

"늦었습니다요, 나으리. 서두르셔야겠구먼요."

용재가 장기원과 서당을 지나 중문으로 들어서는 순간 문득 걸음을 멈췄다. 내가 잘못 생각했을 리가 없는데. 여기는 틀림없이 백양원이었어. 그런데 백양나무는 어디 갔을까. 그곳에는 연못밖에 없었다.

"할아범, 잠깐만. 여기가 어떻게 된 거요?"

정원지기 영감은 설명하려는 듯 입을 열다 말고 다시 길을 재촉했다.

"이쪽이구먼요, 나으리. 이쪽요."

용재는 더이상 캐묻지 않았다.

이윽고 자신의 처소에 도착한 용재는 상복으로 갈아입으면서 다시 한번 마음속으로 상제의 예법을 더듬어보았다.

빈소에는 상복을 입은 백여 명의 문중 사람들이 모여 있었다. 남자들은 빈소의 왼쪽에, 여자들은 오른쪽에 무릎 꿇고 있었다. 그리고 한옆에는 황색 가사를 입은 승려들과 검은 옷을 입은 도교승들이 서 있었다. 붉은색 공단에 뒤덮인 관은 빈소의 한구석에 놓여 있었다.

용재는 눈을 내리깔고 빈소로 들어가 아버지의 초상과 위패 앞에서 세 번 절했다.

하인이 음식 쟁반을 들고 왔다. 용재는 초에 불을 붙이고 향을 피운 다음 고기, 나물, 과일접시, 젓가락 등을 격식에 맞게 진설해놓았다. 그러고는 뒤로 물러나 다시 세 번 절했다. 용재의 머리가 마룻바닥에 닿을 때쯤 다른 사람들이 그를 따라 움직이는 소리가 들렸다. 장씨 가문의 모든 남자와 여자들이 세 번 절했고, 승려들은 바라와 종을 치면서 죽은 사람의 명복을 비는 염불을 했다. 여자들은 모두 소리 죽여 곡을 했다.

어둠이 내리자 문상객들이 하나둘씩 떠났다. 마침내 용재 혼자만 남게 되었다. 그는 여전히 무릎을 꿇은 채 가문의 이름을 드높이며 조상들을 경배하고 받들어 모시는 일을 게을리하지 않겠다고 맹세했다. 아버지가 할아버지에게, 그리고 할아버지가 증조할아버지에게 했던 것과 마찬가지로.

사당 안에 평화스러운 정적이 깃들었다. 마음이 가라앉아 편안해지자 용재는 일어나서 어머니의 처소로 향했다.

노마님은 용재가 큰절을 하고 일어서기도 전에 꾸짖기 시작했다.

"이런 일이 생겨야 집으로 돌아오는구나. 넌 돌아다니기 좋아하는 건달이나 마찬가지야."

그녀의 날카로운 목소리와는 달리 눈빛은 아들에 대한 사랑으로 가득 차 있었다.

"자, 어서 이리 오거라. 네 못난 얼굴 좀 자세히 보자꾸나."

"네, 어머님."

용재가 가까이 다가갔다. 웃음이 나오려고 했다. 적어도 어머니만큼은 변하지 않으셨군.

노마님은 아들의 뺨을 만지려고 손을 뻗다가 생각을 바꿔 아들의 얼굴에 손가락질을 했다.

"얘야, 변발을 해야지! 사람들은 네가 아낙네 처소에서 서성거리다가 붙잡혀서 머리를 잘렸다고 생각하겠구나."

계집종들이 키득거렸다. 노마님은 살모사처럼 이글거리는 눈으로 재빨리 종들을 하나하나 쏘아보았다.

용재는 화제를 바꾸는 게 좋겠다는 생각이 들었다.

"어머님은 안색이 좋아 보이시는군요."

"거짓말쟁이 같으니라고! 49일 동안 잠 한번 제대로 못 잤다. 수백 명이나 찾아온 문상객하고 일가친척들을 일일이 시중들고 먹이고 재우고 용돈까지 줘서 보냈다. 게다가 스님들까지 모셨지. 그래서 일하는 사람을 스물다섯 명이나 더 썼다. 네가 여기 있으면서 네 할 일을 했더라면 네 에미 몰골이 지금보다는 나았을 게다."

"불효를 용서해주십시오. 맹세컨대 다시는 문중 일을 게을리하지 않겠습니다."

용재가 고개를 숙이며 말했다.

"흥, 넌 내게 손자 하나 안겨주지 않았지 않느냐. 내가 네 아버지에게 수도 없이 얘기했다. 네 놈을 외국으로 보내도 장가부터 들여놓고 보내야 한다고 말이야. 이제는 아버지 상을 당했으니 10년 안으로는 어떻게 수를 쓸 수도 없게 됐어. 상을 벗고 나면 너도 마흔 줄에 들어서겠지? 네가 제대로 어버이를 섬길 줄 아는 녀석이라면 네 나이 40에는 내가 증손자를 볼 수 있었을 게야."

어머니는 용케도 잊지 않고 7년 전에 접어두셨던 바로 그 대목부터 끄집어내시는군. 용재는 다시 화제를 바꿔야겠다는 생각이 들었다.

"어머님, 내일 장례식 준비는 다 끝났는지요?"

노마님은 못들은 척하고 하녀들에게 부채질을 하라고 손짓했다.

용재는 좀더 큰 소리로 다시 물었다. 노마님은 아들의 큰 목소리에 움찔했다.

"장례가 좀 늦어질지도 모르겠다. 풍수쟁이 말이 날짜를 느지막하게 잡는 것이 좋겠다더구나. 그러니 어쩌면 다음 해가 될지도 모르겠구나."

"하지만 49일 장이 보통이고 아버님께서도 그렇게 하길 바라셨잖아요?"

"네가 언제부터 그렇게 관습을 따졌느냐? 네가 진작에 관습을 따랐다면 난 지금쯤 손자들 장가보내느라고 중매쟁이들 만나느라 정신이 없었을 게다. 또 풍수쟁이 말을 듣는 게 제일이잖느냐? 네가 떠나고 얼마 안 있어서 서양 귀신들이 와가지고 요술 안경인가 뭔가로 우리 땅을 훔쳐보고 나서 철사가 달린 높은 기둥을 세워놓고 갔다. 읍내에 있는 풍수쟁이들이 하나같이 그런 짓을 못하게 하라고 관리들에게 일렀지만 막무가내였다."

노마님은 잠시 한숨을 몰아쉬고는 말을 이었다.

"그러고 나서 무슨 일이 생겼는지 아느냐?"

노마님은 말을 멈추고 아들의 대답을 기다렸다가 아무 대답이 없자 입을 열었다.

"생각했던 대로였지. 홍수가 나서 농사를 망치고 말았단다. 잘 들어둬. 용왕님을 화나게 해선 안 된다. 얘들아, 내 말이 맞지 않느냐?"

계집종들이 고개를 세차게 끄덕였다.

용재는 어머님의 풍수쟁이에 대한 믿음은 바꿀 도리가 없는 노릇이라고 생각하며 공손히 말했다.

"어머님께서 그처럼 깊이 생각을 하셨다니 저로서는 할 말이 없습니다."

 노마님의 눈가에 보일락말락 웃음이 스쳤다. 그녀의 성격을 아는 사람이면 누구나 그녀가 지금 무척 흡족해하고 있다는 것을 눈치챌 수 있었다. 용재는 장기꾼이 시합을 하다가 궁지에 몰리면 계책을 꾸미게 마련이듯이 한참 후에 다시 입을 열었다.

 "다들 어떻게 지내는지요?"

 "지금은 다들 괜찮다. 오늘 아침까지만 해도 모두 네 소식을 묻느라 이 방문이 닫힐 사이가 없을 정도였단다."

 어머니가 방심하고 있는 틈에 허점을 찔러야 했다.

 "아기 낳을 날을 기다리는 사촌 형제들도 많이 있겠죠?"

 "많지. 적어도 둘은 아들을 볼게다. 그 아이들 걸어다니는 모습만 봐도 알 수 있지."

 이제는 용재가 기습할 차례였다.

 "그렇다면 서둘러서 성문 밖에다 집을 한 채 마련해야겠군요, 어머니. 어머니께서 늘 말씀하셨잖습니까? 시신이 누워 있는 집에서 아기를 낳으면 불길하다고요."

 용재는 어머니의 눈빛을 보고 자신의 계책이 주효했음을 알 수 있었다. 그러나 노마님은 아들의 영민함을 자랑스러워하거나, 갑자기 반격을 가한 아들에게 역정을 낸다거나 하는 기미는 조금도 보이지 않았다.

 그녀는 가까이에 있는 하녀에게 스님들을 불러서 장례식 채비를 갖추게 하라고 명령했다.

 장례식 날 새벽, 앞마당을 떠난 장례식 행렬은 서쪽 출입문을 빠져나와 시골길로 접어들었다. 맨 앞에 선 용재 뒤를 장씨 집안의 남자들은 걷고 여자들은 가마를 타고 뒤따랐다. 그 뒤는 집안의 모든 식솔과 친구들, 장씨 집안의 소작인들이 뒤따랐다.

군중들이 장례 행렬을 보려고 길에 늘어섰다. 그들은 장례 행렬의 장관에 넋을 잃었다. 상인들은 고개 숙여 경의를 표했다. 여자와 아이들은 밖으로 나올 수 없었기 때문에 집안에서 몰래 내다보았다. 수많은 사람들이 몰렸지만 거지는 한 명도 보이지 않았다. 장씨 가문에서 미리 거지들의 우두머리에게 선물을 주고 방해하지 않도록 부탁했던 것이다.

반나절이 지나서야 모든 장례 행렬은 장씨 가문의 선조들이 대대로 묻혀 있는 선산의 문중 묘지에 도착했다. 앞에는 강이 흐르고 뒤에는 산이 병풍처럼 둘러선 데다가 햇빛과 바람이 잘 통하는 명당이었다.

모든 문상객들이 차례로 관에 흙을 한줌씩 던졌고, 마침내 관이 보이지 않게 되자 승려가 종이로 만든 말과 하인들, 수레, 집, 닭, 음식, 돈, 책, 비파, 장기판, 돼지, 그리고 고인이 저승길을 가는 데 필요한 다른 물건들을 태웠다.

마침내 하관과 봉분이 끝나자 새 가장이 된 용재는 위패를 들고 아버지의 유덕을 기렸다.

"제가 지은 죄는 많고도 크나니, 그 죄로 인해 죽어 마땅하나이다. 그런데도 하늘이 저를 살려 두셨나이다. 천지신명이 아버님을 데려가심으로써 저의 죄를 벌하나이다. 저와 저의 형제들은 피눈물을 흘리며 슬픈 마음으로 땅에 엎디어 비나이다. 아버님이 태어나신 해는······."

노대인의 생전의 덕행을 낱낱이 고하면서 살아남은 사람들이 그를 본받도록 권하는 글을 다 읽고 났을 때 용재의 목은 꽉 잠겨 있었다.

"아버님이시여, 저희들은 아버님께서 장씨 문중을 위해 몸 바치셨

듯이 아버님을 위해 목숨을 바치겠나이다."

이렇게 해서 한 인간의 세상살이가 끝났다. 또 이렇게 해서 선조의 땅으로 되돌아가는 여정이 시작되었다.

죽음과 시간은 피할 수 없는 것.

용의 해가 지나고 뱀의 해가 지나고, 또 말의 해가 지났다. 그동안 장씨 집안의 모든 식구들은 노대인의 죽음을 슬퍼하며 옷과 음식을 검소하게 했으며, 출생과 결혼을 알리지 않았고, 모든 공직 생활과 관직에서 물러났다. 양의 해인 1895년에 모든 자손들이 성묘를 하는 날인 한식일이 되어서야 장씨 가문 사람들은 다시 세상 속으로 돌아왔다.

개혁

중국인의 슬픔이여!
아, 중국인으로 태어난 슬픔이여.
낯선 나라 사람들이 나를 욕보여서가 아니고
내 동포들이 나를 핍박해서도 아니고
손가락질하거나 매질해서도 아니고
나를 못살게 굴어서도 아니네.
다만 그들은 내 앞에 다가와
이름 모를 곡조를 흥얼거리고
그냥 지나쳐 간다네.
내가 집에서 잠들어 있으면
그들은 고대광실 높은 담장 너머에서
불꽃놀이 쌍폭죽을 쏘아댄다오.
— 전좌선(1910년경)

인적 끊어진 샛길을 통해 대문으로 걸어가던 용재는 몸을 떨면서 두 손을 소매 속 깊이 집어넣었다. 지금이라도 돌아갈 수는 있었다. 방 화로는 여전히 따뜻하고 조금 전 상하이에서 새 책이 도착해 있었다. 책을 보면서 아침 시간을 보내고 싶은 마음이 굴뚝같았지만 가장의 신분으로서 기분대로만 할 수는 없는 일이었다.

문지기들만이 벽 앞에 옹기종기 앉아 담배를 피우고 있을 뿐 영빈각에는 아무도 없었다. 바깥 공기가 얼음처럼 차가워서 문지기들이 뿜어내는 입김이 마치 담배 연기처럼 뽀얗게 피어올랐다. 문지기들은 용재를 보자 벌떡 일어나 절했다. 용재도 고개를 끄덕여주었다.

불평거리를 가지고 찾아오는 소작인들이 없었기 때문에 용재는 보름 만에 처음으로 이씨를 찾아가서 기분 좋게 자기 일을 할 수 있었다. 이씨는 소작인으로서는 보기 드물게 충직한 사람이었다. 그는 항상 언행이 일치했고 한번도 다른 마음을 품은 적이 없었다.

용재는 장삼자락을 들어올리며 가마에 올라탔다. 청지기는 고개 숙여 절하고 대문을 닫더니, 얼마 전에 고용한 시골 아이에게 매서운 어투로 명령을 내렸다. 벽에 기대 있던 그 아이는 갑자기 땅바닥에 무너지듯 엎드려서 머리를 조아렸다.

"나으리, 제발 부탁입니다. 이번 한번만 봐주세요. 다른 일이라면 뭐든지 시키시는 대로 하겠습니다요. 어르신, 제발……."

청지기가 나지막하지만 당당한 목소리로 재차 명령했다. 그 아이는 여전히 땅바닥에 머리를 처박고 있었다. 용재는 알아서 하라는 듯이 가마의 휘장을 닫아버리면서 속으로 웃었다. 이젠 내가 보지 않으니까 청지기가 제 마음대로 하겠지.

"이 겁쟁이 녀석! 원숭이 새끼처럼 입만 나불거리는 너저분한 녀석아!"

그 소리에 이어 곧 비명소리가 들렸다.

"아이구, 아파요! 내 머리채를 놔줘요! 아이구, 아이구."

아이가 울부짖는 사이사이에 청지기가 가마 뒤쪽 제자리에 들어서면서 숨을 헐떡이며 욕을 하는 소리가 들렸다. 잠시 아무 소리도 들리지 않았다. 그러고는 잠시 후에 숨이 넘어갈 듯한 바튼 기침 소리가 들렸다. 용재가 이제는 말려야겠다고 생각하는데, 또 한번 아이의 애원하는 소리가 들렸다.

"아이구, 나으리. 빨랫감 아래를 지나가는 것만은 할 수 없습니다요. 이번에는 틀림없이 무서운 일이 생기고 말 거예요. 두고 보세요!"

"이 너절하고 미련한 놈아! 이 댁은 지체 높고 학식 있는 집안이야. 네 놈이 여기서 밥 빌어먹고 살 작정이면 아무 말 말고 시키는 대로 해. 대갈통 위에 뭐가 걸렸던 신경 쓸 것 없어."

"제발……."

"어서 꺼져! 어서!"

청지기가 가마 앞자리에 들어서면서 소리쳤다.

"아이그, 예!"

아이가 울부짖었다. 용재는 가마가 들려 올라가는 것을 느끼며 쓴웃음을 지었다. 마침내 효험이 나타나기 시작하는구나! 머리 위에 걸린 바지는 흉조라는 말이 미신이라는 것을 청지기로 하여금 믿게 만드는 데 몇 달이 걸렸던가! 다섯 달? 열 달? 용재는 체신만 아니라면 청지기처럼 욕을 퍼붓고 싶었다.

수학을 가르치느니 차라리 그만두겠다던 훈장에게 저 친구처럼 욕을 할 수 있다면 얼마나 좋을까! 훈장은 '셈하는 재주는 하찮은 점원과 얄팍한 장사치들이나 배우는 짓입니다'라고 했다. 용재는 자신이 청지기처럼 욕을 해댔을 때 훈장이 더이상 잘난 체하거나 애매모호

한 변명을 못한 채 입을 쩍 벌리고 있는 모습을 상상해보았다.
 부엌일을 하는 사람들에게도 위생관념에 대해 타이르면서 문지기처럼 한두 마디만 욕을 한다면, 그 사람들은 손바닥에 침을 퉤 뱉어서 기름때 낀 바지에 닦기 전에 한번쯤은 다시 생각할지도 모른다.
 용재는 여전히 미소를 머금은 채 의자에 기대어 오랜만에 혼자 있는 기분을 만끽했다. 그러고 있자니 미국에서 조용하게 살던 때가 생각났다. 용재는 집에 돌아온 지 3년이나 되었는데도 여전히 자기 나라 말의 요란스런 발음에 익숙해질 수가 없었다. 끊임없이 높낮이가 바뀌는 단음절의 중국어는 마치 북이나 징, 또는 종소리처럼 들렸다. 중국어는 본질적으로 영탄조였다. 중국에서 가장 아름답다는 쑤저우 사투리조차 일상적인 대화를 할 때는 시끄럽기 짝이 없었다. 용재는 찾아오는 사람들을 피해 가장의 처소에서 서재로 숨어버릴 수도 있었지만, 그런다 하더라도 장씨 문중의 일상생활에서 생기는 소음은 피할 도리가 없었다.
 남자들과 식당에서 저녁을 먹다 보면 종종 외국인에 관한 얘기가 화제로 떠오르곤 했다. 나이가 제일 많은 사촌은 고개를 저으며 말하곤 했다.
 "그놈의 야만인들은 인정머리라고는 눈곱만큼도 없다구. 그러고서야 어찌 문화인이 될 수 있겠어? 바로 지난주에 우리집에서 일하는 하녀의 오빠가 영국인에게 해고당했지. 고용주의 특권을 행사한 셈이라고 할 수 있겠지. 하지만 그 녀석이 야만인이 아니고 진짜 문명인이라면, 그 애의 체면을 봐서라도 해고하지 말고 스스로 그만두게 했어야 해. 우리나라에서는 아무리 볼장 다 본 불한당도 물에 빠져 죽어가는 사람을 짓밟지는 않는다구."
 그러면 둘째 사촌이 어깨를 움찔하며 소리치곤 했다.

"위에 있는 것들이 나쁜 본을 보이는데 그놈들인들 어떻게 달리 행동할 수 있겠어요? 빅토리아 여왕이 영국에서는 팔지 못하게 한 아편을 우리나라에는 팔게 하고 있잖아요? 여왕이 그 모양이니 백성들이라고 별수 있겠어요?"

그러면 자리에 모인 쉰여섯 명 모두가 아편전쟁에서 중국이 패전한 일이며 여름궁전을 불태운 일, 그리고 외국인들에게 채광권을 넘겨준 일 따위에 대해서 저마다 한마디씩 하면서 탄식을 했다.

용재가 무방비 상태의 선교사가 살해된 일이나 제 나라 왕에게조차 머리를 조아리는 법이 없는 외국인들에게 황제 앞에서 고두 삼배할 것을 명한 칙령 따위를 들먹이기라도 하면, 자리에 모였던 사람들은 용재의 말이 떨어지기가 무섭게 쏘아붙이곤 했다.

"누가 그놈들 보고 오라고 했어요? 황제께서 사전에 경고하셨잖아요. 외국놈들이 못마땅하다고 말이에요. 외국놈들이 제 나라로 다시 돌아가면 분명히 천하가 태평해질 겁니다."

이런 투의 장광설이 끝도 없이 계속되곤 했다. 중국이 천대받고 무시당한 채 승냥이 같은 남의 나라의 밥이 될 날만을 기다리는 무르익은 과일과 같다는 데 반대의견을 나타내는 사람은 하나도 없었다. 용재와 귀재 말고는 모두들 그런 일을 막을 수 없을 거라고 생각하고 있었다. 그들은 '불쌍한 중국! 불쌍한 한족! 발 큰 만주 계집이 옥좌를 희롱하다니! 천하에 코쟁이 야만인이 창궐하다니!' 하면서 탄식하곤 했다.

진재마저도 용재에게 별 도움이 되지 못했다.

"맞아요. 누가 그들보고 여기 있어 달라고 했어요? 그들은 죽은 목수의 얘기나 늘어놓으면서 우리의 오랜 문화와 성현들을 조롱하고 있어요. 게다가 우리 조상의 위패를 보고 비웃으면서도 자기네들은 삼위일체니 뭐니 하는 신을 믿잖아요? 우리가 제사 때 조상들께 음식상을 차려드리는 걸 우습게 생각하면서 자기들은 빵이 신의 살이고 포도주는 신의 피라는 둥 떠들어대고 말이에요. 식인종들 같으니라고! 중국인 개종자들요? 예수쟁이들이 주동이 되었던 태평천국의 난을 다스리는 데 10년이 걸렸고, 2천만 명이 저세상으로 갔어요!"

귀재는 처음에는 이런 논쟁이 벌어지면 용재의 편을 들었다. 귀재는 근대화의 필요성을 이해하고, 군관학교의 영국인과 독일인 교관들을 매우 존경하고 있었다. 그런데 요즘 몇 달 사이에 일본이 조선에 눈독을 들이고 있다는 낌새가 짙어지자, 3년상이 아직 끝나지 않았는데도 뭔가에 홀린 사람처럼 다시 해군으로 돌아가게 해달라고 부득부득 떼를 썼다.

"난 군인이에요. 바다에 나가 적과 싸워야 한다고요. 나라가 망해버리면 개혁이 무슨 소용 있겠어요?"

가장의 입장에 있는 용재는 동생의 청을 물리칠 수밖에 없었다. 가족 중의 한 사람이 전통 가운데서도 가장 신성한 전통을 어기게 할 수는 없는 일이었다. 더구나 재상을 지내신 선조께서도 상중에는 국사를 마다하고 쑤저우에 칩거했다는 것을 늘 자랑스럽게 내세웠던 장씨 문중이 아닌가?

귀재는 요 며칠 동안 집안사람들이 모인 자리에 나와서도 돌부처처럼 한마디도 하지 않은 채 앉아만 있거나, 아니면 제 처소에 틀어박혀 지내곤 했다. 그는 이제 3년상이 끝날 날짜만 헤아리고 있을 뿐, 집안일을 개혁해보려는 용재의 노력에 대해서는 털끝만큼도 관심을 갖지 않았다. 귀재는 언제나 '군인이 농사일에 대해서 뭘 알겠어요?'라고 말하곤 했다. 그것은 마치 '서양에 유학 갔다온 형님도 마찬가지 아니에요?'라고 말하는 것처럼 들렸다.

용재는 한숨을 쉬며 가마의 휘장을 걷었다.

용재 일행은 성문을 나와 장씨 가문 토지 사이의 구불구불한 샛길로 들어섰다. 길 양쪽의 벼포기들이 갈색 펄에 파묻혀 서있었다.

소작인들은 언제나 용재를 말없이 공손하게 대했다. 자진해서 개혁을 해보려고 애쓰고 있는 이씨조차 겸연쩍은 웃음과 함께 머리를 긁적이며 절을 할 뿐, 자신의 의사를 표현하는 경우는 거의 없었다. 어쨌든 이씨가 자기 조상 묘지 근처에 펌프를 설치하고 나서도 망령들에게 시달리지 않는다는 것을 알게 된 이웃 사람들은 자신들도 그 기계를 써보고 싶어했다.

몇 주일 전, 용재와 이씨는 돼먹지 못한 관리들이 아무렇게나 팽개쳐두는 바람에 무너질 지경이 된 둑을 수리하기 시작했다. 문중에서는 처음부터 용재의 생각에 못마땅해하면서도 그의 뜻에 따라 연장과 자재를 마련해주었고, 이씨가 사람을 대주었다. 이제 둑도 다 고쳤고 펌프도 새로 설치해놓았으니 오는 봄이면 물을 흠뻑 머금어 싱싱한 녹색으로 자라는 벼 모종이 온 들판을 가득 메울 것이다.

가마가 기우뚱거리며 이씨의 초가 쪽으로 돌아가려는 순간, 어린아이의 목소리가 들렸고 용재의 호젓한 상상은 깨지고 말았다.

"어머니, 어머니. 주인 나으리께서 오셨어요! 주인 나으리께서 오셨다구요!"

목소리는 가마 뒤쪽에서 들렸다. 용재가 몸을 숙여 살펴보니 아이 하나가 짧은 머리채를 팔락거리며 가마 옆으로 달려가면서 손을 흔들고 있었다. 이씨의 네 살 난 아들 관지였다.

용재가 가마에서 내렸을 때, 아이는 집모퉁이를 돌아 사라져 보이지 않았고, 주인을 맞으러 나온 이씨 집안사람들이 모여 서있었다. 그들이 허리를 굽혀 절했다.

"나으리, 어서오십시오. 이런 누추한 데를 다 오시다니……."
"여러분들도 잘 계셨소? 식사들은 했소?"
"예, 나으리 덕분에 아주 잘 먹었습니다요. 진지 드셨습니까?"
그들이 다시 절을 하며 입을 모아 말했다.
"나도 잘 먹었소."
용재가 고개를 끄덕이며 말했다.
그때 관지가 집 뒤에서 돼지 새끼 한 마리를 밧줄에 묶어 끌고 흙먼지를 일으키며 나타났다. 관지는 지금도 제 어머니의 금 귀걸이를 귀에 달고 있었다. 시샘 많은 산신령이 그 아이가 사내아이가 아니라 계집아이라고 생각하도록 계집애 흉내를 내긴 했지만 키는 제 형들보다 더 컸다. 관지는 또 목에 부적 주머니를 매고 있었는데, 몇 주 전에 병이 나 죽을 뻔했기 때문에 그 병을 막기 위한 처방이었다.
"나으리, 이것 좀 보세요. 돼지가 정말 크게 자랐어요."
"그렇구나. 황제님께 바쳐도 되겠다."
용재는 돼지를 내려다보며 진지하게 말했다. 관지는 더 얘기하고 싶어했으나 몸집이 다부진 제 어머니가 앞으로 나서서 그의 손을 잡아끌었다. 아들이 자기 신분을 잊고 버릇없이 굴 것이 두려웠기 때문이었다.
"그냥 놔두시오. 난 그 아이와 같이 있는 게 재미있소."
용재가 아이 편을 들었다.
관지가 그것 보라는 듯이 우쭐하자 그의 가족들은 웃음을 터뜨렸지만, 곧 머쓱한 얼굴로 입을 다물었다. 관지의 어머니가 절을 하면서 입을 열었다.
"제 못난 셋째 아들놈은 저 돼지 곁에 아무도 얼씬거리지 못하게 성화랍니다. 저 애는 돼지 새끼가 부처님이라도 되는 듯이 직접 제 손으로 먹이고 발까지 씻겨준답니다."

"나으리!"

관지가 용재에게 허리 굽혀 절했다. 용재는 아이가 허리를 굽히자 엉덩이가 치켜 올라가는 통에 바짓가랑이 사이로 알궁둥이가 드러난 것을 보고 웃음을 참느라 얼굴이 뻘개졌다.

"나으리, 전 이 돼지 새끼를 멋있는 놈으로 키울 거예요."

"그렇게만 된다면 내가 값을 후하게 치러주마."

"아니에요, 나으리. 그게 아니라니까요."

아이가 머리를 세게 흔드는 바람에 머리채가 춤을 췄다.

"이 돼지는 나으리께 드리는 선물입니다."

모두들 고개를 끄덕였다.

"나으리가 아니었더라면 관지는 이미 죽은 몸이었을 겁니다요."

아이의 할머니가 머리를 주억거리며 고마움을 표했다.

"뭐 그런 걸 가지고. 그냥 내 힘닿는 데까지 애써본 것뿐인데."

이번엔 아이 어머니가 울먹이며 말했다.

"나으리께선 소인이 마구 대들었을 때, 그냥 모른 척하고 내버려두실 수도 있었습니다요. 소인은 외국 사람들의 병원이라는 곳이 나쁜 곳인 줄만 알고 있었으니까요. 나으리께서 그 사람들이 아이를 치료하려는 게 돈 때문만은 아니라고 말씀하셨을 때 전 믿지 않았어요. 이 무지한 계집을 용서해주시겠지요?"

그녀가 무릎을 꿇었다.

"자, 일어나시오. 용서할 게 뭐 있소."

그것으로 의례적인 대화는 끝난 셈이었다. 용재는 일어나서 이씨를 찾았다.

"제 남편은 여기 없습니다요. 병이 나서 병원에 갔어요."

"언제?"

모여 서있던 사람들이 서로 얼굴을 쳐다보았다. 중년 남자 하나는 지난 보름이었다고 했고, 이씨의 아내는 그 며칠 전이라고 말했다. 모두들 이씨가 감쪽같이 나아서 곧 돌아올 줄 알고 있었다. 그들은 힘주어 고개를 끄덕였다. 용재는 그들이 최근에 선교사 병원의 마술적인 능력을 철석같이 믿게 된 것이 꺼림칙했다. 용재는 이씨 집안사람들에게 작별인사를 하고는 돌아서자마자 가마꾼들에게 병원으로 길을 잡도록 일렀다.

그 병원은 용재가 주장해서 장씨 가문에서 일부 자금을 대어 지은 이층짜리 빨간 벽돌 건물이었는데, 생김새가 마치 코네티컷 주의 뉴헤이븐에 있던 건물이 강풍에 날려 쑤저우에 떨어진 것 같았다. 건물 주위에 높은 담장이 둘러쳐져 있는 것만이 미국의 병원과 다른 점이었다. 입구에는 영어와 중국어로 '쑤저우 남성 선교사 병원'이라고 새긴 나무 팻말이 걸려 있었다.

이씨가 입원해 있는 16호실 문은 열려 있었다. 이씨는 베개에 상반신을 기대고 좁은 침대에 누워 있었다.

2주 전만 해도 기운이 넘쳐 보이던 이씨의 얼굴은 할쑥해져 있었다. 용재는 환자에게 천천히 다가갔다. 병실이 아주 조용해서 용재는 속삭이는 소리로 말했다.

"여보게, 날세. 많이 아픈가? 말할 수 있겠나?"

이씨는 힘겹게 눈을 뜨고는 용재를 쳐다보며 희미하게 웃었다.

"나으리……"

용재가 이씨에게 몸을 숙였다.

"걱정 말게. 내가 의사한테 얘기해주겠네. 잘 돌봐줄 거야. 내 약속하지."

"예……. 고맙구먼요."

갑자기 이씨의 호흡이 가빠지더니 고통스러운 신음소리를 냈다.

용재는 도움을 청할 생각으로 돌아섰다.

"잠깐만요……, 제발……."

"알았네, 알았어. 여기 있겠네."

여간해서는 겁내지 않던 이씨였으나 혼자 있기가 무서운 모양이었다.

용재는 소매 속에서 손수건을 꺼내 환자의 이마에 난 땀을 닦아주려다가 잠시 머뭇거렸다. 땀방울이 이씨의 머리끝에서 흘러내려 마룻바닥으로 뚝뚝 떨어지고 있었다. 용재는 손수건으로 입을 가리고 서둘러 밖으로 나가 사람을 불렀다. 잠시 후에 의사가 계단으로 올라왔다.

"의사 선생, 이리 좀 와보시오. 이씨가 심상치 않소."

"예, 알고 있습니다."

의사가 말을 멈추고 숨을 몰아쉬었다. 그러고는 용재를 물끄러미 쳐다보았다.

"어떻게 해볼 수 없겠소?"

"우리로서는……. 병원에 너무 늦게 왔어요."

이씨는 다음날 유시에 숨을 거두었다. 그리고 다음날 저녁 이씨의 막내아들 관지가 너무 어려서 쓸모없는 검정색 돼지 새끼를 팔러 안마당에 찾아왔다. 용재는 값을 후하게 치러주었다. 그 돈은 장례비용으로 쓰였다.

장례를 끝내고 집으로 돌아오던 길에 새로 들어온 하인은 머리 위에 널린 바지를 쳐다보며 걷다가 돌부리에 걸려 넘어져 다리가 부러졌다.

❃ 신발

여섯 살짜리 조카딸은 '구매'라 하고
세 살짜리 딸아이는 '하상'이라고 부르네.
한 아이는 이제사 말재롱을 익히고
또 한 아인 제법 시 읽고 노래도 하네.
그 애들은 아침이면 내 발치에 매달리고
밤이면 내 옷섶을 베개 삼아 잠든다네.
애들아, 너희들은 왜 진작 오지 않고
내 인생 다 저문 지금에야 왔느냐.
어린아이들은 늙은이 마음을 사로잡고,
늙은이는 애들에게 쉽사리 마음을 주네.
달디단 포도주도 때가 되면 시어지고
휘영청 보름달도 때가 되면 기우는 법.
인정도 사랑도 모두 이와 같아서 남는 것은 결국 시름과 걱정뿐.
그래도 온 세상이 사랑으로 묶였으니
난들 어찌 홀로만 무심할 수 있으랴.

— 백낙천(당나라)

이씨가 죽은 지 몇 주가 지났다. 용재는 고적원 연못가의 둥근 돌의자에 앉아 있었다. 그가 세상에 태어난 지 40년째 되는 날이었다. 그는 보랏빛 지느러미를 흔들며 연꽃 사이를 이리저리 쏘다니는 금붕어 한 마리를 넋을 놓고 바라보고 있었다.

이씨가 죽은 후로는 제대로 되는 일이 하나도 없었다. '진보주의자' 친구들에게서 온 편지가 책상 위에 쌓여 있었지만, 지원과 격려를 호소해온 그들의 이야기에 더이상 뭐라고 할 말이 없었다. 이씨의 장례식이 있던 날 아침에 펌프가 얼어붙어버렸다. 장례식이 끝난 지 얼마 후에 용재는 이씨 이웃 사람 하나에게 딸을 병원에 보내라고 타이른 적이 있었다. 그는 딸의 다리가 지독한 파상풍에 걸려서 얼른 보기에도 검게 썩어 들어가고 있는데도 한사코 말을 듣지 않으려 했다. 그 이유가 조금은 논리적이었다.

"다리 하나 없는 색시를 누가 맞으려고 하겠습니까? 거지꼴로 사느니 황천으로 가는 편이 낫죠."

그가 외국인 의사나 용재가 추진하는 개혁 조처가 이씨에게 아무런 도움도 못 되지 않았느냐고 노골적으로 대들지는 않았지만, 그의 말 속에는 분명히 그런 뜻이 담겨 있었다.

결국은 그 여자아이마저 땅속에 묻혀버렸다. 그 아이가 죽은 이후로, 용재는 죽은 딸에게 보낸 신추련의 편지를 거의 외다시피 몇 번이나 거푸 읽으면서 마음을 달랬다. 그 편지의 구절들이 그의 머릿속에서 떠나지 않았다.

애야, 저승의 판관을 만나거든 두 손을 모아쥐고 이렇게 애원하렴. '전 어리고 철도 없어요. 그리고 가난한 집안에서 태어나 맛없는 음식이나마 기쁜 마음으로 먹으며 자랐어요. 전 쌀 한 톨도 함부로 버린 적이 없고, 옷가지나 신발을 일부러 마구 다룬 적도 없어요…….' 내가 지금 이 글을 짓지만 너는 글 읽을 줄도 모르니……. 그냥 울면서 네 이름이나 부르는 수밖에 없겠구나.

3백 년 전에 쓰인 글이지만 그 속에 담긴 정은 아직도 절절하구나!
짐승 우는 듯한 애절한 소리가 희미하게 들렸다. 용재는 고개를 들었다. 다시 소리가 들렸다. 이번에는 여전히 부드러웠지만 조금 크게 들렸다.
"우! 우!"
어디서 나는 소리지? 주위를 둘러보았지만, 아무도 보이지 않았다.
"우! 우!"
"거기 누구냐?"
"저예요."
"저라니?"
"춘월이에요."
춘월이 바위 뒤에서 얼굴을 내밀었다.
"하마터면 까무러칠 뻔했구나. 내가 놀라서 연못 속에 빠지기라도 하면 어쩌려고 그랬느냐?"
"그럼 달아나버리죠."
"날 물에 빠져 죽게 내버려두고?"
"삼촌은 외국에서 가져온 마술 바지가 있잖아요? 그 바지가 삼촌을 물가까지 풍풍풍 데려다주겠죠, 뭐."
춘월이 웃으며 말했다. 용재는 할 말을 잃고 고개를 설레설레 흔들었다. 용재는 춘월이 백양원의 돌의자에 앉아 서당 쪽으로 귀를 기울이고 있는 것을 여러번 봤다. 용재가 어제 수학 문제 하나를 설명하느라고 지어낸 이야기를 춘월이 듣고 있었던 게 틀림없었다. 수학은 아무도 나서는 사람이 없어서 용재가 직접 가르치고 있었다. 춘월이 삼촌에게 빵 한줌을 내밀어서 그들은 함께 고기에게 빵을 던져주었다.

용재는 '이 아이는 정말 재미있군' 하고 생각했다. 그가 미국에서 돌아왔을 때 보았던, 슬픈 눈의 그 어린아이가 아니었다. 그리고 제어머니나 아주머니들을 쏙 빼닮은 같은 나이 또래의 다른 아이들과도 전혀 달랐다. 춘월은 재미있으면서도 한편으로는 도무지 종잡을 수 없는 아이였다.

"삼촌, 저기 보세요!"

춘월이 용재의 소매를 잡아당기며 연못을 가리켰다.

"저기 저 눈이 툭 튀어나온 놈 말이에요. 저는 저놈을 큰삼촌이라고 불러요."

"응? 왜?"

"왜냐면······."

춘월이 마지막 빵 부스러기를 손에서 털어내고 나서 고개를 돌려 용재를 보았다.

"꾸지람하지 마세요?"

"알았다."

"그럼 좋아요. 저 고기는 말이에요, 다른 고기가 나타나면 얼른 달아나 숨어버리거든요. 또 근처에 아무도 없으면 슬금슬금 나타나서는 머리를 흔들며 혼자 헤엄을 친다구요. 그게 꼭 삼촌 같아요."

용재가 웃음을 터뜨렸다.

"네 어머니 말이 맞구나. 넌 골칫덩어리야."

"삼촌은 그래도 제가 좋으시죠?"

용재는 웃으며 고개를 끄덕였다. 그건 사실이었다. 두 사람이 마주치는 일은 거의 없었지만, 용재는 집안사람 누구보다도 춘월과 같이 있는 것이 즐거웠다.

"나중에 그림책 빌리러 가도 돼요?"

"증기기관이 있는 거 말이냐?"

춘월이 고개를 끄덕였다.

"왜 하필 그 그림이 좋으냐?"

춘월은 용재가 묻는 말을 듣지 못했는지 딴소리를 해댔다.

"큰삼촌, 만약 증기가 그 책에서처럼 배를 움직이게 할 수도 있고, 또 철길 위로 차도 달리게 할 수 있으면 말이에요. 제 발이 아프지 않게 날개 달린 신발도 만들 수 있을까요?"

용재는 춘월의 전족을 힐끗 내려다보았다.

"지금도 아프냐?"

"많이 아프진 않아요. 전 이제 어린애가 아니거든요. 그렇죠?"

춘월이 허리를 쭉 펴면서 보라는 듯이 용감한 표정을 지으며 삼촌의 대답을 기다렸다. 용재는 알았다는 듯이 고개를 끄덕일 수밖에 없었다.

춘월은 다른 일이 생각났다는 듯이 용재를 불렀다.

"큰삼촌?"

"왜?"

"할머님께서 전봇대가 용왕님의 등을 긁어대기 때문에 용왕님이 화가 나서 농사를 망쳐버릴 거라고 믿으시는가 봐요. 하지만 저는 그렇게 생각하지 않아요. 전 삼촌하고 같은 생각이에요. 우리도 전봇대를 세워야 한다고 생각해요."

"어떻게 말이냐?"

용재는 호기심이 생겼다.

"뭐, 쉬워요. 삼촌 침상 다리에다가 줄을 묶어서 제 침상까지 잇는 거예요. 그러고는 방울 두 개를 사다가 양쪽 끝에 다는 거죠. 밤에 귀신이 나오면 제가 줄을 잡아당기고 삼촌도 마주 잡아당기면 된다구요. 그러면 방울 소리에 귀신들이 놀라서 달아날 거예요."

"네 계집종을 깨우는 게 더 간단하지 않겠느냐?"

무심코 던진 용재의 말에 갑자기 춘월의 표정이 싹 바뀌어버렸다. 춘월이 천천히 고개를 저었다.

"아니, 왜?"

"제게는 계집종이 없어요."

"네 말썽을 받아주는 사람이 없기 때문이냐?"

"아니에요. 아무 계집종이나 제 마음대로 고를 수가 있다고 어머니가 그러셨어요. 하지만 전 죄다 돌려보내버렸어요. 그리고 모든 사람들에게 계집종 따위는 필요 없다고 말했어요. 앞으로 영원히 말이에요."

용재가 조용히 물었다.

"춘월아, 무슨 일이 있었구나?"

춘월은 눈을 내리깐 채 오랫동안 아무 말도 하지 않았다. 용재 역시 재촉하지 않았다. 춘월도 자기 주장이 생길 나이가 되었다는 생각이 들었기 때문이었다.

이윽고 춘월이 고개를 들어 큰삼촌을 바라보았다.

"삼촌이 오시기 전이었어요. 제 계집종 이화가 죽었어요. 백양원에서 말이에요. 다른 사람은 다 싫어요. 다른 사람하고 같이 자느니 무섭더라도 차라리 혼자 있는 편이 나아요."

죽은 아이가 춘월의 계집종이었다는 말을 진재조차 해주지 않았기 때문에 용재는 그 사실을 전혀 모르고 있었다.
"정말 안됐구나. 얼마나 가슴이 아팠겠느냐."
춘월이 고개를 조금 까딱해보였다. 용재가 춘월의 작은 손을 꼭 쥐어주었다.
"그 일은 이제 그만 잊거라. 오래전 일이잖느냐?"
"하지만 전 그 아이를 잊을 수가 없어요!"
"그래, 네 말이 맞다. 잊을 수가 없겠지."
춘월의 어머니와 노마님의 고집을 꺾어버린 것을 보면 그 계집종 역시 여간내기가 아니었던 모양이다.
용재는 무슨 말이라도 해야 한다는 생각이 들었다. '전 어리고 철도 없어요. 전 가난한 집안에서 태어나…….' 신추련의 편지 구절이 떠올랐다.
언뜻 용재에게 좋은 생각이 떠올랐다.
"춘월아, 글을 배워보고 싶지 않니?"
"제가요?"
"그래, 너 말이다."
"사내아이들이 비웃을 거예요. 훈장 선생님도 사표를 내시려고 할 거구요."
"그게 아니란다. 내가 너를 직접 가르칠 거다."
"할머님께서 뭐라고 하실까요?"
"할머님은 네가 걱정하지 않아도 된다."
"하지만……."
"난 이 집안의 가장이란다, 그렇지?"
용재가 한껏 근엄한 표정을 지었다. 춘월이 벌떡 일어나 절했다. 그러고는 고개를 한쪽으로 기울인 채 눈웃음을 지으며 말했다.

"어머, 큰삼촌. 큰삼촌도 저만큼이나 골칫덩어리로군요!"

그것이 시작이었다. 춘월은 매일 아침 집안 어른들께 문안을 여쭙고 나면 용재의 서재로 찾아갔다. 춘월은 삼촌이 편지 답장 따위를 쓰는 동안 새 글자를 익히고 책을 읽었다. 오후에는 용재가 춘월의 이런저런 물음에 대답해주었고, 다음날 공부할 것을 일러주기도 했다. 용재는 춘월이 영리하다는 것을 새삼 알게 되자 신이 났다. 춘월은 한 달도 못 되어서 쉬운 문장 정도는 읽고 쓸 수 있게 되었다. 그리고 사내아이들과는 달리 배운 것을 쉽게 이해하는 것 같았다.

물론 집안에서는 말이 많았다.

"여자아이가 아는 게 너무 많으면 곤란하다. 좋은 데 시집가기가 어려워진단 말야."

"계집아이들은 안채에서 제 어미들이랑 같이 지내면서 살림 사는 법이나 배우게 해야 합니다."

노마님은 더욱 사정없이 몰아붙였다.

"네 놈은 내 손녀의 앞날이 어떻게 되든 상관없단 말이냐? 그 아이는 예전에도 이건 왜 이렇고 저건 왜 저러느냐고 뭇사람들에게 성가시게 굴었느니라. 네가 만약 그 아이를 계속해서 오냐오냐 받아주면 그 아이는 개망나니처럼 못하는 짓이 없게 될 것이야."

용재는 사람들이 두려워하는 이유를 알고 있었지만 굽히지 않았다. 상복을 벗고 나서도 춘월의 공부는 계속되었다. 춘월만이 용재의 마음을 알아주었고, 용재의 유일한 희망이었다.

❃ 군인

오늘날 우리나라는 세계에서 어떤 위치를 차지하고 있는가? 세계 다른 민족과 비교해볼 때, 우리나라는 인구가 가장 많고 우리 문명은 4천 년의 전통을 가지고 있다. 그러므로 우리는 유럽과 미주 대륙의 국가들과 어깨를 나란히 하고 앞장서 나가야 한다. 그러나 중국인들은 가족이나 문중끼리의 결속만을 앞세울 뿐, 한 민족으로서 뭉칠 줄은 모른다. 그렇기 때문에 비록 4억의 사람들이 중국이라는 하나의 나라 안에 모여 살고 있으면서도 그들은 사실상 순식간에 흩어지기 쉬운 모래에 지나지 않는다. 오늘날 중국은 세상에서 가장 못 살고 허약한 나라이며, 국제 관계에서 가장 말석을 차지하고 있을 따름이다. 외국 사람들은 칼을 갈아 요리를 하고 있고, 우리는 단지 생선이나 고깃덩어리처럼 도마 위에 올라 있을 뿐이다.

—손문

귀재는 바닷가를 거닐었다. 마지막 남은 햇살이 보하이 해의 먼 기슭을 핥고 있었다. 매섭게 휘몰아치는 북풍에 해변에 널려 있는 그물이 펄럭였고 여기저기서 사람들이 일을 하고 있었다. 배를 고치기도 하고, 고기 바구니를 나르기도 했다. 땔감을 옮기는 사람도 있었다. 한쪽에서는 아이들이 모닥불을 쬐고 있었다.

물가로 다가간 귀재는 멈춰설 생각을 하지 않았다. 잠시 후 걸음을 멈춘 그는 그대로 서서 생각에 잠기는가 싶더니 곧바로 파도 속으로 첨벙거리며 걸어 들어갔다. 바닷물이 그의 장화 끝을 적셨다. 아이들이 그의 뒤에 옹기종기 모여들었다. 갈매기떼가 꾸룩꾸룩 우는 소리에 사람들의 고함 소리가 뒤섞여 들려왔다.

"이리 와봐! 이리 와보라고! 미친 사람인가봐. 물속으로 들어가고 있어. 저 사람 물귀신이 되어버리기 전에 어서 와보라고."

어린아이 하나가 소리쳤다.

"저게 누구야?"

"뭘 하려는 거지?"

"어이, 저것 봐."

얼핏 한 남자의 목소리가 들렸다.

"내가 아는 사람이다. 저 사람은 군관학교 출신이야. 보여? 군관학교에서 가르치는 서양 귀신들하고 똑같은 가죽 장화를 신고 있잖아."

"야만족한테서 배운 학생이니 오죽 미련하려구!"

"어이! 그놈의 서양 귀신들은 군인이 되려면 그렇게 해야 한다고 가르치던가?"

모여선 사람들이 낄낄거렸다.

"멍청한 강아지 같으니라고. 차가운 물속에 들어가 앉는 것은 얼음이 되고 싶을 때나 하는 짓이야. 자네 어머니는 군인(兵)하고 얼음(氷)의 차이도 안 가르쳐주시던가?"(兵과 氷은 모두 '빙'으로 발음됨—옮긴이)

그 말장난에 구경꾼들이 깔깔거리며 웃었다.

귀재는 더이상 못 들은 체할 수 없어서 홱 돌아섰다. 만주족 뱃사람 하나가 어린애들 앞을 사열받듯이 우쭐거리며 걸어다니고 있었다. 몇몇 아이들은 눈을 감은 채 제 뺨을 찰싹찰싹 때리며 미친 사람 흉내를 내고 있었다. 나머지 아이들은 바람을 피하느라 옹기종기 모여 앉아서 입김으로 주먹을 녹이며 귀재를 바라다보고 있었다.

귀재는 난생 처음으로 이성을 잃고 소리쳤다.

"저리 가! 날 내버려두란 말야! 난 이 바다에서 싸우다 죽은 애국자들의 명복을 빌려고 여기 왔단 말야. 내 동지들에게 작별을 고하려고 왔어. 난 곧 돌아갈 거야."

귀재는 자신의 고함에 아이들이 기가 한풀 꺾였다는 것을 눈치챘지만 마음이 개운하지는 않았다. 상대방을 납득시킬 수 없다면 기를 꺾는 것만 가지고는 아무 소용이 없는 것이다. 그래서는 미친 사람과 다를 바가 없는 셈이다.

뱃사람은 더이상 귀재를 놀리지 않고 손짓으로 아이들을 불렀다. 그 역시 자신의 동료를 잃었는지도 모른다.

"자, 이제 가거라. 뭐 볼 게 있다고 그래."

그러나 아이들은 장난이 끝났다는 것을 믿을 수 없다는 듯이 얼마 동안 서성거렸다. 그러다가 하나씩 둘씩 팔을 흔들며 발을 맞춰 걸어갔다. 모래 위에는 아이들의 발자국이 생겨났다.

그들이 어둠에 묻혀 보이지 않게 되자 귀재는 다시 몸을 돌려 바다를 노려보았다. 최근 몇 달 동안 귀재는 현대전 훈련을 받은 자신 같은 사람들이 있으면 뭔가 달라질 거라고 생각했다. 다른 사람들은 철갑선에 활을 쏘아대고, 대포알을 죽창으로 막으려 들 것이 분명했다. 그러나 나는 탄도학과 해전술의 전문가가 아닌가……

귀재는 아니꼽다는 듯이 바다에 침을 뱉었다. 훈련을 받은 게 무슨 소용이 있어? 오늘 아침에 귀재가 신고를 하러 갔더니 기지는 이미 텅 비어 있었다. 동지들은 싸우다가 죽었거나 부상을 치료하고 있었고, 배는 한 척도 남아 있지 않았다. 다음 번 전투에 대비해서 훈련용으로 쓸 배조차 남아 있지 않았다.

가시고기가 고래 배를 찌른 격이었다. 중국은 죽은 거나 다름없었다.

"3년! 3년을 헛보냈어!"

귀재가 거친 목소리로 중얼거렸다.

상관들은 귀재에게 집에 가서 다른 사람들처럼 기다리라고 말했다. 1년이나 2년쯤 더 기다리란 말이지? 영국과 독일이 배를 더 많이 만들 때까지? 서태후가 여름궁전과 대리석 유람선을 완성하고 나서 군자금으로 쓸 만한 돈이 남을 때까지 참고 기다리잔 말이지? 높은 자리에 앉아서 세금을 제 주머니에 챙기기 급급한 만주족 나부랭이와 환관들이 마음을 바꾸기만 학수고대하라는 뜻이겠지. 아마 그때쯤이면 탄약고까지 텅 비어 있을걸?

1년이나 2년쯤 더 기다리라고? 귀재는 고개를 젖히고 어이없다는 듯이 웃었다. 아냐, 바보짓은 할 만큼 했어. 마냥 기다리고 있을 수만은 없어. 더이상 기다리지 않겠어.

귀재는 오른손을 위로 쳐들어 주먹을 불끈 쥐었다. 그러고는 가슴속에 응어리져 있던 맹세를 큰소리로 외쳤다.

"앞서간 동지들이여. 내 말을 들으시오. 전쟁이 선포되기도 전에 일본놈들에 의해 조선만(Korean Bay, 평안북도와 황해도 근처의 바다 — 옮긴이)에서 격침당해 죽은 내 동지들이여, 들으시오. 여순, 평양, 한성에서 일본놈들의 손에 죽은 동지들이여 들으시오. 내 맹세를 들으시오. 내가 동지들의 원수를 꼭 갚고야 말겠소. 중국은 강하고 자유롭게 될 것이오. 동지들이 목숨을 바쳐 싸우다 간 그 큰 뜻을 위해 나 역시 이 한 목숨 바치겠소. 동지들이여, 앞서간 동지들이여. 내 맹세를 들었다면 편안히 잠드시오."

귀재는 잠시 더 서있다가 천천히 기슭으로 올라갔다. 그는 얼마 동안 절뚝거리며 걷다가 발에 감각이 돌아와 제대로 걸을 수 있게 되자 달리기 시작했다.

귀재는 쑤저우로 돌아가는 여드레 동안의 여행중에 집에 가서 할 말을 끝없이 되풀이해서 연습했다.

가마가 멎었다.
"다 왔나?"
귀재가 앞에 선 가마꾼에게 물었다.
"아닙니다요, 나으리. 아직 서른 걸음쯤 더 남았는데, 사람들이 길을 막고 있어서 멈췄습니다."
"돌아온다고 아무한테도 알리지 않았는데."
"저 사람들은 나으리 댁 사람들이 아닙니다요."
"내려주게. 걸어서 가겠네."

귀재는 사람들 틈을 비집고 빠져나갔다. 문 앞에는 작달막하면서도 다부져 보이는 여인네 하나가 덫에 걸린 원숭이처럼 허우적거리며 소란을 피우고 있었다. 그녀는 잔뜩 화가 난 얼굴로 목에 핏대를 올리며 고래고래 소리를 지르고 있었다.

"개 같은 놈들, 염소 새끼 같은 놈들. 이놈의 자라 새끼 같은 사내놈들은 아무나 보면 건드리려고 들어!"

그녀가 대문에 침을 뱉었다.

귀재가 그냥 지나가려고 하는데 그녀가 재빨리 귀재의 팔을 잡았다.

"들어가면 안 돼요."

그녀는 순간적으로 귀재를 알아보고는 재빨리 팔을 놓더니, 팔을 들어 주먹을 막는 시늉을 했다. 저 여자는 내가 손을 더럽혀가면서 정신 나간 여자를 때리려 한다고 생각한 모양이지? 귀재는 아는 체도 하지 않고 영빈각으로 들어갔다.

귀재가 보이지 않자 그녀는 다시 욕을 해대기 시작했다.

"저기 등신이 또 하나 간다! 병아리 같은 놈, 뱀 같은 놈, 토끼 같은 놈, 두꺼비 같은 놈……."

마당에는 중문에 귀를 대고 있는 화소댁 외에는 아무도 없었다. 화소댁은 귀재를 미처 보지 못한 듯, 귀재가 말을 걸기도 전에 겁에 질린 표정으로 고개를 설레설레 흔들고 손을 휘저으며 마당 입구 쪽으로 바삐 달려갔다. 그녀는 현숙당 근처에서부터 소리치기 시작했다.

"에그머니, 에그머니. 세상에 이럴 수가. 세상에 ……."

귀재가 안채에 이르렀을 때는 집안의 여자들이 모두 수선을 피우고 있었다. 계집종들은 기절해 쓰러진 나이 든 아낙네들을 정신 차리게 하느라고 생강즙을 들고 이리 뛰고 저리 뛰고 있었다. 그 와중에서 둘째 할머니의 쩌렁쩌렁한 목소리가 들렸다.

"나무아미타불! 식칼을 들고 요리사에게 덤비다니!"

귀재는 사람들 눈에 띄지 않는 곳에 숨어서 용재가 자신을 쳐다봐 주기만을 기다렸다.

그러나 쉬운 일이 아니었다. 용재는 등을 기둥 쪽으로 돌리고 노마님을 쳐다보며 방 한가운데에 서있었던 것이다. 사람들이 소리 높여 얘기하지는 않았지만, 귀재는 소란스러운 가운데에서도 사람들이 무슨 얘기를 하는지 대충 짐작할 수 있었다.

"얘야, 어떻게 손을 써보렴. 네가 이 집안의 가장이 아니냐? 네가 어떻게 좀 해야지."

용재가 손을 마주 잡고 절을 하며 말했다.

"어머님, 몇 번이나 설명을 드려야 아시겠어요? 이 짓도 관습입니다. 우리 가문은 항상 이 관습을 지켜오지 않았습니까? 쫓겨난 사람에게 주인을 헐뜯을 권리를 줘야 합니다. 이건 좋은 규칙이에요. 약한 사람을 보호해주니까요."

"하지만 그 여자가 상하이까지 가서 입을 나불거리면 어쩌지?"

"그럴지도 모르죠. 그러나 제가 그 여자 입을 틀어막아서 어디다 몰래 숨기기라도 한다면 그런 수치스러운 일이 또 어디 있겠어요? 양쯔 강 사람들이 모두 알고 비웃을 겁니다."

"변명 따위는 듣고 싶지 않다. 아무튼 무슨 수를 써봐!"

노마님은 계집종 하나를 불러 이마에 난 땀을 닦게 했다. 용재는 그동안 부처님의 계시라도 바라는 듯이 천장만 올려다보고 있었다. 용재가 한참 후에 고개를 끄덕이며 입을 열었다.

"화소댁, 이리 좀 오게."

"네, 나으리."

"가서 청지기에게 이르게. 그 여자를 우리집에서 제일 호사스러운 가마에 태워 그 여자 집으로 모시되 깍듯이 받들라고. 어서 가게. 그 여자가 기진해서 쓰러지기라도 하면 큰일이니까."

노마님이 잠시 이맛살을 찌푸렸지만 용재는 웃음을 참으며 다시 절했다.

"이게 다 서양 고추인지 뭔지 하는 것 때문이야. 그 놈의 것이 나쁜 기운을 내뿜어서 사람의 정신을 어지럽게 만들기 때문이라고."

노마님이 넋두리하듯 말했다.

귀재는 더이상 듣고 싶지 않았다. 전쟁에서 져놓고는 후추 따위를 가지고 분을 풀려고 하다니! 귀재는 서재에 가서 형을 기다리기로 작정하고 자리를 떴다.

서재로 가는 길에 귀재는 내왕교 위에서 춘월을 만났다. 춘월은 제 어머니의 자줏빛 비단 손수건을 여러 개 들고 사람들이 법석을 피우는 곳으로 달려가는 중이었다.

"왜 이렇게 빨리 돌아오셨어요, 삼촌. 군복은 어떻게 하시구요?"

춘월은 귀재의 대답을 기다리지도 않고 말을 계속했다.

"뭐, 상관없어요. 저를 따라서 안채로 가세요. 얼마나 신난다구요. 정말, 명절날 같아요. 이렇게 왁자지껄한 건 처음 봐요."

귀재는 춘월을 빤히 쳐다보았다. 춘월의 뺨은 빨갛게 상기되어 있었고, 긴 머리채에 꽂은 댕기는 흐트러져 있었다.

"어머, 삼촌. 그냥 서있으면 어떻게 해요? 자, 절 따라 오세요."

"춘월아, 넌 부끄럽지도 않니? 남들은 골머리를 앓고 있는데 너는 좋아서 날뛰니 말이다."

춘월은 물벼락이라도 맞은 듯 몸을 움츠렸다.

내가 왜 이러지? 열세 살밖에 안 된 여자아이더러 뭘 어떻게 하라는 거야? 귀재는 춘월의 마음을 풀어줄 생각으로 목청을 가다듬었다.

"춘월아……."

"작은삼촌, 삼촌을 화나게 하고 싶지는 않았어요. 정말이에요."

춘월이 슬그머니 웃었다. 귀재도 고개를 끄덕이며 미소지었다. 춘월은 다시 기분이 좋아진 모양이었다.

"자, 어서 가세요. 할머님께서 삼촌을 보시면 정말 좋아하실 거예요. 할머님께선 지난주에 작은할머니랑 암자에 가셔서 삼촌을 위해 불공을 올리셨다구요."

"아니다, 춘월아. 난 조금 있다가 사람들을 만나겠다. 먼저 큰삼촌을 만나서 할 얘기가 있단다. 너 먼저 가거라."

"큰삼촌을 불러 드릴까요?"

"그래주겠니? 하지만 다른 사람들이 모르게 살짝 얘기해야 한다. 아직 다른 사람에게 내가 왔다는 것을 알리고 싶진 않단다. 큰삼촌에게 내가 서재에서 기다린다고 전해주렴."

귀재는 조카딸의 뺨을 어루만져주고 싶은 것을 가까스로 참았다.

"그래요. 제가 비밀을 지켜줄게요. 작은삼촌, 무사히 돌아오셔서 기뻐요."

춘월이 살짝 웃으며 말했다.

귀재는 고개를 끄덕이며 춘월이 석교를 내려가 안뜰로 가는 것을 보았다.

두 형제는 해거름녘에야 서재에서 마주 앉을 수 있었다. 귀재가 먼저 침착하고 단호한 어조로 몇 번씩이나 미리 연습해두었던 말을 꺼내기 시작했다. 귀재는 돌아가신 노대인이 자식들에게 서양 문물을 가르치려 했을 당시에, 자신이 얼마나 자부심과 희망에 차 있었던가부터 얘기했다. 그러나 귀재는 몇 가지 결정적인 사건들이 일어나고 그 결과 전쟁이 급작스럽게 종식되는 대목을 얘기하는 사이에 자신도 모르게 울컥 분노가 치밀어, 자리를 박차고 일어나 뒷짐을 진 채 힘이 들어 있는 발걸음으로 마루 위를 걸어다니기 시작했다.

귀재는 자신의 긴 이야기가 거의 끝나갈 때에야, 형이 내내 장죽만 뻑뻑 빨면서 얘기 내용보다는 담배 연기가 피어오르는 것에 더 관심이 있다는 듯한 표정으로 무표정하게 앉아 있다는 것을 깨달았다.

귀재는 참을 수 없다는 듯이 담배 연기를 손으로 휘휘 저으며 다시 자리에 앉았다. 용재는 부드러운 눈길로 귀재를 응시했다. 귀재는 더

이상 할 말이 없었다. 기다리는 수밖에.

오랫동안 서로 아무 말이 없었다. 담장 너머에서 야경꾼의 야경 도는 소리가 들렸다.

이윽고 용재가 먼저 입을 열었다. 그의 이야기는 사실 그대로였지만 군인인 귀재가 듣기에는 담배 연기만큼이나 허황되고 조리 없는 것으로 들렸다.

"내 생각에는 말이다, 잘못은 우리에게 있는 것 같다. 우리들이 무작정 학문과 전통과 가문만 아껴왔다는 것부터가 잘못이었다. 우리는 나라의 안녕을 도모하고 전쟁을 수행하며 법을 집행하는 사람을 잘못 선택했다. 오로지 케케묵은 학자들이 이미 다 정해놓은 법칙에 따라 시인 묵객들이 지어낸 몇 구절의 팔행시 따위에만 의지해왔던 것이다."

그러나 귀재는 형의 말을 듣고 싶지 않았다. 그는 자신도 모르게 오른손을 움켜쥐었다.

용재는 새 담배에 불을 붙이고 담배 연기를 내뿜으며 신중하게 말을 계속했다.

"새 세상은 우리를 그냥 내버려두지 않으려는 데도 우린 그 사실을 모르고 있어. 우린 마냥 잠만 자고 있는 거야. 더러운 시궁창에 처박혀 천대받아 죽어가면서도 스스로 제왕이며 성현이라고 믿고 있는 종과 같은 꼴이지."

"형님, '우리' 라고 하셨어요?"

귀재는 자신도 모르게 소리쳤다. 그는 다시 치밀어오르는 화를 참으려고 안간힘을 썼다.

"형님하고 나는 그 '우리' 라는 무리 속에 넣을 수 없어요! 아버님께서는 잠만 자고 계시지 않았잖아요? 형님과 나도 마찬가지구요. 우린 뭔가 행동을 보여줘야 해요."

"너는 우리가 뭘 했으면 좋겠냐? 너도 내가 애쓰는 걸 봤잖아? 그래 봤자 내 집안에서조차 눈곱만큼의 변화도 이루어지지 않았어. 그렇게 사소한 일에도 온 집안이 난장판이 되는 것을 너도 봤잖아? 바로 오늘 말이다."

"그런데 형님은 그 쓰잘 데 없는 소리에 귀를 기울이며 서있기만 했잖아요? 난 도무지 형님 속을 모르겠어요!"

용재가 쓴웃음을 지었다.

"사실, 난 이제 그런 일이 쓰잘 데 없다고만은 생각하지 않는다. 아낙네들은 아낙네들대로 소란을 피울 권리가 있고, 그 하녀는 그 하녀대로 제 속을 털어놓을 권리가 있는 거야. 매사에 중용을 택하는 게 제일이지. 내가 무슨 권리로 무지한 종들을 깨운단 말이냐? 고통을 잊게 해준다면 꿈을 꾸는 것은 해롭지 않아. 희망까지 뺏겨버린다면 현실을 바로 보는 일이 무슨 소용 있겠어? 인간의 영혼이 개조되지 않고 있는데 그의 머릿속을 바꿔놓을 수는 없는 노릇이야."

귀재는 천천히 일어섰다. 그는 성난 야수처럼 으르렁거리며 치밀어 오르는 분통을 꾹 눌러 참으며 침착하게 얘기하려고 애썼다.

"형님, 살코기에 환장한 개들이 잠든 날품팔이꾼들에게 달려드는 판국인데, 영혼을 개조한다는 건 무슨 말입니까? 아침이 오면 그의 뼈다귀는 사방으로 흩어져 땅에 묻히고, 개들이 틈나는 대로 몰려와 악착같이 물어뜯을 텐데 말입니다."

귀재는 형의 얼굴을 빤히 쳐다보았다. 형의 얼굴에서는 아무런 감정도 읽을 수가 없었다. 그냥 침묵으로 항변하는 수밖에 없었.

용재도 동생의 얼굴을 한참 동안 물끄러미 바라보고는 일어섰다.

"좀 춥구나. 그렇지?"

용재는 화로로 가서 재를 뒤적여 불을 일으켰다.

귀재가 밖으로 나가서 숯을 가지고 왔다.

"제가 할게요."

그들은 불길이 살아오르는 화로 옆에서 한참 동안 아무 말 없이 서 있었다.

"귀재야."

"네?"

"시간이 늦었구나. 나는 또 춘월이 공부를 봐줘야 해. 이 문제는 나중에 다시 얘기하자."

용재는 책상머리에 돌아가 앉더니 서류 몇 장을 집어들었다. 귀재는 형이 눈을 내리깔고 있는 것을 보면서 마치 철문이 굳게 닫히는 듯한 느낌이 들었다.

귀재는 잠을 한숨도 이루지 못했다. 새벽 일찍 일어나 옷을 입고 마치 도망가는 사람처럼 마당을 빠져나갔다. 어젯밤과 마찬가지로 아낙네들의 인사하는 소리와 수다 떠는 소리, 웃음소리 따위를 참을 수 없을 것 같았다.

귀재는 집을 나서서 정처 없이 걷기 시작했다. 그가 관헌에 도착했을 때는 하늘이 파랗게 밝아오고 있었다. 관헌의 하인 하나가 방을 붙이고 있었다. 귀재는 방을 대충 훑어보고는 방의 사본을 한 장 샀다.

이럴 수가! 아무리 처참한 패배를 당했다고는 하지만 중국이 이 따위 화평 조약을 승인하다니! 귀재는 방을 움켜쥐고 집으로 달려갔다.

용재는 자기 처소 곁에 있는 뜰에서 태극권을 연마하고 있었다. 그는 운동에 열중해 있어서 귀재가 달려오는 것도 보지 못한 것 같았다.

"형님—."

귀재는 달려오느라고 아직도 숨을 헉헉대고 있었기 때문에 말을 이을 수가 없었다.

"잠시 기다리면 안 되겠니?"

용재가 두 팔로 큰 원을 그리며 오른쪽 발을 천천히 들어올려 왼쪽 무릎으로 가져갔다.

"안 돼요! 급하다고요."

귀재가 형의 손에 방을 쑤셔박듯이 쥐어주었다. 용재는 내키지 않는다는 듯이 방을 받아들고는 돌의자에 앉았다. 귀재는 옆에 서서 형이 다 읽기만을 초조하게 기다렸다. 귀재의 손이 덜덜 떨리고 있었다. 형은 어쩌면 저렇게 분통터질 만큼 담담한 표정으로 방을 읽을 수 있단 말인가?

마침내 용재가 방을 내려놓았다.

"은 2억이 어디서 나온단 말이냐. 베이징 정부의 한 해 세 수입의 세 배가 넘는 금액이야. 귀재야, 이 돈이 어디서 나온단 말이냐?"

용재가 비통한 얼굴로 고개를 저었다.

귀재가 믿을 수 없다는 듯이 형을 노려보았다. 배상금 따위는 문제가 아니었다. 전쟁을 끝내자는 조약이었다. 그야말로 나라가 끝장나는 판국이었다. 큰형도 짐승의 속성은 보지 못하고 짐승의 터럭 숫자나 세는 책벌레가 된 걸까?

"제가 어찌 알겠습니까, 형님."

귀재는 획 돌아서버렸다.

귀재는 월문을 빠져나오면서 결심을 했고, 그로부터 한 시간도 채 안 되어 구체적인 계획까지 세웠다. 그는 황제의 법을 따르지 않는 사람들이 모여 사는 광둥성으로 가서 소문으로 들은 비밀 결사를 찾아내 혁명에 몸 바칠 생각이었다. 집안사람들에게는 광둥에서 수출

입 중개상을 하고 있고 군관학교 시절의 친구이며 친척뻘 되는 소씨 형제에게서 얼마 전에 함께 일해보자는 청을 받았다고 둘러댈 생각이었다. 사실 소씨 형제는 광동에서 장사를 하고 있었다. 그렇게 얘기하면 집안사람들도 좋아할 것이다. 장사치도 군인보다는 낫다고들 생각하고 있으니까.

 귀재는 장래에 대한 계획이 서자 조금 마음이 가라앉았다. 막상 곧 떠난다고 생각하니 서두를 필요도 없을 것 같았다.
 귀재는 철들고 처음으로 어머니, 금효와 자리를 같이하곤 했다. 모자는 매일같이 금효의 방 서쪽 창가에 앉아서, 아들은 책을 읽고 어머니는 수를 놓았다. 금효는 마지막 한 바늘을 꿰고 나면 언제나 아들에게 어디가 처음이고 어디가 마지막인지 알아 맞춰보라고 했다. 귀재가 모르겠다고 대답하면 금효는 그때마다 "수가 제대로 놓아진 모양이구나"라고 말하며 웃곤 했다.
 금효는 자신이 몇 살 때 장씨 가문에 와서 살게 되었는지 기억하지 못했다. 아직 전족도 하기 전이었다는 것밖에는 생각나지 않았다. 그녀의 아버지는 노대인을 섬기다가 싸움터에서 죽었으며 어머니 또한 오래전에 죽었다. 그녀에게는 아무 데도 갈 곳이 없었다. 그런 그녀를 장씨 집안에서 받아준 셈이었다.
 노대인의 정실부인이 고아가 된 그녀를 귀여워했는데 둘째 부인이 호열자에 걸려 죽고 나자 금효를 셋째 부인으로 삼는 것이 어떠냐고 노대인에게 권했던 모양이다. 노대인이 마침 쑤저우를 떠나 산둥성에 부임해가려던 참이어서 정실부인의 제안은 안성맞춤이었다. 그에게는 시중들어줄 부인이 있어야 했는데 정실부인이 직접 따라나설 형편이 못 되었던 것이다. 가장의 정실부인은 관습에 따라 아들 하나를 낳고 나면 본집에 남아 시어머니를 공양해야 했다.

　귀재는 어머니 곁을 떠나기로 결심하자, 열여섯에 자기 나이의 세 배나 되는 남자에게 시집을 가서 마흔에 과부가 된 어머니의 한평생이 과연 어떤 것이었을까 하는 의구심이 들었다. 어머니는 지금 무엇을 바라보고 사는 걸까? 언젠가는 아들이 출세해서 황제를 모실 날을 기다리면서? 아니면 숱한 자손들이 태어나 당신 무덤의 풀을 깎으며 먼저 간 남편을 위해 기나긴 세월을 정숙하게 혼자 살다 간 한 과부의 넋을 기려주기를 바라면서?

　그러나 귀재는 결코 황제를 섬기지 않을 작정이었다. 게다가 결혼을 해서 아이를 가질 생각도 없었다. 군인과 혁명가는 언제나 죽을 준비를 하고 있어야만 했다.

　어쩌면 어머니도 이 모든 것을 오래전부터 꿰뚫어보고 있었는지도 모른다. 글을 읽지도 못하던 어린 시절, 귀재는 어머니의 눈에서 눈물이 흐르는 것을 한두번 본 것이 아니었다. 한 방울 한 방울 차례를 기다리듯 다소곳이 떨어져내리던 그 눈물들…….

　금효는 요즘 들어 국화꽃만 수놓고 있었다. 귀재는 어머니에게 수선화같이 봄에 피는 꽃을 수놓아보라고 말하고 싶었다.

　"가을꽃은 그만두세요."

　귀재는 진심으로 그렇게 말하고 싶었지만, 결국 그 말은 하지 못하고 말았다.

　평화를 돈으로 살 수는 없는 일이다. 시모노세키 조약은 결국 드러내놓고 적을 불러들이는 결과가 되고 말았다. 고양이 한 마리가 항아리를 엎어버리고 나면 개떼들이 덤벼들게 마련이다.

　그 이듬해에 쑤저우도 조약항이 되었다. 외국인들에 대한 치외법권을 인정하고 외국인들에게 중국의 관세를 마음대로 정할 수 있게 하며, 중국 땅을 아무런 호혜 조건 없이 외국인들의 처분에 맡긴다는 그 불평등 조약의 희생물이 된 중국의 스물두번째 도시였다.

용재도 마침내 다른 선비들과 함께 자강회를 결성하고 개혁의 길을 찾기 시작했다. 다른 도시에 생겨난 비슷한 모임에서와 마찬가지로 여기에서도 활발한 토론이 벌어지곤 했다. 선비들이 보름에 한번씩 자리를 함께 하면서 토머스 제퍼슨의 글이나 나폴레옹 전기 등을 읽으면서 공자를 재해석함으로써 서구식 근대화에 호응할 수 있는 방도를 모색하기도 했다.

1898년 무술년에 중국의 열여덟 개 성 가운데 열세 개 성이 외국 열강의 손아귀에서 놀아났다.

담장에 둘러싸인 뜰 안에서 지내는 사람들은 예전과 다를 바 없는 나날을 보내며 나이만 먹고 있을 뿐이었다.

❀ 사주단자

아들을 낳으면 며느리 보기를 바라고 딸을 낳으면 사위 보기를 바라나니, 이는 모든 어버이들의 바람이다. 만약 처녀 총각이 어버이의 가르침과 법도에 따른 온갖 절차를 참고 기다리지 못하고, 담장에 구멍을 내어 서로의 모습을 훔쳐보거나 담에 기어올라 만나려 든다면, 그들의 어버이는 물론 모든 사람들이 그들을 비웃을 것이다.

— 예기

춘월의 눈앞에는 책이 펼쳐져 있었지만 속으로는 《홍루몽》의 한 구절을 생각하며 머리를 땋고 있었다. 그때 문밖에서 화소댁의 목소리가 들렸다.

"양손에 물건을 들어서 그러니, 문 좀 열어줘요."

"화소댁, 조금 있다가 와요. 난 지금 바빠."

"성가신 노새 같으니라고. 난 아씨보다 더 바빠요. 어서 열어요! 안 그러면……."

심술궂은 늙은 하녀는 만만찮은 상대였다. 그녀는 정확하게 때를 골라 약을 올리거나 명령을 내리고, 속이거나 달래지 않으면 다짜고짜 귀를 잡아당기곤 했다. 춘월이 책을 덮고 문을 열었다.

엷게 벗긴 창포가 담긴 주걱으로 찬물 대접을 저으면서 서있던 화소댁은 문이 열리자 득달같이 달려 들어왔다. 그녀의 주머니는 머리핀이며 빗 따위로 불룩 튀어나와 있었다.

"내 머리는 내가 땋을 거야. 화소댁도 알면서 그래."

"오늘은 다르다우. 자, 앉아요! 아씨 어머니께서 아씨 머리를 올려 주라고 하셨다우."

드디어 때가 된 것이다. 춘월은 이 날이 영영 오지 않을 것만 같았다. 이제 모두들 그녀가 한낱 어린애가 아니라 내일이라도 당장 가마를 타고 시집을 갈 수 있는 어엿한 여인이라는 것을 알게 된 것이다.

춘월은 한껏 점잔을 빼며 앉아서 허리께까지 치렁치렁하게 자란 제 머릿단에 화소댁이 창포 묻히는 것을 거울을 통해 바라보았다. 화소댁이 거의 일을 끝낼 때쯤 춘월이 입을 열었다.

"아줌마!"

"으음?"

화소댁은 입에 빗을 물고 있었다.

"아줌마, 이젠 날 노새니 망아지니 하고 부르지 말아야 해. '작은아씨'라고 해야 한다구."

"그래요?"

화소댁은 빗으로 춘월의 머리를 잡아당기듯 힘을 주어 빗겼다. 춘월이 거울에 비친 화소댁을 보며 정겹게 웃었다.

"부탁이라고요."

"알았다우. 자, 얼굴 좀 보게 돌아 앉아봐요."

화소댁이 히죽 웃었다.

"밉상은 아니군! 밉상은 아냐! 작은아씨, 아씨도 얌전하게 가만히 앉아 있으니까 그다지 보기 싫지는 않군요."

춘월은 힐끔힐끔 거울을 들여다보았다. 저게 정말 나란 말야? 두 가닥으로 땋아내린 머리채가 춘월의 갸름한 얼굴 윤곽을 뚜렷하게 살려주었다. 춘월이 생각하기에는 거울에 비친 자신의 모습이 《홍루몽》에 나오는 전설적인 미녀 같았다.

"거울만 들여다보고 있을 때가 아니에요."

춘월은 화소댁의 말에 정신이 들었다.

"아씨 어머니와 노마님께서 기다리고 계세요."

화소댁이 백단 상자를 열고 새옷을 꺼냈다.

"자, 어서 입어요."

"다른 때처럼 나 혼자 입을 테니까 아줌마는 밖에서 기다려요."

화소댁이 어이없다는 듯이 두 손을 쳐들고 요란스레 밖으로 나갔다. 춘월은 입고 있던 옷을 벗고 연보랏빛 비단 치마를 걸쳤다. 폭이 넓은 저고리의 소매와 목깃에 어머니가 연분홍과 초록색으로 열여섯 마리의 나비를 수놓아준 것이었다.

춘월은 미소를 지으며 천천히 방을 한바퀴 돌았다. 그러고는 거울 앞에서 우아하게 머리를 숙여 절했다. 그녀는 눈을 내리깔고 거울을 향해 말했다.

"어르신의 고마우신 말씀을 듣자오니 소인은 몸둘 바를 모르겠나이다. 소녀는 보잘것없고 하찮은 어린아이에 지나지 않사온데……."

그때 문이 벌컥 열렸다.

"왜 이렇게 꾸물거린담. 어서 나와요, 어서."

춘월은 난생 처음 하녀가 시키는 대로 하녀의 뒤를 따라 노마님의 거처로 향했다. 그러나 전족 때문에 화소댁의 걸음을 따라잡을 수가 없었다. 춘월은 일부러 걸음을 늦췄다. 내가 서두를 게 뭐람? 나는 동전 한두 닢 더 벌어보려고 길거리를 뛰어다니는 가마꾼이 아니잖아? 난 이 집 작은아씨야. 축대쯤에 이르렀을 때 춘월은 아예 걸음을 멈추어버렸다.

"화소댁, 천천히 좀 가요. 아직 저녁 먹을 때도 아니잖아."

앞서 걸어가던 화소댁이 한달음에 달려와서는 비꼬는 태도로 공손하게 절을 하며 말했다.

"아씨의 고마우신 말씀을 듣자오니 소인은 몸둘 바를 모르겠나이다."

저런, 화소댁이 다 듣고 있었군. 고약한 여편네 같으니라고! 춘월은 머리를 꼿꼿이 세우고 화소댁을 지나쳐 걸어갔다. 저렇게 심통 사납게 굴기는 하지만 그래도 어디 가서 함부로 입을 나불거리지는 않으니까 다행이긴 해.

춘월은 노마님의 처소에 이르자 손짓으로 화소댁을 물러가게 했다. 그러고는 돌아서서 열려 있는 문을 바라보았다. 춘월은 옷매무새를 한번 매만졌다. 오늘은 내 삶이 새롭게 시작되는 날이 아니라 여느 날과 다를 게 없다는 듯이 행동해야지. 춘월은 속으로 다짐하며 심호흡을 하고는 노마님 처소로 들어갔다.

춘월은 잠시 멈춰섰다. 중매쟁이들이 어디 있을까? 매파는 어디 있지? 할머니하고 수를 놓는 어머니밖에 없잖아? 내가 너무 들떠 있었던 거야. 아무 일도 없는 걸 가지고 괜히……

"할머님, 안녕히 주무셨는지요? 어머니도 안녕히 주무셨어요?"

"어디 있다 왔느냐?"

향설이 손에 쥔 비단천을 계속 바라보면서 물었다.

"머리를 좀……."

"예쁘지 않으냐, 안 그래?"

노마님이 향설에게 물었다. 향설이 그제야 수놓던 손을 멈춰 자수틀을 한쪽으로 치워놓고 딸을 쳐다보았다. 향설은 한참 후에 입을 열었다.

"네, 그렇군요. 저 애가 정말 다른 사람이 된 것 같군요. 점잖기도 하고……."

향설은 정신없이 딸을 바라보았다. 노마님이 옆구리를 찌르자 그때서야 자신이 할 일이 생각났다.

"춘월아, 앉거라. 노마님과 이 에미가 네게 긴히 할 얘기가 있다."

"저하고요?"

춘월이 큼지막한 자수틀 곁에 놓인 의자에 가서 앉았다. 웃어보려고 했지만 웃음이 나오지 않았다.

"넌 오늘 우리하고 같이 차를 마시도록 되어 있다."

"왜요?"

차라면 늘 마시는 것 아닌가?

"왜는 무슨 왜냐? 그런 건 네가 상관할 바가 아니다. 여하튼 넌 오늘 아침에 우리하고 같이 차를 마셔야 한다."

"오늘 아침에요?"

"그러니까, 조금 있다가 말이다."

"하지만 큰삼촌께 공부하러 가야 하는데……."

춘월은 실망한 기색을 감추지 못했다.

"무슨 말이 그리 많으냐. 넌 우리와 차를 마시는 거야. 알겠느냐?"

"네, 어머니."

"몸가짐을 조심해야 한다. 말을 걸어오는 사람도 없는데 먼저 입을 열면 못써."

"그럼, 오늘 오후 공부도 못하는 거예요?"

향설이 손뼉을 한번 딱 하고 쳤다.

"공부라니! 늘상 공부 타령이구나! 책버러지는 네 아버지 한 사람이면 족해."

춘월은 어머니의 판에 박은 듯한 잔소리가 계속되는 동안 눈을 내리깐 채 《옥루몽》의 남녀 주인공이 사랑 고백하는 장면을 생각했다.

"춘월아, 너 지금 듣고 있는 거냐?"

"네, 어머님."

춘월이 고개를 들며 대답했다.

향설이 딸의 코앞에 검지를 세워 흔들며 말했다.

"잘 들어둬. 공부 따위는 잊어버리란 말야."

"네."

"입이 무거운 여인은 덕이 있다는 성현의 말씀을 기억해야 한다."

"알겠습니다, 어머니."

향설이 이야기를 하는 동안 줄곧 조용히 듣고만 있던 노마님이 춘월을 가까이 오라고 불렀다. 노마님은 손녀가 가까이 다가오자 몸을 숙여 손녀의 귀에 대고 조용히 속삭였다.

"애야, 잠시 후에 만날 손님에게 좋은 인상을 줘야 한다. 반씨 댁 마님께서 특별히 너를 만나러 오늘 오셨단다. 그냥 차만 마시는 게 아니고 다른 중대한 일이 있어서 오신 거야."

춘월은 한편으로는 기쁘면서도 또 한편으로는 당황해서 얼굴이 달아올랐다. 내 짐작이 맞았구나!

노마님은 기뻐서 잇몸을 가리는 것도 잊고 활짝 웃었다.

"자, 이제 알았으면 얼른 가자꾸나."

춘월의 어머니와 숙모, 고모들은 사시가 다 되도록 반씨 댁 마님과 이런저런 얘기를 하면서도 정작 반씨 댁 마님이 찾아온 목적에 대해서는 한마디도 하지 않았다. 춘월은 내내 눈을 내리깐 채 얌전을 빼며 차만 홀짝거리고 있었다. 춘월의 가슴이 할머니의 뜨개질 바늘보다 더 빠르게 고동쳤다.

이윽고 아낙네들이 자리에서 일어났다. 춘월은 그때까지 한마디도 하지 않았다.

"그럼, 또 봐요!"

반씨 댁 마님이 큰소리로 작별인사를 했다. 춘월은 반씨 댁 마님의 그런 행동이 마치 물건을 다 팔아치운 봇짐장수 같다고 생각했다.

"그럼, 또 보자고요!"

아낙네들은 다시 자리에 앉아 장차 다가올 경사에 대해서 벌써부터 이러쿵저러쿵 수다를 떨기 시작했다. 그러면서도 결혼이란 문중의 어른들이 신경써야 하는 일이기 때문에 그들은 정작 새색시가 될 춘월은 거들떠보지도 않았다. 춘월은 몰래 빠져나와 하녀들의 거처로 걸음을 재촉했다.

화소댁은 제 방문 앞에 쪼그리고 앉아 빨래를 개고 있었다.

"아줌마!"

화소댁이 춘월의 목소리에 화들짝 놀라며 쳐다보았다. 춘월은 화소댁 옆에 무릎을 꿇고 앉았다.

"새옷 버려요!"

"괜찮아, 아줌마하고 얘기 좀 할 수 있어요?"

"지금요?"

"그래요."

화소댁은 손을 앞치마에 닦고는 춘월의 이마를 짚어보았다.

"어디 아파요?"

춘월이 고개를 저었다.

"아씨 방에서 얘기할까요, 아니면 내 방에서 할까요?"

"아줌마 방에서."

춘월은 이화가 죽은 후로 종종 화소댁의 방에 찾아가 화소댁이 하는 일을 물끄러미 보곤 했다. 춘월은 그렇게 함으로써 화소댁이 아무런 불평도 없이 이화가 하던 일까지 떠맡아 해주는 덕분에 자신이 다른 계집종을 받아들이지 않고 지낼 수 있게 된 데 대해 고마움을 표시했다. 그러나 그들은 아무도 드러내놓고 인사치레를 하지는 않았다. 굳이 말을 하지 않아도 서로의 마음을 알고 있었던 것이다.

춘월은 무릎이 맞닿을 정도로 화소댁 가까이 의자를 당겨 앉았다.

"아줌마, 아줌마가 날 좀 도와줘야겠어요. 그 사람 선비예요? 아니면 찻집에나 들락거리는 건달인가요?"

춘월이 화소댁의 마디 굵은 손을 잡으며 말했다.

화소댁은 코를 풀려고 손수건을 꺼내면서 고개를 설레설레 흔들었다. 춘월은 화소댁이 입장이 난처할 때마다 코 푸는 것을 알고 있었기 때문에 아마도 자기가 짐작하는 것보다 더 몹쓸 사람인 모양이라고 생각했다.

"아줌마, 어때요, 네?"

화소댁은 잠시 망설이다가 혹, 엿들을 사람이라도 없는지 문밖을 내다보고는 얼른 입을 열었다.

"작은아씨, 아씨는 내 말을 들으면 아마 머리 깎은 다음에 혼수감 팔아서 염주를 마련해가지고 중이 되려고 들거구먼요."

"아줌마, 농담 말아요!"

"농담이 아니라고요. 반씨 댁 마님은 지독한 여자예요. 언젠가 그 부인네가 이 댁에 들렀을 때 제가 차를 따라드린 적이 있었죠. 그런데 그 부인네 생각에 차가 덜 달여졌던가 봐요. 그 마님이 뭇 사람들 앞에서 글쎄, 하인들에게 너무 너그럽게 대하신다고 아씨 어머니를 나무라더라고요."

화소댁은 아랫입술을 손으로 말아 넣어 이빠진 사람 흉내를 내며 말을 계속했다.

"이것 보라고요. 아랫것들을 멋대로 내버려두면 나중엔 기어오른다고요!"

춘월이 웃음을 터뜨렸다.

"오늘 아침에는 그런 일이 없었잖아요? 아줌마, 어쩌다 한번 그런 걸 가지고 아줌마가 앙심을 품은 거 아냐?"

화소댁이 머리를 저었다.

"작은아씨, 오늘 아침에는 그 부인이 아씨에게 잘 보이려고 그런 거예요. 그집 부엌에 나하고 고향이 같은 아이가 있는데, 그 아이에게서 엄청난 말을 들었다고요."

"그 마님 아들은 설마 자기 어머니를 닮지 않았겠지, 뭐."

화소댁이 퉤 하고 침을 뱉었다.

"아들이 무슨 소용이람. 문제는 시어머니라고요. 반씨 댁 사람들은 겉과 속이 다른 사람들이에요. 이 댁 분들같이 지체 높은 사람들 앞에서는 알랑방귀를 뀌면서도 자기들보다 못한 사람들 앞에서는 얼굴을 싹 바꾼다고요."

화소댁 말이 정말일까? 춘월은 자신이 차를 마시는 자리에서 얌전하게 굴었던 것이 갑자기 후회되었다. 이럴 줄 알았으면 글공부한다는 얘기도 하고, 또 남들이 비를 피해 집안으로 들어갈 때 자신은 오히려 비를 맞으러 뛰어나간다는 둥, 쉴 새 없이 떠들어대는 건데……. 하지만 지금도 너무 늦은 건 아닌지도 모르지.

"아줌마."

춘월이 다시 화소댁의 손을 꼭 쥐며 말했다.

"아직 기회가 있을지 몰라. 어서 가서 반씨 댁 하인에게 내 흉을 잔뜩 늘어놓아요. 내가 성깔 사납고 수도 못 놓으면서 말만 많다고 사실대로 얘기해요. 아니, 좀더 보태서 말해요."

그러나 화소댁은 고개를 저으며 다시 코를 풀었다.

"아씨는 아무것도 몰라서 그런다우. 다 소용없는 짓이랍니다. 반씨 댁은 이 댁 같은 학식 있는 집안과 사돈을 맺어서 자기네들 재산이나 늘려보자는 속셈이라고요."

화소댁은 춘월의 뺨을 쓰다듬으며 금방이라도 떨어질 듯한 눈물을 닦아주었다. 춘월은 늙은 하녀의 정겨운 손길에 백 마디 말보다 더한 진실이 담겨 있다고 믿었다.

희망이 없었다. 이번 혼사는 춘월의 팔자인지도 모른다고 생각했다.

한참 후에 화소댁이 춘월의 귀에 대고 속삭였다.

"가풍 있는 집안에서는 아랫사람이 윗사람의 말을 따르고 자식들이 어버이의 말을 따르며, 그 어버이들은 또 그 자신들의 어버이 말을 따르고, 나아가 이 모든 사람들은 가장의 말을 따르는 법입니다. 그러니……."

춘월은 한참 후에야 화소댁의 말이 무슨 뜻인지 알 수 있었다. 그러나 춘월은 고개를 저었다.

"아줌마, 그럴 수는 없어요. 난 세상 누구보다도 큰삼촌이 날 못 돼먹은 여자로 보는 게 싫어요. 내가 만약 큰삼촌에게 내 혼사 얘기를 한다면 삼촌은 나를 뻔뻔스러운 여자로 생각하실 거야. 천민이나 여배우, 아니면 그보다 더 못 돼먹은 여자라고 생각하실 거야. 삼촌은 날 행실 나쁜 여자로 볼지도 몰라!"

춘월은 천천히 일어나 문 쪽으로 걸어갔다. 그런데 화소댁이 달려 들어 앞을 막고는 춘월의 어깨에 양손을 얹으며 다급하게 말했다.

"그럴 리가 없어요. 큰삼촌께서 아씨를 그렇게 생각하실 리 없어요! 나으리께서는 오랫동안 외국 사람들과 함께 사셨잖아요. 외국 여인네들은 자기들 마음대로 신랑감을 고르는데도 부모들이 뭐라고 나무라지 않는다면서요? 아씨가 이번 일을 말씀드려도 삼촌께서는 놀라지 않으실 거예요. 어서 가서 말씀드리세요. 때를 놓치면 큰일이라고요."

용재는 서재 책상머리에 앉아 춘월을 기다리며 춘월이 전날 지어놓은 시를 읽고 있었다.

나의 우주였던 뜰에서 떠나
낯선 세상에 발 디디며 나는 알았네.
집으로 돌아오는 이들의 즐거움과
내 떠나가는 말발굽 소리의 무정함을.

용재는 절로 웃음이 나왔다. 가르친 보람이 있었다. 춘월이 매일을 하루같이, 어떤 때는 밤을 새워가며 공부에 열중하긴 했지만, 3년이라는 짧은 기간에 이 정도의 실력이 될 줄은 미처 몰랐다. 용재에게는 날로 늘어가는 조카딸의 글 솜씨를 보는 것이 큰 즐거움이었다.

춘월의 목소리가 들렸다. 용재는 고개를 들었다.

"큰삼촌!"

춘월이 문밖에 서서 다시 한번 불렀다.

용재는 한참 동안이나 대답을 할 수가 없었다. 춘월은 정말 아름다웠다. 내가 왜 지금에서야 저 아이가 저토록 아름답다는 것을 깨닫게 되었을까? 저 애의 귀밑머리 때문일까? 아니면 저 아이가 입은 연보랏빛 비단옷 때문일까? 저 아이가 저런 옷을 입기는 처음이야.

춘월이 다시 불렀다.

"삼촌, 왜 그렇게 저를 보시는 거예요?"

"내가 그랬나? 자, 들어오너라."

용재는 책상 위에 흩어져 있던 서류 따위를 한쪽으로 치웠다. 춘월이 삼촌 곁의 의자에 앉으며 두 손을 맞잡고 고개를 푹 숙였다.

"그래, 무슨 일이냐?"

"어떻게 말씀드려야 좋을지 모르겠어요."

용재는 묘한 불안감을 느끼며 춘월이 입을 열 때까지 기다렸다. 춘월도 한동안 계속 입을 다물고 있다가 쏟아놓듯이 자초지종을 설명했다.

"어머니가 절 시집보내려고 해요."

그랬었구나. 역시 그랬군. 용재는 속으로 그렇게 생각하면서도 모든 것이 변하지 않았으면 좋겠다는 생각이 들었다. 편지 답장을 쓰다가 문득 고개를 들면 저 아이가 눈앞에 앉아 있곤 했는데, 이젠…….

"그런데 왜 그렇게 우울해 보이지? 사람들은 누구나 때가 되면 결혼을 하게 마련이잖니?"

"삼촌은 안 했잖아요."

"그래, 하지만 나도 아버님께서 골라주신 처녀가 죽지만 않았으면 벌써 결혼했을 거다."

용재는 노마님이 시키는 대로 결혼했으면 세 번은 더 했을 거라고 생각하며 도대체 나는 어떻게 된 것일까 하는 기분이 들었다. 결혼을 했다면 지금쯤은 아마 그런대로 잘 지내고 있을 것이다. 그러나 결혼을 하지 않고 살아온 지금 역시 그럭저럭 잘 지내고 있지 않은가? 마치 진작 들어섰어야 하는 갈림길 하나를 너무 지나쳐 가버린 것과 같았다. 지금 와서 발길을 돌려 그 갈림길로 되돌아간다는 것은 그다지 마음 내키는 일이 아니었다. 앞으로 걸어가면 갈수록 그 갈림길은 점점 멀어지기만 하고 돌아가는 데 더 힘들어지게 마련이다. 그러나 용재는 언젠가는 발걸음을 돌려 되돌아가야 한다는 것을 알고 있었다.

"큰삼촌, 부탁이에요. 제 얘기를 들어주세요. 저는 오늘 반씨 댁 마님을 만나 뵈었어요. 하지만 전 그 마님이 싫어요. 그 마님의 며느리가 되고 싶지 않다고요!"

나무아미타불! 계수씨가 무슨 마음으로 그러셨지? 반씨 댁 부인은 배워먹지 못한 여잔데. 그 여자 아들도 건달에 지나지 않는데 말야. 어쩌면 그 친구, 아편을 피울지도 몰라. 그래 맞아. 아편 중독자라는 소문을 들은 적이 있어. 안 돼. 이런 혼사를 해서는 안 돼.

용재는 의자를 박차고 일어났다.

"춘월아, 내가 가서 여자들을 만나고 오마."

노마님은 아들이 뭔가 복잡한 문제 때문에 자신을 찾아왔다는 것을 알아차리고 하녀들에게 차를 가져오게 한 다음, 모두 물러가게 했다. 용재는 하녀들이 나간 다음에 입을 열었다.

"춘월이가 시집을 가게 됐다면서요?"

"난 네가 언제쯤이나 그 소식을 듣게 될까 궁금했다. 네가 집안일에 좀더 마음을 썼다면 진작 알았어야 할 일이지."

용재가 고개를 숙였다.

"어머니, 제 불찰이 큽니다. 어떻게 해서든지 제 잘못을 돌이켜볼까 하고 이렇게 찾아뵈었습니다."

"그러냐?"

노마님은 자기 옆자리에 앉으라고 손짓했다. 용재는 자리에 앉으며 지금 당장 얘기해도 괜찮을지 걱정이 되었다. 그러나 그러는 수밖에 없을 것 같았다.

"그렇다면 반씨 댁과의 혼담이 사실이군요?"

"네 계수가 그 집 아들을 입에 침이 마르도록 칭찬하는 것은 사실이다."

"그 집 아들은 어머님 손녀의 남편 될 자격이 없는 사람입니다. 계수님한테 그런 혼사를 할 수는 없다고 말씀해주세요."

노마님은 아들의 말을 가늠해보는지 아무 말 없이 고개를 끄덕이기만 했다.

"춘월이 그 아이가 시집갈 나이가 됐다는 건 너도 알겠지?"

"그 아이는 이제 열여섯입니다."

"나는 열다섯에 시집왔어. 넌 아마, 그 아이가 스무 살이 되어도 너무 이르다고 생각하겠지?"

노마님의 빈틈없는 눈매가 용재의 마음속까지 꿰뚫어보는 듯했다.

"하지만 그 집 아들이 건달이라는 것만은 틀림없습니다."

용재의 목소리는 자신이 느끼기에도 너무 컸다. 용재는 자신의 목소리가 빈 놋쇠통에서 딸랑거리는 동전 같다고 느껴졌다. 내가 왜 이러지?

노마님이 못마땅하다는 듯이 말없이 이맛살을 찌푸렸다.

"내 얘기를 들어봐라. 춘월이도 이제 시집갈 때가 된 거야. 시집가서 시어머니를 섬겨야 할 때가 온 거란 말이다. 남자건 여자건 때가 되면 결혼을 해야 하는 법이다."

"낚싯바늘 하나로 한꺼번에 두 마리 물고기를 잡으시려는군요. 저까지 싸잡아서 말씀하시면서요. 하지만 때가 됐고 되지 않았고는 별 문제입니다. 춘월이는 그 애를 알아줄 만한 사람에게 시집을 가야 합니다."

"너처럼 말이냐?"

"그래요, 바로 맞히셨어요."

용재는 자신이 대답을 해놓고도 흠칫 놀라며 말을 계속했다.

"누가 뭐라고 해도 전 그 아이를 오랫동안 가르쳐왔으니까요. 그 아이는 곱게 자란 다른 아이들하고는 다릅니다."

"어련하겠니. 네가 다 알아서 했을 테니. 네가 보기에 그 아이가 그토록 유별나 보인다니. 그래, 그 아이 신랑감을 구할 사람은 너밖에 없겠구나."

노마님의 심기가 다소 누그러진 듯했다.

"제가요? 아니, 전 못 합니다."

용재가 깜짝 놀라며 말했다.

"네가 해야 해. 그것도 서둘러 해야 한다. 그렇지 않으면 네 계수가 제 마음대로 해버릴 거다."

노마님의 입가에 웃음기는 없었지만 두 눈이 의기양양하게 반짝였다. 용재는 어머니가 얼마나 용의주도하게 이번 일을 계획했는지를 깨닫고 하마터면 웃음을 터뜨릴 뻔했다.

"어머님 말씀대로 하겠습니다."

용재가 일어나서 꾸벅 절하며 말했다.

창으로 스며드는 햇살에 노마님의 살갗은, 윤기는 없지만 여전히 깨끗한 묵은 비단처럼 보였다. 용재는 다시 절하고 물러나갔다.

그 후 몇 주일 동안 용재와 진재는 쑤저우의 명문 대갓집 아들과 부형들을 별의별 구실을 만들어서 한 사람씩 저녁 식사에 초대했다. 그러나 용재 형제의 마음에 드는 신랑감은 하나도 없었다. 진재는 얼마 못 가서 사윗감 고르는 일을 포기하고 서재에 틀어박혀버렸다. 진재는 워낙 결단력이 없는 사람이었기 때문에 아내와 딸의 마음에 들 신랑감을 결정하는 일이 어렵기만 했다.

이제는 용재 혼자서 일을 처리할 수밖에 없었다. 그리고 장씨 가문에서 신랑감을 찾는다는 소문이 온 쑤저우에 퍼지자 수많은 중매쟁이들이 들락거리기 시작했다. 용재는 그 많은 사람들을 혼자서 다 만날 수가 없을 것 같아서 화소댁을 시켜 사람들을 만나게 하고, 자신은 휘장 뒤에 숨어서 엿들었다.

용재가 아침 문안을 드릴 때마다 노마님이 일의 경과를 물어보았지만 그때마다 뾰족한 대답이 없기는 마찬가지였다.

그러던 4월의 어느 날 오후. 용재의 서당 친구이자 군수인 당씨가 찾아왔다. 술이 몇 순배 돌고 나서 당 군수가 아주 정중한 표정을 지으며 자리에서 일어섰다.

"여보게, 내가 이렇게 반씨 가문을 대신해서 장씨 가문의 가장인 자네에게 사주단자를 전하게 되니 기쁘기 짝이 없네."

용재는 그 말에 조금도 놀란 기색을 보이지 않았다. 자신이 머뭇거리는 사이에 향설이 서둘러 일을 꾸민 게 틀림없었다. 두말할 나위도 없이 그녀가 반씨 부인을 부추겼을 것이다. 이제 그쪽 집안의 제안을 거절하는 것은 예도에 어긋나는 일이 되었다. 관습에 따라 응할 수밖에 없었다.

이렇게 해서 두 젊은이의 사주단자가 교환되고 반씨 아들의 사주가 사당 안의 자단으로 된 제단 앞 탁자 위에 놓이게 되었다. 3, 4일이 지난 뒤에도 혼사를 성사시켜서는 안 된다는 별다른 징조가 보이지 않으면 그때는 자연히 장씨 가문의 선조들이 이번 혼사를 기꺼워하는 것으로 받아들여지게 될 판국이었다. 그러고 나면 춘월의 팔자는 그것으로 굳어지고 마는 것이다.

향설이 반씨 집안에서 이런저런 예물들을 많이 보내올 것이라는 둥 말을 퍼뜨렸기 때문에 온 집안이 잔치 기분으로 술렁이기 시작했다. 나이 지긋한 아낙네들은 잘된 일이라고 수군거렸다. 그리고 그 말은 사실이었다. 용재는 가문의 재산을 늘리는 데에는 그다지 재주가 없었던 것이다.

춘월은 반씨 부인이 다녀간 뒤로 자신의 결혼 문제에 대해 한마디도 하지 않았다. 시간이 자꾸 흘러갔지만 용재는 혼담을 그만두게 할 뾰족한 수가 떠오르지 않았다.

용재는 마지막 날 밤, 잠을 이루지 못하고 혹시 무슨 영감이라도 떠오를까 해서 뜰을 거닐었다. 춘월의 처소는 창문이 열려 있었고 다른 처소들과 마찬가지로 불이 꺼져 있었다. 춘월의 방에 쳐진 커튼이 달빛에 희미하게 보였고 꽃병에 라일락을 꽂아놓았는지 춘월의 방에서 라일락 향기가 새어나왔다.

용재는 양가의 친분을 깨지 않고 자신이 일부러 속임수를 썼다는 것이 발각되지 않을 방법을 써야 한다는 생각이 들었다. 점쟁이에게 돈을 주고 궁합이 맞지 않다고 말해 달라고 할 수도 없는 노릇이었다. 계수씨가 이미 점쟁이에게 두 사람의 궁합을 물어본 것이다.

그때 춘월의 방에서 이상한 소리가 들렸다. 용재는 처음에는 깊이 숨을 들이쉬는 소리라고 생각했지만 자세히 들으니 춘월이 잠들지 못하고 소리 죽여 흐느껴 우는 소리였다. 용재는 춘월을 부르려다가 말았다. 그 아이를 무슨 말로 달래준단 말인가?

답답한 심정을 억누르고 발길을 돌린 용재가 사당 문지방을 막 넘어서려는 참이었다. 어둠 속에서 제단 위에 차려진 제물들이 희미하게 보였다. 음식이 담긴 주발 옆에는 사주단자가 선조들의 축복을 기다리고 있었다. 저분들이 실제로 말씀하실 수만 있다면! 춘월이 반씨 아들과 결혼하기를 바라지 않는다고 말씀하실 수만 있다면 얼마나 좋을까. 특히 아버님께서는 춘월을 끔찍이도 귀여워하셨는데……. 용재는 먼동이 틀 때까지 그 자리에 꼼짝도 하지 않고 서있었다. 과일 그릇에 담긴 배 하나가 새벽 햇살을 받아 빛났다. 지금은 배가 귀한 철이니까 배는 특별한 제물이지…….

용재가 갑자기 웃음을 터뜨렸다. 내 물음에 답을 주시는 걸 보니 선조님들의 혼백이 살아계신 모양이군. 용재는 계속해서 껄껄 웃으며 사당 안으로 들어갔다.

사시가 가까워올 무렵, 용재는 장씨 가문의 아낙네들이 연못 가까이로 몰려드는 것을 지켜보고 있었다. 그가 아낙네들의 뒤를 따라 사당 안으로 들어갔을 때에도 그를 눈여겨보는 사람은 아무도 없었다. 그는 휘장 뒤에 몸을 숨기고 노마님과 향설이 아낙네들을 이끌고 사주단자를 집으려 제단 앞으로 가는 모습을 내다보았다. 춘월의 모습은 보이지 않았다. 그녀는 아마 전통에 따라 자신의 처소에서 소식을 기다리고 있을 것이다.

갑자기 노마님이 헉 하고 숨을 들이마시더니 소리를 질렀다.
"나무아미타불! 이럴 수가! 나무아미타불!"
"왜 그러세요?"
향설이 물었다.
"저것 봐라!"

노마님이 제단에 있는 과일 바구니에서 굴러 떨어져 사주단자 위에 놓여 있는 배를 가리켰다.

사람들이 구경하려고 앞으로 몰려들었다. 그러고는 모두들 놀라서 소리를 지르려다가 손으로 입을 막았다. 노마님이 조용히 하라며 손뼉을 쳤다. 사당 안이 쥐죽은 듯이 조용해졌다. 다들 숨을 죽이고 노마님이 입을 열기를 기다렸다.

이윽고 노마님이 누구도 거역할 수 없을 정도로 위엄에 찬 목소리로 말했다.

"어지신 조상님들께서 우리에게 지혜를 나누어주셨다. 반씨 집안과 장씨 집안은 맺어질 수 없다."

아낙네들이 서로 얼굴을 마주보며 탄성을 올렸고 모두들 노마님의 말이 맞다고 떠들어댔다. 오직 향설만이 무슨 말인지 모르겠다는 듯한 얼굴이었다. 향설이 시어머니의 옷섶을 잡으며 말했다.

"어머님, 혹시 아무런 뜻도 없는 게 아닐까요? 반씨 아들을 마다할 이유가 하나도 없지 않습니까?"

노마님이 배를 집어들고 며느리의 눈앞에 대고 흔들며 말했다.

"그래? 그럼, 이게 뭐지?"

"배〔梨〕죠."

"그럼, '리' 라는 글자는 무슨 뜻이지?"

"배란 뜻이죠."

"그래, 그래. 그런데 '리' 라는 말은 배 말고 또 무슨 뜻이 있지?"

"리 자라……. 헤어질 '리(離)' 자가 있군요."

"그래, 그러니까……."

"하지만, 어머님. 그 배가 그냥 어쩌다가 제물 바구니에서 굴러 떨어졌을 수도 있잖아요?"

노마님은 배를 향설에게 건네주고 나서 허리를 펴더니 근엄한 목소리로 잘라 말했다.

"네 말 그대로다. 그러나 그렇다 하더라도 이 일이 조상님들의 계시인 것만은 틀림없다. 혼사는 없었던 것으로 한다. 달리 풀이할 뜻이 없지 않느냐?"

노마님은 할 말이 있으면 해보라는 듯이 며느리를 쏘아보았다.

향설은 입을 다무는 수밖에 없었다. 그녀는 손에 쥔 배를 들여다보고는 시어머니의 말에 수긍한다는 듯이 마지못해 고개를 끄덕였다.

"화소댁, 중매쟁이를 불러라. 여기서 일어난 일을 알려야겠다."

노마님의 말을 들은 화소댁은 입이 찢어지게 웃으며 쏜살같이 사당문을 나섰다.

"어머님."

향설이 다시 시어머니에게 말했다.

"왜 그러느냐?"

"반씨 댁 부인에게는 뭐라고 해야 하나요?"

노마님은 며느리의 손에서 배를 낚아채 과일 광주리에 담았다.

"나쁜 조짐이 있었다고 얘기하렴. 3일을 두고 보잔 것이 결국 조상님들의 마음을 알아보잔 뜻 아니었느냐? 입장이 바뀌었다면 반씨 집안도 마찬가지였을 것이다. 그 사람들도 우리처럼 했을 거야. 어느 집안도 체면이 깎이지 않는다. 조상님들의 분부를 누가 감히 거역하겠느냐!"

용재는 사당을 슬그머니 빠져나오면서 속으로 쾌재를 불렀다. 그러나 계속해서 속임수만 쓸 수는 없는 노릇이었다. 더이상 미루기만 한다고 될 일은 아니었다.

용재는 스스로 기한을 정해놓고 문을 닫아건 다음, 지난번 신랑감

물망에 올랐던 청년들을 다시 한번 훑어보았다. 용재는 해가 질 무렵, 썩 마음에 내키지는 않지만 그런대로 가장 낫다 싶은 신랑 후보를 정했다. 그가 고른 청년은 자강회 회원으로서 유명한 판관의 조카 손자였다. 용재와 진재는 처음에 그 청년의 성품이 너무 진부하다고 생각해서 춘월의 신랑감에서 제외했었다. 여하튼 그 청년은 그런대로 사귀어볼 만한 사람이었고, 가문 또한 뼈대가 있고 축첩을 꺼리며 비교적 장수한다는 평판을 듣는 집안이었다. 춘월의 마음에 들지는 않을지 모르지만 춘월이 시집가서 고생은 하지 않을 것 같았다.

용재는 시계를 들여다보았다. 집안사람들이 모인 자리에서 자신의 결정을 발표하려면 아직 한 시간 남짓 더 기다려야 했다. 용재는 시간이나 보낼 생각으로 그동안 집안일 때문에 잔뜩 밀린 편지 꾸러미를 풀어보았다. 유럽에 있는 친구에게서 온 것도 있었고 관가에서 온 것도 있었으며 변방에 부임해 간 어릴 적 친구에게서 온 것도 있었다. 명원이 보내온 편지도 한 장 있었다. 용재는 명원의 편지가 뜻밖에도 베이징에서 부친 것임을 알고 그것부터 뜯어보았다.

"아버님께서 편찮으신 데다가 내가 외아들이고 해서……."

명원은 자신이 예정보다 일찍 미국에서 돌아오게 된 이유를 특유의 잔글씨로 꼼꼼하게 적고 나서, 자신이 개혁협회의 번역 일을 맡게 되었다고 적고 있었다. 그의 편지를 읽으니 그의 희망에 찬 모습이 눈앞에 보이는 듯했다.

우리 친구 강유위가 황제의 자문 요청에 응해 입궐하는 횟수가 점점 늘어나는 통에 서태후의 분노를 사고 있습니다. 젊은 황제께서 좀더 진보적인 정책을 펼친다 해도 놀라운 것은 아닐 겁니다. 남부 지방에 있는 우리 친구들에게도 이러한 최근 소식을 알려주세요.

용재는 정말 오랜만에 좋은 소식을 듣는다고 생각했다.

용재는 뉴 헤이븐역에서 명원을 처음 만나던 때를 생각하며 미소를 지었다. 그 친구 그때, 쇠로 만든 말이며 꼭지만 틀면 나오는 물이며 스프링 필드의 어느 교회에서 웬 부인이 입을 맞춰주었던 일 등을 쉬지도 않고 떠들어댔었지. 그 친구가 열을 올리던 모습은 춘월이 뭔가 새로운 것을 배웠을 때와 비슷해.

순간 용재는 명원과 춘월을 짝 지어주면 어떨까 하는 생각이 얼핏 들었다. 안 될 이유가 없지?

몇 주 전에 처음으로 춘월의 신랑감을 물색할 때, 용재는 명원이 미국에 계속 머물면서 대사관에서 일할 작정인 줄 알고 있었기 때문에 그를 대상에서 뺐던 것이다. 그러나 지금은⋯⋯.

오씨 가문은 재산은 그다지 많지 않았다. 그러나 중국 사람들은 아직도 돈보다는 학식을 더 높이 평가했고 명원의 아버지는 한림원 학사였다. 게다가 그는 통역사 양성을 위해 등원관을 설립할 당시부터 노대인의 친구로 지내왔다. 노마님은 어느 집안보다도 그 집안을 좋아하실 것이다. 또 해외에서 공부하고 돌아온 명원에게는 춘월처럼 재기발랄한 아내가 적격이었다.

용재는 갑자기 서재의 공기가 답답하게 느껴져서 책상에서 일어나 밖으로 나갔다. 그러나 연못 위에 잔물결을 일으키며 불어오는 밤바람을 쐬어도 답답하기는 마찬가지였다. 용재는 다시 서재로 돌아가 한림학사에게 편지를 썼다.

몇 번이고 붓에 먹물을 묻혔지만 그 먹물이 마를 때까지도 적당한 말이 떠오르지 않았다. 겨우 인사말을 쓰고 났을 때 조용히 문 두드리는 소리가 들렸다.

춘월이 양손을 등 뒤로 한 채 문밖에 서있었다.

"큰삼촌, 들어가도 돼요?"

춘월의 눈에는 장난기가 가득 차 있었고, 입가에는 보일락말락 미소가 묻어 있었다. 용재가 고개를 끄덕이자 춘월이 방안으로 들어와 책상 옆에 섰다.

"삼촌이 제 목숨을 구해주셨어요."

"내가? 내가 어떻게 그런 엄청난 일을 했단 말이냐?"

"어머……."

춘월이 고개를 갸우뚱하며 말을 이었다.

"삼촌이 전보를 치신 거예요!"

용재는 무슨 말인지 몰라 눈이 휘둥그레졌다.

"삼촌, 전보라니까요! 전 삼촌이 전보를 치신 줄 알았어요. 저 멀리 하늘나라에 계신 조상님께……."

용재는 앞으로 춘월이 무척 보고 싶을 것 같은 생각이 들었다.

"사시부터 죽 기다리고 있었어요. 삼촌에게 고마움의 표시로 이 선물을 드리려고요."

춘월이 등 뒤에 감추고 있던 배 한 알을 내밀었다.

용재는 배를 조심스럽게 받아들고는 등불에 비추어가며 마치 그것이 배가 아니라 소중한 골동품 도자기나 되는 것처럼 자세히 들여다보았다. 용재가 떨리는 목소리를 가까스로 가다듬어 입을 열었을 때, 그의 목소리는 거의 속삭이는 소리에 가까웠다.

"이런 선물은 처음 받아보는구나."

용재는 이 일을 앞으로 영원히 잊지 못할 거라고 생각했다.

춘월이 공손하면서도 우아하게 절을 하고는 바람처럼 사라졌다.

한 달도 안 되어 양가에서 사주단자를 교환해 약혼이 성사되자 노마님과 향설이 춘월을 불렀다. 노마님은 춘월이 화소댁을 통해서 그

동안의 일을 자세히 알고 있다는 것도 모르고 약혼이 됐음을 알렸다.

"얘야, 큰삼촌이 네 신랑감을 구했단다. 넌 이제 한림학사로 계시는 베이징의 오씨 가문 사람이 되는 거야. 아주 잘된 일이지."

춘월이 관습에 따라 울음을 터뜨렸다.

"할머님, 제발 절 보내지 마세요. 정든 식구들과 헤어지기 싫어요. 전 그냥 쑤저우에 있고 싶어요. 베이징엔 가기 싫어요."

용재는 춘월이 여느 여자들과는 다르다고 생각했기 때문에 그녀가 관습에 따른 신부의 역할을 그처럼 멋들어지게 해낼 줄은 상상도 못했다. 용재는 춘월이 겉으로 드러내고 있는 감정이 그녀의 속마음과 같았으면 좋겠다는 생각이 들었다. 그러나 춘월이 제 연기를 보고 사람들이 어떤 반응을 보이는지 볼 생각으로 눈물을 닦던 손수건 틈으로 힐끔힐끔 쳐다보는 것을 보고는, 춘월이 정말로 슬퍼하는 것이 아니라는 것을 알았다.

나이 든 부인네들과 계집종들은 흡족해하는 듯했고, 특히 춘월이 두번째 손수건을 달라고 손짓을 했을 때는 모두들 흐뭇한 표정을 지었다.

"어디를 가도 제 고향집 같은 데는 없을 거예요. 우리집에서 제가 받은 크고 깊은 사랑을 이 세상 무엇과 비기겠어요?"

춘월이 흐느끼며 말했다.

노마님이 옻칠한 부채로 입을 가리며 향설에게 속삭였다.

"내가 시집올 때처럼 눈물을 한 동이씩이나 흘리지는 않았지만 그래도 저만하면 됐다. 암, 됐고말고."

향설이 손수건으로 눈물을 닦으며 고개를 끄덕였다.

춘월이 이제는 됐구나 싶어 소리 높여 울부짖었다.

"전 어떻게 해요. 베이징은 너무 멀다고요. 전 아마 명절날이 되어도 고향집에 오지 못할 거예요. 새해에도 아마 못 올 거예요. 베이징은 여기서 2천5백 리나 되는 머나먼 길이에요."

아낙네들이 춘월의 입에서 튀어나온 '2천5백 리'라는 말에 하나같이 놀라서 숨을 들이켰고, 향설도 절망적이라는 듯이 소리쳤다.

"그렇게나 멀다니! 그렇게 먼 줄은 몰랐는데!"

춘월이 그 말을 듣고 얼른 울음을 삼키며 제 어머니에게 달려가 안겼다.

"어머니, 전 매일같이 어머니를 생각하며 울 거예요."

춘월은 이제 연기를 하는 것이 아니었다. 제 어머니가 마음을 바꿀까봐 겁이 난 게지. 용재는 속으로 그렇게 생각하며 쓴웃음을 지었다. 이 집 담장을 넘어가지 못할까봐 겁이 난 게야.

용재는 슬그머니 방을 빠져나갔다.

혼사 날짜는 6월 열이틀이나 12월 열이틀이 가장 좋다는 점쟁이의 점괘가 나왔는데, 겨울에는 눈 때문에 길이 막힐지도 몰라서 여름에 혼례를 치르기로 했다.

양쪽 집에서는 시일이 촉박하기 때문에 혼례를 간소하게 치르기로 했다. 그런데도 장씨 집안에서는 새벽부터 밤늦게까지 모든 사람들이 정신없이 움직였다. 화소댁과 노웅이 춘월을 따라 베이징까지 따라가 시중을 들겠다고 자청하고 나섰다. 용재는 그들의 충직함에 상을 듬뿍 내렸고 노마님도 은으로 안을 댄 곰방대와 금 노리개를 하사했다.

향설은 마지막 순간까지도 딸의 예단이며 오씨 집안에 보낼 선물들을 준비하느라 분주했고, 돈을 더 타내기 위해 용재를 빈번히 찾아가곤 했다. 춘월 역시 바빴다. 그리고 춘월이 어디를 가든 모든 사람들이 축하해주었다. 용재는 춘월이 공부하려는 한번도 오지 않고 바느질을 배워두지 못한 걸 한탄하는 모습을 보고는 어리둥절했다.

용재는 춘월의 모녀가 함께 있는 모습을 딱 한 번밖에 보지 못했다. 그 모녀는 고적원에 있는 돌의자에 앉아 머리를 맞대고 있었다. 춘월의 볼이 발그레해진 것을 보니 향설이 사과니 복숭아니 해가며 딸에게 첫날밤 이야기를 해주는 모양이었다.

결혼을 열흘 앞두고 잔치가 열렸다. 춘월을 뺀 온 집안 식구들과 손님들이 백양원에 자리를 잡고 앉자 새색시를 불러내는 폭죽이 밤하늘을 화려하게 수놓았다. 폭죽의 빨간 불꽃이 스러져갈 즈음, 진주로 장식한 장밋빛 옷을 입고 흑단 같은 머리에 작약을 꽂은 춘월이 나타났다.

곡예사들이 공중 재주를 넘고 악사들이 연주를 하고 이야기꾼들이 재미있는 얘기를 했지만, 용재는 이리저리 돌아다니며 손님들 시중을 들고 있는 춘월만 바라보았다.

모든 사람들이 잔을 들어 춘월을 위해 축배를 했다. 춘월은 손님들 앞에서 취해서는 안 되기 때문에 입술을 적실 정도로만 마셨다.

용재는 춘월을 바라보면서 춘월이 술기운에 볼이 빨개진 채 머리를 풀어내리고 신방에 앉아 있는 모습을 머릿속에 그려보았다. 방바닥에는 춘월이 좋아하는 이태백의 시집이 아무렇게나 내던져져 있을 테고……. 용재는 얼른 머릿속에서 이런 생각을 떨쳐버렸다. 그러나 이태백의 시 한 구절이 머릿속에 맴돌았다.

밤이면 밤마다 이부자리 한쪽 비워놓고
님의 혼백 찾아올 날 기다리네.

춘월이 여자들이 앉아 있는 식탁으로 가자 여자들이 잡담을 그치고 덕담을 해주었다. 용재는 아낙네들의 말을 듣지 않으려고 애썼다. 춘월이 용재의 옆자리에 와 앉으며 관습에 따라 노래를 불렀다.

춘월이 갈수록 시무룩해지기 시작했다. 용재는 춘월이 날개 달린 신발을 꿈꾸던 오래전의 어느 날 오후처럼 그녀의 전족한 발이 아파서 그러는 모양이라고 생각했다. 춘월은 오늘은 결혼식을 꿈꾸고 있고 내일은 난생 처음 담장 너머로 나갈 것이다.

춘월이 용재에게 다가오자 용재는 잔을 들어올리며 춘월을 맞았다.

"큰삼촌, 왜 그렇게 우울해 보여요?"

"내가?"

"삼촌의 못난 제자가 오씨 집안에 가서 눈총을 받을까봐 걱정이 되세요?"

용재는 아무 말도 하지 않고 다시 잔을 들어올렸다.

"너의 행복을 위해 마시겠다."

"저는 삼촌을 위해 마시겠어요."

손님들이 다 떠나고 잔칫상이 거지들 차례로 돌아갈 무렵, 용재는 혼자 서재로 향했다. 실바람이 불어와 옥으로 만든 문진으로 눌러놓은 종잇장들이 날렸다. 용재는 문진에 새겨진 음양의 상징을 손으로 어루만졌다. 춘월의 책상을 내보내고 나니 방안이 썰렁한 것 같았다. 용재는 등불을 밝히고 수정 연적에 든 물 몇 방울을 벼루에 부었다. 그리고 천천히 먹을 간 다음 붓을 들었다.

귀재야.

네가 잔칫날에 오지 못한 것이 섭섭하구나. 쑤저우 사람들이 모두 모였단다. 많은 사람들이 네가 어디 갔느냐고 묻더구나. 네가 이 형의 중매쟁이 노릇 좀 해줘야겠다. 소씨를 만나 뵙고 그분의 딸 금덕을 내 아내로 주십사고 여쭈어다오.

용재는 편지를 봉해놓고 잠시 책상에 멍하니 앉아서 허공을 바라보았다. 그러고는 울적한 마음으로 침상에 올라가 옷을 벗기 시작했다. 침상에 쳐놓은 휘장이 엷고 치렁치렁한 옷처럼 펄럭였다.
용재는 꿈을 꾸었다.
꿈속에서 배꽃 향기에 놀라 눈을 떴다. 선녀처럼 아름다운 여인이 시를 읊으며 문 앞에 서있었다. 그녀의 옷은 봄에 물오른 버드나무의 빛깔이었고 목소리는 방안의 공기를 기쁨으로 가득 채웠다. 그녀는 잘 아는 사이인 것처럼 용재를 보고 미소를 지었다.
"아가씨는 뉘시오?"
"내가 누군지 아시잖아요."
"여긴 왜 왔소?"
"시간이 됐거든요."
"무슨 시간 말이오?"
"놀이할 시간이죠."
"놀이라니?"
여인이 고개를 갸우뚱 기울인 채 제 목에 비단을 두르더니 달아나 버렸다. 용재는 다시 혼자가 되었다. 곁에 있는 책상 위에 그녀의 부채가 놓여 있었다. 부채를 흔들자 그녀가 은쟁반에 호박으로 만든 잔을 들고 다시 나타났다. 그녀가 걸음을 옮길 때마다 잔들이 입을 맞추었다. 둘이 같이 술을 마셨지만 용재의 갈증은 가실 줄 몰랐다. 그녀가 비파를 뜯으며 노래를 불렀다.

"자, 이제 놀이할 시간이에요."
"어떻게 하는 거요?"
"이렇게 하는 거예요."
그녀가 베개를 들어보였다. 베개에는 어떤 뜰의 모습이 수놓아져 있었다. 그 뜰에는 많은 남녀들이 음화에서처럼 서로 몸을 얽은 채 누워 있었다.
그때 갑자기 용재의 몸이 줄어들기 시작했다. 점점 작아져서는 마침내 그녀의 잔 속에 갇혀버리고 말았다. 그녀는 웃고 있었지만 목소리는 웅얼거렸다.
"시간이 됐어요! 시간이 됐어요! ……."
"일어나실 시간이 됐습니다, 나으리."
하인의 목소리가 들렸다.

새색시 ❀

매미는 애타게 울고
베짱이는 안절부절 뛰어다니네.
님의 얼굴 보기 전
두려움에 떨던 내 가슴.
내 님 얼굴 보고 나니
내 님 모습 보고 나니
잠잠해진 내 가슴.
―시경

춘월이 베이징으로 향하는 열흘 동안의 여정에 올랐을 때, 장씨 가문의 안마당은 나팔, 징, 피리, 북 등의 악기 소리로 떠들썩했다. 새색시는 너울 아래로 면사포를 썼고 붉은색 가마의 창과 문은 모두 봉해졌다. 색시는 신랑이 면사포를 들어올려줄 때까지 얼굴을 내놓아서는 안 되기 때문이다.

상하이로 가는 거룻배의 선실과 북쪽으로 향하는 기선의 특실, 그리고 톈진에서 베이징으로 향하는 기차의 객실에도 모두 휘장이 드리워졌다. 춘월이 이것저것 갈아탈 때마다 반드시 새로 면사포가 씌워지고 그때마다 가마의 창과 문이 봉해졌다. 춘월은 여행 도중 아무것도 볼 수 없었다. 그저 도시의 웅성거리는 소리며 물 흐르는 소리, 삐걱거리는 바퀴 소리, 그리고 거인의 심장이 고동치는 듯한 기차 엔진 소리만 들을 수 있을 뿐이었다.

춘월은 처음에는 화소댁과 노옹에게 조금만 보게 해달라고 간청을 했지만 그들이 안 된다고 하자 아예 포기해버리고 집안 식구들 생각을 했다.

할머니는 이가 빠진 이후로 그다지 웃지 않으셨고 어머니는 끊임없이 아들을 낳아야 한다고 말했다. 그리고 아버지는 시 두 편을 지어주셨는데 한 편은 결혼에 관한 것이고 다른 한 편은 춘월에게 쓴 것이었다. 춘월에게 쓴 시는 이렇게 시작되는 것이었다.

내가 모르는 사이에 봄은 가고…….

이것은 아버지가 춘월에게 처음으로 관심을 보인 것이었다. 족자로 만든 두 편의 시는 이제 새로운 집에 걸리게 되겠지. 작은삼촌은 잔치에 참석하지 못해서 미안하다며 도자기로 만든 말을 보내주었다. 삼촌은 틀림없이 그것이 예뻐서가 아니라 군대의 상징이기 때문에 샀을 거야. 어쨌든 상관없어. 그 도자기로 만든 말도 삼촌이 보내준 것이니까 소중히 간직해야지.

큰삼촌만은 전혀 웃지 않았다. 춘월은 삼촌이 이렇게 좋은 때 왜 시무룩해 있는지 궁금하기 짝이 없었다.

기차가 베이징 역에 도착하자 마지막으로 춘월의 머리에 너울이 올려지고 면사포가 씌워졌으며 그녀가 탄 가마의 창과 문이 봉해졌다. 가마가 기우뚱거리며 움직이기 시작했고 어디로 가는지도 알 수 없는 길을 끝없이 갔다. 이윽고 가마가 멈추어섰을 때 풍악 소리가 들렸다.

춘월은 가마 문을 열고 싶은 마음이 굴뚝같았다. 그러나 색시의 정숙함을 시험해보는 노래 세 곡이 끝나기 전에는 가마 문을 열지 못하는 것이 관습이었다. 춘월은 남들에게 경망스럽다는 말을 들느니 차라리 죽는 편이 낫다고 생각했다.

드디어 풍악이 멎었다. 얼마 동안 아무 소리도 들리지 않더니 춘월이 기다리고 기다리던 가마 문 두드리는 소리가 똑똑똑 세 번 났다. 그리고 가마 문을 봉한 종이를 뜯어내는 소리가 들렸다. 실바람이 불어와 춘월의 면사포 자락이 날렸다. 대기가 온통 향내음으로 가득 차 있었다. 춘월이 짐작했던 대로 사람들이 가득 모여서 박수를 치며 새 색시가 왔다고 소리쳤다.

부드러운 여자의 손길이 춘월이 가마에서 내리는 것을 거들어주었다. 춘월은 혹시 다리에 쥐가 나서 제대로 걷지 못하면 어쩌나 잠시 걱정이 되었다. 그러나 춘월이 다리를 풀 때까지 누군가가 계속 부축해주었다. 춘월은 장차 시누이와 시사촌이 될 여자들의 부축을 받으며 천천히 걸음을 떼어놓았다.

붉은 주단이 길에 깔려 있었다. 혼례식이 열리는 대청마루는 나무로 되어 있었으며 여기저기 긁힌 자국들이 있었다. 춘월은 문지방을 넘으면서 몇 걸음 앞에 하얀 바닥을 댄 남자 신발과 파란색 비단 장삼 자락이 걸어가는 것을 보았다.

웬 굵직한 목소리가 혼례식을 시작한다고 말하자 풍악이 울려퍼지기 시작했다. 춘월의 귀에는 온통 징과 북소리밖에 들리지 않았다. 북소리가 아니라 내 가슴이 뛰는 소린가? 춘월은 보지도 듣지도 못한 채 이리저리 끌려다니며 앞으로 가족이 될 사람들과 손님들에게 머리를 조아려 계속해서 절했다.

갑자기 풍악 소리가 뚝 멎더니 사람들이 박수를 치고 환호성을 울렸다. 춘월은 이제 지금껏 함께 머리를 조아려 몇 번이고 절을 했던 남자의 아내가 된 것이다. 폭죽 터뜨리는 소리와 풍악 소리가 다시 울려퍼지기 시작했다.

사람들이 계속해서 박수를 치는 동안 시중드는 사람들이 춘월을 낯선 방으로 인도했다. 그러는 동안 내내 춘월은 바로 앞에 걸어가는 남편의 파란색 장삼 자락과 하얀 바닥을 댄 신발만 쳐다보았다. 이윽고 그들은 방에 들어섰고 사람들이 춘월을 자리에 앉혔다. 숨을 죽여 웃는 소리며 나지막이 속삭이는 소리, 접시 부딪히는 소리가 들렸다. 그리고 전족한 발들이 쉴 새 없이 움직이는 것이 보였다. 그러더니 마침내 문이 닫히고 사방이 조용해졌다.

춘월은 사람들이 왜 다 나가버렸는지, 언제나 돌아올지 궁금해하며 고개를 숙이고 기다렸다. 춘월은 얌전히 앉아 있으려고 했지만 머리 장식 때문에 갈수록 목이 아파와서 더이상 참기가 힘들 지경이었다. 고개를 천천히 들었다.

그때 누군가가 헛기침을 하는 바람에 춘월은 깜짝 놀랐다. 명원이 방에 계속 있었던 모양이었다. 춘월은 다시 고개를 숙이고 눈을 감은 채, 저 사람이 언제나 말을 꺼낼까 하고 기다렸다. 갑자기 명원이 벌떡 일어나더니 뭐라고 혼자 중얼거리며 방안을 서성이기 시작했다.

춘월은 그의 말이 무슨 뜻인지는 알 수 없었지만 말소리는 귀에 익었다. 용재도 가끔씩 영어로 혼자 중얼거리곤 했던 것이다. 춘월은 마음이 놓였다.

명원이 한참 후에 걸음을 멈추고 춘월의 곁에 앉았다. 잠시 서로 말이 없었다. 마침내 명원이 필요 이상의 큰소리로 춘월을 불렀다.

"이것 보시오, 용재 형님은 안녕하시오?"

이제는 춘월도 말을 할 수 있었다.

"이제 보니 벙어리는 아니시군요?"

"내가 벙어리라니?"

춘월은 그의 목소리가 마음에 들었다.

"말씀이 없으시기에……."

"그쪽도 마찬가지 아니오."

"하지만 저는 먼저 입을 열 수가 없어요."

"어쩌면 그렇게 잘 아시오?"

"얘기를 들었거든요."

"그렇다면 얘기해준 사람들이 내가 사지가 멀쩡하다는 것도 얘기해줬을 텐데?"

"아니에요. 제가 물어보지 않았거든요."

춘월이 둘러댔다.

"물어보지 않았다고?"

"그래요, 한마디도 물어보지 않았어요. 전 서방님이 곱사등인지 거인인지 멋쟁인지 촌스럽게 생긴 사람인지 아무것도 몰라요."

"그렇다면 아무한테나 시집을 가도 괜찮단 말이오?"

"그런 셈이에요. 어른들께서 골라준 사람이면 아무에게나 시집을 가야죠."

명원이 자신을 배워먹지 못한 여자로 생각하는 것은 아닐까 생각하고 얌전을 빼며 말했다.

잠시 말이 끊어졌다. 명원의 한숨 쉬는 소리가 들렸다.

"그건, 나도 마찬가지요."

이윽고 명원이 입을 열었다.

"나 역시 그쪽에 대해서 아무것도 아는 게 없소."

"전혀 모르세요?"

"전혀 모르오. 나 역시 어른들께 만사를 맡겨버렸소."

"그럼, 서방님께서도 아무 여자한테나 장가를 들 생각이었군요?"

"그렇다오."

"어머, 그렇군요."

춘월이 허리를 폈다. 다시 말이 끊어졌다.

마침내 명원이 자리에서 일어나 다과상을 끌어당겼다. 베이징 오리 요리의 구수한 냄새가 났다.

"자, 좀 먹어두시오. 얼마 안 있으면 손님들이 몰려올 거요. 그 사람들, 여기서 밤을 새우려고 할지도 모르지. 지금 먹어두지 않으면 당분간은 굶는 수밖에 없소."

"하지만 족두리를 쓴 채로는 먹을 수 없잖아요."

"그러면 벗으면 될 게 아니오."

"안 돼요."

"왜 안 된다는 거요?"

"서방님께서 벗겨주셔야 해요."

"그 얘기도 누군가에게서 들었겠지?"

춘월이 고개를 끄덕였다.

"좋소. 그럼 먼저 일어나야겠소."

"서방님, 제발 이 상을 한쪽으로 좀 치워주세요. 전 볼 수가 없으니까 일어서다가 차버리기라도 하면 큰일이잖아요."

명원이 다과상을 한쪽으로 치웠다.

"자, 이젠 일어나시오."

춘월은 눈을 내리깐 채 꼼짝도 하지 않고 서있었다. 명원이 보석 박힌 너울이며 면사포를 벗겨 탁자 위에 놓았다. 춘월은 환한 빛에 눈이 부셔 잠시 눈을 감고 서있었다. 천천히 눈을 떴다. 고개를 들었다. 눈앞에 금단추 하나가 보였다. 천천히 위쪽 금단추를 쳐다보며 고개를 들어 남편의 얼굴을 보았다. 명원은 키가 무척 컸고 피부는 매끄러워 보였다. 명원은 춘월의 얼굴을 보며 웃었다.

춘월은 명원과 얼굴이 마주친 순간 얼굴을 붉히며 다시 눈을 내리깔았다.

"음식이 식겠소."

명원의 말에 춘월은 갑자기 시장기가 들었다. 춘월은 젓가락을 들어 새우를 집으려다가 관습이 생각나서 재빨리 젓가락을 놓았다. 서로의 눈이 마주쳤다. 명원이 당혹스러운 표정을 지었다. 춘월은 음식만 뚫어져라 내려다보았다. 마침내 명원이 맞은편에 앉았다. 음식은 정말 맛있어 보였다.

아무도 움직이지 않았다. 저렇게 꼼짝도 않고 앉아 있기만 할 건가? 춘월은 명원이 움직이지 않으면 나라도 먹어야겠다고 생각했다. 그런데 두 사람이 거의 동시에 젓가락을 들어 똑같은 메추리알을 집으려고 했다.

"서방님께서 드세요."

"아니오, 당신이 손님이니까 당신이 드시오."

"정 그러시다면 제가 먹겠습니다."

춘월은 음식을 아주 맛있게 먹었다. 명원은 이것저것 젓가락질만 할 뿐 그다지 많이 먹지는 않았다.

"늘 그렇게 많이 먹소?"

"서방님께서는 늘 그렇게 조금씩 드세요?"

명원의 얼굴이 벌게졌다.

문 두드리는 소리가 들리고 시중드는 사람들이 상을 치우러 들어왔다. 그들 가운데 한 사람이 뛰쳐나가며 소리쳤다.

"미인이에요, 미인!"

신랑 신부가 아무 말 없이 뻣뻣하게 앉아만 있자, 제일 나이 든 하녀가 신랑더러 나가 있으라고 손짓을 했다.

여인네들이 춘월의 연지를 다시 발라주고, 흐트러진 머리카락을 빗어주는 동안 춘월은 방을 둘러보았다. 방이 원래 작은 건가, 아니면 가구들이 많아서 작아 보이는 건가? 춘월은 나중에 첫애가 태어나면 시어머님께 말씀드려서 방의 구조를 바꾸어보아야겠다고 생각했다.

하녀들이 나갈 때, 가장 곱게 생긴 하녀 하나가 문 앞에서 명원을 불렀다.

"복도 많으신 신랑님. 이제 새색시 곁으로 가셔도 돼요. 조금 있으면 친척이며 친구분들이 신방의 흥을 돋우러 오실 거예요."

하녀가 마치 노래하듯이 말했다.

명원이 방으로 들어서면서 투덜거렸다.

"이것도 야만적인 관습 중의 하나야."

"심하게 할까요?"

춘월이 나지막한 소리로 물었다.

"안 그러길 바라는 수밖에. 멋대로들 하라고 내버려두는 수밖에 없소. 그렇지 않으면 사흘 밤낮을 눌러앉아 있을 테니까."

신랑의 부모가 제일 먼저 들어왔다. 연화와 맹직은 둘 다 비싼 옷을 차려입고 있었지만, 연화의 옷이 맵시가 나는 데 비해 맹직의 옷은 빌려 입은 것처럼 어색했다. 연화는 키가 아주 크고 우아했으며 나이도 남편보다 상당히 어려 보였다. 맹직은 보기 좋게 살이 쪄 있었고 조금씩 희어져가는 수염에 마마자국이 나긴 했어도 정이 가는 얼굴이었다.

연화가 먼저 입을 열었다.

"옳지, 내 며느리가 이렇게 미인인 줄은 몰랐는데. 여보, 당신은 미리 알고 계셨어요?"

"아니오, 나 역시 지금에서야 알았소. 애야, 못생긴 네 애비가 잘생긴 친구를 두어서 그나마 다행이구나."

춘월은 그 말을 듣고 의구심이 들었다. 화소댁은 큰삼촌이 시아버지 될 한림학사에게 연못가 버드나무 아래에서 찍은 춘월의 사진을 보내줬다고 했는데. 시아버지가 시어머니에게 그 사진을 보여주지 않은 게 틀림없었다.

시어머니는 입가에만 웃음을 지어 보이며 차가운 목소리로 말을 이었다.

"당신의 잘생긴 친구분께서 말 잘 듣는 따님을 두셨는지는 두고 봐야 알겠죠."

시부모가 나가고 나자 오씨 가문의 아낙네들이 새색시를 둘러쌌다. 춘월은 자신이 저녁상에 올리려고 요리하고 있는 털 뽑힌 오리 신세가 된 기분이 들었다.

"쯧쯧, 머리숱이 고작 요것뿐이야?"

"어디, 전족이나 한번 자세히 들여다보자꾸나."

"너무 마른 것 같지 않아?"

"아니에요, 내 생각엔 살이 너무 찐 것 같아요."

떠들고 싶은 대로 떠들라지. 나는 장씨 집안의 딸이야.

아낙네들이 자기들끼리 옆구리를 찔러가며 쩔고 까부는 동안, 남정네들은 한옆에 서서 새색시의 얼굴을 보기도 하고 너털웃음을 터뜨리며 명원에게 축하의 말을 건네기도 했다.

나이 지긋한 손님들은 오래 머물지 않았다. 그들이 방을 나가고 나자 이번엔 홀아비들이 기성을 질러대며 우르르 몰려들었다. 그 가운데 여럿은 탁자와 걸상을 들고 들어와 마작판을 벌였고, 나머지는 킥킥거리며 웃기도 하고 신랑 신부 흉내를 내기도 하며 풍습에 따라 놀려댔다. 그들은 번갈아가며 춘월을 집적거려서 웃거나 울게 해보려고 기를 썼다. 그러나 사실 춘월은 겉모습뿐만 아니라 속으로도 아무렇지 않았다. 그들이 놀려대는 솜씨는 화소댁에 비하면 아무것도 아니었다.

그들 가운데 한 사람이 음담패설을 늘어놓기 시작하자, 명원이 이를 가는 것을 보고 춘월이 아무렇지도 않다는 듯 명원에게 속삭였다.

"서방님께서 하신 말씀을 잊지 마세요. 저 분들이 사흘 밤낮을 눌러앉아 있으면 큰일이잖아요."

그렇게 입이 걸던 사람들도 한 시간이 못 되어서 밑천이 다 떨어져버린 모양이었다. 한 사람이 일어나자 모두들 뒤따라 일어섰다.

곧 하녀들이 신방 잠자리를 보러 들어왔다. 명원은 또 한번 뜰에 나가서 기다려야 했다. 춘월은 자리에 앉아 신랑이 마음에 들어 혼자 웃었다.

하녀들이 나가고 나자 화소댁이 고리짝을 열어 신부 옷을 갈아입히려고 들어왔다. 춘월이 이때다 싶어 화소댁을 불렀다.

"어서, 어서요! 하녀들이 뭐라고 해요?"

화소댁은 고리짝과 장롱 사이를 오가며 말했다.

"아씨 시어머님께서는 심사가 그다지 곱지 않은 모양이에요. 조심해서 비위를 잘 맞춰주세요."

춘월이 못 참겠다는 듯이 고개를 저었다.

"아니, 그게 아니라고! 그 사람은 어떻대요?"

"한림학사 아버님께서는 점잖으신 어른이긴 한데, 부인한테는 꼼짝도 못하시는 모양이에요."

"아니, 그게 아니라니까! 에이, 아줌마는 망아지처럼 날 약만 올려 드는군. 내 남편 말이에요!"

"아, 진작 그렇게 말할 것이지! 아씨가 직접 봤잖수? 또 탁 까놓고 말해서 남편이 무슨 상관 있겠수?"

춘월은 돌아서서 화장대 위에 빗을 올려놓으려는 화소댁의 옷소매를 붙잡았다.

"아줌마, 무슨 말을 들었죠? 얘기해줘요!"

"별거 아닌데."

"뭔데?"

"아무것도 아니라니까 그러우. 아씨가 시집을 와버린 지금에 말을 해봐야 아무 소용없는 일이라우."

"하지만 남들은 다 아는 사실을 나 혼자만 모르고 있다면 내가 어떻게 좋은 아내 노릇을 해낼 수 있겠어?"

화소댁이 어쩔 수 없다는 듯이 입을 열었다.

"하녀들이 그러는데 서방님께서는 장가드실 마음이 없었답니다."

"왜?"

"아씨하고는 상관없는 일이에요. 사람들 얘기로는 서방님께서 외국물을 잡수셔서 구식 혼례는 싫다고 하셨다는군요. 서방님께서는 얼굴도 알고 마음에도 맞는 사람을 직접 골라서 장가들고 싶어하셨대요."

"그 여자가 누군데?"

"글쎄, 딱 누구라고 정한 여자는 없었나 봐요. 그러니 한림학사께서 마음대로 결정을 내리셨겠죠. 자, 옷이나 입어요."

춘월은 화소댁이 옷을 갈아입혀주는 동안 화소댁이 한 말을 생각해보았다. 그러나 생각하면 할수록 마음이 놓였다. 큰삼촌이 나를 돌봐주지 못할 사람을 내 배필로 고르지는 않았을 거야.

화소댁은 춘월의 옷을 다 갈아입힌 다음에 춘월을 꼭 껴안으며 속삭였다.

"내가 한 말, 잘 기억하세요. 하얀 비단 조각을 잊으면 큰일나요!"

춘월은 얼굴을 붉혔다. 나무아미타불! 춘월은 화소댁이 너무나 고마웠다. 만일 화소댁이 일러주지 않았다면, 춘월은 어머니가 복숭아니 사과니 해가면서 얼버무리던 말이 무슨 뜻인지 끝내 모르고 말았을 것이다.

잠시 후에 새색시는 침실 한가운데 혼자 서있었다. 그녀 앞에는 붉은 휘장을 치고 조각을 한 자단 침대가 놓여 있었다. 빨간색 공단 이불 위에는 색색의 장미꽃과 어린아이 신발이 흩어져 있었다. 침대 곁의 탁자에 놓인 쟁반에는 네모난 비단 조각들이 담겨 있었다. 춘월은 내일 아침 그 비단 조각으로 자신의 순결함을 증명해보이고 그렇게 함으로써 오씨 가문의 며느리 될 자격을 얻게 되는 것이다.

발소리가 들려서 돌아보니 명원이 문 앞에 서있었다. 명원은 새색시의 얼굴을 쳐다보지 않고 침대 위에 널려 있는, 다산을 상징하는 물건들과 쟁반에 담긴 하얀 비단 조각부터 보았다. 춘월은 명원의 표정을 제대로 읽을 수 없었다.

명원은 한참 동안 꼼짝도 하지 않았다. 그러다가 천천히 침대 옆으로 가서 탁자를 발로 차 엎어버렸다. 그리고는 비단 조각을 집어들어

힘껏 내던져버렸다. 그 비단 조각이 발아래 가볍게 내려앉자 명원은 그것을 집어들어 미친 듯이 계속해서 집어던졌다.

 춘월은 처음에는 명원이 자기가 마음에 들지 않아서 그러는 줄 알았다. 그러나 곧 그게 아니라는 생각이 들었다. 저 사람은 마치 어린아이처럼 굴고 있는 거야. 화소댁의 말이 맞아. 낯선 사람한테 장가든 게 싫어서 저러는 걸 거야.

 춘월의 어머니도 이런 경우에 어떻게 하라고 일러준 적은 없었다. 두 사람은 서로 아무 말 없이 한참 동안 서있었다. 명원의 헐떡거리는 숨소리밖에 들리지 않았다. 춘월은 침대 쪽으로 걸어갔다. 그러고는 조금 전에 남편이 그랬던 것처럼 빨간 어린아이 신발 한 짝을 집어들어 힘껏 집어던졌다. 그리고 침대 위에 있는 것들을 모두 집어던지기 시작했다.

 잠시 후에 그들은 누가 먼저였는지도 모르게 웃음을 터뜨렸다. 그들은 웃다가 지쳐서 마룻바닥에 주저앉았다. 마침내 명원이 물었다.

 "왜 그랬소?"

 "서방님께서는 왜 그러셨어요?"

 "내가 먼저 물었잖소."

 "저는 서방님께서 관습을 싫어하시는 모양이라고 생각했어요."

 "그럼 당신은 어떻소?"

 춘월은 뭐라고 할 말이 없었다.

 명원이 말을 계속했다.

 "당신 말이 맞소. 나는 관습 따위는 싫소. 생판 처음 보는 사람을 아내로 맞아들이는 일 따위는……. 정말 싫소."

 "서방님, 이제 우린 부부예요. 지금에 와서 집안끼리 결정한 일을 뒤엎을 수는 없어요. 하지만 평생 낯선 사람처럼 지내야 할 이유는 없잖아요? 낯선 사람끼리도 살다보면 정이 들겠죠."
"그야 오랜 세월이 지난 다음의 얘기겠지."
"서방님, 우린 평생을 함께 살 게 아닌가요?"
"기다릴 수 있겠소?"
춘월이 얼굴을 붉히며 고개를 끄덕였다.
"진심이오?"
"네."
두 사람은 잠시 숨을 죽인 채 꼼짝도 하지 않고 아무 말도 하지 않았다. 이윽고 춘월이 그제야 제정신이 들었다는 듯이 마루 위에 흩어져 있는 신발을 이리저리 뒤지며 뭔가를 찾기 시작했다.
"뭐하는 거요?"
"쉿!"
춘월이 한 손가락을 입에 대며 말했다.
춘월은 마침내 찾던 것을 발견했는지 허리를 펴고 일어섰다. 그녀의 손에는 문제의 비단 조각이 들려 있었다. 춘월은 명원이 말리기도 전에 제 입술을 깨물어서 피를 내어 비단 천에 묻혔다. 그러고는 아픔을 참으며 천조각을 명원에게 건넸다.
"이게 우리의 첫번째 비밀이 되는 거예요."

신랑 신부가 방안을 대충 치우고 났을 때는 먼동이 트고 있었다. 어느 한 사람도 피곤한 기색이 없었다. 명원이 일찌감치 아침을 먹자고 했다. 춘월이 좋다고 했다.
하녀들이 밥상을 차려놓고 나가자 그들은 다시 자리를 잡고 앉았다. 춘월은 입안의 상처 때문에 음식을 조심스럽게 씹었다.
"이 부침은 정말 맛있군요. 이런 건 처음 먹어봐요."

춘월이 부침을 또 집으며 말했다.

"요리할 줄 아오?"

춘월이 한숨을 쉬며 고개를 저었다. 두 사람 다 잠시 말이 없었다. 춘월이 먼저 입을 열었다.

"만약 제가 고기 한 마리를 통째로 구워내지 못하면 어머님께서 꾸지람하실까요?"

"그게 도대체 무슨 말이오?"

"사람들이 말해주지 않던가요?"

"글쎄."

"첫째, 서방님과 전 사흘 동안 문을 닫아걸고 기다려야 해요. 그리고 그 다음날 아침에 저는 목욕을 하고 잉어 한 마리를 구워내야 한다고요."

"왜?"

춘월이 얼굴을 붉혔다. 그것이 자신의 음식 솜씨를 시험해보는 한편, 아들을 많이 낳으라는 뜻이라는 얘기를 하기가 부끄러웠다.

"그냥 관습이겠죠, 뭐."

춘월이 말을 하다 말고 얼굴을 찌푸리며 젓가락을 내려놓았다.

"서방님은 제 생선 굽는 솜씨가 시원찮아도 많이 들어주시겠죠?"

"나는 도대체 무슨 얘기를 하는지 모르겠군."

"부탁이에요. 그래 주셔야만 해요. 저는 시어머님께 그 생선이 쑤저우 별미라서 처음 맛보는 사람의 입에는 맞지 않을 거라고 말씀드릴 생각이에요. 하지만 서방님께서는 맛있는 척하셔야 해요. 자꾸 더 달라고 말씀하셔야 한다고요. 서방님 말고는 더 달라고 하는 사람이 없을 테니까요."

"나더러 어머님께 거짓말을 하란 말이오?"

"어머, 아니에요. 서방님께서는 아무 말씀도 하실 필요 없어요. 그냥 드시기만 하면 돼요. 아시겠죠?"

춘월이 미소를 지었다.

명원은 터져나오려는 웃음을 억지로 참으며 고개를 끄덕였다.

"그럼, 이게 우리의 두번째 비밀이 되겠군."

그들은 마주보고 웃었다.

"당신, 바느질은 잘하겠지?"

"바느질이라면 곰도 저보다는 나을 거예요."

"공연히 얌전 빼느라고 그러는 거 아니오?"

"아니에요. 사실 그대로예요. 전 바느질이 싫어요."

춘월은 한숨을 내쉬었다.

"그렇다면 그림 그리는 건 좋아하겠지?"

"그림도 별로에요."

"그럼, 꽃 가꾸기를 좋아하는 모양이군."

"아니에요."

"그럼, 비파를 뜯으며 노래 부르는 건?"

춘월이 들고 있던 국그릇을 내려놓으며 고개를 숙였다.

"그것도 마찬가지에요."

명원이 춘월을 빤히 쳐다보았다.

아, 난 도대체 지금까지 뭘 했지? 저 사람은 나를 바보로 알 거야. 춘월은 혼자 생각하다가 불쑥 말했다.

"서방님은 할 줄 아세요?"

"뭘 말이오?"

"요리하고 바느질하고 그림 그리고 비파 뜯으며 노래 부르는 것 말이에요."

"아니오."
"그럼 됐어요! 우린 정말 닮은 데가 많네요."
명원은 뭐가 뭔지 모르겠다는 듯이 고개를 끄덕였다. 명원이 한참 후에 입을 열었다.
"우리 마작이나 할까?"
"싫어요. 전 할 줄 몰라요."
"아, 그래요?"
명원이 실망했다는 듯이 말했다.
"장기 둘 줄 아세요?"
춘월이 다소곳이 고개를 들었다. 두 사람의 눈이 마주쳤다.
"나 말이오? 물론 둘 줄 알지."
"그래요? 장기는 참 어려워요."
"쉽지는 않소."
"여기 장기판 있어요?"
"있소. 둘 줄 아오?"
"조금요."
명원은 하녀들을 시켜 상을 물리게 하고 책상 속에서 오래된 상아 장기판과 장기알을 꺼냈다. 춘월은 신랑이 장기판을 차리는 것을 물끄러미 바라보다가 아무 말 없이 먼저 한 수를 두었다.
이윽고 춘월이 외통수로 포장을 부르자 명원은 장기판에서 눈을 떼고 의자에 등을 기대어 팔짱을 끼더니, 춘월을 빤히 쳐다보았다. 춘월은 계속 눈을 내리깔고 있었다. 갑자기 명원이 물었다.
"당신, 글 읽을 줄 아오?"
"조금요."
"조금이라니, 장기 두는 것만큼 조금이오?"

춘월은 손으로 입을 가리고 웃음을 참으며 고개를 끄덕였다.

야경꾼이 술시를 알리고 지나갔을 때, 그들은 하품을 하면서 잠을 물리치느라 안간힘을 쓰고 있었다. 어느 한 사람도 잠자리에 들자고 먼저 말을 꺼내려 들지 않았다. 그들은 의자에 앉은 채 깜빡 잠이 들었다가 해시가 되어 야경꾼의 딱딱이 소리에 잠이 깼다. 두 사람 모두 지쳐서 몸이 뻐근했다. 명원이 먼저 입을 열었다.

"밤마다 의자에 앉아서 잘 수는 없소. 아무래도 침상에서 자는 게 낫겠지?"

춘월은 고개를 끄덕이고는 눈을 내리깐 채 되물었다.

"저 혼자서 먼저 잠자리에 들어도 될까요? 준비가 되면 서방님을 부를게요."

"그러시오. 얼마든지 기다리겠소."

춘월은 침상에 올라가 잠옷으로 갈아입었다. 그리고 나서는 담요 한 장을 똘똘 말아서 경계 표시로 이부자리 한가운데에 놓았다. 춘월은 잠시 움직이지 않고 그대로 누워 있다가 이불깃을 젖히고 명원을 불렀다.

"서방님, 이제 들어오셔도 돼요."

이방인

 광서제가 즉위한 지 열세 해째 되는 1898년, 무술년의 다섯 번째 달에 황제가 칙령을 선포했다.
 "개혁을 추진함에 있어서 짐은 유럽식 방법을 도입하였노라. 참된 정부의 최우선 목표가 백성의 복지에 있다는 점에 대해서는 유럽의 나라들이나 중국이나 같은 생각이며, 또한 이러한 목표를 성취함에 있어서 유럽 사람들이 우리보다 한걸음 앞서 나가고 있다는 사실에 비추어 볼 때, 유럽의 방식을 끌어 쓰는 일은 곧 우리의 모자람을 보충하는 것이 될 것이라고 생각하노라.
 우리가 저들의 힘의 근원을 배워서 받아들이지 못한다면 우리의 어려움은 영원히 해결될 수 없을 것이로다. 반동의 무리들이 짐의 뜻을 고의로 왜곡 날조하며 민심을 어지럽힐 심산으로 헛소문을 퍼뜨리고 있는 참에, 짐의 백성들은 짐이 두려워하는 바 그 까닭을 제대로 이해하지 못하고 있느니라.
 이 칙령을 나라 안 모든 관헌의 문 앞에 게시하여 온 백성들로 하여금 이를 보게 하라."
 그러나 황제가 개혁안을 선포한 지 백일 만에 서태후가 당시 중국 유일의 현대식 군대의 지휘관으로서 황제에게 반기를 든 야심만만한 원세개와 그녀 자신의 정부이며 만주족 출신 군대 지휘관인 영루의 도움을 받아 행동을 개시했다.

—중국사

춘월은 매일 아침 시어머니 방 앞에 서서 아침 문안 인사를 드렸다. 연화는 화장대 앞에서 귀걸이를 이것저것 달아보느라고 정신이 없었다. 춘월이 한숨을 쉬며 조용히 방안으로 들어섰다.

"어머님, 간밤에 안녕히 주무셨는지요?"

춘월이 고개 숙여 절했다.

"어디 갔다 이제 오는 거냐?"

연화가 눈길은 여전히 거울에 둔 채 하녀를 물리치며 물었다.

"내가 잠자리에서 일어난 게 언젠데?"

"한참 전에 왔습니다만, 어머님의 몸종이 어머님께서 누구도 들여보내지 말라 하셨다고 하기에……."

"그때는 그때고 지금은 지금이야. 네 친정 사람들은 어른 모시는 법도 가르쳐주지 않더냐?"

춘월이 고개를 숙였다.

"어른이 뭐라고 하면 대답을 해야지."

"가르침은 받았습니다. 저 때문에 마음이 상하셨다면 정말 죄송합니다."

연화의 손에서 귀걸이 하나가 굴러 떨어져서 춘월이 그것을 주우려고 얼른 몸을 굽혔다.

"어머님, 진주 귀걸이가 어머님 의자 밑으로 들어가서 제 손이 닿지 않습니다."

연화가 의자를 잡아당겼다. 그 바람에 진주가 망가지고 말았다.

"이런 경망스러운 것 같으니! 너 때문에 귀걸이가 저 꼴이 되고 말았으니 이제 어쩔 셈이냐?"

춘월은 할 말이 없었다.

"어서 대답을 해야지. 같은 얘기를 두 번씩 묻지 않으면 대답도 안 하겠다는 거냐?"

"제 진주 귀걸이를 드리면 안 되겠습니까?"

"그래서?"

"어머님 마음에 드시는 걸 아무거나 골라서 가지세요."

춘월이 자기 귀에 달고 있던 것을 떼어서 시어머니에게 건넸다.

"네가 그런 식으로 나를 욕보일 참이냐? 넌 네 시어머니가 보석 하나 변변한 것도 못 가진 줄 아느냐? 네가 보기엔 내가 그까짓 진주 몇 알도 못 살 처지로 보인단 말이냐?"

"어머님, 제가 꾸중을 들어 마땅합니다."

연화는 서랍에서 새로 옥귀걸이 한 쌍을 꺼내 귀에 꿰고는 옆모습을 거울에 비춰보다가 춘월과 시선이 마주치자 몸을 돌렸다.

"뭘 그렇게 빤히 쳐다보고 있는 거냐? 내 꼴이 그렇게도 볼썽사나우냐?"

춘월이 다시 고개를 숙여 절했다.

"어머님 모습이 너무나 고와서 쳐다봤을 뿐입니다."

연화는 눈을 몇 번 깜빡이고는 다시 거울 앞으로 돌아앉더니 손가락에 연지를 묻혀 입술에 바르기 시작했다. 연화는 흡족하다 싶었는지 다시 말을 꺼냈다.

"살다 보면 외모 따위는 별 게 아니라는 것을 알게 될 거다."

그 말이 전부였다.

춘월이 시어머니의 몸치장이 끝나기만을 기다리고 있는데 문 두드리는 소리가 들렸다. 명원이 여느 때와 마찬가지로 문안을 드리러 온 것이었다. 그가 가까이 다가와 고개 숙여 절했다.
"어머님, 밤새 안녕히 주무셨습니까?"
연화가 아들의 인사를 받으며 춘월을 물리쳤다.
"넌 이제 가도 좋다. 저 아이하고 할 얘기가 있다. 너하고는 상관없는 얘기다."
춘월은 시어머니와 남편에게 조용히 절하고 방을 물러 나왔다.
춘월은 남편과 자신이 화소댁과 노옹 부부와 함께 쓰고 있는 아담한 처소로 향했다. 화소댁은 빨래를 개고 있다가 춘월을 보고는 버선 켤레들을 다시 바구니 속에 던져 넣고 춘월의 손을 잡았다.
"무슨 일이우? 얼굴이 왜 또 샐쭉해졌수?"
"맨날 그렇지 뭐. 아, 난 왜 사람들 비위를 맞출 줄 모를까. 특히 시어머니는 더 그래. 오늘은 차가 너무 뜨겁다고 하고 또 내일은 너무 차갑다고 하고 말야. 방을 나설 때는 내 발소리가 너무 크다고 하고 들어갈 때는 또 너무 살금거린다나? 내가 웃기라도 하는 날이면 네가 지금 웃을 나이냐고 뭐라고 하고 또 웃지 않으면 성깔이 사납다고 꾸짖으시고……. 난 어쩌면 좋아요?"
"별 도리가 없다우. 작은아씨, 뾰족한 수가 없어요. 늘상 그래왔는걸 어떻게 해요. 아씨도 이젠 어른이라구요."
화소댁이 춘월의 손을 정답게 다독거리며 말했다.
"하지만 뭐가 늘 그랬다는 거야? 쑤저우에선 이렇지 않았잖아?"
"거기서야 아씨가 딸이었지만 여기서는 며느리니까 그렇죠. 쑤저우 집 생각은 해봤자 다 소용없는 일이라우. 여기가 아씨 집이라구요. 이해하려고 애써보는 수밖에 없어요. 아씨 시어머니께서는 시집오기 전부터 성격이 원래 그랬는지도 모르죠."

"아마 그랬을 거야. 어떻게 해야 성격이 좀 변할까? 이 집안은 우리 집안처럼 잘 살지도 못하면서 모두 다 사치스럽기만 해. 그리고 시아버님더러 첩을 두라고 고집을 부린 것도 시어머니라면서?"

화소댁은 옷장 문을 열고 빨래를 차곡차곡 쌓으면서 화제를 바꾸려고 했지만 춘월은 그냥 넘어가지 않았다.

"아줌마가 내게 그 얘기를 해줬었지?"

화소댁은 일손을 멈추고 춘월을 빤히 쳐다보았다.

"아씨, 나는 무식해서 잘 모르지만 슬픔을 참는 데는 여러 가지 방법이 있답니다. 아씨 시어머님께서 첩을 들이신 것도 사실인지도 모르죠. 하지만 그분인들 그러고 싶어서 그러셨겠어요?"

"하지만 화소댁······."

화소댁이 귀를 막아버렸다.

"이제 그만! 더이상 듣고 싶지 않아요. 아씨가 알아서 할 일이에요. 벽에도 귀가 달렸다구요. 잘 알아서 해요. 안 그러면 시어머니께서 아씨를 내쫓을지도 모르니까."

춘월은 숨이 탁 막히는 것 같았다. 거기까지는 미처 생각하지 못했던 것이다.

"작은아씨, 시어머니께서 보시기엔 아씨가 눈엣가시 같다는 걸 모르겠어요?"

화소댁의 목소리가 갑자기 부드러워졌다.

"참고 기다려요. 누가 뭐래도 기다리기만 하면 된다우. 조금만 있으면 만사가 달라질 거예요. 사람들도 너나없이 잘해줄 거구요."

화소댁이 배를 쓰다듬으며 웃었다.

"얼마 안 가서 아들을 낳게 될 테니까요."

갑자기 춘월의 눈에 눈물이 핑 돌았다. 다행히도 화소댁이 책장 안에서 기어나온 벌레에 정신이 팔려 있었기 때문에 춘월의 눈물을 보지 못했다. 화소댁이 의심을 품게 해서는 안 될 일이었다.

춘월은 가까스로 마음을 가라앉히고 일어나 공손한 말투로 말했다.
"아줌마 말이 맞아요. 방금 한 말 잊지 않을게요. 이제 가야겠어요. 할 일이 있어요."

춘월은 천천히 안마당으로 걸어가 명원이 가져다놓은, 돌로 된 장기판 옆의 의자에 앉았다. 춘월은 남편을 생각만 해도 웃음이 나왔다. 춘월은 명원이 노옹의 베이징 오리 요리 솜씨를 칭찬할 때나, 자기 아버지에게 나랏일에 대해 조언을 할 때, 또는 아내에게 영어를 가르칠 때 등 모든 일에 그처럼 진지한 사람을 본 적이 없었다. 그는 무슨 일에나 최선을 다했다. 춘월은 이따금 남편의 웃는 모습이 보고 싶어서 일부러 영어 단어를 틀리게 발음하곤 했다.

춘월은 방으로 걸어 들어오는 남편의 모습이나 밤인사를 속삭여주는 그의 목소리 같은 것들을 시로 써서 자신의 느낌을 표현해보고 싶었다. 그러나 시구는 한마디도 떠오르지 않았다. 남편과 함께 있으면 기쁘고 자랑스러운 마음에 가슴이 저려온다는 것밖에는 알 수가 없었다. 그것은 남편과 멀리 떨어져 있을 때에도 마찬가지였다.

그러나 가끔씩 춘월을 두렵게 만드는 일이 있었다. 명원이 간혹 벙어리처럼 입을 다물고 서까래에 매달린 오색 비단갓을 씌운 등만 뚫어지게 바라보며 미국에서 다니던 학교에서 기념으로 받은 반지만 만지작거리는 것이었다.

춘월은 처음에는 그때마다 남편에게 말을 걸곤 했다. 남편은 언제나 묻는 말에 대꾸를 해주면서, 자신이 왜 그처럼 생각에 몰두해 있는지를 설명해보려고 애썼다. 그는 젊은 황제가 추진중인 개혁안 같은 정치적인 문제 때문에 골머리를 앓고 있는 것 같았다.

"서방님, 전 서방님이 찬성하시는 줄 알았는데요?"

"사실이오. 그런데 난 황제께서 칙령을 선포하실 때마다 그분의 적이 늘어나고 있는 것 같아서 두렵소."

"하지만 누가 감히 황제의 뜻을 거역하겠어요?"

"그분이라고 해서 다칠 수 없는 것은 아니오. 특히 그분의 적들이 서태후를 설득해서 개혁안이 그 여자에게 해가 된다고 믿게 만드는 날에는 더 위험해질 거요."

개혁협회는 암살이나 정변, 외국의 개입 등이 있을 거라는 소문으로 술렁이는 모양이었다. 개혁주의자들은 황제의 마음을 달래보려는 데에만 열중한 나머지 관료 계층을 소홀히 하고 만 것이었다. 명원의 설명에 따르면 관료들이란 변혁―더구나 급작스러운 변혁―을 죽음만큼이나 꺼리는 모양이었다.

"소문들 가운데 어느 하나만이라도 사실 그대로라면 나랏일뿐만 아니라 우리 목숨까지 위태로울 거요. 우리와 황제 사이의 일이 잘 되어나간 다음에 오히려 우리가 파멸하게 될지도 모른다는 두려운 생각이 든다오."

"어떻게 그런 일을 미리 짐작할 수 있어요?"

"그럴 수밖에. 늘 그런 식이었으니까."

춘월은 요즘에 와서는 남편이 생각에 잠겨 아무 말도 없을 때에는 자신이 남편 대신에 고통스러워할 수 있고, 남편이 그녀 자신의 기쁨을 함께 나눌 수 있으면 얼마나 좋을까 하는 바람밖에 없었다.

춘월은 연화의 몸종이 부르는 소리에 언뜻 제정신이 들었다.

"작은마님, 어서요. 빨리 오세요! 마님께서 찾으십니다."

시어머니. 언제나 시어머니군. 춘월은 서둘러서 시어머니에게로 달려갔다.

춘월은 저녁을 먹고 나서 뜰에 앉아 남편을 기다리며 혼자 장기를 두었다. 갑자기 빗방울이 뚝뚝 떨어지더니 그녀의 옷소매에 수놓은 연분홍 꽃송이를 붉게 물들였다. 먼 데서 천둥소리가 들렸다. 그녀는 집안으로 들어갔다. 자시가 되어 폭풍우는 멎었다. 그러나 명원은 그 때까지도 돌아오지 않았다.

춘월은 새벽 늦게야 잠자리에 들었다. 아침에 일어나 보니 남편이 자는 쪽 이부자리는 어젯밤 그대로였다.

춘월은 아내 노릇도 제대로 못하고 남편을 잃은 게 아닌가 하는 불길한 생각이 들었다. 춘월은 얼른 고개를 흔들어 생각을 떨쳤다. 생각이 사실로 될까 두려웠다. '바보 같은 계집애. 비 몇 방울 떨어지는 걸 보고 홍수 생각을 하다니. 멍청한 계집애.'

춘월은 얼른 이불을 젖히고 남편 자리에 누워서 남편이 평소에 하던 것처럼 이리저리 몸을 뒤척였다. 그러고 나서는 매일 아침 그러는 것처럼 똘똘 말아서 경계선으로 삼고 있는 담요를 안 보이게 치우고 화소댁을 불러 차를 가져오게 했다.

춘월은 하루 종일 아무 일도 없는 것처럼 보이게 하려고 안간힘을 썼다. 그러나 저녁때가 되어서도 남편이 돌아오지 않자 화소댁에게 간밤의 일을 털어놓았다. 화소댁은 얼굴이 백지장처럼 하얘져서는 춘월의 눈길을 피하려고 했다.

"무슨 일이야?"

"나는 나으리께서 아침 일찍 협회로 나가신 줄만 알았는데……."

"그런데? 아줌마, 무슨 일이야?"

춘월은 마음이 급해져서 화소댁의 옷자락을 잡아당겼다.

"말해줘. 말해줘요!"

춘월은 화소댁이 그처럼 놀란 모습을 보기는 처음이었다.

"봇짐장수들이 온종일 그 얘기만 하더군요. 사방에 군인이 깔려 있고 성문이 닫혔다구요."

그 사람들이 남편을 죽인 거로군. 아냐, 그럴 리가 없어. 그분은 무사하실 거야. 그분이 돌아가셨다면 난 금방 알 수 있었을 거야. 아무 일도 없어. 아무 일도.

"노옹을 보내서 알아보라고 할까요, 아씨?"

춘월은 자신이 악몽을 꾸고 있는 거라고 생각하며 잊으려고 했다. 화소댁이 다시 물었다.

"아냐, 아줌마는 그냥 여기 있어요. 곧 돌아오시겠지. 틀림없이 곧 돌아오실 거야."

"내가 아씨랑 같이 있어줄까요?"

춘월은 고개를 저어 화소댁을 물리쳤다.

비가 오고 난 뒤라 공기가 싸늘했다. 춘월은 잠자리에 들기 전에 화로에 숯을 더 집어넣었다. 남편이 정적들에 관해 했던 이야기들이 머릿속에서 떠나지 않았다. 춘월은 잠들었다 깨어나면 서방님이 곁에 있게 해달라고 기도했다.

하지만 잠은 오지 않았다. 야경꾼이 자시와 축시를 알리고 지나갔다. 버드나무를 흔드는 바람소리뿐 사방은 쥐죽은 듯이 조용했다. 묘시와 진시가 지나갔다. 바람이 차츰 세게 불기 시작해서 버드나무 가지가 신음 소리를 냈다. 춘월이 벌떡 일어났다. 대청마루를 걸어오는 소리가 들렸다.

"서방님?"

대답이 없었다. 춘월이 재빨리 호롱불을 밝혔다. 명원이 문밖에 서 있었다. 그의 옷은 젖은 데다가 온통 진흙투성이였고 그의 호리호리

한 몸은 흐느낌으로 떨리고 있었다.
 춘월이 침상에서 내려가 그를 부축했다.
 "어떻게 된 거예요? 어디 계셨어요?"
 그는 대답이 없었다.
 이분은 나를 못 알아보시는 거야. 춘월이 손을 내밀어 남편의 손을 잡았다. 손이 불타는 듯 뜨거웠다.
 "무슨 일이에요? 어디에서 오시는 거예요?"
 역시 대답이 없었다. 춘월은 남편을 어린아이처럼 안아서 얼굴을 씻겨주었다. 명원은 아내가 젖은 옷을 벗겨주는 동안에 가만히 서있기만 했다. 춘월이 화로 위의 주전자에서 물을 따르고 있는데 명원이 침상에 주저앉았다. 춘월은 명원을 안고 물을 먹였다. 명원의 이가 도자기 컵에 딱딱 부딪히는 소리가 들렸다.
 "어떻게 된 거예요? 제발 말씀 좀 해보세요!"
 명원은 여전히 아내의 말을 못 알아듣는 것 같았다. 춘월이 그를 감싸안아 침대에 눕히고 자신도 옆에 누워 그의 몸을 녹여주었다. 시간이 한참 지난 후에 명원은 잠이 든 듯 조용해졌다. 춘월은 함부로 몸을 움직여 몸을 빼고 싶지 않았다. 자비로우신 관음보살님, 제발 저분을 보살펴주십시오. 대자대비하신 부처님…….
 갑자기 명원이 춘월의 감싸안은 팔을 뿌리치고 벌떡 일어나 앉더니 비명을 질렀다.
 "안 돼! 안 된단 말야!"
 명원이 다시 흐느끼기 시작했다.
 "자, 이젠 괜찮아요. 이젠 괜찮아요."
 춘월은 자신이 어렸을 때, 이화가 자기에게 해줬던 것처럼 남편의 머리를 가슴에 껴안고 흔들며 그를 진정시키려고 안간힘을 썼다.

"자, 자, 그냥 꿈을 꾸신 거예요. 이제 집에 오셨어요. 서방님을 해칠 사람은 하나도 없어요."

춘월의 말에 마음이 놓이는지 명원이 다시 침착해져서 춘월을 껴안았다. 춘월은 남편이 말을 하려는 것을 알고 조용히 기다렸다.

"꿈이 아니었어."

명원이 힘겹게 입을 열었다.

"무슨 말씀이세요?"

"나는 가만히 있기만 했어. 아무 짓도 안 했단 말야. 서서 구경만 했어."

"뭘요? 무슨 일이 있었는지 말씀해보세요."

명원은 대꾸는 하지 않고 계속해서 혼잣말을 중얼거렸다.

"난 알고 있었어. 그래서 달아났지. 그 여자가 그분을 잡아들인 거야. 난 그들이 몰려올 줄 알고 있었어. 그러면서도 아무 짓도 하지 않았어."

"무슨 말씀을 하시는지 모르겠어요. 지금껏 어디 계시다가 오신 거예요?"

명원이 다시 아내를 껴안았다. 면도하지 않은 그의 턱이 춘월의 얼굴에 닿았다. 뺨이 따가웠다.

"여보, 여보."

명원이 속삭였다.

춘월을 꼭 껴안은 채 명원이 말을 하기 시작했다. 그는 자신이 말하는 광경이 휘장 위에 그려져 있기라도 한 듯이 말하는 동안 내내 침상의 휘장만 뚫어져라 쳐다보았다.

"어제였소. 한 무리의 사람들이 장대 같은 비를 무릅쓰고 천교 부근 굿마당에 모였소. 놀이 삼아 구경하러 온 사람들이었지. 그런데 굿마당에는 춤추는 곰도, 씨름꾼도, 대나무 타는 광대도 없었소. 그 대신 내 동지들 여섯이 있었소. 다섯은 나와 함께 개혁 운동에 관여한 내 친구들이었고 나머지 한 사람은 강유위의 동생이었소. 형 대신 잡혀온 거지. 나는 구경꾼들 틈에 끼었소. 머리에 부스럼이 난 웬 어린아이 하나가 내 옷자락을 잡아당기며 좀더 잘 보려고 앞으로 헤집고 나가던 게 기억나는군. 망나니가 쓴 두건이 비 때문에 얼굴에 찰싹 달라붙어 있었소. 그의 칼은……."

명원이 말을 멈추었다. 춘월은 꼼짝도 하지 않았다. 한참 후에 명원이 말을 이었다.

"집행관이 판결문을 읽었소. 내 친구들이 무릎을 꿇더군. 간수 하나가 내 친구들의 머리채를 앞으로 젖혀서 그들의 목덜미를 드러내 놓았소. 그리고…… 잘린 머리들이 진흙 바닥에 뒹굴고 있는데도 몸통들은 여전히 무릎을 꿇고 있었소."

명원의 열은 여드레째 되는 날에야 내렸다. 그는 천천히, 아주 천천히 기운을 되찾고 있었다.

슬픔과 기쁨이 뒤섞인 나날이었다. 춘월과 명원은 그 일을 겪고 난 뒤에야 비로소 그들이 진정한 남편과 아내가 되는 일이 얼마나 아름답고 참된 일인가를 깨달았다.

춘월은 남편과 처음으로 사랑을 나눈 날 아침, 남편이 곤히 잠들어 있는 사이에 시를 한 수 지었다.

    더이상 낯설지 않으면서 아직도 낯선,
    구리거울 속의 나를 닮은 저 여인.
    그림자처럼 가녀린 과거는 가고

너무도 달라져버린 얼굴.
오래도록 홀로 헤매었으나
마침내 돌아온 나의 집.

❀ 기다림

1898년 9월 22일 포고령이 선포되었다.
"황제께서 몸져 누우셔서 태후께서 다시 섭정을 펴게 되셨다."
스물여섯 살의 황제는 연금 상태에 놓이게 되었고, 그의 칙령은 무효로 돌아가고 말았다.

— 중국사

범법자로 낙인 찍힌 강유위와 명원과의 연루 관계는 드러나지 않았다. 명원의 역할이 그만큼 미미했었고, 그의 아버지가 존경받는 지위에 있었기 때문에 별 탈 없이 위기를 넘길 수 있었다. 개혁협회가 사라진 지금, 명원은 집에 있으면서 관청의 부탁을 받아 영어로 된 국제정치 현황을 중국어로 옮기거나, 외교단을 위해 조정의 발표문을 영어로 옮기는 일을 하면서 지냈다.

물건들이 하나씩 없어지고 있음을 춘월이 깨달은 것은 설날이 막 지난 어느 날이었다. 어느 날에는 사탕이 한줌 없어지기도 하고 다른 날엔 찻잔이라든가, 아니면 단지에 담아 화로 위에 올려놓은 차가 없어지기도 했다. 그다지 값나가는 물건들은 아니었다. 화소댁은 쥐가 한 짓이라고 생각하는 모양이었다. 때로는 노옹에게 주려고 남겨두었던 경단 한 알이 없어지기도 했다.

몹시 추운 날 아침, 춘월은 빗물 받는 커다란 빈 통 속에서 무슨 소리가 나는 것을 들었다. 안을 들여다보았더니 계집아이 하나가 얼굴을 치켜드는데, 실꾸러미를 팔러 다니는 봇짐장수 아낙과 함께 한번 본 적이 있는 벙어리였다.

춘월은 아이에게 나오라고 말하면서도 가슴이 아팠다. 그 아이는 몹시 말라 있었고, 얼핏 보기에도 얼어죽지 않은 것이 이상할 정도의 몰골이었다. 그런데도 아이는 먹을 것 외에는 훔치지 않은 모양이었다. 방안에는 안에 털을 댄 덧옷이 고리짝 가득히 있었는데도 그것은 손도 대지 않은 것이다.

"자, 이리 나오너라."

춘월이 다시 불렀다. 아이를 시어머니에게 데리고 가는 수밖에 없었다. 시어머니는 주방에서 놋쇠 장사와 얘기를 하고 있었다.

연화가 하녀들을 시켜서 없어진 물건이 없는지 집안의 서랍이며 궤짝들을 살펴보라고 분부를 내리는 동안에, 그 아이는 봇짐장수들이 드나드는 문이 열려 있었는데도 도망칠 생각을 하지 않았다. 그 아이는 얇고 다 떨어진 윗도리와 바짓가랑이로 차가운 바람이 사정없이 파고 들어오는 데도 양손을 옆구리에 올린 채 꼿꼿이 서있기만 했다. 춘월은 그 아이의 모습이 할아버지 병실 앞에 서있던 이화의 모습과 똑같다는 생각이 들었다.

아무것도 없어지지 않았다는 게 확인되자, 연화가 명령을 내렸다.

"그 아이를 보내주어라."
"썩 나가거라!"
옆에 서있던 첩이 소리쳤다. 그 아이가 문 쪽으로 걸음을 옮겼다.
"안 돼요!"
춘월이 소리쳤다. 춘월은 자신의 큰 목소리에 깜짝 놀라 변명하듯 씨익 웃어 보였다.
"저 아이를 그냥 집에 있게 하면 안 되겠습니까? 이런 날씨에 쫓아 버린다면 저 아이는 틀림없이 죽고 말 겁니다."
"그럼 어때? 저 벙어리가 우리 친척이라도 된단 말이냐? 배곯는 사람들은 많아. 그 사람들을 죄다 먹여 살릴 셈이냐?"
첩실이 말했다.
다른 사람들도 벙어리는 재수가 없다며 춘월의 말을 막으려고 했다.
"저 아이는 전생에 죄가 많아 만신(萬神)께서 벌을 내리신 거라우."
"공연히 끼어들 것 없다."
"하지만 어머님. 팔자가 기구하다고 해서 모두 만신께서 벌을 내리신 것은 아니겠지요?"
춘월이 애원했다.
연화가 잠시 망설이자 춘월이 말을 계속했다.
"저 아이는 몸집이 작으니까 얼마 먹지도 못할 거고, 게다가 벙어리니까 시끄럽게 굴지도 않을 겁니다. 저 아이는 제 부모한테서 버림을 받았을 테니 몸값을 치를 필요도 없잖아요?"
"저 아이는 촌것이라서 아무짝에도 쓸모가 없을 거다!"
"어머님, 제가 길을 들이면 되잖아요? 시간도 얼마 걸리지 않을 거예요. 제게 맡겨주세요."
"그럼 누가 내 시중을 든단 말이냐? 내가 요즘엔 다리가 너무 아파서 제대로 걷기도 힘든데 말이다."

화소댁이 나서며 말했다.

"그럼, 제가 시중을 들겠습니다, 마님. 제가 이 손으로 주물러 드리면 마님께서는 하루 종일 마작을 하셔도 아무렇지도 않으실 겁니다요. 제가 약속드리겠습니다!"

연화는 잠시 팔목에 찬 팔찌를 만지작거리더니 별일 아니라는 듯이 가볍게 말했다.

"며느리 시중을 받는 것이 지겹던 참인데 잘 됐다. 그 아이를 집에 두고 부려라!"

때를 벗기고 옷을 입혀 잘 먹여놓고 보니, 그 아이는 고동색의 큼지막한 눈에다 티 하나 없이 깨끗한 살결, 그리고 북쪽 지방 특유의 약간 모난 얼굴을 한 제법 예쁘장한 소녀였다. 사람들은 모두 그 아이를 벙어리라고 불렀다.

벙어리는 얼마 안 가서 집안에서 제일 일을 잘하는 하녀가 되었다. 그리고 얼마 안 있어서 춘월의 생활도 아이가 아닌 어엿한 여인으로서, 삼촌이 아니라 남편의 서재에서 글공부를 하게 되었다는 점만 빼고는 쑤저우에 있을 때와 비슷해지기 시작했다.

서로 가까워짐으로써 자라나는 부부의 정과 사랑, 오랜 시간을 함께 보냄으로써 이루어지는 이해—이런 것들이 명원의 삶을 가득 채우고 있었다. 아무런 말이나 몸짓이 없어도 그들은 서로의 마음을 알 수 있게 되었다. 그들은 마음속의 기쁨을 드러내는 법은 없었다. 그런 것은 속된 것이기 때문이었다. 그래도 그들은 느낌으로 그것을 알고 있었다.

"작은나으리와 작은마님은 전생에서부터 부부였을 거야. 틀림없다구. 벙어리는 두 분이 기르던 강아지였구."

하인들은 그렇게 수군거렸다.

그러나 춘월은 그렇게 행복한 나날을 보내면서도 만신의 시샘을 사는 일이 있더라도 꼭 이루고 싶은 소원이 두 가지 있었다.

비록 시집을 오느라고 2천 리 이상이나 여행을 했고 베이징에 와서 일년이 넘게 살아왔으면서도 한번도 담장 밖을 나가본 적이 없었다. 이웃 임씨 집에 들른다거나 관음암에 불공을 드리러 간다거나, 아니면 미국 대사관의 파티에 초대를 받아간다거나, 여하튼 무슨 일이건 간에 외출할 기회가 있어서 시어머니께 말씀을 드리면 시어머니는 번번이 거절했다. 명원조차도 왜 그러느냐고 따질 수가 없었다. 그랬다가는 춘월이 여태껏 연화가 모르는 체 눈감아주는 덕분에 할 수 있었던 이런저런 일마저 못하게 될 우려가 있었던 것이다. 어쨌든 춘월이 생각하기에 이 소원이 이루어지는 것은 시간문제였다.

춘월에게는 두번째 소원이 더 절실했다. 그녀는 몇 주일 동안 희망에 부풀어 있다가 매달 꼭 같은 결과가 나오면 서운하기 짝이 없었다. 명원과 자신이 아무리 부부의 정이 깊다 하더라도 아들을 낳지 못하면 아무 소용이 없는 노릇이었다. 오씨 가문이 언제까지 기다려줄까? 일년, 아니 기껏해야 2년 정도? 그리고 나서도 아들을 낳지 못하면 그녀는 부부 간의 정리를 지키지 않아도 좋으니 제발 후실을 맞으라고 명원 앞에 무릎을 꿇고 진심으로 빌어야 할 것이다. 춘월은 용재와 금덕의 사이에 원표라는 아들이 태어났다는 향설의 편지를 받고 명원이 짓던 표정을 잊을 수가 없었다.

결국 화소댁에게 물어보는 수밖에 없었다.

"아줌마, 어째서 그렇지? 어째서 아줌마하고 노옹 아저씨 사이엔 아이가 없지? 아저씨는 열 명이라도 낳고 싶었을 텐데? 아저씨는 아줌마를 부처님 모시듯이 한다고 사람들이 다 그러잖아요."

"그렇구면요! 사실이라우. 그 뼈만 남은 남자한테 시집가기 전에는 나도 갈대처럼 날씬했었다우. 믿을 수가 없겠지. 나도 안다우. 그 집안 식구 모두가 땅 두 마지기에 목을 매고 있었죠. 그런데도 그 멍청한 사람은 내가 무슨 대갓집 마님이나 되는 듯이, 자기는 밭에서 등이 휘게 일을 하면서도 나는 집에 앉혀놓고 왼종일 맛있는 것만 먹였지 뭐유. 나는 순식간에 쌀장수처럼 뚱뚱해져버렸다우. 그래도 그 사내는 보는 사람마다 내가 미인이라고 자랑을 하고 다녔죠. 그런 바보 같은 짓이 어디 있수? 제 계집 얘기를 그렇게 떠들고 다니다니. 중매쟁이도 웃더군요. 그런데 3년이 지나고도 아이가 없자, 나는 찬물을 금하고 수박도 먹지 않고 또 옷을 세 겹이나 껴입고서 찌는 듯이 더운 날에도 화로를 싸안아보기도 했답니다. 절에 가서 스님에게 돈을 내고 청동으로 만든 노새의 그것까지 만져봤다우."

화소댁이 말을 멈추고 손수건을 꺼내 코를 풀었다.

"점점 살이 찌고 배가 불러왔지만 아이는 없었다우. 그러다 보니 결국 자식 없이 사는 게 버릇이 되더라구요. 그러던 참에 그 사람 부모가 죽게 되자 우린 아씨네 집안에 품을 팔러 들어가게 된 거라우. 나무아미타불! 우리가 그냥 밭만 갈아먹고 살았다면 지금쯤 나는 만리장성만큼 옆으로 퍼졌을 거구면요."

"별다른 도리가 없었나요?"

"도리로 말하자면 왜 없겠수? 하지만 그래봐야 다 헛일이었을 거요. 점쟁이들이 하나같이 내 손금에 아들 볼 팔자가 안 쓰여 있다고 하더군요."

춘월이 한숨을 쉬며 제 손바닥을 들여다보았다.

화소댁이 얼른 제 손바닥을 펴 보였다.

"그것 보라구요. 아씨하고 난 손금이 영 딴판이잖아요. 아씨는 아들을 여럿 낳을 거라구요."
 "아줌마, 정말 그렇게 생각해요?"
 "나라에 나라님이 있는 것만큼이나 틀림없는 일이라우."

의화단

경자년인 1900년, 벼와 나무가 홍수와 가뭄으로 시들고 기근이 찾아왔다. 다른 때 같으면 겨울 보리가 이삭을 맺고 볍씨가 익어갈 무렵, 부모들은 제 자식들을 한 사람 앞에 동전 쉰 닢씩에 팔아넘기게 되었다.

자연의 재해와 국가적인 불운을 이겨내기 위해서는 있는 사람이건 없는 사람이건 겉으로라도 아무렇지도 않은 척해 보여야 했으므로, 베이징은 유난히 흥청거렸다. 여기저기에서 야외 공연이며 봉불식(奉佛式)이며 꽃 전시회 등이 성대하게 열렸다. 정장을 한 하인들이 호화판 연회 초대장과, 길운을 상징하는 빨간 물을 들인 삶은 달걀을 담은 바구니를 들고 분주히 오갔다.

베이징에서 2백 리가 채 떨어지지 않은 곳에서 60명의 예수교 신자들이 살해당했다는 소문이 퍼졌으나, 공사관 지역에 사는 외국인들은 대부분 그 말을 믿으려 하지 않았다. 서태후가 '사해동포'라고 선언하지 않았던가?

—중국사

란 대감은 4월 보름날 열리는 성대한 연회에 오씨 가문을 초대

하면서 특히 한림학사의 아들과 며느리를 보고 싶다는 뜻을 전했다. 이런 일은 그들처럼 젊은 남녀들에게는 엄청난 영광이 아닐 수 없었다.

이윽고 연회가 열리던 날 신시 무렵, 춘월은 화장대에 앉아 몸치장에 열중하고 있었다. 누가 자기 옷을 잡아당기는 것 같았다. 돌아보니 몸종인 벙어리가 옷자락을 잡아당겨 펴주고 있었다. 이제 패물만 달면 끝이다. 춘월은 패물함에 손을 뻗다가 거울 속의 제 얼굴과 눈길이 마주쳤다. 아니야, 아직 머리가 남았어.

마침내 준비가 끝났다. 춘월은 옆방으로 사뿐사뿐 걸어갔다. 명원이 서있었다. 부부의 눈길이 마주쳤다.

여보, 저 예뻐요?

춘월이 눈으로 묻자 명원이 그렇다고 눈으로 대답했다.

그들은 식구들이 모여 있는 영빈각으로 갔다. 오씨 집안사람들을 란 대감 집까지 실어다줄 전세 낸 가마가 대기하고 있었다.

춘월은 가마 휘장 틈으로 난생 처음 베이징의 시가지 모습을 볼 수 있었다. 잿빛 담벼락이 몇 리씩이나 이어지고, 드문드문 봇짐장수의 모습이 보였다. 그러고는 온통 흙먼지뿐이었다. 춘월은 아무것도 볼 게 없다는 생각이 들었다.

그때, 좁은 골목이 트이며 굉장히 넓은 시장이 나왔다. 가지각색의 비단이 줄줄이 쌓여서 노을빛에 반짝거리고 있었다. 장사꾼들과 거지들, 그리고 장사치들의 입씨름하는 소리로 시장은 시끌벅적했다. 춘월은 가마를 멈추라고 소리치고 싶었다. 물론 그럴 수는 없었다. 헤아릴 수도 없이 많은 노점에 짐승털들이 산더미처럼 쌓여 있었다. 검은 담비, 족제비, 흰 담비, 다람쥐, 흰 여우, 염소, 그리고 낙타 한 마리! 아니, 세 마리! 북쪽에는 낙타가 흔하다는 말을 들었지만, 춘월은 용재가 가진 《비단길》이란 책 속에서 낙타를 봤을 뿐 실물은 처음으로 보았다.

골목길을 이리저리 돌던 가마가 갑자기 멈췄다. 춘월은 치맛자락을 당기고 머리를 매만졌다. 가마 문이 열렸다. 벙어리가 미리 연습해둔 대로 가마에서 내리는 것을 도와주었다.

연화가 오씨 집안 아낙네들을 란 대감 부인에게 데려갔다. 연화와 그의 몸종이 앞장섰고, 그 뒤를 첩실과 그녀의 몸종이 뒤따랐으며, 그 다음에 춘월과 벙어리, 그리고 나머지 집안 아낙네들이 뒤따랐다.

춘월은 첩실이 무릎을 꿇고 절을 할 때에야 그 집 여주인의 모습을 힐끗 볼 수 있었다. 어머, 얼굴이 말처럼 생겼네! 그것은 사실이었다. 또 만주족 여인들은 전족도 하지 않았으며, 그 대신에 전족한 발처럼 생긴 높은 구두를 신었다. 내가 한족인 게 다행이지!

춘월이 제 차례가 되어 절을 하려는데 무릎이 떨렸다. 만주족 여자 따위에게 절을 하는 것도 억울한데 넘어지기라도 해서 창피를 당하면 큰일이었다.

춘월은 연습해두었던 인사말을 조심스럽게 꺼냈다.

"마님, 하잘것없는 소녀를 이처럼 엄청난 자리에 불러주시니 송구스럽기 짝이 없사옵니다."

대감 부인은 금방 미소를 지었다. 그녀의 눈이 정답게 빛났다.

"그래, 네가 그토록 숱한 여자들을 미역국 먹인 장본인이로구나. 내가 이제야 그 까닭을 알겠다!"

춘월이 얼굴을 붉히며 엉겁결에 말했다.

"여기 오게 되어 정말 영광이옵니다."

춘월은 벙어리를 뒤에 세우고 난초빛 비단 융단에 치맛자락이 걸려 넘어지지 않도록 조심하며 시종들 뒤를 따라갔다. 춘월은 임씨 댁 며느리 사이에 자리를 잡고 앉아서 고개를 돌려 바로 등 뒤에 있는 아자무늬의 칸막이 틈으로 밖을 내다보았다. 넓은 뜰이 한눈에 보였다. 온갖 빛깔의 비단옷을 차려 입은 양반들과 이 탁자 저 탁자로 분주히 오가는 하인들의 모습, 그리고 산들바람에 흔들려 하늘의 별처럼 반짝이는 등불이 인상적이었다.

춘월은 얼마 안 있어서 멀지 않은 곳에 앉아 있는 남편의 모습을 발견했다. 남편은 뭔가 걱정이 되는 듯 넋을 놓고 앉아서 반지만 빙빙 돌리고 있었다. 춘월은 잘못된 일이라도 있나 해서 마음이 조마조마해졌다. 그러던 참에 명원이 손을 뻗어 새우를 집었다. 춘월은 혼자 웃으며 다시 아낙네들 쪽으로 몸을 돌렸다.

대감 부인이 한가운데 놓인 탁자에 앉았다. 연회가 시작된다는 신호였다. 음식 나르는 사람들이 식탁 사이를 바삐 오갔고, 아낙네들은 굳은 자세를 풀고 수다를 떨거나 맞은편 친구들과 인사를 나누거나, 자리를 바꾸어 앉아가며 세상 이야기를 늘어놓았다. 몸종들은 부채질을 하고 음식 접시를 가져왔다가 가져가고 손수건을 내밀기도 하며 그들대로 분주했다.

고춧가루로 빨갛게 양념이 된 잉어 한 마리가 식탁에 올랐을 때, 임씨 며느리가 춘월의 옷자락을 잡아당기며 말했다.

"저기 봐요, 대감께서 일부러 마당을 가로질러 댁의 남편에게 축배를 하러 갔어요."

춘월은 다시 칸막이로 몸을 돌렸다. 대감은 몸집이 뚱뚱했고 짙은 자줏빛 장삼에 옥단추를 단 검은 저고리를 입고 있었다. 작은 완두콩 같은 그의 눈은 아무것도 보지 않는 듯하면서도 모든 것을 다 볼 수 있을 것처럼 생겼고, 춘월은 처음에는 겨우 몇 마디밖에 알아들을 수 없었다. 그러나 가까이 있던 사람들이 입을 다물고 대감의 말에 귀를 기울였기 때문에 대감의 말을 또렷이 들을 수 있었다.

"자네도 황제 폐하만큼이나 귀가 엷군. 외국 사람들의 마술을 믿다니 말일세. 자넨 아직 젊어서 잘 모르겠지만 인간에게 의지력만 있으면 못할 일이란 없지. 서태후께서 힘과 권세를 누리실 수 있는 것도 다 의지력 덕분이라네."

저 소리를 하려고 대감이 우리를 불렀구나. 밤나무를 가리키며 도토리나무를 나무라는 속셈이었다. 춘월은 갑자기 즐겁던 기분이 싹 가시고 무서워지기 시작했다.

대감은 누가 듣고 있나 보려고 주위를 둘러보고는 말을 이었다.

"서태후께서도 한때는 수백 명 만주 후궁 중의 한 사람에 지나지 않았어. 그분이 다른 후궁들과 달랐던 게 뭔지 아나? 바로 의지력일세. 그분께서 아드님의 효심이 모자라다고 하시자 황제께서도 무릎을 꿇고 마셨다네. 그런데 그분은 기선을 타본 적도 없고 총을 쏘아 보신 적도 없으시지 않나? 그분께서는 단지 정신적인 권위 하나만으로 다스리시는 거야. 나는 그분께서 하늘에 사는 새를 불러 부채 위에 내려앉게 해서 지저귀게 하는 것을 본 적이 있네. 서태후 마마와 우리 제국은 적에게서 승리를 빼앗고 말 걸세."

"대감님 말씀대로 되기만을 바랍니다. 저도 대감님처럼 매사를 좋게만 생각할 수 있었으면 더 원할 바가 없겠나이다."

춘월은 남편의 대답을 듣고서야 마음이 놓여 한숨을 쉬었다.

춘월은 잡담을 늘어놓을 마음이 싹 가셔서 식사가 끝나고 여흥이 시작될 때까지 재미있어 하는 시늉만 하고 있었다. 무대 위에 등불이 켜지자 춘월은 벙어리를 차 마시라고 보내버렸다. 그 아이에게마저 두려운 마음이 들게 할 필요는 없을 것 같았다.

"자, 가서 재미있게 놀아라. 놀이가 시작되기 전에 대감께서 미리 말씀이 계실 테지."

 벙어리는 제 여주인에게 고마움을 표시하고는 전족을 하지 않았는데도 다른 몸종들처럼 맵시 있는 걸음걸이로 멀어져갔다.
 얼마 후 남자들이 아래에서 손뼉을 치며 소리를 질렀다.
 "야! 야!"
 아낙네들이 너나할 것 없이 자리에서 일어나 칸막이로 몰려갔다. 몸종들이 의자를 들고 그들의 뒤로 우르르 따라갔다. 춘월은 의자를 돌려놓기만 하면 됐다.
 란 대감이 무대 위에 올라서서 청중에게 고개를 끄덕이며 인사에 답하고 있었다. 그의 뒤에는 커다란 제단이 설치되어 있었는데, 거기에는 붉은 얼굴에 툭 불거진 눈과 코털이 삐져나온, 전쟁의 신인 관운장의 실물 크기 동상이 서있었다. 제단 위에는 또 제기들이 차려져 있었고 향이 타고 있었다. 그 뒤에는 시뻘겋게 수를 놓은 휘장이 걸려 있었고 큼직한 글씨로 주문을 써넣은 누런 두루마리가 붙어 있었다.
 대감이 목청을 가다듬었다. 물을 끼얹은 듯 조용해졌다.
 "이렇게 모여주신 여러분들을 위해서 오늘은 좀 특별한 것을 마련해보았습니다. 오늘 보여드릴 연극은 삼국시대 얘기도 아니고, 만리장성 얘기도 아닙니다. 오늘 공연할 연극은 이를테면 파격적인 것입니다. 요즘은 세상부터가 파격적이지 않습니까?
 우리는 나라 안팎으로 전쟁과 배신의 위험이 팽배한 시대에 살고 있습니다. 지난해에는 북쪽 지방이 홍수와 기근과 메뚜기떼와 가뭄으로 많은 고통을 겪어야만 했습니다. 이런 천재지변이 우리나라가 외국인들에게 굴욕적인 양보를 하고 난 뒤에 바로 생긴 일이라는 점에 비추어볼 때, 이는 하늘이 노여워하고 계시다는 징조임이 분명합니다.

중국 영토의 대부분이 코가 큰 서양놈들이나 왜놈들의 손에 이미 들어가버렸으며, 앞으로는 한 뼘도 남지 않게 될 것입니다. 독일놈들은 산둥반도에서 북서 지방을 노리고 있고, 러시아놈들은 만주에서 몽고를 넘보고 있습니다. 거기다가 영국놈들은 양쯔 강 유역을 탐내고 있고, 프랑스놈들은 윈난과 광시 지방을 삼키려 들고 있습니다. 일본은 또 조선과 대만으로 만족하지 못하고 푸젠성마저 눈독을 들이고 있습니다.

9천 리나 되는 중국의 해안선 어디를 살펴보아도 외국의 허락 없이 무장할 수 있는 항구가 하나도 없는 형편입니다. 우리는 이제 더이상 구경만 하면서 야만인들이 우리의 사랑하는 조국 강토를 유린하도록 내버려둘 수는 없습니다. 그런데 오랑캐들이 실나나 힘만 높이 사는 반면, 우리는 폭력을 싫어하고 평화를 사랑하는 군자들입니다. 그렇다면 우리는 어떻게 해야만 저들을 몰아낼 수 있겠습니까?"

"어떻게 해야 합니까? 어떻게 해야 합니까?"

군중들이 한 목소리로 외쳐댔다.

"오늘밤 그 해답을 보여드리겠습니다. 귀빈 여러분, 외국놈들에게 만국 공통의 언어인 주먹으로써 본때를 보여줄, 하늘의 축복을 받은 사람들을 만나보십시오. 자, 이 나라의 진정한 애국 투사, 의화단을 소개합니다."

징과 꽹과리가 울렸다. 대청 여기저기에서 남자와 여자아이들이 뛰어나왔다. 그들은 쉴 새 없이 울리는 북소리에 맞추어 무대로 뛰어올라갔다. 여자들은 상투를 틀고 붉은 저고리에 바지를 입고 있었으며, 손에는 붉은 등을 들고 있었다. 남자들과 아이들은 머리에 붉은 띠를 두르고 머리채를 목에 한번 감아서 귀 앞으로 나오게 하고 있었다. 그들이 입고 있는 윗옷은 서로 다른 색깔이었지만 그 옷의 앞뒤에는 모두 검고 둥근 바탕에 단체의 이름이 씌어 있었다. 그들은 저마다 붉고 기다란 휘장을 허리에 두르고 있었고, 손에도 역시 붉은 깃발을 단 창이나 칼을 쥐고 있었다.

그들이 모두 무대에 오르자 으스스한 침묵이 흘렀다. 소리를 내는 사람도 움직이는 사람도 없었다. 그런 순간이 끝없이 계속될 것만 같았다. 갑자기 한 사람, 두 사람, 여자들과 아이들이 몸을 비틀면서 번개같이 빠른 발짓과 주먹질을 하는 거친 춤을 추기 시작했다. 그들은 춤 사이사이에 사나운 고함을 질렀다.

"죽여라! 죽여라! 죽여라!"

온 무대가 그들의 성난 울부짖음에 흔들리고 있었다. 남자들은 칼과 창으로 싸우는 시늉을 하며 소리쳤다.

    하늘을 무찔러라. 그 문이 열리리라.
    땅을 무찔러라. 그 문이 흔들리리라.
    청나라를 떠받치고
    오랑캐를 뿌리 뽑자.

갑자기 춤이 딱 멈췄다. 덩치가 크고 얼굴이 검은 여자 하나가 남자처럼 큼지막해서 볼썽사나운 두 발을 떡 버티고 무대 가운데 서있었다. 나머지 사람들은 그 여자 주위에 몸을 웅크리고 있었다.

그 여자는 두 팔을 머리 위로 쳐들며 소리쳤다. 그녀의 목소리는 마술적인 힘을 가진 듯 우렁찼다.

"서양 사람들이 감히 신처럼 행동하려 드는구나. 저들이 오만해서 신성을 침범하니, 천지신명이 노하여 비구름이 사라진다. 선교사들은 자기들의 강연에 귀 기울이는 자들에게 악귀를 씌우며, 저들의 목사관에서 차를 마시는 자들은 해골이 터져 죽는구나. 예수를 믿는 여자들이 죽은 자의 눈알을 뽑고 골수와 심장을 도려내어 약을 빚고, 납을 금으로 바꾼답시고 어린것들의 내장을 찢어내는구나."

청중들이 헉 하고 숨을 삼켰다. 수군대는 소리가 들리기 시작했다.

"마음을 다져먹고 조심할지어다. 얼마 안 있어 8백만의 군인 망령들이 하늘에서 쏟아져 내려와 외국놈들을 이 나라 안에서 깨끗이 쓸어 없앨지니."

그 여자가 뒷걸음으로 물러나자, 무대에 있던 사람들이 튕긴 듯이 일어나서 한 목소리로 소리쳤다. 그들의 목소리가 대청에 쩌렁쩌렁 울렸다.

"서둘러라! 서둘러라! 이 소식을 널리 전하라. 영광된 제국의 수호자, 의화단 투사들이 가는 곳엔 창날도 부러지고 칼날도 부러지리라. 총탄도 이들의 성스러운 몸을 꿰뚫지 못하리라. 두려워 말라! 우리와 함께 하라! 청나라를 지키자! 오랑캐를 쳐죽여라! 청나라를 지키자! 오랑캐를 쳐죽여라!"

별안간 다시 침묵이 찾아들었다. 세 명의 어린아이만이 무대 위에 남아 있고 모두 제단으로 향했다. 세 아이들은 허공에다 동그라미를 그리더니, 동그라미 하나하나에 글씨를 쓰기 시작했다. 그러고는 눈을 감은 채 손바닥을 이마에 대고 알아들을 수 없는 말을 지껄였다. 입에 게거품을 물고 톱질한 통나무처럼 뒤로 벌렁 자빠졌다. 청중들은 그 아이들이 죽은 줄 알고 비명을 질렀다. 그러나 무대 위에 서있던 사람들이 일으켜 세우자 아이들은 근육 하나 움직이지 않으면서도 혼자 힘으로 꼿꼿하게 일어섰다.

그 덩치 큰 여자가 창을 들고 아이들에게 달려갔다. 그녀는 하나둘 차례대로 아이들을 창으로 찔렀다. 창날은 아이들의 살갗을 꿰뚫지 못했다. 그 여자가 칼을 들어 아이들을 마구 내리쳤다. 그 여자의 칼놀림은 아주 빨랐지만 아이들의 몸은 산들바람이라도 불고 지나간 듯이 말짱했다. 피는 한 방울도 나지 않았다. 그 여자는 결국 연발 권총을 꺼내 제단에 놓인 놋단지 하나를 쏘았다. 단지가 총에 맞아 바닥에 굴러 떨어졌다. 그 여자는 무대 가장자리로 가서 아이들 가운에 한 명을 겨냥하고 방아쇠를 당겼다. 총구가 몇 번 불을 뿜었다. 아이들은 눈 하나 깜짝하지 않았다.

총알이 아이들의 발밑에 굴러 떨어지자, 그들을 에워쌌던 사람들이 기세등등하게 다시 춤을 추기 시작했다.

"죽여라! 죽여라! 죽여라!"

이윽고 구경을 하던 아낙네들까지 함께 외쳐대기 시작했다.

춘월은 괜히 왔다는 생각이 들었다. 임씨 댁 며느리의 얼굴은 무대 위에 서있는 사람들과 마찬가지로 흉폭하게 일그러져 있었고, 눈은 불에 구운 물고기처럼 툭 튀어나오려 했다. 춘월과 같은 탁자에 앉아 있던 사람들도, 가까이에 있는 사람들도 역시 마찬가지였다. 시어머니마저 추한 몰골을 하고 있었다.

"죽여라! 죽여라! 죽여라!"

귀청이 찢어질 듯한 소리가 계속되고 있는데, 갑자기 "엄마!" 하는 소리가 들렸다. 그 소리는 춘월의 뒤쪽에서 난 것 같았다. 춘월이 돌아보니 벙어리였다. 벙어리는 다시 "엄마!" 하고 소리를 지르더니 얼굴이 잿빛이 되고 눈은 초점이 흐려진 채 얼어붙은 듯 서있었다. 춘월은 얼른 주위를 살펴보았다. 들은 사람이 나 혼자뿐일까? 아니었다. 들은 사람이 더러 있는 것 같았다. 그러나 그들은 칸막이로 몸을 돌리고 있었다. 어쨌든 몸종 하나가 지나치게 흥분해서 발작을 일으켰다고 해서 큰일이 난 것은 아니었다. 춘월은 시어머니를 힐끗 쳐다보았다. 시어머니는 다른 부인네들과 마찬가지로 여전히 연극에 넋이 빠져 있었다. 춘월은 몰래 자리를 빠져나와 벙어리에게로 다가갔다.

그 아이의 눈물이 뺨을 타고 흘러내려 새로 지어 입은 저고리가 얼룩지고 있었다. 춘월은 그 아이를 감싸안아서 아무도 없는 방으로 데리고 갔다.

춘월은 층계 아래에 있던 하녀들에게 연화에게 말을 전하라고 이르고 가마를 불렀다. 가마가 도착하자 벙어리는 춘월의 몸에 바싹 달라붙으며 속삭였다.

"마님하고 같이 가고 싶어요."

그들은 한 가마에 탔다. "죽여라!" 하고 부르짖는 소리가 밤공기를 찢으며 그들의 뒤를 쫓더니, 달빛이 비치는 길거리로 가마가 나서자 조금씩 조금씩 스러져갔다.

춘월은 오씨 집안 영빈각에 닿자마자 가마꾼들을 돌려보내고 문지기를 시켜 화소댁을 오게 했다.

화소댁은 머리를 제대로 매만지지도 못한 채 달려왔다.

"무슨 일이우? 왜 혼자만 오셨어요?"

화소댁은 가마 문을 열어보고는 놀라서 눈을 휘둥그렇게 떴다.

"날 좀 도와줘요! 이 아이를 집으로 데리고 올 수밖에 없었어요. 이 애가 말을 했어요. 세 번씩이나 '엄마!' 하고 부르는 걸 내 귀로 들었다고요. 이 아이는 마치 어린아이처럼 내게 바싹 달라붙어서 떨어지려고 하지 않았다고."

그들이 가만가만 달래자 벙어리가 가마에서 내렸다. 그러나 춘월이 가마에서 내리자마자 벙어리는 다시 춘월을 두 팔로 꼭 껴안고는 예전에 헛간으로 쓰던 작은방에 이를 때까지 놓지 않았다. 화소댁이 차를 끓였고 춘월은 벙어리를 팔에 안고 이리저리 흔들기도 하고 귓속

말로 뭐라고 속삭여주기도 하면서 달랬다.

　차가 다 되어서 춘월과 화소댁이 벙어리에게 찻잔을 들이밀었지만 그 아이는 몇 모금 마시고 차를 밀어냈다.

　그리고 벙어리 소녀는 말을 하기 시작했다. 그 아이의 입에서 나오는 말은 마치 중들의 염불소리 같아서, 아무 감정도 없이 저 먼 데서 들려오는 것 같았다. 춘월과 화소댁은 자신들이 움직이거나 소리를 내게 되면 그 아이가 혹시나 말을 하지 않을까봐 조마조마해서 꼼짝도 못하고 귀만 곤두세우고 있었다.

　"그런 일이 일어나리라고 생각이나 했겠어요? 우린 배가 고팠어요. 수수가 홍수에 쓸려 내려가버렸거든요. 엄마가 끓이는 죽에는 점점 물이 많아지고 밥알은 줄어들었어요. 엄마 젖이 말라서 동생은 배가 고파 울었죠. 먹을 것을 구하느라고 전당 맡길 만한 것은 죄다 맡긴 뒤였어요. 센후이 사람들은 너나없이 풀뿌리와 들버섯을 주워 모았죠. 전 버섯 줍는 게 싫었어요. 개들이 많았어요. 대개는 잡아먹히고 말았지만 몇 마리가 도망쳐 살아남은 거예요. 그 개들은 사람 살까지 뜯어먹었다니까요. 짐꾼들조차도 길바닥에서는 잠을 자려고 하지 않았어요.

　어느 날인가 우린 어떤 사람이 읍내에서 먹을 것을 나누어주고 있다는 소문을 들었어요. 우리는 혹시나 하고 한 사람도 빠지지 않고 주발을 들고 가보았죠. 사실 그대로였어요. 절간 맞은편 건널목 어귀에 마을 사람들이 저마다 주발을 들고 서있었어요. 줄 맨 앞에는 털 난 서양 귀신이 서있었고요. 그 사람은 기다란 장삼을 입고 있었어요. 그의 머리칼은 지푸라기 빛깔이었고, 이빨은 나귀만큼이나 크더군요. 그 사람이 줄을 서라고 손짓을 했어요. 전 겁이 나면서도 코를 지르는 배춧국 냄새를 참을 수가 없었어요. 전 아빠 뒤에 바싹 붙어서 있었죠.

이윽고 제 차례가 돌아와서 서양 귀신 앞에 서게 되었어요. 그 사람이 국자를 솥 속으로 푹 담그더군요. 그러고는 제 주발을 채워주었어요. 주발 속에는 배추 토막도 보이고 고기 냄새도 났어요. 주발이 비자 저는 운이 좋으면 다시 한번 더 받아먹을 수 있으려니 하고 줄 맨 끝으로 달려갔어요. 그 서양 귀신은 제 주발을 세 번이나 더 채워주었어요.

국솥이 비자 그 서양 귀신은 옛날 애기를 해주었어요. 은혜를 모른다는 말을 듣기가 싫어서 우리는 그냥 그 자리에 앉아 있었죠.

그 사람이 자기는 목사고 우리에게 하나님 애기를 해주러 왔다고 하더군요. 우리는 무슨 말인지 알아들을 수는 없었지만 그냥 고개를 끄덕였어요. 누가 뭐라건 목수 하나님이 우리에게 해될 건 없다 싶었던 거죠. 만신님도 여럿이지만 보살피는 일이 다 다르잖아요?

그 사람은 말을 마치더니 인쇄한 종이를 나눠주었어요. 우린 모두 받았죠. 그 사람이 내일 또 오면 먹을 것도 주고 옛날 애기도 해주겠다고 하더군요. 그 종이 석 장을 집에 가지고 와서 우리는 찢어진 창문에 발랐어요.

저녁 무렵, 웬 낯선 사람들이 와서는 예수쟁이라고 불리는 반역자, 첩자들을 찾고 있다고 그랬어요. 아빠가 웃으며 '그렇다면 나으리들은 달걀의 뼈를 찾고 있는 셈이군요. 여기엔 그런 사람이 없습니다. 직접 찾아보십쇼'라고 했어요.

그 사람들이 집안 물건들을 죄다 뒤집어 엎어버렸어요. 엄마가 시집오면서 가지고 왔던 손거울을 보고는 외국 물건이라면서 깨뜨려버렸어요.

갑자기 엄마가 아기를 내 팔에 던져주면서 낮은 목소리로 말했어

요. '달아나! 숨어! 내가 부르기 전에는 이리 오면 안 돼, 빨리!'

제가 막 물어보려는데 엄마가 제 뺨을 때리며 말했어요. '어서 가. 숨으란 말야. 동생이나 잘 봐!'

저는 뒷문으로 달려나가 들판으로 뛰어갔어요. 뒤도 돌아보지 않고요. 도랑이 하나 있기에 그 속으로 기어 들어갔어요. 아기를 꼭 껴안고 있었죠. 그 애는 뛰고 구르는 걸 좋아하는 데다가 배까지 불렀기 때문에 마냥 웃고 있었죠. 그 애는 금세 잠들었어요.

개 짖는 소리가 들렸어요. 그러고는 밤이 되도록 아무 소리도 못 들었어요. 그러고 있는데 노래 부르는 것처럼 소리가 들렸어요. '죽여라! 죽여라! 죽여라!' 하구요. 그러고는 비명소리가 들렸어요. 그 소리는 마치 돼지 울음소리 같았어요. 하지만 돼지는 이미 오래 전에 없어져버렸는 걸요. 더 멀리 달아나고 싶었지만 이미 날이 어두워졌더군요. 게다가 너무 멀리 가버리면 엄마가 부르는 소리를 못 들을까 봐 무섭기도 했고요. 그래서 그냥 기다렸죠.

외치는 소리가 점점 커지더군요. '죽여라! 죽여라! 죽여라!' 하구요. 어느새 그 사람들이 바싹 다가와 있었어요. 그 사람들은 등불을 머리 위까지 높이 들고 있었어요. 전 어떻게 해야 좋을지 몰랐어요. 그때 등 뒤에서 엄마가 속삭이는 소리가 들렸어요. '쉿 나오지 마! 무슨 일이 있어도 나와선 안 돼!' 그러고 나서 엄마는 '사람 살려! 사람 살려!' 하고 소리치면서 뛰어나가 저한테서 달아났어요. 앞에 덤불이 있어서 전 엄마를 볼 수 없었어요. 등불을 들고 있던 사람이 '그년이 저기 간다! 죽여!' 하고 소리치더니 엄마를 뒤쫓았어요.

그 사람들이 소리치는 바람에 제 동생이 깨고 말았어요. 별 도리가 없었어요. 저는 개펄 한 움큼을 떠서 그 애의 입을 틀어막았죠. 그 사람들이 풀덤불을 뒤지는 소리가 들렸어요. 그 사람 가운데 하나가

'그년 잡았다' 하고 소리쳤어요. 그 사람들이 엄마에게 '자라 새끼같이 거짓말만 하는 년'이라며 욕을 퍼부었어요. 그 사람들은 또 이런 말도 했어요. 엄마는 털복숭이 잡종이며 첩자인데다가 서양 귀신의 말을 믿는 여자라고요.

 엄마가 빌었어요. '나는 중국 사람이에요' 하고 외치면서 말이에요. 엄만 또, '난 외국놈들만 보면 침을 뱉는답니다'라고도 했어요.

 그들 중에 한 사람이 묻더군요. '네 년이 털복숭이 잡종이 아니라면, 어째서 그 종이 쪽지를 네 년 집 창문에 붙여놨지?'라고요.

 '바람을 막으려고 그랬어요'라고 엄마가 설명을 했죠.

 그 사람들이 엄마더러 거짓말쟁이라고 했어요. 그 사람들은 엄마가 그 종이를 서양 귀신한테서 얻어왔다고 우겨댔어요. 자기들이 보았다는 거예요. 엄마가 그 사람들이 주는 국물을 마시는 것도 보고요. 그러고 나서 엄마가 잇달아 비명을 지르는 소리가 들렸어요. 한참 후에 도적들이 읍내 쪽으로 가는 소리가 들렸어요.

 전 너무나 겁이 나서 움직일 수가 없었어요. 그래서 그 사람들 소리가 완전히 들리지 않을 때까지 기다렸어요. 그제야 동생 생각이 나더군요. 그 애는 내내 아주 조용히 있었거든요. 얼굴에 씌웠던 담요를 젖혀보았죠. 그 애는 싸늘하게 식어 있었어요. 입과 코에는 개펄이 떡처럼 말라붙어 있었어요. 죽었던 거죠.

 일어나 보려고 안간힘을 썼지만 다리가 국수 가락처럼 힘이 없었어요. 그래서 죽은 동생을 질질 끌면서 기었어요.

 새벽이 되었어요. 개펄 구덩이 속에 엄마의 머리가 처박혀 있었어요. 전 동생을 그 옆에 내려놓고 집으로 달려갔죠. 키가 큰 갈대 덤불 속에 웬 사람이 서있었어요. 전 그 사람이 어젯밤의 무서운 사람들 중의 한 사람이라고 생각하고 땅에 납작 엎드렸어요. 그런데 그 사람도 몸을 숨기고 있는 듯 가만히 서있기만 하는 거예요. 좀더 가까이 기어가봤죠. 갈대 덤불 속에 말뚝이 박혀 있고 그 말뚝에 아빠의 머리가 꽂혀 있었어요. 몸통은 땅바닥에 나뒹굴고 있었는데 다리에는 파리가 엄청나게 달라붙어 있었어요.

저는 아빠의 몸통을 끌고 동생과 엄마가 있는 데로 옮겼어요. 그러고는 머리를 가지러 갔죠. 머리를 말뚝에서 뽑아보려고 했지만 마음대로 되지 않았어요. 머리채를 붙잡고 휙 잡아당겼더니 그제야 빠졌어요.

손가락으로 땅을 팠죠. 구덩이가 웬만큼 깊어졌다 싶어서, 아빠의 시체를 묻었어요. 아빠의 몸을 반듯이 눕히고 머리를 제자리에 갖다 놓은 다음 진흙으로 덮었어요.

아빠 오른쪽에 동생을 옮겨놓았어요. 그러고는 엄마의 머리를 가져다가 아빠 왼쪽에 놓았어요. 엄마의 몸통을 찾아보았죠. 먼저 팔다리 없는 몸통을 찾아냈고 그 다음에 두 다리, 그 다음엔 차례로 오른팔 왼팔을 찾았죠. 저는 그것들을 들어다 구덩이 속에 넣고 제자리에 맞춰놓았어요. 그런데 엄마 오른발이 없었어요. 발 한쪽이 없으면 저승으로 갈 수 없잖아요? 한쪽 발로 어떻게 저승에서 걸어 다니겠어요? 마침내 전 거의 땅에 묻히다시피한 한쪽 발을 찾아냈죠. 발목에다 발을 끼워서 묻어주었어요.

그러고는 엄마랑 아빠랑 동생 위에다 진흙을 덮었어요. 개도 찾지 못할 만큼 깊숙이 묻힐 때까지 쉬지 않고 진흙을 쌓았지요.

그 다음날 길을 떠났어요. 걷고 또 걸었죠. 길가에 어슬렁거리는 개들은 하나같이 다 살이 올라 있었어요."

벙어리가 말을 멈추었다. 침묵이 온 방안에 가득 찼다. 석유 등잔 불꽃이 서서히 꺼져가자 벽과 천장이 차츰 어두워졌다.

벙어리가 갑자기 또 부르짖었다. 부르짖는 소리는 점점 높아졌다가 스러지고, 스러졌다간 또 높아졌다. 여태껏 메말라 있던 두 눈에 애처로운 눈물이 넘쳐흘렀다.

"아이구 아빠! 아이구 엄마! 아이구 내 동생아! 다 어디 갔어!"

자시가 되자 벙어리는 잠이 들었다. 화소댁은 그 아이 곁에 그대로 앉아 있었고, 춘월은 저고리 소매에 두 손을 쑤셔넣은 채 대문에 서서 사람들을 기다렸다. 갑작스럽게 바람이 사납게 불어왔다. 덧문이 흔들리고 대나무가 드러누웠다.

춘월은 담장 너머에서 금방이라도 들려올 듯한 발소리를 들으려고 귀를 곤두세웠다. 그러나 나뭇잎 사그락거리는 소리와 삐그덕거리는 문소리밖에 들리지 않았다.

춘월은 사람들이 오는 즉시, 오늘밤 연회에서 급하게 돌아온 일에 대해서만 변명 겸 사과하고 그 이상은 얘기하지 않을 생각이었다. 셴후이 마을 이야기를 다른 사람들에게 하느냐 마느냐는 명원이 결정해야 할 문제인 것 같았다.

언뜻 소리가 들려 춘월은 얼른 고개를 들어 바라보았다. 문지기가 한림학사의 가마에 대고 절을 하고 있었다. 집안사람들은 묵묵히 가마에서 내려 아무 말 없이 각자의 처소로 갔다. 누구도 입을 열지 않았다. 발소리도 내지 않으려고 조심하는 것 같았다.

춘월은 변명 따위를 늘어놓고 있을 때가 아님을 직감적으로 깨달았다. 달빛만으로도 모든 사람들이 공포에 질려 있다는 것을 알 수 있었다. 춘월은 사람들이 다 지나갈 때까지 몸을 숨기고 있었다.

그러고 나서 서둘러 명원의 뒤를 쫓아갔다.

"무슨 일이에요? 왜 사람들이 전부 이상하죠?"

"당신은 거기 없었소? 당신도 듣고 보고 했잖소?"

명원은 아내가 일찌감치 자리를 떴다는 것을 모르고 있었다. 춘월이 자초지종을 설명해주었다. 명원은 춘월이 얘기하는 동안 내내 이미 들어서 다 알고 있는 얘기를 다시 듣는 것처럼 건성으로 고개만 끄덕였다. 춘월이 말을 마쳤을 때 명원은 한마디밖에 하지 않았다.
"불쌍한 것. 불쌍한 것 같으니라고."
"자, 서방님. 이제 말씀해주세요. 우리가 떠난 뒤로 무슨 일이 있었어요?"
"별거 아니오. 아무것도 아니라니까."
"서방님, 전 서방님의 아내예요. 제겐 말씀해주셔야죠."
명원은 고개를 주억거렸지만 방에 다다를 때까지 아무 말도 하지 않았다.
"당신도 거의 다 본 셈이오. 그 연극 아닌 연극이 끝나자 대감이 다시 무대 위에 올라가서 또 한바탕 열변을 토하더군. 그런데 이 나라의 적이라는 말을 하면서 손가락으로 나를 가리키는 거요."

춘월은 새벽같이 옷을 주워입고 벙어리가 어떤지 보러 갔다. 봇짐장수들이 드나드는 문에 이르자 웬 여자 하나가 춘월을 불러세웠다.
"저 좀 보세요. 오씨 댁 작은마님을 좀 뵙고 싶은데요."
"왜 그러세요?"
춘월은 가까이 다가가기만 하고 문은 열지 않았다.
"그분께 전해드릴 게 있어요."
"댁이 찾는 사람이 바로 나요. 난 사고 싶은 물건이 없는데."
"아니에요. 물건을 팔러 온 게 아닙니다. 좀 뵈야겠어요. 급한 일이에요."
춘월이 잠시 망설이다가 얼른 빗장을 풀었다. 너저분한 아낙네 하나가 춘월을 밀치며 들어섰다. 그 아낙네는 땅바닥에 털썩 주저앉더니 신발바닥의 베로 된 창 사이에서 숨겨두었던 종이쪽지를 꺼내 춘월의 손에 쑤셔넣고는 온다간다 소리 없이 서둘러 사라져버렸다.

쪽지에는 주소도 성명도 없었지만 글씨만으로도 누구에게서 온 것인지를 알 수 있었다. 귀재 삼촌이 아니고서는 이렇게 날카로우면서도 곧은 획을 그을 수 있는 사람은 없었다. 오로지 군인만이 임박한 위험에 대처해서 그처럼 단호한 조처를 취할 수 있을 것이다.

집안사람들을 제외한 어느 누구에게도 나의 신분이나 내가 여기에 와 있다는 사실을 알려서는 안 된다. 베이징을 떠나라! 장차 서태후가 소위 의화단이라는 무리들의 뒤를 밀어줄 모양이다. 의화단은 이미 베이징에 잠입하고 있다. 외국과 여하한 관련이라도 있는 사람은 살아남지 못할 것이다. 지체 말고 떠나거라!

사흘 후, 오씨 집안사람들은 뚜껑 씌운 나귀 마차 여덟 대에 나누어 타고 베이징을 빠져나갔다. 연화가 갑작스럽게 병이 들어 올해는 일찌감치 별장으로 떠나 거기에서 여름을 나기 위해 베이징을 떠난다는 구실을 붙였다. 화소댁과 노옹, 벙어리 등 믿을 만한 하인들은 함께 길을 떠났고 다른 하인들은 뒤처리를 하라는 핑계를 대고 집에 남겨두었다.

❀ 균열

경자년인 1900년 4월 24일, 영국 영사관은 빅토리아 여왕의 여든한번째 생일을 맞아 춤과 노래와 샴페인으로 성대한 축하연을 벌였다.

그로부터 나흘 뒤, 의화단의 권비(拳匪, 의화단을 격하하여 이르는 말―옮긴이)들이 톈진에서 베이징에 이르는 외국인 철도를 쳐부수던 날, 그해 들어 처음으로 비가 내렸다. 그것은 하늘이 축복을 내리시는 징조 같았다.

5월 20일, 서태후가 의화단을 지지한다는 뜻을 공식적으로 밝히자, 마침내 권비들이 수도를 장악하기 시작했다. 황제의 근위대에게도 외국인과 맞서 싸우라는 명령이 내려졌고 영사관 지역이 포위되었다.

―중국사

한 달 전에 온후암으로 피신해온 이래 쭉 그래온 것처럼, 춘월은 저녁 무렵 앞이 탁 트인 돌의자에 앉아서 명원을 기다렸다. 서늘한 산 공기엔 솔향기가 묻어나왔고 저녁 짓는 연기가 굴뚝에서 피어올랐다. 이따금 수도승의 고적한 저녁 불공 소리가 실바람에 아스라이 실려오곤 했다.

사슴 한 마리가 물을 마시다 말고 고개를 들어 이끼 낀 바위 사이로 보이는 오솔길과 실개천가의 옹이 박힌 고목을 바라보았다. 춘월은 남편을 맞으려 일어섰다.

그들은 수백 년 전에 어떤 도인이 빚었다는 바위가 삐죽삐죽 솟아 있는 뜰을 거닐었다. 춘월은 노래를 흥얼거렸다. 명원이 슬그머니 손을 잡자 춘월은 얼른 손을 뺐다. 오늘 저녁은 자기들만 있는 것이 아니었기 때문이다. 한 승려가 암자에 앉아서 경을 읽고 있었다. 그의 까까머리가 촛불에 반짝였다.

"암자에 스님이 있다는 게 뭐 별스러운 일이오?"

"당신 정신 나가신 거 아니에요? 사람들이 보는 데서 같이 걸어다니며 얘기 나누는 것만으로도 창피해 죽겠어요. 이젠 볼 테면 보라는 듯이 제 손목까지 잡으시다니, 그러다가 소문이라도 나면 어쩌려고 그러세요."

"나하고 함께 있는 게 싫소?"

"그런 얘기가 아니에요."

명원이 다시 춘월의 손목을 잡으려 하자 춘월은 달아날 듯 몸을 뺐으나 명원은 어느새 그녀의 소매자락을 붙들며 속삭였다.

"외통수에 걸렸지!"

춘월은 자기도 모르게 웃어버렸다. 명원도 어린아이처럼 웃었다.

"저기 봐! 스님이 떠나고 있소. 어두워질 때까지 우리가 저기 숨어 있으면, 당신이 얼마나 대담한 색시인지 아무도 모를 거요."

명원이 정자를 가리키며 말했다.

밤은 고요했다. 영겁을 자비롭게 웃으며 앉아 있는 절벽 중턱의 부처상이 달빛에 드러났다. 그들은 한동안 아무 말도 하지 않았다.

명원이 입을 열었다.

"누가 뭐래도 당신과 나는 행복했소, 그렇지?"

명원이 춘월의 손을 꼭 잡았다.

"요즘처럼 행복해본 적은 없어요."

"그런데 만일 그 행복이 지속될 수 없다면 당신은 내 아내가 된 걸 후회하겠지?"

춘월은 무슨 말인지 알아들을 수가 없었다. 얼마 안 있으면 아들이 태어날 테고, 그렇게만 되면 두 사람은 영원히 행복하게 살 수 있지 않은가? 춘월이 웃으며 남편을 보니, 그의 표정이 굳어 있었다.

"서방님, 왜 그런 말씀을 하세요?"

명원이 손으로 춘월의 얼굴을 감싸며 부드럽게 입을 맞췄다.

"왜냐면 말이오……. 왜냐면, 당신만은 후회하지 말아주었으면 싶어요. 당신은 지금과 달라져서는 안 되니까."

"제가 무엇 때문에 달라져요?"

"우린 지금 모든 것이 달라지는 시대에 살고 있소."

명원이 눈으로는 불상을 보며 침울하게 말했다.

"세상이야 그럴지도 모르죠. 하지만 우린 아니에요. 서방님과 전 달라지지 않아요. 어떻게 달라질 수 있겠어요? 우린 부부예요."

"그래, 그건 바꿀 수 없겠지."

하지만 명원의 목소리에는 절망감이 배어 있었다. 춘월이 얼른 제 손을 남편의 입으로 가져갔다.

"이제 그만해요. 오늘밤에는요."

명원이 춘월을 꼭 껴안으며 고개를 끄덕였다. 춘월은 조금 전에 흥얼거렸던 노랫가락을 기억해보려고 했지만 끝내 생각나지 않았다.

춘월이 몸을 떨고 있었던지 명원이 일어나 윗도리를 벗어 춘월의 어깨에 덮어주었다. 그러고는 춘월의 두 손을 감싸쥐고 입김으로 따뜻하게 녹여주려는 듯이 입으로 가져가다가 다시 그녀를 껴안았다. 그러나 춘월이 떤 것은 추워서가 아니었다. 춘월이 남편의 품에서 빠져나오며 말했다.

"베이징으로 떠나시려는 거죠, 서방님?"

명원이 보일락말락 고개를 끄덕였다.

"가야만 하오. 비록 내가 할 일이 없다 하더라도 하는 데까지는 해야 하오. 친구들과 함께 있겠소. 영사관 지역에 있는 사람들을 도울 생각이오. 하는 데까지 해보는 거요. 난 이제, 지난번 굿마당에서처럼 그냥 구경만 하고 있을 수는 없소."

춘월이 기어들어가는 소리로 간신히 입을 열었다.

"거기에 가서 무슨 일을 하실 수 있어요? 어딜 가서 누구를 만나시 겠다는 거예요?"

춘월이 얼굴을 손에 파묻었다.

"돌아가실 거예요. 돌아가시고 말 거예요. 전 알아요. 아무 일도 못 해보시고 돌아가실 거라고요."

"대의명분이라는 게 있잖소? 아낙네나 어린아이들하고 마냥 암자에 숨어서 지낼 수만은 없소. 안 그러오?"

춘월이 다시 몸을 떨며 남편을 쳐다보았다.

"하지만 서방님. 서방님은 군인이 아니잖아요? 서방님은 어느 편을 들어야 하는지조차 모르고 계시잖아요? 서방님이 말씀하셨죠? 의화단이 득세하게 되면 죄 없는 사람들까지 무수하게 참살을 당할 거라고요. 외국 사람들이 이기면 그때는 또 보다 많은 이권양도와 굴욕만 남을 거라고요. 황제의 근위대가 이기면, 또 그때는 만주족에게 더 큰 권세만 돌아갈 뿐이라고요. 결국 서방님이 이길 수는 없어요!"

명원은 아무 말도 하지 않고 다시 아내의 손목을 쥐고 가만가만 흔들기만 했다. 춘월은 남편의 손을 뿌리치며 마침내 복받쳐오른 울음을 터뜨렸다. 부끄러움 따위는 아랑곳없었다.
"서방님, 부탁이에요. 제게는 우리집 안마당이 세상의 전부였어요. 전 그 안에서 더할 나위 없이 만족하며 살았고요. 그런데 왜 서방님은 그것만으로는 세상이 좁다고 하시는 거죠? 우리가 서로 위하며 산다면 그것만으로도 행복할 수 있잖아요? 그밖에 더 나은 게 뭐가 있어서 거기에다 목숨을 바치시겠다는 겁니까?"
"나도 모르겠소. 대의명분 때문인지도 모르지."
춘월은 남편이 흔들리고 있음을 눈치채고 기회를 놓치지 않았다.
"우린 그냥 커다란 나무 아래에서 자라는 풀포기가 되면 그만 아니에요? 영웅적인 행동 같은 것은, 사랑만으로는 꿈을 이룰 방도가 없기 때문에 위대해지기를 바랄 수밖에 없는 귀재 삼촌 같은 사람들에게 맡겨두면 되잖아요?"
춘월은 남편의 손을 잡아끌어 자신의 배로 가져갔다.
"서방님, 아들을 갖고 싶어했죠? 그 애가 여기 있어요. 틀림없어요. 여기 있다고요."
춘월은 기다렸다. 그러나 명원이 아무런 반응도 보이지 않자 애원하기 시작했다.
"저하고 아기에게 약속해주세요. 가시지 않는다고요. 약속해줘요."
명원은 무슨 말을 하려다 말고 눈을 감더니 미끄러지듯 무릎을 꿇고 아내의 무릎에 머리를 묻었다. 춘월은 소중하게 남편의 귀를 자신의 배에 가져다대고 숨을 죽였다. 들어보세요! 춘월은 말없이 빌었다. 서방님 아들이 애원하는 소리를 들어보세요! 바람에 구르는 솔방울 소리뿐, 사방이 고요했다.

그들은 방으로 돌아와 묵묵히 옷을 벗었다. 춘월이 먼저 속옷 바람으로 침상 위로 올라갔다.

춘월은 눈물을 감출 수가 없었다. 명원이 그녀를 껴안고 볼을 부드럽게 어루만지며 눈물을 닦아주었다.

"여보, 당신이 내게 준 행복을 어찌 말로 표현할 수 있겠소. 당신도 알지 않소. 안 그러오?"

"저도 알아요."

춘월이 볼멘소리로 말했다.

"내가 만약 내 집 마당을 온 세상인 양 여기며 살게 된다면, 난 이미 뼈대 있는 집안의 후손이 될 자격을 잃고 마는 셈이오. 날 이해할 수 있다고 말해주오. 여보, 나 한 사람만을 위해 이곳에 그대로 머무른다면 죽은 사람이나 다름없게 되오. 그러나 당신조차 나를 이해하지 못한다는 아쉬움을 품고서는 마음 편히 죽어갈 수가 없다오."

춘월은 잠시 가만히 누워 있기만 했다. 황혼이 되면 누구라도 지는 해를 멈출 수 없다는 노대인의 말씀이 떠올랐다. 춘월은 몸을 일으켜 달빛에 비친 남편의 얼굴을 찬찬히 뜯어보았다. 얼굴 어느 한구석도 잊어서는 안 된다는 생각이 들었던 것이다.

"이해해요, 서방님."

춘월은 나지막이 속삭이고는 몸을 숙여 남편에게 입을 맞추었다.

이튿날, 춘월이 시어머니의 시중을 들고 있는 사이 명원은 아무 말도 없이 떠나갔다. 춘월은 그가 떠나는 모습조차 볼 수 없었다. 저녁이 되어 춘월이 방에 들어와보니, 명원이 혼자 두었던 장기판 위의 말들이 공격대형으로 놓여 있었다.

몇 주일이 흘렀지만 명원에게서는 아무런 소식도 없었다. 베이징에서 남쪽으로 피난 내려오다가 암자에 불공을 드리러 잠시 들른 사람들이 베이징의 소식을 전해주었다. 대포소리와 종소리, 싸우는 소리, 비명소리가 잇달아 들리더니 모든 것이 을씨년스럽게 조용해졌다고 말했다. 그들은 또 의화단을 비방한 재상들이 처형되었다는 소식도 전했다.

춘월은 남편이 많은 사람들 앞에서 모욕을 당하는 꿈을 꾸었다.

5월말이 되자 홍수처럼 밀려 내려오던 피난민들이 줄어들었다. 간신히 빠져나온 사람들의 이야기를 들어보면, 베이징에는 도적떼들 말고는 감히 거리에 나서려는 사람조차 없는 모양이었다. 그리고 외국 물건들이 산더미처럼 쌓여서 불타고 있다는 것이다. 6월 3일, 한림원에 불길이 번져 세계에서 가장 오래된 서고가 재가 되고 말았다는 소식이 들려왔다. '털복숭이 잡종'들의 잘린 머리가 건널목마다 초롱처럼 매달려 있는 모양이었다. 남편이 그 가운데 끼어 있는 모습이 춘월의 눈에 선했다.

7월이 채 못 되어서 전세가 뒤바뀌었다. 이국의 지원부대가 속속 톈진에 상륙해서 베이징으로 쳐들어가고 있었다. 서태후를 비롯한 온 조정이 시안으로 피신했다. 또다시 피난민들이 베이징을 피해 암자를 지나 몰려가며 소식을 전했다. 8월말 경에는 베이징에 거의 인적이 끊기다시피 했다. 집들은 절반이나 부서졌으며, 가게라는 가게는 모두 약탈을 당해 텅 비어버렸다. 그리고 '점잖으신 외국인 나으리, 저희를 죽이지 마십시오. 여기 있는 사람들은 모두 어린이들뿐입니다' 라는 글귀가 여기저기 나붙었다.

춘월은 남편의 몸에 벌집 같은 총알구멍이 나 있는 것을 상상했다.

가을과 겨울에 걸쳐 외국인 부대들은 북쪽으로 치고 올라갔다. 그들이 진군하며 지나는 모든 마을은 송두리째 약탈당했으며, 수천 명의 죄 없는 사람들이 죽어갔다. 그리고 우물물은 정절을 지키기 위해 빠져 죽은 아낙네들의 시체로 썩어갔으며, 수확하지 못한 농작물도 들판에서 그대로 썩어 악취를 풍겼다.

춘월은 명원이 점점 야위어 처참하게 죽어가는 모습을 떠올리며 절망에 빠졌다. 춘월은 밤마다 비명을 지르며 깨곤 했다. 그때마다 명원 대신 함께 자는 벙어리가 속삭여주곤 했다.

"마님, 울지 마세요. 힘을 내셔야 해요. 아기 생각을 하셔야죠. 아기 생각을 하셔야 한다구요."

춘월도 그러려고 애를 쓰지 않은 것은 아니었다. 그러나 아기를 생각하면 할수록 아기 아빠가 생각나서 어쩔 수 없었다.

마침내 소한을 며칠 앞둔 어느 날 춘월은 아이를 낳았다. 계집애였다. 한림학사는 손녀의 이름을 채옥이라고 지었다. 옥은 보석 가운데 가장 아름다우면서도 다섯 가지 미덕을 상징했다. 광채는 사랑을 상징하고, 속이 비칠락말락 하는 것은 곧은 마음씨를 상징하며, 두드려서 나는 맑은 소리는 지혜로움을 상징하고, 날카로우면서도 해칠 줄 모르는 생김새는 공평무사함을 상징하며, 부서지되 굽지 않는 것은 용기를 상징하는 것이었다.

아기가 태어난 지 얼마 후, 심하게 내리던 비가 멎고 길이 마르자 오씨 집안사람들은 베이징으로 돌아갔다. 해묵은 도읍의 성곽에는 요강 단지며 피 묻은 헝겊조각, 그리고 외국인들을 막아보려는 쓰잘데 없는 부적 나부랭이들이 꽃줄장식처럼 내걸려 있었다. 성문도 무너져 있었다.

일행 맨 앞에서 짐수레를 끌고 가던 노옹이 갑자기 멈췄다. 뒤따르던 사람들도 수레와 가마를 세웠다. 사람들이 지켜보는 동안 노옹은 성문 사이로 모습을 감추었다. 그러고는 한참 만에 넋이 나간 듯한 얼굴로 되돌아왔다.

"여기가 맞습니다."

노옹이 소매로 눈물을 닦으며 울부짖었다.

"여기가 아냐. 넌 나이만 먹었지 앞도 못 보는 멍청이구나."

연화가 노옹을 손가락질하며 나무랐다.

"틀림없나요?"

춘월이 물었다.

노옹이 고개를 끄덕였다.

"네가 알긴 뭘 안다고 그래. 멍청한 것 같으니! 이 동네는 집들이 모두 비슷하게 생겼단 말야!"

연화가 소리를 버럭 질렀다.

"제가 가서 보고 오겠습니다."

춘월이 화소댁에게 아기를 넘겨주며 말했다. 벙어리가 춘월을 부축해 뒤따랐다. 타다 남은 나무토막과 깨진 벽돌 조각, 그리고 흙과 재만 여기저기 쌓여 있을 뿐이었다. 간혹 깨진 청기와 조각이 눈에 띄었다. 온전한 것은 남아 있을 리가 없었다. 분명히 뭐든 값나가는 것이나 쓸 만한 것은 모두 남김없이 가지고 갔을 것이다.

연화와 한림학사의 처소가 있었을 듯한 자리에는 그 흔해 빠진 노리개나 책 한 권 보이지 않았다. 무엇인가 햇빛을 받아 반짝이는 것이 눈에 뜨이기에 가까이 가보았더니 깨진 거울 조각이었다. 연화의 패물도 모두 없어지고 만 셈이었다.

춘월은 수레들이 멈춰서 있는 곳으로 되돌아갔다. 대문이 있었던 자리에 이르렀을 때, 춘월은 땅에서 삐죽 삐져나온 나무토막에 발이 걸려 넘어졌다. 지난 30년 동안 세상 사람들에게 이 집 주인의 귀한 신분을 알려온, 타다 남은 문패였다.

이 집 담장 안에는 지체 높은 가문이 살고 있으니, 이는 황제 폐하를 받들어 모시는 한림학사의 집안이다.

❀ 작별

시든 풀잎 아래 살아남은 풀뿌리는
봄이면 되살아나 푸르름을 되찾는데,
뿌리 깊은 이내 슬픔,
봄 아니 와도 절로 솟네.
―송나라 시

한림학사의 동생 내외는 베이징에서 한 주일 정도 길을 가야 하는 갈대 마을 고향집으로 돌아가고 싶어했다. 그곳이라면 집 담장이 허물어지기는 했지만, 집터가 남아 있으니 다시 시작해볼 수도 있을 것 같아서였다. 그러나 한림학사가 아무리 설득을 해보아도 연화는 베이징을 떠나 시어머니 곁으로 돌아가려 하지 않았다. 막무가내였다. 할 수 없이 한림학사는 아주 가까운 식솔만 거느리고 마침 화를 면한 연 학사 집으로 갔다. 연 학사가 그들에게 방 두 칸을 내주었다. 작은 방에서는 한림학사와 노옹이 기거하고 큰 방은 아낙네들이 썼다.

그들이 연 학사 집에 들어간 지 사흘째 되던 날, 노옹이 장씨 가문의 셋째 아드님이 찾아와 뵙고자 가마에서 기다린다는 말을 전했다.

한참 동안 아무도 움직이려 하지 않았다. 한참 후에 한림학사가 조용한 목소리로 말했다.

"귀하신 손님을 모셔들여라."

"안 돼요!"

연화가 소리쳤다.

"방이 너무 지저분해서 치워야 해요. 손님에게 조금만 기다려 주십사하고 방 먼저 치워야겠어요."

노옹이 한림학사를 바라보았다. 한림학사가 천천히 고개를 끄덕이며 말했다.

"마님 말씀이 맞는 것 같구나. 우선 방을 좀 치워야겠다."

연화는 귀재를 거의 한 시간 동안이나 기다리게 하고는 화소댁과 벙어리를 시켜 방안을 치우게 했다. 연화는 손님맞이 준비를 하는 동안 내내 '어떻게 생각하실까?' 하고 혼자 중얼거렸다.

"상관없소, 부인. 그분은 충분히 이해하실 거요."

한림학사가 부드럽게 말했다. 연화는 그 말을 듣는 둥 마는 둥 이미 옮겨놓았던 책과 물건을 다시 다른 자리로 옮기라고 말했다.

춘월은 침대 밑에 이불과 가재도구들을 집어넣을 동안에 아기를 안고 의자에 앉아 있었다. 마침내 작은 휘장을 빌려와 손님을 맞이하고 차를 대접할 좁은 공간을 마련했다. 연화는 그렇게 하고 난 뒤에도 한참 동안 안절부절못했다. 연화는 모두 작은방에 들어가서 손님이 돌아갈 때까지 나오지 말라고 명령했다. 그리고 화소댁만이 큰방에 들어와 차 시중을 들게 했다. 마침내 노옹이 손님을 모시러 갔다.

춘월이 보기에는 작은삼촌의 눈언저리에 슬픔의 그늘이 드리워져 있는 것 같았다. 남쪽 지방에 가서 살겠다고 쑤저우를 떠날 때에는 보이지 않았던 것이다.

한림학사와 귀재가 정중하게 인사를 나누었다. 한림학사의 말투는 조심스러웠다. 귀재 같은 젊은 사람을 대할 때 쓰는 말투치고는 지나치다 싶을 만큼 공손하고 정중했다.

"옛 친구의 고명하신 아드님께서 이런 누추한 곳을 찾아주시다니 이를 데 없는 영광입니다. 자리에 앉으셔서 맛이 없으나마 차라도 한 잔 드시지요."

"정말 감사합니다."

귀재가 춘월의 눈길을 피하며 말했다.

"아랫것들에게 과자라도 좀 사오라고 일렀습니다. 이웃에 돌아다니며 요리를 파는 장사치가 있는데, 그 사람 강정 만드는 솜씨가 일품이라고 소문이 났죠. 물론 쑤저우에서 만든 것에야 비길 수 있겠습니까? 쑤저우에서 만든 과자 맛이 이 나라에서 제일이라는 것을 모르는 사람은 없죠. 나야 뭐, 맛볼 기회가 없었습니다만 다들 그렇게 얘기하더군요. 여보, 안 그래요?"

연화는 마냥 재잘거렸다. 춘월은 시어머니 머리에 흰 머리카락이 섞여 있는 것을 처음으로 보았다.

화소댁이 차반을 받쳐들고 들어왔다. 그녀는 절을 하고 나서 손님부터 시작해서 차를 돌렸다. 귀재가 두 손으로 찻잔을 받아들었다. 순간 춘월은 작은삼촌이 찾아온 이유를 알 수 있었다. 작은삼촌의 손가락에는 명원이 외국에서 가져온 반지가 끼여 있었던 것이다.

춘월은 손바닥에 손톱자국이 날 만큼 손을 꼭 움켜쥐었다. 그럴 리가 없어. 저 반지는 아마 다른 곡절이 있어서 삼촌이 끼고 있을 거야. 춘월은 눈을 감았다가 다시 떠보았지만, 작은삼촌의 손에 끼여 있는 반지는 그대로였다. 춘월은 문득 시부모의 얼굴을 쳐다보았다. 그러고는 그들의 얼어붙은 듯한 웃음에서 자신이 두려워했던 것이, 아니 자신이 이미 속으로 짐작했던 것이 사실임을 알았다. 남편은 이미 이 세상 사람이 아니었다. 화소댁이 건네주는 찻잔을 안간힘을 쓰며 조심스럽게 받아들지 않았다면, 아마 찻잔은 엎어지고 말았을 것이다.

그들은 손님이 먼저 입을 열기를 기다렸다. 귀재가 차를 마시기 시작하자 화소댁이 나갔고, 다시 네 사람만 남게 되었다.

"계시다가 저녁이나 드시고 가시지요. 진수성찬을 대접할 형편은 못 되지만, 그래도 시장기는 면하게 해드릴 수 있습니다."

한림학사가 말했다.

"그러세요. 돌아가신 노대인께서도 종종 우리집에 들르셨죠."

연화가 남편의 말을 받았다.

그러고 나서 맹직과 연화는 정중하게 장씨 집안사람들의 안부를 물었다. 귀재 또한 몇 번씩 목청을 가다듬으며 성의껏 대답했다. 춘월은 혹시 한마디라도 흘려들을까봐 귀를 곤두세우고 들었다. 남편 생각을 하게 될 것 같아 두려웠는지도 모른다.

찻단지가 빈 것을 보고 춘월이 그것을 집어들고 밖으로 나가려는데, 귀재가 말렸다.

"너무 오래 있었구나. 가야 되겠어."

귀재가 일어서면서 말했다.

"가지 마십시오. 지금은…… 지금은 가지 마십시오."

그가 연화와 춘월을 번갈아 쳐다보았다. 여자들이 좋다는 듯이 고개를 끄덕였다. 한림학사는 다시 손님에게 말했다.

"자, 말씀해주십시오. 다들 듣고 싶어합니다."

그들은 다시 자리에 앉았다. 귀재가 반지를 뽑아 탁자 위에 놓았다.

"어떻게 말씀드리면 좋을까요?"

"내 아들놈은 가뭄이 끝나자마자 암자를 떠났지요. 거기서부터 시작하시면 좋겠군요."

귀재는 고개를 끄덕이고는 잠시 말이 없다가 이윽고 입을 열었다.

"명원과 저, 두 사람 모두에게 안면이 있는 사람들을 통해, 명원이 저를 찾아왔었습니다. 그 친구는 자기가 도울 만한 일이 없겠느냐고 묻더군요. 저는 암자로 되돌아가라고 일렀습니다. 하지만 들으려 하지 않았습니다. 그 친구가 고집을 부렸지요. 그래서 저희들은 함께 일했습니다. 저희들은 기독교로 개종한 사람들이 북쪽으로 떠날 수 있도록 돕는 일을 했습니다. 나중에는 영사관 지역에 갇혀 오도가도 못하게 된 사람들을 도와서 중국인 책임자들과 교섭을 벌이기도 했습니다. 먹을 것을 몰래 가져다주기도 하고, 소식을 알려주기도 했죠. 저희들은 의화단의 득세를 우려했기 때문에 포화를 멈추게 할 수 있을 만한 정규군 부대 장교들을 찾아나선 적도 있습니다. 그 덕분에 그런 장교들을 여럿 만났습니다. 저희들 가운데에는 직접 싸움터에 뛰어든 사람도 있었지요. 저희들은 언제 어디서건 죽음과 마주하고 있었던 셈입니다."

귀재가 갑자기 더이상 할 말이 없다는 듯이 이야기를 멈췄다.

"계속하십시오. 자, 계속하세요."

한림학사가 재촉했다.

귀재가 춘월을 힐끗 쳐다보았다. 잠시 두 사람의 눈이 마주쳤다. 춘월이 고개를 끄덕이자 귀재가 말을 이었다.

"5월 6일이었습니다. 그 친구가 짐꾼 차림으로 저를 찾아왔더군요.

전 그때 그 친구의 임무가 뭔지도 모르고 있었습니다. 저희들은 그냥 평소처럼 인사를 나누었지요. 그런데 그 친구가 이 반지를 호주머니에서 꺼내더니 맡아달라고 하더군요. 그날 그 일이 생겼습니다."

"어떻게 아십니까? 어떻게 확인하셨습니까?"

한림학사가 물었다. 귀재가 빈 잔을 한번 홀짝거리고는 나지막한 소리로 다시 말했다.

"전 알지요."

"그렇다면 우리들도 알아야 합니다."

한림학사가 말했다. 귀재가 말을 계속했다.

"저희들은 외국인 지역으로 들어가는 비밀 통로 밖에서 그 친구가 다른 동료 세 사람과 함께 쓰러져 있는 것을 발견했습니다. 그래서 수레에 실어왔죠. 그뿐이었습니다. 묻어줄 시간조차 없었습니다. 전쟁터에서는 그런 시간적 여유가 없게 마련입니다."

더이상 묻는 사람이 없었다. 춘월도 가만히 앉아 있기만 했다.

이윽고 귀재가 일어나자 그들은 모두 자리에서 일어나 손님에게 몇번이고 절을 했다. 여자들은 방안에 남아 있고 한림학사만 그를 마차까지 바래다주러 따라나갔다. 두 남자가 길모퉁이로 사라지자 연화가 그들의 등에 대고 소리쳤다.

"또 오세요! 찾아와주셔서 정말 고마워요."

그제야 춘월은 자신이 한마디도 하지 않았다는 것을 깨달았다. 어느 누구도 춘월이 딸을 낳았으며, 아기 이름이 채옥이라는 것을 귀재에게 알려주지 않았던 것이다.

춘월은 문에서 돌아서서 탁자로 다가가, 눈 먼 사람처럼 손바닥으로 탁자 위를 가만히 쓸었다. 손끝에 반지가 닿았다. 춘월은 잠자리에 들 때까지도 반지를 손에 쥐고 있었다. 설핏 잠든 사이에 반지가 마룻바닥에 떨어졌다. 춘월은 깜짝 놀라 잠이 깼다. 춘월은 그제야 눈물을 흘렸다.

연화는 동이 트자마자 춘월과 아기, 벙어리가 함께 자는 곳으로 가서 며느리를 흔들어 깨웠다. 눈물이 연화의 뺨에 흘러내리고 있었다.

"저 계집애 때문이야!"

연화가 벙어리를 가리키며 울부짖었다.

"내 언니가 그랬지. 저 아이는 나쁜 운수를 불러올 거라고 말이야. 당장 나가라고 해!"

춘월은 이번만큼은 자신도 어쩔 수가 없다는 것을 깨달았다. 단 하나뿐인 아들을 잃은 시어머니의 슬픔이 죄 없고 엉뚱한 사람을 증오함으로써 덜어질 수 있다면 그녀로서도 막을 수는 없었다.

"앞으로 어떻게 지낼 셈이냐? 어디 갈 데라도 있는지 모르겠구나."

춘월이 벙어리를 껴안으며 말했다.

"고향으로 돌아가겠어요. 센후이 마을로 말이에요. 거기에 밭뙈기는 그대로 남아 있거든요. 무덤도 보살펴야 하구요."

미망인

3만 명의 중국인이 의화단 사건으로 죽었다.

일본, 러시아, 독일, 영국, 프랑스, 미국 등 4만 5천 명의 외국 군인들이 독일 사람 폰 발데르세의 지휘를 받으며 북쪽 지방을 점령했다. 3백 명의 외국군 전사자에 대한 보복이 그 명분이었다.

임인년인 1902년, 조정은 베이징으로 돌아와 동맹국 위정서에 서명했다. 이는 중국이 다른 나라들뿐만 아니라 문명 그 자체마저 적대시했음을 천명한 셈이었다. 많은 황족과 중신들이 권비들을 지지함으로써 서태후를 잘못된 길에 들어서게 했다는 죄목으로, 황제의 자비로움을 상징하는 비단끈을 받았다. 끈을 받은 사람들은 그 끈을 서까래에 묶고 스스로 목숨을 끊었다. 자신의 명예를 지킴과 동시에 황제에 대한 충성심을 표시한 것이다.

서태후는 시안으로 피난했다가 베이징으로 돌아오는 길에 중국의 궁핍함을 목격하고 변화의 필요성을 절감했다. 그녀는 잠시도 지체하지 않고, 백성들의 교육 수준을 높이고 나라의 경제와 군사적 힘을 키울 생각으로 철저한 개혁을 단행했다. 열네 개 사단 병력을 모병해 외국인 교관 밑에서 훈련을 받게 했고, 수천 명의 유능한 학생들을 외국에 유학 보내는 한편 묵은 과거제도는 폐지시켰다.

그 뒤 10년 동안 이러한 개혁은 많은 성공을 거두었다. 그러나 이미 너무 늦은 일이었다. 개혁이 아무리 성공한다 해도 섬나라 일본이 을사년인 1905년에 광대한 러시아 제국과 싸워 이긴 사실과는 비길 수 없기 때문이었다. 민족의 자존심을 되찾을 길이 없어지고 만 셈이었다. 그래서 황제의 칙령에 의해 입헌의회가 한창 태동되고 있을 당시에도 폭동이 일어나고 진압되는 악순환이 반복되었다.

정미년인 1907년, 혁명 여걸 추근이 생포되었다. 고문을 해도 소용없었다. 당국은 그녀를 목 잘라 죽여, 그 시체가 길바닥에서 썩도록 내팽개쳐두었다. 그녀의 목소리가 전국 방방곡곡으로 퍼져갔다.

> 해는 지건만 길은 보이지 않고,
> 나라 잃은 슬픔에 헛되이 우네.
> 지금 비록 죽어도 다시 살지니,
> 이 한 목숨 바쳐 나라 위함이라.

무신년인 1908년, 광서제가 유시에 숨을 거두었다. 그 다음날 미시에 서태후 또한 세상을 떠났다. 광서제의 나이 서른여덟이었으며, 서태후는 거의 그 곱이었다. 광서제가 자기보다 더 오래 살게 되면 혹시 자기 무덤을 파헤칠까 두려워한 서태후가 마마 고름을 묻힌 수건을 광서제의 얼굴에 뒤집어 씌워 죽였다는 소문이 나돌았다. 자신 또한 그처럼 빨리 운명의 신 앞에 무릎 꿇고 말 것임을 그녀가 어찌 짐작이나 했겠는가?

새로 즉위한 선통제는 세살배기 어린애였다. 새 섭정공인 순친왕 재풍은 보수파들을 다시 권좌에 불러들였다.

—중국사

오씨 가문은 양유로에 새로 집을 짓는 대신 땅을 팔기로 결정했다. 부유한 임씨 가문이 그 땅을 사주었다. 땅을 판 돈의 일부는 쌍

등이 딸들의 출가 비용과 지참금으로 쓰였다. 이 자매는 어른들끼리 서로 친구인 갈대 마을에 살고 있는 집안의 아들들에게 시집을 갔다. 그 나머지 돈이 베이징에 남은 몇 안 되는 식구들 몫이었다. 이렇게 처지가 옹색해진 한림학사 내외와 첩실, 그리고 며느리와 손녀는 연학사 집에서 나와 동문 근처의 작은 집을 하나 얻었다. 그 집은 마당도 안팎이 따로 없이 하나뿐이었으며, 거처도 세 칸뿐이었다. 한림원이 없어졌으므로 맹직은 관직에서 물러나 소일 삼아 옛글씨 사전을 편찬했다.

춘월은 채옥이 한구석에서 저 혼자 노는 동안 사전의 항목에 주를 붙이며 시아버지 일을 거들었다. 시간이 흐를수록 한림학사와 며느리는 지난날에 대해 그다지 미련을 갖지 않고 자신들의 새로운 삶에 익숙해져갔다.

그러나 연화와 첩실은 달랐다. 아무런 할 일도 갈 곳도 없었다. 예전처럼 호사스러운 모임에 얼굴을 내밀 수도 없었다. 그렇다고 해서 이웃에 사는 무식한 고리대금업자 마누라나 점원 마누라 따위의 천박한 아낙네들과 머리를 맞대고 차를 홀짝거릴 수도 없는 노릇이었다. 연화와 첩실은 무료한 나머지 한림학사와 춘월의 행동에 대해 쉴 새 없이 빈정거리거나 불평만 늘어놓았다.

"집안이 쪼들리는 것도 억울한데 당신은 망측스러운 행동으로 나쁜 소문이나 나게 만드는구려. 뼈대 있는 집안에서 시아버지하고 며느리가 한자리에 있는 법이 어디 있답디까! 그런데 이 집안에서는 두 사람이 떨어지는 때가 없으니, 원."

연화는 춘월이 아들을 낳지 못한 것을 두고두고 트집 잡았다. 아이가 태어났을 때는 물론이고, 나중에 그 아이에게 홀딱 빠지고 나서도 연화는 채옥이 사내아이가 아닌 것을 늘 서운해했다. 귀여워하다가도 금방 서운해한 적이 한두번이 아니었다.

"에그 내 새끼야, 널 어디다 쓴다더냐? 이 할미가 나이 들면 네가 어디 시중이라도 한번 들어주련? 죽고 나면 제사라도 한번 지내주련? 아니다, 아니다. 내 밥만 축내고는 살찌고 얼굴 예뻐져서 값비싼 혼수감이나 싸가지고 네 신랑 집으로 가버리면 그만이지! 에그 이것아, 고추 하나만 달고 나오지!"

연화의 탄식이 자장가나 동요만큼이나 귀에 익었기 때문에, 채옥이 세 살 되었을 때는 할머니를 따라서 흥얼거릴 정도였다.

"에그 이것아, 에그 이것아! 딸자식 제 아무리 잘나고 영리하면 뭐 하누, 못나고 어리석어도 아들이 낫지."

을사년 가을이 되자 한림학사의 운명이 임박한 것 같았다. 그는 사리분별도 정확했고 말도 제대로 했지만, 사람과 날짜를 자꾸 혼동했다. 그가 숨을 거둘 날이 가까워졌다 싶자, 사람들은 그가 틀렸을 때도 고쳐주려 하지 않고 그냥 내버려두었다. 보고 싶은 사람을 보게 해주고, 하고 싶은 대로 하게 해주는 것이 제일 나을 것 같았다.

한림학사는 종종 채옥을 찾았다. 어린 손녀는 할아버지의 창백한 얼굴이나 병자에게서 나는 역한 냄새, 그리고 종잡을 수 없는 분부 따위를 조금도 싫어하지 않았다. 채옥은 몇 시간이고 할아버지 침상 옆에 놓인 작은 의자에 앉아서 할아버지가 스님더러 면도를 해달라고 하고 이발사더러 불공을 해달라고 시킬 때에도 웃지 않고 조용히 있었다.

한림학사는 죽기 전날 밤, 춘월을 시켜 황제에게 보내는 마지막 탄원장을 받아쓰게 했다. 채옥도 그 자리에 있었다.

외국인들이 폐하의 옥체에 근심을 끼쳐드리기 시작한 날부터, 폐하께서는 종묘사직과 백성의 안녕을 바라시는 마음에서 저희 미천한 신하들에게 정책 자문을 청하셨나이다. 그러나 저희들은 재난을 막음으로써 폐하의 옥체를 평안케 해드리는 일에 시종 실패만 거듭했사옵니다. 저희들의 미천함이 너무도 통탄스럽사와, 저희들은 수치스러움과 곤혹한 마음을 가눌 수가 없나이다.

소신 엎디어 비나니, 북극곰과 왜구의 전쟁이 남긴 교훈을 부디 통촉하시옵소서. 일본도 한때는 유럽과 거래하기를 꺼리며 과거의 방식만 고수하려 한 적이 있사옵니다. 저들은 그러다가 쇄국정책만이 능사가 아님을 깨닫고, 자국의 운명을 새로운 길로 이끌기 위해 새로운 방도를 강구했사옵니다. 이제 우리는 저들의 경륜이 얼마나 성공적이었는지를 보았나이다.

저들이 중국의 땅덩어리를 놓고 서로 싸움을 벌였음은 통탄할 노릇이옵니다. 저들의 대포알이 이 나라의 해안을 포격했음도 통탄할 노릇입니다. 그리고 저들이 우리의 땅 위에서 일년 반 동안이나 싸웠음 또한, 통탄할 노릇입니다. 비통하게도 저들은 이 나라가 중립국임을 무시하고 우리의 백성들을 학살하였나이다.

그러하오나 이 나라가 이처럼 수모만 겪어왔음은, 결국 이 나라가 그 원수를 갚고야 말 것임을 증거하는 희망이 될 수도 있나이다. 소신이 다시 한번 눈물로써 탄원하노니, 폐하께서 동양의 다른 나라가 이미 외국인들에게서 배워 익힌 바를 받아들이신다면 이 나라는 이 겁난을 막고, 하늘의 뜻을 되찾을 수 있을 것이옵니다. 그렇게만 하신다면 전쟁 대신 평화가 도래할 것이며 선조의 사당도 온전할 것입니다. 소신은 나라의 위난을 접하여 가눌 길 없는 비분으로 몸을 떨며 눈물로써 이 글을 바치노니 폐하께서는 부디 통촉하여 주시옵소서.

그날 밤 내내 늙은 선비는 같은 글을 몇 번씩이고 되풀이해서 받아쓰게 하고는 지체 없이 보내라고 분부하는가 하면, 춘월이 그 글을 받아들고 나가려고 하면 새로 써야겠다며 다시 부르곤 했다. 노인은 그러다가 잠이 들었다.

아침이 되었는데도 해는 뜨지 않았고, 종일토록 기러기떼가 남쪽으로 날아갔다. 오시가 되자 한림학사가 눈을 뜨며 말했다.

"날 부르러 사람이 왔다. 자, 채비를 갖춰다오!"

화소댁과 노옹이 즉시 발이 문 쪽으로 가게 한림학사를 눕혔다. 그러고는 귤나무 잎을 섞은 뜨거운 물로 목욕시키고, 가장 좋은 옷으로 갈아입혔다. 모든 준비가 갖추어지고 촛불이 밝혀졌을 때 집안사람들이 모두 모였다. 연화가 맹직에게서 가장 가까운 곳에 앉았다. 한림학사가 고맙다고 웅얼거렸다. 식구들과 종복들이 울음을 터뜨렸다. 채옥은 제 어머니의 손을 뿌리치고 달려가 죽어가는 할아버지의 손을 잡았다.

"할아버지! 할아버지!"

한림학사는 몸을 꿈틀거렸지만 눈을 뜨지는 못했다. 그의 입가에 희미한 웃음이 떠올랐다.

"내 아들아! 내 아들아!"

"네, 할아버지."

"집안을 잘 보살펴야 한다. 우리 백성들의 시름을 잊어서는 아니 되느니라. 내 아들아, 맹세해라. 맹세해!"

채옥이 엄숙한 얼굴로 고개를 끄덕였다.

"저는 아버님의 말씀을 들은 대로 따르겠습니다."

"그럼, 됐다."

한림학사는 손녀의 손을 잠시 꼭 쥐고 있더니, 이윽고 힘없이 팔을 떨구었다.

49일이 지나 맹직은 갈대 마을의 선산에 묻혔다. 춘월이 반지를 팔아 한림학사의 지위에 어울리는 장례를 마련했고 가난하지만 재주 있는 사촌 한 사람을 양자로 들여 고인의 상제 자격으로 장례를 주관했다. 장례가 끝나자 양자인 차원은 새 식구들을 따라 베이징으로 올라갔다. 그는 거기에서 처음에 약속했던 대로 고인의 친구인 한 선비 밑에서 글공부를 계속했다. 연화는 다시 한번 떵떵거리며 살 날에 대한 희망을 소중하게 품고 살았다.

"차원이가 학자들 사이에서 인정만 받으면 우린 전보다 더 큰 집을 사들일 수 있을 게다. 그때는 대궐의 부인들이 나를 찾아올 거야. 내가 늘 그랬잖니? 아들 하나가 천만금보다 낫다고 말이다. 이제 두고 보렴. 내 말이 맞다는 걸 알게 될 테니."

춘월은 한번도 시어머니에게 새로운 시대에 대해 말해본 적이 없다. 새 시대에는 구식 공부가 소용이 없고, 옛날처럼 하는 일도 없이 녹만 받던 직책 따위는 이미 오래 전에 없어졌으며, 이제는 일본에 유학 갔다 온 사람들이라야 관리가 될 수 있다는 사실을 구태여 말하지 않았다. 시어머니의 망상을 깨뜨려서 무슨 소용이 있겠는가?

차원은 성심성의껏 일을 하는 착한 사람이었다. 그러나 그는 요즘 들어 부쩍 권세를 얻는 지름길로 변모하고 있는 무역업을 직업으로 삼기에는 그다지 약삭빠르지 못했다.

명원이 살았으면 했을 것만큼 정성껏 시어머니를 모시는 것이 과부된 춘월의 도리였다. 그러나 시아버지가 돌아가시며 채옥을 당신의 아들이라고 부르신 데에는, 그 아이를 사내아이처럼 가르치라는 뜻이 담겨 있었기 때문에 딸에게 글을 가르치는 것 또한 춘월의 도리였다. 얼마 안 있어서 이웃사람들이 하나 둘 오 과수댁을 찾아와 자기네들 집에 와서 아이들을 가르쳐달라고 청했다. 연화도 비록 적은 돈이나마 수입이 생긴다는 것을 알고 점잖지 못한 짓인 줄 알면서도 허락했다.

나중에 춘월이 제 딸이 태어난 이후를 되돌아볼 때 그녀의 머릿속에는, 오로지 지난 몇 년 동안 많은 사람들이 죽었다는 것밖에 떠오르지 않았다. 명원과 한림학사의 죽음에 뒤이어 노옹이 잠결에 숨을 거두었다. 그리고 무신년에는 진재마저 여러 달 동안 병을 앓다 저승으로 갔다. 서태후가 과거제도를 폐지하고 나서부터 그는 기력을 잃어가기 시작했던 것이다.

네 아버지께는 대의명분이 목숨보다도 더 중요했단다.

춘월은 향설이 쓴 편지를 읽고 또 읽으며 슬픔에 잠겼다. 춘월은 여러모로 서로 다르던 그녀의 남편과 아버지가 둘 다 똑같은 병을 앓다 죽어갔다는 것이 너무나 이상하기만 했다.

귀향

공작새는 동남쪽으로 날아가며
5리마다 한번씩 뒤돌아보고
닭 우는 새벽이면 나는 또 베를 짜네.
밤이면 밤마다 님 기다리며
사흘이면 베를 닷 자나 짜지만
시어머니는 너무 더디다고 하네.
베 짜는 손이 더뎌서가 아니라
님 없는 시집살이가 너무 고달퍼
늙으신 부모님께 말씀 여쭈리.
이 내 몸 고향으로 돌려 보내달라고.
— 한나라 민요

춘월은 아이들이 채옥을 놀려대는 게 여간 마음 쓰이지 않았다. 춘월이 이웃집 아이들을 가르치러 채옥과 함께 집을 나서기만 하면

늘 있는 일이었다. 이제는 아이들이 집까지 따라와 채옥을 놀려대는 것이었다.

    넓적발, 넓적발
    발이 하도 넓어서
    길을 막아버렸네.

명원이 살아 있었다면 딸이 전족을 하지 못하게 했을 거라고 믿은 춘월은 별 거리낌 없이 연화에게 거짓말을 둘러댔다.
"애기 아빠가 바라던 바예요. 저더러 몇 번씩이고 맹세를 하게 했어요."
그녀의 시어머니로서는 아들의 유언이라니 받아들이는 수밖에 없었다. 그러나 춘월도 가끔씩은 과연 잘한 짓인지 어떤지 걱정이 되곤 했다. 기독교로 개종한 사람들이 전족을 하지 않는다는 얘기를 듣긴 했지만 이웃에는 그런 아이가 하나도 없었다.
화소댁의 말이 화살처럼 가슴을 찔렀다.
"아씨 따님은 사내아이처럼 길바닥을 쏘다니는구먼요."
그 말은 사실이었다. 채옥은 자신이 다른 여자아이들과 다르다는 점을 무슨 든든한 갑옷이라도 되는 것처럼 자랑스러워하며, 아이들이 짓궂게 놀려대거나 어른들이 고아라고 동정해도 떳떳이 맞섰다.

    난쟁이 발, 꼬막 발,
    추우면 얼고,
    더우면 고린내 나지.

춘월이 한숨을 쉬며 문을 닫았다. 오늘은 다른 데 신경 쓸 겨를이 없었다.

무슨 수를 써보아도 차원에게 출세길이 열릴 기미가 보이지 않자 연화는 새해가 되면서부터 부쩍 극성을 떨기 시작했다. 그녀는 설날 기분이 사라지자마자 첩실을 갈대 마을로 보내 나이 든 시고모들을 모시게 한 다음, 오후만 되면 중매쟁이들을 줄줄이 끌어들여 대접을 했다.

그렇게 한 달쯤 지나자 화소댁이 춘월에게 차원의 색시감과 지참금에 관한 타협이 이루어졌다는 얘기를 전했다. 그때부터 시어머니는 넌지시 춘월의 눈치를 떠보기 시작했다.

"쑤저우 친정에는 방이 몇 칸이지? 지금도 빈 방이 많겠구나!"

춘월은 처음에는 시어머니의 말을 귀담아듣지 않았다. 용서받을 수 없는 간음이라도 저지르지 않고서야 친정으로 쫓겨 간다는 것은 있을 수 없는 일이었다. 그러던 중 지난주는 연화가 춘월에게 가정교사 노릇을 그만두라고 명령했다.

갑자기 방문이 열리더니 연화가 들어왔다.

"어머님, 뭐 시키실 일이라도 있으세요?"

연화는 인사도 제대로 받지 않고 대뜸 화난 목소리로 버럭 소리를 질렀다.

"계집아이로 태어난 것도 좋다. 전족을 안 한 것까지도 좋아! 그러나 이젠 온갖 쌍것들과 어울려 다니면서 내 얼굴에 먹칠을 하다니! 오늘부터는 그 애를 방밖으로 못 나가게 하거라!"

연화는 이렇게 쏘아붙이고는 찬바람을 일으키며 나가버렸다. 손녀의 이름은 한번도 들먹이지 않고…….

빗방울이 지붕에 후둑후둑 떨어지는 소리가 들렸다. 두 여인이 마주보고 앉아 있었다. 찻잔을 건넨 뒤 며느리가 먼저 입을 열었다.
"어머님, 제가 불효막심한 청을 드리는 것을 용서해주십시오. 저는 아무래도 쑤저우에 있는 친정으로 돌아가야 할까봅니다."
춘월이 잠시 말을 멈추고 앉아 있다가 다시 말을 계속했다.
"그리고 또 한 가지 불효막심한 청이 있습니다. 딸도 저와 함께 가면 안 될까요?"
아무 대답이 없었다. 대자대비 관세음보살! 내 소원을 들어주십시오. 딸마저 잃을 수는 없습니다. 춘월은 마음속으로 기원했다.
연화가 입을 열었을 때 그녀의 목소리는 의외로 부드러웠다. 연화가 며느리에게 그런 태도를 보이기는 처음이었다.
"내가 언젠가 말한 적이 있지. 사람이 살다보면 외모가 아름다운 건 중요한 게 아니라고 말이다. 이제 너도 내 말이 옳았다는 것을 알게 되었겠지."
연화가 지난날을 회상하듯 허공을 바라보며 말을 멈추었다. 춘월이 뭐라고 대답할 말이 없어서 묵묵히 앉아 있는데 연화가 말을 이었다.
"보고 싶어서 불렀는데 그 아이가 없다면 내 가슴이 찢어지듯 아플 텐데, 그땐 아름다움도 다 소용없는 게 아니겠니?"
연화가 다시 말을 멈추었다. 가을비 소리뿐, 사방이 쥐죽은 듯했다. 이윽고 연화가 등을 곧게 세우고 바로 앉더니 입을 열었다.
"이 시에미가 허락한다. 내 손녀를 데려가거라."
일주일 안에 춘월과 채옥, 화소댁이 차비를 갖추었다. 그들이 떠나던 날, 마차가 대문에서 한참이나 멀어질 때까지 연화의 한숨 섞인 부르짖음 소리가 들려왔다.
"에그, 내 새끼야. 왜 아들로 태어나지 않고! 왜 아들로 태어나지 않고!"

춘월은 난징행 특급열차에 앉아서, 지난날 봉함한 가마 안에 앉아 시집오며 꿈꾸었던 광경들을 비로소 눈으로 볼 수 있었다. 고향땅인 장쑤성의 경치는 지금도 옛 모습 그대로일까? 차창 밖으로는 채소밭이며 논이 끝도 없이 펼쳐지고 있었다. 누렇게 먼지만 날리는 북쪽 지방 평야와는 전혀 딴판이었다. 이렇다 할 시가지도 보이지 않았고, 오로지 흙담을 두르고 초가지붕을 얹은 오두막들이 옹기종기 모여 있을 뿐이었다. 몇 십리를 가도 똑같은 풍경이었다. 기차가 쇠로 만든 뱀처럼 꿈틀거리며 들판 사이를 비집고 지나가면, 푸른색 옷을 입고 검게 그을린 사람들이 일손을 멈추고 쳐다보곤 했다.

채옥은 기차를 타고 가는 동안 내내 코를 차창에 바짝 붙이고 밖을 내다봤다.

"얼마나 남았어? 얼마나 남았냐구?"

채옥이 소리쳤다.

춘월은 딸이 재미있어 하는 모습을 보며 빙그레 웃을 뿐 아무 말도 하지 않았다. 채옥은 졸고 있던 화소댁을 흔들었다.

"얼마나 남았는지 말해봐."

"쯧쯧, 버릇없는 것 같으니라구. 늙은이의 잠을 깨우다니, 볼기가 맞고 싶어서 근질근질한 모양이지?"

화소댁이 배를 득득 긁으며 말했다.

"글쎄, 얼마나 남았냐구?"

"도적이나 자살하는 사람이 없고 침목을 베고 자는 짐꾼이 없으면, 한 시간 후에 쑤저우에 도착할 거야."

"한 시간? 할멈, 너무 멀어! 너무너무 멀어!"

채옥이 입술을 삐죽거렸다.

"그놈의 입술 좀 집어넣어. 그렇게 삐죽 내밀고 있으면 누가 와서 밥상 하자고 그러겠네."

화소댁이 하품을 하고 다시 눈을 붙이려고 의자 한쪽 구석으로 웅크리며 말했다.

채옥이 잠시 후에 춘월의 소매를 잡아당기며 말했다.

"엄마!"

"응?"

"할멈이 왜 자살하는 사람 이야기를 했어? 사람들이 왜 기차 위에서 자살을 해?"

"기차 위에서가 아니라 기찻길에서야. 연말이 다가오면 빚을 갚아야 하는데, 많은 사람들이 빚 갚을 돈이 없단다. 빚을 갚지 못하면 창피를 당할 거고 그렇다고 죽어버리자니 장사지낼 돈도 없어. 그래서 철길 곁에서 자살을 하는 거야. 철도 회사에서는 시체가 썩어가는 것을 여러 사람들이 보게 하지 않으려고 장례비용을 대주거든."

채옥이 잠시 망설이다가 곧 말을 이었다.

"엄마, 철도 회사가 장례비용을 줄 수 있다면 그 돈을 사람들에게 미리 주면 되잖아? 그럼, 사람들이 빚을 갚을 수 있을 테니까 죽지 않아도 될 거고."

"채옥아, 그렇게 간단한 일이 아니란다."

"엄마는 언제나 그 소리야. 무슨 일이든지 그렇게 말한단 말야."

"그래, 네 말이 맞다."

아이의 말에 춘월이 고개를 끄덕였다. 그것은 사실이었다. 이해할 수도, 설명할 수도 없는 일들이 너무도 많았다. 그런 것들을 두고 팔자라고 하는지도 모를 일이었다.

"하지만 왜 그래, 응?"

"왜는 무슨 왜냐? 그냥 그렇게 되어 있으니까 그렇지. 사람들이 이

땅 위에서 살기 시작한 이래로, 어떤 사람들은 좀더 가지고 또 어떤 사람들은 좀 덜 가지면서 살아왔단다. 어떤 사람은 빌려주고 어떤 사람은 빌려 쓰는 거지. 앞으로도 언제까지나 그럴 거야. 성현께서도 사람의 마음을 바꾸는 것은 태산을 움직이는 것보다 더 어렵다고 말씀하셨단다."

채옥은 잠시 생각에 잠긴 듯했다. 그러더니 보란 듯이 허리를 쭉 펴면서 말했다.

"엄마, 힘은 들겠지만 난 두 가지 다 하겠어. 난 할 거야."

채옥은 어머니의 대답도 기다리지 않고 곧장 차창으로 얼굴을 돌렸다.

춘월은 한숨을 쉬었다. 왜 내 딸은 내 말을 들으려 하지 않는 걸까? 채옥이 그런 맹세를 한 것은 이번이 처음은 아니었다. 그 아이의 마음속에는 너무나 많은 영혼들이 한꺼번에 자리잡고 있으면서 아이를 갈팡질팡하게 만드는 것 같았다. 저 아이는 굽히는 법을 배우지 못할 거야. 부러지지나 말아야 할 텐데. 춘월은 마음속으로 빌었다.

잠시 후, 기차가 점점 느려지기 시작했다. 채옥이 다시 제 어머니를 바라보며 물었다.

"여기가 쑤저우야, 엄마? 그래, 응?"

그런가? 벌써 왔나? 춘월은 창밖을 내다보고는 혼자 웃었다. 그녀도 알 수가 없는 노릇이었다. 춘월 자신도 한번도 쑤저우를 본 적이 없으니 어떻게 알겠는가?

갑자기 날카로운 기적을 울리며 기차가 급정거했다. 기차에 타고 있던 사람들의 몸이 앞으로 왈칵 쏟아졌다. 화소댁이 짐꾸러미를 안은 채 마루에 굴러 떨어지며 비명을 질렀다.

"대자대비 관세음보살! 도적이야! 도적떼가 틀림없어!"

맞은편에 앉아 있던 부인이 비명을 질렀다.

"도적이야, 도적!"

채옥이 덩달아 소리쳤다. 화소댁이 힘겹게 몸을 일으키며 옷에 묻은 흙을 털었다.

"이런 말썽꾸러기 같으니. 도적놈이 와서 너를 잡아갔으면 좋겠다. 그러면 이 할멈 속이 후련하겠어."

"난 겁 안 나. 그놈들이 내 콧구멍에 고춧가루를 뿌려도 난 괜찮아. 근데, 도적들이 어디 있지? 엄마, 반지를 삼켜야 해?"

채옥이 소리쳤다.

"도적이 나온 게 아닙니다. 도적이 아니에요. 그냥 잠시 정거하는 겁니다. 쑤저우 역은 엎어지면 코 닿을 데 있습니다. 자, 조금만 참아주세요. 아무 일도 없어요. 도적이 아니라구요."

차장이 찻간 맨 끝에서 소리쳤다. 갑자기 춘월이 자리에서 벌떡 일어났다. 자기가 태어난 고향을 보고 싶어 견딜 수가 없었던 것이다.

"아줌마, 날 좀 거들어줘요. 창문 좀 열게."

창문이 열리자 세 사람 모두 목을 빼고 밖을 내다보았다. 시가지는 아직 보이지 않았지만 기차역이 보였다. 기차와 역 사이에는 많은 사람들이 모여 서서 길을 막고 있었다.

장삼을 입은, 지주처럼 보이는 한 사람만 제외하고는 모두 빛바랜 무명 바지에 헐렁하고 짧은 겉옷을 걸친 농부들이었다. 춘월은 너무 멀리 떨어져 있어서 그 장삼을 입은 사람의 얼굴을 제대로 볼 수는 없었지만 왠지 아는 사람 같다는 생각이 들었다. 그가 두드러지게 눈에 띄는 것은 분명 그가 입고 있는 옷 때문만은 아니었다. 나머지 사람들이 무어라고 입씨름을 벌이고 있는 동안, 그는 마치 그림 속의 시인과도 같은 모습으로 뒷짐을 진 채 꼼짝도 하지 않고 먼 산만 바라보고 있었다. 용재였다.

"엄마, 저 사람들 누구야?"

"나도 모른다. 하지만 저기 장삼을 입고 계신 분은 네 큰할아버지시다."

춘월은 깜짝 놀란 얼굴을 하고 있는 화소댁을 돌아보며 기쁜 표정으로 고개를 끄덕였다. 화소댁이 채옥을 밀치고 앞으로 나서서 미간을 찡그리며 잘 보려고 기를 썼다. 채옥은 잽싸게 두 어른 사이를 비집고 들어섰다.

"큰할아버지라구? 미국에서 아빠하고 친구였다는 그분 말이야?"

"그래, 그분이시다."

"근데 저기서 뭘 하시는 거야? 우리가 가면 안 돼?"

"안 돼. 그럴 수는 없어. 하지만 엄마가 큰할아버지께 쪽지를 써서 보내마."

춘월이 얼른 쪽지 한 장을 써서 철길 옆에 대기하고 있는 가마꾼 중에서 한 사람을 불러 동전 한 닢과 쪽지를 건네주었다. 화소댁은 짐꾸러미를 챙기기 시작했고, 채옥은 창밖으로 머리를 내민 채 쪽지를 든 가마꾼이 달려가는 모습을 신이 나서 설명하고 있었다.

춘월은 마음을 가라앉히려고 다시 자리에 앉았다. 이렇게 될 줄은 미처 몰랐던 것이다. 춘월은 자신이 돌아간다는 사실을 친정에 알리지 않았다. 친정 사람들이야 물론 환영하겠지만 속으로는 그녀가 어딘가 모자라는 구석이 있어서 쫓겨온 것으로 생각할 게 틀림없었다. 춘월은 돌아오게 된 사정을 일일이 설명해야 한다는 것이 영 내키지 않았다. 누구보다도 큰삼촌, 이제는 큰아버지인 용재를 제일 먼저 만나고 싶지는 않았다. 이 기찻간에서, 다른 사람들이 다 보는 가운데에서 도대체 무슨 말을 한단 말인가?

얼마 후 용재가 기차 안으로 들어섰다. 춘월은 채옥을 앞세우고 천천히 일어섰다. 용재는 문 앞에 멈춰서서 빨리 달려오느라 가빠진 숨을 고르고 있었다. 두 사람의 눈이 마주치자 용재는 웃음을 머금으며 서두르지 않고 천천히 춘월에게로 다가왔다.

"네가 왔구나!"

용재가 고개를 끄덕이며 말했다. 베이징에서 온 세 사람은 고개 숙여 정중히 절을 했다. 용재는 얼른 춘월에게서 몸을 돌려 화소댁과 인사를 나누고 나서 채옥을 바라보았다.

"네가 내 친구의 딸이냐?"

"네, 큰할아버지. 전 채옥이라고 합니다."

용재는 채옥을 물끄러미 바라보더니 아이의 뺨을 톡톡 두드렸다.

"넌 엄마보다 아빠를 많이 닮았구나."

용재가 다시 춘월을 보며 말했다.

"왜 미리 온단 말을 하지 않았느냐?"

춘월은 채옥의 초록색 댕기만 뚫어지게 내려다보았다. 그녀는 자신의 목소리가 떨리지 않기만을 바라고 있었다.

"큰아버지, 공연히 소란만 피우는 것 같아서요."

춘월이 잠시 말을 멈추었다.

"제가…… 아니, 우리가 말이에요."

"소란이라구? 엄마, 엄마는 언제나 착한 사람이었잖아?"

채옥이 어머니를 올려다보며 말했다.

"그래, 네 엄마는 착했단다."

용재가 말했다. 춘월이 얼굴을 붉혔다. 채옥은 두 사람을 번갈아보며 쿡쿡 웃었다.

사람들이 갑자기 고함을 지르기 시작한 덕분에 두 사람은 난처한

순간을 벗어날 수 있었다.

"자, 여기서부터 가마를 타는 게 좋겠다. 생각했던 것보다 문제가 더 복잡해질 것 같구나."

"문제라니요, 큰아버지? 위험한 일인가요?"

"그럴지도 모르지. 역장이 뇌물을 받고 농부들의 돼지는 내버려둔 채 다른 화물을 먼저 보내버린 거야. 그런데 그 돼지들이 비좁은 화물칸에서 죄다 죽어버렸다지 뭐냐. 그래서 농부들이 그것을 항의하려고 여기 모인 거야."

채옥이 큰할아버지의 옷깃을 잡아당겼다.

"큰할아버지, 전 어떻게 하면 되는지 알아요. 역장을 돼지하고 같이 집어넣고 문을 잠가버리는 거죠. 그러면……."

화소댁이 채옥을 붙들고 흔들었다.

"웬 말이 이렇게 많아. 강아지만 한 것이."

"그렇게 해버리면, 그 사람 썩는 냄새가 나면서……."

춘월은 점점 걱정스러워지기 시작했다. 저렇게 버릇없이 구는 아이를 집안사람들이 뭐라고 할까? 그러나 용재는 아무렇지도 않다는 듯이 웃으면서 채옥의 등을 두드려주었다.

"조카 손녀야, 그렇게 심한 방법까지 쓸 필요는 없을 것 같구나. 우린 그냥 타협을 하면 그만이지. 역장을 적으로 삼을 필요는 없으니까 말이다. 우리에게도 철도는 필요하거든."

용재가 정이 듬뿍 담긴 목소리로 말했다.

"하지만 그 사람은 돼지보다 못해요!"

"농부들은 보상만 받을 수 있다면 만족할 거다. 게다가 쥐새끼도 도망갈 구멍이 없으면 덤벼들게 마련이거든. 너도 이 말은 기억해두어야 한다."

채옥은 뭐라고 하려다가 제 어머니의 눈에 쌍심지가 돋아 있는 것을 보고는 고개만 끄덕거렸다.

"딸아이 대신에 제가 사과드릴게요. 저 애는 말을 너무 함부로 해서 탈이에요."

춘월이 말했다.

"난 그게 좋다. 네 어릴 적하고 똑같구나."

용재가 눈웃음을 지으며 말했다. 화소댁과 채옥이 먼저 기차에서 내렸다. 용재가 가마꾼에게 기다리라고 손짓을 하고는 춘월을 바라보았다.

"춘월아, 정말 잘 왔다."

"큰아버지, 집에 돌아오니까 정말 좋아요."

춘월은 가마의 휘장을 내렸다. 조금 전까지 고향의 모습을 보려고 기를 썼는데, 지금은 놀랍게도 그런 것은 조금도 중요하게 생각되지 않았다. 견문이 넓어지면 넓어질수록 아는 것이 적어진다고 노자가 말했는데, 용재를 본 뒤로는 춘월도 문득 그런 느낌이 들었다.

문득 가마가 멈췄다. 춘월은 휘장을 젖히고 난생 처음으로 자신의 고향집 모습을 보았다. 문 앞에 있는 청동 사자만 보아도 알 수 있었다. 명절이나 잔치 때에만 사용하는 자기 쟁반에는 그 사자의 형상이 그려져 있었기 때문이었다. 가마는 눈 깜빡할 사이에 중문을 돌아 영빈각으로 들어서고 있었다.

그들이 큰마당으로 들어섰을 때, 웬 늙은이 하나가 의자에 앉아 울고 있는 것이 보였다. 그는 얼굴을 팔에 묻고 있었으며, 그의 무릎에는 새장이 놓여 있었다. 춘월은 채옥의 손목을 쥔 채 그에게 다가갔다. 정원지기 할아범이 아직까지 살아 있단 말인가?

그들이 다가가는 사이에 채옥이 고함을 치듯이 물었다.

"그 새는 노래할 줄 알아요?"

노인은 몸을 꿈틀거리면서도 고개는 들지 않았다.

채옥은 춘월이 채 말리기도 전에 새장을 툭툭 건드렸다.

"새야, 노래해봐. 왜 노래를 안 하지?"

그제야 춘월은 정원지기가 틀림없다는 생각이 들어서 입을 열었다.

"정원지기 할아범, 난 노대인의 둘째 아들의 딸이에요."

그는 춘월의 말에 고개를 들며 눈을 깜빡거렸다. 그러고는 채옥을 보자 활짝 웃었다.

"작은아씨, 어디 있었수? 아씨 계집종이 안 가본 데가 없이 아씰 찾아다니던데."

채옥은 노인의 눈이 멀었는지 알아보려는 듯이 그의 눈을 빤히 쳐다보았다.

"무슨 말이에요? 난 채옥이라구요. 난 이 집에 오늘 처음 왔고, 계집종도 없어요."

"알고 있구먼, 알고 있어."

노인이 천천히 춘월 쪽으로 몸을 돌렸다.

"이 늙은이는 이 집안 양반들을 5대까지 좌악 꿰고 있다굽쇼."

춘월은 그가 노인이 아니라 어린아이 같다는 생각이 들었다.

"할아범, 다시 만나게 되어서 반가워요."

"아씨는 내가 황천길이라도 떠난 줄 아셨수? 아니야, 아니구 말구. 아직은 멀었지."

그는 새장을 곁에 내려놓고 벽에 몸을 기대더니 천천히 일어서서 허리를 편 다음 절을 했다.

"작은아씨, 잘 오셨수."

"고마워요. 여기 오니 정말 좋아요."

화소댁이 손짓을 하고 있었기 때문에 더이상 지체할 겨를이 없었다. 춘월이 다가가자 화소댁이 귓속말로 소곤거렸다.

"사람들에게 죄다 이야기를 했구면요. 다들 기다리고 있어요."

화소댁과 채옥을 뒤에 세우고 춘월이 대청마루로 올라갔다.

집안의 아낙네들은 각자의 신분에 따라 앉아 있었다. 아무도 움직이지 않았다. 이런 경우에 어떻게 처신해야 한다는 관습이 없었기 때문에 춘월은 몸둘 바를 몰랐다. 사람들은 하나같이 속마음을 감춘 채 무표정한 얼굴이었다.

이윽고 춘월이 대청 한가운데에 외떨어져 있는 사람을 마지못해 바라보았다. 춘월이 천천히 앞으로 걸어나가 걸음을 멈추고는 눈을 내리깐 채 기다렸다. 한참 동안 자신의 심장이 뛰는 소리밖에는 들리지 않았다.

"내 손녀구나! 아이고, 내 새끼야! 네가 돌아왔구나!"

춘월이 고개를 들어보니 노마님이 웃고 있었다.

"할머님!"

춘월이 무릎을 꿇고 머리를 조아렸다.

"에그, 내 강아지야! 어디 한번 안아보자."

향설이었다. 춘월은 다시 한번 머리를 조아렸다. 향설이 춘월을 일으켰다.

집안 아낙네들과 하녀들이 흐느끼며 반기는 말을 하기도 하고, 아이를 두고 법석을 떨기도 했다. 모두 얼굴이 눈물로 범벅이 되었다.

소란스러움이 잦아들자 노마님이 춘월의 손을 잡았다.

"애야, 큰어머니에게도 인사를 해야지."

금덕의 태도는 남달리 차분했지만, 춘월에게 따뜻하게 웃어주었다.

춘월은 얼른 무릎을 꿇었다. 그녀의 머리가 바닥에 닿기도 전에 금덕이 입을 열었다. 그녀의 말투에는 남쪽 억양이 약간 배어 있었다.
"아니야, 아니야. 그만두게. 절은 무슨 절이야. 자, 일어나게."
갑자기 화소댁이 코를 풀며 거위를 본 백정 같은 소리를 내는 바람에 대청에 웃음보가 터졌다.
이제 집에 돌아왔구나. 춘월은 속으로 생각했다. 차를 마신 다음에 채옥은 집안의 아이들과 인사를 했다.
"쑤저우 사람들은 모두 우리집을 부러워한단다. 날이면 날마다 아이들을 받아달라고 부탁하러 오는 사람들을 거절해서 돌려보내느라 내가 정신이 없단다."
노마님이 자랑을 늘어놓았다.
"아이들이라니요? 우리집 서당에서 사내아이들 말고 계집아이들도 글공부를 하나요?"
노마님이 헛기침을 했다.
"물론이지. 우리 집안은 개명한 가문이란다."
그랬구나. 춘월은 속으로 웃었다. 큰아버지 말이 맞았던 셈이다. 단지 시간문제에 지나지 않았던 것이다.
학생들이 교사와 함께 백양원 뜰에서 순서대로 소개받을 채비를 갖추고 있었다. 교사가 먼저 소개되었다. 그는 둥근 안경 때문인지 겁먹은 듯이 보였다. 그 다음에는 사내아이들이 소개되었다. 용재의 두 아들부터 시작해서 노대인 동생들의 증손자를 거쳐, 가난하게 살다 죽은 먼 친척의 아들로서 고아인 하풍이 맨 끝에 소개되었다.
그는 다른 아이들보다 더 통통해 보였는데, 입에 뭔가를 넣고 우물거리고 있었다. 그는 계집아이들이 이름을 말하고 있는 동안에 노마님이 노려보는 것을 못본 체하며 채옥의 큼지막한 발을 열심히 쳐다보았다. 계집아이들도 채옥의 발을 보고는 창피하다는 듯이 얼굴을 손으로 가리며 킥킥거렸다. 채옥은 언제나처럼 아이들에게 보라는 듯이 제 치맛자락을 재빨리 올리며 신발 한쪽을 쑥 내밀었다.

노마님이 마른기침을 했다. 모두들 숨을 죽였다. 계집아이들은 한꺼번에 사뿐 절하고 나서 얼른 앞마당으로 걸어갔다. 사내아이들도 절을 하고 용재의 맏아들인 원표를 따라 중문으로 나갔다. 하풍이 맨 뒤에 따라갔다. 채옥이 하풍을 뒤쫓아가려고 하자 춘월이 붙들었다.

"애야, 쑤저우에서는 많은 것을 새로 배워야 될 거다. 그 첫째는 네가 갈 데가 아닌 곳에는 가지 말아야 한다는 것이다. 넌 바깥채에는 가면 안 된다. 지금부터는 여기에서 여자들하고만 지내야 해. 서당 갈 때 말고는 저 중문을 넘어서면 안 된다."

"왜?"

"그게 관습이니까."

"난 관습 따위는 싫어."

"다시는 그런 말 하지 마라. 큰일 난다."

춘월이 돌아온 지 몇 주일이 지난 어느 날, 용재는 서재에 앉아 주판알을 튕기며 종이에 숫자를 적고 있었다. 어제도 그랬고, 그제도 그랬듯이 그는 종이에 적힌 여러 줄의 숫자 때문에 골머리가 아팠다.

다가오는 문중 회의에서 연말 결산 보고를 해야 하는데, 적자를 숨길 방법이 없었다. 뭐라고 변명을 할 것인가? 내 잘못이 아니었다고? 온 중국이 똑같은 어려움을 겪고 있다고? 그것은 사실이었다. 그러나 없어진 돈은 그가 제철 공장과 방적 공장에 투자한 돈이다. 용재는 중국의 근대화를 위해 투자를 해두면 궁극적으로는 문중에도 도움이 될 것이 틀림없다는 생각을 하고 있었지만, 집안이 먼 앞날에 이득을 볼 것을 바라며 현재를 버텨내기에는 코앞에 닥친 어려움이 너무도 컸다. 용재는 지난 몇 해 동안은 그래도 아내의 지참금 덕분에 재정 형편이 크게 풀렸다는 것을 위안으로 삼았다. 그러나 이제는 그것마저 다 써버렸고, 더이상 돈 생길 구멍은 보이지 않았다.

무엇보다도 처치 곤란한 것은 귀재에게 준 돈이었다. 동생은 점점 더 자주, 그리고 더 급하게, 더 큰 돈을 요구해왔다. 그러나 장씨 집안의 돈이 혁명가들에게 흘러들어가고 있다는 사실만은 숨겨야 했다.

용재는 다시 주판을 집어들고 계산을 맞춰보았다. 아무래도 소용없는 짓이었다. 용재는 종이를 집어 북북 찢어버렸다. 어림도 없는 짓이었다. 그의 계산을 믿어줄 사람은 아마 한 명도 없을 것이다.

그러나 지난 1, 2년 동안은 그렇게 할 수밖에 없었다.

"형님, 이젠 개혁도 끝장입니다. 서태후의 시대가 막을 내림과 동시에 개혁도 숨통이 끊어진 겁니다."

귀재는 그때 그렇게 말했다.

"새 섭정공이 눈앞의 일밖에 보지 못하는 멍청이라는 데 대해서 형님도 동의하셔야 합니다."

귀재의 이야기는 사실이었다. 서태후도 새 섭정공처럼 서두르지는 않았다.

"원세개를 내쫓아버린 것만 봐도 알 수 있습니다. 그 사람은 관료들을 전부 만주족 출신으로 갈아치울 작정을 하고 있습니다. 그런데 만주족 사람 가운데 정치를 제대로 할 줄 아는 사람이 몇이나 됩니까? 제 말에 대답 좀 해보세요!"

귀재가 열을 올리며 목청을 돋웠다.

"몇 안 되지. 손에 꼽을 정도겠지."

용재의 대답은 시들하기만 했다.

"형님, 형님은 16년이나 참아왔어요. 이번 일은 경솔한 게 아닙니다. 어린 황제와 무식한 섭정공, 그리고 맥 빠진 주둔군과 썩어빠진 벼슬아치들, 게다가 홍수, 가뭄, 도적떼, 기회만 노리고 있는 외국인들……. 이런 지경인데도 4백만의 만주족이 4억의 한족을 다스리고 있습니다. 형님, 명심하십시오. 혁명만이 문제를 해결할 수 있습니다. 형님도 우리 편이 되셔야 합니다."

그렇게 해서 용재가 동의하게 된 것이었다. 그 이후로 지금까지 밀어 넣은 돈이 얼마나 되는지 모를 정도였다. 용재는 종이를 옆으로 밀치고 벌떡 일어섰다. 그래서 무슨 소용이 있었던가? 혁명은 다만 말로 끝났을 뿐, 기껏해야 파업이 몇 번 있었고 광둥으로 가던 만주족 고관 하나가 암살된 정도가 고작이었다. 그 결과로 개혁이 촉진된 것이 아니라 오히려 탄압과 검열, 그리고 지역 민병대와 근위대의 증강을 위한 세금만 늘어났다.

용재는 천천히 책상으로 가서 앉았다. 그러나 먹을 갈아 글씨를 써보아도 마음이 가라앉지 않았다. 용재는 붓을 내려놓고 안마당을 가로질러 아내의 방으로 향했다.

용재는 춘월이 돌아온 이후로 늘 춘월이 어딘가 자신의 가까이에 있는 것 같은 느낌이 들었다. 그러나 춘월은 보이지 않고 그녀 대신 금덕이 있을 뿐이었다.

"오늘은 일찍 오셨네요."

금덕이 말했다.

"너무 피곤해서 일이 손에 잡히질 않아. 옆방에서 차나 한잔 같이 하겠소?"

금덕이 고개를 끄덕이며 바느질감을 옆으로 밀었다.

"춘월이도 오라고 해서 같이 마십시다."

현모양처 ❀

님이 내게 모과를 던져주니,
나는 님에게 옥귀걸이 드렸네.
그냥 주고받는 뜻이 아니라,
우리 사랑 오래도록 하고 싶어서였네.

님이 내게 복숭아를 던져주니,
나는 님에게 비취 드렸네.
그냥 주고받는 뜻이 아니라,
우리 사랑 길고 길기 바람이네.

님이 내게 오얏을 던져주니,
나는 님에게 흑옥을 드렸네.
그냥 주고받는 뜻이 아니라,
우리 사랑 변함없게 하고 싶어서였네.
―시경

금덕은 차가 다 가라앉았는지 보려고 다관 뚜껑을 열었다. 아직도 찻잎이 물 위에 떠있었다. 그녀는 다시 용재를 바라보았다.

그의 눈길은 이 책장 저 책장을 옮겨 다니며 이따금 책을 뽑아 펼쳐보곤 하는 춘월을 쫓고 있었다. 금덕은 남편의 갈망하는 듯한 눈빛을 흐트러뜨리고 싶지 않아서 얼른 눈을 내리깔았다. 그러고는 자신도 춘월을 바라보았다.

춘월은 외모에 별로 신경을 쓰지 않는데도 매우 아름다웠다. 그녀 자신은 물론 다른 사람들도 그녀가 새옷으로 갈아입었는지 아니면 연지를 발랐는지 하는 따위에 신경을 쓰지는 않았다. 춘월의 초롱초롱한 눈과 옆 사람마저 기분 좋게 해주는 웃음, 그리고 그녀가 가만히 있을 때조차도 풍겨 나오는 발랄한 분위기. 사람들의 눈에는 이런 것들밖에 보이지 않았다. 춘월이 돌아온 이후 용재는 한결 명랑해진 것 같았다.

금덕은 차를 따라 남편에게 먼저 권했다.

"서방님!"

"고맙소."

금덕은 둘째 잔을 들어 여전히 책을 보고 있는 춘월에게 내밀었다. 손에 쥔 찻잔이 타는 듯이 뜨거웠다. 금덕이 재촉했다.

"이보게, 차가 식기 전에 앉아서 마시게."

춘월이 소스라치게 놀라며 가죽으로 장정한 커다란 책을 제자리에 꽂았다.

"죄송해요, 큰어머니. 깜빡 정신이 나갔었나봐요. 새로 들여온 책들이 너무 많은 바람에 그만……."

춘월이 찻잔을 받아들고 자리에 앉았다.

"큰아버지, 몇 권 빌려가면 안 될까요?"

"얼마든지 빌려가거라. 우린 네가 여기 오는 걸 언제든지 환영한다. 안 그러오, 여보?"

금덕이 두 사람에게 편도씨와 참깨 강정 따위를 권하며 고개를 끄덕였다.

"벌써 한 권 골랐어요. 《두 도시 이야기》. 우리말 번역판이에요."

"왜 번역한 것을 읽으려 하느냐? 네가 영어를 배웠다는 것은 명원의 편지로 알고 있었다. 원문으로 읽으려무나. 그 책을 번역한 사람은 영어를 모르는 사람이라서 남들이 이야기하는 것을 받아쓴 것이란다. 이야기야 그런대로 재미있지만, 그래도 어디 찰스 디킨스만 하겠느냐?"

춘월이 갑자기 웃음을 터뜨렸다.

"어머, 큰아버지는 아직도 제 선생님 같은 말투예요."

용재도 웃음을 터뜨렸다.

"큰아버지 말씀이 맞아요. 하지만 영어로 책을 읽어본 지가 벌써 여러 해 됐는걸요."

저 사람들은 어쩌면 저렇게 말을 술술 잘할까? 마치 오래 사귄 친구들 같군. 금덕이 과자 쟁반을 앞으로 내밀며 생각했다.

용재가 손을 내저었다.

"얘야, 문제없다. 모르는 것은 적어두려무나. 그랬다가 뒤에 같이 살펴보자꾸나."

"큰아버지 시간을 뺏을 텐데요?"

"아니다, 절대로 그렇지 않아. 더이상 영어를 잊어버리면 안 된다."

"큰어머니, 괜찮을까요?"

춘월이 금덕을 바라보며 말했다.

"서방님께서는 자네와 함께 책 이야기하시는 걸 좋아하실걸세."

춘월은 고개를 숙이며 큰어머니의 손목을 덥석 잡았다.

"큰어머니, 정말 고마워요. 전 여기 온 이후로 무척 심심했어요. 이따금 암자에 가서 남편을 위해 불공을 드리는 일 외에는 할 일이 없었거든요. 딸아이는 이제 제가 가르칠 필요가 없어졌고 집안 살림도 큰어머니가 다 알아서 하시니 말이에요."

금덕은 점잖게 눈을 내리깔며 생각했다. 나도 이 사람을 좋아하게 되겠군.

용재가 침묵을 깨며 말했다.

"춘월아, 어디 말해봐라. 네가 영어로 읽은 책은 어떤 것이냐?"

두 사람이 자신으로선 알 수 없는 서양책 이야기를 나누는 동안, 금덕은 편도씨로 만든 과자를 먹고 있었다. 그녀가 끼어들어 같이 나눌 말이 아니었다. 용재는 그녀가 갓 시집왔을 때 그녀에게 글을 가르치려고 애를 썼다. 그러나 아이들이 하룻밤이면 외울 수 있는 것을 그녀는 일주일이 걸려서도 다 외우지 못했다. 남편이 그녀에게 질문을 할 때마다 그녀의 머릿속은 폭죽처럼 터져버릴 것만 같았다. 용재는 심한 소리 한마디 하지 않았지만, 얼마 안 있어서 결국 포기해버린 듯 질문을 하지 않았다. 그때 금덕은 정말 후련했다. 하지만 지금은 그때 남편이 좀더 적극적이지 못했던 것이 아쉬워졌다.

갑자기 용재와 춘월이 웃음을 터뜨렸다. 금덕도 덩달아 따라 웃었다. 그들이 웃음을 멈추었는데도 금덕은 여전히 웃고 있었다.

잠시 모두 어색해졌다. 금덕은 목구멍이 목화솜으로 막힌 것처럼 답답했다. 그녀는 남편과 눈이 마주칠까 두려웠다.

춘월이 다시 금덕의 손을 잡았다.

"큰어머니, 이 과자는 정말 맛있네요. 만드는 법 좀 가르쳐주세요."

용재가 헛기침을 했다.

"여보, 당신의 비법을 그렇게 쉽게 설명할 수 있겠소? 다음에 과자를 만들 때는 조카아이를 부엌으로 데리고 가서 직접 보여주는 것이 어떻겠소?"

용재의 목소리는 부드러웠다. 금덕에게는 남편의 말이 새로 담근 술처럼 감미로웠다.

그래, 남편 말이 맞아. 과자 만드는 일 따위가 저이의 취미에 맞을 리가 없지.

"서방님, 비법은 무슨 비법입니까? 하지만 조카아이를 부엌으로 데리고 가서 과자 만드는 일이 얼마나 쉬운지를 보여주죠."

"그래주시면 정말 고맙겠어요!"

춘월이 다시 과자를 하나 집어들었다.

"애야, 방금 무슨 이야기를 하다 말았지?"

금덕이 남편을 바라보았다. 그는 차를 마시면서도 흡사 취한 사람처럼 신이 나서 한껏 몸짓을 해가며 이야기를 했으며, 어떤 때는 춘월의 얘기를 자신이 대신 하기도 했다.

그는 아내와 함께 있을 때는 언제나 사려 깊고 점잖아, 금덕은 그가 늘 지금 막 깨어난 꿈속처럼 아스라하게만 느껴지곤 했다.

금덕은 그가 자신의 너울을 벗겨주던 순간부터 그를 하늘처럼 떠받들었지만, 때로는 자다 말고 깨어나 지금 꿈을 꾸고 있는 게 아닌가 하고 생각한 적도 있다. 그녀는 조폐업으로 벼락부자가 된 장사꾼 집안 출신이었고 그녀의 집안에 조상들의 묘가 생긴 것도 불과 50년 전의 일이었다. 금덕은 사실, 이처럼 학식 높은 어른을 남편으로 모시거나 이처럼 지체 높은 가문의 배우자가 될 자격이 없었다. 그러나 그는 아내에게 싫은 소리 한마디 하지 않았고 항상 공손하게 대해주었다. 집안사람들도 마찬가지였다. 어느 누구도 금덕의 등 뒤에서 수군거리는 법이 없었다. 그런 일이 있다면 남편이 아마 용납하지 않았을 것이다. 금덕은 마냥 고맙기만 했다.

또한 신령님께서도 축복을 내려주셨다. 시집온 첫해에 원표가 태어났고, 그 이듬해에 명표가 태어났으며, 그 이태 뒤에는 계집아이 하나를 사산했으면서도 다행히 죽을 고비를 넘겼다. 금덕이 몸을 추스르 무렵 남편이 찾아와서 말했다.

"여보, 내게는 당신의 목숨이 그 무엇보다도 소중하오. 당신은 듬직한 아들놈을 둘씩이나 낳아주었으니, 더이상 욕심을 부려서 무엇하겠소. 내 다시 서재에다 나의 잠자리를 마련하겠소. 당신은 이제 걱정할 필요가 없소."

금덕이 남편에게 첩을 두라고 권한 것은 물론이었다. 그러나 그는 부드럽게 웃으며 말했다.

"내 아내는 내 아들놈의 에미 하나만으로도 족하오."

금덕은 시어머니를 봉양하고 남편을 도와 집안일을 풀어가는 한편, 남편이 즐기는 음식을 만들고 그의 건강을 보살폈으며, 그의 돈을 간수하고 그의 아들들을 키우고 그의 조상을 받들었다. 집안사람들은 무슨 일에나 금덕을 찾았다. 금덕은 간혹 남편에 대해 주체할 수도 이해할 수도 없는 그리움 같은 것을 느끼기도 했지만 그것마저 점차 익숙해졌다. 금덕은 시집온 이후 자신이 불행하다는 생각을 한번도 해본 적이 없었으며, 남편 역시 마찬가지인 것 같았다. 지금까지는 그랬다.

춘월이 가고 난 뒤, 금덕은 남편에게 부탁해서 다음에 또 조카딸을 불러 차를 같이 마셔도 좋다는 대답을 들었다.

설날

천하에 덕을 떨치고자 했던 고대의 성인들은 무엇보다도 먼저 나라를 잘 다스렸다. 그들은 나라를 다스리기에 앞서 집안을 가지런히 했다. 그리고 집안을 가지런히 하기에 앞서 스스로의 인격을 수양했으며, 스스로 인격을 수양하기에 앞서 자신들의 마음을 바로 가졌다. 또 자신들의 마음을 바로 가지기에 앞서 생각을 참되게 하려고 애썼고, 생각을 참되게 하기에 앞서 지혜를 한껏 넓혔다. 지식을 넓히는 일은 매사를 자세히 살피는 데에서 비롯된다.

매사를 자세히 살핌으로써 지혜가 온전해진다. 지혜가 온전해짐으로써 생각이 참되어지고, 생각이 참되어짐으로써 마음이 바르게 되고, 마음이 바르게 됨으로써 인품이 닦여진다. 인품이 닦여짐으로써 집안이 가지런하게 되며, 집안이 가지런하게 됨으로써 나라가 잘 다스려진다. 그리고 나라가 잘 다스려짐으로써 온 천하가 태평하게 된다.

—대학

신해년인 1911년을 며칠 앞둔 어느 날, 간밤에 내려 쌓인 눈으로 뜰은 하얀 우단을 깔아놓은 것 같았다. 며칠 동안 녹슨 주발처럼 흐리게 빛나던 해도 푸른 하늘 가운데에서 청자빛으로 빛났다. 물받이에 매달렸던 고드름도 빛을 뿜었다. 서리를 뒤집어쓴 기와지붕도 곱디고운 옥처럼 반짝거렸다.

지난 몇 주 동안 집안이 소란스러웠다. 노마님의 검사에 대비해서 화소댁이 감독을 맡아 집안을 대청소하고 있었다.

"티끌 하나라도 있어서는 안 돼. 집안이 깨끗해야 새해를 맞을 수 있어."

노마님은 하인들을 다그쳤다.

문중의 아낙네들은 친지들에게 줄 선물을 만들어 포장해두었다. 살구며 사과, 배, 대추 따위 등도 깨끗이 씻어두었고, 배추며 생강, 연밥 등도 절여두었다. 돼지 다리와 잉어도 연기에 그을려놓았고 떡과 과자도 만들었다.

이제 준비가 다 갖추어지고 온 집안이 기다림으로 술렁거렸다. 하루 종일 손님들이 찾아와 선물을 들고 돌아갔고, 하인들은 하루 종일 뜰과 샛길에 쌓인 눈을 쓸었다.

땅거미 질 무렵이 되자 모두들 기다림으로 숨을 죽였다. 춘월은 내왕교 위에 잠시 멈춰서서 고드름 사이로 춤추며 빛나는 초롱불들을 바라보았다. 쑤저우에는 눈이 내리는 일이 드물었다. 그녀의 기억으로는 일곱 살 때 딱 한 번 안마당에 눈이 내리는 것을 보았던 것 같다. 사촌들은 이리저리 뛰어다니며 막 눈으로 덮이기 시작한 마당 위에 사람 얼굴을 그렸다. 그때 그 아이들이 얼마나 부러웠던가! 전족한 지 한 달도 채 안 됐던 춘월의 발은 그녀의 어린 가슴보다 더 쓰라렸다.

그러나 오늘 춘월의 마음은 물결 위를 잔잔히 스쳐가는 산들바람을 보듯 기쁘기만 했다.

　집안사람들이 모여들고 있는 송죽원에서 웅성거리는 소리가 들렸다. 그래도 춘월은 마냥 미적거리고 있었다. 오늘밤은 일년 중 제일 좋은 밤이었다. 오늘밤은 묵은 빚을 갚고 잘못을 용서받는 밤이었으며, 오늘밤만큼은 예외가 곧 규칙이었다. 춘월이 어릴 때도 그랬고 지금도 마찬가지였다. 춘월은 웃음을 머금으며 다른 사람들이 있는 곳으로 걸어갔다.

　사람들은 모두 이날 저녁을 맞느라 목욕을 하고 새옷을 차려 입었다. 모두들 빠짐없이 와 있었다. 변방에 부임해 간 사촌들이며 여태껏 본 적이 없는 먼 친척들, 그리고 광둥에 있던 귀재까지 왔다. 귀재는 고모할머니들과 그들의 계집종에 둘러싸여 노마님 옆에 서있었다. 그의 당황한 표정으로 봐서는, 왜놈 순사의 취조 못지않은 질문 공세를 받은 것이 틀림없었다.

　얼마 떨어지지 않은 곳의 돌거북 옆에는 채옥이 화소댁의 손을 잡고 서있었다. 채옥은 춘월과 눈이 마주치자 다소곳이 고개를 숙이며 제 어머니가 말을 걸어주기를 기다렸다.

　춘월은 채옥이 대뜸 소리치며 그 큼직한 발로 우당탕거리며 달려오지 않는 것이 신통해서 아이를 유심히 보았다. 석 달 전 그들이 쑤저우로 돌아온 이후로 채옥이 말썽을 부리지 않은 날은 하루도 없었다. 채옥은 들어가면 안 되는 남자들의 처소에 함부로 들어가는가 하면, 까불다가 집안의 보물을 깨기도 했고, 입을 다물고 있어야 할 자리에서 큰소리로 떠들기도 했다. 춘월은 여태껏 딸이 반항심에서 그런 행동을 했을 거라고 생각했다. 적어도 오늘밤 전까지는.

　오늘밤 채옥의 옷차림은 나무랄 데가 없었다. 치마의 주름 하나 흐트러지지 않았고, 머리칼 한 오라기 흘러내리지 않았다. 오늘만큼은 주변의 조화로움을 깨뜨리지 않고 있었다.

춘월이 채옥에게 오라고 손짓했다. 채옥은 잠시 망설이더니 하녀의 손을 놓고는 얼른 제 어머니의 손을 잡았다.

"엄마, 나 보기 좋아? 내 머리 예뻐? 다른 애들하고 똑같아?"

채옥이 수줍어하며 물었다.

애야, 꼭 같고말고. 다만 좀더 예쁘단다. 춘월은 속으로는 그렇게 생각하면서도 아이에게 그대로 말할 수는 없었다. 춘월은 다른 말이 생각나지 않아 잠시 머뭇거렸다.

"엄마, 내가 보기 좋으냐니까?"

춘월은 짐짓 근엄한 표정을 지으며 고개를 끄덕였다. 그들은 함께 향설에게 절하러 갔다. 향설은 양귀비꽃에 파묻힌 난초 같은 모습을 하고 방금 들어서는 참이었다.

"애야, 무슨 이변이라도 일어난 거 아니냐? 내 손녀가 제법 얌전해 보이는구나!"

향설이 춘월에게 소곤거렸다.

춘월은 속으로 웃었다. 그런데 춘월이 제 어머니의 말에 대답하기도 전에 그들 3대는 젊은 아낙네들에게 둘러싸이고 말았다. 늘 대하는 사람들도 처음 보는 사람처럼 요란하게 수다를 떨며 인사를 나누었고, 낯선 사람들끼리는 또 기다리고 기다리던 언니 동생이라도 만난 듯이 다정하게 말을 주고받았다.

그러다가 사람들의 시끌시끌한 이야기 소리가 갑자기 멈추었다. 용재와 금덕이 들어섰다. 두 사람 모두 담비로 안을 댄 진홍빛 덧옷을 입고 있었다. 용재는 곧장 남자들 있는 데로 가서 진땀을 흘리고 있는 귀재를 거들었다. 금덕은 노마님 곁에 앉으며 살며시 노인의 팔을 붙잡았다.

노마님이 손뼉을 치자 여자들이 얼른 노마님 뒤로 가 섰다. 그들은 꿈틀대는 용의 꼬리처럼 한 줄로 서서 뜰에 난 샛길을 통해 부엌으로 향했다. 노마님은 부엌에 이르자 부엌귀신의 얼굴 부적 입술에 꿀을 바른 다음, 그것을 불살라서 하늘로 올려보냈다. 하늘에 올라가 옥황상제께 잘 말씀드려 달라는 뜻에서였다. 낡은 부엌귀신 부적이 하늘로 올라가자, 노마님은 그 자리에 새 부엌귀신 얼굴을 붙였다. 아낙네들이 차례로 돌아가며 향불을 지피고 고기며 쌀 등의 제물을 바쳤다.

춘월은 쌀이 담긴 주발을 양손으로 받쳐들고 부엌귀신에게 올리려다가 문득 베이징에 있는 오씨 집안이 생각났다. 명원과 함께 보낸 설날은 단 두 번뿐이었고 오늘밤은 그가 없이 맞는 열번째 설날이었다. 아, 서방님. 서방님은 제가 어머니를 지성껏 모셨다는 것을 아시겠지요? 어머니가 저를 보내시기 전까지는 말이에요. 춘월은 마음속으로 흐느꼈다.

향내음이 훅 끼치는 바람에 춘월은 제정신이 들었다. 이런 생각을 할 때가 아니지. 나도 빚을 다 갚은 거야. 춘월은 주발을 제상에 올려놓고 물러나 채옥의 옆에 섰다.

가장 늦게 시집온 새아씨가 제물을 올리고 나서, 아낙네들은 남정네들과 함께 한가로이 거닐며 백양원으로 되돌아갔다.

춘월은 어른들과 인사를 하기도 하고 채옥이 이것저것 묻는 말에 대답도 하는 동안에, 간혹 누군가의 눈길을 느끼고 본능적으로 눈을 내리깔았다. 나이 든 부인네들의 까다로운 눈길도, 어린아이들의 호기심 어린 눈길도 아니었다. 그 눈길은 정겹고 부드러웠다. 춘월은 보지 않고도 알 수 있었다.

큰아버지, 제가 보기 좋아요?

이윽고 집안 식구들은 사당에 이르렀다. 모든 준비가 갖추어지자 종손인 용재가 조상의 위패 앞에 공손히 무릎을 꿇었다. 그는 머리를 세 번 조아려 절했다. 그러고는 제단 앞에 공손히 서서 큰 목소리로 문중의 좋은 소식을 고했다.
 "지엄하신 선조님들이시여, 경술년 정월 장씨 문중에는 이를 데 없는 경사가 있었나이다. 이 집 담장 안에서 아직도 살아 있는 자손 한 사람이 아흔다섯번째 생신을 맞이하였나이다. 그 다음 달에는······."
 용재는 종손으로서 조상들에게 고하는 일을 마치자, 제단 곁에 놓인 장의자에 앉았다. 아낙네들이 지켜보는 동안 남자들이 하나씩 차례대로 조상에게 머리를 조아리며 절했다.
 춘월은 의식이 한참 진행되고 나서야 옆에 있는 채옥이 제단 앞에서 무릎을 꿇고 있는 집안사람들 촌수 하나하나를 낮은 목소리로 중얼거리고 있다는 것을 알았다.
 "셋째 외할아버지······, 넷째 외삼촌······, 첫째 외삼촌······."
 춘월은 제 딸이 그처럼 어머니의 친정에 관심이 많은 줄은 꿈에도 몰랐었다. 내 자식이 저처럼 속이 깊다니! 어쩌면 다음 설날에는 채옥도 여기서 한자리 차지할 수 있을지도 모르지. 춘월은 거의 기원하는 심정이었다.
 마침내 제일 나이 어린 사내아이가 예를 올리고 제자리로 돌아가자마자 용재가 자리에서 일어서며 소리쳤다.
 "자, 불꽃놀이를 시작해라!"
 "불꽃놀이다!"
 사람들이 화려한 구경거리를 향해 달려나가며 덩달아 소리쳤다.
 폭죽 하나가 달을 향해 치솟다가 반쯤 올라가서 펑 터졌다. 복숭아꽃 한 송이가 하늘에 활짝 피었다.
 불꽃놀이는 장수 할아범이 지팡이 끝으로 별을 몰고 가는 모습의 불꽃이 하늘을 수놓는 것으로 막을 내렸다.

"엄마!"

채옥이었다. 그 아이의 목소리는 마지막 폭죽소리가 사라지고 사람들이 박수를 치며 환호성을 지르기 전의 고요함 속에서 유난히 맑게 들렸다.

"엄마, 저게 최고야! 난 여기 있게 된 것이 정말 좋아."

채옥이 말을 마치자마자 폭죽놀이에 감탄한 사람들의 박수소리가 터져나왔다. 그 박수는 마치 채옥을 위해서 치는 것처럼 들렸다. 채옥 역시 장씨 가문의 한 사람이라는 것을 축하하는 것처럼.

문중 사람들은 불꽃놀이를 구경하는 사이에 하인들이 연회장으로 꾸며놓은 사당으로 다시 몰려갔다. 춘월이 몸을 숙여 채옥의 귀에 대고 소곤거렸다.

"애야, 오늘 저녁에는 아무데나 가서 앉아도 괜찮다. 오늘 저녁만큼은 온갖 분별을 다 잊어버리고 모두 똑같은 사람이 되는 거야. 하지만 어느 식탁이건 제일 끝의 빈자리에는 앉으면 안 된다. 조상님들께 자리를 마련해드려야 하거든."

춘월은 탁자를 둘러보며 망설이고 있는 채옥을 내버려두고 화소댁의 옆에 가서 앉았다. 두 사람은 새해 인사를 나누었다. 화소댁은 갑자기 말을 멈췄다.

"저 뻔뻔스러운 계집애 좀 봐요!"

화소댁이 이를 악물고 속삭였다.

채옥이 사내아이 곁에 있는 의자에 앉아버린 것이었다. 그 사내아이는 하풍이었다.

식탁에 앉아 있던 사람들이 하나둘씩 입을 다물기 시작했다. 그리고 자리에 모인 문중 사람들이 오씨 집안의 계집아이와 고아 사내아이를 쳐다보았다.

"이것 봐!"

채옥의 목소리가 뚜렷하게 들렸다.

"내가 이긴 거야. 봐, 내가 네 옆에 앉았잖아. 난 할 수 있다고 그랬지?"

채옥의 웃음소리가 대청에 울려퍼졌다.

대청 안에 있는 사람들이 너나할 것 없이, 애 어머니가 알아서 하라는 듯이 이번에는 춘월을 쳐다보았다. 춘월은 움직일 용기조차 나지 않아서 고개를 푹 숙였다. 그녀는 변명이라도 하고 싶었다. 저 아이는 몰랐던 거예요. 제가 저 아이더러 아무데나 가서 앉으라고 그랬어요. 하지만 사내아이 옆에 앉을 줄은 정말 몰랐어요. 정말이에요.

춘월은 비단옷 스치는 소리에 흠칫 고개를 들었다. 용재가 채옥에게로 걸어가서 채옥의 옆자리에 앉았다. 대청 안이 수군거리는 소리로 술렁거렸다. 사람들이 두 아이와 춘월, 용재를 번갈아 바라보았다. 그 순간 금팔찌 쨍그랑거리는 소리가 비파 소리처럼 울려퍼졌다. 금덕이 하풍의 맞은편 자리에 가서 앉은 것이다.

그러자 사람들은 곧 옆자리에 앉은 사람들끼리 서로 인사를 나누기 시작했고, 명절 분위기가 되살아났다.

"애야, 새해 복 많이 받아라."

춘월이 깜짝 놀라서 돌아보니 귀재가 옆에 앉아서 술잔을 치켜들고 있었다.

작은삼촌은 아시겠지. 떨어져 산다는 게 얼마나 고통스러운 일인지.

춘월은 귀재가 연 학사 집으로 찾아왔던 날이 생각났다. 그때는 찻잔이 푸른색이었는데. 춘월은 얼른 기억을 떨쳐버렸다. 오늘만은 안 돼. 오늘 저녁만큼은 즐거운 생각만 해야 해.

"삼촌도 새해 복 많이 받으세요."

춘월이 잔을 치켜들고 귀재와 건배를 했다.

탁자에 앉은 사람들이 모두 축배를 들고 행운을 비는 통에 대청이 흔들리는 것 같았다.

춘월은 천천히 대청을 둘러보며 장씨 가문에 속한 사람들을 하나씩 자세히 뜯어보았다. 똑같이 생긴 사람은 하나도 없었다. 그러나 그들 사이에는 갈라놓을 수 없는 끈이 존재하고 있기 때문에 그들이 앞으로 각자 어떤 길을 가든지, 또 서로 얼마나 멀리 떨어져 있든지 간에 모두 조상들의 그늘 아래에서 살면서 설날 아침마다 지금의 이 젊은 웃음소리와 쇠북소리를 마음속으로 들을 것이다.

춘월의 시선은 모퉁이에 앉아 있는 노마님에게서 멈췄다. 노부인은 손녀의 눈길을 알아채고는 손을 흔들며, 이가 빠진 것이 다 드러나도록 오래간만에 활짝 웃었다.

세 시간쯤 후에 용재가 일어나 축연이 끝났음을 알렸다. 모두 자리에서 일어났다. 새해에도 문중에 재물이 남아돌라는 뜻으로 모두 밥주발에 밥알을 몇 개씩 남겼다.

사람들은 이야기도 하고 연극도 하고 놀이도 하면서 밤을 지새웠다. 설날 밤에 잠을 자면 꿈을 통해서 악귀가 찾아오기 때문이다.

자정이 되자 가장인 용재가 문중의 남자들을 이끌고 대문으로 갔다. 복과 재물을 집안에 가두고 못 나가게 한다는 뜻으로 자물쇠 잠그는 의식을 치르기 위해서였다.

❀ 모사꾼

    수만 명의 사람들이 맹세를 하고 혁명의 대열에 끼어들었다.
    "하늘을 두고 맹세하나니, 나는 만주 왕조를 전복시키고 공화국을 수립하며 공정한 재분배 원칙에 입각하여 토지 문제를 해결하는 데 이 한몸을 바치겠노라. 나는 이 모든 원칙을 준수할 것을 엄숙히 맹세하노니, 만약 이것을 어길 경우에는 어떠한 엄벌도 달게 받겠노라."

— 중국사

    초여름 밤이었다. 죽어가는 사람이 마지막 숨을 몰아쉬는 듯한 개구리 울음소리가 제철도 아닌데 대기를 가득 채우고 있었다. 금덕은 의자를 좀더 창문 가까이 옮겨놓고, 어슴푸레한 노을빛을 받으며 수를 놓았다. 큰아들 윗저고리에 붙일 버들잎을 수놓을 생각이었다. 용재와 춘월은 탁자 위에 책을 펼쳐놓고 마주앉아 있었다. 세 사람은 한결같이 입을 다문 채 옆으로 밀어놓은 찻잔들을 화소댁이 치우는 모습을 지켜보았다.

　화소댁은 원래 용재의 시중을 들지 않았다. 다른 하녀들이 용재와 금덕, 춘월 세 사람이 날이면 날마다 자리를 같이하는 것을 두고 감추는 기색도 없이 분개하고 있었기 때문에, 할 수 없이 화소댁이 시중을 들게 된 것이다.

　아낙네들의 입방아를 막아낼 천하장사는 없는 법이다.

　"돌아가신 노대인 나으리 마님께서는 혼자 되신 뒤로는 남자들 앞에 나서지조차 않으셨다고! 또 노대인 숙부님의 마나님께서는 바깥분이 돌아가시고 나서는 남자들 손이 닿은 물건도 만지지 않으셨다더구만! 집안 꼴이 어떻게 되려는 건지, 원!"

　아낙네들은 뒤에서 그렇게 수군거렸다.

　문중 사람들은 겉으로는 춘월의 학식을 자랑스러워했다.

　"송씨 집안사람들은 아들뿐만 아니라 딸까지 일본으로 유학을 보내지 않았어? 새시대가 온 거야. 장씨 가문도 시대에 뒤떨어질 수는 없지."

　그러면서도 그들은 속으로는 자신들이 가장의 손아귀에서 놀아나고 있다고 생각했다. 그즈음 정부와 선교 기관들이 여기저기에 신식 학교를 세웠기 때문에, 신식 교육을 받아서 자격이 있는 교사들은 장씨 집안의 서당에 채용되기가 무섭게 조건이 더 나은 다른 자리를 찾아 떠나버리곤 했다. 그래서 그들은 용재가 춘월을 교사로 추천했을 때 마다하지 않았던 것이다. 그러나 그들은 용재가 춘월에게 사적으로 영어를 가르칠 줄은 꿈에도 생각하지 못했다. 남 얘기하기 좋아하는 사람들은 이제 용재의 아내마저 영어를 배우는 자리에 끼어드는 것을 가지고 흉을 봤으며, 용재와 춘월이 지나치게 가까이 지내는 것을 두고도 입방아를 찧었다.

화소댁이 나가자 춘월은 목청을 가다듬고 다시 큰소리로 책을 읽기 시작했다. 《올리버 트위스트》였다. 춘월은 주인공 이름이 나오는 대목마다 머뭇거렸다. 올리버라는 이름을 제대로 발음하기 힘들었다.

 용재는 이따금 고개를 끄덕거리긴 했지만 귀를 기울이고 있는 것 같지는 않았다. 모든 것이 난관에 부딪혀 어려운데도 용재는 지난 한 주일 내내 아무 일도 없는 것처럼 행동해오고 있었다.

 용재는 아주 어렸을 때 한 손으로는 네모를 그리면서 동시에 다른 손으로는 동그라미를 그릴 수 있다고 자랑한 일이 있다. 그러나 사촌들 앞에서 그렇게 해보려고 안간힘을 썼지만 되지 않았다. 사촌들이 놀리는 소리를 듣지 않으려고 있는 힘껏 달아나다 돌부리에 걸려 넘어져 머리를 다쳤다. 그때 느꼈던 고통스러움이 일주일 전부터 다시 찾아들었다. 네모와 동그라미, 동그라미와 네모……. 용재는 문득 자신의 손이 떨리고 있음을 깨달았다. 용재는 속으로 귀재에게 욕을 퍼붓고 있었다.

 "큰아버지, 무슨 걱정 있으세요?"

 춘월이 중국말로 물었다. 용재가 흠칫 놀랐다. 그들의 눈이 마주쳤다. 아마 춘월이 물어보지 않았더라면 용재는 춘월은 물론 그 어느 누구에게도 이야기할 생각조차 하지 않았을 것이다. 용재는 왠지 모르게 자신의 비밀을 나누고 싶다는 생각이 들었다.

 "왜 그러세요?"

 춘월이 다시 물었다.

 용재는 금덕을 힐끗 쳐다보고는 머리를 저었다.

 "아니다, 아무것도 아니다. 그냥 개구리 소리를 듣고 있었다. 그래, 그랬어. 자, 책을 이리 주렴. 내가 좀 읽어볼 테니."

 춘월은 책을 건네주지 않았다.

"애야, 너에게 할 얘기가 있다."

용재가 영어로 말했다.

"난 그냥 책 읽는 시늉을 하면서 얘기하겠다."

용재가 말을 멈추었다. 춘월은 마치 예전에도 그런 경우가 있었다는 듯이 고개를 끄덕거리기만 할 뿐, 전혀 놀라는 기색을 보이지 않았다.

"좋아, 지금부터 영어로 이야기를 하는 거다. 내 아내가 눈치를 채고 놀라게 되면 큰일이니까 말이다. 무슨 말인지 알겠니?"

춘월은 다시 고개를 끄덕였다. 그들은 함께 책 위로 고개를 숙였다. 용재는 춘월에게 단어를 가리키는 것처럼 손가락으로 책을 짚어가며 말을 시작했다.

"내 동생은 여러 해 전에 맹세를 하고 혁명단체에 가입했다."

용재는 잠시 말을 멈추고 춘월의 반응을 기다렸다. 그러나 춘월의 태도는 전혀 예상 밖이었다. 춘월은 마치 문법상의 문제를 따져 묻기라도 하는 듯한 무덤덤한 말투로 입을 열었다.

"저도 알아요. 의화단 사건 당시부터 짐작했던 일이에요. 제 시댁 사람들에게 피난하라고 일러준 사람도 삼촌이었어요."

그래, 그렇다면 동생은 제 할 도리는 알고 있었구나. 용재는 고개를 주억거리며 다시 책을 보았다.

"몇 주일 전에 그 애가 새로 사들여온 총기에 하자가 있었단다. 그 때문에 의심을 받게 된 모양이야. 처음부터 많은 사람들이 그 애가 광둥 출신이 아니라고 해서 미덥지 않게 생각했던 모양이다. 이번에는 그들이 그 애의 속마음을 떠볼 생각으로 특수임무를 맡겼다는구나."

용재가 고개를 들었다. 춘월은 책만 뚫어져라 내려다보고 있었다. 용재가 말을 이었다.

일단 그렇게 말을 시작하고 나니, 용재는 자신의 목소리를 조절해 책을 한 줄 한 줄 읽어가는 시늉을 하며 아주 자연스럽게 귀재의 얘기를 풀어나갔다.
 귀재는 어떤 만주족 고관 한 사람을 암살하는 임무를 맡았다. 그 고관은 황실에서 운송 관계 자문을 맡으면서 국고에 손을 대기도 하고 뇌물도 많이 받아서 큰 재산을 모은 사람이었다. 그는 죄도 없는 사람들을 숱하게 잡아 죽인 인정사정없는 사람이었다.
 용재가 말을 하다가 언뜻 금덕의 눈길이 느껴지는 듯해서 말을 멈추고, 고개를 들어 억지로 웃어 보였다.
 "무척 슬픈 이야기인 모양이죠?"
 금덕이 물었다.
 "그래요, 큰어머니."
 춘월이 대답했다.
 "그렇다면 말일세, 다 읽은 다음에 부인네들에게 그 이야기를 들려주면 좋겠군."
 춘월이 그러겠다고 약속했다.
 용재가 책장을 넘기며 말을 계속했다.
 "지난주에 여기 왔을 때 동생이 이번 일을 털어놓더구나. 구체적인 방법까지. 폭탄 한 방이면 끝난다고 하더구나. 관아에서 일을 벌일 작정이니까 자신들의 참뜻을 오해할 사람도 없을 거라면서. 그 아이는 내가 붙잡기도 전에 나가버렸다. 그 후로는 그 아이를 볼 수가 없었지."
 춘월이 책을 좀더 자세히 봐야 할 일이라도 있다는 듯이 책장을 이리저리 뒤적이며 말했다.
 "큰아버지, 작은삼촌이 그 일을 그만두게 해야 해요. 만일 작은삼촌이 잡히기라도 하는 날에는 일가친척이 모두 몰살을 당할 거예요."

잠시 아무도 말이 없었다. 이번에는 금덕도 이것저것 물으며 끼어들지 않았다.

"나도 그 애에게 애원을 해보았다. 하지만 들으려 하지 않더구나. 그 애는 이번 일이 우리 가문과는 상관없는 일이라고 말했지만 그런 바보 같은 말이 어디 있느냔 말이다. 이제는 시간이 얼마 없어. 다음 주 수요일에 그 고관이 심도암에서 며칠 묵으려고 온다는구나. 그리고 목요일에 관아에서 열리는 회의에 참석할 계획이야. 나는 사람들이 혹시 낌새라도 챌까봐 자세히 수소문도 못 해보았다."

"그 관리에게 오지 말라고 하면 어때요?"

춘월이 책장 한가운데쯤의 글자를 손으로 가리키며 말했다.

"무슨 구실로?"

설사 용재 자신이 장씨 가문의 가장으로서 만주족 고관의 회의에 참석한다 하더라도, 귀재가 형을 제대로 알아보고 폭탄을 던지지 않는다는 보장도 없었다. 이번 암살 계획을 철저히 감춘 채 문제의 만주족 고관을 보호할 방법도 없고, 동생에게 배신자의 낙인이 찍히지 않도록 하면서 그의 목숨을 살려낼 방법도 없었다. 혹시 그 고관이 잠을 자다가 죽어버린다면 또 모르겠지만 그는 늙지도 않은 데다가 무척 건강했다. 가문을 건져낼 방법은 전혀 없었다.

"뾰족한 수가 없어. 그 도둑놈 같은 관리가 자다가 죽어버린다면 모를까."

용재가 큰소리로 말했다. 용재는 책 읽는 시늉을 멈추고 춘월을 바라보았다. 용재는 자신이 바보처럼 느껴지기만 했다. 패배감 때문에 온몸에 힘이 쭉 빠지는 듯했다.

"내가 공연히 너한테 말했나보구나. 다 소용없는 일인데 내가 왜 너한테……."

"서방님, 차 더 가져올까요?"

금덕이 물었다.

용재는 얼떨결에 큰소리로 말했다.

"아니오, 아냐."

그러고는 얼른 마음을 가다듬었다.

"여보, 벌써 어두워지는구려. 등불이나 좀 켜겠소?"

춘월은 아무 말도 없었다. 금덕은 다시 수를 놓기 시작했다. 용재도 책장을 넘기며 이번에는 정말로 책을 읽기 시작했다. 용재가 책 한 대목을 무슨 내용인지도 모르는 채 읽어 내려가고 있는데, 춘월이 문득 책 위에 손을 올려놓으며 말했다.

"잠깐만요. 조금 전에 큰아버지가 그럴싸한 말씀을 하셨어요."

용재는 무슨 말인지 알 수가 없었다. 춘월이 책장을 한 장 한 장 넘기며 말했다.

"자다가 죽는 수밖에 없다고 하셨죠? 바로 그거예요."

"그건 그래. 하지만 무슨 수로?"

"생각을 해볼게요. 계속 읽으세요."

용재가 다시 아무 생각 없이 책을 몇 장 더 읽다가 문득 디킨스의 말이 마치 자신과 동생에게 하는 말처럼 들렸다.

"아무짝에도 쓸모없는 아들놈아. 이 겁 많은 거짓말쟁이야. 네 놈은 밤이면 밤마다 컴컴한 방에 처박혀 도둑이나 살인자들과 머리를 맞대고 일을 꾸미지? 네 놈의 흉계와 독한 마음씨 때문에 그 사람이 참혹하게 죽었으니……."

용재는 더듬거리며 계속 읽어나갔다.

"네 놈은 이 애비의 마음에 쓰디쓴 고통을 가져다주는구나."

"큰아버지!"

춘월이 부르자 용재는 금덕을 힐끗 쳐다보았다. 금덕은 아무런 눈치도 못 채고 있는 것 같았다.

"큰아버지! 그 고관이 나쁜 짓을 많이 해서 원성을 사고 있다고 하셨죠? 그렇다면 큰아버지, 한 가지 방법이 있어요. 우리가 그 사람에게 황제의 온후함을 상징하는 비단끈을 보내는 거예요."

비단끈이라, 비단끈……. 용재가 천천히 고개를 끄덕였다. 그럴듯한 얘기였다. 한번쯤 해볼 만한 일이었다.

이 일은 그 만주족 고관이 쑤저우에 도착하기 전에 암자에서 해야만 해. 거기라면 춘월이 정기적으로 가는 곳이니까, 때만 잘 맞추면 춘월이……. 용재는 비교적 재미있는 사건들이 전개되는 앞부분으로 책장을 넘겨서 춘월에게 밀어주었다.

"자, 이제 네가 읽을 차례다."

용재는 모든 가능성을 가늠해보았다. 여러 가지 상황을 머릿속으로 그리면서 일거수일투족이 착착 맞아떨어져 결국 목적한 일을 이룰 수 있도록 머리를 짜내었다. 그러고 나서는 상대방의 모든 술수를 미리 꿰뚫어보아야 하는 장기 시합에서처럼 자신이 머릿속에 구상하고 있는 계획을 한 단계 한 단계 거듭해서 검토해보았다.

춘월은 책을 읽다가 가끔씩 눈을 들어 용재를 보았다. 춘월은 딱 한 번, 탁자 위에 놓인 등잔불의 심지를 돋웠다.

❀ 비단끈

먼 옛날, 어떤 오래된 도시에서 하루밖에 걸리지 않는 산속에 비구니만 모여 사는 암자 하나가 들어섰다. 그 후 높은 사찰 건물들이 소나무 숲 사이로 그 모습을 드러냈다. 그 암자는 수백 년 동안 융성했다. 그러다가 세상살이가 어려워지고 빚이 쌓여서 절간 문이 닫히고 비구니들이 속세로 쫓겨나야 할 처지가 되고 말았다.

이 암자의 주지스님은 대갓집 며느리로 있다가 과부가 되어 시집에서 쫓겨난 사람이었다. 그녀는 또다시 집을 잃는다는 생각을 하자 치가 떨렸다. 남다른 수완을 가지고 있었던 그녀는 전례가 없었던 것은 아니지만 상당히 기발한 방도를 취했다. 이 주지스님은 비교적 나이가 젊고 얼굴이 제법 반반한 비구니들은 삭발을 하지 않게 한 대신 비단옷을 입히고 화장하는 법과 멋진 말솜씨를 교육시켰고, 남녀간의 정을 주고받으며 즐길 수 있도록 가르쳤다. 이런 식으로 특별 교육을 받은 비구니들은 하룻밤을 지내고 떠나는 손님들이나 암자에 정기적으로 시주를 하는 신도들의 객고를 풀어주었다. 대부분의 양반댁 마나님들은 오로지 불공드릴 목적으로 계속해서 암자를 찾았지만, 그 가운데에는 돈 몇 푼만 주면 세속에서보다 더 큰 재미를 맛볼 수 있기 때문에 찾아오는 사람도 있었다.

　이렇게 해서 속세의 일과 부처님의 일이 그 어떤 이해 충돌이나 법도에 어그러짐도 없이 한자리에서 이루어졌으며, 하마터면 집을 잃을 뻔했던 많은 중생들이 구제되었다.

―중국 민담

　춘월이 탄 가마가 장씨 가문의 대문을 나서 탑거리를 돌아 남서쪽 출입문으로 향할 때에는 이미 햇살이 뜨거워지고 있었다. 날이 새기 전에 보슬비가 내렸기 때문에 쑤저우성은 아침 햇살을 받아 맑은 옥빛으로 빛났다. 갓 피어오르는 운하의 안개 속에서 쑤저우성은 마치 밀짚모자를 쓴 유령처럼 사라졌다가 나타나고 나타났다가는 이내 사라지곤 했다.

　가마꾼들은 발을 맞추며 초승달 모양의 다리를 건넜다. 다리 위에는 노인네들이 모여서 해바라기를 하고 있었고, 큰 운하에는 꽃으로 장식한 놀잇배들이 묶여 있었다. 춘월은 자신의 심장이 자갈길을 소리내며 달려가는 가마꾼들의 발걸음보다 더 빨리 뛰는 것 같았다.

　갑자기 가마가 기우뚱하며 멈췄다. 춘월은 팔걸이를 꽉 움켜쥐었다. 의자에서 미끄러져 떨어지지 않은 것만 해도 다행이었다. 춘월은 가마 봉창문을 열고 가마꾼에게 무슨 일이냐고 물었다.

　"마님, 불이 났습니다요. 빠져나갈 길이 없구먼요."

　"틀림없어요?"

　"틀림없습니다요. 되돌아갈까요?"

　"아니에요! 다른 길이 있을 거예요."

　"있긴 있습니다만 재수 없는 데라서. 마님, 그만 돌아가시는 게 어떻겠습니까요? 다른 길은 마님 같은 분이 가실 곳이 못 되는구먼요."

"길이 어떻든 무슨 상관이에요."

가마꾼들이 어깨를 움찔하더니 다시 가마를 둘러멨다. 그들은 왼쪽으로 빙 돌더니 비단 가게들이 늘어서 있는 좁은 샛길로 접어들었다.

얼마쯤 후에 이상한 소리가 들리기 시작했다. 그 소리는 처음에는 메뚜기 소리처럼 아주 작게 들리더니 가마가 앞으로 나갈수록 점점 커져서 나중에는 수백 명의 과부들이 울부짖는 소리처럼, 그리고 용이 으르렁거리는 소리처럼 크게 들렸다. 그리고 갑자기 역한 오물 냄새와 함께 강한 살기가 느껴졌다. 그 살기는 춘월이 암자에 피신해 있다가 베이징으로 되돌아갔을 때보다 더 강렬했다.

춘월이 휘장을 젖혔다. 가마는 그녀가 한번도 본 적이 없는 넓은 공터에 들어서 있었다. 그곳은 관가의 처형장이었다. 많은 죄수들이 치도곤을 맞고 큰칼을 차거나 낙인을 찍히기도 하고 주리를 틀리기도 하며, 심한 경우에는 목을 잘리는 등 관례와 형벌에 따라 벌을 받는 장소였다. 공터 주변에 서있는 말뚝에는 파리 떼가 새까맣게 들러붙은 피투성이의 머리들이 파수를 보듯 꽂혀 있었다.

나이가 어려 보이는 도둑 하나가 먼지 구덩이 속에서 퉁퉁 부어오르고 땀으로 뒤범벅이 된 얼굴에 끊임없이 달려드는 파리떼를 쫓아달라고 구경꾼들과 하늘에 대고 애원하고 있었다. 그의 팔은 아무 쓸모가 없었다. 사방 석 자나 되는 큰칼이 그의 실낱같이 가는 목을 꽉 조이고 있었기 때문에 그는 팔을 얼굴까지 뻗을 수가 없었다. 아이들 너덧 명이 그의 주위에서 놀다가 그를 구해주는 척 발끝으로 살금살금 다가가다가는 다시 휙 돌아서서 가버리곤 했다.

그곳에서 조금 떨어진 곳에는, 호사스러운 옷을 입은 장사꾼 하나가 자신의 죄목을 모든 사람들이 볼 수 있도록 큼지막한 글씨로 써놓은 간판 옆에 무릎을 꿇고 있었다. 징소리가 한번 울릴 때마다 채찍이 그의 등을 때렸다.

 공터 한가운데쯤에 이르러 가마가 또 멈췄다. 윗도리를 입지 않은 짐꾼들이 무리지어 길을 막고 있었다. 넝마를 걸친 사내 세 명이 땅바닥에 앉아 요란스럽게 입맛을 다셔가며 접시에 놓인 야채를 집어먹으며 농지거리를 주고받고 있었다. 검은 두건을 쓴 망나니가 그들 옆에 서서 그들이 다 먹기만을 끈질기게 기다리고 있었다.
 "길 좀 비켜주십시오! 길 좀 비켜주십시오! 어르신네들, 좀 갑시다요!"
 가마는 힘들게 구경꾼들 틈을 비집고 나가다가 어떤 무덤 도둑 옆에서 또 한번 멈추고 말았다. 그 무덤 도둑은 목은 꽉 조여진 채 큰 우리 밖으로 내밀렸고 그의 몸통은 발가락 끝으로 한 무더기의 자갈 더미를 디딘 채 우리 안에 매달려 있었다. 파수꾼이 그의 발밑에 있는 자갈을 하나씩 빼내고 있었다. 어지간한 사람 같으면, 저 알량한 자갈을 단숨에 차버리고 스스로 목숨을 끊을 텐데. 춘월은 가마가 움직이기 직전에 죄수의 휘둥그레진 눈과 마주쳤다.

 춘월이 암자에 닿았을 때는 서산으로 막 넘어가는 해가 주홍빛으로 칠한 암자 지붕 위에 일렁이는 빛의 그물을 펼쳐놓고 있을 때였다. 새들은 빛이 사라지고 어둠이 다가오는 것을 알리기라도 하듯 지저귀고 있었다.
 춘월은 곧장 절 마당 한가운데에 서있는 커다란 향로로 걸어가 그 속에 시줏돈을 던져 넣은 다음, 뒤로 물러서서 돈에 불이 붙어 또르르 말린 재가 되는 것을 지켜보았다. 다른 때와 마찬가지로 곰보에 몸집이 작은 비구니 하나가 불이 꺼지기 전에 나타났다. 그녀의 칙칙한 가사에서 먼지가 일었고 그 먼지들은 그녀의 움직임에 따라서 햇빛을 머금고 반짝거렸다.

"나무아미타불!"

비구니가 깊숙이 허리를 숙였다.

"시주님, 불공드리는 곳으로 모실까요?"

"오늘은 그만두겠습니다. 주지스님께 급히 드릴 말씀이 있습니다."

그 비구니는 놀라거나 알고 싶어하는 내색은 전혀 하지 않고 다시 절했다.

"자, 저를 따라오시지요."

춘월은 그 비구니의 뒤를 바싹 따라서 돌층계를 올라갔다. 길고 구불구불한 복도를 지났고, 너무 구석에 있어서 벌써 어두워진 작은 방에 이르렀다. 방안에는 의자 두 개와 참나무로 된 탁자 하나, 그리고 탁자 위에서 깜빡거리고 있는 작은 등잔 하나밖에 없었다. 춘월은 흙으로 된 마룻바닥에 물기가 스며들지 않는 것이 이상하다고 생각하며 으스스한 기분에 몸을 떨었다. 춘월은 치맛자락을 다리 사이에 끼우고 이끼가 잔뜩 낀 바위처럼 꼼짝도 하지 않고 기다렸다.

부나비 한 마리가 등잔불 심지 둘레를 맴돌았다. 사방 벽에 비친 부나비의 그림자가 마치 그 부나비를 잡으려고 뒤쫓는 괴물처럼 보였다. 그 괴물이 점점 심지 가까이로 부나비를 몰아넣었고, 이윽고 그 부나비는 괴물에게 붙잡혀서 접시에 담긴 콩기름 속에 떨어졌다. 부나비는 잠시 날개를 퍼덕거리다가 이내 잠잠해졌다.

밖에서는 딱따구리의 나무 찍는 소리가 끊어질락말락 이어졌다.

주지승이 폭 넓은 가사자락을 펄럭이며 미끄러지듯 방안으로 들어섰다. 주지승은 시주들이 특별히 부탁을 하지 않으면 자기가 맡지 않은 사람들 일에 관여하지 않았기 때문에 춘월은 먼발치에서 주지승을 한번 보았을 뿐, 직접 만나기는 이번이 처음이었다. 춘월은 머리를 한쪽으로 기울이며 말없이 손목에서 금팔찌 한 쌍을 풀어 탁자 위에 놓았다.

나이 든 주지승의 흐물흐물한 두 눈은 거의 앞을 보지 못했지만, 팔찌를 재빨리 쳐다보고는 팔찌의 값어치를 가늠해보았다. 주지승은 천천히 눈을 감고 숨을 한번 깊이 들이쉬었다. 잘 때도 깨어 있는 듯한 맹수처럼 도사린 자세였다.

주지승이 갑자기 목청을 가다듬으며 말했다.

"요즘은 모든 게 다 비싸. 시주가 원하는 게 무엇인고?"

주지승의 목소리는 마치 뼈를 갈아 마신 것처럼 껄끄러웠다. 주지승은 춘월이 금반지 하나와 옥으로 만든 빗 한 쌍을 탁자 위에 더 놓자 그제야 춘월의 제의에 귀가 솔깃해진 모양이었다.

"그것 참, 괴상한 부탁이군. 하지만, 좋아. 나무아미타불!"

주지승이 일어섰다.

"나를 따라오게나!"

춘월은 주지승의 활발한 걸음을 따라 잡느라고 애를 먹었다. 암자를 나선 주지승은 등나무를 올린 정자 맞은편을 지나 소나무가 울창한 오솔길을 내려갔다. 집 한 채가 숲속에 있는 것이 보였다. 작은 창문과 출입문이 서로 바싹 붙어 있는 것 외에는 그냥 흔히 보는 집이었다.

주지승이 출입문을 열면서 말했다.

"시주가 원하는 것은 저기 찬장 위에 다 있을걸세."

주지승은 춘월이 미처 고맙다는 말을 하기도 전에 사라져버렸다.

방안에는 불이 켜진 촛대 하나가 벽에 걸려 있었고 침상 하나와 세숫대야, 찬장이 휑뎅그렁하니 놓여 있었다. 춘월은 소매가 길고 넓은 장삼 한 벌과 행자승이 쓰던 검은 삿갓 하나를 찬장에서 꺼냈다. 옷을 갈아입는 데에는 시간이 얼마 걸리지 않았다.

춘월은 방에서 빠져나와 소나무 숲 사이로 난 길을 통해 재빨리 암자로 다시 올라갔다. 어두워지기 시작하는 하늘에는 금빛을 머금은 주홍빛 노을이 지고 있었다. 춘월은 잠시 걸음을 멈춰 숨을 돌린 다음, 고개를 숙이고 무릎을 손으로 짚어서 몸을 가누며 가파른 계단을 조심스럽게 올라갔다.

대웅전을 지키는 거대한 두 나한상이 꼭 덤벼들 것만 같았다. 춘월은 눈을 내리깔고 나한상을 지나쳤다. 춘월은 대웅전 안에 들어서다 말고 귀에서 나는 웅웅거리는 소리 때문에 다시 한번 멈춰섰다. 호주머니에 손을 넣어 손수건을 찾았지만 없었다. 춘월은 숨을 깊이 들이쉬었다. 눈이 매울 정도의 짙은 향냄새 때문에 숨을 깊이 들이마셔도 답답하기는 마찬가지였다.

나무로 된 둥근 천장은 춘월이 기억하고 있던 것보다 더 높아 보였으며 마치 엄청나게 큰 괴물이 아가리를 벌리고 있는 것 같았다. 엎드려서 염불을 하고 있는 늙은 비구니들도 마치 유령처럼 보였고 그들의 염불 소리는 유령들의 울부짖음 같았다. 촛불은 바람에 일렁이며 으스스한 그림자만 만들어내고 있었다. 춘월이 비구니들을 지나 대청 깊숙이 휘장을 드리워놓고 그 뒤에 불상을 모셔놓은 곳으로 서둘러 가는 것을 본 사람은 아무도 없었다.

칠간지옥의 탱화가 살아 움직이는 것 같았다. 깜빡거리는 불빛 속에서 미쳐 날뛰는 악귀들과 사나운 들짐승들의 손에 들린 채찍이 저주받은 무덤 도둑과 인육을 먹은 자들의 허리를 계속해서 내리치며, 그들을 이글거리며 타오르는 강 속으로 몰아놓고 있었다. 공터에서 본 무덤 도둑과 마찬가지로 그들은 눈을 홉뜨고 있었다.

춘월은 안간힘을 쓰며 구석으로 살금살금 다가가서 휘장 뒤의 삼불상에 이르렀다. 과거와 현재, 미래를 나타내는 세 불상 앞에는 그 부처의 힘을 빌려 미래의 일을 점치는 데에 쓰이는 온갖 소도구들이 잔뜩 놓여 있었다. 춘월은 휘장에 그려진, 물에 빠져 허우적거리는 망령들이 뒤따라 들어온 것 같은 기분이 들었다. 춘월은 서둘러서 용재가 기다리기로 한 대청 맨 구석의 어두운 곳으로 갔다.

용재는 거기에 없었다. 춘월은 미친 사람처럼 여기저기를 뒤져보았다. 그러나 아무도 없었다. 춘월은 현세불 앞에 서서 심호흡을 하면서 마음을 가라앉혀보려고 애를 썼다. 뭐가 잘못되었나? 가마꾼이 재수 없는 곳이라고 그랬지? 갈 곳이 못 된다고. 하지만 다른 도리가 없잖아? 그냥 기다려보는 수밖에 없겠군. 대자대비 관세음보살! 기다려야 해. 곧 오실 거야.

춘월은 과거불의 발아래 어두운 곳으로 조용히 걸어가 무릎을 꿇었다. 흙바닥이 축축했다. 자비로우신 부처님, 제발 비나이다. 춘월은 염불을 해보려고 했지만 마음속에는 누가 지은 것인지 알 수 없는 시구만 계속해서 떠올랐다.

너무 어둡고 어두워
너무 갑갑하고 갑갑해
너무 축축하고 축축해
너무 죽은 듯해.

그 말들이 계속해서 춘월의 머릿속에 맴돌았다. 머리가 터질 것만 같았다. 춘월은 한없이 기다렸다. 다리에 감각이 없어졌다. 대청은 점점 더 어두워져가고 있었다. 너무도, 너무도 죽은 듯이.

을씨년스럽던 대웅전에서 시끄러운 소리가 들렸다. 그리고 지독한 냄새가 코를 찔렀다. 사람의 살이 타는 냄샌가? 춘월은 벌떡 일어나 벽에 등을 바짝 붙이고 휘장을 노려보았다. 휘장이 유황지옥 같은 불빛에 타오르고 있는 것 같았다. 불빛은 서서히 휘장을 돌아 안으로 들어오고 있었다. 춘월은 비명을 지르지 않으려고 입을 손으로 막았다. 그러다가 비명 대신 웃음을 삼키며 안도의 한숨을 내쉬었다. 온몸에 기운이 쭉 빠지는 것 같았다. 촛불을 든 비구니들이 줄을 서서 염불을 하며 휘장 안으로 들어왔다. 비구니들 뒤에는 행자승들이 병아리 수십 마리와 염소 세 마리, 노새 두 마리에 암소 한 마리, 그리고 헤아릴 수 없이 많은 오리 새끼와 토끼를 몰고 따라 들어왔다. 그들 뒤에는 한떼의 과부들이 저희들끼리 키득거리며 들어오고 있었다. 나무아미타불! 암자 사람이 다 모였군. 춘월은 재빨리 육중한 부처들 그림자 뒤에 숨었다.

　마지막으로 주지승이 까까머리를 촛불에 빛내며 들어왔다. 주지승은 손짓으로 과부들을 한옆으로 비키게 하고 짐승들을 가운데로 나서게 해서 초록색 비단 장삼을 걸친 웬 뚱뚱한 남자에게 길을 비켜주었다. 그 남자는 머리를 숙이고 합장을 한 채 키득거리는 여자들 틈을 빠져나와 불단 한가운데로 가서 현세불 앞에 섰다. 여남은 명의 짐꾼들이 붉은 능라로 묶은 큼지막한 궤짝 두 개를 들고 그 남자의 뒤를 따랐다.

　그 남자는 엄숙한 태도로 향을 한 가닥 피운 다음, 머리를 세 번 조아렸다. 그러고는 속으로 염불을 외는지 무릎을 꿇고 조용히 앉아 있었다. 그동안에 비구니들은 웅성거렸고 과부들은 재잘거렸으며 짐승들은 시끄럽게 울어댔다.

　주지승이 징을 한번 치자 그 남자는 합장한 손을 높이 쳐들고 일어서면서 외쳤다.

"내가 너희들을 속세의 업보에서 풀어주나니, 너희들은 저승에 계신 내 어머님을 정성껏 모시거라!"

징이 다시 울렸다. 하인들이 능라로 묶은 궤짝을 열자, 백 마리는 될 듯한 순백색의 비둘기들이 공중으로 흩어져 대청에서 빠져나갈 길을 찾으려고 미친 듯이 날아다녔다.

징이 또 한번 울렸다.

"내가 너희들 역시 속세의 업보에서 풀어주나니, 너희들도 저승에 계신 내 어머님을 정성껏 모시거라!"

하인들이 다른 궤짝을 여는 사이에 그 남자가 말했다. 이번에는 백여 마리쯤 되는 뱀들이 궤짝에서 나와 대청 여기저기로 꿈틀거리며 기어갔다.

춘월은 그 뱀들이 독이 없다는 것을 알면서도 치맛자락을 꼭 움켜쥐었다. 다행히 한 마리도 그녀 가까이로 오지 않았고, 얼마 후에는 모두 어디론가 사라져버렸다.

비둘기들은 여전히 빠져나갈 길을 찾느라고 이리저리 날아다니다 결국 처마 밑의 빈 곳을 찾아내고는 한 마리씩 빠져나갔다. 힘이 빠진 비둘기 몇 마리만 남아서 서까래 틈으로 퍼덕거리며 날자 그 효성이 지극한 남자가 소리쳤다.

"나무아미타불! 나무아미타불! 나무아미타불!"

다른 사람들도 일제히 소리를 질렀다. 그러고 나서는 모두 휘장 밖으로 나갔다. 춘월은 다시 혼자가 되었다.

춘월은 몸을 움직여야 한다는 생각이 들었다. 다리가 마치 나무 등걸처럼 뻣뻣해 감각이 없었고, 수천 마리의 벌에 쏘인 것처럼 따끔거리기도 했다. 춘월은 살그머니 한 발 한 발 앞으로 내디디며 불단으로 갔다. 그녀는 촛불을 켜고 향을 피운 다음, 다시 염불을 할 생각으로 무릎을 꿇었다. 미처 빠져나가지 못한 비둘기들의 날갯짓 소리가 온 대청을 가득 메우는 듯했고, 비둘기들의 달아나려는 몸부림 때문에 공기가 굳어가는 듯했다. 대자대비하신 부처님, 저 새들이 빠져나갈 수 있게 해주십시오. 마지막 남은 새들을 빠져나가게 해주십시오.

문득 발소리가 들렸다. 용재였다. 용재는 어느새 춘월의 옆에서 무릎을 꿇고 있었다.

"대자대비 석가모니불!"

용재는 숨도 돌리지 않고 소리친 다음 재빠르게 속삭였다.

"그 사람을 보았다. 그는 여기에 있어."

춘월은 돌아보지도 않은 채 부드러운 목소리로 물었다.

"틀림없어요?"

"틀림없다. 그 사람이 조금 전에 대웅전에서 나갔단다. 저희들을 재앙에서 막아주소서."

"하지만 방생공양이 있은 뒤로는 아무도 들어오지 않았는데요?"

"자기 어머니를 위해 방생공양을 올린 사람이 바로 그 만주족 고관, 표소라는 자다."

"그럴 수가!"

춘월이 큰소리로 외쳤다.

"조심해!"

"그처럼 효성이 지극한 사람이 어떻게 작은삼촌이 말씀하신 것 같은 더러운 인간일 수 있죠?"

춘월이 도저히 믿을 수 없다는 표정으로 속삭였다.

"아들 노릇 잘한다고 해서 썩은 벼슬아치가 아니라는 법은 없단다. 여하튼 지금 그 사람 인품을 따질 때가 아니다. 문중의 사활이 걸린 문제야. 오늘밤 그 사람과 함께 저녁을 먹은 다음에 그를 너에게 보내마."

 용재가 일어섰다.

 "잠깐만……."

 춘월은 용재의 표정을 보고 말꼬리를 흐렸다. 그의 얼굴은 마치 낯선 사람을 대하는 것처럼 무표정하고 침착하기만 했다. 마치 하늘의 뜻에 따라 이미 죄를 용서받은 사람 같았다. 저분에게는 불길한 징조가 전혀 나타나지 않았던 건가? 나와 같은 길로 오시지 않은 모양이군. 아니면 아무것도 못 보고 지나쳐오신 건지도 몰라. 그것도 아니면 다른 도리가 없기 때문에 끝까지 밀고 나가시려는 건지도 몰라.

 "조심해야 한다!"

 용재가 재빨리 대청을 빠져나갔다.

 암자의 종이 뎅그렁거리며 밤이 오고 있음을 알렸다. 춘월은 큰아버지를 뒤쫓아가고 싶은 마음이 굴뚝같았지만 그럴 수는 없는 일이었다. 용재는 잠시 후에 식당으로 가서 표소와 함께 자리를 하며 그에게 술을 먹여 비위를 맞추고 그의 탐욕스러운 마음을 부추길 계획이었다. 이제는 돌이킬 수 없는 노릇이었다. 춘월은 다시 염불을 외웠다.

 "대자대비 석가모니불, 저희들을 재앙에서 구해주소서."

 그러나 여전히 마음이 가라앉지 않았다.

 춘월은 일어나서 대웅전을 빠져나가 촛불 하나로 길을 밝히며 비구니들의 거처로 돌아갔다.

 저녁밥 그릇이 침상에 놓여 있었다. 춘월은 빵을 한입 깨물어 씹어보았지만 목이 메어 삼킬 수가 없었다. 차를 마셔보았다. 차는 식어 있었다. 춘월은 밥그릇을 문밖에 내놓고 침상에 드러누워 자신들이 영어 공부를 하는 척하면서 계획했던 일을 다시 천천히 생각해보려고 애썼다.

　해시를 알리는 종소리가 울리자 비구니는 침상에서 일어나 오솔길을 따라 대웅전으로 천천히 향했다.

　등잔불의 심지는 기름이 담긴 접시 속에서 하늘하늘 깜빡거렸다. 대청을 가득 채운 망령과 귀신의 형상들이 천장에서 펄쩍 뛰어내려 어두운 구석을 찾아 웅크리기도 하고 사방 벽에 짐승의 발톱 같은 모습으로 드리운 그림자 속에 숨기도 했다. 불상들은 등잔불에 비쳐 핏빛으로 물들었고, 콧구멍에서는 불길과 서릿발이 동시에 뿜어져 나오는 듯했다. 불상들의 눈이 그녀를 뒤쫓고 그들이 걸친 가사자락이 바람에 살랑거리는 듯했다. 실바람이 비구니의 뺨을 스쳐 지나갔지만 그녀는 조금도 시원함을 느끼지 못했다. 암자의 어느 외진 곳에서 경 읽는 소리와 북치는 소리가 아스라이 들려왔다.

　비둘기 한 마리가 마룻바닥에 떨어져 있었다. 비구니는 비둘기를 집어 불단에 올려놓았다. 비둘기는 죽어 있었다.

　비구니는 어두운 불당 안 과거불 뒤에 숨어 무릎을 꿇고 기다렸다.

　남자들이 대청 안으로 들어왔다.

　"너무 늦었습니다. 그 여자는 가버렸어요. 자, 돌아가서 술이나 더 마시지요."

　한족처럼 보이는 남자가 말했다.

　"왜 그렇게 서두르나. 불당 안을 제대로 살펴보지도 않았잖나?"

　다른 남자가 말했다. 그는 만주족이었다.

　"여기엔 아무도 없습니다."

　"자네가 어찌 그리 잘 아나? 날 자꾸 내쫓으려고만 하지 말게."

　"내일이요. 내일은 꼭 만나게 해드리겠습니다. 약속하겠습니다."

　"지금은 왜 안 된다는 건가?"

"그건, 저······."
"자넬 나무라고 싶은 생각은 없네."
만주족 남자가 자기도 다 알고 있다는 듯이 웃었다.
"그 여자가 정말 자네 말대로라면, 자네가 그 여자를 독차지하고 싶어하는 것도 무리는 아니지. 하지만 자넨 저녁 내내 그 여자 자랑만 늘어놓았잖나? 그러니 이젠 내가 직접 눈으로 확인을 해야겠네."
두 사람이 술에 취한 듯이 서로 밀치다가 만주족 사람이 갑자기 상대방을 뿌리치고는 비구니가 염불을 외고 있는 불당 한쪽 구석으로 쏜살같이 달려갔다.
"저 사람이 그 여잔가?"
"아닙니다! 아닙니다. 그 여자가 아닙니다."
한족 사람이 다급하게 외쳤다.
"여보게, 잘 보게. 부탁일세."
"그 여자인지도 모르겠군요."
"다시 한번 잘 보게."
"이것 참, 할 수 없군. 맞습니다. 그 여자예요."
"내게 소개시켜주게. 나는 내기에 지고 싶어 안달이 나네. 저 여자가 앞날을 점칠 수 있다면 내 군마는 자네에게 주겠네. 자, 어서."
한족 남자가 다가가자 무릎을 꿇고 있던 비구니가 고개를 들었다.
"스님, 미안합니다. 저를 알아보시겠습니까? 한때는 스님 이웃집에서 살았지요."
"밤이 깊어가는데, 무슨 일이시온지?"
"불공을 드리는데 방해를 해서 송구스럽습니다만, 지체 높으신 나으리 한 분께서 오늘밤 스님을 꼭 좀 뵙고 싶다고 하셔서요. 저같이 미천한 사람이 어찌 감히 거절을 할 수 있겠습니까? 여기, 이분께서 표소 어르신입니다."

"어르신 같은 분이 이 하잘것없는 여승을 찾아주시니 송구스럽기만 하군요. 나무아미타불!"

비구니는 일어서서 합장을 하며 허리를 숙였다.

"소승에게 시키실 일이라도 있으신지요? 어르신 조상님들을 위해 불공을 드리게 된다면 그보다 더한 기쁨이 없겠습니다."

"고맙소, 스님. 내 조상님들은 염려하실 게 없소. 하지만 다른 부탁이 한 가지 있는데, 그걸 들어준다면 정말 고맙겠소."

"송구스럽습니다. 말씀만 하십시오."

"여기 이 친구 얘기로는 스님께서 남다른 재주가 있다고 하던데?"

비구니는 미간을 찌푸리며 한족 남자를 쳐다보았다. 한족 남자는 겸연쩍은 듯이 웃었다.

"술이 좀 과해서 그만, 스님 자랑을 늘어놓고 말았습니다."

"어째서 시주님께서는 남의 비밀을 함부로 털어놓으십니까? 소승이 출가한 것도 사람들이 앞일을 점쳐달라고 성화를 부리는 게 싫어서였잖습니까?"

"자, 자, 화낼 것 없소이다."

표소가 비구니를 다독거렸다. 그의 태도는 조금 전에 비해 사뭇 점잖았다.

"스님의 재주를 내가 이미 알고 있고 스님 또한 내가 알고 있다는 것을 이제 알았느니, 자, 내 청을 들어주는 것이 어떻겠소? 이 자리에는 우리 세 사람밖에 없잖소?"

비구니가 고개를 숙여 절을 하고 나서 한족 남자를 쳐다보았다.

"이미 언약을 드린 셈이니 어쩔 수가 없군요. 하지만 시주님, 시주님께서는 자리를 비켜주셔야겠습니다. 자, 가시지요."

한족 남자는 이마가 땅에 닿도록 절을 하고는 뒷걸음으로 나갔다.
"이제 시작하시지요."
비구니가 말했다. 그들은 함께 현세불 앞에 무릎을 꿇었다. 표소는 자신의 사주를 자세히 알려주고 자기가 지금까지 만났던 유명한 점쟁이들 이름까지 말했다.

비구니는 다섯 손가락을 구부렸다폈다 하면서 십간, 오행, 십이지를 차례차례 짚어보고는 그의 성격이며 지금까지의 행적 따위를 자세하게 얘기했다.

비구니가 얘기를 하는 동안 만주족 사람은 열심히 고개를 끄덕였다. 그는 비구니가 말을 마쳤을 때는 너무 놀라 제정신이 아니었다.

"스님, 하나도 틀린 것이 없습니다. 스님이 이야기하신 바로 그대롭니다."

"앞일에 대해 묻고 싶은 게 있으시겠지만 시간이 너무 늦었습니다."
그는 제발 봐달라는 듯이 웃었다.

"부탁합니다. 내가 앞으로 몇 년이나 더 살지, 그것만 물어봅시다."
비구니가 다시 손가락을 짚어보고는 입을 열었다.

"죄송합니다만, 저기 저 나무젓가락통을 좀 흔들어주시겠습니까? 점괘가 좀 모자랍니다."

표소가 불단 위에 놓인 젓가락통을 집어들어 흔들었다. 나무젓가락 하나가 마룻바닥에 떨어졌다. 비구니가 젓가락에 새겨진 표시를 읽었다.

"자, 한번만 더 흔들어주십시오."

"왜 그러시오?"

"아무것도 아닙니다. 조금 괴이한 점괘가 나와서 그럽니다. 확실하게 알아보고 싶습니다."

표소가 이번에는 좀더 오랫동안 젓가락통을 돌렸다. 이윽고 젓가락 하나가 굴러 떨어지자 비구니가 그 표시를 읽었다.

비구니는 깊은 생각에 잠긴 듯 손가락 끝으로 젓가락에 새겨진 표시를 더듬고는 그에게 물었다.

"다른 점쟁이들은 뭐라고 하더이까?"

"증손자 볼 때까지는 살 거라고 하더군요."

"아, 그렇다면 그 사람들 말이 맞나보군요. 증손자를 여럿 보실 때까지 사실 겁니다."

"마음에도 없는 말씀을 하시는군요."

"아닙니다. 그렇지 않습니다."

"그렇다면 점괘가 괴이하다는 것은 무슨 말이오?"

"지나치게 많이 아는 것이 해로울 때도 있는 법이지요."

"해롭고 해롭지 않고는 내가 알아서 할 일이오."

비구니는 입을 꼭 다문 채 손가락으로 염주알만 헤아릴 뿐 꼼짝도 하지 않았다. 한참 후에 비구니가 다시 입을 열었다.

"좌선을 좀 해보고 좀더 자세한 말씀을 드리면 어떻겠습니까? 함부로 허튼 소리를 하고 싶지는 않습니다."

표소가 그러라고 했다. 향불이 향로 속으로 천천히 피어오르자, 비구니는 단조로운 장단으로 목어를 두드리기 시작했다. 향불이 제법 타오르고 났을 때 비구니는 문득, 목어 두드리던 손을 멈추고 정신을 잃은 듯했다. 그러고 나서 어머니가 아들을 부르는 듯한 목소리로 소리쳤다.

"표아야, 표아야!"

"그건 내 젖먹이 때 이름이오. 어머님이 나를 그렇게 불렀소."

"표아야……."

"어머님, 어머님이십니까?"

비구니는 대꾸도 하지 않고 계속해서 이름만 불렀다. 표소는 어쩔 줄 모르고 쳐다만 보고 있었다. 그의 이마가 땀으로 번들거렸다.

갑자기 비구니가 조용해졌다. 그녀는 잠시 대청 안의 공기처럼 꼼짝도 하지 않고 앉아 있었다. 그러더니 북채를 집어들고 다시 목어를 두드리기 시작했다.

"소승이 무슨 이야기를 했습니까?"

비구니가 물었다. 표소의 얼굴은 잿빛으로 질려 있었고 목소리는 반쯤 쉬어 있었다.

"스님, 기억 못하시오?"

"기억하지 못하겠습니다."

표소가 소매에서 손수건을 꺼내 이마의 땀을 닦았다. 그러고는 마음을 다져먹은 듯이 물었다.

"무엇을 알아냈소? 내가 장수하겠소?"

비구니가 천천히 고개를 끄덕였다.

"맞소이다. 다른 점쟁이들 말이 맞소이다. 조금 전에는 왜 그런 이상한 점괘가 나왔는지 소승도 알 수가 없군요."

표소가 비구니의 팔을 움켜잡았다가 뜨거운 것에 데기라도 한 것처럼 금방 놓았다.

"스님은 거짓말을 하고 계시오. 난 스님 말을 믿을 수가 없소."

"소승은 기력이 쇠진했소이다. 너무 늦었으니 물러가 쉬어야 할까 봅니다."

"사실대로 이야기해주시오."

"소승을 용서해주십시오. 자, 그럼 편안히 주무십시오."

비구니가 일어나 문으로 향했다.

"이대로 갈 수는 없소!"

표소가 소리쳤다. 그러고는 조금 마음을 가라앉힌 듯 덧붙였다.

"명령이오. 다시 앉으시오!"

비구니가 머뭇거렸다.

"스님, 스님은 다 얘기하기 전에는 여기서 나갈 수 없습니다."

"하지만 소용없는 일입니다."

"그건 내가 판단할 일이오."

비구니가 눈을 내리깔았다.

"소승은 두렵습니다."

"뭐가 말이오?"

"역정을 내실까봐 드리는 말씀입니다."

"맹세하리다. 화는 내지 않겠소. 어디 얘기해보시오."

비구니는 염주를 감싼 손을 가슴에 가져다대고 아이를 다루듯 부드럽게 말을 시작했다.

"다른 점쟁이들 말이 맞긴 맞았습니다. 시주께서는 애초에 일흔 살 이상을 사시도록 되어 있었지만, 오늘밤 소승이 헤아려보니 알 수 없는 곳에서 예기치 못했던 재앙이 불시에 닥쳐오고 있습니다. 병에 걸리는 것도 아니고 사고가 생기는 것도 아니고, 그렇다고 시주의 몸이 허약해지는 것도 아닙니다. 소승의 육감이 틀리지 않다면, 시주께서는 스스로 때를 정하여 세상을 버리실 겁니다."

"그게 언제요?"

"시주의 목숨은 오늘밤이 마지막입니다."

"무슨 말을 하는 거요?"

표소는 땀이 눈으로 흘러들어서 눈을 깜빡거리면서도 비구니를 계속해서 쳐다보았다.

"소승이 아무래도 잘못 짚은 모양입니다. 소승도 사실 제 말이 터무니없다는 생각이 듭니다. 그러니 소승의 점괘가 틀린 것일 수밖에 없겠지요."

"아니오, 기다리시오. 아까 뭘 봤소?"

"백옥같이 살결이 희고 백발을 한 어떤 노부인을 보았소이다. 그 부인은 몹시 고통스러운 듯 통곡을 하고 있더군요. 소승은 그분이 누구인지 확실히 알 수 없었습니다만, 시주님의 집안어른인 것만은 틀림없는 것 같습니다. 혹시, 할머님이나 숙모님은 아닌지요?"

"아니오. 그분은 내 어머님이오. 또 다른 건 보지 못했소?"

"그 부인께서는 표아라는 사람을 몇 번씩이나 부르셨습니다. 그분은 그 표아라는 사람이 손을 써주지 않으면 자기는 배 주린 망령이 되어서 침묵과 암흑 속을 영원히 홀로 떠돌아다니게 될 거라고 하셨습니다."

표소가 고개를 저었다.

"하지만 난 도무지 이해할 수가 없소. 내 어머니께서는 두려워하실 까닭이 없소. 어머니께서는 여섯 명이나 되는 풍수쟁이들이 터를 잡아준 크고 좋은 무덤에 묻히셨소. 살아 생전에 정숙하기 그지 없으셨고, 아들인 나 또한 이렇게 공을 들여 어머님의 극락행을 빌고 있는데 어머님께서 벌을 받으시다니 말도 안 되는 소리요."

표소는 말을 마치고 비구니의 표정을 살폈다. 비구니는 눈을 내리깐 채 짤막하게 염불을 왼 다음 표소를 쳐다보았다.

"시주 어머님께서는 당신의 무덤이 더럽혀질까봐 염려하고 계시는 것 같았습니다. 어머님께서는 원한을 품고 날뛰는 사람들이 당신의 무덤을 파헤쳐서 뼈를 땅바닥에 던질 거라고 하시더군요."

비구니가 잠시 말을 멈추었다가 계속했다.

"표아가 그들의 한을 풀어주지 않으면 그의 모친께서는 불바다나 전갈숲보다도 더 지긋지긋한 지옥에 떨어지고 말 거라고 하더군요."
 "그렇다면 내가 어떻게 하면 되겠소? 원한에 날뛴다는 그 사람들이 도대체 누구요? 오늘밤 당장 내가 죽는다고 했는데, 그렇다면 그 사람들은 지금 어디 있소?"
 표소의 목소리는 거의 들떠 있었다.
 "소승도 잘 모릅니다. 그래서 소승의 점괘가 틀렸다는 겁니다."
 표소는 얼굴을 손에 파묻고 어린아이처럼 울음을 터뜨렸다.
 "어머님, 제가 할 일을 일러주십시오. 무슨 일이든 다 하겠습니다. 맹세합니다. 어머님, 이 아들놈이 이렇게 빕니다. 제발 제가 할 일을 일러주십시오."
 표소가 무릎을 꿇고 울고 있는 사이에 비구니는 얼른 대웅전 밖으로 빠져나갔다.

 표소가 자기 숙소에 돌아왔을 때에는 묘시가 다 되었을 때였다. 표소는 파수꾼이 잠들어 있다는 것도 알아차리지 못하고 자신의 방문을 열었다. 그는 방안에 들어서자마자 의자에 털썩 주저앉았다. 옷이 비에 흠뻑 젖어 있었다. 그는 자신도 모르게 몸을 떨었다. 술병을 집어들었다.
 어슴푸레한 새벽 햇살이 덧창 틈으로 스며들었다. 표소는 큰소리로 껄껄 웃었다. 이제 살아난 셈이다. 그는 침상을 곁눈질하며 간밤에 만나기로 했던 여자를 생각했다. 지난밤에 찾아왔다가 그가 돌아오지 않자 가버린 모양이었다.
 그때서야 꾸러미 하나가 눈에 띄었다. 그 꾸러미는 베개 위에 놓여 있었다. 황족들만이 사용하는 노란색 포장에 흙이 더덕더덕 달라붙어 있었기 때문에, 표소는 제 이름을 겨우 알아볼 수 있었다.

겉을 싼 비단을 뜯고 상아로 된 상자 뚜껑을 여는 순간 그의 손이 부들부들 떨렸다. 그는 그 상자 속에서 기다란 비단끈 하나를 조심스럽게 꺼냈다.

표소는 그 끈을 한참 동안 보고 나서야 비로소 자신의 처지를 깨달았다. 내 비리를 섭정공께 일러바친 사람이 누굴까? 섭정공의 셋째 부인? 아니면 환관? 그것들이 뭐라고 고해 바쳤단 말인가? 표소는 신음을 토했다. 누가 뭐라고 했든 그게 무슨 상관이야? 정해져 있던 시간이 닥쳐온 것일 뿐인데.

표소는 마치 예전에도 여러번 해본 적이 있는 사람처럼 문 뒤에 있는 서까래에다 끈을 묶고 둥글게 올가미를 만든 다음, 그 아래에 의자를 갖다놓았다. 그러고 나서 앉아 있던 의자로 다시 갔다. 그는 술병을 깨끗이 비웠다.

그 비단끈은 그가 가진 여러 가지 연 중에서 가장 아꼈던, 주홍빛 가오리연에 달린 연실처럼 말끔해 보였다. 그 가오리연은 그의 고향집 큰 마당에 있는 봉숭아 나무에 걸려서 그해 겨울 내내 찢어진 채 바람에 펄럭였다.

표소는 고마운 마음으로 술기운에 몸을 맡겼다. 그는 갑자기 제 몸뚱아리가 거추장스럽게 느껴졌다. 그는 뺨을 만져보았다. 아무런 느낌도 없었다. 표소는 의자에서 비틀거리며 일어나 자세를 가다듬고 마음을 고쳐먹었다. 만약 비틀거리다가 잘못해서 넘어지기라도 하는 날에는 미처 준비를 하기도 전에 파수꾼이 달려 들어올지도 모른다는 생각이 들었다. 그는 천천히 무릎을 꿇었다. 그러고는 문 쪽으로 기어갔다. 그는 의자 다리에 있는 짐승 발톱 모양의 조각을 붙들고 일어선 뒤에 올가미에 목을 집어넣었다.

표소는 벽을 짚고 몸을 지탱한 뒤 두 눈을 꼭 감았다.

"어머님, 이제 곧 이 아들이 어머님 곁으로 가겠습니다."

그러나 차마 발밑에 있는 의자를 찰 용기가 나지 않았다. 표소는 쓴 웃음을 지으며 다시 마음을 다져먹었다. 표소는 안간힘을 쓰다가 소리쳤다.

"파수!"

곧바로 파수꾼이 문을 박차고 들어오자 그는 의자를 밀어버렸고, 순간 올가미는 표소의 목을 조였다.

자객 ❀

무리하게 힘을 쓰면 기운이 상하나니
이는 모든 도의 길이 아니다.
도를 거스르는 일은
오래가지 못하느니라.
—노자

새벽이 가까워오고 있었다. 운하에 피어오른 안개가 짙어지더니 꽃장식을 한 놀잇배 뱃머리 양쪽에 사람의 눈처럼.그려넣은 것들을 덮어버렸다. 꽃 같은 아가씨들과 한량들은 이미 오래전에 선실로 들어갔고 환락을 찾는 이들의 웃음과 노랫소리도 어느새 멈추었다. 아편 냄새만이 감돌고 있었다.
　귀재는 나타교의 허물어져가는 교각에 거룻배를 매놓고 망을 보고 있었다. 관지는 뱃바닥에 몸을 웅크린 채 잠들어 있었다. 귀재는 또 담배를 피워 물었다. 저 애를 더 재워야지. 나 대신 좋은 꿈을 꾸게 해줘야지. 귀재는 담배 연기를 깊이 빨아들였다. 이미 여러 날 동안 한잠도 못 잤기 때문에 손이 가늘게 떨렸다.

문득 무슨 소리가 나서 돌아보았지만 아무것도 없었다. 쥐새끼 아니면 선실에서 코를 골며 자는 이 배의 여주인이겠지. 귀재는 쓴웃음을 지었다. 그들이 타고 있는 운하용 거룻배는 비록 그가 한번쯤 지휘해보는 것이 꿈이었던 전함에 비길 수는 없었지만, 숨기에는 안성맞춤이었다.

귀재는 이 배에 은근히 정이 들기 시작했다. 생선 냄새와 흔들리는 등잔불, 강물의 일렁임, 그리고 배 주인인 농사꾼 아내가 손님들에게 음식을 차려내는 자그마한 선실, 그 선실 안에 있는 화려한 이불, 페인트칠한 대나무 발, 어쭙잖게 한구석에 놓여 있는 바이올린 등 모두가 정이 들었다. 배의 주인은 아직 소녀티가 채 가시지 않은 어린 아낙네였는데 인사할 때마다 금니가 반짝이고 보조개가 패었다. 그녀는 귀재가 두 주일 동안 배를 전세내는 대가로 은화 스물다섯 냥을 주자 까무러칠 듯이 좋아했다.

그러나 일주일이 지나자 그녀는 귀재와 관지를 못마땅히 여기기 시작했다. 양반 나으리는 자신의 매력에 관심을 보이지 않고 얼핏 보기에도 농사꾼 같은 관지만이 그녀를 불티나게 부려먹었기 때문이었다.

잘 자시오. 귀재는 여주인을 생각하며 속으로 중얼거렸다. 몇 시간만 있으면 우리는 떠날 거고, 그러면 당신도 속이 편해지겠지.

귀재는 한숨을 쉬면서 자기도 잠이나 깊이 들어서 잠시나마 모든 것을 잊을 수 있었으면 좋겠다는 생각을 했다.

귀재는 자신이 애초부터 운이 없었고 지금도 운이 없으며, 앞으로도 운이 없을 것 같다는 생각이 들었다. 운이 없다는 말 외에는 모든 거사가 번번이 실패로 돌아간 까닭을 설명할 도리가 없었다. 그런 일을 하도 여러번 겪어서 이제는 도대체 몇 번이나 겪었는지조차 기억할 수 없었다. 열두 번? 아니, 열네 번이었나?

동맹회가 애써 좋은 날을 골라잡았다 하면 무기가 문제였다. 그리고 사람들을 시켜서 기껏 무장을 시켜놓으면 결정적으로 중요한 한두 사람이 서로 알아보지 못해서 일을 그르치곤 했다. 그리고 서로 얼굴을 알아본다 싶으면 마치 러시아인과 야만인이 만나기라도 한 것처럼 서로의 사투리를 알아듣지 못했다. 120명의 결사대가 광둥성의 관아를 습격했던 마지막 거사에서는 무려 일흔두 명의 동지가 황천길로 가고 말았다.

어쩌면 용재의 말처럼 사람들이 아직은 새시대를 이룰 마음의 준비를 못하고 있는지도 몰랐다. 그러나 아직도 일어설 때가 오지 않았다고 한다면, 그때는 과연 언제 올 것인가?

귀재는 입에 물었던 담배를 강으로 던져버리고 새 담배를 꺼내 불을 붙였다.

귀재는 거의 반평생을 혁명에 바쳐온 셈이었다. 다른 사람들은 그의 한결같은 마음을 의심할지 모르지만 자신은 절대 그렇지 않았다. 그는 무슨 일이 있어도 부여받은 임무만큼은 완수할 생각이었다.

명령. 수 주일 동안 머리를 맞대고 계획을 세워보았지만 결국은 하나의 명령을 내리는 것으로 끝나고 말았다. 마늘 냄새가 나는 광둥 친구들이 근거도 없이 의심하는 말을 했을 때는 때려죽이고 싶은 충동으로 가슴이 터질 것만 같았다. 그러나 멍청이들의 헛소리 때문에 투쟁을 포기할 수는 없다는 일념에 꾹 참지 않았던가? 파벌 싸움으로 인해 나라가 깨지고 있는 판국이었다. 그런데 파벌 싸움으로 혁명까지 와해되어서는 큰일이었다. 자신들을 하나로 묶어주는 보다 큰 뜻이 살아 있는 한, 그는 광둥성 사람과 함께라도 투쟁을 계속할 생각이었다.

귀청이 터질 것처럼 시끄럽고 듣기만 해도 넋이 나가버릴 것 같은 그놈의 소리를 참 잘도 견뎠지. 광둥 사람들이 애인에게 사랑을 고백하는 소리는 쑤저우의 거지가 금화를 잔뜩 든 지갑을 놓고 싸우는 소리보다도 감미롭지 못하다는 말이 있다. 그건 사실이었다. 하지만 그 요란스러운 사투리 때문에 광둥 사람들은 한자리에 모여 있기를 싫어했고, 그렇기 때문에 남들보다 쉽게 모험을 하며 쉽게 자신을 변화시킬 수 있고, 또 그래서 참된 혁명가가 될 수 있는지도 모른다. 반면, 옛것을 소중히 간직해서 갈고 닦으려는 사람들은 쉽게 혁명가가 될 수 없었다. 용재 형님처럼.

그러나 한 가지 점에서는 용재 형의 말이 맞았다. 혁명을 하겠다는 사람들이 죽어라고 애를 쓰는 것은 사실이지만, 만주족 왕조를 쓰러뜨린다거나 외국인들을 몰아내는 일은, 왜놈들이 중국 해군을 통째로 고기밥으로 만들 때에 비해 조금도 진전이 없었다. 중국은 차라리 뒷걸음질만 치고 있는지도 모른다.

그렇다면 그들은 왜, 그리고 귀재 자신은 또 왜 그만두지 않는가? 귀재는 간혹 뭐가 뭔지 모르겠다는 생각이 들 때가 있었다. 그러나 그것도 잠시뿐이었다. 귀재에게는 혁명이 삶의 방식처럼 되어버렸고, 혁명만이 그의 삶의 모든 것이었다. 이제 와서 돌이킬 수는 없는 일이었다.

갑자기 관지가 몸을 꿈틀거리며 무릎을 턱으로 가져가더니 잠결에 미소를 지었.

우린 자객치고는 얼마나 어울리지 않는 한 쌍인가! 나이로 보면 40이 된 귀재가 관지의 곱절이었지만 키는 관지가 머리통 하나만큼 더

컸으며 몸집도 관지가 훨씬 더 컸다. 귀재는 더할 나위 없이 좋은 가문에서 태어나 부모덕을 톡톡히 보며 자랐지만, 관지는 용재가 오래전에 집안과 마을을 개화시키겠다고 나섰을 때 그를 옆에서 도왔던 소작인 이씨의 아들로서 일자무식이었다. 귀재는 군인으로서 질서를 존중했지만 관지는 기분 내키는 대로 떠돌아다니는 것을 좋아했다.

관지는 열두 살 때 운하에서 뱃사공 노릇을 할 작정으로 무작정 집을 떠났다. 그리고 뱃사공 일을 하면서 그 무렵 성행하던 노무자들 중심의 여러 비밀 결사들 가운데 하나에 가입하게 되었다. 관지는 그 단체의 단원들 소개로 좀더 적극성을 띤 단체에 들어가게 되었다.

그러던 어느 날 밤, 미로처럼 얽히고 설킨 비밀 결사들의 연락망을 통해 두 사람이 처음 만나게 되었을 때, 관지가 귀재에게 자신의 신상에 대해 해주었던 얘기는 그것이 전부였다. 둘 다 쑤저우 출신이라는 이유로 이번 임무를 함께 맡게 되었다. 그들은 같은 운명을 나눠 갖게 된 셈이었다.

귀재는 일어섰다. 동쪽 하늘이 밝아오고 있었다. 이제 동지를 깨워야 할 시간이었다.

관지가 먼저 뭍에 내렸다. 그를 알아보는 사람은 아무도 없었다. 장대 양쪽 끝에 광주리 둘을 매달아 한쪽 어깨에 걸머지고 시장을 나가는, 예사 농사꾼과 똑같은 차림새였다. 관지는 혼자서 멋쩍게 웃었다. 그는 오늘 아침, 머리를 잘라버려서 이제는 돌이킬 수 없는 반역죄를 저지른 셈이었다. 그러나 잘라낸 머리를 수건으로 동여매고 있었기 때문에 아무도 눈치채지 못하는 것 같았다. 관지는 귀재에게조차 알리고 싶지 않았다. 귀재 나으리께서는 그것 아니라도 걱정이 너무 많아서 탈이었다.

다리에서부터 관아에 있는 장터까지는 금방이었다. 특히 관지의 우람한 몸집과 어깨에 걸머진 과일 광주리, 그리고 "짐이오, 짐!" 하고 외치는 우렁찬 목소리 때문에 사람들이 얼른 길을 비켜주었다. 관지는 사람들 틈을 비집고 더 빨리 줄달음질칠 수 있었다. 관지는 백마로를 가로질러 관아의 높다란 담을 따라 정문 쪽으로 갔다. 그는 방이 붙어 있는 곳에 잠시 멈추었다. 만주족 고관이 온다는 얘기가 씌어 있는 것 같았지만, 까막눈이라서 정확한 내용은 알 수 없었다. 관지는 침을 탁 뱉었다.

정문 가까이 다가갔다. 문머리를 장식하고 있는 귀신들의 툭 불거져나온 눈알들이 마치 자기를 노려보는 것 같아 더운 날씨인데도 등골이 오싹했다. 그 만주족놈이 귀신이 되어 날 쫓아다니면 어쩌지? 까짓것 팔자소관인데, 뭘. 내가 이번 일을 맡아서 여기 온 것만 해도 그렇고 말야. 관지는 다시 한번 침을 뱉었지만 이번에는 그다지 입안이 개운하지 않았다. 잊어버리는 게 최고야. 관지는 잠시 걸음을 멈추고 어깨의 장대를 고쳐 멨다. 그러고 나서 검은 제복에 번쩍거리는 창을 든, 힘이 세어 보이는 문지기들을 못 본 체하고 문안으로 불쑥 걸어 들어갔다.

"이봐, 멍청한 친구. 여기가 어디라고 함부로 들어가는 거야?"

관지는 문지기의 호통 소리에 발을 멈추고는 돌아서서 공손하게 고개를 숙였다.

"높으신 나으리, 저는 공양해야 할 나이 드신 어머니가 있습죠. 탄원하러 온 사람들에게 과일을 팔 수 있도록 저를 안으로 들여 보내주신다면 나으리께서는 저세상에 가서서 보답을 받으실 겁니다요."

"지금 이 세상에서는?"

"이 세상에서도 물론입죠. 나으리."

관지가 동전 몇 닢을 문지기의 호주머니에 슬쩍 넣었다.

바깥마당에 들어선 관지는 주위를 조심스럽게 살피고 적당한 자리를 찾았다. 마당에는 새벽같이 찾아와 밤늦게까지 기다려야 하는, 탄원하러 온 사람들로 가득 차 있었다. 쪼그리고 앉았거나 이리저리 거니는 사람도 있었으며 수다를 떨거나 입씨름을 하는 사람도 있었고, 또 울고불고 통곡하는 사람도 있었다. 그 사람들은 모두 자기 이름이 불릴 때까지 그런 식으로 하루 종일 기다릴 것이다. 관지는 광주리를 다시 한번 추스르고는 담 한쪽 구석으로 갔다. 거기라면 사람들 눈에 띄지 않고 안전하게 귀재를 기다릴 수 있을 것 같았다.

계획에 따르면, 장사꾼으로 가장한 관지가 만주족 고관을 바짝 뒤따라 들어오는 사람에게 특별히 만든 참외 한 알을 팔기로 되어 있었다. 그리고 그 사람들은 긴 미색 장삼과 콧수염에다 안경을 쓰고 일본식 중절모를 쓰기로 했다. 관지는 생각만 해도 웃음이 나왔다. 귀재가 콧수염을 달고 모자 쓴 모습을 지켜보면서 웃음을 터뜨린 적이 한두번이 아니었다.

귀재 같은 명문대가의 사람은 관지 같은 사람보다도 글이나 말은 더 많이 알면서도 정작 싫은 내색을 할 때는 말이 필요 없는 것 같았다. 입술이 일그러지는 것만 보아도 귀재가 그 일본식 중절모를 얼마나 쓰기 싫어하는지 금방 알 수 있었다. 그러나 쑤저우가 고향이기 때문에 변장을 하지 않았다가는 금방 눈에 띄고 말 테니 어쩔 수가 없었다. 게다가 표소가 점심을 먹기로 되어 있는 건물 안으로 들어가려면 양반의 신분이 아니고서는 어림도 없었다.

그리고 이 모든 일이 제대로만 되어준다면 표소는 오늘 생애 마지막 점심을 먹게 될 것이다. 관지는 조심조심 짐을 내려놓았다. 광주리에 들어 있는 참외 중에서 제일 작은 참외 속에는 니트로글리세린

이 담긴 작은 병 하나와 화약이 꽉 차 있었기 때문이었다.
　관지가 몸을 일으키기도 전에 관아의 하인배 하나가 다가왔다.
　"오얏다운 오얏을 먹어본 지가 몇 주일이나 됐는지 모르겠군."
　그는 가까이에 놓인 광주리 속의 과일을 가리키며 말했다. 관지가 몸을 굽혀 과일 하나를 집어서 얼른 그에게 건네주었다.
　"나으리, 소인의 성의를 봐서 하나 드십쇼."
　"네가 정 우긴다면 할 수 없지."
　"여부가 있겠습니까요, 나으리."
　관지가 허리를 굽실거리며 말했다. 그 사내는 관지가 내미는 오얏을 주머니에 집어넣고 나서도 감귤에 눈독을 들이기 시작했다.
　"나으리, 제 감귤 하나도 맛 좀 보십쇼!"
　"맛이 괜찮으면 내 이따가 다시 와서 좀 사지."
　그 사내는 감귤 하나를 집으며 말했다.
　"그래만 주신다면 얼마나 고맙겠습니까요, 나으리."
　그 사내가 자리를 뜨자마자 다른 하인배 하나가 다가왔다.
　"네가 맛보기를 준다면서?"
　"나으리 한 분만 더 드리겠습니다. 딱 한 분만 더요!"
　관지는 결정적인 순간이 오기도 전에 물건이 다 팔려버리거나 관아의 하인배놈들이 다 가져가버리면 어쩌나 하고 걱정이 되었다. 젠체하며 빼기고 다니는 것 말고는 별로 할 일도 없는 향리배들이라서 모두들 관지의 물건에 눈독을 들였다. 그렇다고 참외 하나만을 팔지 않고 남겨둘 수도 없는 노릇이었다. 혹시 누가 그것마저 내놓으라고 한다면 그것은 그야말로 화를 자초하는 꼴이 될 것이다.
　해가 뜨자 관지는 참외가 든 광주리를 두 팔로 감싸안고 잠이 든 시늉을 해가며 과일을 좀 덜 팔려고 애를 썼다. 정말 물건을 사려는 사람들은 더 적극적인 장사꾼을 찾아 발길을 돌리곤 했다. 그러나 불행하게도 제복을 입은 녀석들은 발길로 차서 깨우기 일쑤였고, 그 덕분에 관지가 판 것은 얼마 되지도 않았다. 광주리 바닥이 점점 드러나기 시작하자 관지는 생채기가 난 과일 대신 제일 좋은 놈만 골라온 것이 후회가 되었다.

한 시간이 지나고 또 한 시간이 지났다. 그러나 만주족 고관은 나타날 기미조차 보이지 않았다. 문지기가 경례를 하는 일도 없었고, 문 옆에 서있는 여덟 명의 악사들도 아침 내내 풍악 한가락 울리지 않았다. 축포용 화약은 여전히 그들의 발아래 놓인 쇠쟁반에 담겨 있었다. 얼마 안 있으면 해가 중천에 뜰 것이고, 그렇게 되면 식사 시간이라서 관아 문을 닫을 것이다. 만주 고관이 일정을 바꾼 것이 틀림없었다. 변덕이 죽 끓듯 한다더니! 관지는 일어나면서 침을 퉤 뱉었다. 내 이럴 줄 알았지! 제깟 만주족 놈이 무슨 별수가 있으려고.

갑자기 관지는 정신을 바짝 차렸다. 귀재가 도착한 것이다. 귀재는 문지기에게 말을 걸면서도 눈은 관지를 쳐다보고 있었다. 귀재는 관지와 눈이 마주치자 문지기와 몇 마디 더 나눈 뒤 그냥 가버렸다.

뭔가 잘못됐어! 더 기다릴 필요가 없겠어.

관지는 일어나서 물건들을 챙겼다. 관지가 막 정문 쪽으로 걸음을 옮기려는 순간, 문지기 하나가 그를 가로막았다. 관지가 옆으로 비켜서 돌아가려고 하자 문지기가 그의 발을 걸었다. 관지는 하마터면 쓰러질 뻔했다.

"이런 멍청한 놈, 뭐가 그리 급해서 허둥거리는 거야? 난 그 과일들을 사러왔단 말야."

그게 아니라 죽으러 왔겠지. 관지가 광주리를 살며시 땅에 내려놓으며 속으로 중얼거렸다. 그리고 나서 바지춤에 손을 찔러넣었다. 이 얼간이 녀석은 하마터면 죽을 뻔한 것도 모르고.

그 문지기가 과일을 뒤적이기 시작했다. 관지는 혹시나 그가 참외를 고르면 어쩌나 싶어서 얼른 오얏을 하나 내밀었다. 그러나 그 졸병은 까다로웠다. 그는 아무 말 없이 감귤만 만지작거리며 과일을 하나하나 살펴보았다. 그는 광주리 안에 있는 과일들을 하나도 빼놓지 않고 다 볼 모양이었다.

관지는 하마터면 웃을 뻔했다. 처음부터 계획을 세워놓은 것이다. 바보 같은 짓이긴 하지만 지금이야말로 그 방법을 써먹을 절호의 기회인 것이다.

관지가 괴춤에 찔러넣었던 손으로 갑자기 배를 움켜쥐고 등을 구부리며 요동치기 시작했다.

"나으리!"

관지가 더 큰 소리로 앓는 시늉을 하며 정문 쪽으로 슬금슬금 뒷걸음쳤다.

"이거 정말 죄송하구먼요. 오얏을 너무 많이 먹어서 그만……. 급합니다요! 큰 게 나오려고 한다굽쇼!"

관지는 구경꾼들이 웃어대는 소리를 들으며 몸을 돌려 문지기를 지나쳐 정문을 빠져나왔다. 그러고는 먼지 구덩이에 엎드려 있는 거지를 뛰어넘어 달아났다. 관지가 사람들이 많이 붐비는 장터의 인파 속에 섞여들었을 때, 그의 등 뒤에서 꽝 소리와 함께 수천 개의 불꽃이 터졌다. 돌아보니 관아 마당에 연기와 흙먼지가 자욱하게 피어올랐다. 사람들이 비명을 지르며 이리저리 도망쳤다. 몇 명은 마당에서 뒹굴고 있었다. 땅바닥에 쓰려져 움직이지 않는 사람도 눈에 띄었다. 관지가 쳐다보고 서있는 동안 문지기들이 소리치기 시작했다.

"그 장사꾼이다! 그 장사꾼놈을 잡아라!"

관지는 다시 몸을 돌려 달아났다. 발에 걸리는 게 있으면 뛰어넘고 붙잡으려고 하면 뿌리치면서 장터 맞은편의 골목길로 달려갔다. 그러나 골목 어귀에 이르렀을 때 뱀장어가 든 양동이에 걸려 넘어지고 말았다. 사람들이 바짝 뒤쫓아왔다. 사람들 가운데 한 사람이 관지를 일으키려고 했다. 귀재였다.

"내가 잡았어!"

귀재가 다른 사람들을 밀치고 소리쳤다. 사람들은 귀재가 지체 있어 보였기 때문에 깍듯이 양보를 하고 길을 비켜주었다. 두 도망자는 사람들 틈을 벗어나자 쏜살같이 달렸다.

두 사람이 어두운 골목으로 접어들었을 때는 관지가 앞서 달리고 있었다. 그들을 쫓는 소리가 들리자 길가의 문들이 모두 닫혔다.

백마로 운하가 가까워지자 그들은 속도를 늦추고 숨을 돌렸다. 관지는 곧장 물로 향했다. 코를 움켜쥐고 무릎을 굽혔다. 그러나 귀재는 머뭇거렸다. 죽은 쥐 한 마리가 오물이 가득 찬 물 위에 떠 있었다. 관지가 귀재의 팔을 붙들었다.

"코를 막으세요."

관지가 소리치며 귀재를 붙들고 물속으로 뛰어들었다.

그들은 물속을 헤엄쳐 해묵은 다리 밑으로 나왔다. 관지는 허물어져가는 교각에 몸을 지탱하고 발작하듯이 기침을 해대는 귀재를 부축했다. 군인들이 고함을 지르며 지나갔다. 귀재는 소리를 내지 않으려고 손으로 입을 틀어막았다.

군인들이 지나간 뒤에도 두 사람은 눈만 깜빡거려도 군인들이 되돌아올 것 같아서 움직일 수가 없었다. 몇 분이 흘렀다. 그들은 누가 올까봐 마주보지도 못하고 서로 반대편을 지켜보았다. 아무도 오지 않았다. 운하 이쪽에는 배도, 빨래를 하는 여자도 없는 모양이었다.

조금 지나자 길거리에 사람들이 여느 때처럼 오가기 시작했다. 사람들은 모두 덩치 큰 장사꾼과 일본식 중절모를 쓴 양반 이야기를 하고 있었다.

날이 어두워졌다. 멀리서 말굽을 박지 않으려고 기를 쓰는 노새에게 대장장이가 욕을 하는 소리 외에는 아무 소리도 들리지 않자 관지가 속삭였다.

"어떻게 된 겁니까?"

"표소가 죽었다."

"뭐라구요?"

귀재가 고개를 끄덕였다.

"방에 씌어 있더구나."

그랬구나! 이런 눈먼 장님 같으니라고! 관지는 제풀에 화가 치밀어서 머리를 벽에 짓찧었다.

"이놈의 돌대가리 때문에 우린 이제 죽게 됐지 뭡니까."

"어느 누구의 잘못도 아니다."

"제 잘못이에요. 이놈의 무식한 까막눈만 아니었더라면 이런 낭패를 당하지는 않았을 텐데."

"쓸데없는 소리 말아라. 싸움은 이제부터다. 안전한 곳으로 가야 해."

"나으리, 저 혼자 가게 해주십시오. 저들이 잡으려는 건 이놈이 아닙니까요?"

"가만! 생각을 좀 해보자."

달이 뜨자 두 자객은 운하를 헤엄쳐 건너편 둑으로 기어올랐다. 그들은 순라꾼들 말고는 텅 비어 있는 거리를 조심조심 걸어갔다. 순라꾼들이 딱딱이 소리를 내며 돌아다녔기 때문에 두 사람은 제때에 몸을 숨길 수 있었다.

그들은 한참 후에 장씨 가문의 사잇문에 이르렀다.

"문 열어라! 문 열어!"

귀재가 거친 목소리로 나지막이 불렀다.

아무도 나오지 않았다. 귀재가 자갈을 집어 담 너머로 던졌다. 역시 아무 소리가 없었다. 귀재가 다시 자갈을 던졌다. 이윽고 누가 화난 목소리로 씨근덕거리는 소리가 들렸다.

"꺼져! 순라꾼을 부를 테야!"

"화소댁, 문 좀 열어주게. 나 귀재일세!"

문이 열리자 그들은 서둘러 하인들의 거처로 갔다.

"무슨 짓을 하시는 거유? 그리고 저건 또 누구람? 어이쿠, 냄새야! 저리 비켜요!"

화소댁이 코를 싸쥐었다.

"이보게 할멈, 가서 자게. 그리고 우리가 왔다는 얘기는 아무에게도 하지 말게!"

"가요, 간다구요. 걱정 마시구려. 누가 내 말을 믿기나 하겠수?"

두 사람은 달빛에 훤하게 드러난 마당을 조용히 가로질러 용재의 서재로 갔다. 침상에는 용재가 자고 있었다. 귀재는 손을 뻗어 형을 깨우려다가 얼른 손을 뒤로 뺐다. 손이 운하의 오물로 더럽혀져 있었던 것이다.

"형님, 일어나십시오! 일어나세요!"

귀재가 속삭였다. 용재가 눈을 떴다.

"어? 이게 누구냐?"

"접니다, 형님. 말씀드릴 게 있습니다."

용재가 잠이 번쩍 깬 듯 침상에서 벌떡 일어나 앉았다.
"네가 여기 웬일이냐? 오물 냄새가 나는구나."
용재가 침상 머리맡에 놓인 등잔을 켰다.
"날 따라오거라."
용재는 등잔을 책상 위에 조심스럽게 내려놓고 휙 돌아서서 동생을 바라보았다.
"같이 온 사람은 누구냐?"
"죄송합니다요, 나으리."
관지가 고개 숙여 절했다.
"나으리, 용서해주십시오. 저는 관지라고 합니다요. 소작인 이씨의 아들이지요. 나으리께 드리려고 돼지를 기르던 그 아이 말입니다. 그 돼지는 새까만 놈이었는데 나으리께서 '햄'이라고 별명까지 붙여주셨습죠."
용재가 두 사람을 번갈아 보았다.
"난 도무지 무슨 영문인지 모르겠구나! 어서 알아듣게 설명 좀 해 봐라. 어서!"
귀재가 말을 하는 동안 용재는 눈 한번 깜빡이지 않았다. 그리고 아무런 표정도 떠오르지 않았다.
"네 말대로라면 군인들이 저 아이를 찾고 있겠구나."
용재가 관지를 손가락으로 가리키며 말했다.
"그런데도 넌 저 아이를 곧장 이 집으로 끌고 들어온단 말이냐? 너 제정신이 아닌 게로구나? 너희들은 차라리 물에 빠져 죽어버리고 끝장을 냈어야 해!"
"다른 도리가 없었습니다. 이 아이는 제 책임인 걸요."
"그렇다면 이 가문에 대한 책임은 어떻게 할 작정이냐? 식구들은?

"그리고 조상님들은?"

용재의 목소리는 치미는 화를 참느라고 가늘게 떨렸다.

"형님, 잘 생각해보십시오!"

귀재가 형에게로 다가갔다. 그러나 용재가 손을 내저었다.

"저리 썩 물러나거라! 꼴도 보기 싫다!"

"우리가 어디 다른 갈 곳이 있습니까? 게다가 아무도 우리를 못 봤어요. 한 사람도요."

귀재가 관지를 쳐다보자 관지는 겁먹은 얼굴로 고개를 끄덕였다.

"이런 바보 같은. 그게 무슨 소용이란 말이냐! 저들은 지금 덩치가 남달리 큰 농사꾼 하나와 신분이 높아 보이는 또 한 사람을 찾고 있단 말이다. 저들이 여기에는 못 올 것 같으냐? 저들은 문을 부수고라도 집집마다 살필 거다. 어제 관아에 나타났던 사람이 오늘 여기에 불쑥 나타난 사람과 같다는 생각을 저들이 못 할 것 같으냐?"

문 두드리는 소리가 났다. 세 사람의 눈이 동시에 문에 쏠렸다.

"춘월이에요."

춘월이 방으로 들어오며 소곤거렸다. 춘월은 두 사람을 번갈아 보았다.

"화소댁 말이 사실이군요."

귀재가 두 손을 치켜들며 말했다.

"졌군, 졌어! 내가 진작 알았어야 하는데. 여기에선 비밀 따위가 있을 수 없지! 이 집안에서는 절대로! 하룻밤도 길어!"

"비밀이라니? 이제 와서 비밀이란 없다."

용재는 의자 등받이를 으스러져라 움켜쥐며 말했다.

"어떻게 저 아이를 집으로 데리고 올 생각을 했느냐? 저들이 저 아이가 여기 있다는 것을 알아내면, 그건 어떻게 해볼 수도 없는 증거가 되는 거야!"
 "제가 말씀드리지 않았습니까? 다른 도리가 없었다고요. 저 아이는 제 책임입니다."
 귀재가 쓴 것이라도 삼킨 듯이 헛기침을 했다.
 "형님, 저는 형님이 집안에 닥칠지도 모르는 가상적인 위험을 피할 작정으로 한 인간의 생명을 희생시킬 만큼 매정하지는 않다고 생각합니다."
 대답이 없었다.
 "형님, 형님께서 그렇게 매정하실 수가 있습니까?"
 용재는 천천히 눈을 감고 고통스러운 듯 고개를 설레설레 흔들었다.
 "네가 말하는 위험이 가상적인 것만은 아니다. 너는 모른다. 너는 이해하지 못해."
 모두 말없이 앉아만 있었다. 지붕 위에서 고양이 우는 소리가 들렸다. 한참 후에 춘월이 입을 열었다.
 "큰아버지. 작은삼촌도 아셔야 할 때가 된 것 같아요. 제가 말씀드리겠어요. 작은삼촌께서 집을 떠나신 다음에 무슨 일이 있었는지……."

점괘 ❀

　상하이와 마닐라 근처 어딘가에서 관음호가 태풍을 만났다. 배에 탄 사람들이 모두 공포에 사로잡혔다. 태풍이 한창 거세게 몰아치는데, 용왕이 나타나 배에 탄 사람들 가운데 형제가 있느냐고 무서운 목소리로 물었다. 사람들은 안도의 한숨을 내쉬며 나란히 서있던 두 사람을 가리켰다.
　"너희 둘이 형제가 아니라고 말한다면 둘 다 그냥 배에 타고 있어도 좋다. 그러나 형제라고 우긴다면 배에서 뛰어내려 바다에 빠져야 한다!"
　용왕이 말했다.
　그 형제는 곧장 파도가 몰아치는 바닷속으로 몸을 던졌다. 점점 깊은 바닷속으로 들어가, 이윽고 발이 바닥에 닿았다. 그런데 그들이 마주보며 하직인사를 하려는 순간, 커다란 거북이 두 마리가 그들에게 다가왔다. 그들은 얼마 후에 바다 위에 떠올랐다. 한 사람은 뭍으로 헤엄쳐 가고 또 한 사람은 섬으로 헤엄쳐 갔다.
　그 큰 배는 온데간데없었다. 바닷물은 잔물결 하나 없이 잔잔했고 하늘은 푸르게 반짝였다.

―문중 이야기

망종을 며칠 앞두고 더위가 점점 심해지더니 나중에는 견딜 수 없을 정도로 무더웠다. 사정없이 내리쬐는 햇살을 가리기 위해 집안의 대나무 발은 모두 문에 내걸렸고, 밤이 될 때까지도 짚으로 엮은 돗자리에 누워 일어날 줄 모르고 잠만 자는 사람들도 여럿 있었다. 하인들은 빗자루에 찬 우물물을 적셔 뿌려대며 구들장과 침상을 식혔다. 그래도 덥기는 마찬가지였다. 차라리 뜨거운 차를 마시는 것이 더 나을 것 같았다. 큰 폭풍이 닥쳐올 거라는 소문이 나돌았다.

귀재가 상하이로 떠난 지 이레째 되던 날, 노마님은 점심 후 낮잠에서 다른 때보다 일찍 깨어났다. 노마님은 해마다 망종이면 진주를 넣은 영약을 만들어 마시곤 했다. 미시 무렵, 노마님은 경대 앞에 앉아서 약 만드는 것을 감독하고 있었다.

나이 든 계집종이 노마님에게 부드럽게 부채질을 해주는 동안, 곱상하게 생긴 다른 계집종은 쌀과 함께 푹 쪄낸 작은 진주알들을 빻았다.

"마님, 이 정도면 곱게 빻아진 건가요?"

"거의 다 되어가는구나. 몇 번만 더 빻으려무나."

노마님이 대답했다.

"언젠가는 제 남편도 제게 진주를 사주겠죠? 그러면 전 갈아 마시지 않고 귀에 달고 다니겠어요."

곱게 생긴 계집종이 말했다.

"귀에 진주를 단들 무슨 소용이 있겠느냐? 머리카락에서 윤기가 사라지고 뺨이 푹 꺼져버린다면 말이다. 마시는 게 낫지."

부채질을 하던 계집종이 끼어들었다.

"얘, 그런 얘긴 뭐하러 하니? 우리 같은 것들은 이 댁 문밖에 나서고 나면 진주는 구경도 못할 거다."

노마님이 고개를 끄덕였다. 저 아이는 몇 살 더 먹었다고 제법 사리분별을 할 줄 아는군. 일 잘하고 믿을 만한 사내와 꼭 짝을 지어줘야지.

진주가 재처럼 곱게 빻아지자, 노마님은 그 가루를 설탕 탄 뜨거운 물에 풀어 맛이 역겨운데도 내색하지 않고 천천히 마셨다.

그때 갑자기 문밖이 소란스러웠다. 노마님이 눈살을 찌푸렸지만, 미처 입을 열기도 전에 화소댁이 머리를 헝클어뜨리고 앞치마를 삐뚜름히 맨 채 달려 들어왔다. 화소댁은 허공에 대고 마구 손짓을 하며 제때에 아이가 나오지 않아 고통스러워하는 산모처럼 울부짖었다.

노마님이 화소댁을 가로막았다.

"화소댁, 그만하면 됐다! 도대체 왜 그러느냐? 죽은 네 서방이 살아 돌아와 못 살게 굴기라도 하느냐?"

나이 든 하인들이 어지간한 잘못을 하더라도 장씨 가문에서는 그냥 보아 넘겼지만, 노마님이 모처럼 영약을 만들고 있는데 방해를 한다는 것은 아무리 화소댁이라 하더라도 용서할 수 없는 일이었다.

"아이구 무서워! 아이구 무서워! 그놈들이 안채에까지 들어오지 않았기에 망정이지!"

"누구 말이냐? 이 여편네가 무슨 소리를 하는지 도무지 모르겠군."

"녹색 옷을 입은 병정들이구먼요!"

화소댁이 이마의 땀을 훔쳤다.

"모두 칼을 들고 있었습니다요. 그걸로 풀덤불을 푹푹 쑤시고 다녔구먼요. 바깥채 방들을 흙 묻은 발로 그냥 들어가구요. 그놈들은 머슴들을 한 줄로 세워놓고는 전부 머리채를 잡아당겼구먼요. 노마님, 관아에서 폭탄을 터뜨린 사람들을 찾느라고 쑤저우성 안에 있는 모든 집들을 이 잡듯이 뒤지고 다닌답니다."

두 계집종은 그런 좋은 구경거리를 놓칠 수 없다는 듯이 쏜살같이 달려갔다.

"멍청한 것들! 어딜 가겠다는 거냐?"

화소댁이 그들을 가로막았다.

"병정들은 벌써 가버렸어. 큰나으리께서 듬뿍 집어주셨기에 망정이지, 안 그랬으면 그 무뢰한이 여기까지 쳐들어왔을 거야."

병정들이 감히 이 장씨 집안에 들어오다니. 하지만······. 노마님은 걱정이 되었다.

"화소댁, 저 애들을 나가게 해라. 어리석은 것들 같으니. 썩 나가거라, 나가!"

그들이 나가버리자 노마님은 다시 화소댁을 보았다.

"미친년처럼 소리를 지르고 울부짖다니, 도대체 어쩌자는 거냐? 네 체통은 다 어디로 갔느냐?"

화소댁이 흐트러진 머리를 귀 뒤로 쓸어넘기면서 고개를 숙였다.

"죽을죄를 지었구먼요, 마님."

그러나 노마님은 누그러지는 기색이 없었다.

"썩 가서 내 아들놈을 이리 불러오너라."

"하지만 큰나으리께서는 오늘 종일 집밖에서 일을 보신다고 하셨구먼요."

"그래, 제 버릇 개 못 주지. 급해서 찾을 때마다 없으니. 상관없다. 그 애 아니라도 물어볼 데는 있으니까. 말 시키기도 더 쉬울 테고······. 가서 춘월이를 불러오거라."

화소댁이 다시 한번 잘못을 빌며 방을 나갔다.

노마님은 혼자 있게 되자 결상 등받이에 몸을 기댔다. 그녀는 머리가 지끈거리고 아파서 관자놀이에 손을 대고 눈을 감았다. 춘월이 그 아이가 한림학사 양반의 그 버르장머리 없는 손녀를 데리고 온 뒤부터 집안에 화가 닥쳐오고 있어. 용재 녀석이 두 모녀를 지나치게 감싸고 돈다고 해서 여러 사람이 찾아와 불평을 늘어놓았지. 처음에는 모두들 넓은 마음으로 두 모녀를 보살펴주려고 애를 쓰더니, 이제는 모두 흰눈으로만 보려고 하니……. 그 애가 여기 머무를 날도 얼마 남지 않았군.

"할머님. 들어가도 좋은지요?"

노마님은 힘겹게 일어나 앉으며 손짓으로 들어오라고 했다.

그들은 한참 동안 아무 말 없이 앉아 있기만 했다. 춘월은 고개를 숙이고 있었다. 더위 때문에 숨이 탁탁 막혔다.

마침내 노마님이 입을 열었다.

"이 할미는 글을 못 읽는다. 하지만 대신 사람의 얼굴은 읽을 줄 안다. 얼마 전부터 이 집안에서 예사롭지 못한 일이 벌어지고 있다는 것을 눈치채고 있다. 네 셋째 할아버지와 팔촌 오빠가 산으로 가겠다고 집을 나선 게 더워서만은 아니다. 내 며느리가 잠시도 쉬지 않고 부엌을 오락가락하는 것도 역시 우리 식구 삼시 세 때 밥해 먹이려고 그러는 게 아니다. 또 내 셋째 아들 녀석이 밤을 틈타 집에 들렀다가 인사 한마디 없이 떠나버린 것도 그 애가 갑자기 상하이에 반해서 그런 것이 아니다. 그리고 무엇보다도 만주족 사람들이 우리집을 뒤지고 간 일도, 쏘저우성 안에 있는 다른 집들처럼 그냥 한번 살피려고 한 짓만은 아닐 것이다."

노인은 말을 멈추고 손녀가 무슨 이야기를 할까 해서 기다렸다. 춘월은 아무 말도 없었다.

"그래, 내 짐작이 어떠냐?"

여전히 대꾸가 없었다. 노마님은 화가 치밀어 윗저고리에서 부채를 획 뽑아 춘월의 눈앞에 들이밀었다.

"이것아, 이 할미가 명령을 내린다. 내게 숨김없이 말하거라! 나는 우물 안 개구리 꼴이 되기는 싫다!"

"할머님, 앞일이 어수선하기 때문입니다. 집안사람들이 두려워하고 있습니다."

"왜 두려워한단 말이냐?"

"그 사내아이 때문입니다."

"무슨 사내아이?"

"큰아버지가 정원지기 할아범 안채 일을 거들라고 새로 들여놓은 사내아이 말입니다."

"그 애가 왜?"

춘월은 망설이다가 머리칼을 쓰다듬으며 말을 이었다.

"그 아이는 몸집이 큰 데다가 이 더운 날씨에도 머리에 수건을 동여매고 다닙니다."

"수수께끼 같은 소리 집어치우고 알아듣게 설명을 해봐."

노마님이 신경질적으로 부채를 착 폈다.

"집안사람들은 그 애가 오늘 병정들이 잡으러 왔던 사람이라고 생각하는 모양입니다. 참외 속에 폭탄을 숨겨가지고 관아에 들어갔다가 도망쳐 나오면서 머리채를 잃었다는 바로 그 장사꾼 말입니다."

"그렇다면 왜 용재 그놈은 그 아이를 내쫓거나 관아에 고발하지 않는단 말이냐?"

"큰아버지는 말씀을 하려들지 않습니다. 그냥 안 된다고만 하면서요. 그래서 사람들이 하나같이, 그 장사꾼을 도망가게 거들어준 장삼 차림의 양반이 바로 큰아버지였다고 생각하는 눈칩니다."

"무슨 헛소리!"

노마님이 콧방귀를 뀌었다.

"이 집안사람들이 모두 제정신이 아닌 모양이구나. 말도 안 되는 소리야!"

노마님은 잠시 생각에 잠겼다가 말을 이었다.

"그 애가 한 짓은 아닐 테지? 안 그러냐?"

"큰아버지는 아닙니다, 할머님."

"그것 보아라!"

"그런데 그 장사꾼 옆에 있었던 사람은 바로 작은삼촌입니다."

노마님이 부채질하던 손을 슬며시 늦추다가 춘월의 말에 아예 멈추었다. 노마님은 눈을 감았다. 자비로우신 관세음보살님, 제발 이 집안을 재앙에서 건져주소서. 노마님은 속으로 염불을 외웠다. 그러고 나서 큰소리로 물었다.

"네가 어떻게 그 일을 알고 있느냐?"

춘월이 곧바로 대답을 하지 않자 노마님이 거듭 물었다. 춘월은 마지못해 설명했다. 노인은 춘월의 설명을 들으면서 점점 몸이 쪼그라드는 것 같았다. 이야기가 끝났을 때 노마님은 소곤거릴 기력밖에 남아 있지 않았다.

"나무아미타불! 내 아들 녀석과 너는 반역죄를 저질렀구나. 만주족 사람들은 우리 머리를 잘라서 곶감 꿰듯 하려고 들 것이다. 그리고 우리 조상들의 무덤을 파헤쳐서 뼈를 바람에 날려버릴 거야. 나무아미타불!"

노마님의 눈에 눈물이 글썽거렸다.

"할머님, 울지 마세요. 다 잘 될 거예요. 그 장사꾼은 이미 떠났어요. 큰아버지가 지금쯤 그 아이를 성밖으로 데리고 갔을 거예요."

젊은 것들 눈에는 저희들 보고 싶은 것밖에는 보이지 않는 법이지. 나이 든 사람들 눈에는 보고 싶지 않은 것만 보이고 말야.

"할머님, 너무 상심 마세요. 모든 게 예전처럼 될 거예요."

"무슨 수로 말이냐? 얼마 안 있어서 관아에서는 너와 용재가 그 만주족 고관과 무슨 일이 있었다는 것을 눈치채게 될 테고, 그렇게 되면 그 만주족 사람과 폭탄, 귀재와 그 아이, 이런 순서로 한데 묶어 생각해서 금방 사건의 내막을 밝혀내고 말 텐데? 그렇게 되는 날에는 이 집안도 끝장이다. 만사가 예전처럼 될 거라고 믿는 너만 어리석은 게지. 내 아들 녀석도 마찬가지다. 만사가 시간문제야. 시간문제일 뿐이야."

노마님이 활활 부치던 부채를 접지도 않고 놓아버렸다. 부채는 소리 없이 융단 위에 떨어졌다. 춘월은 무릎을 꿇고 부채를 집어들어 할머니의 손 앞에 가만히 내려놓았다.

손녀가 방을 나간 뒤에도 노마님은 한참 동안 꼼짝도 하지 않았다. 노마님은 일흔세 해를 살아오면서 이 모든 것이 산산조각 나버리고, 남편 집 대문이 영영 닫혀서 일가친척들이 뿔뿔이 헤어지게 되리라고는 감히 꿈에도 상상하지 못했다. 잠시 헤어졌다가 다시 만나면 되겠거니 하고 생각할 수도 있겠지만, 그러고 나면 서로 아주 멀어지게 마련이었다. 형제들 가운데 하나가 가문의 이름을 더럽힌 마당에 나머지 형제들이 명예를 지킬 수는 없는 법이다.

노마님은 오후 내내 의자에 그대로 앉아서 지냈다. 저녁때가 되어서 계집종들이 식당으로 모시고 가려고 찾아왔을 때, 노마님은 저녁을 방에서 먹겠다고 일러서 그들을 돌려보냈다. 그러고는 부인네들이 밤바람을 쏘이려고 마당을 거닐 때에도 어울리지 않았다. 노마님은 예전에 백양나무가 서있던 연못가에 다시는 가고 싶지 않았다.

노마님은 밤을 꼬박 지새우고 나서, 자주 불러들이곤 하는 점쟁이를 데려오게 했다. 사시가 되자 하녀가 점쟁이를 노마님 방으로 데리고 들어왔다. 그 남자의 목장삼은 여전히 깨끗하지 못했다. 그의 왼팔에는 검은 우산이 걸려 대롱거렸고 오른손에는 구관조가 든 붉게 옻칠한 대나무 조롱을 들고 있었다. 점쟁이가 먼저 절을 했다. 서로 인사를 나눈 다음, 호두나무로 만든 탁자에 점쟁이가 자리를 잡고 앉았다. 점쟁이가 점괘를 꺼내려고 소매 속으로 손을 집어넣자 노마님이 방안을 한번 훑어보았다.

"나가거라, 다들 나가거라."

계집종들은 보통 때 같으면 뭐라고 한마디쯤 쫑알거렸겠지만 이번에는 찍소리 없이 곧장 물러났다.

"자, 시작할까요?"

점쟁이가 물었다.

노마님이 자리에서 일어나 열려 있는 창문 쪽으로 걸어갔다. 아무 소리도 들리지 않고 노마님의 그림자만이 방바닥에 길게 드리워졌다. 노마님은 창문을 닫고 자리에 돌아가 앉았다.

"이제 시작하시죠."

점쟁이가 점괘를 세 번 섞어서 석 장씩 세 줄로 늘어놓았다. 그러고는 새를 향해서 말했다.

"영험한 새야, 영험한 새야! 이 노부인의 마음을 들여다보려무나. 이분이 알고 싶어하시는 것을 어서 알려드리려무나. 바른 괘를 골라 드려라."

점쟁이가 새장 문을 열었다. 구관조가 새장 밖으로 풀쩍 뛰어나오더니 노마님에게 까닥 절을 하고는 점괘 사이를 걸어다녔다. 새가 점괘 몇 개를 부리로 콕콕 쪼아보더니 하나를 물어 점쟁이에게 주었다. 점쟁이가 소매 속에서 보리 몇 알을 꺼내 새에게 주었다.

점쟁이가 점괘를 자세히 들여다보았다. 불안한 침묵이 흘렀다.

"엄청난 변화가 닥쳐오고 있군요. 묵은 날들이 끝나고 새 질서가 싹 트고 있습니다."

"그게 언제쯤이겠소?"

"얼마 남지 않았습니다. 빠르면 보름입니다. 준비하십시오."

"바뀌는 것은 몇 가지나 되오?"

"셋입니다. 그 가운데 하나는 돌이킬 수 없습니다."

"누가 죽는단 말이로군!"

노마님이 겁에 질린 목소리로 말했다. 점쟁이는 눈을 내리깐 채 아니라고 부정하지 않았다.

"그리고 두 가지는?"

"셋 가운데 하나만 돌이킬 수 없는 것입니다. 나머지 둘은 성난 폭풍이 지나간 뒤의 일입니다."

"우리 가문은 어떻게 되겠소?"

"점괘에 나와 있지 않습니다. 다만, 집안 분들 가운데 오직 한 사람만이 다섯 세대의 후손들이 한 지붕 아래 모이는 걸 보게 됩니다."

"그게 누구요?"

"광명을 되비추어 눈을 녹이는 사람이지요."

"그게 전부요?"

"마님, 소인이 본 것은 그게 전부입니다."

노마님이 팔뚝에 차고 있던 주머니에서 은화 한 닢을 꺼냈다. 구관조가 금방 탁자를 가로질러 노마님의 손바닥에 놓인 은화를 물고는, 진짜 은인지 시험해보려는 듯 부리로 꼭 깨물어보고 나서야 돈상자에 은화를 떨어뜨렸다.

노마님은 점쟁이가 말해준 수수께끼를 풀려고 하루 밤낮을 애써보았지만 소용없는 일이었다. 그러다가 새벽 무렵에 깜빡 잠이 들었다.

노마님은 잠을 깨면서 깨달았다. 돌이킬 수 없는 변화는 자신의 죽음을 두고 한 이야기였다. 그 나머지 둘은, 장차 닥쳐올 폭풍 속에서, 짐짓 '죽음'을 가장해서 두 아들의 자취를 감추라는 것이었다. 온 문중이 하얀 삼베옷으로 상복을 지어 입고 나면, 그때서야 비로소 관아에서 관심을 갖지 않을 것이라는 뜻이었다.

다섯 세대가 한 지붕 아래 모이는 것을 보게 된다는 사람은 너무나 분명했다.

달은 태양의 광휘를 되비추고
봄은 겨울눈을 녹이네.

5월 15일 오후, 장씨 가문의 가장은 집을 떠나 상하이로 향했다. 그는 상하이에 닿자마자 베이징으로 돌아오라는 전보를 연화가 보낸 것처럼 가장해서 춘월에게 보내고, 귀재에게는 자기네 형제들이 곧 닥칠 폭풍우 속에서 '죽는다'는 것을 알릴 생각이었다. 그런 후에는 채옥을 입학시킬 선교사 학교를 물색하고 '양씨 부처'가 거처할 집 한 채를 외국인 거주 지역에 장만해야 했다.

이튿날 춘월을 부르는 전보가 날아왔다. 안채의 아낙네들은 그 소식을 듣자마자 서로 앞을 다투어 춘월에게 축하를 했다. 춘월이 정숙한 과부로서 마땅히 가야 할 곳인 시댁으로 되돌아가게 된 걸로 믿었기 때문이었다.

춘월은 아낙네들이 문밖에서는 자기를 보내며 울겠지만, 가마가 길모퉁이를 돌아서기만 하면 십 년 묵은 체증이 내려간 듯 크게 숨을 내쉬리라는 것을 알고 있었다. 모두들 춘월 모녀가 집안의 화목을 깨뜨렸다고 생각하고 있었다. 두 모녀가 떠나는 것을 아쉬워할 사람은 단 둘뿐이었다.

그들은 해가 지기 전에 준비를 마쳤다. 춘월과 화소댁은 마지막 고리짝을 닫아 잠그고 나서 손을 맞잡고 침상에 걸터앉았다.

"사정이 되는 대로 빨리 아줌마를 부를게요."

화소댁이 고개를 끄덕였다. 춘월은 화소댁이 더이상 캐묻지 않을 것임을 알고 있었다. 화소댁은 위험이 닥치는 것을 미리 느낄 수 있을 정도로 이미 많은 세파를 겪었고, 아닌 게 아니라 춘월과 떨어질 것에 대비해서 미리 늙어빠진 자신이 그 먼 여행길을 다시 떠날 수는 없는 노릇이라는 등 짐짓 불평을 늘어놓아가며 다른 사람들의 입을 막아두었다.

화소댁이 갑자기 훌쩍거리기 시작했다.

"아줌마, 걱정할 것 없어요. 나 잘 지낼 거예요."

여주인마저 나약한 모습을 보일 수는 없는 노릇이었다.

"자, 자, 울지 말아요. 금방 같이 있게 될 텐데 뭘 그래요. 내가 다 알고 하는 이야기예요. 약속할 수 있어요."

춘월이 손수건을 내밀었다.

화소댁이 눈물을 닦고 코를 힝 풀었다.

"작은아씨!"

"왜 그러우, 이 할망구야!"

춘월은 미소를 지었다.

"아줌마가 나를 작은아씨라고 부르기 시작한 것이 이제 상당히 오래되었죠? 그래, 무슨 말이 하고 싶어서 그래요?"

화소댁이 목청을 가다듬었다.

"작은아씨, 웃지 않는다고 약속하면 비밀 한 가지 얘기할게요."

"약속해요."

"아씨가 내 방에 들어와서 나를 난생 처음으로 아줌마라고 부른 게 언제인지 기억나우? 잊어버렸겠지?"

"생생하게 기억하고 있어요. 아줌마는 그때 빨래를 개고 있었죠."

"맞아요, 맞았어. 그러니까 그때부터 난, 그 뭐냐. 아씨가 마치…… 내 딸이라도 된 것 같은 생각을 했다우. 이렇게 우스운 얘기를 또 들어본 적 있수?"

화소댁은 춘월이 미처 대꾸를 하기도 전에 벌떡 일어나 문으로 달려갔다. 그러고는 문지방에서 뒤를 돌아보았다. 그녀의 눈은 여전히 젖어 있었지만 목소리는 우렁찼다.

"작은아씨, 몸조심하세요. 내 걱정할 필요 없어요. 저승사자가 날 잡으러 오면 그놈 얼굴에 대고 방귀를 뀌어서 쫓아버릴 테니."

순라꾼이 해시를 알리자 춘월은 새옷으로 갈아입었다. 금덕에게 인사를 하면서, 넓적발 채옥과 자신이 쑤저우에서 그처럼 여러 달 있으면서도 금덕 덕분에 쓴 눈칫밥 한번 먹지 않고 지낼 수 있었던 것에 감사하고 싶었다.

금덕은 지칠 줄 모르고 집안 여기저기를 돌아다니며 여느 때와 다름없이 사람들의 일을 돌봐주었다. 뜰에서 박하풀을 새로 뜯어 국화꽃잎과 함께 말려서 식구들의 차맛을 돋워주기도 했고, 또 완두떡이 맛있다는 채옥의 말을 귀담아들었다가 부엌이 온통 난장판인데도 일부러 완두떡을 만들기도 했다.

남편과 조카딸이 알아듣지도 못하는 이야기를 주고받는 동안에도 금덕은 창가에 앉아 지는 햇살을 받으며 수를 놓곤 했다. 금덕은 정작 아들의 공부는 한번도 보살펴주지 않는 남편이 조카딸에게는 열을 올리며 글을 가르치는 것을 지켜보며 무슨 생각을 했을까? 춘월은 지금에야 비로소 그런 의문이 들었다. 그러나 이제 와서 큰어머니에게 무슨 말을 할 수 있단 말인가?

춘월이 여전히 망설이면서 윗저고리에 부채를 꽂고 있는데 문 두드리는 소리가 났다. 금덕이 언제나처럼 차분한 걸음걸이로 방안으로 들어왔다. 그녀는 비단으로 싼 작은 상자 하나를 품고 있었다.

"여보게, 순풍이 불어서 편한 여행길이 되리라고 빌어주고 싶어서 왔네."

춘월이 얼굴을 붉혔다.

"큰어머니도 참, 괜한 수고를 하시네요. 그렇지 않아도 지금 막 찾아뵈려던 참이었어요."

"여보게. 자네가 가고 나면 나는 어쩌나. 보고 싶어서 말일세."

춘월이 뭐라고 적당한 대꾸를 생각해내기도 전에 금덕이 웃으며 붉은 비단으로 싼 상자를 불쑥 내밀었다.

"이건 자네한테 주는 걸세."

"고맙습니다, 큰어머님."

춘월은 절을 하며 양손으로 상자를 받아들었다. 그런데 상자가 생각보다 무거워서 하마터면 떨어뜨릴 뻔했다. 춘월이 웃으며 상자를 가만히 흔들어보았다.

"이런 걸 다 주시고……."

춘월이 다른 사람들에게서 받은 선물더미 있는 곳에 그 상자를 놓으려는데 금덕이 말했다.

"여보게. 법도 같은 걸 따질 게 뭐 있나. 지금 열어보게."

"그래도 될까요?"

금덕이 고개를 끄덕였다.

"되고말고."

춘월이 탁자 앞에 앉아서 상자의 포장을 열었다. 예쁜 수가 놓인 상자였다. 장쑤 지방의 산과 강, 그리고 자욱한 운무가 떠오르는 달 등 풍경이 아직 완성되지는 않았지만 금덕의 뛰어난 솜씨를 알 수 있었다.

"시간이 좀더 있어서 제대로 끝맺음을 했으면 더 좋았을 텐데. 조카가 내일 당장 떠난다는데 내가 가진 재주라고는 이것뿐이라서……."

"지금 이대로가 더 좋아요, 큰어머니. 빈 곳이 있으니까 큰어머님 솜씨가 더 돋보이는 것 같아요."

금덕의 얼굴이 빨개졌다.

"괜한 말을 하는군. 아무것도 아닌 걸 가지고. 자, 열어보게나."

춘월은 속에 든 것이 궁금하기는 했지만 그다지 큰 기대는 하지 않고 상자를 열었다. 안에는 금화가 들어 있었다. 춘월이 놀라서 눈을 휘둥그렇게 떴다.

"쉰두 닢이야. 친정어머니께서 시집가서 운이 좋으라고 내가 혼수감으로 가져온 옷감 하나하나에 한 닢씩 넣어 꿰매 주셨다네. 하지만 나는 어디 쓸 데가 있어야지. 이런 명망 있는 집안에 있는데 내게 무슨 화가 미치겠나? 자네는 나와 내 서방님께 참 잘해주었어. 그러니 그걸 지닐 사람은 조카야."

금덕이 고개를 숙이며 말을 이었다.

"난 벌써 분수 이상으로 많은 것을 가지고 있는 셈이야. 나보다 더 많이 가져야 마땅한 자네가 이 하찮은 선물을 받아준다면 정말 기쁘겠네."

춘월은 한참 동안 큰어머니를 물끄러미 바라보았다. 이 여인은 남편을 섬기는 것을 낙으로 삼고 그가 기뻐하는 것을 보람으로 여기며 사는데, 그가 죽었다는 소식을 듣게 되면 무슨 짓을 저지를지 몰라.

사는 것이 덧없다고 생각해서 아편을 삼키고 저세상까지 남편을 쫓아가려고 할지도 몰라. 춘월은 머리를 저으며 그런 생각을 떨쳐보려고 했지만 헛일이었다. 금덕의 죽은 넋이 저승을 이리저리 헤매며 거기에 오지도 않은 남편을 끝없이 부르며 찾는 모습이 춘월의 머릿속에서 떠나지 않았다.

"조카, 머리를 젓지 말게나. 자넨 돈이 필요할걸세. 자네 시어머님께서 자네 생각을 해주시는 분이라면 어째서 자네를 여기로……."

그러나 춘월은 듣고 있지 않았다. 춘월은 서까래에 매달려 있는 만주족 고관의 모습이, 마치 보기라도 한 것처럼 눈앞에 선했다. 그 만주족 고관의 얼굴이 죽은 계집종 이화의 얼굴과 겹쳐졌다.

"여보게, 왜 그러나?"

금덕이 소리쳤다.

"큰어머님."

"왜?"

춘월은 한동안 말을 할 수가 없었다.

"큰어머니, 전 이야기 하나를 들려 드리는 것 말고는 따로 보답할 선물이 없어요. 전 이 이야기를 아무에게도 옮기지 않겠다고 할머니와 약속했답니다. 큰아버지와 우리밖에는 아는 사람이 없는 이야기예요."

춘월은 이야기를 하는 동안에 자신의 이야기 속에서 신기하기 짝이 없는 사람들이며 기이하기 이를 데 없는 장소들이 많이 나와서 듣는 사람이 도무지 상상조차 할 수 없을까봐 걱정이 된다는 듯이 이따금씩 말을 멈추어가며 마치 옛날이야기라도 하듯이 말을 이어갔다.

춘월이 이야기를 하는 동안 금덕은 꼼짝하지 않고 앉아 있었다. 이야기가 다 끝났어도 두 사람은 말을 잃은 채 서로를 바라보고만 있었다. 뜰에는 바람을 쐬고 있는 꾀꼬리 울음소리가 들려왔다.

이윽고 금덕이 말을 꺼냈다.

"그런 귀한 선물을 주어서 정말 고맙네. 이 무심한 여편네가 그런 선물을 받을 자격이 있다고 생각해준 사람은 자네뿐이네. 덕분에 나는 정말로 장씨 가문 사람이 된 셈이야. 믿어주게나. 자네가 해준 얘기는 아무에게도 하지 않겠네. 내가 알고 있다는 기미를 알아차리는 사람은 아무도 없을걸세. 오늘은 물론이고 앞으로 영원히 말일세."

금덕은 자리에서 일어나 의식을 치르듯 정중한 태도로 덧붙였다.

"이제 난 자네에게 세 가지 부탁을 해야겠네. 우선 그 금화로 상하이에서의 살림에 보태 쓰게나. 그리고 숨어 지내는 생활이 오래 갈지도 모르니 두 분 삼촌을 잘 보살펴드리게. 또 한 가지, 내 서방님께서 집을 떠나 멀리 계시는 동안 불편하지 않으시도록 자네가 주선해서 첩실을 구해드리게."

다음날 아침 진시에 춘월과 채옥은 상하이행 기차에 몸을 실었다. 기차가 목적지에 도착하자 그들은 곧장 시계탑 아래의 약속된 장소로 걸어갔다. 몇 분 후에 웬 사람이 나타나 춘월에게 봉투 하나를 주었다.

춘월이 겉봉을 뜯고 읽었다.

제임스 가 100번지 선교사 학교. 뤼 드 뻬 780번지 여행자 호텔.

춘월은 채옥의 손을 잡고 짐꾼을 따라 마차를 빌려 타는 곳으로 가서 짐꾼들에게 품삯을 준 뒤, 채옥을 부축해 마차에 태웠다. 춘월은 마부에게 첫번째 주소를 일러주었다.

"엄마, 어디 가는 거야?"

춘월은 얼른 대답할 수가 없어서 채옥의 옷깃을 만져주었다.

"어딜 가느냐니까?"

"얘야."

춘월은 대답할 말을 입속으로 한번 되뇌어보았다. 그러고는 마음이 약해지기 전에 말을 꺼냈다.

"엄마는 널 학교로 데리고 갈 거다. 참 훌륭한 학교란다. 넌 거기에서 많은 것을 배우게 될 거야. 흔히들 가르치는 그런 것들뿐만 아니라 외국말과 생활방식도 말이다."

채옥은 아무 말도 하지 않고 고개를 돌려 창밖으로 내다보았다.

"얘야!"

아이는 아무 대꾸도 하지 않고 길가는 사람들에게 정신이 팔린 시늉을 하고 있었다.

"얘야, 날 좀 봐라!"

채옥이 춘월을 보자, 춘월은 딸의 자그마한 어깨에 부드럽게 손을 올려 자기와 마주보게 몸을 돌려세웠다.

채옥의 눈에는 눈물이 고여 있었다. 춘월은 딸이 우는 것을 마지막으로 본 것이 언제인가 생각해보았다. 채옥은 오늘 아침 장씨 집안을 떠나올 때는 물론이고, 아홉 달 전에 오씨 집안 대문을 나설 때에도 눈물을 보이지 않았다.

"얘야, 왜 그러느냐?"

"난 야만인들 학교에 가서 낯선 나라 공부를 배우기 싫단 말야."

"채옥아, 넌 이 엄마랑 같이 갈 수 없단다."

춘월은 채옥의 이마에 흘러내린 머리카락을 쓸어올려주었다. 아이의 이마가 열병에 걸린 것처럼 뜨거웠다. 춘월은 타이를 말을 생각하면서 심호흡을 했다.

"넌 아빠에 대한 얘기를 잊어버린 모양이구나. 아빠는 집을 떠나 서양으로 가서서 여러 해 동안 여행을 하지 않으셨니? 아빠께서는 그렇게 해야 한다고 믿으셨던 거야. 이제는 너도 떠나야 하는 거란다."

채옥은 아버지 얘기가 나오자 열심히 듣고 있었다.

"네가 이 엄마 곁을 이렇게 일찍 떠나는 건 엄마도 싫다. 하지만 우리 모두를 위해서는 어쩔 수 없단다. 그렇게 하는 수밖에 없어."

춘월은 딸의 반응을 기다렸다. 채옥이 고개를 까닥거렸다.

"이 학교에서 네가 열심히 공부해야 네가 할아버지에게 했던 약속을 지킬 수 있는 거야. 기억하지?"

채옥이 다시 한번 고개를 까닥거리고 나서 잠시 후에 말했다.

"나도 위대한 사람이 될 수 있을까?"

"될 수 있지. 하지만 그런 건 나중 사람들이 결정하는 거란다. 여하튼 넌 열심히 공부만 하면 네 나름대로의 좋은 길을 찾아갈 수 있을 거야. 오늘날에는 중국뿐만 아니라 서양에 대해서도 잘 아는 사람이라야만 그 길을 찾아낼 수 있단다."

"엄마, 우린 그럼 얼마나 오래 떨어져 있어야 해?"

"이 학교에서 6년 동안 계속해서 공부해야 한단다."

눈물 한 방울이 아이의 뺨을 타고 흘러내렸다.

"싫어, 엄마. 그건 너무 길어."

춘월은 자기마저 눈물을 보여서는 안 될 것 같아서 얼른 고개를 숙였다.

"그동안에 엄마를 한번이라도 만나면 안 돼?"

"만날 수 있을지도 모르지."

춘월은 딸의 흐느낌이 멈출 때까지 딸을 품에 꼭 안았다. 그제야 춘

춘월은 용기를 내서 미리 마음먹고 있던 말을 꺼내기 시작했다.

"채옥아, 언젠가 네 아빠께서 이 엄마에게 말씀하신 게 있단다. 당신께서는 대의를 위해서 살아야 한다고 말이야. 너는 네 아빠의 딸로서 그분의 뜻을 따라야 한다. 그리고 또, 넌 네 할아버지의 아들로서 그분의 뜻도 따라야 한다."

채옥은 듣고 있지 않았는지 제 엄마가 말을 잇기 전에 물었다.

"엄마, 편지해줄 거지?"

춘월이 고개를 저었다.

"아니다. 당분간은 안 된다. 엄마가 편지를 보내면 네 공부에 방해가 될 테니까 말이다. 네가 공부를 아주 많이 하고 나면 그때는 편지를 하마."

채옥이 불만을 털어놓으려는 듯이 입을 삐죽거렸다.

"채옥아, 너도 엄마랑 같이 배웠지? 애벌레가 나비가 되려면 어떤 과정을 거쳐야 하는지 말이다. 기억나니?"

채옥이 고개를 까닥였다.

"그럼 얘기해보렴. 그 신비한 변화가 일어나려면 그 전에 어떠어떠한 과정을 거쳐야 하지?"

채옥의 어깨가 들먹거리기 시작하더니 다시 눈에 눈물이 고였다. 그러나 눈물이 흐르지는 않았고, 배웠던 것을 얘기하는 목소리는 맑고 힘찼다.

"애벌레는 고치를 만들고 그 속에서 혼자 지내는 거야. 그러고 나면 번데기가 되어서 적당한 때를 기다리며 여러번 탈바꿈을 해."

"그리고?"

"나비가 되어 나오지 뭐."

"그건……."

"예뻐."
"또?"
"날 수도 있어."
"잘했다. 넌 정말 잘 외고 있구나."
춘월은 몰래 눈물을 닦아냈다.
"엄마!"
"응?"
"슬퍼해봐야만 위대한 사람이 될 수 있다는 건 미처 몰랐어."
 아이의 말 그대로였다. 춘월은 설명을 해주려고 했지만 말이 나오지 않았다. 큰 기쁨과 큰 슬픔이 결국 같은 것임을 어찌 말로 설명할 수 있겠는가? 춘월은 덤덤한 말투로 말했다.
 "애야, 주지 않는 사람은 받을 수도 없단다. 주지도 않고 받기만 하는 것은 가치 없는 일이야. 지금 넌 아직 어리지만 언젠가는 너도 뼈대 있는 집안의 후손답게 훌륭한 사람이 될 거다."
 그날 해거름녘에 춘월은 열다섯 나라의 국기가 휘날리는 상하이의 어느 건물 방에 우두커니 앉아 있었다. 방은 썰렁하고 낯설기만 했다. 의자는 너무 높아서 다리가 마루에 닿지도 못하고 대롱거렸다.
 채옥을 어떻게 선교사 학교에 입학시키고 인사를 나누었는지 생각나지 않았다. 그리고 어떻게 호텔에 방을 얻어 짐을 풀었는지도 생각나지 않았다. 도무지 아무것도 기억해낼 수 없었다.
 춘월은 무릎에 놓인 편지를 집어들어 노마님의 봉인이 찍힌 붉고 둥근 봉투를 뜯었다.
 얼마 동안, 그 편지는 춘월의 무릎에 그대로 놓여 있었다. 아직은 안 돼. 아직은……. 그 편지는 그녀와 장씨 가문을 잇는 마지막 끈이었다. 이제 얼마나 오랫동안 소식이 끊어지게 될까를 춘월은 짐작조차 할 수 없었다.

 무심결에 한숨이 나왔다. 춘월은 자신의 한숨 소리가 너무나 쓸쓸하게 들려서 깜짝 놀라며 스스로를 나무랐다. 내가 이처럼 약해진다면 내 자식은 어찌 이 힘든 세상을 혼자 살아갈까? 춘월은 편지를 펼쳤다.

간주곡

하늘의 상제에게는 은하수 동쪽 연안에서 베를 짜면서 혼자 사는 아름다운 딸이 있었다. 딸의 부지런함에 감동한 상제께서는 그녀가 혼기에 접어들자 마음씨 착한 청년을 찾아 온 누리를 두루 살폈다. 그 후 몇 달이 지나서 상제께서는 마음에 드는 젊은이를 찾아냈는데, 그는 서쪽 강안에 사는 소 치는 청년이었다. 아버지의 소원대로 두 사람은 결혼했다.

결혼 후 그 사내와 아내는 너무 사랑한 나머지 오직 두 사람만을 위한 시간을 갖게 되었다. 이윽고 베틀 소리가 멈추고 소마저 뿔뿔이 흩어졌다.

상제께서는 화가 나서 까치를 시켜 그 무절제한 한 쌍을 즉시 은하수 반대편의 둑에서 각기 그들이 본래 하던 일을 다시 시작하도록 하고 한 달에 한 번씩만 만나도록 했다.

아, 그런데 까치는 상제의 말을 깜빡 잊고 말았다! 까치는 그들에게 일년에 한 번만 만나야 한다고 전했던 것이다.

그래서 매년 7월 7일, 까치들은 하늘로 올라가 은하수에 날개를 펴서 다리를 놓아 견우와 직녀가 만나도록 길을 만든다. 비록 일년 중 364일이 모두 보잘 것 없었지만, 그 남편과 아내는 그날 하루만은 너무나 행복했다. 때문에 이

날은 비구름으로 조심스럽게 하늘을 가림으로써 인간들이 그것을 보지 못하도록 하였다.

—중국사

춘월은 호텔에 든 이후, 매일같이 창가의 불편한 의자에 앉아 있었다. 그녀는 그곳에 영원히 있으려는 듯 움직이지 않고 오랫동안 앉아 있곤 했다. 폭풍은 언제 지나갔을까? 춘월은 폭풍의 진로를 지켜보았지만 거의 기억하지 못했다. 그녀는 계속해서 수녀원을 생각했다. 그리고 만주가 아니라 큰아버지가 묶여 있는 음모에만 마음이 쏠렸다. 밤이 깊어갔지만, 춘월은 마음이 편해지지 않았다. 그녀는 알 수 없는 환영에 쫓겨 회랑을 따라 낯선 정원을 통해서 출구가 막힌 이상한 담벼락에 이르렀다. 날이 샜을 때 춘월은 기진맥진해 있었지만, 간밤의 일을 잊을 수가 없었다.

이틀째 되던 날, 춘월은 사람을 시켜서 송나라 시인 이청조의 시집 한 권을 구해오게 했다. 그 시인의 운명은 춘월 자신과 비슷했다. 그 여류시인 역시 어려서 유명한 학자의 아들과 행복한 결혼을 했지만, 과부가 되고 말았다. 그러고 나서 그녀는 전쟁통에 북송을 떠나 남송으로 가지 않을 수 없었다.

> 외떨어진 방에 나 혼자 있노라면
> 천 가지 슬픔이 내 마음 구석구석 스며드나니.
> 봄이 너무 빨리 가는 것이 애석하구나.
> 나는 피곤하고 외로워 난간에 기댄다.
> 내 사랑하는 님은 어디에 있나?
> 시들어가는 초원만이 끝없이 펼쳐져 있는데,

님이 돌아오시길 기다리며
나는 지평선만 바라보네.

춘월은 그 시를 몇 번이나 되풀이해서 읽었다.
가끔씩 눈을 감고 명원의 모습을 그려보았다. 얼굴은 결혼식날 밤의 모습으로 떠오르곤 했다. 얼마나 어려 보였던가! 이제 춘월은 그때의 명원보다 더 나이가 들었다.
왜 당신은 나를 떠나버렸죠? 만약 당신이 손자를 안고 나와 함께 정원을 산책할 수 있다면, 내가 더이상 뭘 바라겠습니까. 지금 내가 느끼는 어떤 것도 우리들이 젊었을 때 느꼈던 것과 비교 할 수 없습니다. 그리고 앞으로 하는 어떤 맹세도 진실된 것은 없을 겁니다. 새로이 맹세를 하면 당신에 대한 나의 맹세가 깨질 테니까요.
춘월은 한때 명원과 함께 보냈던 모든 나날들을 돌이켜 생각해보았다. 명원이 입었던 옷, 그의 눈동자에 나타난 표정의 변화까지도. 내 볼에 입을 맞추었을 때 그는 어떤 기분이었을까? 낙엽을 밟던 그의 기분은 어땠을까? 춘월은 모든 것을 고스란히 간직하고 있었다. 그런데 언제부터 잊히기 시작했을까? 춘월은 이제는 그것조차 기억할 수 없었다.
명원에게는 손가락에 작은 흉터가 있었는데 그것이 엄지였던가, 집게손가락이었던가? 그것이 기억나지 않은 첫번째 것이었다. 춘월은 자신이 그것을 잊어버렸다는 것을 깨달았을 때 울었다는 것은 잊을 수 없었다. 이후로 그녀는 남편의 엄지에 흉터가 있었다고 제멋대로 결정해버렸다. 그러나 남편이 죽은 지 11년이 지났을 때는 무슨 일이 있었는지, 남편에게 무슨 약속을 했었는지조차 기억나지 않았다.
춘월이 가끔씩 명원을 불러볼 때마다 은빛 액자의 사진 속에 들어 있는 눈동자가 생명 없는 얼굴 속에서 나타나 번쩍거리다가 다시 빛을 잃고 사진 속으로 돌아갔다. 그럴 때마다 춘월은 울곤 했다.

"아냐, 이 남자는 내가 사랑하는 남자가 아냐. 내 남편은 어렸어. 그리고 그에게는 흰 머리카락이 하나도 없었어."

그러나 큰아버지의 모습은 좀처럼 사라지지 않았고 큰어머니 금덕이 작별하면서 했던 얘기가 뇌리에 맴돌았다. 의문이 꼬리를 물고 일어났다. 나의 정절은 무엇에 대한 것일까? 과거의 맹세? 상대방에 대한 것? 희생해야 할 것은 무엇이고 지켜야 할 것은 또 무엇인가?

춘월은 창가에서 돌아서서 탁자 위의 접시에서 버찌 하나를 집어들고 입에 넣었다. 그녀는 무심코 씨를 삼키면서 채옥이 같은 짓을 했을 때 그 애를 꾸짖던 자신의 목소리를 생각했다. 자비로우신 관음보살님. 춘월은 기도를 했다. 우리의 아름답던 순간들이 거친 말씨로 인해 깨지지 않게 해주시옵고 앞으로 오래오래 제 아이를 보살펴주옵소서.

피로가 몰려왔다. 춘월은 윗옷에서 부채를 꺼냈다. 매우 정교하게 다듬어져 하얀 레이스처럼 보이는 상아로 만든 접는 부채였다. 옛날의 추억이 속삭였다.

"얘야, 넌 이 부채가 정말 빨갛다고 생각하니? 자, 다시 봐라!"

그것은 파란색이었다.

"자, 다시 보렴."

이번에는 황금빛이었다. 어느 것이 진짜고 어느 것이 속임수였을까? 부채에 미리 색칠을 해놓은 것이 틀림없었다. 아니면 내가 마술에 걸렸던 것일까?

춘월은 부채를 접고 일어서서 방안을 서성였다. 잠을 자기에는 너무 이른 시간이었지만 춘월은 침대에 누워 편안한 자세를 취하려고 애썼다. 서양 침대는 무척 부드러웠고, 깃털로 채워진 베개는 조금도 딱딱하지 않았다. 춘월은 자신이 마치 가족들이 새집으로 이사가면서 깜빡 잊고 가져가지 않은 새장 안의 새 같은 분이 들었다.

춘월은 정신을 집중하고 하루하루를 세면서 보내야만 했다. 여기에 온 지가 이레째인가 여드레째인가? 큰아버지로부터는 아직 소식이 없다. 쑤저우를 떠나기 전에 큰아버지는 춘월에게 일주일이나 또는 그 이상 걸릴 거라고 말했었다. 비밀을 지켜야만 하는 경우에는 새로운 생활에 쉽게 또는 빨리 적응할 수 없는 것인지도 모른다. 그러나 큰아버지가 곧 전갈을 보내오지 않으면 외로움에—아니면 그리움일까?—이성이 압도당해서 비밀을 털어놓게 될까 두려웠다.

문 두드리는 소리가 났다. 춘월은 조용히 다가갔다.

"누구세요?"

"마나님한테 편지가 왔습니다."

춘월은 문을 열었다. 급사가 인사를 하고 봉투를 내밀었다. 춘월은 그를 기다리게 하고 재빨리 봉투를 뜯었다.

금일 밤 말천거리 333.

아, 드디어! 춘월은 급사의 얼굴을 보는 순간, 그가 자신의 표정을 읽고 있다는 생각이 들었다. 춘월은 재빨리 표정을 바꾸었다.

"자, 계산할 준비를 해주세요."

"계산은 이미 다 끝났습니다. 그리고 마차가 마나님을 기다리고 있습니다."

마부가 30분쯤 걸릴 거라고 말했다. 춘월은 즐거운 마음으로 자리에 앉아 등받이에 등을 기댔다. 공기는 부드럽고 선선했지만 숨쉬기가 쉽지 않았다. 눈을 감았다. 그러나 환영이 나타나지 않을까 두려워 다시 눈을 뜨고 창밖을 내다보았다. 그러나 날이 이미 어두워져 있었고 마차가 너무 빨리 달려서 많은 것을 볼 수는 없었다.

기억에 남을 만한 일이 하나 있었다. 춘월이 탄 마차가 해안도로를 벗어난 지 얼마 후에 다른 마차 한 대와 나란히 달리게 되었다. 그 마차는 마치 두 개의 청동 램프의 불빛에 반사된, 옻칠한 보석 상자처럼 빛났다. 그 마차 안에는 한 사내가 앉아 있었다. 그들의 눈빛이 잠깐 동안 마주쳤다. 춘월은 얼른 눈길을 떨구었다. 그 사내의 무엇인가가 그녀를 당황하게 만들었다. 어디서 본 듯한 얼굴이었다. 어디서 만났었지? 쑤저우에서는 아니고, 아마 베이징에서였을지도 모른다. 춘월은 순간, 그 사내가 전에 만났던 사람이 아니라는 것을 깨달았다. 그는 단지 명원과 닮았을 뿐이었다.

생각지도 않았는데 결혼하던 날과 똑같은 모습으로 명원이 그녀 앞에 나타난 것 같았다. 그의 살결은 부드러웠고 눈빛 또한 다른 사람 같지가 않았다. 춘월은 갑자기 자신도 이해할 수 없는 말을 지껄였다.

"여보, 나는 계절이 바뀌는 것을 막아보려고 열심히, 아주 열심히 애를 썼어요. 그런데도 봄은 가버리고 여름이 되고 말았어요."

명원의 환영이 잠시 더 머물렀다. 춘월은 전에 그가 했던 말을 생각했다.

"우리들의 시간은 변화 속의 시간이야."

마차가 횡단 지점에 멈췄을 때, 춘월은 다시 고개를 들었다. 아까의 그 마차가 옆에 멈춰서 있었다. 그 낯선 사내가 부드러운 미소를 짓고 있었다. 춘월도 무심코 미소를 지었다. 그녀가 문득 자신의 행위를 깨달았을 때 그 사내가 탄 마차는 앞으로 달려가기 시작했고, 마침내 사라져버렸다.

춘월은 등을 기대고 눈을 감았다.

"마나님, 다 왔습니다."

마부가 마차의 문을 열었다. 춘월은 마차에서 내려서 마부가 그녀의 짐을 내리는 것을 보고는 저택의 벽돌 계단을 올라갔다. 춘월은 마차삯을 주고 말굽 소리가 들리지 않을 때까지 기다렸다가 초인종을 눌렀다.

문이 열리고, 하얀 양복에 검은 나비넥타이를 맨 남자가 나타났다.

"큰아버지?"

그는 웃으면서 짧게 잘라서 반짝반짝하게 포마드 기름을 바른 머리를 손으로 만졌다.

"머리 모양이 영 딴판이지? 나도 내 머리가 이상하다."

춘월은 큰아버지가 굉장히 젊어 보인다고 생각했다.

"들어와라. 가방은 내가 들어주지. 아직 하인이 없다. 네가 직접 하인을 구하는 것이 좋겠다고 생각했지. 그때까지는 우리 둘뿐이야."

용재는 문을 닫고, 길고 좁은 방을 보여주었다. 낯설기는 했지만 썩 싫지는 않았다.

"자, 여기 앉아라."

용재는 마호가니 탁자 옆에 있는 까만 가죽 의자를 가리키고는 반대편 의자에 앉았다. 그가 읽고 있던 책이 의자 팔걸이에 펼쳐진 채로 있었다.

춘월은 아무 말도 생각나지 않았다. 방을 둘러보았다. 육중한 벽난로가 있었고 말 탄 남자들과 배, 그리고 덩치가 큰 점박이 개들을 그린 유화가 있었다.

용재는 목소리를 가다듬고 상하이에 온 해외 중국인 'B.T.양'인 척하기 위해서 자신이 했던 일들을 이야기했다. 춘월은 아주 필요한 질문만 몇 마디 했다. 용재가 일어서면서 말했다.

"자, 먹을 것을 준비해놓은 게 있는데, 어떠냐?"

"먹을 거라고요?"

"그래. 과자점 앞을 지나가다 네가 좋아하는 편도 과자를 좀 샀다."

용재가 옆방으로 들어가려고 했다. 춘월은 충동적으로 그를 향해 외치다시피 말했다.

"아니에요. 가지 마세요. 수고하실 필요 없어요."

"이건 수고가 아냐."

"제발, 큰아버지. 전 여기 오기 전에 호텔에서 먹었어요."

"그럼 차나 한 잔 하지!"

"차요?"

"그래, 차."

춘월은 머리를 저었다.

"아니에요. 목마르지 않아요."

춘월은 거절하고 나서 곧 후회했다. 차라도 있었으면 손이 이렇게 거추장스럽지는 않았을 텐데. 춘월은 필사적으로 이야깃거리를 생각해내려고 애쓰다가 마침내 불쑥 입을 열었다.

"막내삼촌은 어디 계세요?"

"필리핀에 있다. 여기를 떠난 지 일주일이 넘었다."

용재가 다시 의자에 앉으며 말했다.

"얼마나 머무신대요?"

"필요한 만큼 머물겠지. 해외 중국인 단체에는 친구들이 있으니까 아마 도와줄 거다."

두 사람의 시선이 마주쳤다.

"얘야, 걱정하지 않아도 된다. 그 애는 혼자 있는 게 아니니까."

춘월은 눈길을 돌려 두 사람 사이에 있는 책의 제목을 아무 생각 없이 읽었다.

용재가 재빨리 무슨 말인가 했지만, 춘월은 그가 무슨 말을 했는지 알아듣지 못했다. 내가 큰삼촌에게 이렇게 말이 없었던 적이 있었던가? 오늘밤까지는 그런 적이 한번도 없었다.

"얘야."

"네?"

"난 지금 이 방이 런던에 있는 어떤 사원을 모방한 것이란 얘기를 하고 있었다."

용재는 주위에 있는 이상한 장식들을 설명해주었다.

"횡재할 생각으로 중국에 오는 모험가 기질을 가진 사람들은 이렇게 집을 꾸미지. 하지만 영국에 돌아가서는 이런 방들이 있는 고급 클럽에는 절대 가질 않는단다."

"얼마나 슬픈 일이에요."

"정말 그렇게 생각하니?"

용재가 전에 자신이 가르치던 학생으로부터 정확한 대답을 듣기 위해서 달래던 투의 옛날에 흔히 쓰던 목소리로 물었다. 춘월이 아무 말도 없자 용재는 다시 말을 이었다.

"내가 보기에는 슬픈 일인 것 같지는 않구나. 도대체 누가 모든 꿈을 다시 실현할 수 있겠니? 몇 가지 환상, 그것도 아주 잠깐 동안이면 충분한 거야."

용재는 춘월의 대답을 기다렸지만 춘월은 융단에 그려진 무늬만 보고 있었다.

"슬플 수도 있겠지. 만일 상하이에서조차 마음대로 망명을 할 수 없다면 말이야."

용재는 춘월이 이해한다는 태도를 보여주기를 기다렸다. 춘월은 마지못해 그의 눈을 바라보았다. 그것으로 충분했다.

용재가 다시 입을 열었을 때, 그의 목소리에는 춘월이 전에 한번도 들어보지 못했던 부드러움이 있었다.

"춘월아! 난 할 이야기가 너무 많은데……."

아니에요, 지금은 하지 마세요. 춘월은 속으로 외치며 일어섰다.

"큰삼촌, 죄송하지만 전 피곤해요."

용재도 함께 일어섰다.

"암, 그렇겠지."

용재는 이층방으로 춘월의 가방을 옮겨주었다. 춘월은 고맙다는 인사를 했다. 용재가 잘 자라는 말을 하고 떠나자 춘월은 계단을 내려가는 그의 뒷모습을 보기 위해 문 앞으로 나섰다. 춘월은 그가 무슨 수로 위장을 하든 어디에서든지 그를 알아낼 수 있을 거라고 생각했다.

춘월은 대충 짐을 풀고 나서 여행 가방과 양복장, 화장대 사이를 거닐었다. 그러다가 가방을 비워놓고, 침대 위에 놓아둔 명원이 사진 앞에 앉아서 한참 동안 사진을 들여다보았다. 명원은 키가 크고 살결이 고왔다. 특히 눈은 다른 사람과 달랐다.

다시 그녀와 남편은 낯선 사람이 되었다. 춘월은 은 액자를 서랍 속에 조심스럽게 넣어두었다.

아래층에는 테이블 위의 램프를 제외하고는 모든 불이 다 꺼져 있었다. 현관문이 활짝 열려 있었다. 용재가 등을 보인 채 현관 문지방에 서있었다.

춘월은 잠시 그를 바라보았다. 그는 움직일 때는 물론이고 지금처럼 쉬고 있을 때에도 우아하고 민첩해 보였다. 그의 우아함은 진실되고 강렬한 것이어서 누구에게나 친밀감을 주었다.

춘월은 가볍게 문을 두드렸다. 용재는 놀라는 기색도 없이 돌아섰다.

"왜 밖에 계세요? 누굴 기다리세요?"

"아냐. 아니다."

그는 차분히 대답했다.

"그럼, 왜 밖에 계세요?"

"춘월아, 내가 너무나 오랫동안 멍청한 짓을 했나보구나."

"어떻게 멍청하셨는데요?"

"나 같은 바보만이 할 질문이구나."

두 사람은 가까이 다가섰다. 춘월은 그의 품에 얼굴을 묻었다.

그해 여름 내내 상하이에 뜬 달은 투명했다. 그것은 반짝이는 언어가 잃어버린, 수정같이 맑은 비늘이었다. 밤공기는 부드러웠다. 향기를 실은 미풍은 서두르지 않고 버드나무 가지를 부드럽게 흔들었고 귀뚜라미는 짧은 일생이 덧없이 끝나기 전에 노래를 다하기 위해 쉬지 않고 찌륵거렸다.

여름에 담근 술은 빨리 익어갔다.

❦ 복종

중화민국 첫해의 쌍십절 저녁 아홉 시에 한 무리의 반도(叛徒)들이 우한에 있는 우창의 병기고를 점령했다.

그 소식이 퍼지자 전지역에서 반도들이 일어났다. 그들은 거의 저지를 받지 않았다. 변발을 잘라버리기만 하면 누구라도 선입견 없이 공화 국민의 대열에서 환영을 받았다.

임자년인 1912년, 쥐띠 해의 초하루를 엿새 남기고 주필은 마지막 법령을 공표함과 동시에 일생을 마쳤다.

'수백만 명의 염원이 한 가족의 영광을 위해 무시될 수 없다. 따라서 황제 폐하는 퇴위할 것이며, 앞으로 수 개월 동안 현명한 정부가 뿌리를 내리는 것을 여유를 가지고 지켜볼 것이다.'

청조의 홍룡(紅龍)이 250년 넘게 중국 하늘에 나부꼈었다. 그러나 그것은 하룻밤새 사라져버렸고, 상하이에 있는 모든 상점과 집에는 혁명의 하얀 깃발이 마치 이불보처럼 펄럭였다.

새벽이 되기 전부터 시작해서 어둠이 깔리고 나서까지, 거리 구석구석과 전차와 골목길에서 언제, 어느 곳에서나 가위를 든 기병들이 예기치도 못했고 원치도 않는 사람들의 길게 땋아내린 머리를 싹둑싹둑 잘랐다. 사람들은 자기 이웃의 머리가 잘린 것을 보고 웃었지만, 그 다음에는 자신들도 잘렸다. 붙어 있던 변발이 없어지자 가난한 사람들은 마치 고슴도치처럼 보였고, 바셀린을 살 수 있는 부자들은 물에 젖은 오리 같았다. 아들은 선조의 유물을 손상시켰다고 선조에게 용서를 빌면서 울었다. 그리고 어머니는 변발을 껴안고 울부짖었다.

―중국사

정월 초하룻날, 춘월은 시어머니와 가족들이 행복하고 순탄한 쥐의 해가 되기를 바라면서 시어머니에게 편지를 썼다. 그리고 관례에 따라 비밀을 조금도 누설하지 않고 가능한 한 사실에 가까운 거짓말을 하면서 지금까지 어떻게 보냈는지 덧붙였다.

채옥은 근처에 있는 훌륭한 학교에 다니고 있고 저는 상하이의 양씨네 가족과 함께 일자리를 찾았지요…….

춘월은 시어머니의 답장을 기대하지 않았다. 시어머니는 지난해에도 답장을 하지 않았었다.

그로부터 3주 후, 말들이 하얀 입김을 내뿜고, 햇살 때문에 방이 다른 때보다 훨씬 커 보이던 어느 날 아침, 춘월은 서재에서 책을 읽고 있었다. 용재는 약속이 있어서 외출중이었다. 춘월은 늘 하던 대로 용재가 점심을 먹으러 오는 정오가 되기 전에 하녀 한 명을 시켜 용재가 최근에 준 선물을 가져오게 하였다.

춘월은 머리핀을 만지면서 속으로 웃었다. 그것은 용재의 첫번째 선물이었고 춘월이 유일하게 간직하고 있는 것이었다. 용재는 자기가 주는 선물들이 없어진다는 것을 결코 눈치채지 못했다. 어쩌면 그에게 남는 것은 '주는 즐거움' 이외의 아무것도 아닌 셈이었다. 용재는 춘월과 우한 사건 이후의 새 공화국에 대해서, 마치 미래에 대해서 희망과 포부만을 지닌 젊은이처럼 즐거워했다.

"세상이 변해버린 게 분명해. 투쟁도 목표를 달성한 거야. 그러면 우리는 자유로워질 거야."

용재는 그들의 행복이 영원히 지속되기라도 하는 것처럼 행동했다. 어떤 때는 자다가 큰소리로 웃기도 했다.

춘월이 벽난로의 통나무를 뒤적거리고 있을 때 벨이 울렸다. 배달부였다. 전보를 받은 춘월의 손이 떨렸다.

베이징에서 온 것이었다. 연화가 며느리를 원했다.

울 것까지는 없었다. 춘월은 처음부터 용재와의 행복은 간주곡에 불과하다는 것을 알았다. 하지만 적어도 이보다는 좀더 오랜 시간 동안 계속되리라고 생각했었다. 그러나 우한 사건 이후 춘월의 가슴은 매일 서산에 지는 해와 함께 내려앉았다. 만주가 진압되고 질서가 회복되면 혁명가들은 집으로 돌아갈 것이다. 그리고 장씨 가문의 형제들처럼 죽은 자라도 다시 부활할 것이고, 지금 용재가 행세하는 양씨 가문처럼 뿌리가 없으면 죽고 말 것이 불 보듯 뻔했기 때문이다.

춘월은 이제 어디에 가서 살아야 할지 알 수 없었다. 쑤저우에 가서 살 수는 없었다. 밤새 아내 노릇을 하다가 어떻게 조카로 변신할 수 있단 말인가? 그렇게는 할 수 없었다. 그러나 그곳 외에는 갈 곳이 없었다.

그런데 이제 전보가 해답을 준 것이다. 춘월은 슬픔에 굴하지 않고 여행 준비를 하기 위해 계단을 올라갔다.

하인이 주인이 돌아왔다고 알려준 것은 신시였다. 춘월이 서재로 들어갔을 때, 용재는 책상 위에 펼쳐진 신문을 읽고 있었다. 춘월은 신문지 위에 전보를 놓고는 아무 말 없이 창가의 의자에 앉았다.

한동안 아무도 움직이지 않았다. 춘월은 바짝 긴장되어 마음이 바람 앞의 등잔불처럼 깜빡거렸다. 갑자기 용재가 웃었다. 어린아이를 웃기려는 꼭두각시의 웃음소리 같은 빈웃음이었다.

"어이가 없군. 이건 내가 작년 여름에 쑤저우에 보낸 거짓 전보에 썼던 것과 똑같잖아? '춘월 즉시 필요' 이건 그대로고, 다른 거라고는 '시어머니'라는 단어뿐이군. 귀신이 우리가 한 거짓말로 우리를 혼내는구나! 우습지 않니?"

춘월은 무표정하게 고개를 끄덕였다.

"웃어봐! 왜 웃지 않니?"

용재는 조용히 일어나 전보를 조각조각 찢어 난롯불에 던져넣었다. 춘월은 종잇조각이 불에 타 재가 되어 부드럽게 위로 떠올라 굴뚝 속으로 사라지는 것을 지켜보았다. 용재는 부젓가락을 들어 불을 뒤적일 뿐 아무 말도 하지 않았다. 마치 방이 가득 차 있어서 다른 생각이나 다른 소리는 받아들일 수 없는 것 같았다.

용재가 갑자기 부젓가락을 놓고 춘월을 일으켜 세웠다.

"후회하니?"

용재는 대답을 찾기 위해 그녀의 눈을 들여다보았다. 춘월은 대답하지 않았다. 명원도 언젠가 똑같은 질문을 했었다는 것이 머리에 떠올랐다. 행복은 항상 이렇게 끝나고 마는 걸까?

"후회하니? 난 알아야 해."

이들은 왜 그런 것을 묻는 걸까? 이들은 태양이 빛을 발한 것을 후회하느냐고 태양에게도 물을까?

"아니에요. 후회하지 않아요. 저는 다만 오늘 우리가 헤어져야 한다는 것이 안타까울 뿐이에요."

춘월이 부드럽게 말했다.

"오늘이어야 하니?"

"오늘이 내일보다 쉬워요."

춘월이 대답했다. 용재는 진실을 부인하지 않았다. 그들은 조용히 껴안았다.

"떨어져 있는 것이 잠깐뿐일지도 몰라."

용재가 속삭였다.

춘월은 그의 품을 벗어나 방구석에 있는 지구의 옆으로 갔다. 춘월은 천천히 뜨개질을 하면서 말했다.

"아마, 영원히 헤어지게 될 거예요. 시어머니는 자신의 모든 불행을 제 탓으로 돌려요. 만약 시어머니에게 다른 자식이 있다면 절 부르지 않았을 거예요. 양자에게 무슨 일이 생긴 것이 분명해요. 전 그분이 남긴 모든 것이에요. 그건 제 의무고 운명이에요. 남편이 그분을 모시듯 제가 그분을 모셔야 해요. 우리에게 생명을 주신 선조들은 당신과 제가 함께 사는 것을 인정하지 않아요. 서로 함께 할 정당한 자리가 없으니 우린 복종해야 해요. 그 외에 다른 길은 없어요."

춘월은 자신의 손바닥을 내려다보았다. 거기에 모든 것이 다 씌어 있었을까? 내 운명이? 춘월이 고개를 들었을 때, 용재의 눈은 분노로 이글거리고 있었다.

"다른 길은 없다고? 반드시 다른 길이 있어. 혁명은 복종을 종결시키는 것이야. 그걸 몰라?"

춘월이 아무 말 없이 용재의 주머니에서 염주를 꺼내 주자, 용재는 항상 실망에 잠겨 살아왔던 지난 수십 년의 세월을 생각하면서 손에 쥐어진 염주를 만지작거리며 이리저리 걸었다. 춘월은 방해하지 않왔다. 그의 감정이 격해지면 격해질수록 그녀는 더욱 침착해졌다.

"뭐가 잘못인지 모르겠니? 너하고 나, 우리에게 무엇이 잘못이지? 금덕? 모든 중국인? 아니면 사라진 제국? 옛날 방식? 아냐, 복종이야! 그것이 잘못이야! 우린 늘 복종해온 거야. 전통, 가족, 권위, 의무 그리고 모든 것과 모든 사람에게 말야. 우리의 필요와 우리의 꿈, 우리의 정열을 제외한 모든 것이 잘못된 거야! 우리가 우리 자신을 위해 산 것은 얼마 안 돼. 여기서 한순간, 저기서 한순간 살아왔을 뿐이야. 그것도 남이 모르게, 어떤 변화도 드러나지 않게 하면서 말야. 그런데 이제 와서 다시 복종하자는 거야? 다른 사람들이 그렇게 하라고 시키기라도 한 것처럼?"

용재가 갑자기 말을 멈추었다. 그는 하얗게 서리가 서린 창밖을 내다보았다. 해가 지고 어둠이 내리고 있었다. 벽난로에서 장작이 타면서 튀는 소리가 났다. 용재가 다시 입을 열었을 때 그의 목소리는 맥이 빠져 있었다.

"내가 이런다 해도 소용없다는 건 나도 알아. 너는 너의 죽은 남편을 존중하겠지. 나도 그쪽 집안을 무시하지는 않는다. 그래서 우리는 우리가 선택하지 않은 삶, 서로 떨어져 사는 삶을 살아야겠지."

춘월은 그에게로 다가가 팔을 내밀었다. 용재는 그녀를 쳐다보려 하지 않았다. 춘월은 두 손으로 용재의 얼굴을 감쌌다.

"우리는 오래 살 거예요. 그리고 결국에는 우리의 이별이 자연스러운 것이라고 생각하게 될 거예요. 더 많이 복종하면 할수록, 바라는 것도 그만큼 적어질 거예요. 우리 중국인들이 그런 것처럼, 당신이 종종 얘기한 것처럼."

춘월은 살며시 용재의 입에 입을 맞추었다. 그러나 그는 위안을 받고 싶어하지 않았다. 그는 고개를 돌리고는 다 타서 까맣게 된 나무

등걸의 잔재를 부젓가락으로 사납게 밀어뜨리더니 상자에서 나무토막을 꺼내 벽난로에 집어던졌다. 용재는 잠시 불을 지피고 난 다음 입을 열었다.

"다른 사람이 견디지 못하는 것도 나는 견딜 수 있다. 난 중국인이니까. 외국인들은 걸을 때도 수레, 말, 기차 그리고 언젠가는 말 없는 마차까지 탈 꿈을 꾸며 걷지. 하지만 우리 중국인들은 두 발로 걷는 것을 운명으로 생각하지. 그리고 두 다리가 잘리면 우리의 성질을 길들이고 위협을 무시하고, 모욕을 받아들이면서까지 야만적인 생각을 떨쳐버리는 거야. 만일 그것이 가능하지 않다면 우리는 땅속에는 더 비참한 운명이 존재한다고 생각하면서 세상의 눈을 피해 기어다니는 운명에 적응하겠지. 우리는 앉아서 구두 살 돈이 절약되어 다행이라는 생각이나 하는 거야. 춘월아, 우리는 복종하면서 오래 사는 거야. 하지만 무슨 목적으로 살지? 무슨 목적으로?"

"희생, 의무, 명예의 삶을 위해서죠."

"그것으로는 충분하지 못해……."

춘월은 고통에 가득 찬 용재의 목소리를 더이상 들을 수 없었다. 그녀는 그의 입술에 손을 가져다댔다.

"제발, 그만. 그만하세요."

용재는 천천히 고개를 끄덕였다.

그리고 더이상 아무 말도 하지 않았다.

기차역에서 용재는 차마 잘 가라고 손을 내밀 수가 없었다. 그는 춘월의 얼굴이 일그러지는 것을 보면서 억지로 미소를 지었다.

용재는 역에서 돌아왔을 때, 침대 위에 놓인 춘월의 편지를 발견했다. 그는 침대 머리맡에 편지를 올려놓고 한참 동안 물끄러미 내려다보았다. 용재는 춘월이 용기가 없어서 차마 말하지 못한 그 무엇을 알게 될까 두려웠다. 용재는 한참 후에 봉투를 뜯었다.

저의 가장 사랑하는…….
한때 저의 삶은 누에가 고치에 갇혀 있듯이 그렇게 갇혀 있었어요. 그런데 당신이 제게 날개를 달아주어서 저는 나는 데 열중했었지요.
그러나 그 세월이 오래가지는 않는군요. 우리들의 시간은 지나가버렸어요. 그러나 제 마음은 가득 차 있어서 후회할 여지는 조금도 없어요.
우리가 느낀 사랑은 지속되겠지만, 우리가 꾼 꿈은 사라져야 해요.
관례대로 일년에 한 번, 정월 초하루에만 편지를 쓰기로 해요. 우리가 다시 만나게 되어도 처음으로 돌아가지는 말기로 해요.

당신의 조카가

❁ 시샘

아드님이 태어나시면
침대 위에 재우시고
예복을 입히시고
장(璋)을 주어 놀게 하실지니
울음소리도 크도다.
빨간 무릎 덮개가 빛날 것이니
미래의 왕자님이시라.

따님이 태어나시면
구들 위에 재우시고
여아복을 입히시고
와(瓦)를 주어 놀게 하실지니
그들이 선을 하랴 악을 하랴
마음씨 곱고 음식 솜씨 좋으면 그것으로 그만이지.
그래도 부모님께 슬픔을 안겨드려서는 아니 되지.
―시경

서쪽에서 바람이 불어오는 날이 계속되었다. 모래가 베이징의 하늘을 뒤덮어 공기는 누렇게 물들었다. 며느리가 베이징으로 돌아오던 날도 마찬가지였다.

베이징에 도착한 며느리는 시어머니가 낡은 집에서 얼간이 하인을 데리고 외롭게 지내고 있음을 알았다. 양자는 화재로 잃었다. 황제의 퇴위 뒤에는 화재가 유난히 많았었다.

죽은 양자의 연약한 과부는 시골로 내려갔지만 연화는 시골로 내려가는 것을 거절했다. 한때는 베이징의 미인으로 이름을 날리지 않았던가? 그녀는 차라리 죽을지언정 조카며느리에게 고개를 숙이고 싶지는 않았던 것이다.

춘월은 즉시 화소댁을 부르러 사람을 보내고 나서 새집을 물색했다. 새로 이사한 집은 전에 살던 집보다 더 작고 이웃들도 별로 마음에 들지 않았다. 그러나 연화는 아무런 반응도 보이지 않았고, 먼 산만 바라보았다. 그녀의 눈은 이미 꺼진 지 오래된 화재를 보고 있는 듯했다. 그리고 혼자 중얼거리곤 했다.

"공화국이란 어떤 왕조일까? 민의(民意)란 어떠한 천명인가? 어떤 중국인이 변발을 하지 않는걸까?"

연화와 산 지 한 달이 지났을 때 춘월에게는 아무런 기미가 없었다. 두번째 달 역시 마찬가지였다.

춘월은 용재를 사랑했었다. 그리고 불륜이 비밀로 되어 있는 이상, 춘월은 부끄러움을 느끼지 않았다. 법이란 조화를 위하여 사람과 사람에게 임의의 한계를 그어놓은 것이지, 신성한 기준은 아니라는 생각이 들었다. 그러나 세번째 달 역시 아무런 기미 없이 지나가자 춘월은 일이 곧 알려지고 말게 될 것이고 그것은 장씨 가문과 오씨 가문의 명예를 실추시키고 말 것임을 깨달았다. 더럭 겁이 났다. 파란

생강, 오렌지 껍질, 인삼 등의 어떠한 약이나 뜨거운 물로 하는 목욕이나 단식 등도 유산에 아무런 효험이 없었다.

입 밖에 낼 수 없는 얘기를 먼저 꺼낸 것은 화소댁이었다.

"아씨, 전 몇 주일 전부터 알고 있었어요. 그리고 몇 주일 동안 생각을 해보았지요. 나중에 기회를 보아서 아기를 제 자식처럼 꾸며서 뒷문으로 데려오면 어떨까 하고요. 하지만 전 늦었어요. 그래서 아씨께서 허락만 하신다면 벙어리를 찾아가서 출산준비를 시켜놓겠어요. 아씨 시어머님께는 아씨가 외국인 가정에 가정교사 일을 맡게 되었다고 하겠어요. 시어머님은 건강이 안 좋으니까 별로 따지지 않을 거예요. 아씨께서 돌아오실 때까지 제가 시어머님을 돌봐드리겠어요."

그 이상의 얘기는 없었다. 화소댁은 다음날 떠났다. 그리고 일주일 후에 춘월은 작은 운하선을 타고 셴후이 마을로 갔다.

춘월은 셴후이 마을에 도착하자 소실들이 입는 녹색 치마를 입었다. 그녀는 가마도 빌리지 않았다. 그러나 배의 유일한 손님을 위해 선장이 보낸 심부름꾼이 그녀에게 노새가 끄는 짐마차 한 대를 구해주었다.

춘월이 마차를 타고 벽돌담이 옹기종기 모여 있는 곳을 지날 때, 어른들은 입을 벌린 채 바라만 보았고, 아이들은 낄낄거리고 손가락질을 하며 뒤를 쫓아왔다. 거지 몇 명이 소리치며 구걸을 했고 심지어는 이방인 냄새를 맡은 마을의 개들까지 몰려들었다. 춘월은 아예 고개를 숙이고 못 본 척했다.

마차가 약간 흔들리면서 멈추자, 개구쟁이들이 그녀를 에워싸고선 치마와 짐꾸러미를 손가락으로 건드렸다. 춘월은 불안한 눈으로 주위를 둘러보았다. 마부는 마차 뒤에 서있었다. 노새가 싼 똥을 삽으로 퍼서 마차 뒤에 달린 바구니에 넣고 있었다. 자신의 밭에 쓰기 위해서 다른 사람이 가져가기 전에 잽싸게 주워 담는 것이었다.

사람들이 마차 주위에 점점 더 많이 몰려들었고 이번에는 마을의 아낙네들이 끼어들기 시작했다. 춘월은 그 가운데 아는 사람이 있을까 해서 한 사람씩 자세히 훑어보았다.

갑자기 누군가가 소리쳤다.

"아이고, 세상에! 아씨군요!"

아낙네들이 옆으로 물러섰다. 벙어리가 앞으로 걸어나왔다.

"저 여자가 누구야? 아주 예쁜걸."

아낙네들 중에서 누군가가 소리쳤다. 벙어리는 대답을 하지 않고 춘월이 마차에서 내려오도록 도와주었다.

"저희 집은 여기서 몇 발짝 되지 않아요."

벙어리가 속삭였다.

춘월은 마부에게 삯을 주고 작은 트렁크를 들어다 달라고 부탁했다. 마부는 인사를 하고는 동전을 세어보더니 활짝 웃었다.

"그러믄요, 마나님."

"이봐요! 너무 많이 줬어요! 그러면 마부 버릇이 나빠져요."

아낙네들이 소리쳤다. 아낙네들은 아이들과 거지들과 개들을 쫓아버리고 춘월과 벙어리의 뒤를 따라서 방 두 칸짜리 벙어리 집으로 거리낌 없이 들어섰다. 그들은 춘월의 겉옷이나 머리카락, 살결을 만져보면서 이방인의 구석구석을 뜯어보았다.

"마치 우리 딸애 궁둥이 같애. 못 믿겠으면 만져봐!"

한 여자가 놀란 목소리로 말했다.

"시내에서 선물이라도 가지고 온 거 없수?"

좀더 늙은 여자가 말했다.

"오래 머무나?"

"언니, 내가 집주인을 데려올까?"

"당신 머리에 꽂힌 빗은 얼마나 줬수?"

"우리한테도 소개시켜, 이 사람아!"

지금은 안 돼. 제발, 그냥 놔둬. 춘월은 말없이 기원했다. 벙어리는 춘월을 침상이 있는 쪽으로 부축해 데리고 갔다. 그러나 여자들은 아무도 나가려고 하지 않았다. 할 수 없이 벙어리가 양팔을 벌리고는 손님들을 향해 말했다.

"아이고, 우리집이 너무 비좁아서 이웃들을 받아들일 수가 없군요. 셴후이 아주머니, 언니, 동생, 질녀들. 내 체면 좀 봐줘요. 내일 다 준비해놓을 테니 그때 오세요."

벙어리의 부드러운 말씨에 아낙네들이 하나둘씩 마지못해 나갔다. 모두 나갔을 때, 춘월은 벙어리와 나란히 이불에 앉아서 처음으로 말을 꺼냈다.

"이 사람아."

"네, 아씨."

"자네는 내 동생이지? 화소댁이 와서 뭐라고 하지 않던가?"

"모두 말했어요. 걱정 마세요. 아씨의 비밀은 이곳 셴후이에서는 안전해요. 제 남편에게도 말하지 않았어요. 그러나 다른 사람들은 아씨가 우리 먼 친척이고 질투 많은 본처에게 쫓겨온 부잣집 소실로 생각할 거예요."

춘월은 부끄러워서 손으로 얼굴을 가렸다.

"걱정 마세요. 우린 아씨를 환영해요. 그리고 제 남편은 좋은 사람이에요."

화는 정말 좋은 사람이었다. 그는 처음에는 지금 자신이 소유하고 있는 농장에서 머슴으로 시작했다. 의화단이 그의 가족을 죽였을 때,

멀리서 그 소식을 듣고서도 아무 일도 없는 것처럼 일을 계속했다고 한다. 당시 화는 셴후이 북문 밖의 땅 다섯 무(논, 밭 넓이의 단위. 1무는 약 30평 정도 - 옮긴이)를 경작하고 있었다. 지금까지 그가 술을 마시거나 선술집에서 노름하는 것을 본 사람은 아무도 없었다. 그의 변발은 한번도 등까지 내려온 적이 없었다. 그것은 방해가 되지 않도록 항상 머리에 감겨 있었다. 그는 하루도 쉬지 않고 일했기 때문에 사람들은 그를 '천리마'라고 불렀고, 나중에는 그의 이름도 잊어버리고 말았다.

이내 화가 살고 있는 집의 지붕이 새로 바뀌었고 마당에는 병아리와 새끼 돼지들이 커나갔다. 서까래에는 옥수수와 양파가 매달렸다. 그리고 조상들의 무덤도 깨끗해졌다. 천리마는 그의 침구를 안방의 따스한 온돌 위에 옮겨놓았지만 방에 별다른 장식을 하지는 않았다.

벙어리가 마을로 돌아왔을 때 화는 정말 기뻤다. 그는 즉시 머슴으로 있던 집을 나와 벙어리에게 백년해로를 위한 준비를 하자고 했다. 결혼식을 치른 후, 화는 더욱 열심히 일했다.

벙어리는 화가 경작하는 농장이 화의 소유가 아니라는 것에 대해서 한마디도 하지 않기는 했지만, 화 역시 그 사실을 완전히 잊고 있는 것은 아니었다. 그래서 벙어리가 춘월이 그들과 함께 당분간 머물게 될 것이라고 말했을 때에도 화는 불평하지 않았다. 화가 아들을 갖지 못하는 한 토지는 여전히 벙어리의 것이었다.

그러나 춘월이 머물던 첫째날 밤, 화는 잠자리에 들면서 아내에게 말했다.

"우리들은 부자가 아니란 말야. 당신이 당신의 몫과 그 여자의 몫을 함께 할 수는 없어. 그 여자도 먹는 만큼 일해야 해. 그 여자는 일을 해야 해!"

춘월은 그 말을 엿듣고 그렇게 하려고 마음먹었다.

그러나 춘월은 어린아이만큼이나 쓸모가 없었다. 모든 양반들이 그렇듯이 춘월은 간혹 빗자루나 뜨개질바늘을 드는 것을 제외하고는 육체노동을 해본 적이 없었다. 양반에게는 안식이 이상적인 생활이었다. 춘월은 자신의 발조차 제대로 감을 줄 몰랐고 불을 지피는 법도 몰랐으며 닭장에서 달걀을 꺼내거나 돼지새끼를 집으로 몰고 오는 법도 몰랐다. 춘월이 식사 준비를 하긴 했지만 그녀가 찐 빵은 설익거나 물이 배어 있었고, 채소 요리는 너무 데쳐져서 맛이 없었으며 무엇보다 낭비가 심했다.

일주일이 지나자 천리마는 죽만 먹고는 하루 종일 일을 할 수가 없다고 말했다. 그래서 벙어리가 다시 요리를 하기 시작했다.

딸기가 익어 여자들이 딸기를 따러 가는 망종이 가까웠을 때였다. 춘월은 전족인데도 불구하고 같이 가겠다고 고집을 부렸다. 아낙네들은 춘월의 행동이 흥미로웠지만 멀리까지 보내지는 않았다. 춘월의 발은 아직 성했지만 손에는 상처가 났다. 밤에는 등이 아파서 제대로 잠을 이룰 수가 없었다. 그러나 춘월은 시장에 내다 팔고 얼마 남지 않았다면서 자랑스럽게 딸기를 화에게 건네주었다.

배가 눈에 띄게 부르기 시작했을 때도 춘월은 아낙네들 틈에 끼어 자신이 할 수 있는 일을 했다. 아낙네들은 춘월이 양반 출신이면서도 한번도 자신들보다 나은 것처럼 행동하지 않자 금방 정이 들었다. 아낙네들이 춘월을 '애송이'라고 불렀을 때도 춘월은 조금도 개의치 않고 같이 웃었다. 어떤 아낙네는 춘월의 볼이 갈색이 되고 발이 못생겨지고 손에 굳은살이 박이는 것은 그녀에게 수치스러운 일일 거라고 수군거렸다. 그러나 모두들 춘월이 해주는 이야기를 좋아했다. 〈연금술사의 이야기〉, 〈복수를 당한 사람〉, 〈현명한 원님〉, 〈꼬마장

수〉 등등.

아낙네들은 그 대가로 셴후이 마을이 어떻게 해서 그런 이름을 갖게 되었는지 춘월에게 얘기해주었다.

2천여 년 전, 중국을 처음으로 통일하고 만리장성을 쌓은, 그러나 유교를 거부해서 유교에 관한 책을 모두 불살랐던 전제 군주, 진시황 시절이었다. 당시 이 마을에는 용감하고 신실한 한 학자가 있었다. 황제가 성현의 책을 모두 불태우라고 명령했을 때, 그 학자는 책을 모두 벽에 감춰 성현의 뜻을 보존하려고 했다. 그러나 그 계획이 탄로나고 말았다. 그 학자는 산 채로 땅에 묻혔고 그 위로 쟁기가 지나갔다. 무덤조차 남기지 못했던 것이다. 그리고 그 마을은 불에 탔다. 그러나 20년이 채 안 되어 진나라가 망했고 한 고조가 성현의 가르침을 부활시켰다. 그 마을은 잿더미로부터 다시 재건되었고 이후 '셴후이(賢會)'라고 불리게 되었다.

춘월은 그 얘기를 들은 다음부터는 언제나 자신이 하는 얘기는 이 마을의 얘기에 비하면 정말 보잘 것 없는 얘기라며 서두를 꺼내곤 했다.

천리마도 갈수록 춘월과 같이 있는 것에 익숙해졌다. 춘월이 임신한 것이 확연히 드러나자 천리마는 자신은 달걀을 좋아하지 않으니까 자기의 몫까지 먹으라며 고집을 부렸다. 나이 많은 조산모들이 임산부들은 달걀을 서른여섯 개는 먹어야 한다고 하지 않던가?

소설이 지나고 사흘째 되던 날 아침이었다. 춘월은 첫 통증을 느끼고 자리에 누웠다. 첫 출산과는 달리 이번 출산은 하나의 시련이었다. 춘월은 시간이 흐를수록 아기에 대해 부끄러운 생각이 들었다. 아기는 태어날 권리도 없지만 태어나는 것을 원하지도 않을 거라는 생각이 들었다.

춘월은 도살당하는 돼지의 비명소리를 들었다. 아니, 그것은 바로 그녀 자신의 소리였다. 춘월은 벙어리와 산파가 자신의 짐승 같은 얼굴을 바라본다는 생각에 부끄러워하며 진통을 참았다. 춘월은 자신도 모르게 용재의 이름을 부르게 될까 두려워 깨어 있으려고 이를 악물었다. 그러다가 더이상 견디지 못하고 어둠 속으로 떨어졌다.

내가 어디 있는 거지? 저건 무슨 소리지? 강아지가 흙 파내는 소린가? 아니, 호미질 소린가? 춘월은 천천히 소리가 나는 쪽으로 머리를 돌렸다.

산파가 온돌 옆의 흙마루에 태반을 묻기 위해 구멍을 파고 있었다. 그렇다면 사내아이구나. 아이가 여자아이면 탯줄은 집 바깥에 묻는 법이다. 여자아이가 나중에 커서 시집을 가게 되면 그녀는 남편의 가문 사람이 되기 때문이다.

"계집아이야, 아무짝에도 쓸모없는 계집아이야."

벙어리는 질투심 많은 신들의 시샘을 피하기 위해 외치고는 산모의 귀에 대고 속삭였다.

"사내아이예요."

그러고는 춘월의 옆에 담요를 갖다놓았다.

"고맙네, 이 사람아."

당황한 벙어리는 미소를 짓고는 급히 산파를 데리고 대문 쪽으로 나갔다. 춘월은 벙어리의 뒷모습을 보면서 옆에 있는 새 생명을 보지 않으려고 애썼다. 눈물이 솟구쳤다. 춘월은 눈을 깜빡거려 눈물을 떨어냈다. 아기가 울었다. 춘월은 마지못해 아이 쪽으로 돌아누웠지만 아이를 보고 싶지는 않았다. 자신에게는 아이를 인정할 권리가 없다는 생각이 들었던 것이다. 폭풍 속의 창호지처럼 상처받기 쉬운, 아이의 정수리께에 있는 얇은 막이 팔딱거렸다.

춘월은 아이의 볼과 머리의 까만 솜털을 만지려고 손을 움직였다. 그 순간 갑자기 아이에 대한 관심이 생겼다. 춘월은 이불을 젖히고 아기의 옷을 벗겨보았다. 그리고 절름발이나 병신이 아닌지 살펴보았다. 아이가 잠에서 깨어나 격렬하게 발길질을 하면서 울었다.

춘월은 아이가 아름답고 호랑이처럼 기운이 세다는 생각이 들었다.

나흘째 되던 날 아침, 벙어리는 자기의 파란 저고리 소매를 초조하게 매만지며 산모의 침상 옆에 서있었다. 춘월은 아기와 함께 누워 있었다.

"무슨 일인가, 이 사람아?"

"제 쓸모없는 남편이, 아씨만 괜찮으시다면 아이를 보고 싶다고 하도 채근질을 하기에……."

춘월은 고개를 끄덕였다.

"괜찮네. 들어오라고 하게."

벙어리가 밖으로 나가 남편을 불렀다. 천리마는 즉시 들어와 문지방에서 멈췄다.

"너무 빠르죠, 아주머니? 내일 다시 올게요."

"아니에요. 들어오세요."

춘월은 아기의 빨간 이불을 젖혔다.

천리마는 큰 걸음 두 번으로 침상 옆으로 다가왔다. 갓난아기는 만족스러운 듯이 거품을 내며 자고 있었다. 천리마는 아기의 조그만 얼굴을 향해 손을 내밀었다가 문득 손을 뒤로 뺐다. 그의 손은 소나무 껍질처럼 거칠었던 것이다.

"우와, 사내애구나! 사내야!"

천리마는 뒷걸음질치면서 춘월에게 절을 했다.

"어떻게 축하해야 좋을지 모르겠군요. 저는 이런 일이 일어날 줄은 꿈에도 몰랐습니다."

　춘월은 앞으로 천리마가 아들이라고 부르게 될 아기를 꼭 껴안고는 눈물을 참으며 고개를 끄덕였다.

편지 ❀

안개는 짙고, 강은 넓어
님에게 편지나 소식을 전할 길 없네.
단지 맑은 하늘 구름 너머 달이 있어
멀리 떨어져 애달파하는 님을 비추려하네.
온종일 집 생각에 마음은 괴롭고
내 슬픈 눈썹은 열기 어려운 자물쇠 같네.
나는 밤마다 이불의 반을 님을 위해 비워두네
꿈속에 님의 혼이 돌아오길 기다리며.
―이태백

조카에게

 이곳 생활은 조용하기만 하다. 과부 다섯과 나의 아내와 나만이 쑤저우에 남아 있다. 내가 돌아왔을 때는 마당 정원의 대부분이 이미 팔린 뒤였다. 노부인께서 당신의 두 아들을 위해 엄청난 장례식을 치를 것을 고집하셨기 때문에 '태풍에 의한 우리의 죽음'은 문제가 되지도 않았단다. 아내조차 어머님의 결정이 허영이라고 말할 정도였지.

혁명이 일어났을 때, 친척들은 장례식에 돈을 쓰고 난 후 자기네 몫이 얼마나 적어질까 두려워했단다. 토지와 돈은 여러 친척들이 똑같이 나누도록 결정되었다. 다른 사람들은 자신들의 재산을 팔아 도시로 이사했단다. 그들은 도시에서 재산을 모으고 싶어했지.

고아인 하풍까지 떠나버렸다. 나는 그 애에게 쑤저우에 있는 내 아들과 함께 학교에 다니든지 아니면 내 친구들에게 점원으로 일하도록 추천해주겠다고 제안했었다. 그러나 그 애는 공손히 거절하더구나. 그리고 어느 날 붉은 봉투 한 뭉치와 과부들이 쥐어준 돈을 가지고 떠나버렸다. 그 애는 아무런 계획도 없다고 말했다. 그런데 아무런 걱정도 없는 표정이더구나.

내 아내는 내 수중에 남은 농토를 관리하는 책임을 맡고 있다. 아내가 나보다 일을 잘하는 것을 보면 아무래도 사업가 기질을 타고난 것 같구나. 아내는 읽는 법을 배우지는 않았지만 그 사이에 자기 나름대로 모든 거래를 계산하는 방법을 익혀두었더구나. 큰 탁자 위에 구멍과 크기가 다른 못과 색실을 끼워서 소작인과 그들의 채무, 지출, 수입을 계산하더구나.

그러나 아내가 땅을 경작하는 소작인들을 단지 나무판의 못과 같은 존재로만 생각한다는 것은 아니다. 그녀는 그들을 잘 알고 있어. 그들의 가족 수와 그들의 습관, 그리고 그들의 고충까지 말이다. 소작료와 세를 받아내기 위해 토지 관리인을 보내는 많은 사람들과는 달리, 너의 큰어머니는 가족을 위해 일하고 있는 그들을 방문함으로써 그들의 충성을 보장받고, 또 그러한 개인적인 접촉을 통해 문제를 해결하기도 한다. 내 아내는 인내심이 끝이 없지만 거절 또한 두려워하지 않는다.

아마 너무 자주 너그럽게 호의를 베풀면 결국에는 원망을 살 수도 있다는 것을 본능적으로 이해하고 있는 것 같다.

우리 두 사람에게 해 될 것이 없다면 나는 아내에게 그녀가 얼마나 일을 잘 처리하는가를 말해주고 싶다. 그러나 가족에 대해 감사하는 마음은 몇 마디의 말보다 훨씬 더 깊은 것이겠지.

나는 공화국을 위해 내가 해야 할 일을 하고 있지만, 새로운 부류의 정치가들이 하는 일보다는 내 회사의 일이 더 좋단다. 태양이 원세개를 위해 자리를 바꿀 리는 없을 거다.

때때로 한 가지 걱정이 들곤 한다. 낡은 유대가 철폐되지 않고 새로운 헌법이 이해되지도, 존중되지도 않는 곳에서만 일을 할 수 있는 공화국 국민이 있을까 하는 걱정이다. 나는 그것이 일어나기까지 아무리 오랜 세월이 필요하고 그것이 아무리 절실하게 요구되는 것이라 할지라도 변화가 낡은 방식과 접하게 될 때는 반드시 혼돈이 따르게 마련이라는 점이 두렵다.

이제 지난날 내당과 연결했던 정원의 문을 벽돌로 막아버렸기 때문에 미관이 망쳐졌다. 몇 해나 지나야 새 벽돌의 색깔이 옛 건물과 융화되어 꺼칠함이 부드러워질까? 또 일치감을 회복하는 데는 얼마나 오랜 시간이 필요할까?

모두에게 행복한 새해가 되기를 빈다.

1913년 계축년 정월 초하루
큰아버지

큰아버지께

저는 채옥이가 베이징에서 저와 함께 살지 않게 되었다는 것 외에는 특별히 드릴 말씀이 없습니다. 전 외로워서 그 애가 내 옆에 있어주기를 바란다고 편지를 했지만 그 애는 미션 스쿨에서의 생활이 마음에 드나봐요. 거기에 남아 있고 싶다고 답장을 했더군요. 제가 어떻게 그 애를 붙잡아두고 소망을 포기하라고 고집을 부릴 수 있겠어요?

우리는 검소하게 살고 있습니다. 시어머니께서는 아직도 그 화재의 충격에서 완전히 회복되시지 못했습니다. 시어머니께서 그분이 겪으셨던 과거에 대해 조금만 덜 생각하셨으면 좋겠는데 그러한 저의 바람은 쉽게 이루어질 것 같지 않군요.

이곳으로 돌아온 후, 저는 몇 달 동안 한 외국인 선교사의 아내에게 중국어를 가르쳤어요. 전에 가르치던 가정교사가 병이 났기 때문이었죠. 그녀는 곧 미국으로 떠납니다. 그래서 그녀는 수업이 필요 이상으로 오래 지속되지 않기를 원했습니다. 덕분에 전 겨우 얻은 직장을 잃었고 시어머니도 옆에서 거들어주시던 잔일거리를 잃고 말았어요. 곧 다른 일자리를 구할 수 있으면 좋겠어요. 그동안 저는 독서를 하고 제 영어 공부를 복습하면서 시간을 보내고 있습니다.

모두에게 행복한 새해가 되기를.

1913년 계축년 정월 초하루
조카 올림

조카에게

휴일이라서 집에 있기 때문에 쑤저우에서 편지를 쓴다. 그러나 내가 지금 사는 곳은 양씨네가 한때 살았던 상하이에 있는 집이다.

뜻밖에도 지난 여름에 자강회 출신의 친구들이 〈새 중국 출판〉이라는 새로운 사업에 손을 대기로 결정했단다. 그들은 내게 두 가지 조건을 제시했다. 하나는 내가 발행인이 되는 것이고 다른 하나는 사무실과 인쇄소를 보다 큰 자유와 안전을 위해서 외국인 거주 지역에 두기로 한 것이다.

　우리는 곧 현대의 학생들을 위한 책을 출판하게 될 것이다. 서양 고전과 현대 작품들을 번역하고 개혁을 위한 주간지도 발행할 생각이다.

　지금은 기회가 좋은 것 같지는 않다. 나는 집에서 빈둥거리고 있으니까 말이다. 두번째 혁명과 원세개에 대항하는 국민당 통합을 위한 손문의 노력이 실패한 다음에 나는 귀재를 설득시켜 내 일에 참가시켰다. 외국의 민주정부가 실제로는 중국 정부의 유치권에만 혈안이 되어 엉뚱한 핑계와 차관으로 원세개를 계속 후원하자 동생은 비통함을 삼키며 지금은 말천거리에서 나와 함께 살고 있다.

　나는 적령기의 딸이 있는 몇몇 집안에 귀재를 소개시켰다. 귀재는 자신이 나이가 너무 많아서 결혼하기에는 이미 늦었다고 한단다. 나는 그 애가 항상 같은 핑계로 버티고 있는 것이 걱정된다. 그는 자신의 생활이 별로 불편하지 않다는 거야.

　너의 딸이 다니는 학교에는 내가 주기적으로 찾아가고 있지만 그 애의 마음은 의심의 여지가 없다. 그 아이는 모범생이고 일류 토론가이며 배드민턴 선수더구나.

　우리 큰애는 올해 중학교를 마치는데, 나는 그 애에게 원한다면 상하이에서 공부를 계속하라고 말했다. 그런데 나는 그 애가 그 전부터 외국에 나가서 대학에 가려는 마음을 굳히고 곧 제 어머니 곁을 떠나려고 하는 것을 전혀 눈치채지 못했단다. 그래서 그 애는 쑤저우에 머물고 있다. 우리가 서로 알 기회를 가져야 하지 않겠니?

　나는 둘째 아들만큼은 미국에 보내기 전에 상하이에서 공부를 시킬 생각이다. 하지만 내가 그 애 에미에게 그 말을 하자 그 애 에미는 하늘이 무너지기라도 한 듯이 한숨을 내쉬며 다시는 말도 꺼내지 말라고 하더구나.

모두에게 행복한 새해가 되기를 빈다.

1914년 갑인년 정월 초하루

큰아버지

큰아버지께

외국인 부인 몇 명을 일년 동안 가르친 적이 있습니다. 집안일을 거들 중국인이 필요한 사람들이었지요. 그 후 저는 드디어 학교에서 교편을 잡게 되었어요. 제 딸이 제 새 일자리를 구해주었죠. 그 애가 이곳 베이징에 있는 기독교계 학교에 빈자리가 있다는 선생님들의 얘기를 듣고 저를 추천한 것이죠. 나는 그 애가 귀가 밝다는 것에 고마워했어요. 불행한 아이입니다.

아버지도 없이 외국인 울타리에서 외국 부인네들과 함께 또 일년을 보냈지만 저는 학교에 그 애를 남기고 떠난 이후로 한번도 그 애를 보지 못했어요.

그 애의 편지에는 선교사들에 대한 감탄으로 가득 차 있어요. 이국땅인 중국에 자신의 삶을 바치기 위해 건강과 안정은 무시한 채 세상의 반대쪽에 와 있는 이들이지요. 어떤 선교사 두 명은 그들의 부모가 권비들에게 살해되자 수만 리 길을 헤맨 끝에 상하이에 왔다더군요. 채옥이가 그들에게 그런데도 왜 중국에 계속 남아 있느냐고 직접 물어봤대요. 그들은 그것이 신의 뜻이라고 말했다는군요. 이제 그것은 채옥의 대답이기도 해요. 저는 가끔 그 애가 선교사가 되지 않을까 하는 생각에 두렵기까지 합니다. 그 애가 좋아하는 클레이톤 선생도 조계(租界 19세기 후반에 중국의 개항지에 있던 외국인 거주지)에서 운영하는 '불행한 사람들을 위한 집'인 〈희망원〉에서 일하고 있는데 채옥이도 밤에는 〈희망원〉의 소녀들을 자원해서 가르친대요.

그 애가 일을 잘하는 것이 자랑스럽기도 하지만 한편으로는 섬뜩하기도 합니다. 그 애가 자기 반 소녀들에 대해서는 편지에 한마디도 쓰지 않았어요. 그 애가 친구들에 대해서 아무렇게나 지껄이기라도 하면 제가 놀랄 일은 없었을 텐데 말이에요.

저의 어머니가 저의 공부에 대해서 한때 얼마나 걱정하셨는지 생각해보세요. 귀신들이 있다면 아마 지금 웃고 있을 거예요.

모두에게 행복한 새해가 되기를.

1914년 갑인년 정월 초하루
조카 올림

조카에게

작년에 네가 편지에서 언급했던 채옥이에 대해서는 염려할 필요 없다. 만약 규방의 소녀들이 자신들의 어머니의 작은 번역판이라면 채옥은 선교사의 중국식 번역판인 셈이지. 채옥은 열심히 공부하는 영리한 애다. 어리석은 구석이라곤 없다. 너와 그 애의 아버지처럼 낭만이 없긴 하지만.

하지만 불만은 없다. 아마 내 선입견 때문인지도 모르지. 〈새 중국 출판〉은 이제 정상적으로 잘 움직이고 있다. 우리가 출판하는 책 몇 권을 동봉했는데 그것은 네가 가르치는 데 도움이 될 책들이다.

막내동생은 자주 상하이를 떠난다. 그 애는 어디에 가는지 내게 말하지 않지만 그가 다시 계획을 세우고 있는 것은 분명하다. 일본이 연합군에 가담해서 칭다오를 삼켜버렸는데도 원세개의 소위 베이징 정부는 옆에서 쳐다만 보고 있으니 내가 동생을 말린다 해도 소용없는 일이다. 동생은 언제나 왜놈들을 경멸해왔으니 말이다. 동생은 왜놈들이 칭다오를 집어먹었으니 이제 더 많은 중국 영토를 확보하려는 탐욕이 생겼을 거라고 하더구나. 나도 부정하지는 않는다. 하지만 우리 가운데 누가 왜놈들을 제지할 수 있겠니?

모두에게 행복한 새해가 되기를 빈다.

1915년 을묘년 정월 초하루
큰아버지

큰아버지께

화소댁이 결국은 세상을 떠났습니다. '갈대 마을'의 노옹 곁에 묻혔어요. 10월 4일이었어요. 화소댁은 그날도 하루 종일 일하고는 저녁을 잘 먹고 연극을 보고 와서 잠자리에 들었는데 다시는 깨어나지 않았어요. 화소댁이 그런 식으로 세상을 정리할 줄은 몰랐어요.

근래에 화소댁은 자기 장례식에 대해 자주 말했어요.

"돈을 많이 쓰지 마세요. 그리고 내가 지녔던 것은 모두 가지세요. 무덤에 비단을 넣을 생각은 마세요. 벌레들의 먹이밖에 안 됩니다. 노부인의 금브로치 같은 걸 무덤에 넣어서 도둑을 끌어들이지 마세요. 그저 제가 입던 평상복과 소나무 관이면 족해요. 새우에게 용꼬리를 달아준들 무슨 소용이 있겠어요?"

화소댁은 그렇게 말하곤 했답니다.

화소댁이 너무 보고 싶어요.

1915년 을묘년 정월 초하루
조카올림

조카에게

나는 지금 심도암에서 편지를 쓴다. 혼자 있고 싶어서 이곳에 왔다. 원세개가 천황의 요구를 수락했다는 소식을 듣고 나서 이곳에 왔단다.

동생은 일본의 '21개 요구 조항'에 반대하기 위해 베이징으로 떠났다. 네가 벌써 그 애를 만났을지도 모르겠구나.

혁명으로 무슨 일이 일어난 건지 궁금하기도 하다. 지난 세월 동안 달을 쫓으려 호수를 헤매고 다니는 건 아닐까?

여기에서 얼마나 머물게 될지는 모르겠다. 이 나라에 닥친 모든 일에도 불구하고 내가 즉시 상하이로 돌아갈 이유는 없는 것 같다. 나는 나무 그늘이 드리워진 정자에 머물고 있다. 방의 폭과 길이는 다섯 걸음 정도다. 그리고 방에는 간이침대 하나와 의자, 탁자, 몇 벌의 식기, 화로가 갖추어져 있다. 화로에 쓸 소나무 가지와 솔방울은 한쪽에 말끔히 쌓여 있지. 그리고 처마 밑의 한쪽에는 물을 담는 질그릇이 있다. 여기서도 절의 종소리를 들을 수 있지만 눈에 보이는 것은 나무와 야트막한 산뿐이란다. 음식은 여승들이 말없이 가져다준다. 육류는 없지만 채소를 가지고 닭고기나 돼지고기, 쇠고기처럼 맛있고 정갈하게 요리를 해온단다.

오늘 아침은 푸른 하늘과 한 점의 구름으로 시작되었다. 나는 방석 다섯 개를 쌓아놓고 문턱에 앉아 눈이 오길 기다렸다. 회색빛이 조금씩 푸른빛을 덮으며 지평선을 가리기 시작했다. 이윽고 항아리 위에 눈이 내리더구나. 눈송이를 헤아렸지. 그 다음엔 하얀 눈을 손으로 떠다가 주전자에 넣고 차를 끓였다. 손으로 잔의 따스함을 느끼며 나는 그 별난 맛을 즐겼단다. 더이상 할 말이 없구나.

모두에게 행복한 새해가 되기를 빈다.

1916년 병진년 정월 초하루
큰아버지

큰아버지께

별다른 소식은 없어요. 제가 가르치는 일은 잘 되어갑니다. 그런데 화소댁이 죽은 후 집안일이 예전 같지 않아요. 화소댁이 있을 때는 그녀의 모습이 가족들을 대신했어요. 그런데 그녀가 죽고 나자 집안에 유령이 가득 찬 것 같기만 해요.

며칠 전에 작은삼촌이 저를 보러 왔어요. 작은삼촌이 갑자기 중년이 된 것처럼 늙어 보인다는 생각이 들었어요. 작은삼촌은 일본의 21개 요구 조항에 반대하기 위해서 오셨다고 하시더군요. 저는 그 외에 다른 무슨 일이 있어서 오신 게 아닌가 하는 생각이 들더군요.

학생들은 벌써 거리로 뛰쳐나가 행진을 하고 있어요. 작은삼촌은 왜 체포될 위험까지 무릅써야 하나요? 저는 작은삼촌이 당국의 경고를 너무 무시하지 않았으면 좋겠어요. 물론 스스로 제왕이 된 원세개가 공화국을 조롱하고 있다는 사실을 누가 부인할 수 있겠어요?

우리는 정치 대신에 집에 관한 얘기를 했어요. 사당 벽을 따라 놓여 있던 붉은색 나무 의자 생각나시죠? 그것들은 아직도 거기에 있나요? 작은삼촌은 팔렸을 거라고 하시던데. 작은삼촌은 또 잉어가 죽었다고 하시더군요. 하지만 얕은 연못에 있는 작은 나무들과 대문에 있는 사자 동상은 그대로 있다고 하시더군요. 그 점은 안심이에요.

1916년 병진년 정월 초하루

조카 올림

조카에게

원표는 미국 하버드에서 공부하고 있다. 그 애는 자기가 탄 배가 내 시야에서 사라질 때까지 내가 부두에 서있었다는 것을 알았을까? 내가 서양으로 여행을 떠나던 날 나의 어르신네도 사자상 옆에서 그렇게 서

계셨지.

하풍이는 지금 상하이에 살고 있다. 나는 그 애가 5년 동안 어디에 있었는지 알 수가 없다. 그 애의 이야기는 할 때마다 다르다. 어디에선지는 모르지만 그 애가 영어를 배웠더구나.

하풍이가 프랑스 조계에 있는 'M.S. 회사'라는 곳에 근무하고 있다고 내게 편지했기에 나는 그 애에게 우리와 같이 살자고 했다. 물론 그 애는 거절했지만 가끔씩 저녁을 먹으러 오곤 한단다. 그 애는 자제력이 없고 경솔하기는 하지만 그런대로 내 생활에 웃음을 가져다주지.

그 애가 내 큰아들보다 나이가 한참 많은 것은 아니지만, 그 애에게는 내 두 자식과 마찬가지로 거리감이 느껴지질 않는다. 하풍은 외국 것에 대한 열정이 대단하다. 그렇다고 나를 늙은 유생 취급하지는 않더구나. 왜냐하면 제사를 지낼 때 내가 세 번 목례하는 것을 작년에 이어 올해에도 거부하면서 고두(叩頭)를 고집했기 때문이다. 고두 의식은 내게 겸양과 긍지를 갖게 해주지. 그것은 인격적인 동시에 추상적인 행위이며, 죽음과 불멸을 동시에 인정하는 행위이다. 이마저도 어쩌면 만약 내 아들 대에 가서 그 애가 원한다면 바꾸겠지만, 그러나 그때까지는 계속할 생각이다.

지금은 확실하지 않은 일들이 너무나 많다. 원세개는 죽었어. 그러나 공화국은 이미 쓰러진 거야. 교양 없고 교활하며 덕은 없으되 무기를 가진 자들이 방방곡곡에서 날뛰는 것 같구나. 그래서 난리가 일어나는 것 같다. 남쪽 대 북쪽, 동쪽 대 서쪽, 지도자 대 지도자, 이권 대 이권, 세대 대 세대의 난리 말이다. 그럴수록 나는 모두에게 행복한 새해가 되기를 더욱더 열망한다.

1917년 정사년 정월 초하루
큰아버지

큰아버지께

시어머니께서 몹시 편찮으십니다. 저는 그분 곁을 떠날 수 없기 때문에 교사 자리를 그만두었어요. 그분은 아주 고통스럽게 죽어가고 있습니다. 전 앞으로 고통스러운 여행을 해야 하지 않을까 두려워요.

1917년 정사년 정월 초하루

조카 올림

친어머니 ❦

눈먼 이야기꾼들은 수천 가지의 이야기를 알고 있는데, 그들이 연주하는 비파 가락은 너무 달콤하고 그들이 찬송하는 고매한 삶은 너무나 고결하여 사람들은 눈물을 흘렸다.

그중에 북쪽에서 침입한 오랑캐의 박해를 피해 피난을 가던 네 사람에 대한 이야기가 있다. 아들과 조카가 너무 허약해서 곧 걸을 수 없게 되었다. 아버지는 두 아이 중에 한 사람만 데리고 갈 수밖에 없었다. 아이 엄마에게 누구를 남겨놓고 가야 되느냐고 물었다.

덕 있는 어머니가 말했다.

"우리 아들을 놓고 갑시다. 우리는 또 아이를 가질 수 있으니까요. 하지만 당신의 형님은 죽었습니다. 그의 아들은 살아서 저세상에 계신 그분의 영혼을 받들어야 합니다."

—중국 설화

춘월은 아무리 불쾌하고 귀찮더라도 할 일이 생기면 자신이 그래도 쓸모 있는 존재라고 생각하면서 허드렛일도 마다 않고 시어머니의 시중을 들었다. 의원이 지시한 대로 약을 먹일 때마다 침상은 약병과 약상자로 잔뜩 어지럽혀졌다.

아편만큼 효과적인 것은 없었다. 춘월은 진짜 아편을 구했다. 불꽃 위에서 바늘로 작은 환약을 만들어내는 법과 파이프 속에 언제 집어넣어야 하는지도 배웠다. 연화가 쟁반이 놓여 있는 곳을 향해 고개를 끄덕일 때마다 춘월은 시어머니에게 아편을 주곤 했다. 아편 냄새가 방안에 속속들이 스며들 때는 펑계를 대고 신선한 공기를 마시기 위해 밖으로 나갔다.

가끔 약의 마력으로 연화는 덧없는 꿈과 과거의 추억을 회상하면서 이야기를 걸었다. 그렇지 않으면 춘월은 〈홍루몽〉이나 〈시경〉 또는 〈불경〉 등을 읽어주면서 불안한 침묵을 메웠다. 대한이 지나고 보름 째 되던 날 춘월은 시어머니가 더이상 오래 살 수 없다는 것을 알았다. 그녀의 가슴은 빨래판처럼 앙상해졌고 손과 얼굴에는 검은 반점이 생겼다. 의원들은 그녀가 치료 도중에 죽을까봐, 그리고 자신들이 그녀를 죽였다는 비방을 들을까 두려워 치료를 포기하고 더이상 오지 않았다.

이제 서른다섯. 춘월은 이제 꼭 그만큼의 인생이 남아 있다는 생각이 들었다. 연화가 죽고 나면, 그것으로 아내와 며느리로서의 전통적인 책임을 다하게 될 것이다. 그 다음에는 뭘 하지? 금덕은 춘월에게 쑤저우로 돌아올 거냐고 물었다. 다른 과부들과 마찬가지로 내가 속할 곳은 내 친정인가? 그렇게 되면 채옥의 운명은 어떻게 되지? 채옥은 쑤저우에 가고 싶지 않은 모양이었다. 그 아이는 편지에 자신의 계획을 말하곤 했다.

"어머니, 전 미국에서 공부하고 싶어요. 사촌들처럼요. 의사가 될 생각이에요. 인류의 병을 고쳐주는 의사는 보다 많은 일을 할 수 있 잖아요?"

춘월은 허락했다. 하지만 그것이 젊은 여자에게 적합한 직업인지는 확신이 가지 않았다. 곧 회답이 왔다.

"어머니, 남자와 여자 사이에는 아무런 차이가 없어요. 진짜 개화된 마음이라면 말이에요. 혁명 기간에 난징을 시끄럽게 한 여성단체에 관해서 들어보셨는지요. 만주군들은 여성들을 비웃었지만 그들도 그 여자들 앞에서 똑같이 쓰러지고 말았어요!"

춘월은 그 문제를 깊게 생각하지 않았다. 채옥은 전에는 과학자가 되고 싶어했고 그 전에는 선생이 되고 싶어했다.

베이징의 가난한 민가를 쓸어버릴 것처럼, 그리고 죽음을 애도하는 노파처럼 바람이 울부짖은 어느 날 저녁, 연거푸 아편을 피운 연화는 춘월에게 가까이 오라고 말했다.

"애야, 그 애를 나한테 데려오너라."

죽어가는 여인은 속삭였다. 춘월은 맹직의 임종 때와 마찬가지로 그녀가 헛소리를 하고 있다고 생각했다.

"저걸 드릴까요, 어머니?"

춘월은 탁자에서 사철쑥 연고를 꺼내 시어머니의 바싹 마른 입술에 부드럽게 발라주었다. 연화는 며느리의 손을 뿌리쳤다. 그러나 다시 손을 내밀어 며느리의 손을 꼭 쥐었다.

"내 말을 들어봐. 내 말을……"

"네, 어머니. 저 여기 있어요."

춘월은 긴장되었다. 그리고 두려웠다. 시어머니의 눈이 휘둥그레졌다. 다시 눈을 감지 않으려고 얼마나 안간힘을 쓰고 있는지 알 수 있었다. 그것은 기적과도 같았다. 그녀의 숨결이 빨라졌다.

"얘야?"

"네, 어머니."

"가서 그 애를 데려오너라."

"네, 그럼요. 그럼요."

이 무슨 망령인가? 이분이 다시 젊어져서 자기 아들을 부르고 있는 걸까?

"네 아들 말이다. 네 아들."

춘월은 믿을 수가 없었다. 연화가 다시 명령하듯 말했다.

"내세에 있을 내 영혼을 받들도록 그 애를 집으로 데려오너라. 그 애를 내 양자로 삼겠다. 더이상 아무 말도 하지 말거라."

춘월은 미끄러지듯 무릎을 꿇으며 눈물을 삼켰다.

"어머니, 저를 용서하실 수 있으세요? 저 같은 걸 용서하실 수 있으세요?"

연화는 대답하지 않고 속삭였다.

"빨리 가거라. 내가 죽기 전에 그 애를 보아야겠다."

"네, 어머니. 어머니께 그 애를 보여드리겠어요."

아침이 되도 바람은 누그러지지 않았다. 하지만 춘월은 여행을 미룰 수는 없었다. 춘월은 하인에게 어린아이 옷을 사오라고 시키고 창문을 봉하라고 일렀다. 그리고 병실을 한시라도 비워서는 안 된다고 지시해놓았다. 그리고 나서 춘월은 머리를 덮고 바짓가랑이를 단단히 묶어 조인 다음 여행을 떠났다. 춘월이 자기 아들을 낳은 마을에 도착했을 때는 어두워져 있었다.

춘월은 자신이 온 이유를 말하지 않았다. 그러나 벙어리 부부는 빗장을 열어줄 때부터 춘월이 온 이유를 알고 있었다. 아이는 잠들어 있었다. 춘월은 아침까지 기다렸다가 아이를 보기로 했다. 벙어리 부부는 물러가기 전에 춘월과 같이 앉아서 차를 마셨다.

빨간 꽃무늬 셔츠와 초록색 바지를 입은 소년이 문간에 서있었다. 그 아이의 옆에는 그 아이를 위하여 늘 따스한 자리를 마련해주었던 엄마와 아빠가 있었다. 그리고 앞에는 자신이 아주머니라고 부르는 아름답고 낯선 여인이 서있었다. 그 아이는 눈을 크게 뜨고 그 여자를 노려보면서 입술을 깨물고 있었다.

"소보야, 가거라. 넌 우리와 있을 만큼 있었어. 아주머니하고 네가 있을 곳으로 가거라!"

엄마의 목소리는 여느 때와 달리 떨리고 있었다. 아이가 꼼짝도 하지 않자 아이 어머니가 꾸짖었다.

"뭐냐? 네가 날 부끄럽게 만들래? 우리가 널 버릇없이 가르쳤느냐? 얌전하게 어른들 말씀을 듣거라. 가거라, 이 못난 놈아. 가! 너는 우리와 있을 만큼 있었어!"

아이 엄마는 아이를 떠밀었다.

소보는 아빠를 쳐다보았다. 아빠의 얼굴은 슬픔으로 가득 차 있었지만 아빠도 엄마와 똑같은 말을 했다.

"이제 가거라, 아가. 어서!"

아빠는 말이 많지 않았다. 아빠는 언제나 그랬다. 소년은 몸을 돌려 걸어가다가 마차로 달려가서 안으로 기어올랐다. 그 아줌마가 뒤따랐다.

"자, 아저씨. 이제 가세요."

아줌마가 말했다.

오래된 길에 바큇자국을 남기며 탄력 없는 마차가 덜컹거리며 움직이기 시작했다. 춘월은 그 아이가 태어난 이후 처음으로 아이를 끌어안고 쓰다듬었다. 눈에서 먼지를 닦아낼 때 외에는 꼼짝도 않고 서있는 동네사람들의 시선을 무시한 채, 춘월은 마음을 가라앉히려고 애쓰면서 앞만 바라보았다. 배가 대기하고 있는 운하 쪽으로 마차가 돌아섰을 때에야 춘월은 뒤를 돌아보았다. 벙어리는 집안으로 들어갔는지 천리마가 마차를 쳐다보며 혼자 서있었다. 천리마의 손에는 가죽 지갑이 쥐어져 있었고 얼굴은 얼어붙어 갈라진 거울만큼이나 쓸쓸해 보였다.

춘월은 아이의 머리를 매만지면서 아이를 쳐다보았다. 그 정도의 금화면 그들에게 다른 아들을, 아니 더 많은 아들을 안겨줄 수 있겠지. 이 아이는 내 아이야. 내 살, 내 피야. 그들보다는 내가 더 잘 키울 수 있어. 노동이 아니라 글로써 살 수 있게 키울 거야.

베이징으로 가는 동안 소보는 한마디도 없었다. 춘월은 아이가 슬퍼하도록 조용히 내버려두었다. 그들은 해질녘에 춘월의 집에 도착했다.

하인 둘이 그들에게 인사를 하고 나서 낯선 소년을 보려고 머뭇거렸다. 춘월은 그들에게 물러가라고 손짓했다. 그들을 위해 음식이 준비되어 있었지만 두 사람 모두 먹지 않았다.

춘월은 따스한 물을 한 통 가져오게 해서 아이를 목욕시켰다. 아이는 나무 인형처럼 몸을 내맡긴 채 물속에 서있었다. 아이는 팔을 들어올리거나 발에 비누칠을 해도 아무런 반응을 보이지 않고 춘월을 뚫어지게 쳐다보았다. 발가벗은 아이는 추위에 떨었다. 아이는 춘월이 강보를 벗겼을 때처럼 허약했다. 등은 곧았고 무릎은 울퉁불퉁했으며 깨끗했던 상아색 피부는 햇빛에 드러난 곳이면 어디든지 구릿빛으로 변해 있었다. 춘월은 아이의 다리를 씻기다가 저세상의 재판관이 세상에 나가기 싫어하는 아기의 궁둥이를 쳐서 세상 밖으로 내보낼 때 생겼다고 하는 몽고반점이 이제 흔적도 없이 사라진 것을 발견했다.

 춘월은 준비해놓았던 솜털 내의를 아이에게 입히고 나서 자기 방 옆의 골방 침대에 눕혔다.

 아이가 어둠을 무서워할까?

 알 수 없다. 춘월은 등의 심지를 내려 불꽃이 가물가물하게 만들어 놓고는 조용히 시어머니 방으로 건너갔다. 연화는 잠들어 있었다. 편안한 잠은 아니었다. 이따금 뭔가를 부정하는 듯이 머리를 흔들곤 했다. 춘월은 한참 후에 하인에게 고개를 끄덕여 연화에게 아무 일이 없음을 알려주고는 자기의 거처로 돌아갔다.

 긴 여행이었다. 그러나 잠은 오지 않았다. 춘월은 벽에 어른거리는 달빛을 쳐다보았다. 벙어리 생각이 났다. 빼앗긴 소보 생각으로 고통스럽게 울부짖을 모습이 눈에 선했다.

 야경꾼이 자시를 알리는 딱딱이 소리를 내며 지나가고 나서 곧 작은 소란이 일어났다. 춘월은 문 쪽을 바라보았다. 조그만 그림자가 춘월의 침대로 뛰어들었다.

 "아주머니, 주무세요? 그 마을에서 전 혼자 잔 적이 없어요."

 아이의 목소리는 떨리고 있었다. 센후이에서는 화롯불도 없으니 추웠을 거라고 생각하며 춘월은 이불을 젖혔다.

 "자, 이리 온, 소보야."

 그들은 늦잠을 잤다. 아이에게 옷을 입혀주면서 춘월은 아이에게 따뜻하게 옷을 입혀줄 수 있는 것이 기뻤다. 춘월은 부끄러운 듯이 미소를 지었다. 순간, 춘월은 아이가 자신의 미소에 답하고 있다고 생각했다. 춘월이 새신발을 보여주자 아이는 고개를 흔들고 골방으로 갔다. 아이는 센후이에서 신었던 신발을 신고 골방에서 나왔다.

 그들은 납작한 빵과 돼지고기로 푸짐한 아침 식사를 했다. 식사가 끝났을 때 춘월이 아이의 손을 잡고 말했다.

"소보야, 난 알아. 네가 착한 애라는 걸 말이야. 배가 고팠지?"

아이는 눈물을 글썽이며 고개를 끄덕였다. 춘월은 깊은 한숨을 쉬고 말을 이었다.

"그랬을 거야. 넌 네가 아는 사람이나 네가 보고 싶은 곳에 대해 내게 얘기를 해줘야 해. 그게 너한테는 물론이고 나한테도 좋아. 약속하지?"

"네, 아주머니."

이 아이가 나를 부르는 호칭이 너무나 이상하군! 그러나 이게 좋을 거야. 아이만이 나를 그렇게 부르면 되니까.

"소보야, 셴후이에 있을 때 매일 네가 했던 일이 있겠지?"

"네! 땔감도 모으고 마당도 쓸고 그리고 돼지에게 먹이도 주고……."

아이가 고개를 끄덕이며 말했다.

"여기서도 네가 할 일이 있단다. 그건 전에 네가 했던 일보다 더 중요한 일이다. 아주 어려운 일이지. 네 또래들 가운데 그걸 할 수 있는 아이는 많지 않단다."

춘월은 아이의 반응을 기다리듯 말을 멈췄다. 아이는 당황했지만 두려워하는 것 같지는 않았다.

"소보야, 난 내가 너에게 맡기는 일을 네가 할 수 있다고 생각해. 내게 하겠다고 말해주겠니?"

"네, 하고 싶어요."

춘월은 아이가 진지한 것에 마음이 끌렸다. 그러나 아직 포근하게 껴안을 수는 없었다. 아이는 아직 준비가 안 돼 있었다. 춘월은 자세를 바로했다.

"좋아, 이제 너를 네 친어머니에게 데리고 갈 거다. 그분은 침대에 누워 계신다. 몹시 편찮으셔서 얼굴에 뼈만 남아 있어. 무섭더라도 내색해서는 안 된다."

"아주머니도 거기에 있는 거예요?"

"그럼, 네 옆에 있을 거다. 우리가 들어갈 때 넌 세 번 고두를 해야 한다. 그분에게는 어머니라고 불러야 한다. 그리고 네가 오씨 가문의 아들임을 밝혀줘야 하는 거야. 알겠니?"

아이가 끄덕였다.

"네. 그분은 저의 친어머니이고 저는 오씨 가문의 아들입니다."

"네 어머니가 너에게 말을 걸지도 몰라. 그러면 너는 그분의 말씀대로 해야 해. 그것이 아주 불행한 순간을 맞는 그분을 아주 행복하게 해드리는 길이야."

"그분이 곧 돌아가시나요?"

"그래."

사내아이는 입술을 깨물고 눈살을 찌푸렸다.

"아주머니가 제 손목을 잡아주시겠어요?"

춘월은 머리를 흔들었다.

"아냐, 그러지 않을 거다. 하지만 네 바로 옆에 서있을 거야."

"내일 하는 건가요?"

"아니다. 지금 해야 한다."

두 하녀가 방을 치워놓았다. 약은 치워져 있었고, 약 냄새를 없애기 위해 향수가 뿌려져 있었다. 죽어가는 여인은 등을 받치고 누워 있어서 마치 앉아 있는 것처럼 보였다. 그녀의 얼굴에는 분이 발려 있었다. 입술에는 연지도 칠해져 있었다. 눈썹은 마치 버들잎을 붙인 듯했고, 머리에는 수건이 감싸여 있었다. 그리고 귀밑머리를 길게 늘어뜨려 얼굴이 길어 보이도록 했다. 두 손은 이불 위에 놓여 있었다. 반지 끼워진 손가락들은 시들고 쭈글쭈글해서 마치 늙은 수탉의 발가락 같았다.

춘월이 문을 열자 하인들은 밖으로 나가며 눈물을 닦아내었다. 춘월과 소보는 침상 쪽으로 걸어갔다.

"어머니, 아들이 왔어요."

연화가 손을 들어올렸다. 소년은 즉시 무릎을 꿇고 머리를 조아려 고두를 했다. 그러고 나서 몸을 똑바로 세우고 말했다.

"어머님, 전 오가입니다. 어머님의 아들입니다."

연화가 있는 힘을 다해 천천히 입을 열었다.

"아들아……. 착하구나."

소보는 다음에 어떻게 해야 할지 묻는 것처럼 춘월을 쳐다보았다. 연화가 다시 말했다.

"이리 온……. 내…… 손을 잡아."

소년은 시키는 대로 했다. 죽어가는 여인의 뺨에서 눈물 한 방울이 흘러내려 분가루를 지우며 누런 선을 그었다.

연화는 그날 밤 죽었다.

춘월과 아이와 하인들은 관 옆에서 사흘 밤낮 동안 곡을 했다. 입관식이 끝난 후에도 그들은 추모의 정을 표하기 위해 관이 놓여 있는 방에 들어가곤 했다. 그들은 봄까지 기다렸다가 갈대 마을로 떠나기로 했다. 그곳에서 장례를 치르기로 한 것이다. 춘월은 소보에게 오씨 가문에 대한 이야기를 들려주었다. 한림학사였던 그의 아버지와 바다 건너 여행을 떠난 그의 형 명원, 그리고 한때 베이징의 미인으로 명성이 높았던 그의 어머니 연화 등에 대해서. 소년은 춘월에게 자신이 살던 옛집 얘기를 했다. 운하가 얼었을 때 돼지 새끼와 함께 잠을 잤던 일이며, 어머니가 신발에 색실로 호랑이 얼굴을 그려준 일, 그리고 어깨에 태워 이웃 마을까지 구경시켜준 힘센 아버지에 대해서. 춘월은 서역을 여행한 손오공의 이야기도 자세히 들려주었다.

아이는 셴후이에서 배운 노래를 춘월에게 들려주었다. 아이는 제기를 차고 놀았다. 또 춘월과 함께 공깃돌 놀이를 하기도 했고 숨바꼭질도 했다. 춘월이 문 뒤에 있는 아이를 찾아내지 못하면 아이는 웃음을 터뜨리곤 했다.

아이는 금방 산둥 지방의 콧소리 섞인 거친 사투리를 버리고, 춘월을 흉내내어 쑤저우 억양이 약간 섞인 부드러운 중국 표준말을 익혔다. 갈대 마을로 떠날 무렵에 30개의 글자를 익혔다. 아이는 먹을 가는 일을 조금도 싫어하지 않았으며 춘월이 종이 위에 그려준 칸에 맞게 글자를 또박또박 써나갔다.

갈대 마을에서 아들은 경건한 마음으로 의식을 수행했다. 청명날, 아들은 마치 태어나면서부터 어떻게 해야 하는지를 알고 있었던 것처럼 무덤을 깨끗이 치우고 제물을 놓고 오씨 가문의 조상들에게 고두를 했다.

춘월과 소보는 베이징으로 돌아왔다. 거기서 춘월은 시어머니의 유품을 정리했다. 그리고 채옥의 졸업식에 참석하기 위해서 한림의 양자와 함께 가겠다고 용재에게 편지를 띄웠다. 그러고는 가구를 팔고 짐을 꾸리고 열쇠를 집주인에게 돌려준 다음 하인들이 집으로 돌아가도록 했다.

5월 9일 그들이 상하이행 기차를 타던 날, 소보는 호랑이 얼굴이 수놓인 신발을 벗어버리고 새신발을 신었다.

기차가 남쪽을 향해 속력을 내자 소보는 점차 들뜨기 시작했고 춘

친어머니 | 371

월은 수심에 차 있었다. 소보는 창문에서 눈을 떼지 않았고 춘월은 아이에게서 눈을 떼지 않았다. 둘 다 거의 얘기를 하지 않았다.

춘월은 신들이 얄궂다는 생각이 들었다. 신들은 열망을 두려움으로 바꿔놓고 계절이 돌아오는 것처럼 다시 바꿔놓았다. 그러나 해가 바뀌는 것이 그렇듯 바뀌는 것이 달랐다. 춘월은 다시 한번 자신의 아이를 데리고 기차를 타게 되었다. 그것은 전과 같으면서도 같지 않은 것이었다. 또다시 아이는 아버지가 없다는 것을 알았다. 그리고 또 한번 용재를 상하이에서 만나게 된다. 그의 편지는 여전히 과거를 일깨워주었다. 그것은 춘월이 오래전 가을날 주위모아 책갈피 사이에 끼워두었던 낙엽처럼 잊힌 과거였다. 이제 그녀는 돌아가고 있고 그는 기다리고 있었다. 이 사내아이는 그녀에게는 값진 것이었다.

춘월은 채옥과의 재회에 대해서는 즐거울 거라는 생각 외에는 심각하게 생각하지 않았다. 모녀가 수년 만에 만나는데 어찌 즐겁지 않을 수 있겠는가? 춘월은 소보를 보면서 가끔, 채옥이 기다리고 있을지 아니면 그들 사이의 끈이 소보의 호랑이 신발처럼 풀려버렸을지 생각했다.

기차가 상하이에 가까워졌을 때 소보가 고개를 돌렸다.

"형수님, 상하이와 쑤저우에 있는 사람들이 모두 나를 내 이름으로 부르겠죠? 소보라는 이름이 글씨를 아는 소년에게는 좀 유치한 이름이라는 생각이 들지 않으세요?"

"넌 차를 타고 오면서 줄곧 그 생각만 했구나? 이제 너에게 학생 이름이 주어질 때가 왔나보다."

춘월은 소보의 곤추선 머리칼을 부드럽게 쓰다듬었다.

"그게 뭔데요?"

"나도 생각을 해봤지. 너의 형, 명원과 한 글자는 같은 이름이어야 하거든. 다른 자는 용이라고 하는 게 어떠냐?"

소년은 고개를 끄덕였다. 춘월은 그에게 이름을 쓰는 법을 가르쳐주었다. 아이는 기차가 상하이에 도착할 때까지 열심히 되풀이해서 자신의 이름을 썼다. 소년은 이따금 춘월을 보며 웃었다. 그의 미소는 춘월의 미소를 닮았지만 눈은 용재의 눈이었다. 춘월은 속으로 기도했다. 관세음보살님, 그이가 눈치채지 않도록 해주세요.

혼잡한 상하이 역에서 용원은 깡충깡충 뛰면서 시계 아래를 지나가는 사람들 사이를 두리번거렸다. 그들이 만나기로 한 장소였다. 춘월도 참지 못하고 아이에게 용재와 채옥의 모습을 설명해준 다음 아이의 손을 잡고 이리저리 헤맸다. 춘월은 가족의 얼굴을 알아보지 못했다.

춘월이 다른 곳에도 시계가 있는 것이 아닌가 하고 찾아 나서려던 참에 하얀 양복을 입은 청년이 다가와서 인사를 했다.

"어서 오세요, 아주머니."

그가 아주 반가운 표정으로 웃었기 때문에 춘월은 놀라지 않을 수 없었다.

"아주머니, 저예요. 하풍이에요."

수업 때는 별로 관심도 보이지 않고 통통했던 이 친구에게 무슨 일이 있었나? 춘월 앞에 선 사내는 키가 크지는 않았지만 호리호리했다. 옷에는 먼지 하나 없었고, 그의 금시계 줄은 상하이의 국수 가락만큼이나 굵었다.

"하풍이? 너 참 많이 변했구나!"

"정말 그렇게 생각하세요?"

하풍이 다시 웃었다. 무슨 비밀이라도 있는 것 같은 하풍의 보조개 진 웃음에 전염성이 있어서 춘월도 웃고 말았다.

"난 네가 누군지 알지. 네가 소보구나!"

"아냐, 난 학생 이름이 있어. 난 용원이야!"
아이가 가슴을 내밀며 대들듯이 말했다.
"정말, 우리 아저씨 이름이 근사하구나!"
"아냐, 아냐, 그건 내 이름이야!"
아이가 고집을 부렸다.
"응, 알아. 존경하는 아저씨. 훌륭하신 아저씨."
하풍이 고개를 숙여 절을 하며 말했다.
"내가? 형수님, 내가 아저씨야?"
용원은 즐거워서 손뼉을 쳤다. 춘월은 고개를 끄덕이고는 하풍이 정색을 하자 물었다.
"큰아버지는 어디 계시지? 채옥이는 어디 있고?"
"할아버지가 저를 대신 보내셨어요. 막 나오시려는데 일이 생겼어요. 그래서 저보고 아주머니를 마중나가라고 하셨어요. 채옥이와 함께 나오려고 학교에 갔더니 선생님들이 아주 이상해하더군요. 그 사람들은 내일 졸업식 때 두 분이 만나는 게 제일 좋을 거라고 생각하더군요."
하풍이 눈을 반짝이며 어깨를 으쓱했다.
"제 잘못이죠. 제가 그들에게 제가 채옥의 삼촌이라고 했거든요. 그들은 믿지 않더군요. 아무튼 제가 나쁜 놈이죠. 아무도 절 믿지 않는 것 같더라고요!"
춘월은 하풍이 마치 어린아이처럼 말하는 것에 웃고 말았다.
하풍은 역사를 벗어났을 때 걸음을 멈추었다.
"하풍아, 저게 뭐니?"
춘월이 물었다. 하풍이 호수 표면에 떨어지는 낙조처럼 빛나는 길고 우아한 자동차를 향해 손을 흔들었다.

"자, 보세요. 저의 자동차예요."

용원은 춘월의 손을 놓고 그 빛나는 물건을 만져보려고 달려갔다. 용원은 그것이 진짜인지 믿을 수 없다는 표정이었다. 용원은 만족스러운 표정을 지으며 문 옆에 서있던 운전수를 쳐다보았다.

"보세요, 형수님. 나처럼 여섯이네?!"

용원이 마부의 코트 위에서 번쩍이는 여섯 개의 단추를 가리키며 말했다.

춘월은 차에 오르자 머리를 흔들면서 속으로 웃었다. 하풍이 그녀의 생각을 알아차린 것처럼 고개를 끄덕였다.

"아주머니, 저 역시 믿을 수 없어요. 하지만 진짜로 제 차라고요!"

운전수가 시동을 걸자 차는 조용히 움직이기 시작했다.

저녁 식사를 하면서 하풍은 재미있게 웃고 떠들었지만 식사가 끝나자마자 양해를 구하고 자리를 떠났다.

"급한 사업 문제가 있어서요."

춘월은 하풍이 함께 있으면서 자신의 생각을 다른 곳으로 돌려주었으면 싶었다. 말천거리의 그 집은 그녀의 기억을 되살려놓았던 것이다. 변한 것은 하인들이 바뀌었다는 것뿐이었다.

용원은 졸고 있었다. 술시가 되자 마차 한 대가 문밖에 멈추었다.

"춘월아!"

춘월이 일어섰다. 용재가 문지방에 서있었다. 춘월은 고개를 떨어뜨렸다가 다시 고개를 들었다. 춘월은 용재가 이젠 늙어 보인다는 생각이 들었다. 용재가 팔을 벌리고 춘월에게 다가서려다가 멈칫했다. 춘월이 옆으로 피하는 순간, 한 소년이 보였기 때문이었다.

"도련님, 일어나요!"

아이가 천천히 일어나서는 춘월의 치마에 매달리면서 졸린 눈을 비볐다. 춘월은 용재의 시선을 느꼈다. 마치 포옹할 때의 감촉과 같았다. 춘월은 재빨리 용원을 그들 사이에 세우고 아이의 어깨에 손을 얹었다.

"춘월아?"

용재가 다시 불렀다. 춘월은 차마 입이 떨어지지 않았다. 두 사람은 서로 상대방이 먼저 이 침묵을 깨주기를 기다렸다.

결국 아이가 입을 열었다.

"형수님, 이 멋진 신사분이 우리 할아버지야?"

춘월은 눈물과 웃음이 함께 나왔다. 그녀는 그의 아들을 바라보면서 머리를 흔들기만 했다.

용재는 미소를 지으며 용원에게 가까이 오라고 손짓했다. 용원은 어떻게 해야 할지 몰라서 당황해하며 춘월을 올려다보았다. 춘월은 고개를 끄덕이며 입을 열려고 했지만 그럴 수가 없었다. 그녀는 용원을 살며시 앞으로 밀었다.

용재는 아이의 손을 잡고 안락의자로 갔다. 그러고는 자신의 무릎 옆에 아이를 앉히고 언제나처럼 기품 있게 앉았다. 용원은 점잖게 앉아서 발을 앞으로 뻗었다.

"할아버지는 누구세요?"

용원이 용재를 쳐다보며 아주 점잖은 목소리로 물었다.

용재는 고개를 끄덕였다. 그러나 질문을 받지 않은 것처럼 아무 말도 하지 않았다. 용재는 소년에게서 이상한 친밀감을 느꼈다. 용재는 잠시 후에 부드러운 목소리로 입을 열었다.

"내가 너의 할아버지만큼 나이를 먹은 것은 분명하지만 나는 너의 형수님의 큰아버지다. 그러니까 너의 아저씨이기도 하지."

아이는 눈살을 찌푸렸다.

"형수님은 아저씨 머리가 검다고 말했는데."

용재가 춘월을 힐끗 쳐다보았다.

"형수님이 다른 아저씨 얘기를 한 모양이구나."

"맞아. 내가 이야기한 분이 저분이셔."

춘월이 다급히 말했다.

아이는 용재의 소매를 잡아당겼다.

"아저씨, 제 이름은 용원이에요."

아이가 자랑스럽게 말했다.

"하지만 그건 학자의 이름인데! 내가 보기에는 너같이 작은 애가 용원이라는 큰 이름의 글자를 쓸 수 있을 것 같지 않구나."

"전 할 수 있어요. 할 수 있다고요."

용원은 기쁜 듯이 소리치며 용재의 팔을 잡고는 그의 손바닥에 자기의 검지로 글자를 썼다.

"네 선생님이 누구냐?"

"형수님이오."

"형수님은 누구한테 배웠다고 하던?"

용원은 듣지 못한 것 같았다. 그는 자기가 아는 글자를 큰소리로 외치면서 쓰느라 정신이 없었다.

"우! 마! 천!"

그들이 춘월 앞에 나란히 앉았을 때 춘월이 보기에는 두 사람이 아버지와 아들이라는 것이 너무나 분명해 보였다. 높은 이마, 날카로운 눈빛, 그리고 몸짓까지도 닮아 있었다. 서로 만나도 남남일 수 있다고 생각한 내가 얼마나 어리석었던가?

"아저씨. 이제 아저씨의 이름을 써주세요."

용원이 자신의 손바닥을 앞으로 내밀면서 말했다.

"난 할 수 없단다."

용재가 부끄러운 듯 머리를 숙였다.

아이의 얼굴이 빨개졌다. 어른에게 글을 못 쓴다는 것을 실토하게 했다고 생각했기 때문이었다.

"아니, 난 못 써."

용재가 머리를 흔들며 다시 말했다. 용재는 춘월을 바라보다가 잠시 후에 미소를 지었다. 춘월은 같이 웃으려고 했지만, 웃음이 나오지 않아서 눈을 내리깔았다.

그가 보지 못했군. 그는 모르는군. 춘월은 속으로 생각했다. 그런데 왜 그렇게 자신이 외로운지 알 수가 없었다.

갑자기 용재가 웃었다.

"용원아, 당황하지 말거라. 내가 널 골려주려고 그랬을 뿐이야. 난 쓸 수 있단다. 하지만 네 작은 손바닥에는 안 돼. 몇 획만 그으면 네 손바닥에 가득 차고 말 테니까 말이다."

용재는 다시 한번 춘월을 쳐다보고는 눈을 감고 고통을 감추었다. 춘월이 아무 말도 없자 용재는 아이를 쳐다보았다.

"날 따라오너라. 서재로 가자. 내가 진짜 서예하는 법을 가르쳐주지. 넌 매일 한번씩 연습해야 해."

춘월은 손을 잡고 옆방으로 걸어가는 그들의 뒷모습을 바라보았다. 어른의 한쪽 어깨가 아이 쪽으로 기울어 있었다. 춘월은 그들을 지켜보기 위해 천천히 뒤따라 들어가 책상에서 멀리 떨어진 의자에 앉았다. 용재와 춘월의 눈길이 마주친 것은 용재가 주머니에서 염주를 꺼내 탁자 위에 내려놓을 때 한번뿐이었다. 춘월은 용재가 이제 제법 나이가 들어 보인다는 생각이 들었다. 예순둘. 그렇게 많은 세월이 흐른 것이다.

용재는 붓을 빙빙 돌리고는 아이에게 먹을 어떻게 가는지 가르쳐주었다. 그리고 아이가 하는 것을 보며 고개를 끄덕였다.

춘월은 그들을 뚫어져라 쳐다보았다. 아버지와 아들은 그녀를 잊고 있었다. 춘월은 그들 틈에 끼어들려다 다정한 모습을 보면서 자리에서 일어났다. 두 사람은 춘월이 일어선 것도 모르는 듯했다.

춘월이 목소리를 가다듬어 용재의 주의를 끌어보려 했다.

"제가 큰아버지가 여기 계신다고 하인들에게 말하겠어요."

그러나 어른과 아이는 자기들끼리 무언가 얘기를 또 나누더니 웃음을 터뜨렸다.

춘월은 방을 나섰다.

춘월은 용원을 침대에 눕히고 식당으로 갔다. 용재가 식사를 하고 있었다.

"큰어머니는 잘 지내세요?"

"그래, 내 아내는 잘 지내고 있다. 네가 쑤저우에 한번 내려왔으면 하더구나."

"저도 보고 싶어요."

"너하고 큰어머니는 참 좋은 친구지. 한 사람은 그렇게 생각하지 않지만 말이다."

"왜요? 큰어머니는 내가 아는 한 세상에서 가장 좋은 사람인데요."

"이해심도 많지."

"그래요, 이해심도 많아요."

다시 침묵이 흘렀다. 춘월은 차를 따라서 한 모금 마셨다. 벽시계가 큰소리를 내며 종을 쳤다. 하인들이 식탁을 치우느라 여기저기로 움직이자 마룻바닥에서 삐걱거리는 소리가 났다. 용재와 춘월은 하인들이 오가는 모습을 지켜보았다.

　마침내 두 사람만이 있게 되었을 때 두 사람이 동시에 말을 하려다가 서로 먼저 얘기하라고 양보했다. 다시 한번 침묵이 흘렀다. 춘월이 먼저 침묵을 깼다.

"작은삼촌은 지금 어디 계세요?"

"그 애는 제2의 수도를 세우려고 손문과 함께 광동에 가 있단다."

"성공할까요?"

"난 외국인들이 베이징 정부를 인정하는 한 성공하지 못할 거라고 생각한다. 귀재도 그걸 모르고 그렇게 행동하는 것 같지는 않아. 다른 할 일이 없기 때문에 그 일을 하는지도 모르지."

　춘월은 고개를 끄덕였다. 용재가 목청을 가다듬고 부드러운 목소리로 말을 계속했다.

"너는 하나도 안 변했구나."

"아니에요, 큰아버지."

"내가 보기에는 그렇다. 조금도 변하지 않았어."

　춘월은 용재의 손을 잡으려고 손을 뻗었다. 용재는 떨리는 손을 재빨리 탁자 밑으로 감추었다.

　아버지는 용원의 울음소리를 듣고 달빛이 비치는 홀을 지나 아들의 침실로 갔다. 용원이 이불 속에서 떨고있었다.

"무슨 일이냐? 울지 마라! 나쁜 꿈을 꾼 모양이구나."

　아이는 머리를 흔들었다.

"헛것을 봤구나?"

"전…… 전 죽고 싶지 않아요. 친어머니처럼 죽고 싶지 않아요. 왜 죽어야 하는 거예요?"

아버지는 아들에게 손을 내밀었다.

"아무도 죽지 않는다면 세상은 끔찍한 곳이 될 거다. 사람이 너무 많아져서 곡식을 심을 땅도 뛰어놀 땅도 없게 되지. 그러니까 때가 되면 조상님들과 합치는 것이 좋아."

아이는 고개를 끄덕였다.

"말해주세요. 죽음은 무엇과 같죠?"

"네가 세상에 태어나기 전에 어땠는지 기억나니?"

아이가 고개를 저었다.

"기분이 나빴었니?"

"아니요."

"무서웠니?"

"아니요."

"난 죽음이 그런 것과 같다고 생각해."

"정말이에요?"

"그래. 자, 누워라. 네가 잘 때까지 내가 여기 있어주마."

✿ 졸업

양나라 때 한 충직한 군인과 그의 착한 아내, 그리고 효성이 지극한 딸 목단이 살았다.

어느 날 군인이 심한 병으로 자리에 누웠다. 그 후 전쟁이 일어나 출병하라는 나라의 부름이 있었다.

"내 말을 준비해주시오."

그 군인이 말했다. 그러나 그는 일어날 수도 없었다.

"말을 타실 수 있겠어요, 여보?"

그 군인은 이를 악물고 일어서다가 졸도하고 말았다.

목단은 명예를 지키고자 아버지의 옷을 입고 아버지 대신 싸움터로 말을 타고 달렸다.

목단은 12년 동안 싸움터에서 부하들을 이끌었다. 그 장군은 단 한번도 자신이 여자임을 밝힌 적이 없었다.

―중국사

"**여섯** 해 전, 우리는 조상의 내당에서 뛰쳐나와 이 배움의 장소로 들어왔습니다. 우리는 주님의 뜻을 실천에 옮기기 위해 첫발을……."

춘월은 하풍, 용원 그리고 용재와 함께 예배당의 맨 앞에서 세번째 줄에 앉아 있었다. 채옥이 고별사를 읽어 내려가는 동안 춘월의 귀에 그 내용은 전혀 들리지 않았다.

춘월은 고별사라는 말을 속으로 중얼거리며 웃었다. 춘월은 오늘날까지 그런 말을 들어본 적이 없었다. 프로그램에서 그 단어를 봤을 때 선교사들이 자신의 딸에게 붙여준 '마가렛 오'라는 이름이 떠올랐다. 딸이 받은 영광도 춘월에겐 놀라운 일이 못 되었다. 채옥은 뛰어난 두 가문의 핏줄이 섞여 있는 아이니까. 춘월은 순간적으로 아버지, 진재를 생각했다. 아버지를 생각하면 언제나 손에 책을 들고 책상에 앉아 있는 모습밖에 떠오르지 않았다.

채옥의 목소리가 커졌다. 춘월은 다시 교단을 쳐다보았다. 거기에는 이방인인 자신의 딸이 있었다.

"…… 우리는 무지와 타협하지 않을 겁니다. 우리는 불의와 타협하지 않을 겁니다. 우리는……."

춘월은 채옥이 말하는 영어 단어를 귀담아들으려고 했지만 아무 소용없었다. 춘월이 채옥의 재능에 대해서 느꼈던 자부심은 채옥이 어른들을 마구 훈계하는 것을 보았을 때 여지없이 짓밟히고 말았다. 채옥의 몸짓은 과장되어 있었고 마치 오페라에 나오는 전사와 같았으며 목소리는 조금도 부드럽지 않았다. 춘월은 고별사가 빨리 끝나기만을 기다렸다.

춘월은 교단 위에 있는 사람들을 훑어보았다. 졸업생들이 비록 서양 옷을 입고 있기는 하지만 내당에 있었던 춘월의 사촌들과 다를 바가 없었다. 저들도 식이 끝나고 나면 옹기종기 모여서 조잘대면서 자기 동료들 중 누가 가장 예쁘고 그 다음으로는 누가 예쁘다는 얘기를 할 거라는 생각이 들었다. 사제 또한 평범한 얼굴이었다. 눈이 둥글다는 것을 제외하면 사제는 예술가를 연상하게 했다.

춘월은 그 사제의 옆에 앉아 있는 여자 선교사들에게 시선을 돌려 한 사람씩 자세히 뜯어보았다. 춘월이 딸을 맡긴 이 여자들은 이제 딸에게 충성을 명령하고 있다. 모두 검은색 옷을 걸치고 있기는 하지만, 그 여자들은 서로 조금도 닮지 않았다. 그러나 그들은 뭔가를 공유하고 있었다. 서로를 무척 비슷하게 보이도록 만드는 그 무엇인가를. 춘월은 채옥에게로 시선을 돌렸다.

춘월은 뭔가 떨어지는 소리에 깜짝 놀랐다. 용원이 그날 아침 하풍이 선물해준 조그만 장난감 차를 떨어뜨린 것이었다. 춘월은 얼굴이 달아올랐다. 아무도 눈치채지 않았으면 싶었다. 어린아이를 데리고 온 사람은 하나도 없었다. 하풍이 용원의 소매를 잡아당겼지만 그 아이는 채옥의 연설에 넋을 잃고 있었다. 용재가 차를 집어 주머니에 넣고 용원에게 손수건을 건네주며 그것을 가지고 놀게 했다.

춘월과 용재의 시선이 마주쳤다. 순간 그들은 낯선 졸업식에서 떠나 춘월이 처녀이던 시절의 축제 당시로 돌아갔다. 거의 20년 전이었다. 용재는 매우 경건한 모습이었다. 그리고 매우 젊었다. 그들은 천천히 술잔을 들었다.

"너의 행복을 위해 마시겠다."

"저는 삼촌을 위해……."

춘월은 거대한 장방형 건물로 다시 돌아왔다.

"…… 그리고 저의 동료들을 대표해서 여러 선생님들께 진심으로 감사드립니다."

채옥은 키가 크고 아주 늘씬했다. 그녀는 깊숙이 머리를 숙여 인사했다.

하풍이 제일 먼저 걸상이 흔들릴 정도로 요란하게 박수를 쳤다. 용원도 덩달아 박수를 쳤다. 춘월은 다시 용재의 시선을 붙잡았다. 그는 미소를 지으면서 머리를 저었다. 사실 자신의 딸이 전교에서 일등을 했을 때 자제심을 갖기란 쉬운 일이 아니었다.

차차 박수소리가 사라져갔다. 여자 교장 선생이 학위 수여를 선언했다. 소녀들이 한 사람씩 앞으로 걸어나가 졸업장을 받아들고 선생들과 악수를 했다. 춘월은 모든 졸업생들에게 박수를 보냈다.

마지막 소녀가 제자리로 돌아갔을 때 풍금 소리가 울려퍼졌다. 청중들이 모두 일어나 노래를 부르기 시작했다. 그러고는 무심코 책을 들여다보았다. 계속 반복되는 예수의 십자가에 관한 것 외에는 아무런 단에도 머릿속에 들어오지 않았다. 하풍은 그 노래를 알고 있는 것 같았다. 그의 우람한 바리톤 목소리는 아주 특이했다. 춘월은 하풍이 채옥에게 관심을 갖기 전에 그 노래를 어디서 배웠을까 궁금했다.

노래가 끝나자 춘월은 곧 앉아버렸으나 다른 사람들이 여전히 서있자 다시 일어났다.

사제가 앞으로 걸어나와 큰소리로 기도를 했다.

"주여, 이들에게 축복을 내려주옵소서. 그리고 이들을 지켜주소서. 아멘."

드디어 공식적인 의식이 끝났다. 졸업생들은 교단에서 걸어나와 식장을 따라 줄지어 서있는 자기 가족들에게 인사했다. 춘월은 채옥이 곧바로 자기들이 있는 곳으로 내려오는 것을 보며 기다렸다. 잠시 후 채옥이 춘월의 허리를 껴안았다.

"어머니를 보니까 너무 행복해요."

춘월은 팔을 옆구리에 대고 꼿꼿이 서있었다. 다른 사람들은 드러내놓고 친밀감을 표시하고 있었지만 춘월은 어쩐지 그럴 수가 없었다.

"애야, 오랜만이구나. 어디, 얼굴 좀 보자."

잠깐 동안 모녀의 시선이 마주쳤다. 춘월은 채옥이 그동안 어른이 되었다는 생각이 들었다. 정말 아름다운 처녀가 되었구나. 춘월이 채옥의 뺨을 어루만지려는 순간, 등 뒤에서 용재의 목소리가 들렸다.

"우리 손녀님이 아니신가. 다시 보게 되니 기쁘구나."

"할아버지."

채옥은 머리를 숙여 인사했다.

"그리고 내가 소보야. 형수님이 편지에 내 이야기했지? 내 이름은 용원이야."

채옥은 웃으며 허리를 굽혀 아이를 꼭 껴안았다. 그때 춘월은 하풍이 뒤에 서있다는 것을 의식했다.

"채옥아, 이 친구가 누군지 알겠니?"

채옥은 살며시 머리를 저으며 청년을 쳐다보았다. 다른 사람이 미처 말을 꺼내기도 전에 하풍이 앞으로 나서며 손을 내밀었다. 채옥은 얼떨결에 그의 손을 잡았다가 재빨리 손을 뺐다. 그녀는 낯선 사람과 악수하는 것은 가장 서구화된 외국의 관습이라는 것을 상기한 것 같았다.

"나, 하풍이야! 기억나니?"

채옥이 놀란 눈빛을 했다.

"오빠."

채옥이 절을 했다.

"응, 그래."

채옥은 다른 친구들과 한바탕 시끄럽게 축하 인사를 나누었다.

"애야, 이제 우린 가봐야 하지 않겠니?"

춘월이 잠시 조용해진 틈을 타서 입을 열었다. 식구들끼리만 있고 싶었던 것이다.

"아니에요. 정원에서 다과회가 있을 거예요. 그리고 어머니에게 미스 클레이톤을 소개해드리고 싶어요."

채옥은 용재와 앞장서 걸었다. 채옥은 이따금 걸음을 멈추고 친구들과 악수를 하거나 인사를 하면서 축하 인사를 주고받았다. 춘월과 하풍은 뒤처져 걸었다. 하풍은 용원을 어깨에 태우고 있었다. 나이 든 선생 한 사람이 눈총을 줬지만 하풍은 못 본 척했고 그의 리넨 양복에 흙이 묻는 것도 아랑곳하지 않았다.

"서두를 필요 없어요, 아주머니. 발 큰 사람들이 먼저 가게 하세요. 우린 우리끼리 가면 되잖아요."

배드민턴 코트에 다과 테이블이 마련되어 있었다. 그 코트에는 높은 울타리가 쳐져 있었다. 졸업생들이 테이블 위의 찻잔에 차를 따르며 손님을 접대했다.

채옥이 차를 따를 때 하풍이 축하 인사를 했지만 채옥은 그의 미소에 답하지 않았다. 춘월은 안도감을 느꼈다. 적어도 한 가지 사실은 분명해진 것 같았다. 한때는 그 통통하게 생긴 사내아이가 좋다고 쫄래쫄래 따라다니던 계집애가 이제는 적당한 품위를 지킬 줄 아는 처녀로 성장한 것이다.

그러나 채옥은 그들이 마지막으로 만났던 때를 생각해내려고 애쓰고 있었다. 하풍은 채옥이 내당을 떠나던 날 마지막으로 보았다고 주장했지만 채옥은 그렇지 않다고 부득부득 우겼다. 하풍은 채옥에게 그녀가 고아 소년 옆에 앉아 친척들을 놀라게 했던 그 설날이 기억나느냐고 물었다. 채옥은 웃으면서 기억난다고 말하고는 하풍에게 오이 샌드위치를 내밀었다.

하풍은 채옥만큼 키가 크지는 않았지만 다부진 체격은 그런대로 박력과 매력이 있었다. 그리고 그의 눈에는 자신의 조급한 태도를 감추려는 빛이 역력했다. 그는 이 재회의 순간을 지난 수년 동안 학수고대해왔던 것 같았다. 춘월은 당시 정원에는 담이 있었는데 하풍이 채옥을 어떻게 그렇게 잘 알게 되었는지 궁금했다.

"앞으로 어떻게 할 거냐?"

모든 사람에게 다과가 다 돌아갔을 때 용재가 채옥에게 물었다.

"주님의 뜻대로 해야지요."

하풍이 채옥 대신에 말했다.

"주님의 뜻이든 아니든 우린 먼저 쑤저우로 돌아가야 한다. 함께 지낼 시간이 필요해."

춘월이 말했다.

"네, 어머니. 그럼요."

"하지만 나중에는 상하이로 다시 돌아오겠지?"

하풍이 물었다.

"난 주님이 보내시는 곳으로 갈 거예요."

"아, 그야 물론이지. 상하이는 죄로 가득 찬 도시야. 우리 죄인들은 너 같은 사람을 필요로 하고 있어."

하풍이 윙크를 하며 말했다. 그리고 다시 잔을 채우기 위해 채옥에게 잔을 내밀었다. 그러나 채옥은 돌아서버렸다. 채옥은 그들의 테이블로 다가오는 키가 큰 한 여자를 보고 있었다.

"어머니, 미스 클레이톤이에요. 어머니도 그녀를 좋아할 거예요. 그녀는 제게, 그러니까⋯⋯ 이모처럼 대해주셨어요."

미스 클레이톤은 코가 오똑하고 얼굴 윤곽이 뚜렷했지만 지적인 푸른 눈은 차가워 보였다. 채옥의 소개가 끝난 후, 그 여자 선교사는 테이블의 빈자리에 앉아 어느 특정한 사람을 향해서가 아니라 모든 사람에게 이야기하는 투로 입을 열었다.

"우리는 마가렛을 매우 좋아하지요."

"마가렛? 아! 제 누이동생 채옥이로군요."

하풍이 되물으면서 웃었다. 미스 클레이톤이 고개를 끄덕였다.

"중국 이름은 너무 어려워요. 한두 명이라면 모르지만 젊은 선생들이 백 명이나 되는 학생들의 중국 이름을 기억하기는 너무너무 힘들어요."

"도무지 이해할 수가 없군요."

춘월은 채옥이 영어로 연설을 할 만큼 영어에 익숙하다는 생각을 다시 했다.

"마가렛은 우리 모두의 기대를 능가해버렸습니다. 그녀는 교육을 받을 수 있는 모든 중국 여성들의 훌륭한 모범이 될 겁니다."

춘월은 눈을 내리깔았다. 외국인이 딸을 칭찬했기 때문이었다. 외국인들은 저렇게 드러내놓고 칭찬하는 것이 관습인가?

"따님이 여섯 해 동안 성취한 모든 것이 기쁘지 않으세요, 부인?"

"모든 것이 모자란 제 딸을 위해서 애쓰신 훌륭하신 선생님 덕분입니다."

미스 클레이톤이 미처 대꾸하기 전에 하풍은 그 여선생의 관심을 돌리기 위해 졸업식에서의 그녀의 태도를 칭찬하면서 재치있게 화제를 바꾸었다.

"고향이 어디십니까?"

하풍이 미스 클레이톤에게 물었다.

"필라델피아예요."

"정말 훌륭한 곳입니다."

하풍이 고개를 끄덕이며 말했다.

"가보신 적이 있습니까?"

"없습니다. 하지만 나는 필라델피아를 천국처럼 생각하고 있습니다. 그곳이 좋은 곳이라는 걸 알기 위해 거기에 가볼 필요는 없죠."

잠시 침묵이 흘렀다. 여선교사가 야릇한 미소를 지었지만 하풍은 그것을 눈치채지 못하고 건강 때문에 유람선을 타면서 들은 이야기를 늘어놓았다.

"오빠, 어디 아팠어요?"

채옥이 물었다.

"아, 이제는 괜찮아. 잠시 여행을 했던 거다."

화제는 동서 의학의 장점에 관한 것으로 옮겨졌고 이어서 중국에서의 YMCA 활동과 산적의 횡행 등에 관한 이야기가 이어졌다.

춘월은 아무 말 없이 높은 울타리가 테이블 위에 드리운 칙칙한 식탁보 같은 그림자를 내려다보고 있었다. 용재도 거의 말이 없었다. 그는 화제가 중국의 정치 문제로 옮겨졌을 때 잠시 눈을 빛냈을 뿐이었다. 그의 무릎에 앉아 있던 용원은 꾸벅꾸벅 졸고 있었다. 테이블의 많은 자리가 비어 있었다.

"장 선생님, 무슨 생각하세요? 중국이 이번 전쟁에서 미국과 연합군 측에 가담할까요?"

미스 클레이톤이 용재에게 물었다. 용재는 신중하게 고개를 끄덕이고는 잠시 후에 입을 열었다.

"제 생각으로는 베이징 정부의 참가 결정 발표가 곧 있을 것 같습니다. 저는 중국이 중립을 지켰으면 합니다만."

채옥이 입을 열었다.

"왜요, 할아버지? 왜 중국의 참전을 반대하세요?"

용재는 채옥이 대드는 듯한 태도에 놀라기는 했지만 내색하지는 않았다. 용재는 조용히 말했다.

"아가, 그것은 중국이 독일과 특별한 원한이 없기 때문이다. 베이징 정부의 속셈은 단지 연합군 측으로부터 더 많은 무기와 차관을 얻고자 하는 것뿐이야. 나는 우리같이 가난한 나라가 더이상 연합군 측에 원조를 바랄 수 있다고 생각하지 않는다."

용재가 머리를 저었다.

"하지만."

미스 클레이톤이 끼어들었다.

"만약 중국이 연합군 측에 가담한다면 중국은 나중에 승리의 열매를 나눠 가질 수 있을 거예요. 그렇지 않으면 중국은 세계에서 발언권을 갖지 못할 겁니다."

채옥이 다시 입을 열었다. 춘월은 아주 못마땅했다.

"저는 중국이 참전해야 한다고 생각해요. 세계는 민주주의를 위한 발전을 확보해야 한다고 윌슨 대통령이 말했어요. 중국은 그러한 원칙에서 얻어낼 수 있는 모든 것을 지니게 될 거예요. 할아버지는 그걸 부정하세요?"

용재는 다시 모른 척하며 대답했다.

"원칙이란 권력에 복종시키는 한 방법이기도 하다. 원세개는 한때 공화국의 원칙을 지킬 것을 약속한 적이 있지만……."

"그러나 할아버지. 윌슨 대통령이 원세개는 아니잖아요?"

춘월은 목청을 가다듬으며 채옥이 무례한 행동을 그만두기를 바란다는 투로 말했다.

"애야, 그도 사람이란다."

"그는 크리스천이에요."

춘월이 보다 못해 중국어로 말했다.

"아니, 어떻게 내 딸이 감히 어르신네에게 대들 수 있니?"

채옥이 영어로 대답했다.

"어머니, 누구나 자신의 의견을 말할 권리가 있어요."

저 애는 부끄러움도 없나? 춘월은 다시 중국어로 얘기했다.

"다시 그런 태도를 보였다가는 용서하지 않겠다. 너는 독일 황제 역시 예수 숭배자라는 것을 잊었느냐?"

불안한 침묵이 흘렀다. 그래야지. 춘월은 아무리 졸업식이라도 어른은 어른이어야 한다고 생각했다.

하풍이 어색한 침묵을 깼다. 그는 손뼉을 치며 유쾌한 얼굴로 말했다.

"아, 제가 통역을 하죠, 미스 클레이톤. 아시다시피 당신이 너무 친근하다보니 우리들은 당신이 우리말을 모르고 있다는 사실을 깜빡 잊었습니다. 숙모님께서는 둥근 샌드위치가 맛있다고 말씀하셨습니다. 그러자 제 동생은 그렇지 않다면서 삼각형 모양이 더 맛있다고 우겼어요. 그러나 제 생각에는 그 중간 것이 가장 맛있는 것 같군요."

하풍의 얘기는 의도야 어떻든 분위기를 유쾌하게 바꿔주었다. 모두들 웃으며 미스 클레이톤에게 작별인사를 청했다. 그리고 그들은 천천히 학교 정문 쪽으로 함께 걸어갔다. 채옥과 하풍은 용원의 팔을 한쪽씩 잡고 걸었다.

그들이 예배당 계단을 지날 때 용재가 춘월에게 아무도 알아듣지 못할 정도로 작은 소리로 속삭였다.

"저 애도 오늘 제 아버지가 있었으면 정말 좋아했을 텐데."

"저 애 엄마는……"

춘월은 말을 하다가 멈추고는 살며시 미소를 지었다.

"저 애 엄마도 마찬가지예요."

그들이 정문 앞에 대기중이던 피어스 애로우 승용차에 이르렀을 때, 용원이 눈이 휘둥그레지면서 소리쳤다.

"야, 조카야. 이것 좀 봐!"

그러나 채옥은 고개를 돌렸다. 채옥은 잠시 우두커니 서있었다. 그러고는 조용히 돌아섰다. 춘월은 딸의 눈에 고여 있는 눈물을 보았다.

❀ 선물

 그다지 오래 되지 않은 옛날, 장쑤성에 고아로 자란 젊은이가 있었다. 그는 출세하기로 결심하고 그를 길러준 은인의 집을 떠났다.
 그는 대운하와 양쯔 강이 교차하는 지점의 선창에 있는 찻집에 앉아 일부러 노름돈을 잃어주면서 항간의 소문에 귀를 기울였다. 그는 어느 자리에서나 환영받게 되었다. 그러던 어느 날 그 젊은이는 최소의 자본으로 최단 시간에 최고의 돈을 번 상인의 이름을 알게 되었다.
 술주정뱅이 털보의 찻집에서 그 거상과 노름을 하면서 젊은이는 자신이 사실은 대가문의 게으름뱅이 상속자라는 암시를 주었다. 그러고는 다시 돈을 잃어주었다. 젊은이는 그 상인에게 자신은 재산관리 능력이 없기 때문에 상인의 무보수 조수가 되기를 자청한다고 제안했다. 그 상인은 손해볼 것은 없으며 또 대가문을 단골손님으로 얻게 되리라 생각하고 그 제안을 받아들였다. 젊은이는 그때부터 상인으로부터 장사하는 법을 배웠다. 장부 정리하는 법, 재고 처리 시기 선택법 등이었다. 그리고 반년 후에 그는 그곳을 떠나 양저우로 향했다. 거기서 그는 우연히 또 다른 스승을 만나 신용, 외환, 공장 운영 등에 관한 것을 배웠다.

그의 다음 단계는 돈의 언어인 영어를 배우는 것이었다. 난징에 도착한 그는 침례교에 입교했다. 그는 자신의 어머니가 천국의 옥문(玉門)에 들어가기 바로 직전에 사랑하는 어머니에게 외국 종교를 받아들여 세상 사람들에게 복음을 전파하겠노라고 맹세했다고 말했다. 그러자 전도사의 우두머리가 자진해서 그 고아에게 영어를 가르치겠다고 나섰다. 그로부터 일년 후, 젊은이는 어머니의 묘소를 찾아가고 싶다면서 휴가를 신청했다. 그리고 여행길에 올랐다. 그는 유쾌하게 노래를 불렀다.

"그에게서 모든 축복이 흐르는 주를 찬양하라……."

젊은이는 상하이에서 증기선 '오딧세이'호의 급사로 취직했다. 그는 열심히 일했고 외국인들의 행동을 열심히 관찰했다.

여행자들 가운데 혼자 여행하는 사람이 있었다. 배의 사무장은 그가 상하이에 사는 독일 출신의 부유한 유태인이며 건강을 위해 여행중이라고 말했다.

그 유태인은 상륙하자 급사에게 임대료 수금원직을 맡겼다.

그는 곧 어떤 임차인이 믿을 수 없는 자이고 누가 돈을 떼먹고 도망갈 것인가를 정확히 알게 되었다. 일년이 못 되어서 그는 주인의 개인 조수가 되었고 그 노인 바로 옆에 사무실을 차려놓고 고급 책상까지 새로 들여놓았다.

두 해가 지났을 때였다. 독일인들의 재산이 몰수될 것이라는 소문이 나돌았다. 주인은 예방책으로 중국인 조수 앞으로 자신의 재산을 옮겨놓았다. 그 주인은 자신의 통찰력에 만족해하며 이젠 걱정이 없다고 생각했다.

어느 날 밤, 조수가 퇴근한 다음에 노인은 장부를 살펴보려고 늦도록 사무실에 앉아 있었다. 그것이 그의 마지막 검사였다. 아침이 되자 조수는 여전히 책상에 앉아 있는 주인을 발견했다.

젊은이는 그 시신을 부드럽게 두 팔로 껴안았다. 그리고 시신을 노인이 자던 뒷방의 침대에 눕혔다. 그의 가족들을 찾아보았지만 아무도 없었다. 단지 목조 건물의 퇴색된 사진 한 장만이 거울의 한귀퉁이에 끼어 있었다.

그는 가장 비싼 관을 주문하고 죽은 사람의 검은 옷과 똑같은 옷을 만들게 했다. 담뱃불에 탄 소매의 자국까지 똑같이 만들게 했다. 그리고 사진 속에 있던 집과 똑같은 대리석 기념비를 주문했다.

49일째 되는 날, 수염도 깎지 않고 머리도 빗지 않은 그 상속인은 장지로 가는 대열의 맨 앞에 섰다. 그의 뒤를 따르는 자들은 고용된 애도자들이었다. 그들은 모두 머리와 허리에 삼베를 두르고 있었다. 이들 뒤에는 검은색 상복과 보닛을 쓴 부인들이 뒤따랐다. 이 많은 사람들의 울부짖음은 하늘을 감동시킬 정도였다. 그동안 '아스트로 호텔'에서는 밴드가 '푸른 다뉴브강의 왈츠'를 연주하고 있었다.

—문중 이야기

하풍은 그가 소유하고 있는 배 한 척을 내어 오씨네 사람들을 쑤저우까지 안내했다. 사흘 밤과 낮 동안 여행은 계속되었다. 여행자들은 저녁이면 갑판 위를 거닐었다. 어둠은 재스민 향기로 가득했다. 배는 마치 은하수를 가로지르는 듯했다. 춘월은 하늘을 향해 고개를 들고 꿈에 잠겨 있었다. 그녀는 고향으로 돌아간다는 행복감에 마음이 들떴다. 어머니의 머리가 이제는 희어졌을 거라는 생각이 들었다.

춘월과 하풍은 가끔 얘기를 주고받곤 했다. 그동안에 용원은 채옥의 무릎에 앉아 춘월이 웃으면 따라서 웃곤 했다. 한번은 용원이 흥분한 나머지 발을 잘못 디뎌 물속으로 떨어질 뻔했다. 그 이후로는 하풍이 용원의 허리에 로프를 잡아매며 장난을 쳤다.

그가 어떻게 부자가 되었는지에 대한 하풍의 얘기는 앞뒤가 맞지 않았다.

"오래전이 아니죠. 저는 세상에서 가장 성공한 사업가를 만나게 되었습니다. 그는 나를 보자마자 그의 동반자가 되어달라고 애걸하더군요."

하풍은 그렇게 얘기했으나 나중에는 또 다르게 얘기하기도 했다.

"저는 티베트로 여행을 했습니다. 거기서 달라이 라마가 제게 다이아몬드와 루비를 주었죠. 온몸을 감싸고도 남을 정도였습니다. 그 달라이 라마는 내가 사실은 마하라자(인도의 대왕)의 팔자를 갖고 태어 났다고 하더군요."

춘월은 조상과 신화, 전설, 시 등에 관한 얘기를 했다. 그 이야기들은 채옥도 결코 들어본 적 없거나 기억할 수 없는 것들이었다. 춘월은 딸이 예전 그대로인 것 같았고, 세월이 전혀 흐른 것 같지 않았다.

채옥은 학교에서 배운 것이나 성서 이야기를 했다. 그러나 채옥의 이야기는 도덕적 목적을 지닌 이야기인 만큼 진지했기 때문에 다른 사람들을 불안하게 했다. 명원도 역시 진지했었다. 그러나 그는 자책하며 스스로를 비웃을 줄 알았다. 반면 채옥은 하품이 남을 웃기기 위해서 연출한 장난을 비웃을 줄은 알면서도 정작 자신은 심각해지곤 했다.

집에 도착해 마차에서 내려 청동 사자상 옆에 섰을 때 하늘은 구름 한 점 없이 맑았다. 멀리서 절의 종소리가 들려왔다. 죽은 영혼을 기리는 날이었다. 춘월은 갑자기 그리움에 목이 메어왔다. 전에도 그런 느낌이 들었던 적이 있다.

그것은 명원이 세상을 떠난 지 수 주일이 지난 어느 날 시렁에 있는 신전을 지날 때였다. 춘월은 명원이 거기 있다는 생각이 들었다. 춘월은 이제는 다 지난 일이라고 생각하면서 현숙당 쪽으로 눈을 돌렸다. 현숙당은 옛날 그대로였다. 장미 나무 의자에 꼿꼿이 앉아 있는 할머니가 조그맣게 보이는 것 같았다.

춘월은 그곳의 마력 같은 힘에 빨려들었다. 그것은 마치 옛날의 젊음 속으로 빨려들어가는 것처럼 무의식적이었다. 그러나 이제 추억도 젊음도 다 사라져버렸다.

갑자기 그리움 대신에 공포가 엄습하면서 추억이 사라지고 말았다. 용원이 앞질러 뛰어갔다. 춘월은 재빨리 아이를 쫓아가 아이의 손목을 쥐었다.
 춘월은 청지기에게 억지로 웃어보였다. 청지기는 그들에게 사당에서 기다려야 한다고 말했다.
 어떻게 된 걸까? 전에 있던 아낙네들은 다 어디 갔을까? 의아했다.
 하풍은 청지기에게 곧 도착하게 될 선물 행렬의 배치에 대해서 미리 지시했다.
 "그분들이 오면 곧바로 사당으로 보내시오. 그러고 나서 우리 식구들을 불러 모아놓으시오. 물론, 당신도 오시오!"
 청지기는 기대에 차서 휘둥그레진 눈으로 여러 차례 인사를 했다.
 "알겠습니다요, 알겠습니다요!"
 "하풍 오빠. 저 상자들 속에는 도대체 뭐가 들었어요?"
 채옥이 물었다.
 "금방 알게 돼!"
 하풍은 넥타이를 만지며 이를 드러내고 웃었다.
 용원은 춘월의 손을 흔들면서 춘월을 본당 입구로 잡아끌었다. 순간 춘월은 병문(甁門)이 사라진 것을 깨달았다. 그곳에는 맞은편이 보이지 않게 차단하는 새 벽의 어두운 그림자가 드리워져 있었다. 사라져버렸어. 장기원도 서당도. 그리고 또 뭐가 없어졌지? 춘월은 머리를 흔들었다. 사라져버린 것을 생각할 게 아니라 남아 있는 것을 생각해야지. 앞에는 사당이 있었다. 사당의 붉은 기둥은 새롭게 단장되어 있었다. 춘월은 멈칫했다. 춘월이 옛날에 안을 들여다볼 때와 다른 점이 눈에 띄었기 때문이다. 제단 위에는 새로운 위패들이 놓여 있고 전에 있던 위패 가운데 일부가 비어 있었다.
 갑자기 환호성이 터져 나왔다.
 "어서들 오세요! 어서들 와요!"

옛집에 지금까지 살고 있던 사람들이 마치 마술처럼 사당 앞에 나타났다. 춘월은 눈물을 흘리고 웃으며 부인네들과 차례차례 포옹했다. 그리고 이제 어엿한 젊은이가 된 명표와도 인사했다.

작은집 할머니와 금효, 향설 모두 여전했다. 향설은 머리를 염색했다. 금덕은 나이가 좀 들어서 대갓집 마나님다워 보였다. 금덕의 미소는 여전히 부드러웠다.

"우리 조카 왔구나. 널 보니 가슴이 다 떨리는구나!"

금덕이 소리쳤다.

이야기꽃이 피었다. 그들은 서로 어떻게 지냈는지, 채옥이 얼마나 컸는지 등에 대해서 수다를 떨기 시작했다. 그리고 부처님 덕분에 용원도 건강해진 것 같다는 얘기를 했다. 하풍을 알아보는 사람은 아무도 없었다. 하풍은 위풍당당하게 자신을 소개했다. 그는 사람들이 놀라는 것을 내심 즐기고 있었다.

그들은 모두 사당으로 들어갔다. 모두들 기뻐서 어쩔 줄 몰랐고 이야기는 그칠 줄 모르고 계속되었다.

용원이 부인네들과 얘기를 나누고 있던 춘월의 손을 잡아 다과가 차려진 식탁 쪽으로 잡아끌며 소리쳤다.

"형수님, 빨리 와보세요! 전 이렇게 아름다운 곳은 처음 봐요. 책에서도 못 봤어요."

갑자기 문간이 소란스러워졌다. 선물이 도착한 것이다. 문밖에서는 저택을 돌보는 하인들이 아직도 스물댓 명쯤이나 있었다. 그들의 가족은 비록 먼 도시로 이사를 했지만 저택을 돌보는 이들은 죽을 때까지 한 장소만을 택한 사람들이었다.

하풍이 가족용 탁자 양쪽에 하인들을 앉히고 심부름꾼 하나를 불러내어 한 사람씩 차례로 선물을 나눠주게 했다. 다섯 해 전에 이 정원을 떠났던 하풍은 각자에게 신기할 정도로 알맞은 선물을 마련해놓았다.

원시 탓에 눈이 어두운 침모에게는 돋보기가 돌아갔다. 부엌 처녀에게는 향기 나는 비누가, 밤지기 하인에게는 강아지 한 마리가, 가마꾼들에게는 발 씻는 대야와 헬멧이, 그리고 이제 일을 하기에는 너무 늙어서 뜰에 앉아 문안으로 들어온 행상인과 잡담이나 즐기는 핏기 없는 유모에게는 다람쥐털의 코트 한 벌이, 온몸의 서른여섯 군데 급소가 모두 아프다면서도 한의사와 침사라면 교묘하게 피해 다니던 겁쟁이 요리사에게는 한 해 동안 먹을 양의 강장제가, 창고 열쇠를 도맡고 있는 창고지기에게는 용수철저울이, 짐 배달 책임자에게는 자전거 한 대가, 또 하녀들에게는 옥귀걸이 한 쌍이 각각 돌아갔다. 그리고 각 방마다 보온병이 하나씩 돌아갔다.

이처럼 각자에게 안겨진 푸짐한 선물과 함께 또 하나의 기쁨이 기다리고 있었다. 하풍이 온 가족을 기대감으로 잔뜩 긴장하게 만든 다음에 보여준 엄청난 선물은 온 가족을 위한 것이었다.

드디어 하풍이 문밖으로 고개를 끄덕였다. 붉은 비단천으로 덮인 무거운 짐을 여섯 명의 짐꾼들이 운반했다. 짐꾼들이 방 한가운데로 왔을 때 요란한 박수소리가 터져 나왔다.

"저건 뭐지? 저게 뭐야?"

"자동차다!"

"젊은 나으리 신부님이시다!"

"5년쯤 먹을 두부콩인 모양이다!"

"금이다! 금! 금!"

하풍이 선물 옆에 서서 점잖게 고개를 저었다. 사람들이 다시 시끄럽게 떠들기 시작하자 하풍은 조용히 하라는 듯이 손뼉을 쳤다.

"할머님들, 그리고 옛날의 친구들과 이제 새로 친구가 되신 여러분들. 제가 딱 한번만 알아맞힐 기회를 드리겠습니다!"

"애야, 제발 그만해라. 이 늙은이가 하늘로 올라가기 전에 어서 보자꾸나."

작은댁 할머니가 애원조로 말했다.

"할머님께서 정 그러시다면……."

하풍은 머리 숙여 인사를 했다. 그러고는 단숨에 비단을 벗겨버렸다. 자단과 자개, 상아, 그리고 은으로 장식된 물건이 드러났다.

탄성이 터져 나왔다. 춘월조차도 바로 그 순간까지 그 선물이 오르간일 줄은 꿈에도 몰랐기 때문에 현기증이 일 정도였다.

나이 많은 과부 셋이서 앞으로 나갔다. 그들은 그 물건을 에워싸고 전족을 이리저리 움직였지만 막상 손을 내밀어 그것을 만져볼 엄두가 나지 않는 모양인지 우물쭈물했다. 하인들은 꿈이 아닌지 확인하느라 자신의 허벅지를 꼬집어보기도 하고 때려보기도 했다. 금효와 금덕은 열심히 부채질을 하면서 위엄을 잃지 않았다. 춘월은 용원이 앞으로 나가지 않도록 꼭 붙들고 있었다.

적막이 깨졌다.

"저게 뭐냐?"

둘째 할머니가 물었다.

"언니, 모르슈?"

셋째 할머니가 큰 소리로 말했다.

"자네는 아는가?"

"물론 알지요."

하풍이 이를 드러내며 말했다.

"제가 마술을 보여드리려면 발이 큰 조수가 한 분 필요합니다!"

모두들 채옥을 쳐다보았다.

"아가씨야! 아가씨야!"

춘월은 흥분한 나머지 채옥을 잊고 있었다. 채옥은 탁자에서 꼼짝도 하지 않았다. 선교복을 입은 채옥은 아주 얌전하게 앉아 있었다. 채옥이 머리를 흔들었다. 춘월은 딸아이가 뭔가 마음에 들지 않는 것이 있는 모양이라는 생각이 들었다. 춘월도 다른 사람들과 함께 소리쳤다.

"너다! 너다! 너다!"

마침내 용원이 달려가 채옥의 팔을 잡았다.

"조카야, 응?"

아무도 그 아이를 뿌리칠 수는 없었다. 채옥이 오르간 앞에 앉자 모두들 환호성을 질렀다.

"자, 자세를 가다듬으시고……"

하풍이 들뜬 목소리로 말했다.

"왼발은 이쪽에 놓으시고 오른발은 저쪽에."

하풍이 페달을 가리키며 말하자 채옥은 마지못한 듯이 시키는 대로 했다.

"자, 이제 발을 잘 놀려봐. 우선 이쪽을 누르고, 다음에는 저쪽을 누르고……"

채옥은 시키는 대로 했다. 갑자기 방안이 음악으로 가득 찼다. 하풍과 채옥을 빼고 그 곡을 아는 사람은 없었다. 하풍이 미국의 유명한 작곡가인 스테판 포스터의 곡이라고 말하자 모두 박수를 쳤다. 오랫동안 집안이 노래와 춤과 환희로 가득 찼다. 채옥도 얼굴에 생기가 돌았고 지칠 줄 모르고 오르간을 쳤다. 채옥은 사람들이 노래를 부를 때 지휘를 하고 있는 하풍과 시선을 교환했다.

옛날에도 이랬지. 춘월은 생각했다. 참으로 따스했고 시끄러웠으며 많은 사람들이 있었지. 춘월은 아버지와 노부인, 노대인이 자단 의자에 나란히 앉아 오르간 소리에 맞춰 고개를 끄덕이고, 화소댁이 웃는 모습을 상상해보았다.

흥겨움은 어둠이 내릴 때까지 계속되었다. 다음날 아침 식사가 끝나고 하인들이 일을 하러 나설 때까지도 마당에서는 어제의 노랫가락을 흥얼거리는 소리가 간간이 들려왔다.

춘월은 현숙당에 있는 자신의 처소에서 책을 펴놓고 있었다. 하녀 하나가 들어와서 하풍이 개인적인 일로 만나고 싶어한다고 전했다.

춘월은 하풍을 불안한 마음으로 맞았다. 채옥에 관한 일로 자신에게 접근하려는 것이리라.

"아주머니는 제게 정말 친절하게 대해주시는군요."

춘월은 하풍에게 자리를 권했다.

"그거야 선생님이 옛 제자를 받아들이는 정도의 예의일 뿐이지."

"아주머니께서 저를 보다 좋은 측면에서 생각해주셨으면 좋겠어요."

하풍이 의자를 춘월 가까이 끌어당기며 말을 계속했다.

"아주머니께 도움을 청해야 되겠어요."

"하풍아, 지금 내가 너에게 무슨 도움을 줄 수 있는지 모르겠구나."

춘월은 소리가 나게 부채를 폈다. 하풍은 춘월의 사무적인 태도에도 아랑곳하지 않고 미소를 지었다.

"아주머니도 아시다시피 전 여러 사업에 손을 대고 있습니다."

하풍이 다시 미소를 지었다.

"아, 용서하세요. 큰 청이 하나 있을 뿐입니다. 그건 아주머니도 들어주실 수 있는 거예요."

춘월은 고개를 끄덕였다.

"제가 가지고 있는 집 얘기예요. 전 나중을 위해서, 그러니까 공장이나 철도역이 그곳에 생길 때를 대비해서 그 집을 붙들어두고 싶어요. 제 경쟁자들이 제 계획을 알아채고 주위의 부지를 사들이는 것을 원치 않습니다. 그래서 그 사람들의 의혹을 없애기 위해서 제가 믿을 수 있는 사람이 그 집에 살 필요가 있는 거죠. 일꾼들을 비롯해서 필요한 것은 다 갖춰져 있어요. 제가 이사를 하면 사람들이 의심할 겁니다. 하지만 아주머니가 이사를 하시면 아무도 제 의도를 눈치채지 못할 거예요."

하풍은 반응을 기다리는 듯 말을 멈췄다. 춘월은 부채를 치웠지만 아무 말도 하지 않았다.

하풍이 말을 계속했다.

"아주머니가 그곳에 사신다면 제게 최고의 친절을 베푸시는 겁니다. 모든 비용은 마땅히 제가 지불하겠습니다."

춘월은 고개를 저었다.

"그 집은 어디에 있니?"

"상하이에 있어요. 플로베르 가의 프랑스 조계 지역이죠."

편리하게도 네 회사 가까이 있구나. 춘월은 생각했다. 그러나 하풍에게 화를 낼 수는 없었다. 저 친구는 자신이 그토록 교묘하게 계략을 짜내서 얻고자 하는 상이 춘월에게 돌아가는 것이 아님을 모르고 있나? 채옥에게는 중매인이 필요하지도 않을 텐데.

"얘야, 우린 이제 막 집으로 돌아왔다!"

"아주머니, 이렇게 서둘러서 제 사업 얘길 말씀드린 것을 용서하세요. 좀더 기다렸어야 했는데. 하지만 지금 당장 안 된다고 하지는 마세요. 앞으로 몇 달 동안 더 생각해보세요. 급한 것은 아니니까요."

하풍은 더 계속해야 할지 생각하는 듯 머뭇거리다가 부드럽게 말을 계속했다.

"저는 아주 오래 기다렸습니다. 하지만 좀더 기다릴 수 있어요. 선생님이신 아주머니께서 어떻게 생각하실지는 모르겠지만, 저는 남을 설득하는 데 제법 소질이 있는 놈입니다."

❀ 신여성

　남편을 즐겁게 해주어 만족스럽게 웃겨주고 싶어하는 아내가 있었다.
　남편이 발이 큰 여자를 좋아한다는 소리를 들은 그 아내는 자기의 전족을 풀었다. 그 아내는 딱딱하게 굳은 피부와 뼈가 다시 부드러워질 때까지 한 달 동안 금백합으로 발을 정성스럽게 씻었다. 두번째 달에는 굽은 발가락을 조금씩 곧게 폈다. 셋째 달에는 한 발 한 발 다시 걷는 법을 배웠다. 그 여자는 매달 눈물을 한 양동이씩 쏟았다.
　그러나 그 아내의 발은 여전히 작았다. 여자는 새로 산 굽 높은 구두의 발가락 부분에 원추형 나무토막과 솜뭉치를 채워넣었다. 그러고는 자랑스럽게 월문까지 걸어갔다. 도시에 머물다 돌아오는 남편을 놀래주기 위해서였다.
　남편은 아내가 넘어질 때까지 아무런 변화도 눈치채지 못했다. 아내는 울면서 나지막하게 외쳤다.
　"서방님, 전 오로지 서방님을 기쁘게 해드리고 싶었을 뿐이에요. 그래서 우리 집안에서는 아무도 하지 않는 짓을 했어요. 말씀해주세요. 큰 발을 가진 현대식 중국 여자가 된 당신의 아내가 자랑스럽다고 말이에요."

—문중 이야기

소설이 지나고 사흘째 되던 날 저녁이었다. 채옥은 용원과 함께 쓰는 방에서 성경책을 뒤적이며 앉아 있었다. 회랑 밖에서는 용원이 춘월이 모르는 노래를 흥얼거리면서 빗자루를 가지고 놀고 있었다.

사시가 되자 아낙네들과 금덕은 명표의 호위 아래, 일주일간의 심도암 방문을 위해 집을 떠났다. 채옥은 그동안 그들과 어울리지 않았고 그 사실이 괴로웠다. 채옥은 이미 주님의 뜻에 따르기로 맹세했다. 그들이 채옥의 행동에 대해 버릇이 없다거나 교양이 없다고 생각해도 문제될 것은 없었다.

돌아온 지 넉 달이 지나면서 채옥은 자신이 모든 식구들의 눈엣가시처럼 되었다는 것을 부인할 수 없었다. 채옥이 조왕신을 치워버리고 조왕신에게 바친 공물을 쪽문에서 서성거리는 거지들에게 나누어 줘버렸을 때 어른들은 그녀를 일주일 동안이나 꾸짖었다. 채옥의 어머니는 딸의 잘못에 대해서 수십 번이나 용서를 빌어야 했다. 또 채옥은 청지기 외아들의 귀걸이와 머리의 리본을 벗겨버린 적도 있었다. 그 아이는 청지기가 딸 여섯 끝에 겨우 낳은 아들이었다. 그 아버지는 울음을 터뜨렸다.

"아이구! 이젠 시기심 많은 만신님들이 우리 아들을 저세상으로 데려가게 생겼구나!"

아이 아버지는 채옥이 그 아이에게 귀걸이와 리본을 다시 걸어줄 때까지 무슨 말을 해도 울음을 그치지 않았다. 옛날 하인들은 채옥이 계속해서 간섭을 한다면 집을 나가겠다고 했다.

채옥은 곧 노아의 방주, 모세, 예수의 우화를 읽어주는 것을 그만두었다. 아낙네들은 그런 이야기를 아주 좋아하기는 했지만 그 진실을 이해하지는 못했다. 채옥은 좀더 집약된 설교 구절을 뽑아서 읽어주었다. 그것은 교화적인 것으로 아낙네들이 늘 주고받던 전통적인 이야기와는 다른 것이었다. 그러나 아낙네들은 그 복음을 비웃었으며 채옥이 한 구절도 다 읽기 전에 돌아앉아 잡담을 하거나 바느질을 하거나 차를 마시곤 했다.

채옥이 보기에 가장 쓸모없는 사람은 할머니 향설이었다. 할머니는 머리를 매만지거나 눈썹을 그리는 일 외에는 아무 일도 하지 않고 허송하는 것 같았다. 이 얼마나 허망한 짓인가!

채옥은 어머니만큼은 그렇지 않다고 생각했다. 그러나 어머니도 도움이 되지는 못했다. 어머니는 크리스쳔 학교에서 학생들을 가르친 적이 있지만 이곳에서는 아무에게도 그 얘기를 하지 않았다.

마침내 모녀간에 충돌이 일어났다. 어머니를 포함한 다른 모든 사람들에 대한 채옥의 공격에서 비롯되었다.

"하지만 어머니……."

"애야, 난 일을 하나하나 따지고 싶지는 않다. 난 보다 중요한 문제를 이야기하고 있어. 넌 사람들을 가르친답시고 이리저리 뛰어다니며 폭풍을 일으키고 있단 말이다. 어른들을 모욕해서는 안 돼. 그리고 네가 그들보다 더 현명한 것처럼 행동해서도 안 돼. 너에게 영어를 가르치느니 차라리 사람 대하는 법이나 가르칠걸 그랬나보구나."

"하지만 어머니. 그들의 무지가 보다 생산적이고 신앙적인 삶을 가로막고 있다는 걸 어머니는 모르세요? 어머니는 저더러 그만두라고 말씀하셨죠? 독이 든 잔을 마시는 사람을 보셨을 때 말리지 않으실 건가요? 게다가 그 사람이 듣지도 말하지도 보지도 못하는 무지한 사람이라면 말이에요."

"그만! 우리를 위해 애쓰는 사람들을 그 따위로 몰아붙이다니. 그건 죄악이야! 채옥아, 네 마음이 그토록 닫혀 있다니 두렵구나."

적어도 금덕은 좀 달랐다. 그녀는 조왕신을 다시 선반 위에 조용히 올려놓을 만큼 겉보기에는 예수에 대해 무관심한 것 같았다.

　가을이 되자 채옥은 금덕을 따라서, 여전히 장씨 가문에 속해 있는 몇 군데의 소작 농장을 둘러보러 나섰다. 소작인들은 모두 눈이 퀭하게 들어가 있었고 얼굴은 야위어 있었으며 뼈만 앙상한 몰골을 하고 있었다. 많은 사람들이 저당 잡힌 겨울옷을 찾을 돈이 없어서 추위에 떨고 있었다. 채옥이 그들의 참상에 대해서 얘기했을 때, 금덕은 아무런 동정도 표시하지 않았고 아주 당연한 것처럼 대답했다.
　"너무 비가 안 왔어. 흉년이야."
　"할머니, 도와줄 방도를 세워야 하잖아요!"
　금덕은 뭐라고 할 말이 없었다. 그러나 채옥의 말을 무시할 수는 없었다.
　수백 년의 관습대로 수확물은 여전히 지주와 소작인이 반씩 나누어 가졌지만 세월이 갈수록 땅을 경작하는 사람들의 생활은 점차 어려워졌다. 나이 많은 부모들에게는 아들이 천금보다 더 값진 생활 수단이기 때문에 모두들 아들을 보기 위해서 자식을 많이 낳게 되었고, 그러다 보니 소작인이 받는 몫으로는 온 식구가 먹고 살기 힘들 만큼 식구가 불어나 힘들 수밖에 없게 된 것이다. 쑤저우가 개항되기 전에 소작인들은 수공품을 팔아서 부족한 양식을 메울 수가 있었다. 그러나 지금은 누구나 토산품보다는 외국의 값싸고 훌륭한 상품을 더 좋아했다. 최근 수년간 많은 사람들이 일거리를 찾아 도시로 나갔지만 성공한 사람은 거의 없었다. 그리고 그들 대부분은 가족들의 짐이 되는 신세가 되고 말았다.
　채옥은 금덕의 설명을 듣고 나서도 물고 늘어졌다.
　"할머니, 적어도 소작료를 깎아줄 수는 없을까요?"

금덕은 들은 척도 하지 않고 다른 이야기를 꺼냈다. 그러나 채옥은 굽히지 않고 계속해서 물었다. 결국 금덕이 입을 열었다.

"장씨 가문에서는 수많은 일을 떠맡고 있어. 집안에는 농사를 짓지 않는 사람들이 많아. 그들은 수 세대 동안 이 집안을 위해서 일해온 사람들이야. 그러니 내보낼 수도 없지. 또 외국에 나가 공부하는 사람도 있고 우리의 도움으로 살아가는 사람들도 많아. 병원, 걸인 수용소……."

"하지만 저 사람들은 어떻게 하죠? 먹을 것도 충분하지 않아요. 그들이 자식을 팔까요? 그건 옳지 않아요. 우리가 뭔가 해야 해요."

금덕은 '그건 운명이다'라고 말하고는 채옥의 말을 빌렸다.

"하나님의 뜻대로 될지어다."

채옥은 더이상 말하지 않았다. 그러나 자신이 본 것을 받아들일 수는 없었다. 그녀는 중국이 가난하다는 것을 알고 있었다. 선교사들도 그렇게 가르쳤다. 그리고 채옥은 〈희망원〉의 소녀들에게 끔찍한 이야기를 들었다. 그러나 지금까지 실제로 눈으로 본 적은 한번도 없었다.

그들의 소작인인 이씨 형제의 농장에 들렀을 때, 채옥은 그들이 비록 웃고 있기는 하지만 그 웃음 속에 절망감이 배어 있다는 것을 느꼈다. 한 어린아이는 어머니의 등에 업혀서 코를 흘리고 있었는데 무릎이 온통 상처투성이였다.

채옥은 소작인들이 절을 할 때마다, 나이 많은 사람들이 허리를 굽실거리며 애원할 때마다 마음이 아팠다. 여지주가 불친절하게 대해도 그들은 불평 한마디 하지 않았다. 그리고 나이가 제법 든 소년들은 그들이 갈 때까지 숨어 있었다.

끊임없는 생각이 꼬리를 물고 일어났다. 채옥은 자신이 뭔가 도와야만 한다고 생각했다. 더이상 시간을 낭비하면 안 돼. 나는 미국으로 가지 않을지도 몰라. 지방대학에 등록해서 집안의 부담을 덜어주어야 할지도 몰라.

결국 채옥은 병원에 자원하기로 결심했다. 환자를 돌보지 않으면 의사가 될 수 없을 거라고 생각한 끝에 내린 결론이었다.

나이 많은 과부들의 반응은 채옥이 예상했던 대로였다.

"관세음보살님. 장씨 가문에서 병든 사람을 치료하기 위해 돈까지 내놓는데 그것으로는 부족하단 말인가? 그 애 같은 어린애가 온갖 이상한 병을 가진 낯선 사람들 속에서 뭘 할 수 있단 말야? 집안에 병이나 옮겨오겠지. 자네가 못 가게 말리게!"

아낙네들이 춘월에게 당부했다. 그러나 춘월은 이번만은 그들의 설득을 받아들이지 않았다.

"내버려두세요. 그 애가 직접 그 일이 할 만한 것인지 알아보게 내버려두었으면 해요."

춘월이 조용히 말했다.

채옥은 즉시 떠나고 싶었다. 그러나 춘월이 내일 떠날 마차를 준비해놓았다고 했다.

"그러니 내일까지만 기다리거라."

춘월이 말했다.

그날 밤 채옥은 잠을 이룰 수가 없었다. 결국 무엇인가를 해낼 수 있는 미래를 생각하며 그녀는 들떠 있었다.

이튿날 아침 일찍 채옥은 미션계 의사를 찾아가 간호사로 채용해달라고 간청했다. 그의 아내는 채옥을 아주 친절하게 맞아주었다. 그리고 차를 대접하면서 공동체 관계의 중요성과 장씨 가문과 같은 영향력 있는 집안의 계속적인 후원의 필요성에 관하여 상세하게 늘어놓았다.

"저도 돕고 싶어요. 제가 할 수 있는 일이라면."

"네. 저는 아가씨가 의학교에 다닐 계획이라는 걸 알고 있어요. 마가렛 아가씨가 학교를 마치면 꼭 우리를 생각해주세요. 우린 항상 의사를 찾고 있으니까요. 하지만 이곳은 자원 간호사를 받아들이는 곳은 아니에요."

채옥은 집으로 돌아가면서 눈물을 흘렸다. 마가렛이 중요한 것이 아니라 가문이 중요한 것이었다.

채옥은 성경책을 덮었다. 등잔불을 켰다. 잘 시간이었다. 채옥은 밖에서 놀고 있는 용원을 보았다. 아이는 장난감 바구니에 이것저것을 주워 담으며 노래를 부르고 있었다.

"용원아! 너무 늦었다. 잘 시간이야!"

채옥이 소리쳤다.

채옥은 용원이 방으로 뛰어 들어오자 미소를 지었다. 적어도 아이만큼은 자신의 얘기를 무시하지 않았고 낯설어하지도 않았다.

"옷 벗는 거 도와줄까?"

용원은 점잖게 고개를 끄덕였다. 아이의 눈은 너무나 순진해 보였다. 채옥은 다시 미소를 지었다. 왠지 용기가 솟는 것 같았다. 채옥은 아이에게 잠옷을 갈아입혀주고 성경책과 연필, 그리고 노트를 한쪽으로 치웠다.

채옥은 집안사람들 생각이 나자 다시 화가 치밀었다. 학교에서 계획했던 일들을 하나도 실행하지 못하고 있는 자신에 대해서도 화가 치밀었다. 자신의 계획을 적어놓았던 노트를 북북 찢어버렸다. 침상 밑에 있는 부적이 생각났다. 종이로 만든 부적 따위가 고아에게 도움을 주는 것은 아니라고 어른들에게 또 따져야 할 것 같았다. 채옥은 갑자기 침상으로 가서 밑을 들여다보았다. 어른들이 부적을 다시 가져다놓지 않은 모양인지 아무것도 없었다. 채옥은 다시 의자로 가서 앉았다.

점쟁이의 말이 틀리다는 것을 밝혀야만 해. 반드시.

용원은 얼굴에 물을 묻힌 채 욕실에서 달려 나왔다.

"이야기 하나만 해줄래?"

"안 돼. 너무 늦었어."

"그럼, 노래 하나 해줄래?"

"안 돼. 이제 기도할 시간이야."

채옥이 단호하게 말했다.

용원은 싫다고 하지 않고 바로 침대 옆에 무릎을 꿇고는 채옥이 가르쳐준 대로 주기도문을 외웠다. 아이는 주기도문을 한 군데도 틀리지 않고 외웠지만 다른 기도를 덧붙였다.

"우리 형수님을 축복해주시고 조카 채옥이를 축복해주시고 하풍 사촌을 축복해주시고, 장씨 가문을 축복해주시고……"

용원은 갑자기 옆에 무릎을 꿇고 있던 채옥을 쳐다보며 물었다.

"하나님께 내 소원을 하나 빌어도 돼?"

채옥은 걱정이 되어서 머뭇거렸지만 아이의 눈은 진지했다.

"물론."

용원은 다시 고개를 숙이며 말했다.

"아버지, 어머니를 축복해주시옵소서. 아멘."

아이는 재빨리 이불 속으로 기어 들어갔다. 아이가 그런 말을 하기는 처음이었다.

"엄마 아빠가 살아계시니?"

"셴후이 마을에."

아이가 고개를 끄덕이며 말했다.

"갈대 마을 말이니?"

"아니."

아이가 일어나 앉으며 고개를 저었다.

"아니라니?"

"형수님이 나를 갈대 마을로 데려가기는 하셨지만 나는 거기에서 안 살았어. 셴후이 마을에서만 살았어."

"엄마 아빠하고 같이?"

"그럼! 아빠는 매일 나를 들판에 데리고 가셨어. 엄마는 내 신발에 호랑이를 수놓아주셨고!"

아이는 채옥이 못 믿겠다는 얼굴을 하자 옷장 속에서 옛날 신발을 꺼냈다.

"봐! 봐! 이거 보라고!"

이 아이는 오씨 집안의 아이가 아니란 말인가?

"소보였어. 난 그 이름이 지금은 별로 마음에 안 들어. 그것은 아기 이름이거든. 나는 읽을 줄도 알아!"

채옥은 아이의 말을 듣고 있지 않았다. 셴후이 마을…… 셴후이……. 채옥은 그 마을 이름을 들은 적이 있었다. 아주 오래전이었다. 채옥이 아기였을 때 어머니의 얘기 중에서 들은 적이 있었다.

그때 채옥의 머리에 스쳐가는 기억이 있었다. 셴후이 마을은 벙어리가 살던 곳이었다. 어머니는 온 가족이 권비에게 살해되었다는 그 벙어리 얘기를 몇 번이고 했다. 용원은 틀림없이 벙어리의 아들일 것이다.

채옥은 한번도 벙어리를 본 적은 없지만 이제는 넝마를 걸치고 깡마른 그녀의 모습을 상상할 수 있을 것 같았다. 전의 여주인이 준 금머리

푼은 그들 식구가 일년은 먹고 살 수 있을 돈이 되었겠지.

"왜 그래, 조카? 왜 그렇게 슬픈 얼굴을 하고 있어?"

용원이 걱정스러운 얼굴로 채옥의 뺨을 쓰다듬었다. 채옥은 마음이 가라앉지 않았다. 어머니 역시 다른 중국인들과 하나도 다르지 않다는 생각에 마음이 아팠다. 어머니는 비참하게 사는 어머니와 아버지로부터 아들을 빼앗아온 거야. 아들을…… 아들을…….

용원이 잠들자 채옥은 아이를 쓰다듬었다. 그러고는 무릎을 꿇고 아이가 깨지 않도록 작은 목소리로 기도를 했다.

"하늘에 계신 우리 아버지……."

이튿날, 채옥이 눈을 뜨니 밤에 입고 있던 옷을 입은 채였다. 언제 잠이 들었는지 기억나지 않았다. 깨어보니 자신이 아이를 안고 있었다.

채옥은 어떻게 해야 할지 생각하며 일주일 내내 방안에서 꼼짝도 하지 않았다. 그리고 고린도전서 13장의 한 구절만 반복해서 읽었다.

"믿음과 소망과 사랑 중에 제일은 사랑이라."

채옥은 학교에서 배드민턴을 치는 꿈을 꾸었다. 갑자기 경기가 바뀌었다. 셔틀콕은 새가 되었고 네트는 만장이 되었다. 그리고 채옥이 들고 있던 라켓은 돌이 되었다. 채옥은 새를 향해 돌을 던졌다. 빗맞았다. 군중들이 코트에 가득 모여 있었다. 모든 군중들이 저마다 돌을 하나씩 들고 있었다. 새는 날아가고 없었다. 그러나 코트 한가운데 춘월이 서있었다. 채옥의 손에는 돌이 또 하나 들려 있었다. 군중들이 소리쳤다.

"너! 너! 너!"

춘월은 팔을 벌리고 웃고 있었다. 어머니 역시 소리치고 있었다.

"너! 너! 너!"

채옥은 돌을 집어던졌다. 어머니가 쓰러지는 순간 채옥은 잠이 깨었다.

채옥의 뺨은 눈물로 젖어 있었다.

신의 계시일까? 알 수 없었다. 채옥은 자신이 결코 어머니를 비난할 수 없으리라는 것을 깨달았다.

대설이 지나고 보름째 되던 날, 유난히 날씨가 추웠다. 노란 국화 화분이 깨지고 정원에는 빗물로 생긴 발자국이 그대로 꽁꽁 얼어붙었다.

춘월은 늘 하던 대로 새해에 선물로 보낼 밤과 생강을 깎고 있었고 다른 아낙네들은 커다란 수틀 주위에 모여 앉아 바쁘게 수를 놓고 있었다. 그것은 제사 때 쓰기 위한 것이었다. 아낙네들은 항구 도시로 나가 성공한 사람들의 이야기와 그들이 보고 싶은 사람과 아예 죽어버렸으면 좋을 듯한 사람들에 관해서 이야기했다. 금덕과 명표만이 자리에 없었다. 그 두 사람은 새해의 예산을 세우고 연하장을 만드느라 바빴다.

구석에 있는 마작용 탁자에서는 용원과 채옥이 조그맣고 우아한 크리스마스 트리를 장식하고 있었다. 그것은 하풍이 보내온 것이었다. 사내아이의 목소리가 가끔씩 날카롭게 들리곤 했다.

"카우! 고오트! 버어진 메어리!"

채옥이 아이에게 영어를 가르쳐주고 있었다.

춘월이 양쪽을 번갈아가며 쳐다보고 만족스러운 표정을 지었다. 방 안의 분위기가 의자 가까이 방 한가운데 있는 화롯불처럼 따스하게 느껴졌다. 명절이 가까워져서일까? 모든 사람들이 채옥까지도 자신들이 맡고 있는 일이 즐거워서 그러는 걸까? 그러한 장면은 아주 낯익은 것이었다. 어린 시절에도 그랬다.

그러나…… 그러나…… 완전히 똑같은 것은 아니었다. 춘월은 금효의 우아한 손과 셋째 할머니의 진지한 표정, 둘째 할머니의 곁눈질하는 모습을 유심히 쳐다보았다. 왜 나는 이런 모습들을 내 기억 속에서 열심히 새김질하고 있는 것일까? 춘월은 관자놀이에 흘러내려 비둘기 날개를 연상케 하는 머리칼을 빗질하는 어머니의 모습을 뚫어져라 쳐다보았다.

춘월은 갑자기 자신이 곧 떠나게 되리라는 생각이 들었다.

그래주었으면 하는 뜻을 비친 사람은 하나도 없었다. 그러나 사람들이 말을 하지 않으면 않을수록 더욱 긴장이 되었다. 충돌 없이 물러갈 시간이 된 것이다. 그리고 어느 누구에게도 후회가 되지 않게, 또 어느 누구의 체면도 손상되지 않게 물러갈 때가 된 것이다. 춘월은 아무 말도 하지 않고 있다가 명절이 지난 다음에 사내아이를 학교에 보내야 한다는 구실을 내세울 작정이었다. 그리고 하풍의 제안을 받아들일 생각이었다. 하풍은 여러번 편지를 해서 자신의 제안을 받아주기를 부탁했다. 하풍은 최근의 편지에서 그 집을 부담스럽게 생각하지 말고 자신이 장씨 가문에 진 빚으로 생각해달라고 썼다.

하풍의 집을 받아들인다는 것은 딸의 구혼자로서 그를 받아들인다는 것을 의미했다. 그러나 춘월은 지난 몇 주 동안 채옥을 유심히 지켜보면서 그 애가 정략결혼에 응하지 않으리라는 것을 알았다. 그들은 새로운 세대였다. 현대의 젊은이들은 자신의 일을 스스로 결정한다. 만약 채옥이 하풍을 선택한다면 어른들은 묵인해야 할 것이다.

춘월은 일단 상하이에 정착하게 되면 용재에게 도움을 청해서 교직을 얻을 생각이었다. 용재는 그들이 한때 사랑을 나누었던 그 도시로 돌아가는 이유에 대해서 의심하지는 않을 것이다. 춘월은 그 점을 확신했다. 춘월이 돌아오던 첫날 저녁에도 그는 기대에 차 있기는 했지만 그의 말 속에서 그들이 이제는 조카와 큰아버지 외에 다른 관계임을 암시하는 말은 한마디도 없었기 때문이었다. 아마 시간이 흐르다보니 춘월과 마찬가지로 그 역시 그리움보다는 추억이 남게 되었기 때문인지도 모른다.

그렇게 하는 수밖에는 다른 도리가 없었다. 한번쯤 바보짓을 한다는 것은 그래도 인간다운 짓이다. 용재는 그녀의 선생님이었으며 그녀의 오랜 인생 친구였으며 두번째 연인이었다. 그러나 바보짓을 두번씩 한다면 그것은 가치 없는 짓이며 위엄도 품위도 잃는 짓이 될 것이다. 유랑자들이라면 또 모르지만 가문이 있는 두 사람은 그럴 수 없었다. 이제 용재도 마음을 가눈 것 같았다. 그래야 했기 때문에 그런 것이었다.

최근에 용재가 쑤저우를 방문했을 때 했던 이야기의 화제는 정치에 관한 것이었다. 그는 점차 아득한 옛 이야기를 입에 올리곤 했다. 회상에 잠기면 그는 한 떨기 꽃봉오리의 아름다움과 어느 아름답던 새벽을 곰곰이 생각하곤 했다. 그는 아주 이따금씩 옛집을 찾아왔지만 옛집에서나 지금 자신이 사는 곳에서나 거세된 사람 같았다. 춘월은 언젠가 용재가 했던 말을 기억했다. 그의 지난 인생을 돌이키는 가장 좋은 방법은 산에 낀 안개 속을 정신없이 걷는 것이라고 했던 말을. 그가 아직 은자들처럼 긴 수염을 기른 것은 아니었지만 춘월에게는 그가 자신의 마음속에 만들어진 깊은 산중에서 무아지경에 빠져들기 시작하는 것 같았다. 춘월이 알고 있었던 용재는 이미 없었다.

그릇을 닦는 일이 다 끝나자 춘월은 다른 아낙네들 사이에 끼어들어 향설 옆에 자리를 잡았다.

구애

먹이를 삼키려 할 때 늘 그렇듯이 호랑이가 고함을 치며 여우에게 달려들었다. 그러자 여우가 말했다.

"조심하게 친구. 자네는 내가 산신령들에 의해 금수의 왕이 된 것을 모르나? 자네가 내 머리털 하나라도 건드리면 산신령들이 자네를 벌할걸세."

호랑이는 큰소리로 웃었다.

"산신령들이 실수했을 리가 없어. 금수의 왕은 나야!"

"그럼 숲속으로 나를 따라와보게. 나를 보고 도망치지 않는 짐승들이 있나 확인해보게나."

호랑이는 찬성하고 여우의 뒤를 따랐다. 그는 모든 동물들이 그 하찮은 여우를 보고 도망치는 것을 눈으로 확인하고 나자 머리를 숙이고 몰래 덤불 속으로 도망쳤다.

여우는 자신이 있었기 때문에 뒤도 돌아보지 않고 계속 걸어갔다.

—중국 설화

춘월이 플로베르 가 42번지에 도착한 것은 어둑어둑해졌을 때였다. 이층의 붉은 벽돌집은 노을에 반짝이고 있었다. 춘월은 그 집이 마치 신혼 가방 같다는 생각이 들었다. 그 집의 내부는 인상적이었다. 그들의 새집은 사랑의 선물이었다. 거기에는 누구나 갖고 싶어하리라고 하풍이 생각해낸 모든 것이 갖춰져 있었다.

"아름답구나."

춘월은 진심으로 말했다. 하풍은 좋아서 함박웃음을 지었다. 순간 춘월은 하풍이 수단 좋은 사업가라기보다는 옛날의 어린 학생처럼 보였다.

"자, 아주머니. 이보다 좋은 전화기를 보신 적 있으세요?"

"아니!"

"아주머니, 책 좀 구경하시지요. 책이 많이 있습니다!"

하풍이 이중문을 열자 서재가 나타났다.

"오빠는 한 권이라도 읽었어요?"

채옥이 두툼한 책을 한 권 뽑아들며 물었다. 그러고는 손에 닿는 대로 이것저것 뺐다.

"마가렛, 그런 질문을 하는 걸 보니 너는 사업가가 하는 일이 뭔지도 모르는 모양이구나! 시간이 돈이라는 말, 못 들어봤니? 그리고 내가 사업을 하면서 찾는 것은 바로 돈이야."

채옥은 하풍의 말에 귀를 기울이지 않고 의자에 앉아 책장을 넘겼다.

"이게 내 의자야?"

용원은 스코틀랜드산 강아지의 익살스러운 모습이 섬세하게 조각된 발판이 달린 의자를 가리키며 말했다.

"원한다면 그렇게 해! 우리 아저씨 마음에 든다면 방마다 하나씩 사줄 수도 있어."

하풍이 점잖게 말했다.

"안 돼! 지금도 의자가 너무 많아!"

춘월이 소리쳤다.

"아주머니, 뭐 잘못된 거라도 있습니까? 아주머니가 구경하시는 것들은 모두 버킹엄 궁에서나 구경할 수 있는 것들을 복제한 겁니다."

아마 그럴지도 모르지. 하지만 그 사람들이라고 그 모든 것을 방 하나에 갖춰놓았겠어? 춘월은 의아해하면서도 미소를 지으며 말했다.

"모든 것이 훌륭해."

"아주머니, 제가 아주머니를 가장 기쁘게 해드릴 수 있는 게 뭡니까?"

하풍이 용원을 어깨에 태우며 물었다. 아이는 벽에 걸린 곰의 코를 만지고 싶어했다.

"말하지. 하지만 하풍아. 그걸 하나 더 사겠다고 고집을 부리지 않겠다고 약속해야 해."

"약속할게요. 그럼 말씀하세요!"

하풍이 고개를 끄덕이며 말했다.

춘월은 어려운 결정이나 하는 것처럼 응접실 안을 이리저리 천천히 거닐었다. 하풍과 용원이 한 발짝 떨어져 뒤따라 걸었다.

비록 춘월 자신보다는 시어머니 연화의 구미에 더 맞을 만한 것이긴 했지만 많은 물건들이 너무나 아름다웠다. 뭘 말할까? 춘월은 한참 동안 망설이며 서재의 문 쪽으로 갔다. 거기서 춘월은 자신이 찾고 있던 것을 보았다. 지구의였다. 그것은 말천거리의 그 집 서재에 있던 것과 똑같은 것이었다. 춘월은 그것을 가리켰다.

"나는 저것이 가장 마음에 드는구나!"

"지구의가요?"

춘월은 강조하듯이 고개를 끄덕였다. 하풍이 한숨을 쉬었다.

"아이고, 아주머니. 제가 할 수만 있다면 세계라도 기꺼이 드릴 텐데요!"

"난 네 말을 조금도 의심하지 않는다. 하풍아, 너는 무척 친절하구나. 정말 친절해."

춘월이 미소를 지으며 말했다.

상하이에서의 삶은 화기애애하게 시작되었다. 한 달이 채 안 되어서 모두 저마다 자신이 할 일이 무엇인지를 알게 되었다. 춘월과 용원은 '현대학교'로 함께 갔다. 거기서 춘월은 5학년을 가르쳤고 아이는 1학년에 입학했다. 채옥은 용재를 도와 번역 사업을 하는 〈새 중국 출판〉에서 일하면서 가을에 '상하이 대학'에 들어갈 준비를 했다. 그들이 그 도시에 처음 돌아왔을 때 채옥은 미스 클레이톤이 뭔가 필요한 일거리를 맡겨주리라는 기대를 가지고 선교사 학교를 찾아갔다. 그러나 그 여자 선교사는 정기적인 오지 방문차 자리를 비우고 없었다. 채옥은 곧 신문에 오르내리는 정치 문제에 관심을 갖기 시작했다.

저녁이 되면 회사의 뒷방에 사는 하풍이 저녁 식사를 하기 위해 들러 그들과 어울렸다.

귀재도 시내에 들를 때마다 그들을 찾아왔다. 그 군인은 의자에 꼿꼿이 앉아서 누가 말을 걸 때만 입을 열었다. 그리고 그때마다 나라를 분열시킨 파벌 싸움이나 만주의 단기적 회복을 지지했던 강유위 같은 옛날의 개혁가나 중국의 참전에 대해 신랄한 비평을 늘어놓았다. 채옥이 '윌슨 대통령의 평화를 위한 14개 조항'에 대한 그의 비판론을 반박하려고 애쓸 때 귀재는 침묵을 지켰다. 춘월은 자기 가문에서는 여자들이 남자들보다 더 따뜻한 삶을 누리고 있다고 생각했다.

적어도 여자들은 가정이 있고 많은 관심거리를 갖고 있지만 막내삼촌은 그렇지 못했다.

처음부터 하풍이 기독교에 깊은 관심을 가졌던 것은 놀라운 일이 아니었다. 채옥은 미심쩍은 생각이 들기는 했지만 그렇다고 하풍에게 성서 말씀을 들려주는 것을 거절할 수는 없었다. 그리고 채옥은 자신의 학생이 머리가 좋은 것을 알고는 춘월에게 자랑하기도 했다.

하풍이 딸에게 구애하는 것을 지켜보는 춘월의 마음속에는 조바심과 즐거움이 엇갈리고 있었다. 저렇게 걸맞지 않는 한 쌍도 있을까? 아무리 눈 먼 중매쟁이라도 저런 중매는 서지 않을 거야. 하풍은 곰 같이 무사태평이었다. 반면에 채옥은 표범 같았다. 그리고 결코 방심하지 않았다.

가끔 플로베르 가의 조용한 저녁 한때, 춘월이 학생들의 시험지를 채점하다 문득 고개를 들어보면 하풍이 노트에 뭔가를 열심히 쓰고 있는 채옥을 넋을 잃고 바라보고 있는 것이 눈에 띄었다. 그의 태도가 너무 진지했기 때문에 춘월은 그 무례한 행동을 나무랄 수 없었다.

❀ 용선

전국 시대에 굴원이라는 시인이자 정치가가 살았다. 그는 조정에서 반대파들로부터 무고를 당하여 왕의 총애를 잃었다. 관직에서 쫓겨난 그는 시골을 방랑하면서 전설을 모으고 비통한 심정으로 글을 썼다. 어느 날 그는 아름다운 시를 완성하고 나서 강에 몸을 던졌다.

왕이 그 신하의 충성을 깨닫고 자신의 잘못을 뉘우쳤다. 그래서 왕은 사람들을 보내 굴원의 시체를 찾게 했다. 그러나 강물은 그 시체를 내주지 않았다. 그래서 사람들은 배를 타고 강에 쌀을 뿌려 강의 수호신들을 달래고 저승에 있는 외로운 시인을 위로했다. 그 후, 매년 5월 초닷새에는 시인을 사랑하고 의로운 신하를 존경하는 중국인들이 강과 호수로 몰려가 굴원의 덕을 기렸다.

—중국사

다른 사람들이 열을 올려 주고받는 정치 이야기에 싫증이 난 하풍은 급사에게서 샴페인 병을 빼앗아 직접 손님들을 대접하기 위해 일어섰다.

"그만! 그만!"

용재가 유리잔을 손으로 덮으며 항의하듯 말했다.

"천만에요!"

하풍은 학자의 손을 제치고 술을 따르며 웃었다.

"더! 더!"

뒤에 있던 용원이 소리쳤다.

"안 돼!"

춘월은 용원의 잔을 빼앗아 옆에서 대기하고 있던 하인에게 건네주었다.

"자, 착하지 도련님. 학교에서 배운 걸 조카에게 들려주세요."

하풍은 한숨을 내쉬었다. 화제는 아이의 지리 공부에 관한 것 아니면 몽고에 군대를 파견한 왜놈이나, 일본에서 항의차 귀국한 중국 유학생들에 관한 것이 고작이었다. 이게 무슨 파티란 말인가!

하풍이 귀재와 채옥에게 술을 따랐을 때 사람들은 그를 보고 있지 않았다. 귀재는 군인의 전통에 따라 즉시 술잔을 비우고 다시 잔을 채우게 했다. 하풍은 술을 마시지 않을 때가 더 좋았다. 맨정신일 때는 거의 말이 없었다. 하풍은 채옥에게 자신의 지난 인생에 관한 얘기를 들려주고 있었다. 그것은 너무나 강렬한 인상을 주었기 때문에 채옥은 자신이 샴페인을 마시지 않기로 마음먹었던 것까지 잊고 말았다.

휴일을 맞아 나들이 나온 사람들이 강나루에 줄지어 있었다. 둑을 따라 배의 코스를 표시하는 빨간 깃발이 현란하게 나부끼고 있었다. 사람 허리만큼이나 호리호리한 배들이 여기저기 눈에 띄었다. 용의 머리 모양을 한 뱃머리는 바람에 흔들리고 있었고 배의 고물에 우뚝

내민 꼬리는 물속에 잠겨 있어서 마치 날아갈 듯한 모습이었다. 백 명쯤 되는 사람들이 뱃머리에 서있는 장수의 바람에 나부끼는 소매에 눈을 박고 있었다.

하풍이 손을 흔들면 요란한 징소리와 함께 경기를 시작하기로 되어 있었다.

징소리가 울리고 관중들의 환호성이 일었다. 하풍의 손님들과 심지어 채옥과 귀재까지 환호성을 질렀다.

용들이 움직였다. 하풍은 급사에게 손짓을 해서 샴페인을 한 병 더 가져오게 했다.

"와! 저것 좀 봐!"

오후 내내 강나루에는 노를 젓는 선수들의 노랫소리와 바라소리, 징소리, 폭죽이 터지는 소리, 관중들의 환호성 소리로 떠들썩했다. 배들은 물살을 헤치면서 깃발과 깃발 사이를 달렸다. 장수들은 상금을 위해 다투었다. 이따금 노랑, 파랑의 화려한 복장을 한 장수 한 사람이 물속으로 곤두박질치기도 했다. 그 장수는 샴페인 병마개가 퐁 소리를 내며 튀어오르듯 물에 젖은 머리를 쳐들며 흰 이를 드러내고 팔을 허우적거리며 강가를 향해 헤엄쳤다.

용원은 오후 내내 손가락을 꼽으며 실패한 장수들의 숫자를 세고 있었다. 한편 다른 손님들은 먹고 마시며 웃고 떠들었다. 돌아갈 시간이 되자 손님들은 한 사람씩 일어나 관례에 따라 하풍에게 축배를 권했다. 하풍은 점잖게 잔을 들며 말했다.

"오늘의 용선 경기는 사상 최고였습니다. 여러분들이 참석하시어 보잘 것 없는 저의 자리를 한층 빛내주셨기 때문입니다."

오씨네 가족과 하풍이 플로베르 가의 집에 도착하자, 하녀가 곧장 용원을 침실로 데리고 갔다. 춘월도 피곤했다.

"어머니, 전 너무 흥분이 돼서 잠이 올 것 같지 않아요. 여기 조금 있다가 들어가면 안 돼요?"

좀처럼 웃지 않는 채옥이 미소를 지으며 말했다. 춘월은 망설이다 고개를 끄덕였다.

"너무 오래 있지는 말거라."

채옥과 하풍 둘만이 응접실에 남자, 하풍은 피아노를 쳤다. 그는 술기운에 젖은 채옥이 방안을 돌아다니며 춤추는 걸 보고 깜짝 놀랐다. 채옥은 춤을 추며 〈금발의 제니〉라는 노래를 흥얼거렸다. 하풍은 채옥이 춤을 추는 것을 처음 본다고 생각하며 웃었다. 그녀를 껴안고 싶었지만 감히 그러지는 못했다. 샴페인 탓임에 틀림없었다. 하풍은 속으로 중얼거리며 웃었다. 샴페인을 주신 주님을 찬양하라!

채옥이 하풍 옆에 앉으며 말했다.

"난 이렇게 멋진 시간을 보내본 적이 없어요. 앞으로도 다시는 없을 거라고 생각해요."

"동생이 멋진 시간을 보내는 걸 보는 게 내 인생의 목적이야. 앞으로도 얼마든지 그렇게 보낼 수 있어!"

하풍은 강조하듯 피아노 건반을 두드리며 말했다.

"쉿!"

채옥이 하풍에게 가까이 다가가며 말했다.

"쉬잇!"

그리고 더욱 가까이 다가갔다. 하풍은 채옥이 향수를 뿌리지 않았다고 확신했다. 그러나······.

"왜 그래요?"

채옥이 머리를 한쪽으로 기울이며 말했다. 하풍은 채옥의 머리를 가지런히 쓰다듬어줄 뿐 아무 말도 할 수가 없었다.

채옥이 마치 연주할 것처럼 건반 위에 손을 얹었다.
"용선 경기가 너무나 멋있었어요! 너무 황홀했어요. 나의 친구."
채옥은 눈을 감고 하풍의 어깨에 머리를 기댔다.
"가장 좋아하는 친구야?"
"그래요, 가장 좋아하는 친구야!"
"나와 결혼해주겠어?"
하풍은 대답을 기대하지는 않았다. 하풍은 그런 식의 친근한 말투를 즐겨 썼다.
"쉬잇! 나는 꿈을 꾸고 있어요!"
채옥의 눈은 여전히 감겨 있었다.
하풍은 이 순간의 환상이 깨어질까봐 감히 움직일 수 없었다. 하풍이 부드럽게 속삭였다.
"무슨 꿈을 꾸고 있지? 내가 그 꿈을 이루어줄까?"
채옥은 뭔가 생각하는 듯한 표정을 지었다. 그리고 나서는 갈망하는 듯한 목소리로 말했다.
"황금빛 용을 타는 꿈을 꾸고 있어요!"
"언젠가 태워줄 것을 약속하지. 앞으로 언젠가⋯⋯."
채옥이 갑자기 정색을 하며 말했다.
"지금 타고 싶어요!"
"지금?"
"지금!"
채옥이 일어나 하풍의 손을 잡고 문을 가리켰다.
"어머니가 뭐라고 하실까?"
"어머니가 알 턱이 없지."
하풍은 망설였다. 그러나 위층에서는 아무 소리도 나지 않았다. 채옥이 그의 손을 잡았다. 그들은 문으로 달려갔다.

"자동차가 없잖아! 마차는?"

채옥이 말했다.

"쉿!"

하풍은 고개를 끄덕이고는 채옥을 데리고 거리로 나갔다. 가까운 곳에 세를 주는 마차가 있었다. 하풍은 채옥을 부축해서 마차에 태웠다. 그러고는 마부에게 강가로 가자고 말했다.

하풍이 옆에 앉자 채옥은 머리를 흔들며 반대편 의자를 가리키며 말했다.

"너무 더워."

하풍은 옆으로 약간 물러앉고는 마부에게 부채를 달라고 해서 채옥에게 부쳐주었다.

채옥은 매혹적이었다. 팔은 의자 위에 축 늘어뜨렸고 얼굴은 하늘을 향한 채였다. 하풍은 부드럽게 부채질했다.

"뭘 생각하지?"

"북극의 눈과 얼음같이 찬 바람."

"내가 무슨 생각을 하는지 물어봐."

"쉿. 너무 더워서 말할 기운이 없어."

"그래도 난 말해야겠어."

하풍은 부채질을 멈추고 채옥에게 몸을 기댔다.

"채옥아, 나와 결혼해주겠니?"

채옥은 웃기만 했다.

하풍은 강가에 닿자 선창에 매어 있는 황금빛 용선에 채옥이 탈 수 있도록 아주 조심스럽게 부축해주었다. 똑바로 앉았다가는 가냘픈 배가 뒤집힐 위험이 있었다. 하풍은 채옥의 뒤를 따라 배에 올랐다.

그리고 몸을 쭉 뻗었다. 두 사람은 머리를 맞대고 손으로 턱을 고였다. 코끝이 거의 닿을 정도였다.

"결혼해주는 거지?"

"어쩌면."

채옥이 눈을 감았다. 그들은 그렇게 새벽까지 누워 있었다. 채옥이 자는 동안 하풍은 눈을 뜬 채 공상에 잠겼다. 언젠가 용선 경기가 또다시 열렸을 때 그들의 아들을 팔에 안고 서있는 꿈을.

호랑이

길을 따라가며
그대의 소매를 잡는다 해도,
나를 미워하진 마세요.
묵은 습관일랑 세월 가면 잊힐 테니.
―중국 민요집

하풍과 채옥은 그 후로도 둘이서만 마차를 타고 다닌 적이 여러 번 있었다. 그러나 그 축제가 있던 날 밤의 황홀함은 되살아나지 않았다.

도시는 찌는 듯한 무더위에 시달렸다. 도처에 눈에 띄는 건 무기력함뿐이었다. 파리떼가 오물 주위를 윙윙거리며 날아다녔다. 사람들은 이제 무더위가 극에 달했으니 내일은 누그러질 거라고, 매일 같은 말을 되풀이했다.

빵처럼 구워진 거리에는 가난한 사람들이 즐비하게 나자빠졌다. 그 시체들은 수레에 실려 어디론가 옮겨졌다. 그리고 기력이 쇠진해 죽어가는 사람들도 수레에 실려갔다.

채옥이 결국 하풍을 데리고 차를 마시러 미스 클레이톤의 집에 가기로 한 일요일이었다. 그들이 탄 마차가 시체와 병자를 실은 수레 옆을 지나자 채옥은 손을 모아 기도를 했다. 하풍은 다른 길로 가지 않고 그런 길을 택한 마부에게 욕을 퍼부었다.

얼마 후 그들은 손에 찻잔을 들고 앉아 있었다. 하풍은 채옥이 조금 전에 봤던 장면을 얘기하며 분통을 터뜨리자 낭패감을 삼키면서 점잖게 고개를 끄덕였다. 하풍은 화제를 바꾸려 했지만 소용이 없었다. 아니, 내 고통이 그 가난뱅이나 병든 고아들의 고통과 견줄 수 있단 말인가? 미스 클레이톤의 테이블 위에는 액자가 놓여 있었다.

"가족인가요?"

하풍이 물었다.

미스 클레이톤은 고개를 끄덕이며 가족들에 대해서 얘기했다. 미스 클레이톤은 부모들이 죽은 후에 누이가 돌아오는 교통비로 쓰라고 보내온 돈까지 학교에 기증한 모양이었다. 하풍이 놀라움을 감추지 못하자 미스 클레이톤은 조용히 머리를 끄덕이며 말했다.

"부모님들도 아마 찬성하실 거예요. 그분들은 이미 하나님과 함께 계시고 그 돈은 이곳 중국에서 더 유용하게 쓰일 테니까요."

하풍은 액자 속의 사진을 보며 미스 클레이톤의 가족이 대가족이라는 사실에 놀라면서 그들이 아직 방 한 칸 없다는 게 너무나 안됐다는 생각이 들었다. 집으로 돌아가는 길에 하풍은 곰곰이 생각해보았다. 한 사람은 얼굴이 청자처럼 아름답고 다른 한 사람은 레몬 껍질처럼 거칠거칠한데, 이 미모의 소녀와 그녀가 사랑하는 선생이 한통

속이라는 생각을 떨쳐버릴 수가 없었다. 선생인 미스 클레이톤과 마찬가지로 채옥도 낯선 사람들을 돌보는 데 일생을 바칠 것 같았다.

"하풍 오빠, 내 이야기 안 듣고 있죠?"

채옥이 나무라듯 말했다. 채옥은 길거리에 있는 걸인들을 보며 동정심을 감추지 못했다.

"안 들어도 다 알아. 네 설교는 언제나 똑같으니까."

채옥이 노려보았다.

"미안해. 다시는 싸우지 말자."

하풍이 손을 잡으려 하자 채옥이 뿌리쳤다.

"내 아내가 되어줘."

하풍이 애걸하듯 말했다.

"하풍 오빠, 우리 주위에는 너무나 많은 고통이 있어요."

"하지만 너는 나에게 기쁨만 주잖아."

채옥은 머리를 흔들었다.

"이제는 나를 웃기기까지 하는군요. 하긴 어렸을 때도 오빠는 나를 웃기곤 했죠."

"채옥아. 난 그렇게 살고 싶지 않아. 마치 그 무슨 드높은 이상이……."

하풍은 말끝을 흐렸다가 다시 입을 열었다.

"미스 클레이톤이 돌아온 후 자선만이 네 삶의 전부가 되고 말았다. 거지와 고아들만 중요한 게 아냐. 그런 것 말고도 중요한 건 많아."

"내겐 그들이 모든 것이에요."

하풍은 채옥의 곁으로 다가가서 속삭였다.

"채옥이 넌 내게 모든 것이야."

"또 나를 웃기고 있어요."

"아냐, 너를 웃기는 게 아냐. 운명은 너와 나를 똑같은 호랑이 등 위에 올려놓았어. 우리는 호랑이를 타고 달릴 수도 없고 내릴 수도 없어. 나는 네가 모든 것 위에 있기를 바라지만 난 네가 훌륭하게 평가하는 그런 사람은 아냐. 난 아마 네가 나와 비슷하게 된다면 널 더 좋아하게 될 거야."

채옥은 부인하지는 않았다. 오랫동안 포도 위를 달리는 말발굽 소리만이 들렸다.

채옥이 물었다.

"하풍 오빠, 오빠는 나와 같은 눈으로 세상을 보려고 노력만이라도 해봐야 하지 않겠어요?"

하풍은 고개를 끄덕였다.

"오빠, 언제 나하고 〈희망원〉에 같이 가요."

"그러지."

가을이 왔다. 채옥이 상하이 대학에서 공부를 시작했기 때문에 하풍은 그녀를 자주 볼 수 없게 되었다. 귀재의 제안에 따라 채옥은 '구국 학생회'에 가담했다. 이제 채옥은 더이상 마차 같은 걸 타고 돌아다닐 시간이 없었다. 학교 일이나 고아를 돌보지 않을 때는 정치 모임에 참가해야 했다. 채옥은 중국을 구하기 위해 어떤 일을 해야 하는가를 홍보하는 팸플릿을 밤 늦게까지 쓰고 배포하러 다녔다. 그것은 전쟁이 끝나기 전에 모든 연합국들이 중국인의 것을 반환하기에 앞서 시민들 스스로 애국 조직을 결성하라고 촉구하는 내용이었다. 채옥은 사람들에게 오로지 강력한 중국에서만이 사회 병폐를 척결할 해결책이 나올 수 있다고 설명했다.

귀재는 채옥과 함께 일했다. 그는 팸플릿에 "우리에게는 찌꺼기 잔

당들만 모인 의회는 필요 없다. 군벌도 더이상 도움이 되지 않는다. 무엇이 중국인가를 보여줄 정부를 내세울 때가 되었다"고 썼다. 한편, 귀재와 손문의 추종자들은 당파에 의해 전복되지 않을 만한 정부를 수립하기 위해 때를 노리고 있었다.

어느 겨울날 아침, 채옥은 'M.S.회사'로 하풍을 찾아갔다. 하풍은 문을 세게 두드리는 소리와 채옥의 낯익은 목소리에 눈을 떴다. 그는 책상에 엎어져 막 곯아떨어졌던 참이었다.

"하풍 오빠, 문 좀 열어줘요. 오빠와 할 얘기가 있어요. 급한 일이에요."

채옥이 들어오자 하풍은 햇살에 눈이 부셔서 눈을 뜰 수가 없었다. 하풍은 눈을 깜빡이며 고개를 들었다.

"취했어요?"

채옥이 하풍의 뒤를 따라 들어가며 물었다. 하풍은 책상 위에 놓여 있던 반쯤 찬 잔을 들어 차가운 차를 들이마셨다.

"취했어요?"

채옥이 다시 물었다.

"네가 여기 있는 걸 보니 그랬는지도 모르겠구나."

그들은 조그만 대리석 탁자에 앉았다.

"할 얘기가 있어요, 오빠."

"이야기하지마."

하풍이 손을 들며 말했다.

"내가 맞춰볼게. 백? 5백?"

채옥은 조급하게 머리를 흔들었다.

"최근에 신문 읽은 적 있어요?"

하풍은 하품을 하며 눈을 비볐다.

"읽을 필요가 있어야지. 바뀐 게 하나도 없잖아. 북부의 기근, 남부의 홍수, 도처에서 싸우고 있는 군벌들, 재판을 요구하는 정치가들, 시위하는 학생들, 쫓겨가는 외국인들, 사회 기강을 바로잡자고 역설하는 교사들. 소련은 우리의 동맹이다. 미국인들은 믿을 수 없다. 일본은 적이다. 손문이 또 다른 운동을 전개하고 있다. 유교는 잘못되었다. 그리고 너, 나의 동생, 나의 마가렛, 나의 채옥이는 또 하나의 어마어마하고 긴급한 사업을 위해 돈을 필요로 하고 있다."

하풍은 어깨를 으쓱해 보이더니 방의 다른 편 칸막이 뒤로 가서 얼굴을 씻었다. 세면대 거울의 한쪽 구석에는 교회 회보에서 오려낸 채옥의 사진이 걸려 있었다.

그가 탁자로 돌아왔을 때 채옥은 여전히 무릎에 깍지를 낀 자세로 앉아 있었다.

"우리가 어렸을 때 일 기억나니? 우리는 스쟈 산 뒤에 숨어서 큰소리로 공부를 하곤 했지? 내가 너를 웃겨서 넌 대답조차 할 수 없었어. 그러나 소용없었어. 네가 끝까지 할 수 있었던 것이라곤 구구단을 암송하는 일뿐이었지."

하풍이 부드럽게 말했다.

정말 그 시절을 생각하고 있는 듯 한동안 채옥의 표정이 부드러워졌다.

"난 왜 모두들 네가 그렇게 영리하다고 생각하는지 모르겠어. 내기를 걸어도 좋아. 넌 이제 구구단도 다 외지 못할걸."

채옥은 기분이 상했다.

"이런 부질없는 짓을 할 시간이 없어요!"

"동생, 7단을 외워봐, 응?"

채옥이 그의 말을 무시했다.

"응?"

"싫어. 이건 부질없는 짓이에요."

하풍이 손을 잡으려 하자 채옥은 등뒤로 손을 감췄다.

"외워봐, 7단을. 그렇지 않으면 네 얘기를 들어 줄 수 없어."

채옥은 이를 갈았다.

"7, 14, 21……."

하풍이 말을 가로챘다.

"21, 28."

"7, 14, 2……."

"동생 다시 해볼까?"

"7, 14, 21, 2……."

"자, 다시 시작해봐."

채옥은 일어섰다.

"오빠, 오빠는 새로 시작했군요. 하지만 중국은 그렇지 못해요. 오빠가 도와줘야 해요. 우리나라, 우리나라 사람들을 위해서 제가 할 일이 너무 많아요."

하풍도 일어섰다.

"나는 낯모르는 사람들을 돕고 싶지는 않아. 나는 널 돕고 싶을 뿐이야."

하풍이 거친 목소리로 속삭였다.

정초를 보내기 위해 모두가 다시 쑤저우로 떠나기 전의 일요일이었다. 하풍은 여느 때처럼 플로베르 가에 있는 집을 방문했다.

채옥은 서재에 앉아 글을 쓰고 있었다. 체스터필드 소파에는 공책이 놓였고 공책에서 뜯어낸 구겨진 종이가 방바닥에 어지럽게 흩어진 채였다.

"잊었니, 마가렛? 일요일이야."

채옥이 눈을 치떴다. 눈이 운 것처럼 충혈되어 있었다.

"오늘은 교회에 안 갈 거예요."

"무슨 일 있니? 몸이 좋지 않니?"

하풍이 걱정스러운 듯 채옥의 이마에 손을 대자 채옥은 그의 손을 옆으로 밀었다.

"아무렇지도 않아요."

"그럼 무슨 일이야? 벌써 종소리가 울렸는데."

"오늘은 교회에 안 갈 거라고 얘기했잖아요!"

"왜? 무슨 일이라도 생겼니?"

하풍은 그렇게 물으면서도 어떤 대답이 나올지 알고 있었다. 자수성가한 사람들이 그렇듯 그 역시 자신에게 필요한 정보는 미리 다 파악하고 있었다. 그는 이미 자신의 투자에 대해서도 적당한 조치를 취해놓았다.

채옥은 주저하다가 방바닥에 놓인 신문을 가리켰다.

"우드로 윌슨이 거짓말을 했어! 연합국이 거짓말을 했어! 하나님을 두려워하는 크리스천이 거짓말을 했단 말이야!"

채옥의 목소리에는 실망과 분노가 뒤섞여 있었다.

신문의 큰 제목은 '베르사유의 배신'이었다. 연합국들은 그들이 약속했던 산둥반도의 독일 점유지를 돌려주지 않기로 결정했다. 중국이 연합국 측에 가담하여 참전하기로 한 몇 개월 전에 조인된 비밀협정에서 연합국 측은 그 땅을 일본에 넘기기로 약속했던 것이다.

채옥이 조금도 의심하지 않았다니! 그럴 수가 있을까? 하풍은 자문했다. 그건 정치야. 중요한 일이 아니란 말야. 단지 정치일 뿐이지. 하풍이 손을 내밀었다.

"자, 교회에 가자. 그러면 기분이 좀 나아질 거야."

채옥은 불신에 가득 찬 눈으로 하풍을 쏘아보았다.

"난 오빠를 이해할 수 없어! 오빠는 결코 믿음이 있는 게 아냐. 오빠는 단지 내가 가니까 교회에 나갔던 거야. 그런데 이젠 오빠가 나보고 교회에 나가라고 하다니!"

채옥의 목소리에는 하풍이 지금까지 들어보지 못한 어떤 것이 들어 있었다. 경멸인가?

"이해하기 어렵단 말이지?"

채옥은 대답하지 않았다. 잠시 후 하풍이 다시 말했다.

"하나님에 대한 옛 맹세를 저버려서는 안 돼, 마가렛."

"무슨 맹세? 오빠는 중국이 배신당한 걸 보지도 못했어요? 큰할아버지 말씀이 옳았어요. 크리스천의 원칙과 열네 개 조항에 관한 모든 이야기가 우리를 잠재우려 했던 술수에 지나지 않았어요. 그렇게 해서 그들은 아무것도 남지 않을 때까지 우리를 유린하려 했던 거예요. 이제부터 나는 그들의 약속을 눈곱만큼도 믿지 않을 거예요."

채옥이 비통하게 말했다. 하풍은 논쟁에 말려들고 말았다.

"그렇지만 채옥아. 그런 약속은 논쟁을 하는 자들이 다른 사람을 자기편에 끌어들이기 위해 늘 하는 짓거리야. 항상 그래왔고 앞으로도 결코 달라지지 않을 거야."

"오빠⋯⋯. 오빠는 꼭 우리 어머니처럼 말하는군요."

채옥은 화가 치밀어서 하풍의 넥타이를 잡아당겼다.

"봐요! 오빠는 놈들과 똑같은 복장을 했군요. 또 똑같이 거짓말을 하고 있어요! 오빠는 관심도 없어요! 전혀!"

채옥의 목소리가 카랑카랑해지고 있었다. 갑자기 춘월이 문에 나타나서 손뼉을 쳤다.

"그만하거라, 애야. 네 목소리가 거리의 도붓장수 같구나. 넌 자제력도 없니?"

하풍이 일어나 외투를 입었다.

"죄송합니다, 아주머니. 제 잘못이었습니다. 이젠 가봐야겠습니다."

하풍은 채옥을 쳐다보았다. 채옥은 아무 말도 하지 않았다. 춘월이 입을 열었다.

"그래. 그러는 게 낫겠다."

춘월은 문까지 하풍을 따라 나갔다. 하풍은 인사를 하고 나서 머뭇거렸다. 그는 채옥이 있던 곳을 돌아보며 그녀가 자기를 봐주었으면 했지만 채옥은 이미 거기에 없었다.

"하풍아. 저녁때 너를 기다리마."

춘월이 웃으며 말했다. 하풍은 인사를 했다. 교회 종소리는 이미 멎어 있었다. 하풍은 대기중인 차를 향해 천천히 걸어갔다.

놀이 ✿

어느 때인가, 고향을 떠나 멀리 여행을 하던 농사꾼 소년이 있었다. 그는 쑤저우 출신이었는데, 어느 날 한 무리의 놀이패들이 머물고 있던 후난의 한 마을에 가게 되었다. 모든 놀이가 그 소년에게는 신기하기 짝이 없었다. 소년은 거기에 완전히 매료되었다. 도요새 걸음, 용춤, 팬더곰, 낙타, 담배 피우는 원숭이들이 있었다.

싱글싱글 웃고 있던 바람잡이 하나가 소년에게 소리쳤다.
"어이, 키다리. 네 돈을 두 배로 만들고 싶지 않니?"
"어떻게?"
"이 작은 친구가 하는 것처럼 암소를 들어올리면 돼."
그 사내가 신호를 보내자, 어깨 넓이와 키가 똑같고 머리띠를 두른 한 사내가 침을 흘리는 암소 밑에 웅크리고 앉았다. 그러고 나서는 몸을 똑바로 일으키며 소를 들어올렸다.
"그거라면 나도 할 수 있지."
소년은 자신 있게 말하고는 마치 망토라도 걸치듯 암소를 어깨에 걸쳤다.
소년이 아침에 길가에서 콩과 국수로 식사를 하는데 스무 명의 사내들이 나타났다. 그들은 각자 번쩍이는 칼을 쥐고 있었다. 바람잡이가 앞으로 나서며 말했다.

"목숨이 아깝거든 돈을 내놔라."

소년은 어깨를 한번 움찔하고는 대답했다.

"여기 내가 딴 돈이 있어요. 나머지는 내 돈이고요."

바람잡이가 칼을 휘둘렀다.

"다 내놔. 안 그러면 심장을 도려내서 돼지 먹이로 던져버리겠다."

소년이 천천히 일어섰다. 입가에는 죽음을 각오하고 싸우겠다는 다부진 미소가 떠올랐다. 그런데 어느 한 사람도 황천길로 떠나기 전에, 키가 작고 쉰 목소리를 내는 사내 하나가 나타났다. 바로 암소를 들어올렸던 사내였다. 사내는 손을 저어 동료들을 물리쳤다.

"당신은 누구요? 악당 두목이오?"

소년이 물었다.

"내 이름은 산적이다. 하지만 나를 따라와서 네 눈으로 직접 본 다음에 내가 악당인지 아닌지를 결정해라."

그래서 소년은 산적의 소굴로 따라갔다. 산적은 어렸을 때 호랑이 아가리에서 비명을 지르던 젖먹이를 구해준 적이 있었다. 그리고 젊은 시절에는 눈 한번 부릅떠서 백여 명을 오금도 못 펴게 한 적도 있었으며, 어른이 되어서는 마을에 평화를 가져다주었고 그 대가로 기부금을 받았다. 그와 그의 부하들은 검소하게 살았다. 그들은 모든 것을 똑같이 나누어 가졌고 서로 합의를 한 다음에야 물건을 빼앗았으며, 마땅히 해야 할 일은 무엇이든지 했다.

이렇게 해서 쑤저우의 농부 소년은 정의가 반드시 긴 장삼을 걸치는 것만은 아니며 시비하는 자라고 해서 항상 적이 아님을 알게 되었다.

―문중 이야기

청명이 지난 두번째 일요일이었다. 채옥은 근래 들어 여러 날 만에 처음으로 기분이 좋았다. 그날 아침 미스 클레이톤이 교회에 가라고 그녀를 설득했다.

"마가렛, 너는 크리스천이 되는 게 쉬운 일이라고 생각해? 모든 신자들의 인생에는 시험이라는 게 있어. 한 번만이 아니라 여러 번 말이야."

그래서 채옥은 교회에 갔다. 그날 오후에 주님이 그녀에게 은총을 보내주셨다. 20여 명의 상인들에게 파리에 전보를 치도록 설득할 수 있었던 것이다. 그 전보의 내용은 만일 산둥이 일본에 넘어갈 경우, 북부 및 남부의 중국 대표단 모두가 베르사유 회의에서 퇴장하라고 요구하는 것이었다.

이제 채옥은 진짜 영웅과 얘기하고 있었다. 그 사람은 외국에 간 적은 있지만 학생은 아니었다. 그 사람은 채옥이 지금까지 본 사람 중에서 가장 키가 크고 어깨가 넓으며 표정이 인자한 사람이었다. 그의 이름은 관지였다. 귀재는 그를 저녁 식사에 초대해서 그가 소작인 이씨의 아들이고 프랑스에서 막 귀국한 혁명 시절의 옛 친구라고 소개했다. 채옥은 그들이 했던 일을 상세하게 물었다. 작은할아버지는 더이상 아무 말도 하지 않았다. 어머니는 식기 전에 생선을 먹어야 한다며 안달이 났지만 채옥은 그 영웅만 바라보고 있었다. 그 사람은 자신이 한 일을 대수롭지 않게 여기는 듯 그저 웃기만 했다. 채옥이 몇 번이나 보챈 다음에야 그는 폭탄 참외를 나른 소년이 되었던 일에 대해 몇 마디했다.

채옥은 이 남자는 뭔가 다르다고 생각했다. 자신을 내세우지 않고는 못 배기는 허풍과는 영 딴판이었다.

"이 선생님, 선생님이 프랑스에 계시던 시절 얘기 좀 해주세요. 거기서 보신 것과 들은 것 말예요."

채옥이 말했다.

"거의 본 것이 없습니다. 난 전쟁을 하다가 죽은 프랑스인들의 묘지를 팠죠."

"거기서 우리나라 학생들을 좀 만나셨나요?"

"몇 명 만났습니다. 그들은 내게 읽는 법을 가르쳐주었고 우리가 마르크스에게 뭔가를 배워야 한다고 가르쳤습니다. 그들 중 T.J.호라는 사람은 저와 친구가 되었죠. 나와 다른 사람들이 귀국할 수 있게 도와준 바로 그 사람……"

관지는 기억을 더듬는 듯 말을 멈췄다가 불쑥 다시 입을 열었다.

"나는 프랑스를 별로 좋아하지 않습니다."

"왜요?"

채옥은 자신이 관지처럼 프랑스에 있었다면 그 나라에 어느 정도의 애정은 가졌을 것 같다는 생각이 들었다.

"전쟁이 끝나자 프랑스는 더이상 우리를 원하지 않았습니다."

"그게 어때서요? 당신은 전쟁중인 그들을 도우려고 거기에 있었잖아요."

관지는 어깨를 움찔했다.

"모두가 쌀쌀하게 대한 건 아닙니다. 그렇지만 무엇보다도 내 고국이 아니라는 이유 때문에 난 그 나라가 싫었어요."

잠시 채옥은 무슨 말을 해야 좋을지 망설였다. 채옥은 이씨네의 헛간 같은 오두막과 그의 조카였음에 틀림없을 병든 아이들, 한밤의 흙냄새 등이 기억났다.

"당신의 가족들이 사는 곳에 가본 적이 있어요. 제가 쑤저우에 머물고 있을 때였죠. 전 그들이 충분히 먹지 못한다고 생각했었죠."

관지의 얼굴이 빨개졌다.

"얘야, 손님이 식사나 제대로 하시게 하려무나. 말이 꽤 많구나."

"하지만 흥미 있는걸요."

"아마 지주 앞에서 그런 얘기를 나누기 좋아하는 소작인은 없을 게다."

용재가 조용히 말했다.

"아, 아닙니다. 선생님 집안사람들은 언제나 우리를 친절하게 대해 주셨습니다. 주인께서는 제 생명까지 구해주셨고요."

관지가 귀재를 바라보며 미소를 지었다.

"과찬이야!"

귀재는 자기보다 나이 어린 젊은이의 술잔에 따뜻한 정종을 따르며 말했다.

채옥이 다시 얘기를 꺼내려고 궁리할 때 하풍이 젓가락으로 술잔을 두드리며 제안했다. 그는 경멸 섞인 미소를 짓고 있었다.

"여러분, 저는 지금이 놀이를 할 때라고 생각합니다!"

아니야, 아냐. 채옥은 생각했다.

"그래! 그래!"

용원이 소리쳤다.

"그럼 됐습니다!"

"대구 짓기로 한판 하는 게 어떨까? 내가 먼저 시작할까?"

용재가 말했다.

"제가 먼저 할게요. 제가 먼저 해도 되죠? 안 되나요?"

용원이 손뼉을 치며 말했다.

"좋아, 네가 시작하렴."

용재가 말했다.

침묵이 흘렀다. 소년의 얼굴이 빨개졌다. 아이는 자신이 보지 않으면 남들도 저를 보지 못하기라도 하듯 눈을 꼭 감았다.

"난 어떻게 하는지 모르겠어."

모두들 웃음을 터뜨렸다. 용원은 여전히 혼자서 식사를 하는 관지의 윗옷을 잡아당겼다.
"아저씨가 놀이하는 법 좀 가르쳐줄래요?"
관지는 밥그릇에서 눈을 떼었지만 아무 말도 하지 않았다. 하풍이 손수건에 대고 기침을 했다.
용재가 먼저 입을 열었다.
"애야, 내가 설명해주마. 네가 우선 시의 첫 구절을 짓는 거야. 그러면 우리 가운데 한 사람이 대구로 그것과 짝을 맞추는 거지."
"네. 하지만 누가 내게 그것을 가르쳐줄 사람이 없을까요?"
결국 용재도 참지 못하고 웃어버렸다.
웃음이 그치자 춘월이 서두를 꺼냈다.
"땅의 반대는 뭐지?"
"하늘."
아이가 소리쳤다.
"달은?"
"해."
"걷기는?"
"달리기."
"밤은?"
"낮!"
관지가 무의식중에 끼어들었다. 그는 사과하는 눈빛으로 아이를 보았지만 아이는 개의치 않는다는 듯 그를 보며 웃었다. 그러고 나서 물었다.
"형수님, 이제 제가 할까요?"
"잠깐. 우린 이제 겨우 시작했을 뿐이야. 푸른 나무는?"

"빨간 나무."

춘월이 머리를 흔들었다.

"아니, 왜요?"

"앞의 한 마디는 푸른 것의 반대가 되지만 다른 한 마디는 똑같이 나무니까."

"그럼, 빨간 꽃."

"맞았어. 자, 노란 새가 지저귄다."

춘월이 웃으며 말했다.

용원은 크게 숨을 들이쉬었다.

"파란 개구리가 말한다."

"거의 맞았어. 하지만 '개구리가 웃는다'고 했으면 더 좋았을 텐데."

채옥은 관지가 마치 밥그릇에 숨기라도 하려는 것처럼 먹는 데 열중하고 있는 모습을 바라보았다. 채옥은 그가 놀이를 이해하지 못한다고 생각했다. 하지만 굳이 알 필요도 없지. 놀이가 중요한 건 아냐. 단지 오락일 뿐이지. 채옥은 그와 단둘이서만 응접실에서 이야기를 나누고 싶었다.

춘월이 설명을 마무리하고 있었다.

"첫 행은 머리라고 하고 대답은 꼬리라고 하지. 자, 이제 용원이가 할 차례야."

소년은 팔에 머리를 묻고 생각했다. 어른들은 기다렸다. 아이가 고개를 들고 입을 열었지만 아무 말도 나오지 않았다. 아이는 얼굴을 찌푸리고는 다시 팔에 머리를 묻었다.

관지가 국을 마시는 소리만 들렸다.

하풍이 입을 열었다.

"프랑스에서 오신 손님, 아이에게 놀이하는 법을 가르쳐주시지 그러십니까?"

하풍이 순진하게 웃으며 말을 이었다.

"너는 아름답고, 고상하고, 봄비처럼 향기롭고, 배운 것도 많고, 마음씨 고운 아가씨다."

관지는 어깨를 으쓱하며 씨익 웃었다.

"손님, 서둘지 마세요. 우린 아직 입가심도 하지 않았으니까요!"

하풍이 말했지만 관지는 여전히 아무 말도 하지 않았다. 그때 용원이 관지의 소매를 잡아당기며 말했다.

"저 사람이 아저씨를 놀리려고 꾀를 낸 거예요. 이젠 아저씨가 대답해야 돼요. '나는 못생기고, 저속하고, 가을 진흙처럼 썩은 냄새가 나고, 배운 것도 없고, 마음씨 고약한 남자'라고 말예요."

관지는 어쩔 줄 몰라했다.

채옥이 재빨리 침묵을 깼다.

"아녜요, 용원 아저씨. 새로 오신 손님은 아주 영리한 분이라서 결코 그런 꾀에는 넘어가지 않으실 거예요."

웃음이 가시자 하풍이 채옥을 향해 잔을 들었다. 하풍은 쓴웃음을 지었지만 채옥은 신경쓰지 않았다. 하풍은 채옥이 자꾸 그 농부의 아들을 바라보는 걸 막을 도리가 없었다.

식사가 끝나자 관지는 일어나서 아주 정중하게 인사했다.

"부모님과 저는 여러분의 호의에 언제나 감사하고 있습니다. 오늘 밤은 제 생애에서 가장 행복한 날이었습니다."

선구자

나중에 '5·4운동'으로 불리게 된 그 사건은 1919년 기미년에, 수천 명의 젊은 남녀가 외국 공관 지구를 향해 베이징 시내를 행진하면서부터 비롯되었다. 그들은 연합국의 비행을 규탄하고 중국의 사정을 호소했다. 경찰이 군중을 해산시켰다. 분노한 학생들은 한 친일 관료의 가옥을 불태우고 다른 관리를 욕보였다.

많은 사람들이 체포되었다.

대중은 분노했다. 전국 대도시의 상인, 노동자, 지식인, 시민들이 계속되는 부당한 처사와 국가적 모멸감에 항의하여 애국적인 시위와 파업에 가담했다.

—중국사

태양은 이미 상하이의 고층 건물 뒤로 사라졌다. 하풍은 여전히 오지 않았다. 채옥은 조바심이 나서 발을 굴렀다. 채옥은 〈새 중국 출판〉의 건물 앞을 이리저리 거닐며 남경로에서 눈에 익은 피어스 애로우가 나타나기를 기다렸다. 왜 하필 오늘 같은 날 늦는 거야? 채옥은 치마 주머니에 감춘 헝겊 조각 뭉치를 만지작거리며 초조함을 달랬다.

드디어 차가 나타났다. 채옥은 '계엄하의 베이징'이라는 제목의 전단을 손에 거머쥐고 황급히 차를 향해 달렸다. 그리고 운전사에게 행선지를 알려주고는 곧바로 하풍의 옆자리에 앉았다.

"늦었군요!"

채옥은 인사도 없이 거칠게 말했다.

"거리가 데모 군중으로 꽉 막혀서 몇 번이나 우회해야만 했어."

하풍이 잠깐 말을 멈추었다가 다시 입을 열었다.

"날 걱정했어?"

"네."

채옥은 거짓말을 했다. 하풍은 미소를 지었다.

"널 보니 정말 기쁘구나. 오랜만이지? 그동안 보고 싶었어."

채옥은 하풍의 시선을 피해 의자 옆에 놓아둔 전단을 들여다보았다. 하풍은 벌써 그걸 눈치채고 있었다.

"넌 내가 보고 싶지 않았어? 조금도?"

꼭 이런 식으로 나를 봐야만 하나? 채옥은 불쾌해하며 재빨리 준비했던 이야기를 꺼냈다.

"오늘 아침에 관지와 난, 령씨라는 사람을 찾아가 운동을 위해서 그가 갖고 있는 일본 상품을 없애달라고 청했어요. 그런데 아무리 그의 애국심에 호소를 해도 그는 거절하더군요. 그는 나를 위선자이며 편의주의적인 애국자라고 비난했어요!"

"어떻게 감히!"

하풍이 화난 어조로 말했다.

"그가 했던 그대로 얘기하죠. 그 사람은 내가 자기에게 일본 상품을 불태우라고 요구하는 이유가 그로 인해 새로 발생하는 품귀현상으로 나의 친척이 이득을 볼 수 있기 때문이라고 주장하더군요."

"그런 어처구니없는 소리가 있나."

"내가 물었죠. 당신이 말하는 내 친척이 누구냐고요."

채옥은 잠시 말을 멈추고 기다렸지만 하풍은 아무 말도 하지 않았다. 채옥이 말을 계속했다.

"오빠 이름을 대더군요."

채옥이 다시 말을 멈췄다. 하풍은 역시 대답이 없었다.

"그가 말하더군요. 오빠는 애국심을 보이려고 자신의 이익을 희생시키는 척했을 뿐이라고요. 그 사람은 또 오빠가 일본 상품을 태운 게 아니라 모조품과 그 모조품을 진짜처럼 보이게 하기 위해 약간의 일본 상품을 불에 던졌을 뿐이라고 하더군요. 쇼가 끝나자 오빠는 상품을 바꿔 중국 상품처럼 꾸며서 팔아치웠다는 거예요. 난 오빠를 변호했죠. 그래서 그에게 증거를 대보라고 했어요. 그랬더니 그 사람은 오빠에게 직접 물어보라고 하더군요."

하풍이 손을 잡으려 하자 채옥이 뿌리쳤다. 하풍이 어깨를 으쓱하며 웃었다.

"령은 정말 상상력이 대단한 친구군. 내 발을 자기 구두에 맞추려는 놈이야. 넌 진짜 내가 그랬을 거라고 생각하니?"

"난 모르겠어요. 그럼 오빠는 그 사실을 부인한단 말이에요?"

"난 부인해."

"진실, 진실. 하풍 오빠, 지금 내게는 진실이 가장 중요해요."

하풍은 슬프게 머리를 저었다.

"난 너에게 진실을 말했어. 령은 거짓말쟁이야."

"아니, 오빠가 거짓말쟁이예요!"

선구자 | 451

채옥은 주머니에서 헝겊 조각을 꺼내 펼쳤다. 상표들이 변조된 흔적을 뚜렷하게 알 수 있었다.

"오빠는 진실을 말해야 했어요! 난 오빠에게 진실을 원했어요!"

채옥이 울부짖었다.

채옥은 전단을 움켜쥐고 운전수 등 뒤에 있는 창문을 열었다.

"죄송하지만 여기서 세워주세요. 내려야겠어요."

바로 앞의 교차로에는 한떼의 젊은이들이 모닥불을 둘러싸고 모여 있었다. 누군가 낭랑한 목소리로 외쳤다.

"중국인이여 각성하라! 중국인이여 각성하라!"

한편 다른 사람들은 몰수한 일본 상품을 불 속에 집어던지고 있었다. 그들 가운데 한 사람이 차를 향해 고개를 돌렸다. 그는 무엇인가를 기대하고 있는 듯했다. 빗, 고무 타이어, 비누, 비단, 향수, 우산, 치약, 책, 시계, 의약품, 진공병 등이 불타며 나는 악취가 코를 찔렀다.

"주인님, 기다릴까요?"

채옥의 등 뒤에서 운전사의 말이 들려왔다. 채옥이 뒤를 돌아보았다. 하풍이 불빛을 노려보고 있었다. 그때 펑 하는 폭발 소리가 났다. 하풍이 손을 내밀었다. 채옥은 돌아서서 관지에게로 뛰어갔다.

그로부터 나흘이 지났다. 채옥은 새벽에 잠이 깼다. 아직 이른 시간이라 채옥은 침대에서 자신이 쓴 연설문을 반복해서 읽으며 단어와 문장을 고쳤다. 가장 훌륭한 연설문이 되어야 했다. 아무리 주저하는 사람이라도 감동시킬 만한 것이어야만 했다. 채옥은 만족스럽다고 생각되자 기도를 드렸다. 저의 목소리에 힘을 주세요. 돌풍처럼 힘찬 목소리가 되게 해주십시오, 하나님…….

채옥은 급히 세수를 했다. 그러고는 난생 처음으로 헐렁한 푸른색

옥양목 바지와 소매가 짧은 농부 옷을 걸치고 짚신을 신었다. 모두 중국인 지구의 거리 행상인에게서 사온 것이다. 채옥은 그날 밤 자신이 돌아오지 못할 경우를 대비해서 준비한 손가방을 열고 내용물을 주의 깊게 다시 한번 살펴보았다. 이상이 없음을 확인하자 그녀는 가방을 어깨에 메고 거울을 들여다보았다. 이만하면 됐어. 채옥은 혹시 빠진 게 없나 잠시 생각해보았다. 5월 이후 학생들은 하얀 면으로 된 모자를 쓰고 다녔다. 흰색은 애도의 표시였다. 따라서 학생들은 한때 유행하던 일본산 파나마 밀짚모자를 벗어버렸다. 채옥은 침대 머리맡에서 흰 모자를 꺼내 쓰고 움직이지 않도록 핀을 꽂았다. 그런 후 다시 한번 거울을 들여다보았다. 채옥은 거울에 비친 쿨리(중국의 날품팔이꾼 – 옮긴이)의 모습을 보고 웃었다.

몇 명의 학생들이 관지와 그의 친구 호와 함께 밖에서 기다리고 있었다. 미미 역시 머리를 짧게 자른 모습이었다. 관지가 여자들의 머리를 보며 우스갯소리를 하자 모두들 웃음을 터트렸다. 채옥이 자기를 쳐다보며 고개를 끄덕이자 관지는 얼굴이 빨개졌다.

그들은 나란히 플로베르 가를 걸어나왔다. 골목을 지날 때마다 더 많은 젊은이들이 기다렸다가 그들과 합세했다. 그들은 세력을 규합해가면서 외국인촌으로 행진했다. 모든 것이 미리 계획된 것이었다. 몇몇 외국인 상점을 제외하고는 모든 상점의 문이 다 닫혀 있었다. 으레 있던 걸인들도 눈에 띄지 않았다. 걸인들까지도 시위에 합세한 것이다. 곳곳의 교차로에는 구경꾼들이 환호성을 지르는 가운데 일본 상품이 불타고 있었다. 학생복을 입은 소녀들은 교통정리를 하고 있었다.

그들은 네거리에서 걸음을 멈췄다. 쌀가게 앞에서 한 중국인 상인이 피켓을 든 한떼의 성난 군중들을 향해 소리치고 있었다.

"물러가요! 난 절대로 상점 문을 닫을 수 없소! 난 결코 손해를 볼 수 없단 말이오!"

군중 속에 있던 젊은이 하나가 채옥을 알아보고는 그녀를 앞으로 끌어냈다.

"당신만이 저 사람을 설득할 수 있소! 당신이 해야 합니다! 저자는 이곳 전체 지구에서 유일하게 파업을 거부하고 있는 사람이오."

내가 무슨 말을 할 수 있단 말인가? 채옥은 난감한 얼굴로 호를 바라보았다. 채옥은 그가 혹시 레닌이 사용했던 전술이라도 써서 자신을 구해주지 않을까 기대했었다. 호는 별 뾰족한 수가 없다는 듯이 어깨를 으쓱해 보였다. 상인은 더 큰소리로 외쳤다.

"우리 선조도 이 가게를 닫은 적이 없소. 나는 문을 닫아서 누대의 재산을 탕진할 수 없단 말이오. 가시오!"

선조……. 누대의 재산……. 채옥의 입가에 미소가 떠올랐다. 그렇다면 간단한 거야. 채옥은 그 상인을 괴롭히거나 책망하지 않기로 마음먹었다. 그의 행동을 제지할 도리가 달리 없으니 공적인 문제로 설득할 수밖에 없었다.

채옥은 손을 들어 조용히 해달라고 청했다. 상인도 입을 다물었다.

채옥은 말없이 무릎을 꿇고 머리를 조아렸다. 군중들이 숨을 죽였다. 채옥은 이마를 세 번 땅에 대고 절한 뒤 애원하듯 말했다.

"선생님, 선조를 생각하시는 지극한 마음으로 이 나라를 생각해주세요."

채옥이 머리를 들었다. 상인의 얼굴은 창백해져 있었다. 채옥이 다시 머리를 조아리며 말했다.

"만약 선생님께서 그렇게 못하시겠다면 저는 선생님이 미덕을 보이실 때까지 이 문지방에서 머리를 들지 않겠습니다."

채옥이 다시 머리를 들었다. 드디어 상인이 떨리는 목소리로 입을 열었다.

"나도 시위에 참가하겠소. 자, 이젠 가시오!"

군중들이 환호성을 질렀다. 채옥은 승리의 미소를 지으며 일어났다. 그녀는 관지, 호와 함께 팔짱을 끼고 다시 행진을 시작했다. 등 뒤에서 가게 문이 내려지는 소리가 희미하게 들렸다.

채옥과 관지 일행이 남경로 방향으로 가고 있을 때, 영국 조계 앞에 있는 한 백화점에는 이미 수백 명의 사람들이 모여 있었다. 소녀들은 전단을 나눠주었고 남자들은 붉은 글씨를 쓴 하얀 플래카드를 들고 있었다. '자유 학생 시위대' '일본 상품을 몰아내자' '반역자들을 처단하라' '제국주의는 물러가라' '시민들이여, 궐기하라'…….

수레가 있었고 메가폰과 꽃을 그린 북이 있었다. 날씨가 더웠다. 채옥은 관지가 이동 연단에 앉은 자신을 밀어주는 게 기뻤다. 관지는 채옥을 쳐다보며 미소를 지었다.

"걱정 마시오. 내가 여기서 잘 붙들어줄 테니."

"난 괜찮아요. 가서 사람들과 함께 하세요. 사람들은 당신과 함께 있을 때 더욱 신념을 갖게 될 거예요."

채옥은 관지가 군중 속으로 들어가는 것을 보고 난 후에 호에게 북을 치게 했다. 그러나 사람들의 이야기 소리와 웃음소리 때문에 호는 채옥의 말을 제대로 알아듣지 못했다.

"그 북을 내게 주세요."

채옥이 말했다. 채옥은 북소리가 시원치 않자 북을 옆에 놓고 말을 꺼냈다.

"상하이 시민 여러분! 세계의 인민 여러분! 우리의 말에 귀를 기울이고 주목해주세요! 중국인이 잠에서 깨어나고 있습니다. 중국은 하나입니다. 중국인은 하나의 목소리로 외칩니다. 학생, 선생님, 농민, 상인, 노동자, 예술가, 남녀노소 모두가 하나의 목소리로 외치고 있습니다!"

군중들이 환호성을 질렀다.

채옥은 사람들이 들뜨게 내버려두어야겠다고 생각하며 군중들을 훑어보았다. 여기저기 모인 사람들 가운데 한 사람의 얼굴이 유난히 눈에 띄었다.

"상하이의 시민 여러분! 세계의 인민 여러분! 우리는 주권을 요구하고 신성한 약속이 무자비하게 배신당한 것에 대해 항의하려고 여기에 모였습니다. 우리를 얽어매고 우리를 속박하고 우리를 업신여기는 자들에게 우리는 말합니다. 각성하라! 각성하라!"

군중들이 따라서 외쳤다.

"각성하라! 각성하라!"

"우리들의 목소리에 귀를 기울여라! 수많은 민족이 우리를 짓밟고 있는 이곳에 이제 우리 한 민족이 모였습니다. 우리는 정의를 위해 투쟁하는 것입니다. 베르사유, 국내, 정부의 최고회의에서 정의를 되찾기 위해서. 우리의 말을 들으라! 우리의 정의의 길을 방해하는 당신들은 각성하라! '마그나 카르타'를 작성하고 스스로 인민을 위한 민주주의자로, 봉사자로 자처했던 당신들은 각성하라! 중국이 잠에서 깨어나고 있다. 우리의 명예를 짓밟는 자들이 있는 한 우리의 애국심은 행진을 멈추지 않을 것이다! 정의가 회복될 때까지 학생은 학업을 할 수 없으며 노동자는 일을 할 수 없고 상인은 장사를 할 수 없다. 국가의 기능이 마비된다 해도 우리는 어쩔 수 없다. 중국이 잠에서 깨어나고 있다! 각성하라! 곧 새로운 조류, 문예 부흥, 문화의 혁명이 찾아올 것이다. 각성하라! 각성하라!"

끝없는 환호의 파도에 채옥의 마음은 순수한 기쁨으로 가득 찼다. 격앙된 학생들 틈을 비집고 채옥은 겨우 마차에서 내려 군중의 한쪽 끝으로 걸어갔다. 그러고는 북을 치면서 앞으로 걸어나갔다. 다른 사람들이 뒤를 따랐다. 그들의 외침 소리가 도시에 울려퍼졌다.

"중국이 깨어나고 있다!"

갑자기 행진하던 사람들이 걸음을 멈췄다. 그들 앞에 경찰이 서있었다. 유럽인 대장이 칼을 휘두르며 해산하지 않으면 모두 체포하겠다고 소리쳤다.

"우릴 체포하시오! 우릴 체포하시오! 우리 모두 감옥으로 갑시다!"

채옥이 울부짖었다. 군중들이 호응했다. 채옥은 군중들의 목소리가 돌풍 같다고 생각했다. 경찰이 선동자들을 둘러싸기 시작했다.

어디선가 관지가 나타나 그녀의 팔을 잡았다.

"따라오시오. 내가 당신을 빠져나가게 해줄 수 있소."

채옥이 그의 손을 뿌리쳤다.

"난 가지 않겠어요!"

"당신에게 아무 일도 일어나지 않게 돌봐주겠다고 당신의 할아버지와 약속했소. 나를 따라오시오."

"못 가요. 당신은 애국자가 아닌가요? 감옥에 가는 게 무서우세요?"

"하지만 난 약속했소."

"우리 두 사람은 이번 시위를 주동한 장본인이 아닌가요? 우린 모두 감옥으로 가야 해요."

관지는 잠시 망설이다 고개를 돌리고 웃었다. 그러고는 소리쳤다.

"감옥으로! 우리 모두 감옥으로 갑시다."

감옥은 난징 학교 강당에 있는 텅 빈 방이었다. 그들이 감금되자 안에 갇혀 있던 젊은이들이 환호성을 질렀다.

그들은 마루에 앉아서 잡담을 하고 돌아가며 이야기를 나누고 노래를 불렀다.

다음날 아침, 문이 열렸다. 학생들에게 귀가하라는 명령이 내려졌다.

채옥이 즉시 일어섰다.

"난 베이징의 반역자들이 처벌될 때까지는 돌아가지 않겠소."

관지도 일어섰다.

"나 역시 베이징의 반역자들이 처벌될 때까지는 돌아갈 수 없소."

한 사람씩 한 사람씩 모두 일어나 똑같은 맹세를 했다. 그리고 그 대답은 중국 어디에서나 똑같았다.

어머니와 딸

춘월은 창문을 열고 메마른 거리를 내다보며 기다렸다. 친일파 관료의 해고로 학생 시위대가 승리를 거두었다. 거의 일주일 동안 감금되었던 채옥이 이제는 집으로 돌아올지도 모른다는 생각이 들었다.

전화가 울리자 용원이 방으로 뛰어 들어왔다.

"여보세요? 여보세요?"

용원이 전화기에 대고 소리쳤다. 그러고는 잠시 멈췄다가 큰소리로 말했다.

"난 잘 있어. 조카도 잘 있는 거야? 응, 형수님은 여기 계셔."

춘월은 아이를 보고 웃으며 일어났다. 시위가 시작되기 몇 주 전부터 채옥은 아이조차 돌볼 틈이 없었다. 그만큼 집에 있는 시간이 적었다. 용원은 지난밤에도 자기 전에 기도드리던 걸 지켜봐주던 채옥이 생각난다며 잠을 제대로 이루지 못했다.

춘월은 전화기를 받아들고는 아이에게 이층에 올라가 낮잠을 자라고 손짓했다.

"하풍이구나. 무슨 소식이라도 있니?"

"네, 우리 생각이 옳았어요. 채옥이가 오늘 집으로 돌아갈 겁니다."

춘월은 안도의 한숨을 내쉬었다.

"그 애는 잘 있어요. 정말입니다. 그 애 때문에 속상해하지 마세요. 그 애는 훌륭한 처녀예요. 일단 집에 돌아오면 이성을 되찾을 거예요. 두고 보세요!"

하풍의 목소리가 친자식처럼 다정했다.

춘월은 갑자기 목이 메었다. 머리를 짧게 자른 딸의 모습이 생각났다. 그러자 옛날 다 큰 사내들이 머리칼을 잘리자 선조들에게 용서를 빌면서 울음을 터뜨리던 일이 생각났다. 춘월은 채옥이 집을 나가던 날도 채옥을 보지 못했다. 채옥이 집을 나간 후 이틀 동안 춘월과 용재는 학교 밖에서 채옥을 기다렸다.

"아주머니 괜찮으세요? 제가 곧 그리로 가겠습니다."

하풍은 춘월이 아무 말도 하지 않자 걱정스럽게 말하고는 전화를 끊었다.

얼마 후, 하풍이 문 앞에 나타났다. 춘월은 하풍을 응접실로 데리고 갔다.

"보다시피 난 괜찮아."

춘월이 고맙다는 얼굴로 하풍을 보고 웃으며 말했다.

하풍은 춘월을 살피며 춘월이 먹을 걸 내올 때까지 다정한 말투로 별로 심각하지 않은 얘기를 나눴다. 그러고 나서 말했다.

"동생이 돌아오기 전에 가야겠습니다."

"아니, 몇 분만 더 있거라."

춘월은 채옥이 돌아온다는 것을 알기 전에 저녁 식사 때 꺼내려 준비했던 생각들을 정리하며 잠시 말을 멈췄다.

"하풍아. 이 집을 어떻게 생각하니? 네 생각에는 아무 변화도 없니? 우리가 이사온 지 일년이 넘었다. 이 투자가 유익한 것인지 결정하기에는 충분히 긴 시간이다. 나는 최근에 쑤저우로 와서 교사를 하는 게 어떠냐는 제안을 받았단다. 우린 쉽게 옛집으로 돌아갈 수 있게 되었어. 채옥이도 그곳 미션 학교에서 언제든지 환영한다고 하는구나. 우리에게 불편을 끼칠까봐 걱정할 건 없다."

하풍은 춘월을 보았다.

"아무런 변화도 없습니다. 저의 계획은 그대로예요."

"하지만 난 아무래도 앞으로 이곳에 철도역이나 공장이 들어선다는 얘기가 좀 의심스럽구나. 이 집을 팔고 넌 다시 시작해야 해."

하풍은 춘월의 말을 듣고 싶지 않은 것처럼, 그리고 재고할 필요도 없는 것처럼 천천히 고개를 저었다.

"제발, 내 말 좀 듣거라."

춘월이 부드럽게 채근했다.

"아주머니, 훌륭한 사업가는 늘 남들이 보지 못하는 기회를 엿볼 줄 알아야 합니다. 전 틀림없이 충분한 이익을 내고 말 겁니다. 이건 1, 2년 안에 결정될 수 있는 일이 아니에요. 다른 계획은 없어요. 전 기다릴 수 있습니다."

"그게 현명한 일이라고 믿니?"

"네."

하풍은 마치 스스로에게 다짐하듯 조용히 말했다.

"이건 제가 원해서 하는 일입니다. 전 기다릴 수 있을 때까지 기다릴 겁니다."

하풍은 담배에 불을 붙였다. 그러고는 몇 모금 빤 다음에 담뱃불을 껐다.

"아주머니, 아주머니가 절 도와주셔야 합니다!"

"떠나는 게 널 도와주는 거야. 그래서 네가 집을 팔도록 하는 게……. 하풍아, 변화가 있을 조짐이 보이지 않는다. 난 네가 꿈을 꾸는 것 같아 두렵구나."

"아주머니, 꿈이면 어떻습니까? 제가 처음 장씨 가문의 대문에 들어섰을 때 저는 돌아가신 어머니가 손에 쥐어 준 소개장 하나뿐인 고아였습니다. 그때 저는 언젠가 부자가 되리라 꿈을 꾸었죠. 그 꿈이 실현되었습니다. 당시에는 아무도 그걸 믿지 않았겠죠. 하지만 이젠 아무도 부인하지 못합니다."

"그거야 그렇지. 하지만 이번에는……."

"마찬가지입니다."

오랫동안 대화가 끊어졌다. 춘월은 한참 후에 마치 자신에게 넋두리를 하는 듯한 목소리로 입을 열었다.

"일생에 한번쯤 꿈이 실현되는 건 아마 신령님이 주신 선물일 게다. 하지만 계속 꿈을 꾼다면 넌 실망하게 될 거야. 난 너보다 나이가 많다. 난 신령님도 바꿀 수 없는 것이 있다는 걸 알아……."

"신령님이라도 사람의 마음을 바꿀 수는 없지요."

하풍이 춘월 대신에 이야기를 마무리 지었다.

멀리서 폭죽 소리가 들려왔다. 마치 행복이 사라질 때의 웃음소리 같았다.

시위대가 학교 감방을 떠난 지 두 시간 후, 채옥은 교차로에 서서 관지와 호가 시내의 한 찻집으로 걸어가는 모습을 지켜보았다. 그 찻집에서 시위대의 지도자들이 모여 노동자들을 위한 야학 계획을 검토하기로 되어 있었다. 관지는 걸어가면서 몇 번이고 뒤를 돌아보고 미소를 지으며 손을 흔들었다. 마치 모든 일이 잘 될 거라고 채옥을 안심시키는 것 같았다. 채옥도 그들과 함께 가고 싶었다. 그러나 관지는 갈 수 없다고 고집을 부렸다.

"어머니의 마음은 여릴 겁니다. 더구나 전 이번 주 당신이 집에 들어가지 못한 것에 책임을 지고 있습니다. 당신 식구들이 나를 못 믿을 놈이라고 생각하게 하지 마세요, 제발."

채옥은 어쩔 수 없이 그의 말에 따랐다. 그러면서도 자신을 빼놓고 가는 동료들을 바라보고 서있었다. 몇 시간 더 늦게 들어간다고 해서 무슨 별다른 일이 있으려고? 어머니가 걱정하시기는 마찬가질 텐데. 채옥은 투덜거렸지만 어쩔 수 없이 플로베르 가로 천천히 걸어갔다.

채옥이 문을 열자 춘월이 창가에 앉아 있다가 그녀를 유심히 살펴보았다. 어머니가 나를 몰라보시는구나. 채옥이 조심스럽게 다가가 인사를 했다.

춘월이 일어섰다.

"괜찮으냐?"

"괜찮아요, 어머니. 조금 전까지만 해도 썩 좋은 편은 아니었지만 지금은……."

"많이 야위었구나. 뭐 좀 먹어야겠다. 걱정 마라. 내가 준비해놓은 게 있으니까……."

채옥은 음식이 목에 넘어갈 것 같지 않았다.

"어머니, 배고프지 않아요."

춘월이 코를 킁킁거렸다.

"네 몸에서 나는 냄새가 뭐냐?"

"어머니도 아시잖아요? 아마 폭죽 냄새일 거예요. 축하하는 뜻으로 여러 개를 터뜨렸어요."

춘월은 채옥의 말에는 귀를 기울이지 않고 앞으로 다가가 채옥의 모자를 벗겼다. 그러고는 채옥의 짧은 머리칼을 누르며 혼잣말 하듯 말했다.

"함부로 이런 짓을 하다니. 하지만 너한테 잘 어울리는구나. 넌 마치……."

"머리 걱정은 마세요. 나라 전체가 잠에서 깨어나고 있다는 걸 모르세요? 새로운 통일 기운이, 새로운 해결책이 보이고 있어요. 행진은 이제 시작이에요. 오늘 세 명의 각료가 탄핵됐어요. 그리고 내일은……."

"아가, 넌 내가 얼마나 걱정했는지 모르겠니?"

채옥은 답답하다는 듯이 머리를 흔들었다.

"전 괜찮다고 말씀드렸잖아요. 저의 연설은 굉장히 성공적이었어요."

채옥은 잠시 말을 멈췄다가 어머니가 아무 말도 하지 않자 서둘러 말을 계속 이었다.

"연설 전에 전 제 자신을 시험했어요. 한 상인이 파업에 가담하려 하지 않았어요. 그는 파업을 하면 재수가 없을 거라고 하더군요. 하지만 결국 그 사람도 가담했어요. 제가 머리를 조아렸을 때……."

채옥은 어머니의 얼굴이 마치 차가운 손으로 얻어맞기라도 한 것처럼 굳어지자 입을 다물었다.

"무슨 짓을 했다고?"

채옥은 망설였다. 내가 왜 어머니에게 이런 말을 했을까? 말하지 않으려고 했는데. 하지만 이제 늦었어.

"머리를 조아렸다고 했어요."

춘월의 얼굴이 일그러졌고 눈빛은 희미해졌다. 그녀가 들고 있던 모자가 바닥에 떨어졌다. 채옥은 모자를 집어 탁자에 올려놓았다.

채옥은 자신이 떨고 있다는 걸 느꼈고 자신의 모습이 어머니의 눈 속에 빨려 들어갈 정도로 작게 오그라드는 것 같았다. 침묵이 너무나 무거워서 채옥은 꼼짝도 할 수 없었다.

한참 후 어머니가 입을 열었을 때 어머니의 목소리는 채옥이 한번도 들어보지 못했던 음성이었다.

"안 된다, 얘야. 다시는 낯선 사람 발밑에 무릎을 꿇고 머리를 조아려서는 안 된다. 네가 그렇게 우리 가문을 욕보이다니. 그런 일로 조상님들이 우리에게 남겨주신 이름을 더럽히다니."

"전 불경스런 일을 저지를 뜻은 없었어요."

"거짓말이야! 네가 감히 내게 거짓말을 하다니!"

채옥은 어머니가 지금처럼 자제력을 잃은 모습을 본 적이 없었다. 그러나 춘월의 분노는 한순간의 번갯불에 지나지 않았다. 춘월은 눈에 띌 정도로 자신의 의지를 잃지 않으려고 애를 썼다. 춘월은 다시 조용한 목소리로 입을 열었다.

"아가, 우리는 집안 어른과 조상님들에게만 깊은 존경과 공경하는 마음으로 무릎을 꿇는 거다. 너도 우상 앞에 무릎을 꿇는 악마에 관한 글을 쓴 적이 있지 않느냐? 그런데 한낱 장사꾼 앞에서 무릎을 꿇다니."

"하지만 어머니, 전 그 사람을 존경해서 무릎을 꿇은 게 아니에요. 전 저의 진실을 보였을 뿐이에요."

"넌 네 방식대로 무릎을 꿇은 거야. 낯선 사람 앞에서 고두를 한다는 게 충격적인 일이란 걸 잘 알면서, 무릎을 꿇는다는 게 존중이라는 것을 알면서 말이다. 넌 우리가 존경하는 분들을 모독한 거나 다름없다. 그러고서도 잘했다고 감히 지껄여대는 거냐? 예의라는 걸 넌 어떻게 생각하니? 그것이 없어지면 뭐가 남지?"

채옥은 아무 말도 하지 않았다.

"뭐가 남지, 응?"

역시 대답이 없었다.

춘월이 다시 다그치며 물었다.

"대답해봐라. 예의가 사라지면 뭐가 남느냐?"

채옥은 반발심이 목까지 치밀어 올랐다. 더이상 그것을 삼킬 수가 없었다. 채옥은 천천히 입을 열었다.

"예의가 사라질 때 남는 것은……"

채옥은 말을 멈췄다. 그리고 언젠가 어머니가 마차에서 썼던 단어를 의도적으로 사용했다.

"남는 것은 대의예요!"

춘월은 꼼짝도 하지 않았다. 방안 가득 무거운 침묵이 가라앉아 있었다.

춘월이 어쩔 수 없다는 듯이 입을 열었다.

"예의가 사라지면 가족도 있을 수 없다. 가족이 사라지면 문화도 있을 수 없다. 문화가 사라지면 인간은 짐승과 다를 바가 없다."

춘월은 허리를 펴고 똑바로 섰다.

"너에게 생명을 준 나는 내 딸을 짐승으로 만들지 않겠다. 무릎을 꿇어라. 무릎을 꿇어!"

안 돼! 채옥은 속으로 부르짖었다. 어머니만큼은 그래서는 안 돼요. 어머니는 제게 그런 짓을 시켜서는 안 돼요. 채옥은 순간적으로 문밖으로 뛰쳐나가고 싶은 충동을 느꼈다. 그러나 자신도 모르게 주저앉고 말았다. 채옥은 날개가 꺾인 솔개처럼 무릎을 꿇고 말았다.

채옥은 무릎을 꿇으며 속으로 맹세했다. 이것이 마지막으로 무릎을 꿇는 일이 될 거라고. 무릎을 꿇었던 것은 어렸을 때뿐이었다. 이제 더이상 무릎을 꿇지 않을 거야. 어머니고 어른이고 조상이고 간에.

모녀의 눈길이 마주쳤다. 춘월은 며칠간 잠을 못 잔 듯 피곤해 보였다. 그러나 그건 조금도 중요하지 않았다. 채옥의 가슴에 웅어리진 분노는 강철처럼 단단해지고 얼음처럼 차가워졌다.

어머니는 손을 내밀어 딸을 일으켜 세웠다. 그리고 모녀는 아무 말 없이 층계로 올라갔다.

그날 밤, 채옥은 울음소리에 잠이 깼다. 급히 용원의 방으로 갔다. 아이는 자고 있었다. 채옥은 조용히 문을 닫고 밖으로 나와 옆방으로 갔다. 채옥은 방문을 열다말고 기억을 더듬으며 오랫동안 서있었다. 흰 말이 끄는 마차가 눈에 선했다.

"엄마, 우린 지금 어디 가는 거야?"

"학교에 간단다."

"얼마나 오래 있어야 해?"

"6년."

당시에 채옥은 너무나 길다고 생각했다. 너무나 길다고. 아빠도 없고, 엄마도 없고. 하풍 같은 고아처럼.

어머니는 조용히 눈물을 닦고 있었다.

채옥은 가볍게 문을 두드린 후 방으로 들어갔다.

❈ 구혼

누가 생각할 수 있으랴,
한 가난뱅이의 수레가
눈물로 가득 찬 것임을…….
정말이지, 하룻밤에 잉태된 증오가
천 년이나 흘러서 사라질 줄을!
―전겸

우수가 가까워올 무렵이었다. 개나리가 피려면 한 달은 더 있어야 했지만, 강에서 불어오는 미풍에는 봄 냄새가 섞여 있었다. 채옥은 빠른 걸음으로 우쑹 부둣가를 걸었다. 그녀는 양쪽 팔에 바구니를 하나씩 방패처럼 끼고 행상인, 리어카, 병아리와 돼지 새끼의 우리 사이를 헤치며 번잡한 선창가를 빠져나갔다. 채옥은 간혹 사람들에 부딪혀 걸음을 멈추기도 하며 조금 전에 도착한 외국 기선 옆에 쪼그리고 앉은 걸인들을 바라보았다. 걸인들은 대바구니를 긴 막대기 끝에 걸고 동전을 구걸했다. 등에는 굶주린 중국 아이들이 매달려 있었다.

필리핀에서 온 배 한 척이 부두로 미끄러져 들어왔다. 노동자들은 먼저 갑판에 올라 일자리를 얻기 위해 서로 좋은 자리를 차지하려고 벌써부터 다투고 있었다. 행인들은 난간에 바싹 붙어서 무슨 구경거리라도 난 듯 노동자들을 보면서 소리를 지르곤 했다. 젊고 약삭빠른 사내들은 쉽게 배로 건너뛰었다. 나이 많은 남자는 배로 건너뛰다가 물에 빠졌다. 그 사람은 다른 사람들과는 달리 돼지우리 위에 서서 기회를 엿보고 있다가 뛰어내렸는데, 갑판에 발을 딛는 순간 미끄러져 물에 빠지고 말았다. 그 사람은 배를 붙잡으려 했지만 기운이 없는지 몇 번 허우적거리다가 물속에 그냥 잠겨버리고 말았다. 그가 서있던 우리 위에는 벌써 다른 사람이 올라섰다.

가족 누구도 채옥이 부두로 나온 사실이나 그 이유를 모르고 있었다. 채옥은 가족들을 무시하고 학교 감방에 갔다 온 이후, 작은할아버지에게까지 숨긴 채 어떤 정치적인 일을 꾸미고 있었다.

채옥은 하풍한테 얻은 돈으로 비밀리에 등사판을 구입해서 관지가 야경을 보고 있는 창고의 뒷방에다 감췄다. 거기서 채옥은 호와 함께 자신이 쓴 전단 문안과 호의 마르크스 번역뿐만 아니라 '학생 동맹'의 견해까지 등사했다. 채옥은 이틀에 한 번씩 불법 유인물을 갖고 우쑹으로 나가 그곳 시장의 낚시점에서 그녀를 기다리는 학생에게 건네주었다. 그 학생은 그 유인물을 다른 사람에게 나눠주었고 그런 식으로 복사물은 해안을 따라 모든 학교에 전파되었다.

오늘도 채옥은 낚시점으로 갔지만 만나기로 했던 학생은 이미 없었다. 채옥이 늦은 것이다. 채옥은 내지선(內地船)에 발을 올려놓자마자 출발하자고 말했다. 학생 동맹 모임에 늦을 수는 없었다.

채옥은 아직 남아 있는 문제들을 생각했다. 하루 바삐 미스 클레이톤을 만나서 임신 때문에 직장을 잃을까봐 자궁에 젓가락을 쑤셔넣은 '소'라는 여자를 살릴 의사를 구할 방도를 상의해야 했다. 그리고 방직 공장의 여공들에게 글을 가르칠 자원 봉사 학생을 보다 많이 끌어들이기 위한 운동을 전개해야 했다. 또 비애국적 상인의 명단을 작성해서 배포해야 했다. 명단을 배포하면 일본 상품을 파는 자들에게 큰 타격을 주는 데 도움이 될 것이다.

"아가씨, 꼭 잡으세요! 외국 발동선이 가까이 오고 있어요."

늙은 사공이 소리쳤다.

채옥은 고개를 끄덕였다. 큰 배가 일으키는 물결에 배가 출렁이자 몸을 잔뜩 웅크렸다. 울화가 치밀었다.

아무 변화도 오지 않을 거라고? 저 늙은 사공처럼 물에 침이나 뱉을 수밖에 없는 건가? 어쩌면 작은할아버지의 말씀이 옳을지도 몰라.

"너희 여자 시위대는 아무것도 해내지 못해!"

작은할아버지는 갈수록 불평만 늘어놓았다.

"불평등 조약이 있는 한 군벌들이 악당짓이나 하고 외국놈들처럼 중국의 다른 한쪽을 놓고 저희들끼리 싸움질이나 하는 한 아무런 소용이 없어. 외국인들과 싸우려면 상인들의 지지가 필요해. 중국 상인들이 장사를 못하면 득을 보는 건 일본놈들뿐이다. 모든 일에는 앞뒤가 있는 법이다. 한번에 한 발씩밖엔 못 가는 거다. 난 너희보다 더 오랫동안 혁명을 지켜보았어!"

그러나 호의 생각은 달랐다.

"무슨 혁명인가? 손문은 촌놈이다! 그가 일생 동안 혁명을 했다고 하지만, 밥그릇 하나 없는 사람들에게 뭘 주었지? 상인과 손을 잡으면 당신도 군벌과 다를 게 없어!"

"아가씨! 아가씨!"

사공이 강안의 낡은 성벽을 가리키며 말했다.

"네, 보고 있어요."

채옥은 한숨을 쉬며 말했다.

"믿지 않으실지 모르겠지만 저도 한때는 군복을 입고 성곽을 지킨 적이 있죠."

채옥이 무심코 고개를 끄덕였다. 그리고 다시 자신의 생각으로 되돌아갔다. 그녀의 노력을 과소평가하지 않는 사람은 오직 관지뿐이었다. 관지에게는 채옥의 주문이 그다지 벅차지 않은 것 같았다. 채옥이 스무 명의 남자가 필요하다고 하면 관지는 스무 명의 남자를 데려다주었다. 그리고 정보가 필요하다고 하면 정보를 얻어다주었다. 다른 사람들도 그에게서 깊은 신뢰를 느끼는 것 같았다.

사람들이 관지를 좋아하는 것처럼 관지도 사람을 좋아했다. 채옥은 갑자기 웃음이 나왔다. 관지의 첫인상은 그다지 나쁘지 않았다. 농부와 한림학사의 손녀, 두 사람은 서로 상대방에게 빠져 있었다. 관지의 따스함과 채옥의 열정은 어느 누구도 부인할 수 없었다.

배가 상하이에 도착했을 때는 태양이 서쪽 하늘에 낮게 걸려 있었다. 채옥은 배가 완전히 정박하기도 전에 뛰어내려, 남경로의 교차로로 통하는 해안도로에 모인 군중들 틈으로 재빨리 비집고 들어갔다.

갑자기 브레이크 소리와 외마디 비명소리가 들려서 채옥은 뒤돌아보았다. 행인들이 사고난 곳으로 달려갔다. 시간이 없었지만 채옥은 자신도 모르게 그쪽으로 달려갔다.

채옥이 군중의 맨 앞으로 나갔을 때 몇 명의 경찰관들이 달려와 호기심에 찬 군중들을 뒤로 물러나게 했다. 검은색 쿠페형 자동차가 인도에 바짝 붙어 세워져 있었고, 그 옆에는 턱수염을 기른 외국인 한 명이 이맛살을 찌푸리고 서있었다.

경찰관 하나가 그 외국인에게 머리를 숙여 인사했다.

"제가 다 봤습니다, 선생님. 바보 같은 저 친구가 선생님 차에 뛰어들더군요."

경찰은 영어로 말했다.

"난 저 사람을 못 봤어요! 못 봤다고요!"

운전사가 소리쳤다.

채옥이 보기에 그 외국인은 미국 사람 같았다. 채옥은 군중 사이를 비집고 차가 서있는 다른 편 쪽으로 갔다. 늙은 사공이 길 위에 오물더미처럼 뻗어 있었다. 그 옆에는 채옥의 바구니 두 개가 나뒹굴고 있었다.

외국인과 경찰이 시체 가까이 다가갔다.

"이 사람은 누구요?"

외국인이 재빨리 시체에서 고개를 돌리며 물었다. 외국인은 창백한 얼굴로 차에 몸을 기댔다.

"아무것도 아닙니다. 그냥 노동자일 뿐이죠."

경찰관이 말했다.

"불쌍한 황인종 자식. 내가 어떻게 하면 되겠소?"

외국인이 머리를 흔들며 말했다.

"저희가 처리하겠습니다. 저자의 낯짝만 본 걸로 선생님은 할 일을 다하신 겁니다."

외국인은 코트 주머니를 뒤적거리더니 지갑을 꺼내 지폐 한 뭉치를 꺼냈다.

"아마 이 정도면 도움이 될 겁니다."

"괜찮습니다, 나리. 매일 일어나는 일인걸요. 이젠 가셔도 됩니다."
경찰관은 부하에게 손짓을 했다.
"이 신사분과 함께 차를 타게. 이분이 목적지까지 안전하게 가시도록 돌봐드려."
경찰관은 부하들과 함께 차가 나갈 수 있도록 사람들을 뒤로 물러나게 했다. 사람들은 한동안 차의 뒷모습을 보고는 투덜거리며 천천히 사라지기 시작했다.
바구니! 채옥은 바구니를 집으려고 달려갔다. 다른 사람들도 달려들었다. 한 개구쟁이가 바구니 하나를 먼저 집어들었다.
"이건 내 거야!"
그러자 아이는 바구니를 던지듯 놓고 도망쳐 순식간에 시야에서 사라졌다.
다른 바구니는 이미 없어져버렸다. 없어진 바구니는 채옥에게는 쓸모없는 것이었다. 그러나 사공에게는 그렇지 않았다. 사공은 그 바구니 때문에, 그녀 때문에 목숨을 잃었다. 채옥은 바구니를 꼭 껴안았다. 마치 그것을 놓치지 않음으로써 사공의 죽음이 헛되지 않다는 것을 확인하려는 것처럼.
채옥은 배를 타고 가면서 사공에게 한마디도 하지 않았다. 채옥은 그가 젊었을 때의 모습을 상상할 수 있었다. 긴 옷자락의 군복을 입고, 변발에 화려한 색 깃을 단 제국 군대의 장교로서 중화궁을 지키던 모습을. 아니면 그것이 사공의 유일한 꿈이었을까?
채옥은 갑자기 현기증이 났다. 그녀는 골목의 가로등을 향해 걸어가서는 가로등에 몸을 기대고 서서, 시체 싣는 수레가 다가오는 걸 보았다. 수레가 떠나자 고무장갑을 낀 사내들이 피를 씻어냈다.
채옥은 돌아서서 남경로를 향해 무작정 걸었다. 저승에 있는 사공의 모습을 생각해내려고 애썼지만 수레 위에서 여전히 피를 흘리는 시체만 자꾸 머리에 떠올랐다. 그 사공은 예수를 믿지 않고 우상을 숭배했겠지? 바구니 두 개를 돌려주려고 내 뒤를 쫓아왔던 그 착한 사람. 그는 상속받은 땅이 한 뼘도 없겠지. 그런 사람들이 수백만 명이나 있다. 너무나 가난해서 내의 한 벌 못 사 입고 너무나 허약해서 싸움조차 못하는 그런 사람들이.

주님, 이유가 뭡니까? 채옥은 몇 번이고 속으로 울부짖었지만 대답은 없었다.

채옥은 어둠 속에서 자신이 선교사 학교에 와있다는 걸 깨달았다. 채옥은 시위행진이 시작된 이후 이곳에 온 적이 없었다. 그녀는 학교 안으로 뛰어갔다. 그러나 처음 보는 얼굴의 수위가 제지했다.

"여보세요, 아가씨는 여기 분이 아니군요!"

"전 클레이톤 선생님을 만나러 왔어요."

"여기 안 계세요. 오지에 가셨어요."

수위가 퉁명스럽게 말했다.

"하지만 꼭 만나야 해요!"

"다음 주에나 돌아오실 겁니다!"

채옥은 교회 쪽으로 몸을 돌렸다. 제단에는 촛불이 켜져 있었다. 채옥은 맨 앞에 있는 의자에 앉아 기도했다.

"하나님 아버지시여. 이름을 거룩하게 하옵시며, 나라이 임하옵시며……"

채옥은 멈췄다가 다시 시작했다.

"하나님 아버지시여……"

채옥은 그 말에 숨이 막혔다. 하나님은 조금 전에 차에 치어 죽은 그 노동자를 모르셨다. 불쌍한 황인종 자식. 한낱 보잘 것 없는 중국인.

문이 열렸다 닫히면서 차가운 밤공기 한줌이 몰려왔다. 채옥은 몸을 떨며 가까이 다가오다가 통로 건너편에서 멈춘 발소리에 귀를 기울였다.

"하나님 아버지시여……."

웅얼거리는 목소리가 들렸다.

채옥은 고개를 돌려 그를 바라보았다.

"우리의 죄를 사하여 주옵시고……."

남자가 목소리를 높였다.

물론 사해주시겠지. 하나님은 저 외국인 크리스천의 기도는 받아주시겠지. 채옥은 그런 생각을 하며 일어섰다.

채옥은 자정이 지나서야, 자신이 플로베르 가 4번지에 서있음을 깨달았다. 어머니의 방에는 불이 켜져 있었다.

그때 차 한 대가 옆으로 다가와 섰다.

"채옥아, 어디 있었니? 차에 타거라."

하풍이 문을 열고 말했다. 채옥은 차에 탔다.

"무슨 일이 있었니?"

하풍이 팔로 감싸안았지만 채옥은 저항하지 않았다.

"어머니께는 네가 나하고 같이 있다고 말씀드렸어. 그런데 어머니는 네가 집에서 저녁을 먹었으면 한다고 내 사무실로 전화를 하셨단다. 그래서 전화를 받고 곧장 이리로 와서 계속 너를 기다렸지."

채옥의 눈에서 눈물이 떨어졌다.

"무슨 일이니? 왜 우는 거야?"

채옥은 아무 말도 하지 않았다. 늙은 사공에 대한 슬픔을 어떻게 설명할 수 있단 말인가? 그리고 자신이 어머니의 딸이고 미스 클레이톤의 제자이며 지금은 하풍의 품에 안겨 있는, 용선에 탔던 소녀라는 슬픔에 대해서는 어떻게 설명할 수 있단 말인가?

하풍은 채옥이 울음을 그칠 때까지 꼭 껴안은 채 계속해서 채옥의 이름을 조용히 불렀다. 채옥이 아무 대답 없이 꼼짝도 하지 않자, 하풍은 채옥이 피할까 두려워하는 것처럼 재빨리 그녀에게 입맞춤을 했다.

하풍은 채옥을 잘 알고 있었다. 채옥이 떠나리라는 건 기정사실이었다. 올해는 아닐지 모른다. 어쩌면 내년도 아닐지 모른다. 그러나 결국에는 떠날 것이다. 채옥은 아무런 욕망도 없이 하풍에게 잠시 동안 몸을 맡겼다.

그러나 그들이 떨어졌을 때 채옥은 하풍의 눈에 행복감과 희망이 깃들어 있는 것을 보고 정신이 번쩍 들었다. 채옥은 그의 입술에 가만히 손을 대고 고개를 저으며 속삭였다.

"그만, 그만."

채옥은 가쁜 숨을 내쉬며 하풍의 품에서 빠져나와 차에서 내렸다.

하풍이 불렀지만 채옥은 뒤도 돌아보지 않고 걸어갔다.

채옥은 차와 집의 중간쯤에 잠시 멈춰서서 창문에 켜진 등불을 바라보았다. 등불은 마치 어머니가 기다리고 계신다고 말하는 듯했다. 채옥은 급히 집으로 뛰어 들어갔다. 하풍은 그녀가 집안으로 들어갈 때까지 지켜보고 있었다.

채옥은 조용히 문을 잠그면서 떠나야 한다는 생각을 다시 했다. 사람들에게 희망을 주어서는 안 된다. 그들의 가슴을 자꾸만 찢어서는 안 된다. 단 한번이면 충분하다.

채옥은 며칠 지나서야 하풍의 차에 두고 내렸던 바구니가 생각났다. 그러나 그것을 돌려달라고 해봐야 아무 소용없는 짓일 것 같았다.

몇 주일이 지난 어느 날, 채옥과 관지는 물건을 사러 나온 사람들로 붐비는 복주로를 따라 〈새 중국 출판〉을 향해 걸어가고 있었다. 길가에 피어 있는 수선화의 향기가 마치 하늘과 땅이 화합하는 것처럼 짙은 향기를 내뿜고 있었다. 진주로의 길목 가까이에 오자 사람들이 모여서서 길을 막고 있었다.

"사고가 났나요?"

채옥이 초조한 눈빛으로 관지를 쳐다보며 물었다. 관지는 싱긋 웃으며 고개를 흔들었다.

"그냥 행상인입니다."

"행상인?"

관지가 고개를 끄덕이다 갑자기 웃음을 터뜨렸다. 채옥은 영문도 모른 채 따라 웃었다. 한참 후 웃음이 멎자 채옥이 물었다.

"뭐가 그렇게 재미있어요?"

"당신 같으면 머리가 벗겨진 저 행상에게서 머리털 나는 약을 사겠소?"

채옥은 다시 웃다가 문득 자신이 기다릴 만큼 기다렸다는 것을 깨달았다.

"이리 따라오세요."

채옥은 약간 침침한 샛길로 재빨리 걸어 들어가면서 관지에게 따라오라고 손짓했다. 관지는 항상 그랬듯이 묻지도 않고 시키는 대로 했다. 채옥은 그를 작은 찻집으로 데리고 갔다. 채옥은 문에 들어서면서 자신들을 아는 사람이 없음을 확인했다.

매일 그 찻집에 나와 담배를 피우며 마작을 하는 노인네들이 방해라도 받은 듯이 눈살을 찌푸리며 두 사람을 보았다. 뚱뚱한 부인이 뒷방에서 달려 나와 탁자를 걸레로 닦았다.

"어서 오십시오!"

주인은 두 사람이 자리에 앉자 웃으며 머리를 숙였다.

"아가씨, 선생님, 운무차가 어떻습니까? 최고급품이죠."

"가장 싼 것이 좋겠군요."

관지가 대답하기 전에 채옥이 먼저 말했다.

주인이 한숨을 내쉬고 고개를 흔들며 부엌으로 들어갔다. 그때 반백의 노인이 "잡았다!" 하고 소리를 질렀다.

"그런데 왜 여기 온 겁니까, 아가씨?"

"동생이라니까요! 동생이라고 부르기로 약속했잖아요?"

관지가 머리를 긁적이며 북소리처럼 무덤덤한 목소리로 채옥이 시키는 대로 불러보았다.

"그런 식으로 말하지 마세요!"

관지는 움찔했다.

"내 말에는 대답도 하지 않고……."

주인이 돌아와 그들 앞에 찻잔을 내려놓았다. 갈색 찻잎이 미지근한 물의 표면을 뒤덮고 있었다.

관지는 탁자에 팔을 괴고 잔을 들여다보면서, 찻잎이 잔의 밑바닥에 가라앉도록 부드럽게 입김을 불었다. 채옥은 잔을 한쪽으로 밀어놓고 자신이 오랫동안 생각해왔던 것에 관지가 동의할지 생각해보았다. 자신의 생각이 논리적이기 때문에 관지가 반대하리라고는 생각은 들지 않았다.

"오빠……."

채옥은 갑자기 목이 메어서 찻잔에 손을 댔다.

"오빠."

채옥은 다시 말을 꺼냈다.

"우리는 벌써 거의 일년 이상을 함께 일해왔어요. 하지만 우린 개인적인 얘기를 한 적은 없어요. 난 우리가 서로를 아주 잘 안다고 생각해요. 오빠 생각은 어때요?"

관지가 다시 웃었다.

"맞아, 우리 생각은 항상 일치하지."

"그럼, 우린 서로 가장 친한 친구가 아닌가요?"

관지가 얼굴을 붉히며 고개를 끄덕였다.

채옥은 관지가 계속 말하기를 기다렸지만 그는 시선을 피하며 새장을 바라보았다.

어쩔 수 없었다. 채옥은 단도직입적으로 물을 수밖에 없었다.

"오빠."

"응?"

"오빠는 나를 어떻게 생각하세요?"

관지는 다시 얼굴을 붉히며 눈을 내리깔고 찻잔을 입에 댔다.

"말씀 좀 해보세요."

"나는 말재주가 없는 사람이야. 왜 그런 질문을 하지?"

"난 알아야 해요."

관지가 다시 차를 마시려 하자 채옥은 그의 찻잔 위에 손바닥을 가져다댔다.

"제발, 나를 정말 어떻게 생각하는 거예요?"

"나는……. 나는……."

관지는 목청을 가다듬었다.

"네?"

"나는 동생을……. 동생을 위해서라면 죽을 수도 있어."

채옥은 한숨을 쉬었다. 내가 옳았어. 나와 결혼하겠지. 일단 결혼하면 안심이 될 거야. 다시는 돌이킬 수 없을 테니까.

"오빠, 나는 오빠가 나를 위해서 죽는 것을 원하지 않아요."

"내 말은……. 왜 그런 걸 묻는 거지? 쑥스럽게 말이야."

관지가 엄지손톱으로 탁자를 긁으며 말했다.

"오빠는 우리가 모든 것에 대해 생각이 같다고 말했잖아요."

"시위나 외국인, 그리고 그와 비슷한 것들에 관해서는 생각이 같지. 하지만 우리는 모든 면이 똑같지는 않아."

"나는 한림학사의 손녀고 오빠는 소작인의 아들이기 때문에요?"

관지는 고개를 끄덕였다.

"또 너는 영어를 읽을 뿐만 아니라 내가 영어로 말하는 것보다 더 빨리 영어를 쓸 줄도 알아. 우리 아버지 집에 있는 책을 너희 집에 있는 책과 비교한다면 그야말로 새 발의 피야. 그리고 너의 조상들은 모두 학자였지. 하지만 우리 집안에서 겨우 이름자나 쓸 줄 아는 사람은 내가 처음이야."

채옥은 그 말을 듣자 쑤저우에 있는 조상들의 사당과 집안의 소작농들이 사당 옆에 어색하게 서있는 모습이 떠올랐다. 그녀는 재빨리 그 생각을 떨쳐버리고 입을 열었다.

"오빠는 이해하지 못하는군요. 나의 정당한 자리는 어머니나 가문 속에 있는 게 아니에요. 나의 정당한 자리는 우리가 함께 작업하는 일터에 있어요. 조상에 대해선 관심 없어요. 난 오빠가 좋아하는 걸 좋아할 뿐이에요. 가문이 아닌 중국이 내 가족이에요."

"그렇지 않아. 아무리 현대 여성이라 해도 그런 말을 하면 못써."

관지가 말을 마치고 불쑥 일어섰다. 일어서다가 무릎이 탁자에 부딪혀 잔이 엎어졌다. 관지는 돈을 찾느라 바지 주머니를 뒤적였다.

"이제부터는 모임에서만 만나자."

관지는 탁자에 동전을 한줌 꺼내놓았다.

"미안해."

채옥은 동전을 집어서 돌려주었다.

"난 아직 가고 싶지 않아요. 제발 앉아요."

관지가 다시 의자에 천천히 앉았다.

채옥은 참아야 한다고 생각하며 찻잔을 들었다. 차는 이미 차가워져 있었다.

"이것이 새 중국이에요. 우리는 이제 어린아이가 아니에요. 우리는 우리 스스로가 자유롭게 선택한 사람하고만 결혼하기로 약속했잖아요. 내 말이 틀려요?"

관지는 노인네들을 돌아보았다. 한 노인이 귀에다 손을 대고 열심히 엿듣고 있었다. 관지는 그들이 채옥을 보지 못하도록 몸으로 가려주기 위해 의자를 옮겼다.

채옥은 듣게 내버려두지, 하고 생각하며 다시 물었다.

"내 말이 틀려요?"

"맞아. 하지만……."

"관지씨, 난 당신과 결혼하고 싶어요."

관지는 채옥을 빤히 바라보았다. 순간 채옥은 그가 화가 났다고 생각했다. 관지가 입을 열었다.

"나를 놀리는 거지?"

채옥이 손을 뻗어 관지의 손을 잡았다.

❀ 흔적

젊어서 고향을 떠나 늙어서 돌아오니,
말투는 옛날 그대로인데 머리가 백발이네.
자식들은 나를 알아보지 못하고,
'손님은 어디서 오셨소?' 하네.
―하지장(당나라)

구름이 상하이의 하늘을 시꺼멓게 뒤덮고 있었다. 복수심에 불타는 용이 내뿜는 분노의 김 같은 바람이 세차게 몰아쳤다. 용재는 서예용 책상에 앉아 붓을 쥐고 자세를 가다듬었다. 그는 폭풍이 다가오는 것도 모르고 있었다. 하인들이 집안을 바쁘게 오가며 창문을 닫았다.

지금 용재가 있는 방은 한때 춘월이 쓰던 방이었다. 그 방은 지난 몇 년 동안 먹과 붓, 종이와 물감을 넣어둔 책장과 책상 외에는 텅 비어 있었다. 용재는 이 방에서 자유롭게 다른 세계를 여행했다. 옛날의 문인이나 시인들이 그랬던 것처럼 습작을 통해 연마한 서화를 즐겼고 한번도 오른 적이 없는 상상의 산에서 내려다본 풍경에서 떠오르는 느낌이나 추억을 그리며 시간을 보냈다. 용재는 균형과 통일성을 창조하면서 무한한 가능성을 추구했다. 그리고 만족했다.

용재가 처음으로 그림을 그려야겠다고 생각한 건 3년 전이었다. 채옥이 졸업한 후 쑤저우로 떠나는 춘월과 이별한 다음에 말천거리의 집으로 혼자 돌아왔을 때였다. 자신을 찾아온 여인의 조용함과 사내아이의 구슬픈 울음소리 때문에 충격을 받았던 밤 바로 그 다음날이었다. 그들을 보내고 돌아오자 텅 빈 방에서 그를 맞아주는 건 오직 침묵뿐이었다. 용재는 공허함 때문에 긴장이 되었다. 그 상태로 지금 앉아 있는 책상 앞에 몇 시간이나 앉아 있었다. 아무 생각도 나지 않았다. 그때 샌프란시스코를 떠난 후부터 내팽개쳐져 있던 붓을 처음으로 손에 잡은 것이다.

용재는 대나무의 첫 가지와 잎사귀를 어떻게 그려야 할지 기억해낼 수가 없었다. 바람에 휘기는 하지만 결코 꺾이지 않는 대나무. 용재는 열병에 걸린 것처럼 잔가지 하나하나를 그려나갔다. 당나라 때 한 노인이 어떤 화가에게 했다는 말이 생각났다.

"군자는 음악과 서예와 그림을 좋아한다. 그러면서도 과도한 쾌락에 빠지지는 않는다."

용재는 시간가는 줄 모르고 열중했다. 그의 붓끝은 날아가듯 자유로이 움직였고 한순간의 망설임도 없이 대나무의 섬세한 가지를 만들어나갔다. 그 후로 용재는 밤마다 무덤과 하늘, 안개, 달그림자, 졸고 있는 사람의 모습을 습작했다. 그러다가 마침내 화첩에 있는 모든 그림에 숙달하게 되었다. 일단 붓이 화선지에 닿으면 율동적인 힘이 솟아나면서 그림이 서서히 모습을 드러냈다. 그림이 완성되면 그는 탈진과 함께 새로운 희열을 맛볼 수 있었다.

오늘밤 용재는 명상 속에서 맑은 연못과 잉어, 그리고 물 위에 비친 아름다운 소녀의 치맛자락을 보았다. 용재는 물에 붓을 씻고 준비해 둔 맑은 먹물에 붓끝을 적셨다. 붓이 종이에 닿자 연못의 윤곽을 드러내면서 먹물이 종이 위에 번져나갔다. 그는 그런 동작을 반복하면서 물고기를 그리고, 바위와 대리석 의자를 더하고, 물고기를 잡으려 손을 뻗은 소녀의 모습을 그렸다.

용재는 완성된 그림을 한참이나 꼼꼼히 들여다보고선 만족해했다. 그것은 그의 가슴에 남아 있는 흔적이었다.

성현께서 말씀하셨다. 현명한 인간의 정신은 어린아이의 정신과 같다고. 그의 가슴속에 있는 어린아이는 언제나 춘월이었다. 다른 세상이라고 해서, 계절이 바뀌었다고 해서 어떻게 두 사람이 떨어질 수 있단 말인가? 용재의 손이 곱게 땋은 머리와 치맛자락 위에서 머뭇거렸다. 마치 손으로 잡기라도 하려는 듯이. 용재는 붓을 씻고 그림을 치웠다.

용재는 여느 때처럼 아래층으로 내려가 하인에게 차를 가져오라고 했다. 하인이 차를 가져오자 그는 담배를 피우며 천천히 차를 마셨다. 찻잎은 같은 해에 같은 사람들이 따서 말린 것일 텐데도 왠지 금덕이 달였을 때처럼 맛이 좋지 않았다. 용재는 처음에는 물 때문이라고 생각했다. 그래서 아내가 상하이로 물을 보내준 적도 있었다. 그러나 맛은 달라지지 않았다.

용재가 가장 최근에 고향을 찾았을 때 금덕은 악몽을 꿨다. 고통스러운 울음소리를 듣고 황급히 침실로 달려가 아내를 달랬다. 얼마 후 금덕은 용재에게 꿈 이야기를 털어놓았다.

"저는 일주일 내내 빵을 굽고 있었어요. 그런데 당신이 부엌에 들어와서 밀가루 반죽을 다시 하라는 거예요. 저는 몇 번이고 다시 반죽을 해봤지만 전과 똑같았어요. 제가 솜씨가 부족하다고 말씀드렸더니 당신은 저를 내쫓으셨어요. 저는 새로 산 굽 높은 구두를 신고 이 마을 저 마을을 헤매며 걷고 또 걸었어요."

그 후 떠나기로 한 전날 밤 용재는 아내와 함께 지냈다. 용재는 아내가 자는 모습을 보며, 자신이 귀재를 장인에게 보낸 일을 후회하는 게 아닌지 곰곰이 생각해보았다.

용재는 동생을 생각하며 한숨을 쉬었다. 그가 떠나올 때 귀재는 자기에게 편지를 보냈다. "보여줄 것이라고는 아무것도 없는 쓸모없는 인생"이라는, 가슴을 아프게 하는 긴 편지였다. 그러나 귀재가 상하이로 돌아와 이 방에서 탁자를 사이에 두고 앉았을 때, 그들은 몇 시간 동안 아무 말도 하지 않았다. 용재는 자기 탓이라고 결론을 내렸다. 귀재는 나를 보기만 하면 심란해지는 거야. 노대인을 실망시키고 나를 저버리고 우리의 운동을 저버렸다고 생각하는지도 모르지. 그리고 그게 사실인지도 몰라. 하지만 나는 노대인을 너무나 사랑했기 때문에 그분이 좋아하시던 옛것을 송두리째 다 버릴 수 없었던 거야……

찻잔이 비었다. 다시 차를 부었을 때 차는 식어 있었다. 용재는 하인을 불러 찻잔을 치우게 했다.

용재는 불을 끄고 층계를 오르며 생각했다. 아마 우리같이 배운 사람들은 자기가 원하는 것만 보고 있는지도 몰라. 우리가 그리는 풍경화에서처럼 나머지는 모두 안개 속에 숨기고 상세한 것은 생략하고 인상만을 요구하는 거지. 인간은 산 앞에서 왜소해지고 얼굴에 나타난 고통이나 기쁨, 그리고 입은 옷에 대해서는 아무도 말하지 않아. 현실성이 죽어버린 정물. 전쟁도 없고 피도 없지.

"우리는 너무 멀리 보는 거야. 우리는 아마 아무것도 보지 않는지도 몰라."

용재는 혼자 큰소리로 말했다.

잠이 오지 않았다. 편히 쉴 시간이 되면 으레 '새 중국'이라는 골칫거리가 떠올랐다. 시간이 계속 흐르면서 잠을 이루지 못할지 모른다는 고민에 빠졌다. 그것 역시 불가피한 현상이었다. 용재는 두 가지 근심 사이를 오락가락하며 깨어 있었다. 너무나 피곤했다.

용재는 출판과 출판사의 재정적 어려움에서 벗어나고 싶었다. 손해를 본 친구들은 회사를 팔아서 그들의 투자에 대해 그가 할 수 있는 한도내에서라도 보상해주었으면 하는 뜻을 여러 차례 비쳤다. 용재는 그들의 말을 거부하고 매년 자신이 성공하기만을 희망했다. 그러나 그즈음에 귀재와 채옥이 끼어들기 시작했다. 두 사람은 교과서 대신 혁명적인 내용을 담은 소책자를 찍어내기 시작했다. 그것은 군벌이나 베이징의 정치가들, 외국인들의 분노를 살 위험이 있었다. 그래서 뇌물까지 필요하게 되었다.

용재는 머리를 흔들었다. 그것이 부당한 짓이라는 걸 용재는 알고 있었다. 출판은 조금도 이익을 남기지 못했다. 앞으로 틀림없이 그럴 것이다.

갑자기 방안이 답답하여 숨이 막힐 듯했다. 누가 창문을 닫았을까? 비라도 왔나? 용재는 일어나서 창문을 열었다. 달이 구름 속으로 미끄러져 들어가는 게 보였다.

"죽음은 어떤 거예요?"

용원이 물었었다. 이제는 용재 자신도 그것이 의심스러워졌다. 내 자식들도 용원의 나이 때 그런 생각을 했을까? 용재는 알 수 없었다.

아들들은 한 달에 한 번씩 정기적으로 편지를 부쳤다. 원표는 하버드에서 수학을 공부하고 있고, 명표는 MIT에서 물리학과 지질학을 전공하기 위해 지난해에 출국했다. 그 아이들은 산이 무엇으로 만들어져 있는지 설명할 수 있었다. 그러나 산을 가슴으로 느낄 줄은 몰랐다. 용재가 노대인에게 보냈던 편지와 지금 그들이 보내오는 편지는 얼마나 다른가? 그들이 보내는 편지는 소위 '스케줄' 같은 것이었다. 그러나 용재가 노대인에게 보냈던 편지는 그때그때의 상념이 담긴 순수한 표현이었다.

자식들이 귀국할 때까지 내가 살아 있을 수 있을까? 그때가 그 애들에 대해 알 수 있는 마지막 기회가 되겠지…….

차츰 쑤저우로 갔던 생각이 다시 되돌아오기 시작했다. 결국 한 가지 일이 남은 셈이다. 용재는 하풍에게 집과 출판사를 팔아달라고 부탁할 예정이었다. 아마 그 고아가 출판인 역할을 맡겠다고 나설지도 모르지. 인생은 하나의 유희일 뿐, 그 이상의 아무것도 아닌 것처럼 모든 일을 즐기는 친구니까. 〈새 중국 출판〉이 살아남기 위해서는 하풍의 손에 넘어가는 것이 가장 좋다는 건 분명했다. 그렇지 않으면 상당한 금액으로 출판사를 살 사람을 찾아내는 수밖에 없었다. 용재는 슬그머니 혼자 웃었다. 한때 하풍이란 놈이 나중에 커서 장씨 가문의 창고를 갉아먹는 들쥐가 될 거라고 생각한 적이 있었다.

용재는 불을 켜고 한참 동안 앉아 있었다. 침대 옆의 탁자에 놓인 칠보자기 상자의 뚜껑에 새겨진 소나무를 바라보다가 문득 대문 앞에 서있던 아버지의 환영이 떠올랐다.

❀ 여성 간부

해마다 군중 시위가 계속되었다. 도시마다 파업이 일어나고 항구의 기능마저 마비되었다. 노동자들은 선동자의 명령에 따라 일을 중단하거나 많은 것을 요구했다.

해가 갈수록 군중의 약탈과 싸움이 심해졌다. 조약은 여전히 불평등 그대로였다. 그리고 수천만 명의 사람들이 홍수와 한발로 죽어갔다.

그 같은 엄청난 어려움과 맞서기 위해서는 적과 친구가 되는 수밖에 없었다. 유럽에서 교육을 받고 돌아온 크리스천 손문은 기대를 가지고 러시아로 돌아섰다. 코민테른은 중국 공산주의자들에게 손문의 국민당에 협력하라는 지령을 내렸다. 공산주의자들과 국민당은 함께 '내부의 매국노를 척결하고 외부의 침략에 대항하는' 군대를 창건했다. 손문이 죽은 뒤인 1926년, 병인년 여름에 장개석은 광둥에서 중국 통일을 위한 북벌을 개시했다.

그러나 곳곳에서의 승리와 함께 통일 전선은 분열되었고 각 당파는 상대편이 전쟁이 끝난 후 지배권 분할을 충실히 수행할 것인지에 대해 의심을 품었다. 누가 친구이고 누가 적인지를 결정하는 문제로 가장 첨예하게 대립했던 곳은 후난이었다. 국민당 중앙집행위원회의 비상임위원이자 중국 공산당의 농민부장이었던 모택동이 1927년, 정묘년 봄에 호남에서 다음과 같은 보고서를 제출했다.

"최소 10무 정도의 토지를 소유한 자는 '향적(鄕賊)'으로 규정하며 도포를 입은 자는 '악덕 향신(鄕伸)'으로 단죄한다. …… 농민의 압제자 누구, 악덕 향신 누구라는 글자가 쓰인 큰 종이 모자가 단죄를 받은 자의 머리에 씌워지고 그 자는 가죽끈에 매여 마을 구석구석을 끌려다니게 된다. …… 한 사람의 처형이 전 국토를 뿌리째 흔든다. 그리고 그것은 사실 봉건적 전제를 타파하는 아주 효과적인 수단이다. …… 순식간에 수백의 농민들이 선풍처럼 또는 폭풍처럼 들고 일어나 유례없이 신속하고 격렬한 힘을 내뿜으며, 아무리 강대한 폭력도 그것을 진압하지 못할 것이다. …… 그들은 모든 제국주의자, 군벌, 부패한 관리, 향적, 악덕 향신을 무덤으로 보낼 것이다. 모든 혁명적인 정당과 모든 혁명 동지들은 그 모습을 앞에서 지켜볼 것이다."

―중국사

채옥은 차가운 북풍을 피해 머리를 숙이고 가파른 오솔길을 터벅터벅 걸어 올라갔다. 짐승의 털처럼 빽빽하게 우거진 거대한 전나무 숲 사이를 지나 희림촌으로 가는 중이었다. 발은 돌처럼 무거워서 한 발자국 떼기도 힘들었다. 10리만 더 가면 되었다. 채옥은 오직 따뜻한 쌀뜨물죽 한 사발밖에는 생각나지 않았다.

채옥은 자신이 성공하리라는 걸 결코 의심하지 않았다. 자신의 미모를 조금도 자랑스러워하지 않던 소녀가 이제는 자신의 힘에 지나칠 정도로 집착하는 여인으로 성장했다. 관지는 그녀를 이곳 산간 오지로 데려온 지 한 달 쯤 지나 채옥에게 산옥이라는 이름을 지어주었다. 그 이름은 마가렛과 마찬가지로 채옥이 지금까지 받았던 그 어떤 상보다 더 기쁜 것이었다. 그 후 여섯 해가 지나는 동안 채옥은 후난의 거친 사투리를 빠르게 익혔고 농민회가 관리하는 후난 지방의 여러 구역에서 순회 교사 및 조직책으로 일했다.

한편 불안과 위험 속에서 사는 일에도 익숙해졌다. 관지가 외국의 지주나 상인한테 운동자금을 염출해내는 일을 맡고 있어서, 그가 언제 배신을 당해 체포될지 알 수 없었기 때문이었다. 채옥은 '신운'이라는 이름을 가진 아들을 낳았고 두 살까지는 어느 곳을 가든 아이를 업고 다녔다. 그러다 아이가 심한 열병에 걸리자 채옥은 곧장 상하이로 가 춘월에게 아이를 맡겼다. 그때 춘월은 채옥을 금방 알아보지 못했다.

채옥은 자주 그랬듯이 갈림길에서 걸음을 멈추고 가쁜 숨을 가다듬으며 미스 클레이톤을 생각했다. 학교 사람들은 그 여선생이 후난에서 죽었다고만 말했다. 그 선생들은 후난이 아주 작은 마을인 것처럼 말했다. 일의 진상을 알아볼 수도 있었지만 채옥이 그 소식을 들었을 때는 관지와 함께 상하이를 막 떠나려던 참이어서 그럴 시간이 없었다. 이제 채옥으로선 자신의 선생이 바로 옆의 능선 너머에 묻혔을 거라고 생각하는 편이 가장 속편할 것 같았다.

채옥이 승령사에 도착한 것은 이른 오후였다. 절은 높은 벼랑 위에 있었기 때문에 구름이 낄 때는 아래에서 들일을 하는 마을 사람들 눈에도 보이지 않았다. 절은 멀리서 보면 극락 같았지만 안으로 들어서면 칙칙하고 음산했다. 그러나 그곳에서 허수아비처럼 종이와 짚으로 추위를 가리고 있는 스무 명 남짓의 여인들은 그런 것은 아랑곳없는 듯 조금도 신경을 쓰지 않았다. 여인들은 아장아장 걸어다니는 아기들에게서 눈을 떼지 않고 삼을 꼬거나 헝겊 조각을 모아 구두창을 만들고 있었다. 모두 즐겁게 이야기를 나누었다. 겨울이면 항상 이곳이 많은 사람들이 모여서 재담을 할 수 있는 유일한 장소가 되었다.

"어서 오세요! 어서 와요!"

아낙네들은 채옥을 보자 다들 반갑게 환영하며 배낭을 받아들고는 지주의 집에서 몰수한 단 하나뿐인 자단나무 의자에 채옥을 끌어 앉혔다. 아낙네들은 채옥에게 화로를 옮겨주었다. 홍씨 성을 가진 아낙네는 시원찮은 화롯불 위에 나뭇가지를 더 올려놓았다. 그리고 모두들 여성 간부가 장갑을 벗고 불에 손을 녹이는 모습을 조용히 지켜보았다. 아낙네들의 하얀 입김이 천장의 들쑥날쑥한 구멍을 향해 올라갔다.

얼마 후, 아낙네들의 우두머리인 나이 많은 노주가 입을 삐쭉 내밀며 말을 꺼냈다.

"우리네같이 못 배운 사람들을 가르치려고 이런 날씨에 여기까지 오시다니 얼마나 고생하셨어요? 사실 우리는 너무 오랫동안 멍청하게 살아왔어요. 그래서 몇 달씩 가르쳐도 별 효과가 없을 거예요. 지주네 식구들은 모두 상하이로 도망갔어요. 땅은 전부 분배되었죠. 젊은이들이 기를 펴고 꼼지락거리고 있어요. 모든 것이 잘 되었죠."

"난 그렇지 못해요."

뒤에 서서 얼굴을 찌푸리고 있던 몸집 큰 여인이 소리쳤다.

노주가 역겨운 듯 침을 뱉었다.

"저 따위는 신경 쓰지 마세요."

그러나 그 몸집이 큰 여인은 사람들을 헤치고 앞으로 나와 여성 간부의 면전에서 불평에 가득 찬 얼굴로 우두머리 아낙네를 노려보았다.

"내 몫이 균등한 분배라고 생각하는 거예요? 내 자갈투성이 논이 당신네 개울가 논과 똑같지는 않잖아요?"

"노모, 당신은 마늘밭이 있잖아?"

노주는 전문가의 동조를 구하듯 얼른 채옥을 바라보며 노모를 꾸짖었다.

채옥은 손을 비비며 바쁜 척했다. 이런 일에는 일이 어떻든 간에 자기의 의견을 감추는 것보다 드러내놓고 싸우는 편이 훨씬 나았다. 그들은 토지가 분배된 이후로 매달 똑같은 논쟁을 되풀이해왔다. 지난 달에도 다른 사람들이 똑같은 문제로 싸웠다.

"마늘밭 갖곤 어림도 없어! 당신은 기름진 땅을 얻었는데 내가 그까짓 자갈논으로 만족할 줄 알아?"

노모가 주먹을 거칠게 휘두르며 말했다.

다른 사람이 끼어들었다.

"악담은 그만하세요. 이번 주는 공부하는 주예요."

"모두 똑같아. 다 마찬가지예요."

"자꾸 그러면 당신, 우리 마을에서 얼굴 들고 못 살 거예요."

아낙네들의 목소리가 갈수록 커졌다. 노주가 조용히 하라고 손뼉을 쳤다. 조용해지자 노주가 입을 열었다.

"모두가 마찬가지예요."

"모두가 마찬가지라면 왜 당신은 내 것과 바꾸지 않는 거지? 똥주, 당신의 땅과 내 자갈밭을 왜 바꾸지 않느냐고?"

노주는 너그러운 마음으로 그 모욕을 무시한 채 자세를 고쳐 앉았다.

"그렇게 욕심 부리지 말아요! 당신은 농민회가 있기 전에 뭘 가지고 있었죠? 방귀밭을 가지고 있었어요?"

웃음소리와 함께 몸집이 큰 아낙네가 지고 말았다.

채옥은 노모를 불러 더이상의 충돌을 막았다. 수업을 시작하는 게 최선이었다. 노모가 곧 뒤로 물러갔다.

채옥이 일어나자 아낙네들이 모두 입을 다물었다. 채옥은 참을성 있게 지난 달 했던 수업을 반복했다. 자신의 이름과 '어머니' '아버지' '언니' '오빠' '동생' 등의 글자도 반복해서 가르쳐주었다. 연필도 종이도 없어서 단어를 한 자씩 마룻바닥에 검지손가락으로 쓰고 지워야 했다.

채옥은 일단 배운 글자를 복습시켜 외우게 한 다음, '중국' '쌀' '당나귀' '토지' '자유' '봉건' 등 새로운 글자를 가르쳐주었다. 언제나처럼 몇몇 사람들은 아예 포기해버리고 구석으로 빠져나가 잡담을 했다. 아주 굳게 결심한 사람만이 글자를 다 외웠다. 그리고 아낙네들 가운데 반은 채옥이 다시 오기 전에 가르쳐준 글자를 다 까먹었다. 채옥은 '천리길도 한 걸음부터'라는 말을 명심해야 한다고 생각했다. 이제 시작이다.

채옥이 일어섰다. 허리를 펴는데 등이 저렸다. 구석을 얼핏 보자 노모가 안쪽으로 기어 들어가 기둥 뒤에 숨었다. 채옥은 기둥 뒤로 가서 노모의 손을 잡고 나와서 그녀를 자단의자 옆에 앉혔다. 아낙네들이 조금 술렁였지만 아무도 반대하지는 않았다.

채옥은 일주일간 계속되는 방문 수업의 첫 시간에는 글자 공부를 시킨 다음에 아낙네들에게 이야기를 들려주곤 했다. 채옥은 대개 정신적으로 긴장하기 쉬운 정치적 의견은 말하지 않았다. 여행 때문에 너무나 피곤했고 아낙네들 역시 자기들이 알고 있는 이야기를 더 좋아했기 때문이었다. 또 첫 시간이 잘 되어야 일주일이 잘 되었다. 채옥은 손뼉을 쳐서 주의를 환기시키고, 오늘은 '제일 방직공장' 화재와 '방직공을 조직화한 젊은 황 동지' 얘기를 해주겠다고 말했다.

아낙네들이 환호성을 지르며 채옥의 주위로 몰려들었다. 채옥은 다시 자리에 앉았다. 채옥은 아낙네들의 진지한 얼굴을 보고는 만족해서 속으로 웃었다. 채옥의 이야기는 어머니가 그녀에게 해줬던 얘기와는 달랐지만 똑같은 마력을 지녔다.

사람들이 자리를 정돈해서 앉기를 기다리는데 조그마한 사내아이가 비틀거리며 앞으로 걸어나왔다. 채옥은 어머니 춘월의 무릎에 앉아 이야기를 듣고 있을 신운이 생각났다. 그 아이는 몇 주 있으면 다섯 살이 될 것이다. 그러나 아이는 채옥을 모르는 채 자라고 있고, 채옥도 아이의 얼굴이 떠오르지 않았다. 비단옷을 입은 것까지는 상상할 수 있었지만 얼굴은 전혀 생각나지 않았다. 채옥은 하풍이 꾸짖는 소리가 들리는 듯했다.

"너의 그 여선생조차도 가족들과의 동질성은 유지하고 있어. 가족들을 가끔씩 보면서 말이야. 하지만 너는……."

채옥은 일어섰다. 아낙네들이 기다리고 있었다.

채옥이 아이의 머리를 토닥이자 아이는 거북이처럼 머리를 움츠렸다. 채옥은 이야기를 시작했다.

"제일 방직공장의 여성 근로자들은 하루에 열두 시간 노동을 했어요. 그들의 아이들도 그랬고요. 그런데 어느 날 살이 뒤룩뒤룩 찐 주인이 아편 담배에 불을 붙이고 부주의하게 성냥개비를 던진 것이……."

채옥의 억양에는 변화가 없었다. 아낙네들의 반응 역시 변화가 없었다. 화염이 노동자들을 뒤덮었을 때의 아우성과 공포에 질린 신음소리, 고용원들의 외침, 아버지는 죽고 혼자 살아남은 아들이 주인으로부터 대가ー1백여 명의 인명 피해에 대한 대가와 1백 동이의 눈물에 대한 대가ー를 받아내고야 말겠다고 대중 앞에서 맹세했을 때 노동자들의 결의에 찬 환호성…….

이야기가 끝나자 채옥은 손을 휘저어 아낙네들을 일어서게 했다. 여자들이 한 목소리로 외쳤다.

"모든 권력을 민중에게로!"

"모든 권력을 노동자에게로!"

"모든 권력을 농민에게로!"

모임은 그렇게 끝났다.

이제 앞으로 두 시간 후면 어둠이 내릴 것이다. 아낙네들은 추위로 입을 꼭 다문 채 둘씩, 셋씩 짝을 지어 서둘러 마을로 내려갔다.

이번 여성 간부의 잠자리 당번은 홍씨댁이었다. 채옥은 작은 토담집에서 홍씨댁의 가족들을 소개받았다. 먼저 아버지와 오빠를, 그 다음에는 어머니와 할머니를 소개받았다. 그들은 채옥의 방문으로 하루 종일 바쁘게 움직였다. 채옥이 머리, 어깨, 발을 쌌던 염소 가죽을 벗고 가족들이 그녀를 위해 가까운 시냇물에서 길어온 양동이 물로 세수를 할 때 그들은 채옥을 빤히 쳐다보았다. 채옥의 머리는 겨우 뺨 아래까지 내려올 정도로 아주 짧았고 귀밑에서 살짝 위로 말려올라가 있었다.

채옥이 다 씻고 나자 가족들은 따뜻한 물 한 사발을 내놓았다. 차가 없었기 때문이었다. 홍씨댁은 저녁 준비를 해야 한다며 나갔다.

"과자나, 아니 호박씨라도 내놓을 수 있으면 좋으련만."

늙은 남자가 말했다.

"곧 배불리 먹을 수 있을 겁니다. 후난 전체가 해방되면 말이에요."

"중국이에요."

채옥이 홍씨댁의 오빠가 한 말을 얼른 수정했다.

"중국 전체가 해방될 경우에나 그렇죠."

가족들 모두 진지하게 고개를 끄덕였다.

채옥의 배에서 꼬르륵 소리가 났다. 채옥이 사발의 물을 다 마시자 가족들이 물을 더 가져왔다. 채옥은 그들에게 진심으로 감사하며 사양했다. 거북한 침묵이 흘렀다.

갑자기 어머니가 지나치게 큰 목소리로 입을 열었다.

"그래요! 농민회가 있기 전에 우리는 눌려 살았어요. 지주의 노예나 다름없었죠. 우리는 지주의 밭에서 일했는데 곡식의 대부분을 지주들이 가져갔어요. 양식이 떨어지면 지주들은 얼마 되지도 않는 곡식을 터무니없이 비싸게 팔았어요. 그리고 돈이 떨어지면 엄청난 이자를 받고 빌려줬지요. 지주는 우리를 뜯어먹으면서, 우리를 괴롭히는 걸 즐거움으로 삼다시피 했어요."

오빠가 말을 받았다.

"외아들만 아니라면 나도 혁명군이 되어 대북벌에 참가할 텐데."

채옥은 그들의 이야기를 거의 외우다시피 했다. 사람들의 이야기를 자주 듣기는 하지만 거의 모두 비슷한 얘기들이었다. 채옥은 오늘 저녁에는 대꾸도 할 수 없을 정도로 배가 고파서 고개만 끄덕였다. 가족들은 돌아가면서 그들이 지주 밑에서 당했던 시련을 열심히 얘기했다. 그들은 대개 과거의 일을 과장해서 얘기했기 때문에 나중에는 모두들 정말로 분노하게 되었다.

드디어 밥상이 들어왔다. 죽과 소금에 절인 무를 삼키는 데는 불과 몇 분도 걸리지 않았다. 해가 완전히 졌을 때, 그들은 잠자리에 들었다. 등불도 없었다.

농부의 집에서 처음으로 밤을 보낼 때, 채옥은 단칸방에 가득 들어찬 사람들과 병아리 우는 소리, 냄새 때문에 신경이 쓰여 너무나 피곤했지만 새벽까지 뜬눈으로 지내기 일쑤였다. 그러나 이제는 홍씨 아낙네의 코고는 소리와 아기의 칭얼거리는 소리, 그리고 노인의 잠꼬대 소리에도 아랑곳하지 않고 금방 잠에 곯아떨어졌다. 결국 홍씨댁은 채옥의 옷자락을 잡아당겨서 깨워야만 했다.

"미안하지만, 선생님 일어나세요. 드릴 말씀이 있어요."

"무슨 일이에요? 아침인가요?"

"아니에요. 드릴 말씀이 있어요. 선생님이 도와주셔야 해요."

아낙네는 떨고 있었다.

"무슨 일이에요?"

"그이는 선생님 말씀을 들을 거예요. 선생님은 높은 분이잖아요. 간부잖아요. 선생님은 할 수 있어요. 그이에게……"

"누구……"

"제 남편요. 그이는 선생님 말씀을 들을 거예요. 그이에게 나를 데려가 달라고 말씀해주세요."

아낙네는 이불을 쓰고 훌쩍거렸다. 채옥은 어쩔 수 없이 그녀의 어깨를 두드리며 달랬다.

"잘 될 거예요. 다시 만나게 될 거예요. 꼭 잘 될 거예요."

잠시 후 아낙네가 말을 계속했다.

"전 바보 같은 어린애였어요. 그이가 밭에 나가서 일할 때 저는 집에서 마구 먹어대기만 했어요. 먹을거리가 떨어지자 저는 몰래 친정에 가서 먹을 것을 달라고 했어요. 저는 남자들이 무슨 생각을 하는지조차 몰랐어요. 제가 그이의 체면을 깎은 거예요. 그이는 화가 치밀어서 저를 때렸어요. 하지만 저는 성미가 너무 급했어요. 그래서 농민회에서 모든 사람들이 자유롭다고 했을 때, 전 그 자리에서 그이와 이혼해버렸어요."

그녀는 훌쩍이면서 말을 잇지 못했다. 채옥은 이야기가 어떻게 끝날지 알았기 때문에 조용히 기다렸다.

한참 후에 홍씨댁이 다시 입을 열었다.

"제가 이곳 저의 친정으로 돌아왔을 때 아무도 저를 반기지 않았어요. 그들은 제가 이제는 여기 사람이 아니라고 말했어요. 전 한낱 똥이나 만드는 벌레에 지나지 않아요. 정말이에요. 제가 다시 시집갈 때까지 오빠는 결혼할 수도 없어요. 새언니가 뭘 먹고 살겠어요? 아내가 없으면 자식도 없고, 자식이 없으면 손자도 없어요. 아시겠죠? 아시겠죠? 제 남편에게 절 데려가 달라고 말씀해주세요!"

채옥은 홍씨댁의 어깨를 잡고 흔들면서 속삭였다.

"내가 약속할게요. 내일 얘기할게요."

그러나 다음날 아침 전령 하나가 본부로 복귀하라는 전갈을 가지고 왔다. 채옥은 서둘러 짐을 챙겼다. 무슨 일인지는 모르지만 아주 급한 일인 것 같았다.

채옥은 떠나기 전에 홍씨댁을 찾았다. 그녀는 시냇가에서 빨래를 하고 있었다.

"아주머니, 곧 다시 돌아올게요. 와서 약속한 대로 그분과 얘기를 해볼게요."

그 시골 아낙네는 빨래를 돌 위에 놓고 방망이질을 하며 쳐다보지도 않았다.

돌아가는 길 역시 시간이 많이 걸렸다. 채옥이 전에 지주의 집이었던 본부에 도착한 것은 늦은 오후였다. 채옥은 서둘러 커다란 문 두 개를 지나 자갈이 깔린 여러 개의 정원을 가로질렀다. 그런 다음 보초가 지키고 있는 방까지 갔다. 보초는 기다리라고 말했다.

방안에는 의자 두 개와 맥이 풀린 소리로 째깍거리는 시계가 놓인 탁자 외에는 아무것도 없었다. 벽이 검게 그을려 있는 것으로 보아 그곳은 전에 부엌이었던 것 같았다.

"안녕하십니까, 동지."

그는 채옥에게 앉으라고 손짓을 하고 그녀의 맞은편 의자에 앉았다.

그는 시계를 집어들어 태엽을 감고 나서도 아무 말도 하지 않았다.

채옥은 그가 중요한 사람이며 무엇보다도 높은 교육을 받은 사람이라는 것을 금방 알아차렸다. 그런 사람은 할 말을 서두르는 법이 없었다. 채옥은 그가 먼저 말을 꺼내기를 기다렸지만 결국 먼저 입을 열고 말았다.

"제 남편에 관한 일입니까? 그분에게 무슨 일이 일어났습니까?"

그 남자는 대답하지 않았다. 그러나 손가락을 꺾더니 천천히 고개를 저었다.

하나님 감사합니다! 채옥은 안심이 되어 웃을 뻔했다. 그러고는 자신의 반응에 속으로 깜짝 놀랐다. 하나님 감사합니다라니……. 옛날에나 쓰던 말을 입 밖에 냈다면 저 남자는 날 어떻게 했을까?

몇 분이 지나자 채옥은 다시 안달이 났다. 하찮은 관료 근성!

"당신은 늘 이렇게…… 긴장해 있습니까, 동지?"

그는 일어나 창가로 가며 말했다.

"당신과 관지는 즉시 이곳을 떠나 상하이의 주은래 동지를 만나라는 결정을 당에서 내렸습니다. 주 동지는 혁명군이 도착할 때, 국민당이 우리 자리를 차지하지 못하도록 또 다른 공격을 계획하고 있습니다."

"정초가 몇 주 지났을 때 이미 싸움이 있었던 것으로 아는데요."

"그건 실패했습니다. 군벌과 외국 경찰이 수백 명을 죽이고 사람들을 일터로 돌려보냈습니다. 우리는 다시 시도해야 합니다."

"남편과 저는 오늘밤에 떠나겠습니다."

"지금입니다. 당신은 지금 떠나야 합니다. 모든 것이 준비되어 있습니다. 당신의 남편은 길을 잘 알고 있습니다. 그는 지금 마구간에서 당신을 기다리고 있습니다."

그는 돌아서서 손을 내밀었다. 그리고 처음으로 웃으며 덧붙였다.

"행운을 빕니다, 동지."

나흘이 지난 후 채옥과 관지는 양쯔 강에 도착했다. 거기서 상하이까지는 배로 이레가 걸렸다. 그들이 탄 배는 바닥이 납작하고 고물판자가 물 위로 툭 튀어나왔으며, 가운데에는 이엉으로 엮은 지붕이 그늘을 만들어주고 있었다. 그리고 돛대 하나와 삿대 두 개가 갖춰져 있었다.

결혼하고 나서 관지는 채옥에게 많은 것을 가르쳐주었다. 항해하는 법, 키를 잡는 법, 낚시하는 법 등을 가르쳐주었다. 또 가파른 둑 옆은 물이 깊다는 것과 바위가 튀어나온 곳은 위험이 도사리고 있다는 것, 소용돌이에는 바위가 숨겨져 있고 기름 찌꺼기가 떠 있으면 모래톱이 있다는 것을 가리킨다는 것 등도 가르쳐주었다.

이슬비가 내렸다. 관지는 안개 속에서 희미하게 보이는 신비로운 경치를 넋을 놓고 바라보았다. 그는 약한 햇살이 쏟아질 때는 쓰고 있던 밀짚모자를 벗어 차가운 강물을 퍼담아 머리에 부으며 즐거운 비명을 질렀다. 그는 몇 시간 동안 꼼짝도 않고 강물만 쳐다보고 있었다.

관지는 가끔 미소를 지었다. 그때 채옥은 그가 아들을 생각하며 곧 아이와 함께 있게 되리라는 생각을 하고 있다는 것을 알았다.

"여보, 신운이 지금쯤 글을 읽을 수 있을 것 같지 않소? 아마 뺨이 귀여울 거야. 꼬집어주고 싶도록 말이야. 그리고 살결은 당신을 닮아서 부드럽고 하얗겠지. 난 확신해."

관지는 가끔 그런 말들을 두서없이 하곤 했다.

그들은 밤에 늪에 정박했다. 모기가 극성을 부렸지만 관지는 신경쓰지 않았다. 그는 강가를 따라 넘실대는 버드나무 가지를 꺾어서 정신없이 피리를 만들고 있었다. 채옥은 관지의 만족스러워하는 태도에 화가 났다. 만족을 감추는 그의 태도는 다른 남자들이 첩에 대한 애정을 감추는 것만큼이나 채옥을 괴롭혔다. 남편은 자기가 그를 쳐다보고 있는지도 몰랐다. 또 그는 달빛 속에서 담배 연기를 내뿜으며 만족스러운 한숨을 내쉬기도 했다. 그때도 그녀가 자는 줄로만 알았을 것이다. 채옥은 오로지 앞에 주어진 일만 생각했다. 그리고 이 여행이 너무나 지겨운 여행이라고 생각했다.

그도 그렇게 생각하고 있을까? 설사 생각했다 하더라도 남편은 그런 것에 관해 말한 적이 없었다. 그러나 채옥이 당과 그들의 일에 대해 언급하면 관지는 언제나 정확하게 지적했다.

태양이 뜨고 먹을 것이 충분하고 우리가 아들이 있는 곳으로 함께 가고 있으며, 항상 그렇듯이 강물이 바다로 흘러 들어가는데 뭐가 잘못됐다는 건가? 참을 수 없는 일이라도 있다는 건가? 관지는 그렇게 자문하고 있는 것 같았다. 채옥은 간혹 남편이 인력거를 끄는 노동자들과 어떤 차이가 있을지 곰곰이 생각해보았다. 인력거꾼들은 동전 몇 닢에 허리를 굽히며 젊은 나이에 목숨을 구걸하지만 남편은 야전에서 그 누구보다도 용기 있고 믿을 만한 사람이었다.

채옥이 홍씨댁의 울음소리 때문에 몇 번이나 잠이 깼던 날로부터 나흘이 지난 날 아침이었다. 채옥은 남편에게 코고는 소리 때문에 한숨도 못 잤다고 불평을 했다.

"하지만 여보, 나도 잠을 못 잤어."

"당신은 잤어요. 당신은 돼지처럼 코를 골더군요."

"그렇다면 강가에 정말로 돼지들이 있었던 모양이군. 하지만 난 깨어 있었어. 이 지역에는 도적들이 우글거려서 잠을 잘 수가 없었어."

관지는 그렇게 말하고 나서 마치 채옥의 생각을 읽기라도 한 것처럼 말을 덧붙였다.

"그건 모기야. 당신이 모기에 익숙지 않아서 그래. 내일 행상배를 만나면 당신을 위해서 모기향을 사주지."

"그건 모기가 아니에요."

채옥은 분통이 터지는 듯 눈에 눈물이 고였다.

"다시 모기라고 말씀해보세요. 그러면…… 그러면 당신을 발로 차 버리겠어요!"

이번에는 채옥이 남편의 생각을 알아챘다.

여보, 당신은 한림학사의 손녀라서 이런 생활에 익숙하지 않아서 그런 거야. 나는 농부니까 아무렇게라도 살 수 있고 말이야.

채옥은 배를 걷어찼지만 발만 아팠다. 그녀는 남편을 지나쳐 모기장 안으로 기어 들어갔다.

얼마 후 관지가 실과 바늘을 가지고 모기장의 뜯어진 곳을 꿰맸다.

분열

 정묘년인 1927년, 춘분이 낀 달이었다. 장개석의 혁명 군대는 상하이의 군벌을 쫓아내고 상하이를 점령했다. 한편 외국 군대는 조계를 지키고 있었다. 이제 양쯔 강 이남의 모든 지역이 국민당의 통제하에 들어갔다. 좌파가 우파를 배신할 거라는 풍문이 나돌았다. 또 우파가 자신들을 도왔던 좌파를 배신하리라는 풍문도 나돌았다.

 상하이에서는 주은래가 장개석과의 충돌에 대비해서 부하들을 요소에 배치하고 무기를 준비해놓고 있었다. 그러나 원세개를 믿다가 1911년의 혁명에서 적수에게 자신의 지위를 빼앗긴 손문과 달리, 장개석은 주은래가 자신의 승리를 빼앗도록 내버려둘 위인이 아니었다. 장개석은 예상되는 공산주의자들의 폭동에 대비해서 중국 공산당 장교 및 파업 지도자, 급진 좌파에 동조했거나 동조한 혐의가 있는 자들을 체포해서 처형할 것을 명령했다. 4월 12일, 무장 군인들이 시내의 곳곳에 깔렸다. 그리고 수백 명이 '백색 테러'로 살해되었다.

 새로운 적들은 옛날의 적과 친구가 되었다. 군벌을 옹호하던 외국 군대와 상하이의 장개석 부하들은 도망친 공산주의 지도자들의 사냥에 합세했다.

—중국사

청명이 지난 지 여드레째 되는 날이었다. 장씨 가문의 가장은 상하이의 중국인 지역의 골목길을 황급히 가고 있었다. 이른 아침이었다. 공동주택이 줄지어 서있는 거리는 고요하고 아직 어두웠다. 바지를 추켜올리고, 어제 비가 내려서 생긴 웅덩이를 건너면서도 그 학자의 걸음은 조금도 느려지지 않았다. 개 한 마리가 그의 등에 대고 짖어댔다.

어디선가 총알이 날아왔다. 고통은 없었고 야릇한 느낌만이 들었다. 용재는 자신이 넘어지는 것을 느꼈다. 그의 몸이 골목 위에 깔린 자갈 위로 나뒹굴었다. 멀리서 총성이 계속 들려왔다. 그러나 총알이 담벼락에 부딪혀 담벼락 위의 기와가 깨지는 소리를 마지막으로 총성은 점점 희미해졌다.

내가 여기서 뭘 하고 있는 걸까? 용재는 생각했다. 아, 그렇지. 그는 어머니와 놀려고 여인네들이 모이는 정자에 간 적이 있었다. 어머니의 눈썹은 초승달 같았다. 얘야, 넌 이제 여기서 놀 나이가 지났어!

용재는 실망해서 서당으로 돌아갔다. 그곳은 메아리가 칠 정도로 길고 큰 방이었다. 그때부터 용재는 어머니와 떨어져 그 방에서 사촌들과 함께 낮잠을 자기도 했다. 어머니는 아이를 달래기 위해서 비단보에 그가 좋아하는 사탕을 싸서 보내주었다.

춘월, 너로구나!

금덕, 울지 마오! 괜찮아. 난 기뻐. 난 자랑스러워. 당신은 큰 발을 가진 현대적인 아내야.

춘월, 너로구나? 오늘은 셈본 공부를 할까? 내가 호랑이 모자를 쓰고 술이 달린 신발을 신고 다닐 적에 노대인께서 이렇게 가르쳐 주셨단다. 잘 들어봐!

하나 ― 우주

그것이 둘로 나뉘면

하나, 둘

음, 양

모든 것에는 이렇게 반대되는 것이 있게 마련이지.

하나, 둘, 셋, 넷.

이것은 계절.

봄, 여름, 가을, 겨울.

하나, 둘, 셋, 넷, 다섯.

이것은 방향.

동, 서, 남, 북, 중앙

이것은 오행이기도 하지.

흙은 나무를 낳고,

나무는 쇠로 베어지고,

쇠는 불에 녹고,

불은 물로 꺼지고,

물은 흙에 고이지.

다시 소리가 들렸다. 이게 무슨 소리지? 마작하는 소리는 아닌데. 이제 더 크게 들리는군. 펑! 펑! 총포 소리야. 전투하는 소리야. 전쟁하는 소리야. 이 시간에는 외국인이 없다. 중국인과 중국인의 싸움, 가족과 가족의 싸움, 혁명군과 혁명군의 싸움.

채옥에게 경고해줘야겠군. 귀재에게도. 빨리 상하이로 가야 해! 아니다. 쓰러져서는 안 된다. 이렇게 내가 쓰러지는 건가?

아니다, 용원아. 이렇게 하는 거야. 자, 봐라. 옆으로 긋고, 짧게 삐친 다음에 둥글게 찍는 거야. 그래야 글자가 제대로 되지. 서예는 그 사람의 인격을 나타낸단다. 인격의 수양이지.

그 애는 춘월이 널 닮았어. 그리고 너 같은 재주를 지녔어.

됐다, 귀재야. 그 만주족 탐관오리는 비단끈에 매달려 죽어버렸어. 넌 안전해.

"용재야."

"네, 아버님."

"용재야. 일을 하는 과정에 너무 집착하지 말거라. 기억해둬라……."

그런데 뭘 기억하는 거죠?

하나—우주.

그것이 둘로 나뉘면…….

귀재의 차가 상하이에 도착한 것은 땅거미가 질 무렵이었다. 귀재가 상하이에 온 것은 일년 만이었다. 차가 중국인들이 사는 교외를 통과할 때 처형장에는 시체들이 즐비했다. 시체를 높이 쌓아올린 마차들이 골목길을 내려가고 있었다. 분명 폭죽 소리는 아닌 폭발음이 산발적으로 계속해서 들렸다. 이제 장군이 된 귀재는 운전병의 등을 뚫어져라 바라보며 차가 전투에 피해를 입지 않을 조용한 곳으로 빨리 벗어나기를 바랐다. 차는 조계로의 통행을 차단한 둥근 철조망 사이를 무사히 통과했다. 외국 군인들과 장갑차 외에는 거리가 텅 비어 있었다.

귀재가 플로베르 가 42번지에 도착했을 때는 완전히 어두워진 뒤였다. 귀재는 차가 완전히 정차하기도 전에 문을 열면서 운전병에게 차를 뒤로 대라고 명령했다.

"차 안에서 대기하고 있을까요?"

"아냐, 필요 없어. 가서 좀 쉬게."

"고맙습니다. 장군님."

운전병이 경례를 했다.

문 앞에 섰을 때 귀재는 갑자기 조바심이 났다. 그는 홀 안의 불이 켜지고 발소리가 날 때까지 계속 문을 두드렸다. 문이 아주 조금 열렸다가 조금 후에 활짝 열렸다.

"하풍이구나."

사내의 얼굴은 잿빛이 되어 있었고 눈에는 어두운 그림자가 서려 있었다.

"오셨군요……. 제 생각에는……."

하풍은 더이상 아무 말도 하지 못하고 귀재를 빨리 안으로 끌어당겨 서재로 데리고 갔다. 체스터필드 소파에는 용재의 시체가 놓여 있었다. 하인들이 시신을 닦고 깨끗한 옷을 입혀놓았다. 그의 모습은 살아 있을 때와 똑같았지만 머리에 난 상처는 어떻게 해도 숨길 수가 없었다.

열린 창문으로 들어온 미풍에 용재의 흰 머리칼이 이마 위에서 흔들렸다. 하풍이 머리칼을 부드럽게 다듬어주었다.

"이게 어찌된 일이냐? 이분이 상하이에서 무슨 일을 하고 계셨기에?"

군인의 목소리가 떨렸다. 그는 형이 대답해주기를 한참 동안 기다렸다. 하풍이 어깨를 으쓱했다.

"전 모르겠어요. 아주머니는 신운과 용원을 데리고 몇 주 전에 쑤저우로 떠나셨어요. 일이 터지기 전이죠. 경찰이 문 앞에까지 시체를 끌어다놓았어요. 경찰은 총에 맞았다고만 할 뿐, 아무 이야기도 안

했어요."

"누구한테 맞았는지도 몰라?"

"네."

홀 안의 시계가 종을 쳤다. 한 번 두 번 세 번……. 마지막 종소리가 공기 속에 여운을 남겼다. 아홉 시였다.

"쑤저우에서는 알고 있나?"

하풍이 고개를 저었다.

"사람을 시켜서 알릴까도 생각했어요. 그렇지만……."

"미안하지만 잠깐 동안 형님과 단둘이만 있게 해주겠나?"

"괜찮으시겠어요?"

귀재는 고개를 끄덕였다. 그는 장갑을 벗고 권총집을 풀어, 마치 그것들이 터지기라도 할 것처럼 조심스럽게 위에 올려놓았다.

"그럼, 저는 하인들을 데리고 사무실에 가 있겠습니다. 정리해야 할 일이 좀 있거든요."

귀재는 다시 고개를 끄덕이고는 무릎을 꿇었다. 문 닫히는 소리가 들렸다.

무릎을 꿇은 채 한참 동안 앉아 있던 귀재는 조끼 주머니에서 편지를 꺼냈다. 그것은 북벌중, 몇 주 전에 저장성에 있을 때부터 쓴 것이었다. 귀재는 편지를 끝맺을 시간이 없었다. 이제 자신이 직접 편지를 전달하게 된 셈이었다. 귀재는 목청을 가다듬고 편지를 읽어 내려갔다.

형님,
저는 항저우에서 훌륭한 부하들과 환호하는 인파에 둘러싸여 있습니다. 그러나 전 외롭습니다. 형님께 드릴 말씀도 있습니다.

저는 아버님이 저를 군관 학교에 보내신 이후로 이같은 승리의 행군을 꿈꿔왔습니다. 이제 그 꿈이 현실이 된 지금 생각해보니 제가 생각 이상으로 그 꿈을 즐겼다는 것을 알겠습니다.

사실 저는 우리가 해방시킨 군중들, 그들의 육체적, 정신적 빈곤이 몸서리치게 싫습니다. 물론 그것은 태어나면서부터 지닌 치유할 수 없는 병이라는 것을 모르지는 않습니다. 그러나 농민들의 불결함과 공허한 소극성, 그리고 격렬한 감정을 억지로 받아들이고 있기는 하지만, 그것은 여전히 구역질나는 것입니다.

한번은 길가의 다 무너져가는 집에서 나온 아이가 뒤를 쫓아오며 말을 태워달라고 애걸하더군요. 아이가 보채면 보챌수록 저는 더욱 세게 말의 옆구리를 걷어찼습니다.

또 한번은 어떤 이빨 빠진 농부가 한 살인자의 목이 잘리는 순간 흘린 그 피에 만두를 적셔서 만병통치약이라며 제게 내밀더군요. 저는 그 자를 발로 차버렸습니다.

저는 우리가 지난 7개월 동안 진군할 수 있었던 것은 그런 자들이 있었기 때문이라는 것을 알고 있습니다. 그들은 우리를 먹여주고 집을 제공하고 우리를 위해 밀정 노릇까지 합니다. 그런데 저는 그들과 함께 어쩔 수 없이 식사를 할 경우 식욕을 잃습니다.

저는 볼셰비키들이 의심스럽습니다. 그들은 우리에게 총을 주고 끊임없는 충고를 합니다. 그들은 외국인입니다. 그러나 군벌 옆에서 싸우는 용병들은 피를 나눈 형제들입니다. 저는 그들 외국인 가운데 한 사람이 저의 적인 중국인에게 총을 쏘는 것을 볼 때 대신 그놈을 죽이고 싶은 마음이 굴뚝같았습니다.

저는 우리의 마을 진입에 필요한 선전과 군중대회를 준비하기 위해 우리 앞에 가는 공산주의자 간부들과 심지어 국민당 내의 제 동료들까지도 의심스럽습니다. 저는 손녀 채옥과 그 아이의 남편이 공산주의자 무리에 섞여 있다는 것을 압니다. 그러나 저는 악덕 향신들이 고결한 농부들의 손에 최후를 맞이하게 될 거라는 그들의 이야기와 그들의 열정에 호의를 느끼고 있습니다. 저는 오히려 죄수가 되어서 길거리를 걸어가야 하는 어르신네들에게 동정심을 느낍니다.

이게 혁명입니까?

귀재는 고개를 들었다. 대답이 없을 걸 알면서도 대답을 기다렸다.
"이것이 혁명입니까?"
귀재는 다시 한번 죽은 자에게 물었다.
"그렇다면 형님처럼 저도 더이상 혁명에 대해 애착을 갖지 않겠습니다."
또다시 미풍이 불어와 장씨 가문 가장의 머리칼을 쓸어올렸다. 귀재는 머리칼을 부드럽게 내리눌렀다. 그러고는 울음을 터뜨렸다.

희끄무레하게 날이 밝기 시작했지만 아직 새벽이라고 하기엔 조금 이른 시간에 귀재는 창가에서 담배를 피우며 플로베르 가를 올라가는 쓰레기 수레를 무심코 바라보고 있었다. 그들이 자기들이 지나가는 바로 옆 대문에 놓은 쓰레기통을 수거하지 않은 것을 보니 아마 수레가 이미 가득 찬 모양이었다. 그들은 얼마 전에 내린 비로 자갈이 파헤쳐지고 바큇자국이 난 오르막길을 힘겹게 올라가고 있었다.

귀재는 쑤저우를 생각했다. 부인네들에게 말해야 할 텐데. 아, 이제는 과부뿐이구나. 귀재는 용재가 심장마비로 죽었다고 말할 생각이었다. 귀재는 입술을 깨물며 쓴웃음을 지었다. 심장병. 사실과 크게 다르지 않을지도 모른다. 그렇게 생각해서 가족들의 고통이 작아질 수만 있다면, 무슨 해가 되겠는가?

해외에 있는 조카들을 불러들일 필요는 없을 것이다. 원표가 돌아오면 칠보자기를 물려주면 되겠지. 하지만 그것은 단지 추억일 뿐이야. 이제 장씨 가문의 새로운 가장은 없을 것이다.

귀재는 갑자기 주위를 살펴보았다. 수레가 집 앞에 멈췄다. 키 작은 사람 한 명이 집으로 다가와서는 집안을 엿보았다. 귀재의 눈이 가늘어졌다. 쓰레기 같은 놈! 뭘 원하는 걸까? 귀재는 현관으로 달려갔다.

귀재는 조급하게 자물쇠를 돌렸다. 문은 쉽게 활짝 열렸다. 귀재는 앞으로 나가 거리를 향해 소리쳤다.

"이봐, 너……."

그때 덩치가 큰 사내가 귀재에게 달려들었다. 소년인가? 웬 악동 녀석이…….

귀재는 늑골에 날카로운 고통이 느껴졌다. 내려다보니 총이 눈에 띄었다.

"안으로 들어가!"

일단 안으로 들어가자 덩치 큰 사내가 문을 닫았다. 그리고 손을 더듬어 전등 스위치 줄을 당기면서 속삭였다.

"귀재 나으리?"

갑자기 켜진 불빛에 눈을 부비고 나서 귀재는 그들을 알아보았다. 관지와 채옥이었다. 무기를 든 것은 채옥이었다.

"너 미쳤어?"

귀재는 총을 낚아채서 탁자 위에 올려놓았다.

"너희들이 이런 무리인 줄 진작 알았어야 했는데!"

오랫동안 아무도 움직이지 않았다. 한참 후에 채옥이 피로로 거칠어진 목소리로 말했다.

"그래요. 이 두 눈으로 그 끔찍한 광경을 똑똑히 봤으니 미칠 만도 하죠."

채옥이 증오에 불타는 눈으로 귀재를 노려보았다. 귀재가 뒤로 물러서자 채옥이 총을 향해 손을 내밀었다.

관지가 재빨리 두 사람 사이에 끼어들어 채옥을 붙잡았다.

"이 여자를 용서하세요. 짐작하시겠지만 우리는 이틀 밤낮을 꼬박 숨어다녔습니다."

다시 침묵이 흐른 다음, 귀재가 뒤로 돌아서서 서재를 향해 터벅터벅 걸어갔다.

"나를 따라와."

귀재가 서재 문을 열었다. 홀의 불빛이 체스터필드 소파를 비추고 있었다.

"저 분이 너희 두 사람이 여기 왔다는 소문을 들으셨음에 틀림없어. 저 분은 쑤저우에서 너희들을 도우러, 구하러 오신 게 틀림없어."

귀재의 목소리는 쉬어 있었다.

채옥은 두려운 듯 불안한 걸음으로 시신을 향해 천천히 걸어갔다. 채옥은 한참 동안 큰할아버지가 죽었다는 것이 믿기지 않았다.

"누가 이런 짓을 했어요?"

채옥이 중얼거리듯이 말했다.

귀재가 갑자기 자제력을 잃고 소리쳤다.

"너희들이 그랬잖아? 너희들, 공산주의자들이 내 형님을 죽였어!"

채옥이 고개를 저으며 귀재를 향해 돌아섰다.

"틀렸어요, 할아버지."

채옥이 비수를 품은 비통한 목소리로 말했다.

"틀렸어요. 우리는 저 분을 죽이지 못해요. 그건 할아버지의 군인들이, 그리고 그들이 고용한 깡패들이……."

채옥이 말을 멈추고 몸을 떨었다.

"살인을 하는 것은 할아버지 편 사람들이에요. 어린 노동자를 기관차 화로 속에 산 채로 집어넣은 것이 당신네들이 아니면 누구예요?"

"전 봤어요. 할아버지도 기억하시죠. 우리 친구 호 말이에요. 우리는 그가 죽는 걸 봤어요. 그의 비명소리도 들었어요!"

채옥이 울먹이며 말했다.

저 아이의 말이 사실일까?

귀재는 관지에게 눈을 돌렸다.

"옛 친구, 그게 사실인가?"

관지가 천천히 고개를 끄덕였다.

"저 여자 말이 맞아요. 우린 봤어요. 그리고 들었어요……."

관지는 적절한 말을 생각하는 듯 말을 멈췄다. 결국 그는 간단히 말했다.

"비명소리. 그래요, 비명소리를 들었어요."

귀재는 악몽이 끝이 없다는 생각이 들었다. 그는 눈을 감고 두 사람이 가버리기를 바랐다. 그가 다시 눈을 떴을 때는 방이 더 어두워진 것 같았다. 희미하게 채옥이 부르는 소리가 들리는 것 같았다.

"할아버지!"

그 다음에는 자신의 목소리가 아주 멀리서처럼 들렸다.

"형님, 일어나세요! 일어나세요……."

그의 손은 운하의 오물로 더러워져 있었다.

"내가 어떻게?"

형이 물었다. 이제 귀재는 형이 하던 말을 분명히 들을 수 있었다.

"이것아, 이 가문에 대한 책임은 어떻게 할 작정이냐? 식구들은?

선조들은?"

목소리가 사라졌다. 귀재는 관지가 부축하는 것을 느꼈다.

귀재는 눈을 비비며 다시 체스터필드 소파 위에 놓인 시신을 바라보았다. 아침이 밝아 있었다. 귀재는 시신을 향해 걸어갔다.

"형님, 형님에 대한 책임, 그리고 가문에 대한 책임을 내가 지겠습니다."

귀재가 조용히 말했다.

귀재는 갑자기 정신이 번쩍 들어 관지를 향해 재빨리 돌아섰다.

"수레! 수레를 숨겨야 해!"

그들은 현관으로 뛰었다. 관지가 창문으로 밖을 내다보았다.

"이미 늦었다. 놈들이 오고 있어요."

"내 부하일 수도 있어."

귀재가 관지 앞으로 나서며 말했다.

"저 자들은 나으리 부대 소속이 아닙니다. 저들은 제복을 입지 않았어요."

"몇 명이에요?"

채옥이 물었다.

"다섯."

생각을 해야 해! 귀재는 손을 비볐다. 생각을!

먼저 손녀와 그 애의 남편을 숨겨야 한다. 귀재는 그들에게 위층으로 올라가라고 명령했다. 그들은 그 말에 순순히 따랐다.

귀재는 도망자들이 사라지자 재빨리 권총집을 차고 전화기를 향해 걸어갔다. 그는 교환수를 불러 'M.S.회사'를 부탁했다.

"여보세요?"

하풍의 목소리였다.

"나 귀재다. 조용히 듣고만 있어라. 노동자 두 명을 즉시 보내라. 키 큰 친구하고 작고 마른 친구로 말이다. 그리고 그들에게 이 집 앞에 있는 쓰레기 수레를 치우도록 시켜. 그리고 너는 영구차를 불러서 타고 와라. 관도 함께 가져오고. 우리 친구들이 여기 있다."

문을 두드리는 소리가 났다.

"알았지?"

"알았어요."

귀재는 수화기를 내려놓았지만 움직이지는 않았다. 놈들이 오는 것을 못 본 것처럼 해야 한다. 문이 흔들렸다.

"문 열어! 문 열어!"

귀재가 문을 열었다.

네 명의 사내가 약간의 간격을 두고 집 앞에 반원을 그리고 서있었다. 우두머리인 듯한 다섯번째 사내는 바로 문 앞에 서있었다. 왼쪽 귀밑이 잘려나가고 목이 굵은 그 깡패는 장교를 보고 놀란 것이 분명했다.

"우리는 집을 수색하러 왔소."

"누구의 명령인가?"

"걱정 말고 비키시오."

이런 자는 제복을 보고 겁먹을 만큼 마음이 약하지 않았다. 귀재는 여전히 움직이지 않았다.

"너희들이 지금 누구와 이야기하고 있는지 모르느냐?"

귀재가 팔을 벌려 길을 막았다.

"뭘 찾고 있는 거냐?"

사내가 침을 뱉었다.

귀재가 바닥에 떨어진 침을 역겨운 듯이 바라보고 나서, 그 침입자의 눈을 노려보았다.

"여기는 아무도 없다. 너희는 잘못 알고 온 것이다."

"내가 직접 봐야겠소."

짐승 같은 사내가 귀재의 팔을 치우려고 했지만 뜻대로 되지 않아 놀라는 눈치였다.

귀재는 모욕을 참으며 다시 입을 열었다.

"이 집은 초상중이다. 죽은 자에게는 평화가 필요한 법이다."

"내가 직접 보겠소."

사내가 다시 침을 뱉으며 말했다.

"좋다. 집을 뒤져라. 구석구석……. 하지만 후회하지는 말아라."

귀재가 팔을 내리며 말했다.

깡패는 잠깐 동안 멈칫거렸다.

"누가 죽었습니까?"

"장씨 가문의 가장이시다. 이 가문은 명조 이후 쑤저우에서 이름을 떨친 집안이다."

"시체를 보여주시오."

귀재는 즉시 대답하지 않고 조금 후에 목에 힘을 주어 고개를 끄덕인 다음 서재로 걸어갔다. 그는 시신 앞에 경건하게 무릎을 꿇었다.

"나갈 때는 문을 닫거라."

귀재가 말했다.

귀재는 침입자의 시선이 자신을 유심히 훑어보고 있음을 느꼈다. 그 사내가 소파 주위를 천천히 걸어다녔지만 귀재는 아무런 관심도 보이지 않았다. 깡패가 양탄자를 밟으며 걷는 소리가 들렸다. 귀재는 기도라도 하듯이 머리를 숙이고 있었다.

이제 그 사내는 귀재의 바로 등 뒤의 현관으로 나가는 문 가까이에 있었다. 아마 다른 방을 둘러볼 생각인 모양이었다. 귀재는 그를 말리고 싶은 생각을 꾹 참았다.

갑자기 깡패가 다시 귀재에게 접근해서 그의 얼굴을 들여다보았다. 귀재의 시선은 형의 시신에서 한번도 떠나지 않았다.

다시 발소리가 들렸다. 혼자서 걸어가는 소리였다. 소리가 멈췄다. 층계를 올라가는 걸까? 귀재는 잔뜩 긴장한 채 다음 소리를 기다렸다.

밖에서 참새 소리가 들렸다. 책상 위에서 시계 소리가 들렸다. 그리고 귀재 자신의 숨소리가 들렸다.

층계가 삐걱거리는 소리가 들렸다.

귀재는 지금이 권총을 풀어야 할 순간이 아닐까 생각했다.

쾅! 문을 발로 차는 소리가 들렸다.

아니다. 함정이다. 귀재는 여전히 자세를 흐트러뜨리지 않았다.

드디어 문이 삐걱이며 닫혔다. 밖에서 목소리가 들렸다.

그러고 나서도 귀재는 15분 동안 움직이지 않았다. 그의 시선은 시계바늘에 가 있었다. 그는 창문으로 걸어가 조심스럽게 휘장 사이로 밖을 내다보았다. 사내들은 밖에 서있었다. 그들은 조그만 흙더미 위에 서서 이야기를 하고 있었다. 귓불이 없는 사내가 담뱃불을 붙였다. 금방 떠날 것 같지 않았다.

멀리서 두 사람이 나타나 쓰레기 수레 쪽으로 걸어갔다. 작은 친구가 앞에서 끌고 큰 친구가 뒤에서 밀었다. 수레가 움직였다.

"어이, 거기 서!"

깡패 대장이 소리쳤다.

쓰레기 수거자들은 도망쳤지만 멀리 가지 못했다.

그들은 굽실거리면서 42번가로 다시 끌려왔다. 악당들이 그들의 윗옷을 벗겼다.

"여자는 없어. 그냥 쓰레기 같은 놈들이야."

대장이 그들을 발로 차서 쫓아버렸다. 귀재는 창문에서 돌아서서 층계를 올라갔다.

다섯 명의 사내는 해질 무렵까지 집밖에서 지키고 있었다. 화려하게 장식을 한 관이 영구차로 옮겨졌다. 군인과 하풍은 영구차의 뒤를 따라 강나루까지 걸어갔다.

관 안에는 두 명의 도망자가 숨어 있었다.

마지막 빛 ✽

북망산천은 누구 땅이오?
잘난 자나 못난 자나 어깨를 맞대고
혼백들이 다 모여 사는 곳이오.
모두모두 염라대왕 앞에 무릎 꿇으니
우리네 인생 한번 가면 그만이오.
―만가

한밤중이었다. 강나루에는 휘장 같은 투명한 안개가 일직선으로 움직이는 두 척의 배를 뒤덮고 있었다. 큰 주택선이 그보다 훨씬 작은 배를 끌고 있었다.

귀재는 주택선의 갑판 위에서 무릎을 꿇고 두 배를 연결하는 밧줄을 잡아당겨 작은 배를 주택선 옆으로 나란히 대놓고 있었다. 한편 선실에서는 하풍이 빈 관 속에 책을 채우고 있었고 두 도망자는 휴식을 취하고 있었다. 관지가 먼저 기운을 차렸다.

"내가 갑판에 올라가서 도와주는 게 낫겠어."

관지가 말했다.

채옥이 고개를 끄덕이자 그는 비틀거리며 문으로 나간 다음, 조용히 문을 닫았다.

채옥은 눈을 감은 채 머리를 칸막이벽에 기댔다. 그녀는 관 속에 갇혀 있느라 옷이 땀으로 젖었고 사지는 뻣뻣하게 굳어 있었다. 채옥은 깊게, 천천히 숨을 쉬면서 속으로 중얼거렸다. 그렇게 빨리 하면 안 되지. 하나, 둘, 셋. 채옥은 숨을 세었다. 하나, 둘, 셋. 더 좋아졌다. 그녀는 자신의 심장이 고르게 뛰기 시작하는 것을 느꼈다. 그들은 안전했다. 그리고 곧 산간의 근거지로 돌아가게 될 것이다. 안전하게.

채옥이 눈을 뜨는 순간, 하풍이 관을 다 채우고 나서 봉하고 있는 것이 보였다. 그대로 묻기로 되어 있었다. 금덕이 의심을 하고 용재의 시신이 집에서 먼 곳에 누워 있다는 것을 알게 해서는 안 되기 때문이었다. 채옥은 다시 눈을 감았다.

채옥이 다시 눈을 떴을 때 하풍은 그녀 옆에 앉아 있었다.

"괜찮니?"

하풍이 부드럽게 미소를 지으며 물었다.

그의 미소는 채옥이 상하이로 신운을 데리고 갔을 때, 그를 마지막으로 보았던 그 모습 그대로였다.

채옥은 고개를 끄덕였지만 아무 말도 하지 않았다. 고맙다는 말을 하고 싶었지만 그렇게 되면 다른 말이 이어질 것 같아서 참기로 했다. 눈길이 서로 마주치자 하풍의 미소가 사라졌다. 그러나 하풍은 곧 다시 미소를 지었다.

"동생. 지난 몇 년 동안에 내 얼굴이 이렇게 추하게 변해버려서 친절한 말 한마디 할 생각도 안 나는 모양이지?"

하풍이 달래듯 말했다.

"오빠는 변한 게 없어요. 난 변했지만."

채옥은 하풍에게 손바닥을 내보였다. 하풍이 채옥의 손을 잡았다.

"너는 이 못 박인 손이 그렇게 자랑스럽니, 채옥아?"

채옥이 미소로 대답했다. 하풍은 그녀를 잘 알고 있었다. 채옥은 하풍이 더 말하기 전에 재빨리 침묵을 깼다.

"오랜 시간이었어요."

하풍은 고개를 끄덕이고는 한참 후에 불쑥 입을 열었다.

"너희들은 행복했니?"

행복? 이 사람이니까 이런 질문을 하겠지. 채옥은 냉기가 느껴져 손으로 몸을 감싸안았다.

"난 그런 것을 생각할 틈이 없었어요."

"행복하기 위해서 시간을 따로 낼 필요는 없는 법이다."

하풍이 말했다. 그는 채옥이 대답이 없자 다시 입을 열었다.

"그 친구하고 단둘이 있을 때 행복했니?"

왜 이런 말을 묻는 걸까?

하풍은 참을성 있게 그녀의 대답을 기다렸다. 채옥은 더이상 침묵을 견딜 수 없어서 입을 열었다.

"나는 오빠와는 달리 남편과 거의 다투지 않고……. 그리고 내게 친절해요. 나도 그러려고 노력하고요."

하풍은 일어나 창문 앞으로 걸어가서는 휘장을 젖히고 밖을 내다보았다. 한참 동안 아무도 입을 열지 않았다. 그들은 멀리서 들려오는 듯한 갑판 위의 발소리에 귀를 기울였다.

마침내 하풍이 돌아서서 채옥을 쳐다보았다.

"내게 물어보고 싶은 것이 없니? 4년 만인데 아무것도 없어?"

대답이 없자 하풍이 말을 계속했다.

"좋아. 나에 대해서는 그렇다치고 너의 어머니, 네 자식에 대해서는?"

하풍이 목소리를 높였다.

채옥은 말없이 속으로 애원했다. 제발, 강요하지 말아요. 제발.

"그들에 대해서 알고 싶은 게 없느냔 말이다. 대답해봐!"

하풍의 목소리는 분노에 떨고 있었다.

"못해요. 못해요."

"무슨 뜻이냐, 못하다니?"

"난 못해요."

채옥이 다시 한번 중얼거렸다. 채옥은 눈을 감고 불에 타 죽던 사람들의 얼굴에 나타난 공포에 질린 표정을 되살리면서 하풍의 질문에 흔들리지 않으려고 애썼다.

"못하다니? 그럴 수가? 네가 그들 곁을 떠날 때 그들의 가슴을 찢어놓았다는 것을 모르는 거냐? 네 자식은 몇 주 동안이나 너를 찾으며 울었어. 그리고 너의 어머니는 아이가 너를 찾을 때마다 달래느라고 아이를 안고 방을 걸어다니셨다. 아마 수십 리는 걸으셨을 거야. 네 어머니는 전족한 발이 아팠겠지만 한번도 남에게 아이를 맡기지 않으셨어."

하풍은 말을 하면서 채옥에게 다가갔다. 채옥은 그가 자신을 때릴 것이라고 생각했다. 하지만 하풍은 그녀를 바라보기만 했다.

"이제 나는 너를 만났다고 그들에게 말해야 해. 하지만 너는 한마디도 묻지 않는구나. 아무리 낯선 사람이라도 '잘 있습니까?'라는 말 정도는 물을 텐데 말이야."

채옥은 속으로 그가 그만해주기를 바랐다. 채옥은 손으로 얼굴을 가렸다. 그러나 하풍이 손을 잡아당겼다.
"이봐, 우는 거야? 돌멩이도 눈물이 있나?"
채옥이 얼굴을 들었다.
"누구를 위해서 우십니까, 동지? 억압당하는 대중을 위해서? 그건 한두 방울이면 족하지 않습니까?"
"오빠는 이해 못해요."
"아니야. 그렇지 않아."
하풍은 지겹다는 듯이 말했다. 그는 채옥의 손에 오물이 묻기라도 한 것처럼 손을 놓았다.
"난 갑판으로 올라가야겠어."
하풍이 문 앞으로 다가가자 채옥이 그를 불렀다.
"기다려요. 기다려요."
하풍은 뒤돌아보지 않은 채 서있었다.
"오빠……"
채옥이 손을 내밀었다. 그녀의 손은 떨리고 있었다.
"오빠, 제발. 내가 묻는다면 난 알게 될 거야. 내가 알고 나면 나는 마음을 쓰게 될 거야. 그리고 마음을 쓰게 되면 나는 해야 할 일을 할 수 없게 돼요."
그녀의 팔이 무릎 위에 떨어졌다.
"우리는 자신에 충실하지 않으면 안 된다고 오빠가 말한 적이 있잖아요. 오빠 말이 옳아요. 내 말을 이해하지 못하겠어요? 내가 적게 알면 적게 알수록, 그만큼 내가 잊어야 할 것이 적어지는 거예요!"
하풍의 표정이 부드러워졌다. 그가 다시 말을 꺼냈을 때 그는 화난 기색은 없었지만 고통스러워하는 것 같았다.

"동생, 우리는 이렇게 다르군. 너는 아무것도 알고 싶어하지 않지만 나는 추억이 될 만한 무엇인가를 갖고 싶어."

채옥은 추억을 가져서는 안 된다고 생각했다. 내가 하는 일은 내 자신보다 더 중요해. 그렇지 않으면 나의 회상은 의미가 없어. 채옥은 갑자기 그 점을 하풍에게 이해시키고 싶었다.

"나는 추억을 가져서는 안 돼요. 오빠, 난 우리 운동에 기여하는 것 외에는 다른 것을 추억해서는 안 돼요. 난 공산주의자예요. 나는 그들을 위해서……"

"너희들은 불법자야. 너희는 이가 득실득실한 촌놈들과 산에서 짓밟히게 될 거야. 너희는 어쩔 수 없어. 어쩔 수 없이 죽게 돼. 너희가 무엇을 성취하겠어?"

"틀렸어요!"

채옥은 일어나려다가 현기증이 나서 의자 위에 넘어졌다.

"우리는 죽지 않아요. 우리는 승리할 거예요."

"아무리 바보라도 그런 일에는 한 푼도 걸지 않을 거야."

하풍이 씁쓸하게 웃으며 말했다.

"우리에게 바보는 필요 없어요. 우리에게는 당과 인민이 있어요."

다시 침묵이 흘렀다. 하풍은 담배를 꺼냈다. 그러고는 채옥 옆에 앉으며 담배를 권했다. 한동안 그들은 말없이 담배를 피웠다.

채옥은 속으로 어머니와 아들이 잘 있느냐고 물었다. 물론 잘 있겠지. 그들에게 무슨 위험이 있겠어? 그들은 쑤저우의 뜰에 무사히 있을 텐데.

갑자기 하풍이 웃었다.

"아냐, 동생. 바보는 나야. 생명을 걸면서까지 공산주의자들을 도왔으니까. 하풍이라는 상하이 최고의 자본가가 말이야. 그런데 나는 너희들이 하는 얘기를 듣고 있어. 내가 내 공장의 노동자들을 얼마나 억압하고 나의 소작인들을 얼마나 억압하는지, 그리고 내가 하루 스물네 시간 민중을 억압하는 것 외에 아무것도 하는 일이 없다는 얘기 말야. 만약 내가 후난에 있었다면 너희는 나를 인민재판에 회부해서 머리에 내 죄목을 적은 종이 모자를 씌우고 거리로 끌고 다니다가 처형시켰겠지."

하풍은 채옥이 그렇지 않다고 항변하기를 기다리는 것처럼 말을 멈췄다. 그러나 대답이 없자 그는 천천히 일어나 다시 창가로 갔다. 한 줌의 공기에 휘장이 펄럭였다.

채옥은 언젠가 네 사람이 이 배의 갑판에서 웃으며 여행했던 밤을 생각했다.

하풍이 채옥에게로 고개를 돌렸다.

"너희 공산주의자들은 한 가지 점에서는 옳아. 우리 부르주아들이 어리석은 감상주의자라는 사실 말이야!"

채옥은 일어서서 그에게 다가갔다. 그러나 다시 현기증이 느껴지며 다리가 꺾이자 하풍이 그녀를 붙잡았다. 잠시 그들은 조용히 포옹한 채 서있었다. 그런 후 하풍은 아무 말없이 채옥을 부축해서 의자에 앉혔다.

채옥은 하풍을 이해시켜야 한다는 생각밖에 없었다.

"오빠, 한때는 내 마음도 오빠와 같았어요. 그러나 나는 낡은 중국이 죽기 전에는 새 중국이 탄생할 수 없다는 것을 알았어요. 낡은 유대를 끊어야만 선(善)이 가능한 거예요. 난 알아요. 아니, 확신해요. 공산주의가 유교를 대신할 때만이 중국인의 정신은 다시 통일될 거예요. 그때가 되어야만 중국은 다시 한번 위대해질 거예요."

채옥은 설명을 계속했다. 하풍은 방해하지 않고 귀를 기울였다. 그러나 채옥은 자신이 많은 것을 얘기했음에도 하풍은 오직 하나만을 생각하고 있다는 것을 알았다.

채옥은 두번째 담배를 다 피웠을 때 말을 멈추고 허리를 굽혀 마룻바닥에 담배를 비벼 껐다.

"하나 더 줄까?"

하풍이 물었다. 채옥은 고개를 끄덕였다.

하풍은 주머니를 뒤적였다. 그런데 그가 주머니에서 손을 뺐을 때 그의 손에 들린 것은 금으로 장식된 담뱃갑이 아니었다. 하풍도 놀란 듯이 자신의 손에 들린 그 두툼한 봉투를 잠시 바라보다가 그것을 채옥의 무릎에 던졌다.

"네게 줄 선물이다!"

채옥은 그것에서 눈을 뗄 수도, 만질 수도 없었다.

잠시 후에 하풍이 그것을 집어들어 열고, 사진들을 꺼내 긴 의자 위에 한 장씩 펼쳐놓았다.

채옥은 한 장씩 한 장씩 바라보았다. 웃고 있는 신운의 얼굴이 눈앞에서 점점 커지고 있었다. 난쟁이 삼나무 옆에 공단 저고리를 입고 서 있는 신운, 양복을 입고 손에는 망원경을 들고 서있는 신운, 설날을 위해 단장한 춘월 옆에서 술이 달린 줄무늬 코트를 입고 서있는 신운……. 그만. 채옥은 아까처럼 속으로 빌었다. 제발, 그만. 채옥은 재빨리 사진들을 주워모아 봉투 속에 집어넣었다.

"오빠, 결혼했어요?"

채옥이 무의식중에 물었다.

"아니. 하지만 내겐 아들이 있지……. 네 아들 말야."

문이 열리고 관지가 나타났다.

"떠날 시간이야."

채옥은 조용히 일어나 봉투를 탁자 위에 올려놓고 관을 지나 문으로 갔다.

"노형, 우리 생명을 구해주셔서 고맙습니다. 결코 잊지 않겠소."
관지가 말했다. 하풍은 고개만 끄덕였다.
"한번만 더 수고를 해주시오, 자."
"물론이지요."
관지는 주머니를 뒤적여서 버들피리를 꺼냈다.
"이것을 우리 아이에게 전해주시오."
하풍은 피리를 받아 쥐고 봉투를 보았다. 그러고는 다시 채옥을 바라보았다.
"빨리 가야 해요."
채옥이 고개를 저으며 말했다.

안개가 강을 덮는 순간을 이용해서 채옥과 관지는 작은 배에 옮겨 탔다. 그들은 양쯔 강으로 통하는 운하로 갈 것이고 나머지 사람은 고향으로 돌아갈 것이다.

그로부터 사흘 후, 용재의 관은 선조들 옆에 묻혔다. 장례식은 간단했다. 쑤저우에 살고 있던 가족들과 용재의 자강회 출신 선비 친구 몇 명만이 참석했을 뿐이었다. 문중 사람들에게도 알리지 않았고 악대와 승려들을 대동한 장례 행렬도 생략했다. 케임브리지와 메사추세츠로 전보가 갔지만 귀국하지 말라는 당부가 덧붙어 있었다. 귀재는 용재가 다음과 같은 유언을 남겼다고 가족들에게 말했다.

"나는 평생 동안 가족들의 안녕을 잘 돌보지 못했소. 이제 나는 죽으면서까지 더이상 집에 해를 끼치고 싶지 않소."

마지막 고두가 끝났을 때, 금덕은 새 무덤 앞에 무릎을 꿇었다. 금덕은 조용하면서도 또렷한 목소리로 중얼거렸다.

"여보, 저는 제가 당신보다 먼저 황천에 가서 당신 맞을 준비를 하는 것이 평생소원이었어요. 이제 이슬처럼 조용히 당신이 떠나셨으니, 장례식도 제대로 못 갖추고 지하에 묻히셨으니, 이제 저는 가장……."

금덕의 목소리가 떨렸다. 그녀는 머리를 숙였다. 마치 시간이 정지해서 그동안 아무 일도 일어나지 않았던 것 같은 느낌이 들었다.

"……죄 많은 여자예요. 전 잊지 못할 거예요. 당신과 영원히 함께 잠들 때까지 결코 잊지 못할 거예요."

다른 사람들은 금덕을 말리는 것이 부질없다는 것을 알았다. 그 후 금덕은 바깥세상으로 나 있는 그녀의 문을 닫아버렸다.

장례식 이튿날 아침, 귀재는 구슬픈 버들피리 소리에 일찍 잠이 깼다. 그는 한동안 귀를 기울였다. 햇살이 방을 가로질러 휘장 틈새로 스며들어오고 있었다. 두루마리 족자를 제외하고는 그가 군관학교에 가기 위해 소년 시절 이곳을 떠났던 때와 달라진 것은 하나도 없었다. 귀재는 몇 개월 만에 처음으로 평화를 느꼈다.

진시가 되었을 때 귀재는 제복을 입었다. 제복이 머리맡에 단정하게 놓여 있었다. 그는 동쪽의 창문과 창문 사이에 걸린 두루마리 족자를 향해 걸어갔다.

지난 정초, 어디서였던가? 난창에서 부하들과 함께 있을 때였던 것 같군.

그때 용재가 이 족자를 걸었을 것 같았다. 용재의 글씨였다. 귀재는 족자 앞에 서서 왕유의 시를 큰소리로 읽었다.

벗이여, 나는 그대가 산마루를 내려가는 걸 지켜보았소.

이제 어두워졌으니 할 수 없이 쪽문을 닫을 수밖에…….
봄이 오면 풀잎도 다시 파랗게 돋아날 텐데,
벗 중의 벗이여, 그대 또한 그러겠는가?

귀재는 서예 책상 앞에 앉아 있던 형의 모습을 떠올리며 손가락을 놀려 몇 글자를 썼다. 용재에게는 서예가 큰 비중을 차지했었지만 귀재는 형의 예술에 대해서 한번도 물어본 적이 없었다. 그러나 묻기에는 이제 너무 늦어버렸다.

귀재는 여장을 차리기 위해 천천히 방을 나갔다. 문밖의 구두가 갑자기 내린 소나기로 젖어 있었다. 하인이 보이지 않았다. 귀재는 옷장에 구두 한 켤레를 넣어둔 것이 생각나서 옷장으로 갔다. 얼마나 오래전인가? 귀재는 혁명에 가담하기 위해 남부로 떠난 이후 가끔씩 고향에 들르기는 했지만 옷장은 한번도 열어보지 않았다.

귀재는 옷장을 열어보고는 깜짝 놀랐다. 자신이 넣어두었던 것들이 하나도 보이지 않았다. 대신 무늬가 들어간 비단으로 만든 두루마기와 저고리 몇 벌, 그리고 고동색 술이 달린 줄무늬 코트 몇 벌이 들어 있었다. 또 공단으로 만든 덧신이 가지런히 놓여 있었다. 귀재는 한 짝을 신어보았다. 꼭 맞았다. 옷을 보자 이상한 생각이 들어 푸른 옷을 어깨에 걸쳐보았다. 잿빛 옷과 고동색 옷도 차례로 걸쳐보았다. 모두가 잘 맞았다. 귀재는 제복을 벗고 잿빛 옷을 입었다. 단추를 다 채웠을 때 귀재는 그 옷들을 모두 어머니가 만들었다는 것을 알았다. 어머니가 나를 위해서 몇 년 동안이나 바느질을 계속하신 걸까?

옷장 바닥 한가운데 녹나무 상자가 하나 있었다. 귀재는 의아해하면서 그것을 집어들어 책상 위에 놓고 뚜껑을 열었다. 안에는 정교하게 수를 놓은 작품들이 있었다. 귀재는 하나씩 꺼내보았다. 해마, 무소, 팬더곰, 흑곰, 일각수 등이 수놓여 있었다. 그것은 중국이 아직 제국이었을 때 관복 앞뒤에 달아 품계를 나타내는 기장이었다. 이 모든 것은 어머니의 꿈이었다.

귀재는 그것들을 상자에 다시 넣고 침대 위에 놓았던 제복을 조심스레 개서 옷장 속에 단정하게 넣었다. 그러고는 책상으로 가서 종이와 붓을 꺼냈다. 벼루에 물을 몇 방울 떨어뜨린 다음 조심스럽게 먹을 갈았다. 귀재는 붓을 잡고 장개석에게 휴가를 청하는 편지를 썼다.

상을 당하여 쑤저우에 묶여 있습니다. 또 오랫동안 집안일을 등한히 한 탓으로 집안일을 정리할 시간이 필요합니다.

귀재는 편지를 하인에게 주고 어머니를 찾아갔다. 그리고 어머니가 바느질하는 것을 지켜보며 조용히 하루를 보냈다.

장례식이 끝난 지 며칠 지난 어느 날, 춘월은 하풍과 귀재가 가장의 시신을 고향으로 옮겨온 이후 매일 밤 그랬던 것처럼 그날도 연못가의 대리석 의자에 앉아 있었다. 왜 잠도 자지 않고 무엇인가를 찾는 것처럼 여기에 와 있어야 하는지 춘월은 몰랐다. 그녀가 잃어버린 것은 용재와 함께 묻혀버렸다. 그것을 찾을 길은 없었다. 오늘밤도, 내일 밤도.

어느 누구도 춘월을 용재처럼 잘 알지는 못할 것이다. 항상 용재만이 그녀와 함께 있었다. 그는 춘월의 생각과 침묵까지 잘 이해했다. 용재는 단 하나의 비밀만을 제외하고는 춘월의 모든 비밀을 다 알고 있었다.

춘월은 발소리가 들려서 그림자 속에 서있는 사람에게로 머리를 돌렸다.

"누구세요?"

"하풍입니다, 아주머니. 하인이 아주머니께서 여기 계신다고 알려주더군요."

그는 춘월에게로 다가가 인사를 했다.

"드릴 말씀이 있어요."

"그래."

춘월은 고개를 끄덕였다. 무슨 이야기를 할지 궁금하면서도 그의 이야기를 듣지 않을 수 있으면 얼마나 좋을까 하는 생각을 했다.

"사당으로 가는 게 어떻겠어요?"

하풍이 물었다.

"좋다. 날씨가 차구나."

"하인을 시켜서 할아버지도 그리로 오시라고 했어요."

그들이 사당에 도착했을 때 작은삼촌이 먼저 와 있었다. 춘월은 작은삼촌 역시 잠을 제대로 못 잤다는 것을 알 수 있었다. 그들은 인사를 나누고 탁자에 앉았다. 하풍이 귀재에게 담배를 권하고 자신도 담배를 피웠다. 하풍은 다시 주머니에 손을 넣더니 초콜릿을 꺼냈다.

"아주머니, 좀 드시겠어요?"

춘월은 조용히 웃었다. 춘월은 왠지 웃음을 멈출 수가 없었다.

"괜찮다. 너는 지금도 우리 어머니와 똑같구나."

춘월이 말했다.

"뭐가요?"

"너는 어렸을 때도 늘 먹을 것을 주머니에 넣고 다녔거든. 우리 어머니도 예전처럼, 아침이면 몸단장을 하느라 화장대 앞을 떠나질 않는단다. 볼에 분을 바르고 머리를 올리고 자줏빛 옷을 입지. 내 생각에는 언젠가……."

귀재가 신경질적으로 무릎을 손가락으로 두드리면서 목청을 가다듬고는 입을 열었다.
"우리를 찾아온 이유를 말하지 그러느냐, 하풍아."
하풍이 담배를 끄고 말을 시작했다.
"상하이에서는 지금 공산주의자 한 명이 반대편으로 돌아서서 명단을 넘겨줬다는 소문이 무성합니다. 그 명단에는 여러 명의 이름이 적혀 있는데 채옥과 관지도 끼어 있는 것이 확실하다고 합니다."
춘월은 갑자기 목이 꽉 막히는 것 같았다.
하풍이 말을 계속했다.
"이번에는 뇌물도 소용없고 가족들도 안전하지 못할 겁니다. 제가 알아본 바로는 그들이 본보기를 필요로 한다는 거예요."
하풍과 귀재가 나란히 두번째 담배에 불을 붙였다. 춘월은 한참 동안 그들이 담배 피우는 모습을 지켜보았다. 이제는 어떻게 해야 하는지 분명했다. 떠나야 했다. 모두 떠나야 했다.
"네 생각에는 얼마나 여유가 있을 것 같니?"
춘월이 물었다.
"길어야 일주일? 아마 닷새 정도밖에는 여유가 없을지도 몰라요."
하풍이 어깨를 으쓱하며 대답했다.
"우리는 사흘 내로 떠나야 해요. 그것이 유일한 길이에요."
춘월이 말했다.
귀재가 일어나서 서성거리다 잠시 뒤 걸음을 멈추고는 말을 꺼냈다.
"어디로 갈 수 있을까?"
"홍콩입니다."
하풍이 말했다.
귀재는 잠시 생각에 잠겼다가 머리를 끄덕이며 결정을 내렸다.

"좋아."

귀재는 잠시 후에 더 큰 목소리로 다시 한번 말했다.

"좋아!"

춘월은 딸이 걱정스러웠다. 내 딸아, 네가 무슨 짓을 했니? 네가 이 지경이 될 만한 짓을 하지는 않았을 텐데. 너는 그런 무서운 짓을 할 수 없어! 춘월은 머리를 흔들었다. 생각하기에도 너무나 끔찍한 일이었다. 그것은 운명이었다. 한낱 어머니로서는 이제 무슨 수를 써도 그 운명을 바꿀 수는 없었다. 장씨 가문에 대한 빚이 너무나 엄청나기 때문에 결국은 이런 식으로 청산할 수밖에 없는 것인지도 몰랐다.

춘월은 아무 말 없이 남자들을 쳐다보기만 했다. 용재가 마지막 빛을 나눠가진 것이 고맙기만 했다.

귀재가 다시 목청을 가다듬었다.

"해야 할 일이 많겠구나."

그 말이 전부였다.

이후 집안이 부산해졌다. 그리고 이튿날이 되자 부인네들은 관 속에 가보들을 집어넣고 봉했다. 하인들과 하풍, 귀재, 그리고 용원은 연못 주위의 땅을 팠다. 삼나무가 장씨 가문의 흙 속에 깊이 뿌리를 내리고 있었기 때문에 땅을 파기가 어려웠다. 결국 해가 지기 전에야 그들은 가보를 땅에 묻는 일을 끝냈다.

그날 밤, 집안이 조용해졌을 때 춘월은 금덕을 찾아갔다. 귀재가 금덕에게 떠나야 한다고 설명해주었지만 그녀의 맹세를 바꾸게 하지는 못했다. 춘월도 금덕의 마음을 바꾸는 것이 불가능하다는 것을 알고 있었다. 금덕의 마음을 바꿀 수 있는 사람은 오직 한 사람밖에 없었다. 그러나 그는 죽고 없었다.

"어서 오게."

"안녕하세요."

"그래. 자네는?"

그들은 눈을 내리깔고 조용히 함께 차를 마셨다.

큰어머니는 확신하세요? 춘월은 속으로 몇 번이고 물었다. 그러나 입 밖에 꺼내지는 않았다. 아무런 일도 없을지 모른다. 하풍이 잘못 알았을지도 모른다.

금덕이 먼저 말을 꺼냈다.

"여보게, 자네와 하풍이 나를 위해 도와줬으면 하는 게 있네. 내가 그 고아를 포함시키는 것은 그 아이가 시동생보다 어리고 우리보다 더 오래 살 것이기 때문이네. 다른 사람들은 알 필요가 없어."

춘월은 고개를 끄덕였다.

굽이 높은 구두를 어색하게 신은 금덕은 잠시 나갔다가 칠보자기 상자를 가지고 들어왔다.

"자, 이걸 안전한 곳에 묻어주게."

춘월은 일어나 손을 내밀었다. 잠시 두 사람은 상자를 마주잡고 있었다. 눈이 서로 마주치자 금덕이 입을 열었다.

"조카, 이제는 가보게나."

춘월은 고개를 끄덕이고 상자를 들고 방을 나갔다.

나중에 하풍이 정원에서 춘월에게 물었다.

"어디에 묻을까요?"

"어디든 상관없어."

"판석 밑에 묻을까요? 연못 주위의 땅은 벌써 다 팠습니다."

"아무데나 묻게."

하풍은 헐렁하게 박혀 있는 돌을 찾아냈다. 그리고 몇 걸음 물러나 살펴보고는 땅을 파기 시작했다.

춘월은 대리석 뒤에 앉아 상자 위에 드리워진 삼나무 가지를 바라보았다. 상자를 묶은 푸른 구리줄이 달빛을 받아 잿불처럼 빛나고 있었다. 지금 묻고 나면 다시 파낼 수 있는 날이 올까? 설사 다시 파낸다 해도 상자의 광택을 되찾을 수는 없겠지.

"아주머니!"

하풍이 손을 털면서 춘월을 불렀다.

춘월은 하풍을 쳐다보고는 내키지 않은 듯이 상자를 건네주었다. 그러고는 하풍이 상자를 구덩이에 놓는 것을 바라보았다. 하풍은 조심스럽게 구덩이에 흙을 채우고 삽등으로 흙을 다졌다. 그 위에 판석을 올려놓았다.

"돌이 전과 같아 보이지요? 아무도 못 알아볼 겁니다. 기억하세요. 이것은 일곱번째 줄, 일곱번째 열의 돌입니다. 견우와 직녀가 만나는 날로 기억하면 쉽겠군요."

순간 춘월은 버려진 아이처럼 울음이 터질 것 같았다.

"아주머니, 어디 편찮으세요?"

"하풍아, 나는 가끔 세상이 돌아버렸다는 생각을 할 때가 있다. 하지만 곧 그럴 리가 없다는 것을 깨닫지. 다만 우리가 옛날에 진 빚을 갚는 것뿐이야. 그건 인과응보야."

춘월은 목이 메어서 말을 잇지 못했다. 하풍이 무릎을 꿇고 춘월의 손을 잡았다.

"아주머니, 이건 아주머니가 하신 일과는 아무 관계도 없는 것이에요. 심지어 채옥이가 한 일과도 아무 관계가 없어요. 이렇게 되지 않았을 수도 있었어요."

춘월은 머리를 흔들었다.

"너는 모른다. 내가 한 짓을 너는 꿈에도 모를 거야……."

"아주머니가 한 짓이라니요?"

하풍이 속삭였다. 하풍도 옛날을 회상하는 듯했다. 그러고는 어깨를 으쓱하며 말을 이었다.

"인생이라는 것이 어리석은 욕망과 불완전한 선택 외에 무엇이 있겠습니까? 아주머니는 다시 똑같은 상황이 닥친다면 아주머니가 했던 일을 다시 반복할 겁니다……."

춘월은 귀를 기울이지 않았다. 춘월은 하풍이 잡고 있는 자신의 손을 내려다보았다. 그녀의 손은 단지 고양이의 요람을 꾸밀 정도의 작은 공간만을 원했을 뿐이었다. 춘월은 어렸을 때 이화와 숨바꼭질을 했다. 다음에는 채옥과, 그 다음에는 용원과, 그 다음에는 신운과. 춘월은 추억을 더듬으며 웃었다.

"저는 그렇게 생각합니다!"

하풍이 큰소리로 말했다.

"아주머니는 아주머니가 할 일을 하신 겁니다."

"나도 그렇게 생각해."

"후회는 없으시죠?"

"후회는 없어."

다음날 오후, 춘월은 선조들이 묻힌 언덕에 혼자 올라갔다. 할아버지의 묘지 옆에 심었던 소나무들이 크게 자라 있었다. 춘월은 올라가다가 소나무의 그림자가 드리워진 곳에서 잠시 쉬었다. 저 나무들이 몇 년이나 되었지? 36년? 아니 35년이군. 큰아버지가 해외에서 돌아왔을 때의 나이가 되었구나. 춘월은 조용히 웃었다. 그리고 큰삼촌이 자신에게 글을 가르쳐주지 않았다면 자신의 인생이 어떻게 되었을까 생각해보았다.

아냐, 그것은 그렇게 되도록 되어 있었던 거야. 춘월은 그렇게 확신하며 바구니를 내려놓고 무덤의 풀을 베기 시작했다.

뜻밖에 따뜻한 바람이 남서쪽에서 불어왔다. 버드나무 가지가 흐느적거렸다. 머리 위로는 들오리들이 구슬픈 소리를 내며 북쪽으로 날아갔다. 춘월은 한가롭게 풀을 베며, 죽은 친척들과 함께 보냈던 시간을 회상했다. 대부분 그녀가 보지 못한 사람들이었지만 그들이 어떻게 살았는지는 얘기를 들어서 알고 있었고 이름도 정확히 알고 있었다.

"시간이 다 됐습니다요, 아씨."

춘월이 계속 풀을 뜯고 있는데 관리인이 소리쳤다.

춘월은 고개를 끄덕였다.

"먼저 가세요. 곧 내려갈게요."

춘월은 관리인이 언덕을 터벅터벅 내려가는 것을 지켜보았다. 그는 담배를 피우고 있었다. 대나무 끝에 매달린 두 개의 보따리가 그의 어깨 위에서 제멋대로 흔들리고 있었다. 춘월은 새 묘지에서 향을 피우고 준비해온 음식을 내려놓았다. 그러고는 머리를 세 번 조아린 다음 입을 열었다.

"제가 한 지붕 아래에서 다섯 세대를 볼 때까지 살게 될 거라고 할머니께서 말씀하신 적이 있어요. 저는 그게 제 운명이라고 믿고 있어요. 저는 할머니께 언덕이 푸르러지고 바람이 부드러워지면 우리 친족이 당신 곁에 모이도록 하겠다고 약속드렸어요. 저는 그 약속을 지킬 거예요. 올해나 내년은 안 되겠죠. 10년, 20년이 지나도 안 될지 몰라요.

지평선이 키 큰 잡초에 가려져 있어요. 잡초는 심한 바람에 한숨을 쉬며 고개를 숙이고 밤은 어두워요. 하지만 우리 집안은 술이 식초가 되고 향이 연기로 변할 때에도 그 세월을 견뎌왔어요. 양지가 될 때도 있고 음지가 될 때도 있죠. 노래할 때도 있지만 침묵할 때도 있어요. 그리고 어느 때고 헤어짐과 만남은 있게 마련이지요.

우리는 때로 한줌 흙이기도 하지만 때가 되면 산을 이루기도 하면서 순리에 따라 살지요.

이렇게 우리는 도리와 이름을 지킵니다. 우리는 가문과 문화를 아낍니다.

우리는 중국인이니까요."

에필로그

1934년, 갑술년 8월. 공산주의자들은 완전히 포위되어 광시성의 산악 지대에서 고립되었다. 살아남을 희망은? 적들은 없다고 생각했다.

"그렇지 않다. 이것은 종말이 아니라 새로운 시작이다."

'위대한 조타수' 모택동이 외쳤다.

홍군의 군인들이 마을 광장에 모였다. 한 키 큰 여성 간부가 이리저리 부지런히 돌아다니며 사람들을 격려했다.

"동지들, 우리는 돌아갑니다! 우리는 살아납니다! 우리는 지지 않습니다!"

그 여자의 목소리는 돌풍처럼 우렁찼다.

어둠이 깔리기 시작했을 때 그 여자의 남편인 농부 장군은 출발 신호를 내렸다. 그들은 공중에서 터지는 포탄과 불타는 마을을 아랑곳하지 않고 밤낮으로 행군했다.

대열이 고산에 도착했을 때였다. 경사가 너무 급했기 때문에 앞서가는 군인의 등밖에 보이지 않았다. 밤이 되자 산이 얼어붙기 시작했다. 여성 간부는 공포에 질린 채 울음소리를 내며 바위에 매달린 사람들을 향해 소리쳤다.

"동지, 위를 보세요. 그리고 별을 헤아려요. 위를 보세요."

1935년 을해년. 정월, 2월, 3월 그리고 4월까지 홍군은 계속해서 행군하며 싸웠다. 그러나 구이저우를 벗어날 수 없었다. 그들이 지나는 곳마다, 들어서는 곳마다 적이 기다리고 있었다. 공산주의자들은 대오를 나누어 산개하고 우회하고 행군하며 강을 수없이 건넜다.

마침내 그들은 진사 강의 둑에 섰다. 높이가 1킬로미터가 넘는 계곡 아래로 급류가 흐르고 있었다. 다리는 없었고 나룻배만 여섯 척 있었다. 9일 밤낮 동안 배가 왕복해서야 겨우 모두 강을 건널 수 있었다.

그들은 윈난과 로로족과 먀오족의 땅을 통과하여 쓰촨성의 변경까지 북진했다.

그러나 홍수가 난 타투강이 길을 막았다. 거기서 두번째로 많은 군인들이 목숨을 잃었다. 강 북쪽으로는 국민당의 군대가 기다리고 있었다.

루팅 다리를 사이에 두고 타투강 강변을 따라 홍군과 백군의 경주가 시작되었다. 공산주의자들은 사력을 다해 사흘 밤낮을 행군했다. 그들은 그동안 고작 10분 정도의 휴식만 취했을 뿐이었다.

공산주의자들이 먼저 다리에 도착했다. 그러나 심연 위에는 열세 개의 쇠사슬이 걸려 있을 뿐이었다. 그것이 바람에 흔들리고 있었다. 강 건너에는 소규모의 국민당 수비대가 있었다. 이미 그들은 한없이 높은 절벽을 잇는, 길이 250미터의 다리 한복판을 대부분 파괴해놓았다.

농부 장군과 지원병들이 야음을 틈타 다리를 건너기 시작했다. 그들은 두 손으로 다리 난간을 번갈아 잡아가며 한발씩 움직였다. 쇠사슬이 휘청거렸다. 총알이 날아와 한 사람이 쓰러졌다. 그리고 또 한 사람이 쓰러졌다.

마침내 몇 명이 목판이 남아 있는 곳까지 도착했다. 화염이 터졌다. 농부 장군은 불길을 뚫고 적진으로 돌진했다. 루팅 다리가 장악되었다.

홍군은 5월에 티베트의 얼음 봉우리에 도착했다. 만년설에 뒤덮인 일곱 개의 산맥은 하늘에 내걸린 흰 빨래처럼 반짝였다.

목면으로 된 제복을 입고 짚신을 신은 홍군 병사들은 한걸음씩 전진했다. 그들이 결코 살아남지 못하리라고 생각한 적들은 뒤로 물러났다.

홍군은 6월에 쓰촨성 북서 지방에 도착했다. 거기서 그들은 휴식을 취하며 기운을 되찾았다. 출발할 때 10만 명 이상이었던 군대는 이제 신병까지 포함

해서 겨우 3만 명에 불과했다.

그들이 다시 출발할 때 여성 간부는 각 병사의 등에 글자를 써붙여주고 그들에게 그 글자를 가르쳐주었다. 그들은 행군하면서 배운 글자를 반복해서 외우고 그것을 뒤에 있는 동료에게 가르쳐주었다.

그들이 한 소수 민족이 사는 작은 마을에 들어섰을 때, 새로운 적이 그들을 맞았다. 원주민들은 홍군이건 백군이건 중국인들을 증오했다. 그들의 여왕은 모든 침입자를 산 채로 끓는 물에 집어넣고 곡식과 의복을 강탈하라고 명령했다. 유령의 숲에서 날아오는 독화살을 피한 사람들은 이제 굶주림으로 정신을 잃었다.

앞은 칭하이의 초원 지대였다. 거기에는 관목 덤불도 없고 나무 한 그루, 바위 하나 없었다. 오직 말오줌보다 더 심한 악취가 나는 잡초와 늪뿐이었다.

군인들은 척후병의 허리에 맨 밧줄을 붙잡고 조심스럽게 걸음을 내디뎠다. 밤에는 몇 사람만이 우거진 풀 위로 쓰러졌고 나머지 사람들은 서로 등을 맞대고 선 채로 잠을 잤다. 그나마 남아 있던 풀뿌리와 버섯이 사라졌을 때 그들은 혁대를 풀어 끓여먹었다. 여성 간부는 자신의 가죽 장화를 내놓았다.

초원에서 8일을 헤맨 그들은 성소(聖所)인 옌안에 도착했다. 그들은 368일 동안 행군했다. 그리고 열여덟 개의 산맥을 넘고 스물여덟 개의 강을 건너고 열두 개의 성(省)을 지나왔다. 2만 5천 리가 넘는 거리였다.

대장정에 참가한 간부, 병사, 농부, 소년들은 동지가 되어 왜병을 물리치고 내전에서 승리했으며 북극곰을 몰아냈다. 그리고 '위대한 조타수'의 지도 아래, 전 인류의 4분의 1에게 질서를 안겨주었다.

그 후 많은 시간이 지났다. 이제 다시 한번 동지들은 서로 나누어지고 옛 친구들이 적이 되고 옛 적들이 친구가 되는 시기가 다가왔다.

어느 한 계절에 뿌린 씨앗이 뿌리를 내리면 그에 앞서 꽃을 피웠던 나무는 죽어가게 마련이다. 이것이 삼라만상의 섭리이다.

―문중이야기

25년 후, 용원은 고향으로 가고 있었다. 이제 고향으로 가는 것은 시간문제였다. 그의 손에는 그를 고향에 갈 수 있게 해줄 서류 뭉치가 있었다. 용원은 중국의 문호 개방을 위한 백악관 특별 고문이었고 최초의 귀국자 가운데 한 명이었다.

헨리 키신저가 베이징을 비밀리에 방문한 지 8개월이 지났다. 키신저의 방문 사실이 공식 발표되자, 용원은 계획을 세우고 선배 및 동료들의 도움을 청하러 다니기 시작했다. 그러나 그들은 평소 개인적으로 어울리기 싫어했던 사람들이었기 때문에 용원은 성공할 수 있다고 자신할 수 없었다.

용원이 가장 보고 싶은 사람은 춘월이었다. 그가 고향을 생각할 때는 으레 그녀가 떠올랐다.

"도련님, 어디 나를 잡아보세요!"

춘월의 목소리가 귓가에 생생했다.

상하이에 있을 때 그들은 용원이 숨바꼭질하기에는 너무 나이가 많았을 때까지도 숨바꼭질을 했었다.

용원은 다시 한번 시계를 보고 모택동의 초상화가 걸려 있는 푸른 벽과 문을 바라보았다. 그는 속으로 수없이 참아야 한다고 다짐했다. 그러나 쉽지 않았다. 그는 벌써 두 시간 이상을 기다렸다. 아홉 시가 되면 '중국여행 안내소'의 홍콩 사무실 문이 열릴 것이다. 아홉 시가 되자 미리 기다리고 있던 사람들이 안으로 밀려들어와 법석을 부렸다. 스웨덴인들, 독일인들, 또 한두 명의 영국인과 몇 명의 오스트레일리아인들이 광둥 박람회에 가기 위해 몰려든 것이다. 그들은 오전 내내 용원의 주위를 왔다갔다 하면서 여행증명 서류와 호텔 숙박 예약을 해달라고 소리쳤다. 그들은 비자를 쥔 손을 내저으며 머리를 흔들어대는 사업가들의 고충은 들은 척도 하지 않았다. 사업가들이 큰 소리로 항의하면 할수록 중국인들은 더 천천히 일을 처리했다. 용원은 자신 역시 기다리는 입장만 아니었다면 그것을 보고 웃지 않을 수 없었을 거라는 생각이 들었다.

용원을 괴롭히는 것은 일이 지연된 것이 아니었다. 용원은 자신의 서류에 아무 이상이 없다고 확신했다. 그러나 25년이 지난 지금, 내가 사무원들에게 무엇을 기대하는 거지? 무엇을? 용원은 확실히 알 수 없었다. 환영하는 미소? 아마 그럴지도 모르지. 적어도 광둥에 가는 외국인들과 같은 대우는 해주겠지. 그러나 그의 생각은 빗나갔다. 맨 앞의 책상에 앉은, 얼굴이 핼쑥한 사무원은 용원의 신임장은 들여다보지도 않았다.

"앉으시오."

그는 무시하는 듯한 말투로 말했다.

"특별 여행에는 특별한 주의가 필요하오."

이 특별한 사무원들도 표지에 닉슨 대통령과 모택동 주석이 악수하는 모습이 그려진 이 달 화보를 건성으로나마 한번쯤은 뒤적거려봤을 거라는 생각이 들었다. 화보 속의 얼굴이, 붉은 농민들과 자신에 찬 공장 노동자들이 자신을 쳐다보고 있었다.

후안잉(환영)! 화보 속의 사람들이 자신에게 말하는 것 같았다. 그러나 사무원들의 눈빛은 마치 용원이 잡초 한 포기 뽑지 않고 혁명의 열매를 따먹으려고 온 제국주의자의 앞잡이라고 말하는 것 같았다.

용원은 돌아올 작정이었다고 설명해주고 싶었다. 나는 중국을 떠날 때 반드시 돌아올 작정을 했었소. 그러나 공산당이 내전에서 승리했을 때는 돌아갈 수가 없었다. 아니, 자신에게 그렇게 타일렀는지도 모른다. 미국인 아내가 있고 아이가 있었다. 그리고 중국사 교수로서의 현재 직장을 제안받았고 용원은 그 직장을 잡았다. 용원은 그 당시로선 도리가 없었다고 생각했다. 결과적으로 봤을 때도 내가 옳았음이 증명된 셈이 아닌가? 물론, 그렇다. 그렇지 않을지도 모르지만 용원은 그렇다고 생각했다.

용원은 잡지를 탁자 위에 내던졌다. 갑자기 화가 치밀었다. 제기랄, 내가 부끄러워할 이유는 없잖아. 미국 여권이건 아니건 나는 중국인이고 고향으로 돌아가려는 거야.

용원은 다시 한번 푸른 벽 문을 쳐다보았다. 아무런 기미도 보이지 않았다. 그는 문안에 자신이 기다리고 있는 사람이 있을 것이라고 확신했다.

용원은 더이상 앉아 있을 수가 없어서 일어나 창밖을 내다보았다. 그는 유리창에 비친 자신의 모습을 보고 안경을 고쳐 썼다. 안경은 세월이 준 선물이었다. 그러나 예순인 그의 머리는 아직도 검었다. '관영호텔'에서 밤새 맞춘 베이지색 양복이 잘 맞았다. 허리사이즈 38. 그의 허리둘레는 아내의 가족을 만나기 위해 미국으로 처음 건너간 이후 변함이 없었다.

용원은 등 뒤에서 나는 소리에 돌아섰다. 드디어 푸른 벽의 문이 열렸다. 중년의 깡마른 간부가 손에 찻잔을 들고 나타났다. 용원은 목청을 가다듬었다. 맞아, 저 자가 담당자야. 그의 푸른색 옷은 다른 사람들과는 달리 목면이 아니고 개버딘 천이었다.

용원은 그 얼굴이 야윈 사무원이 간부에게 무슨 말을 해주기를 기다렸다. 그러나 사무원은 서류를 뒤적거리면서 짐짓 바쁜 척만 하고 있었다. 간부가 창문으로 다가왔다. 창의 문턱 위에는 보온병이 여러 개 놓여 있었다. 간부는 빨간 장미가 그려진 푸른 병을 열고 잔에 차를 따랐다. 용원은 간부가 돌아설 때 기다렸다는 듯이 입을 열었다.

"실례합니다."

용원이 광둥어로 얘기해서인지 간부는 아무런 반응도 보이지 않았다. 용원은 재빨리 표준어로 같은 말을 되풀이했다. 그래도 반응이 없어서 결국 영어로 말했다. 그때 간부가 돌아서며 부드럽게 고개를 끄덕였다. 용원은 오타와에서 중국 대사와 교환했던 편지와 다른 보증 서류를 내밀었다.

간부는 한동안 주저하다가 찻잔을 내려놓고 서류를 받았다. 아무런 표정도 없이, 지루할 정도로 오랫동안 서류를 뒤적거렸다. 마침내 미국 여권을 보자 천천히 여권을 펼치고는 주의 깊게 사진을 들여다보았다. 간부가 눈을 위로 치켜뜨며 용원을 쌀쌀하게 쳐다보았다.

"안으로 들어오시오."

간부가 말하고 먼저 자신의 사무실로 들어갔다. 방은 작았고 커다란 책상이 하나 놓여 있었다. 의자 둘과 전화 한 대가 있었고 벽에는 모택동 주석의 초상화가 걸려 있었다. 책상 위에는 〈베이징일보〉 외에는 아무것도 없었다.

"당신이 쑤저우를 방문하려는 목적이 뭡니까, 오 박사?"

간부가 책상 서랍을 열고 용지를 꺼내며 물었다.

"형수님을 만나기 위해서입니다."

"그분의 이름은?"

"장춘월입니다."

"나이는?"

"아흔입니다."

간부가 고개를 들며 물었다.

"당신이 마지막으로 만난 것이 언제입니까?"

"내가 미국으로 떠나기 전인 1947년이었습니다."

"이유는?"

"나는 처가 식구들을 만나기 위해 뉴욕으로 갔었습니다. 제 아내는 일본전쟁을 취재하던 기자였소."

간부가 고개를 끄덕이며 종이에 뭔가를 쓰고는 페이지를 넘겼다.

"당신 아주머니와 그동안 연락은 있었습니까?"

"간접적으로 있었소."

"최근에는?"

"없었소. 마지막 연락은 6년 전이었소."

간부가 다시 고개를 들고 용원을 건너다보았다.

"그 후에 그분이 죽었을 가능성이 많군요."

용원은 그럴 리가 없다고 생각했다. 그분이 죽었다면 내가 모를 리 없어.

"나는 그분을 만나고 싶습니다. 그것뿐이오."

용원이 간단하게 대답했다.

한 줄 한 줄 서식이 채워졌다. 시간이 갈수록 용원의 대답이나 옷, 중국인 얼굴, 그리고 미국 여권 등에 대한 불만과 못마땅함을 노골적으로 드러내는 관리의 침묵이 값싼 향수처럼 방안을 가득 채웠다.

용원은 갑자기 너무 빨리 돌아가는 것이 아닌지, 인민공화국에서 만날 모든 사람들이 자신에 대해 이 간부처럼 느끼고 비난을 던질지도 모른다는 생각이 들었다. 이유가 뭐지? 중국을 떠났기 때문인가? 아니면 너무 오랜만에 돌아가기 때문인가? 그러나 기다린다는 것은 결코 돌아갈 수 없다는 것을 의미한다. 중국의 개방 정책은 아직 확고한 것이 아니다. 그리고 지금은 두 나라 모두 대단한 모험을 하고 있는 것이다. 드디어 간부가 용원의 서류에 도장을 찍고 일어났다.

"카운터에서 증명 서류를 받기만 하면 됩니다. 사흘 내로 쑤저우에 도착하게 될 겁니다."

"사흘……. 더 빨리는 안 됩니까?"

간부는 그 말을 듣지 못한 것처럼 말을 계속했다.

"해방 이후 많은 것들이 변했소."

간부가 목소리를 높였다.

"우리는 봉건 잔재를 척결했소. 그리고 중국은 현명하신 모택동 주석과 공산당 지도 아래 일어섰소."

용원은 잠자코 일어서서 사무실을 나갔다. 아무도 그에게 악수를 청하지 않았다.

그로부터 사흘 후 정오경에, 용원은 쑤저우로 가는 기차의 외국인들을 위한 특별칸에 타고 있었다. 창문마다 작은 구멍이 뚫린 레이스 커튼이 쳐져 있었다. 용원이 앉은 접는 탁자에는 김이 나는 찻잔이 놓여 있었다. 재떨이에는 담배꽁초가 가득 차 있었고 그 위로 빈 담뱃갑이 구겨져 있었다.

그로부터 사흘이 지나 고향이 가까워진 지금, 용원은 외국인들 속에서 안도감을 느끼고 있었다. 적어도 외국인들은 자신을 빤히 쳐다보지 않았다. 지금까지 거쳐온 모든 도시에서 사람들은 그를 조용히 바라보기만 했었다. 용원은 몇 사람과 얘기를 나눠보려고 했지만 그들은 용원을 마치 외계인이라도 되는 듯이 굳은 얼굴로 피했다.

용원은 처음에는 사람들이 자신이 입고 있는 옷 때문에 그러는 줄 알았다. 그러나 그렇지 않다는 것을 깨닫고는 고통스러웠다. 사람들은 중국인의 얼굴을 한 외국인을 의심하고 있었던 것이다. 호기심 때문에 쳐다보기는 했지만 말을 걸기에는 두려운 존재였던 것이다.

용원은 춘월이 자기에게 말을 걸지 않거나 친척으로 받아들이지 않으면 어쩌나 하고 한동안 불안했다. 그러나 그러한 불안한 생각은 춘월을 만난다는 기대감 속에 녹아 서서히 사라졌다.

용원은 속으로 웃었다. 춘월이 내 손을 잡겠지. 그리고 오래전에 수 없이 그랬던 것처럼 발꿈치를 들고 내 곧추선 머리를 부드럽게 매만져주겠지.

1947년 충칭에서 그녀를 본 것이 마지막이었다. 용원이 미국으로 가는 비행기를 타기 전, 전쟁으로 상처투성이가 된 춘월을 난징행 기차에 태워줄 때만 해도 그토록 오랫동안 서로 떨어지게 되리라고는 상상도 못했다. 그때 춘월은 용원의 손에 삶은 달걀을 쥐어주었다.

그들은 한국 전쟁이 터지기 전까지는 정기적으로 편지를 주고받았다. 한국 전쟁 당시에도 인민공화국과 미국 간의 서신 왕래는 위험할 정도는 아니었지만, 적어도 그들 두 사람에게는 경솔한 짓이었다. 당시 용재의 두 아들은 중국의 과학 연구소에서 중요한 인물이었고 군사문제에까지 관련하고 있는 것 같았다. 한편 채옥과 관지는 당 고위층이었다. 아마 그들의 지위로 인해서 채옥이 보호받을 수 있었을 것이다. 그리고 자신이 장개석과 국민당을 극구 찬양하지 않는 모든 중국계 미국인을 백안시하던 세월 속에서 무사하게 지낼 수 있었던 것은 아내의 집안 덕분이었다. 춘월은 말할 것도 없고 용원도 서로에게 연락을 함으로써 주목을 끄는 위험한 짓을 감히 할 수 없었다.

나중에 정치적 분위기가 좀더 완화되었을 때 용원은 일년에 한번씩 춘월에게 편지를 보냈다. 그 편지는 홍콩에 있는 한 친구를 통해 전달되었다. 그 친구는 편지를 받아서 주소를 다시 쓰고 적개심을 일으키는 'U.S' 대신에 '홍콩'의 소인을 찍어서 편지를 보내주었다. 그러나 용원은 파키스탄에서 부친 편지의 답장을 1966년에야 받았다. 알아서 검열을 했기 때문인지 내용은 길지 않았다. 두 명의 새로운 종손이 태어나고 모든 가족이 건강하다는 내용이었다. 편지 속에는 오래전에 찍은 듯한, 현숙당의 회랑에서 작은 소녀와 함께 서있는 춘월의 사진이 들어 있었다. 그 소녀는 가장 어린 증손녀인 동란이었다.

"이 아이는 나를 많이 닮았단다."

편지에는 그렇게 씌어 있었다. 비록 형수는 70대이고 아이는 열 살도 안 되었지만 용원은 사진을 보고 그 말이 사실이라는 것을 알 수 있었다. 숱한 세월에도 불구하고 춘월의 살결은 여전히 부드러워 보였고 미소는 언제나 용원의 기억 속에 살아 있던 그대로였다.

그 이후로 더이상의 답장은 없었다. 문화혁명이 중국을 휩쓸자 용원도 편지를 쓰지 않았다. 혹시라도 외국에 있는 친척에게서 온 편지로 인해 춘월이 해를 당하지 않을까 두려웠기 때문이었다. 그러나 용원은 만약 춘월이 죽는다면 자신이 알 거라고 생각했다. 용원은 홍콩의 사무실에서도 춘월이 장씨 가문의 낡은 대문 앞에서 자신을 기다리고 있을 것임을 조금도 의심하지 않았다.

갑자기 칸막이 문 위에 달린 스피커에서 군악이 흘러나왔다. 그것은 상하이를 지나고부터 각 역에 도착할 때마다 기차의 정차를 알렸던 신호였다. 용원은 시계를 보았다. 쑤저우였다.

기차가 속력을 늦추었다. 용원은 선반에서 여행 가방 두 개를 끌어내리고 마치 마중 나온 사람이라도 있는 것처럼 서둘러서 객실 끝으로 달려갔다. 그것은 우스운 짓이었다. 누가 마중을 나왔을 리 없었다. 그러나 기대감은 사라지지 않았다. 기차가 멎자 용원은 급히 뛰어내려서 플랫폼에 나와 있는 군중들의 시선을 무시한 채 출구로 달려갔다. 역 앞에는 특별 증명서를 가진 외국인들을 목적지까지 안내하기 위한 푸른색 세단들이 대기하고 있었다. 운전사 한 명이 동양인으로서는 유일한 특권자인 용원을 보고 달려왔다. 운전사는 마음에 없는 인사와 함께 흰 장갑을 낀 손으로 증명서를 받아 쥐고는 여행 가방을 받아 트렁크에 넣었다. 용원이 차에 막 발을 들여놓으려는 순간, 한 젊은 여자의 목소리가 들렸다.

"오 박사님, 기다리세요! 오 박사님!"

그 여자의 목소리는 쾌활하고 달콤했다.

용원은 자신이 꿈을 꾸고 있다는 생각이 들었다. 그는 자신을 향해 달려오는 소녀가 동란일 거라고 반쯤 기대감에 차서 고개를 휙 돌렸다. 그러나 그 여자는 기차 안내원 아가씨였다. 그녀는 용원에게 담뱃갑을 내밀었다.

"이걸 두고 내리셨어요."

"고맙소."

용원은 친절한 여자에게 미소를 지었다. 그러고는 팁을 꺼내려고 주머니에 손을 넣었다가 멈칫했다. 그것은 자본주의적인 관례였다.

"고맙소."

용원이 다시 말했다. 여자는 고개를 끄덕이고는 돌아섰다. 용원은 여자가 역 안으로 들어가는 것을 지켜보았다. 중국에 온 지 사흘이 지났는데도 용원은 팁과 함께 고맙다는 말을 건네는 것이 인민공화국에서는 필요가 없다는 사실을 무심결에 잊곤 했다. 이곳에서는 동지로서 마땅히 해야 할 일을 한 데 대해서 감사를 표시하는 것은 자신의 우월감을 자랑하는 것에 지나지 않는 봉건의 잔재였다.

담배는 세 개비가 남아 있었다. 용원은 담배를 피워 물고 운전사에게 한 개비를 권했다. 그러나 운전사는 받지 않았다. 용원은 어깨를 으쓱하고는 차에 탔다.

용원은 담배가 반쯤 탔을 때 비벼 끄고는 의자에 등을 기대고 1927년에 마지막으로 보았던 도시의 모습을 유심히 보았다. 사람들은 광둥과 상하이에서처럼 모두 푸른 옷을 입고 있었다. 새로 지은 건물들은 특징이 없었다. 중앙 교차로에는 거대한 광고판이 걸려 있었다. 밝은 모습으로 팔을 낀 군중들이 행진하는 모습과 동지들의 단결을 당부하는 주석의 붓글씨가 붉은 바탕에 검은색으로 씌어 있었다.

햇빛을 반사하는 물은 전보다 더 깨끗한 것 같았다. 새로 닦은 길에는 나무들이 줄지어 서있었다. 거지들은 보이지 않았다. 그리고 깃발이 펄럭이던 야외 시장과 새를 팔러 다니던 노인들의 모습 또한 보이지 않았다. 이따금 길이 구부러지는 길목에서 얼음과자를 파는 행상인들이 보였다.

다시 피워 문 담배가 손가락까지 타들어가고 있었다. 용원은 얼른 담배를 껐다. 모든 것이 달라져 있었다. 그러나 여전히 허리를 굽힌 사람들이 짐을 많이 실은 수레를 끌고 있었다. 골목에는 빨래가 바람에 나부꼈고 굴뚝에서는 연기가 솟아올랐다.

용원은 호텔에 도착해서 방을 예약한 다음에 방에는 가보지 않고 다시 차로 돌아갔다.

"미안하지만 묵탑으로 갑시다."

그곳까지는 자동차로 몇 분밖에 걸리지 않았다. 용원은 길을 기억해내려고 애썼다. 그리고 거리를 유심히 살펴보면서 그 거리의 새 이름을 속으로 되뇌었다. 용원은 춘월이 자신을 옛집으로 데려가던 때와 같은 흥분과 행복과 기대감을 느꼈다. 마치 어린아이처럼.

갑자기 묵탑이 나타났다. 그리고 길 건너에는 한때 장씨 문종의 정원을 둘러싸고 있던 당당한 잿빛의 담이 보였다. 차가 완전히 멈추기 전에 사람들이 몰려들었다.

"여기서 얼마나 있을 겁니까?"

운전사가 물었다.

"당신은 호텔로 돌아가도 좋소. 오늘은 더이상 차가 필요 없소."

운전사가 머뭇거렸다.

"난 돌아가는 길을 알고 있소. 그리고 내게는 공적인 볼 일이 있소!"

용원은 차에서 내려 골목을 돌아섰다. 사람들이 용원의 뒤를 따라왔다. 사자상은 사라졌지만 대문과 공터는 용원이 기억했던 그대로였다. 용원은 어렸을 때처럼 달려가고 싶었지만 몸을 똑바로 세우고 담을 따라 걸어갔다. 벽에는 굵고 붉은 글씨로 격문이 쓰여 있었다.

'공산당 만세!' '대만을 해방시키자!'

드디어 입구에 다다랐다. 안을 기웃거려본 용원은 순간적으로 불안을 느꼈다. 자신이 잘못 기억하고 다른 집을 찾은 것이 아닌가 하는 생각이 들었기 때문이다. 안뜰에 겨우 사람 하나가 들어갈 수 있는 공간만 빼고는 작은 집들이 다닥다닥 붙어 있었다.

집은 이상할 정도로 조용했다. 마치 텅 빈 무대 같았다. 복도에는 숯덩어리가 놓여 있었고 위에는 빨래가 널려 있었다. 용원은 발을 멈추고 문을 돌아보았다. 문의 크기와 폭은 옛날 그대로였다. 문의 왼쪽 끝에서 세번째 돌에 자신의 이름 가운데 글자가 새겨져 있었다. 용재 아저씨가 새기지 못하도록 붙잡으러 왔기 때문에 한 글자밖에 새기지 못했다. 그것은 채옥과 관지가 산으로 들어가기 전, 그들이 장씨 집에서 함께 보냈던 마지막 설날 때였다.

용원은 천천히 좁은 골목으로 내려갔다.

"여보세요? 여보세요?"

용원은 큰소리로 불렀다. 집안에서 인기척이 났지만 대답은 없었다. 다시 뒤를 돌아보니 사람들이 대문에 몰려 있었다. 용원은 자신이 바라던 대로 혼자 있게 되자 갑자기 덜컥 무서운 생각이 들었다. 이제 어떻게 돌아가야 하는지도 모른 채 그는 계속해서 걸었다.

골목을 빙 돌고 나서야 용원은 자신이 어디 있는지 알았다. 토호문은 이제 다른 골목으로 빠지는 입구였다. 토호문은 한쪽 벽이 사라졌을 뿐, 기적처럼 조금도 손상되지 않은 채 남아 있었다. 용원은 토호문을 지나서 그들이 옛집을 떠나기 전날 밤에 춘월과 하풍이 칠보자기 상자를 파묻던 장면을 훔쳐보던 자리에 멈춰섰다. 용원은 다른 가보들은 오래전에 사라졌을지 몰라도 그 칠보자기 상자만은 그렇지 않을 거라고 확신했다. 춘월이 그것을 파냈을지 몰라도 아마 여전히 다른 어느 곳엔가 안전한 곳에 묻혀 있을 거라는 생각이 들었다.

용원은 몸을 돌려 현숙당을 바라보았다. 옛 모습 그대로였다. 그러나 그 옆에 있던 백양원은 흔적도 없었다. 용원은 갑자기 간부의 말이 떠올라 겁이 났다.

"그 후 그분은 죽었을 가능성이 크군요……."

죽었을지도 몰라. 용원은 머리를 흔들었다. 아냐, 그녀가 죽었다면 내 팔다리 하나가 잘려나가는 듯한 고통을 느꼈을 거야.

"여보세요? 물어볼 말이 있습니다. 미안하지만……."

그때 갑자기 팔 하나가 쑥 나오더니 덧문을 닫았다.

당신들은 내가 누군지 모르겠소? 용원은 소리치고 싶었다. 나를 알아보지 못한단 말이오? 나는 중국인이오.

"꺼져라, 외국놈아!"

누군가가 소리쳤다.

용원은 몸을 휙 돌렸다. 토호문은 구경꾼들로 꽉 차 있었다. 그들은 담에서부터 따라온 사람들이었다. 그중에서 누가 소리쳤는지는 알 수 없었다.

"난 여기에 살던 사람이오. 나는 나의 형수님인 장춘월 씨를 찾고 있습니다. 그분의 가족은 여기서 수십 세대를 살아왔어요."

사람들은 들은 척도 하지 않았다. 오히려 이해할 수 없다는 표정을 지었다. 조금 후에 빨간 스카프를 목에 두른 열두어 살쯤 되어 보이는 소년 하나가 가장 가까운 집에서 걸어나왔다. 소년은 머리를 미국 해병대 신병처럼 짧게 자른 모습이었다. 소년은 궁둥이에 양손을 대고 무시하는 듯한 태도로 똑바로 섰다.

"그 할망구는 여기서 살지 않아. 우리가 살고 있어. 우리 프롤레타리아가 산다고. 꺼져! 누가 당신이 좋대? 당신이 입은 옷은 외국놈들의 옷이야."

"하지만 이곳은 내 형수님의 옛집이다."

"옛집? 꺼져, 이 괴물. 악마!"

소년이 침을 뱉으며 소리쳤다.

절망에 빠진 용원은 다시 사람들을 쳐다보며 코트 주머니에서 춘월의 사진을 꺼냈다.

"여러분 가운데 이 분을 아시는 분 있습니까?"

한 노인이 손을 내밀었다. 사람들이 차례로 사진을 돌려보았다. 그리고 다시 용원의 손에 돌아왔다. 그러나 아무도 반응을 보이지 않았다.

"이제 여러분들도 모두 돌아가요."

소년이 소리쳤지만 아무도 움직이지 않았다.

"가요. 안 그러면 우리 형을 부르겠어요. 우리 형은 '인민 해방 군대'의 군인이란 말이에요!"

사람들이 천천히 흩어지기 시작했다. 용원도 묵탑을 바라보며 자리를 떠났다. 소년은 증오에 가득 찬 얼굴로 그의 뒷모습을 지켜보고 있었다. 왜 춘월이 이곳에 있을 거라고 그렇게 확신했을까? 용원은 춘월을 생각하면 으레 이곳이 떠올랐다. 그런데 이제 영영 만날 수 없단 말인가? 이제 호텔로 돌아가서 채옥과 관지를 찾는 일만 남은 셈이었다. 그들은 춘월의 유해가 어디 있는지 알 것이다.

그러나 소년의 시야를 벗어난 한 골목에서 조금 전에 사진을 받아 들었던 노인이 기다리고 있었다. 노인은 손가락을 입에 대며 용원에게 따라오라고 손짓했다. 그들은 멀리 가지 않았다. 노인은 구불구불한 골목을 몇 차례 돌아서 예전에 향신의 집이었을 듯한 곳에서 멈췄다. 드디어 가로등 불빛조차 거의 미치지 못할 정도로 좁은 모퉁이에서 노인은 대문 하나를 손가락으로 가리키고는 서둘러 돌아갔다.

용원은 주위를 둘러보았다. 아무도 없었다. 아무 소리도 들리지 않았다.

"형수님? 형수님!"

용원이 속삭이고 나서 문을 두드렸다.

문이 열렸다. 귀밑까지 머리가 센 작은 노파가 용원을 올려다보았다. 노파가 그의 손을 잡고 입을 열 때까지도 용원은 노파를 알아보지 못했다.

"난 자네를 기다리고 있었다네. 기다리고 있었어."

그녀의 목소리는 예전과 똑같았다. 춘월이 용원을 방안으로 잡아끌었다. 그들은 작은 식탁을 사이에 두고 마주보고 앉았다. 춘월은 용원의 손을 잡고 찬찬히 뜯어보았다. 그리고 그가 진짜 용원이라는 것을 확인이라도 한 것처럼 천천히 고개를 끄덕였다. 막상 도착해서 춘월을 만나고 보니 용원은 말을 꺼낼 수가 없었다. 용원은 불안하게 방을 둘러보고 다시 몇 번이고 춘월을 쳐다보았다. 춘월의 눈 역시 예전과 똑같았다. 눈언저리에 주름이 지기는 했지만 여전히 맑고 밝은 그녀의 눈에는 눈물이 맺혀 있었다.

방안에는 이것이 춘월의 방이라고 생각할 만한 것은 아무것도 없었다. 책도, 두루마리 족자도, 사진도 없었다. 그저 바닥에 쌓여 있는 냄비와 상자, 색이 바랜 침구 따위밖에 없었다. 풍로의 연기에 검게 그을린 벽에는 카키색 바지를 입고 가죽 장화를 신은 소녀의 사진 한 장만 덩그러니 걸려 있었다.

갑자기 춘월이 말을 꺼냈다. 그러고는 숨도 쉬지 않고 수년 동안 용원에게 해주려고 마음속에 쌓아놓았던 얘기들을 끄집어냈다. 춘월은 자신이 하고 싶은 말을 충분히 다 할 수 없을지도 모른다는 생각에 불안했다. 그래서 말이 앞뒤가 맞지 않았다. 춘월은 해외에서 공부했다는 이유로 혐의를 받고 지금은 과학원의 실험실에서 청소하는 신세가 된 원표와 명표에 대해서, 그리고 시골에서 학생들을 가르치는 신운에 대해서 얘기했다. 또 신장 집단 농장에 자원한 세 명의 증손자에 관해서도 얘기했다. 그리고 그곳에서 춘월 자신도 본 적이 없는 동란의 딸인 고손녀 옥춘이 태어났다는 소식도 들려주었다. 그리고 하풍에 대해서 얘기했다. 그가 뭘 하고 있는지는 잘 모르지만 잘 지내고 있다고 말했다.

그러고는 용원과 그의 가족에 대해서 묻고 용원이 가지고 온 사진들을 보았다. 거기에는 충칭에 있을 때 춘월이 중국어를 가르쳐주었던 낸시와 이제 대학원생인 메리, 그리고 쌍둥이 소년이 있었다. 춘월은 미소를 짓고 고개를 끄덕이며 몇 번이고 그들의 이름을 중얼거렸다.

"아이고, 애들이 무척 예쁘고 명랑하구나! 이런 애들은 부모에게 굉장한 보물이지."

춘월이 큰소리로 말했다. 춘월은 졸업식에서 연설하는 메리의 사진을 집어들었다.

"꼭 빼닮았구나."

춘월이 말했다.

어떻게 알 수 있을까? 용원은 이상하게 생각했다. 춘월은 자신의 딸을 본 적이 없었다. 아마 춘월은 메리가 채옥과 닮았다는 것을 알았을 것이다.

용원은 채옥 생각이 나자 자신이 그녀에 대해서는 한마디도 물어보지 않았다는 것을 깨달았다. 채옥은 아직도 나에게 반감을 가지고 있을까?

"잘 들으세요."

채옥은 용원에게 화를 내며 말했었다.

"외국인과 결혼한 당신에게 조국은 없어요. 메리, 낸시 그리고 당신은 이미 중국인이 아니에요."

용원은 당장 채옥을 만나서 얘기하고 싶었다. 하지만 무슨 얘기를 하지? 그녀가 옳았다고?

"형수님……."

용원이 말을 꺼내려다가 멈췄다. 춘월은 여전히 메리의 사진을 들여다보고 있었다. 그녀의 눈에서 눈물 한 방울이 떨어졌다. 혹시나 하는 불길한 예감이 스쳤다.

"조카는요?"

용원이 물었다. 춘월은 사진에서 시선을 떼지 않은 채 머리를 흔들었다.

"우리 딸애는……."

춘월이 속삭였다. 용원은 채옥이 죽었다는 것을 알았다.

"잠시 나는 이 아이가 채옥이라고 생각했어. 하지만……."

드디어 춘월이 고개를 들었다. 눈에는 아직 눈물이 반짝이고 있었지만 울지는 않았다.

"그건 이야기하기가 쉽지 않단다."

춘월은 탁자 위에 조심스럽게 사진을 내려놓았다. 한동안 침묵이 흘렀다. 춘월은 보온병을 들어 탁자 위에 놓인 두 개의 잔에 차를 따랐다. 용원은 춘월이 차를 마시는 동안 기다렸다. 춘월이 입을 열었을 때 그녀의 목소리는 마치 그녀로서는 낼 수 없는 고음을 있는 힘을 다해서 내는 것처럼 소리가 잘 나오지 않았다.

"해방 후, 내 딸과 관지, 신운과 그 애의 아내 그리고 나는 모두 함께 있었어. 우리는 현숙당에서 살았지. 나머지 집과 땅은 국가에 반납하고 말이다. 딸아이가 스스로 모범을 보이고자 했기 때문이었지. 나도 반대하지는 않았어. 일본의 쑤저우 점령과 국민당과의 전쟁 이후에 많은 사람들이 집을 잃었거든. 게다가 어르신네들과 큰어머니 금덕도 세상을 뜬 후라서 우리에게는 그 이상의 것이 필요하지 않았단다.

딸아이는 막중한 책임을 맡았지. 그 아이는 대장정의 참가자이자 지도적 당원이었어. 그 아이의 남편 또한 혁명의 영웅이었지. 신운과 그의 아내는 선생이 되었어. 나는 집에 남아서 그 애들의 자식을 돌봤지. 나는 새로운 시대에 적응하기로 마음먹고 스스로 일을 떠맡았어. 시간이 지나자 질서가 회복되더구나. 사람들은 일을 하고 거지는 사라졌단다. 포탄은 떨어지지 않았고 구두 한 켤레를 사기 위해 수레에 돈을 싣고 다니던 시절도 지났지. 모든 사람들이 가난했고 우리 모두가 목면으로 된 푸른 옷을 입었어. 식량이 배급되고 아이들은 내 전족을 보면서 놀려댔지만 그런 것은 아무 문제도 되지 않았단다. 난 오랜 삶 속에서 많은 것을 보아왔고 지금도 보고 있어. 공산당 사람들이 자기네 나름대로 옳은 길을 찾느라고 오랫동안 시행착오를 거듭했을 때도 나는 놀라지 않았어. 중국은 오래된 나라고 중국인은 많아. 나는 잘 되기를 바랐단다. 비록 내가 때로는 그러한 변화에 대해 공감하지 않은 적도 있기는 했지만 난 딸에 대한 신념이 있었으니까……."

춘월이 말을 멈췄다. 용원은 그녀를 껴안고 위로하고 싶었지만 참았다.

"그런데도……."

춘월이 말을 계속했다.

"삶에 향기가 없었던 것은 아니야. 뜰 밖에서 무슨 일이 일어나든 간에 우리는 뜰 안에 있었지. 안에서 우리는 한 가족이었어. 가정 말이다."

춘월이 깊은 한숨을 내쉬며 분명한 목소리로 다시 말을 이었다.

"딸애의 일은 비밀이 되었단다. 그러나 그것은 매우 중요한 일이었어. 1966년 봄에 유소기가 그 애를 데리고 외교사절로 파키스탄에 갔지. 난 자랑스러웠어. 나는 비단을 사서 그 애에게 드레스를 한 벌 만들어주었단다. 그것은 오얏꽃과 가지 무늬가 있는 연보랏빛 옷이었어. 딸아이는 돌아와서 그 드레스를 입고 저명인사들과 인사하는 사진을 내게 건네주었지. 나는 그 사진을 내 침대 바로 옆에 두었단다."

춘월이 말을 멈추고 구석의 좁은 간이침대를 쳐다보았다.

"나중에, 그 해 여름이었지."

춘월이 말을 계속했다.

"나는 그 아이가 남편과 두런대는 것을 자주 봤어. 그들은 종종 웃으면서 피곤하지 않느냐, 또 쉬어야 되지 않겠느냐고 내게 묻곤 했지. 그러나 그들의 미소에도 불구하고 그들의 눈에는 즐거움이 없었어. 증손 아이들은 자주 집을 비웠어. 관지는 갑자기 늙어 보였고 머리는 백발이 다 되었지. 또 잠이 잘 오지 않는다고 했어. 그래서 나는 왜 의사에게 진찰을 받아보지 않느냐고 꾸짖었지. 그러나 그 사람은 자신의 병은 치료할 수 없다는 말만 하더구나.

가을이 되자 신운과 그의 아내는 학교로 되돌아가지 않았어. 그 애들은 모든 학교가 문을 닫았다고 했지만 몇 주씩 어디론가 갔다오곤 했지. 그리고 중요한 일이 있을 때만 소집하던 반상회가 매일 밤 열리기 시작했어. 반상회에서 간부는 당과 정부, 군대, 학교 등에 침투해 있는 자본주의자들을 쓸어내야 한다고 했지. 우리는 몇 시간이고 대나무 방석에 앉아 진도가 늦은 학생들처럼 주석의 연설문을 읽고 써야 했단다. 하루는 이웃 사람 하나가 실수로 책을 떨어뜨렸는데 그 일 때문에 탈진할 때까지 나뭇가지에 매달려 있어야 했어. 나는 아무리 피곤하고 짜증이 나더라도 언제나 정신을 바짝 차리고 있었지.

그동안에 딸아이는 글 쓰는 일로 세월을 보냈단다. 그 아이의 체중이 줄어들었어. 그러고는 가끔씩 입을 꼭 다물고 이를 갈았어. 방을 쓸면서 나는 그 아이가 찢어낸 종잇조각을 보았지. 처음에는 대장정에 관한 글을 쓰고 있다고 생각했는데 나중에 알고 보니 당에 제출할 자아 비판서를 쓰고 있었던 거였지 뭐냐."

춘월은 침을 삼켰다. 그녀는 찻잔을 들어 천천히 입에 가져다댔다. 찻물이 떨어져 그녀의 푸른색 저고리를 적셨다. 그녀의 손이 떨리고 있었다.

용원은 상어떼가 우글거리는 바다를 헤엄쳐 홍콩으로 탈출한 난민들에 관한 얘기를 여러번 읽었었다. 우연한 일로 고양이를 불에 태워 죽인 사람이 주석을 모독했다는 죄로 처벌을 받은 적도 있었다. 중국어로 마오〔毛〕는 고양이와 동음이기 때문이었다.

모택동과 함께 대장정에 참가했던 채옥은 자아 비판서에 무엇을 썼을까? 채옥도 지나치게 큰소리로 울어대는 고양이를 키웠던 것일까? 춘월이 말을 계속했다.

"어느 날 아침, 가족이 모두 모였을 때였어. 10여 명의 홍위병들이 문을 박차고 들어오더구나. 그때 우리는 아침을 먹고 있었지. 내가 '감히 무슨 짓이냐'고 소리쳤어. 그러나 채옥이 나를 의자에 끌어 앉혔단다. 나는 내가 나서거나 말을 해서는 안 된다는 것을 알았지. 같은 홍위병이었던 동란 역시 잠자코 있었어. 그들은 책들을 화로에 태워버리고 내가 직접 수놓은 상자 속의 유품들도 화로에……."

춘월이 손을 저었다. 그러고는 주머니에서 손수건을 꺼내 얼굴을 가렸다. 용원은 다시 그녀를 위로해주고 싶은 마음이 들었다. 손이라도 잡아주고 싶었다. 그러나 춘월이 울게 내버려두고 눈을 감았다. 마지막으로 헤어지던 날, 자신을 보고 미소 짓던 춘월의 모습이 떠올랐다. 춘월은 여행을 할 때는 무슨 일이 있어도 그 상자만은 꼭 가지고 다녔다. 그때도 그 상자를 꼭 끌어안고 있었다.

춘월이 다시 입을 열었을 때 그녀의 목소리는 거칠어져 있었다.

"시간이 지나자 아이들이 소리를 지르고 침을 뱉고 주먹을 휘두르며 마구 날뛰더구나. 아이들은 우리집 창문과 벽과 문에 '반혁명 수정주의자' '사구악(四舊惡)의 숭배자' '인민의 적'이라고 글씨를 썼어!

그 후에 밤이 되어서 딸이 내 머리를 만지며 앉아 있더구나. 아무 말도 없이, 눈물도 흘리지 않고……'."

춘월이 말꼬리를 흐렸다. 용원은 말이 끝나지 않았다는 것을 알고 기다렸다.

밖에서 자갈에 물을 뿌리는 소리와 중얼거리는 소리, 문이 여닫히는 소리가 들렸다.

"4월 초하룻날, 딸과 사위가 체포되었어. 아무도 그 애들이 왜 붙잡혔고, 어디로 갔는지, 언제 돌아오는지 묻지 않았단다. 나중에 나는 홍위병들이 두 사람을 대중 집회에 내세워서 반혁명 음모죄로 고발했다는 것을 알았어. 증거가 제시되었지. '간부가 라벤더 비단 드레스를 입었다'는 죄였단다. 사진이 증거로 제시되었지. 그리고 셴후이 출신의 남자가 '그녀가 파키스탄에서 미제국주의자에게 편지를 띄우는 것을 목격했다'는 거야."

춘월은 다시 말을 멈추고 모든 것이 다 설명되기라도 하는 것처럼 '셴후이'라는 말을 중얼거렸다. 용원도 그 마을 이름을 들은 적이 있었다.

"셴후이라고요?"

용원이 물었다.

"그래. 북쪽에 있는 작은 마을이지. 수십 년 전에 그곳에서 졌던 빚을 아직도 갚지 못하고 있단다. 그곳은……."

춘월은 자신에게 말하고 있었다. 용원은 무슨 말인지 이해할 수가 없었지만 방해하게 될까봐 잠자코 기다렸다. 결국 춘월은 딸의 이름을 부르면서 기운을 되찾았다. 그러나 그녀의 말은 느렸다.

"채옥과 관지는 고백하거나 무릎 꿇기를 거부하면서 몇 번이고 당에 대한 그들의 충성을 강변했단다. 그들은 몇 주 동안이나 감옥에 갇힌 채 신문을 받아가면서 그들의 반역죄에 대한 반론을 썼어. 어느 날 모든 사람들이 말리는 데도 나는 감옥으로 그들을 찾아가서 그 애들에게 고집을 꺾으라고 애걸했단다. 그것밖에 새 출발하는 다른 길은 없었어.

감시병이 지켜보는 가운데, 나는 탁자를 사이에 두고 딸과 사위와 마주앉았어. 나는 탁자 위에 놓인 주석의 어록을 읽었지. '우리 모든 간부들은 지위 여하를 막론하고 인민의 종복이다. 우리가 하는 것은 무엇이든 간에 인민에 봉사하기 위한 것이다. 그렇다면 어찌 우리가 우리의 나쁜 습성을 버리는 것을 주저할 수 있겠는가?' 나는 계속해서 읽었어. '모든 언어, 모든 행동, 모든 정책은 인민의 이익에 적합한 것이어야 한다. 잘못이 있으면 시정해야 한다. 그것은 인민에게 책임을 진다는 것을 의미한다.' 나는 다른 장도 읽었어.

눈에 눈물이 마르더구나. 너무나 오래 참다보니 눈물이 돌로 변한 모양이라고 생각했지. 떠날 시간이 되었을 때 나는 그 애들에게 복종하라고 애원했어. '복종해라, 애야. 넌 복종해야 한다.' 내가 그렇게 말했지만 그 아이는 웃기만 하더구나. 그 애들은 섣달 스무이렛 날 자정이 조금 지날 때까지 기다렸어. 그것은 그 애들의 자살이 주석의 탄신일과 일치하지 않도록 해서 가족들에게 조금이라도 누를 끼치지 않겠다는 생각에서였단다. 나는 그 애들의 시체도 보지 못했어."

춘월은 아주 조심스럽게 손수건을 접어 주머니에 집어넣고 나서 고개를 들고 말했다.

"곧 나는 혼자 남게 되었지. 그러나 난 그곳에 머무를 수가 없었어. 딸의 영혼이 밤마다 부르짖는 것 같아서 말이다. 그 애가 죽자 사슬이 끊어지고 만 거란다. 나의 할머니가 나에 대해 예언했던 것은 결국 맞지 않은 셈이지."

이튿날 저녁, 춘월은 탁자에 앉아서 지난 5년 동안 살아왔던 작은 방을 둘러보았다. 이제 처음으로 이곳이 축제 장소가 되었다는 생각이 들었다. 붉은 비단 등불도, 자단나무 의자도 없었다. 그리고 눈 먼 이야기꾼도, 악대도, 광대도 없었다. 그러나 그녀의 왼쪽에는 그 자신이 모르고 있기는 하지만 아들인 남자가 있었고 오른쪽에는 어쩌면 그의 사위가 되었을지도 모르는 남자가 있었다. 춘월은 머리를 가로 저었다. 어쩌면? 만약? 그래서는 안 돼. 오늘밤은 안 돼.

춘월은 고급 포도주 병의 마개를 따고 하풍의 잔에 술을 따랐다. 하풍은 편안히 앉아서 만족스럽게 담배연기를 내뿜었다. 하풍은 어렸을 때처럼 다시 살이 쪘다. 그가 입은 회색 모직으로 재단된 모택동 복장은 맵시 있었고 그의 가슴 주머니에는 볼펜이 두드러지게 튀어나와 있었으며 윗옷에는 배지들이 붙어 있었다.

"넌 어떻게 해서 이런 것들을 얻게 된 거냐?"

춘월이 물었다.

보조개가 진 하풍의 얼굴에 미소가 떠올랐지만 대답은 없었다. 하풍은 단지 자랑스러운 듯이 어깨를 으쓱했다. 춘월은 하풍이 말하지 않을 거라고 생각했다. 결코 하지 않을 것이다. 그러나 춘월은 열여섯 살 신부 때처럼 기분이 들떠서 하풍이 비밀을 말하도록 달래보려고 애쓰면서 하풍과 자신의 잔에 독한 무색의 술을 따랐다.

"그래, 하풍. 어떻게 해서 이것들을 얻은 거야? 형수님 말씀으로는 이 정도의 고기면 한 가족이 한 달은 먹고 살 수 있는 돈이라는데 말이야."

용원이 춘월의 말을 보충하듯이 새우, 돼지고기, 통닭, 생선, 쇠고기가 수북이 쌓인 접시들을 손가락으로 가리키며 말했다.

"아, 재벌 나라에서 오신 아저씨께서는 사회주의 국가에서는 돈이 필요 없다는 것을 모르시는군."

"하지만……."

춘월이 재빨리 주위를 둘러보고 나서 속삭였다.

"배급표는 천국으로 가는 기차표보다 비싸지!"

모두 웃었다.

"정말, 그것은 소용없어. 아무것도 아니야."

하풍이 한숨을 내쉬었다.

"하늘이 무너지고 땅이 꺼져도 인민은 변하지 않아요. 그리고 나는 무슨 일을 하건 간에 쓸모 있는 인민을 정확히 가려내는 재능이 있죠."

하풍이 잔을 들며 소리쳤다.

"인민을 위해!"

"인민을 위해!"

잔이 비었다. 그리고 침묵이 흘렀다. 그것은 술처럼 포근하면서도 따스한 휴식이었다.

춘월의 생각은 세 사람이 함께 나누어가졌던 오랜 세월의 강바닥에 가라앉은 자갈처럼 반짝였다. 오늘밤까지는 깊이 파묻혀 있던 기억들……. 홍콩에서의 첫 몇 주 동안 그들이 머물렀던 호텔에서 춘월은 지금처럼 두 사람 사이에서 금덕에게서 온 편지를 읽었다. 금덕은 편지에서 자신이 어떻게 가짜 미치광이 노릇을 해냈고 자신을 해칠지도 모르고 장씨 가문에서 자신을 쫓아낼지도 모르는 사람들에게서 어떻게 자신을 보호했는지를 썼다. 어느 날인가 신운은 새로운 '국공합작'을 보도한 신문을 들고 집안을 뛰어다니며 소리를 질러댔다.

"할머니, 할머니! 우리는 이제 중국으로 돌아갈 수 있어요. 이제 집으로 갈 수 있어요!"

귀재는 제복을 입고 그날로 떠났다. 춘월은 그때 작은삼촌이 전쟁터에서 돌아오지 않으리라는 것을 예감했다. 그러나 삼촌은 행복해 보였고 몇 번이고 주먹을 불끈 쥐었다.

"내 관절염이 없어졌어. 난 이 점에 대해서는 일본놈들에게 감사한다. 그리고 내가 다시 군인이 된 것에 대해서도!"

그리고 용원은 그의 첫 저술인 〈돌아온 학생〉에 헌사를 써서 춘월에게 건네주며 부끄러운 표정을 지었다. 헌사에는 다음과 같이 씌어 있었다.

나의 형수님 춘월과, 최초로 모험을 떠났다 돌아오신 분 가운데 한 분이신 용재 아저씨께.

"우리가 홍콩에서 살 때, 하풍이 너는 돈을 얼마나 벌었다가 잃었지?"
춘월이 물었다.
그들은 젓가락으로 음식을 집으며 옛일을 회상하려고 애썼다. 그들은 실제 일어났던 일에 대해 서로 의견이 다르면 웃음을 터뜨렸다.
"과부들의 돈을 뜯어낸 것을 생각하면……"
하풍이 부끄러워하며 머리를 긁었다.
용원이 등을 뒤로 젖히며 두드렸다.
"하지만 그건 조카 돈이었어. 그 여인들이 가지고 있던 돈은 수년 동안 마작판에서 그들끼리 돌고 돌던 돈이었는데, 뭐!"
"그리고 너는 그 여인들에게 그 대가로 증권을 줬잖니!"
춘월이 그때 일을 상기하며 말했다.
하풍이 얼굴을 붉혔다.
춘월은 자신이 오늘밤 죽는다면 행복하게 죽을 거라는 생각이 들었다. 나의 첫사랑의 이름 한 글자와 두번째 사랑의 모습을 빼어 닮은 내 아들이 옆에 있다. 내 아들이 나를 '어머니'라고 부르지 않는다 해도 아무렇지도 않아. 저 애가 잘 살면 그뿐이야.
용원이 다시 잔을 채우며 입을 열었다.
"충칭에서 우리가 했던 놀이 기억나?"
"내가 그걸 어떻게 잊어? 나는 잃기만 했지. 잃기만 했다고!"
하풍이 주머니 속을 뒤집으며 말했다.
춘월이 한숨을 쉬며 입을 열었다.

"그게 내가 처음으로 마작을 했던 때였지. 그때 내가 몇 살이더라? 예순이었나?"

춘월은 잔을 들고 건배를 청했다.

"인생을 위해서!"

"인생을 위해서!"

"인생을 위해서!"

식사가 끝난 다음, 용원은 하풍에게 담배를 권했다. 그들은 춘월이 식탁을 치우는 동안 조용히 담배를 피웠다. 춘월은 지금이 꿈이 아니라는 것을 확인하려는 듯이 서두르지 않았다. 그리고 오늘밤이 특별한 밤이 아니라 수많은 날들 가운데 하나인 듯 행동했다.

차가 끓자 춘월은 각자의 잔에 차를 따랐다. 용원이 먼저 침묵을 깼다.

"조카, 공산주의가 어떻게 조카를 받아들였지?"

"아!"

하풍이 눈을 반짝이며 허리를 폈다.

"하지만 나는 결코 위험하지 않았어. 아저씨는 내가 혁명에 절대적으로 없어서는 안 될 사람 중의 하나라는 걸 모르지? 마르크스, 레닌, 스탈린 그리고 모택동 모두가 나의 만수무강을 빌고 있지. 나 같은 자본가이며 부르주아가 살아남아야 한다는 것을 이해하기 때문이야. 계급적인 적이 없으면 어떻게 계급투쟁을 할 수 있겠어?"

"이론적으로는 그럴지 모르지만……."

"도련님, 내가 설명해드릴게요."

춘월이 찻잔을 옆으로 치우고 의자를 앞으로 당겨 앉으며 말했다.

"모든 사람이 인민의 적이라는 낙인이 두려워서 보석과 황금을 강물에 내던졌을 때 하풍은 그의 귀중품을 주석의 어록 표지 사이나 주석의 초상화 뒤에 감추고 방을 도배해버렸어요. 그리고 아무도 그의 방에 관심을 갖지 못하도록 방에 오물 냄새를 피워놓았어요. 그래서 아무도 들어가려고 하지 않았고 그의 물건을 뒤지는 사람도 거의 없었어요. 그래도 하풍은 천연덕스럽게 앉아 있었지요. 그러면서 기다렸어요……."

"아주머니가 담배 한 개비만을 쥐고 앉아 있는 내 모습을 보셨더라면 아마 웃지 않을 수 없었을 거예요."

하풍이 너털웃음을 웃으며 말했다. 두 사람도 따라서 웃었다. 그들은 돌아가면서 노래라도 하듯이 한 사람이 웃음을 그치면 다른 사람이 곧 따라 웃어가면서 한참 동안 웃었다.

용원이 먼저 웃음을 멈췄다.

용원은 하풍이 웃는 동안 눈물을 닦으며 물었다.

"다른 사람들은 왜 그렇게 못한 거지?"

갑자기 웃음이 사라졌다. 하풍의 얼굴이 일그러졌다. 춘월은 하풍을 보자 그가 피어스 애로우를 타고 자신의 딸을 얻으러 왔던 그 봄날과 용선 경기를 하던 날의 모습이 떠올랐다. 춘월은 충동적으로 하풍의 손을 잡았다.

하풍이 씁쓸한 표정으로 입을 열었다.

"다른 사람들? 다른 사람들은 믿었다. 돈이 필요 없을 거라고 믿었기 때문에……."

하풍은 다시 미소를 짓고는 재빨리 머리를 흔들며 말을 계속했다.

"나는 모르겠어."

하풍이 자신의 배를 두드리며 말을 이었다.

"나는 사람들이 왜 암시장에서 물건 사는 것을 두려워하는지 도무지 모르겠어. 나는 언제나 속편하게 먹어치우고 나서는 당국에 대한 임무도 충실히 수행하고 있지. 하지만 그 사람들이 지금까지 내게 한 것 이상의 짓을 할 수 있겠어? 그들은 모든 부르주아는 썩었고 사악한 일에 쉽게 굴복한다고 선전하는 바로 그 사람들이야!"

썩었다고? 그렇지, 그렇고말고. 춘월은 생각했다. 그러나 하풍은 좋은 아이야. 친구로서는 좋은 사람이야.

춘월은 두 사람을 번갈아보면서 시간이 늦었다고 생각했다. 하풍이 용원을 호텔에 데려다줄 시간이 되었다.

"나는 꿈에도 생각하지 못했다. 나는 내가 살아서 이런 밤을 맞게 될 줄은 꿈에도 몰랐어!"

춘월이 부드럽게 떨리는 목소리로 말했다.

춘월의 눈에 눈물이 가득 고였다. 춘월은 눈물을 감추려는 듯이 고개를 흔들었다. 하풍이 춘월에게 몸을 숙이면서 속삭였다.

"아주머니……"

하풍이 부드러운 눈으로 춘월을 바라보며 머뭇거리다 말을 이었다.

"아주머니는 절망하시면 안 돼요. 아주머니는 분명히 더 많은 꿈이 실현되는 것을 볼 때까지 사실 수 있을 겁니다."

춘월이 고개를 저었다.

"아니야, 그렇지 않아. 사람은 만족을 알아야 돼. 그렇지 않으면 만신의 시샘을 사게 되거든."

춘월은 두 사람의 손을 잡았다. 오랫동안 세 사람은 묵묵히 앉아 있었다. 춘월은 호랑이 신발을 신은 어린 시절의 아들을 생각하며 아들의 곤추선 머리를 부드럽게 내리눌렀다.

"만약……"

"뭐예요, 형수님?"

"아냐, 그건 불가능해!"

"형수님. 우리 모두는 불가능한 것을 생각할 수 없을 정도로 늙었어요. 말씀하세요. 만약, 뭐죠?"

"만약 그 애들이 이리 올 수만 있다면, 우리 함께 쑤저우에 일주일만이라도, 아니 단 한 시간만이라도 모일 수 있다면……."

"아이들 말씀이시죠?

춘월이 고개를 끄덕였다. 춘월은 다시 눈물을 보이지 않으려고 애쓰고 있었다.

용원은 고개를 돌려 벽에 걸린 소녀의 사진을 보았다. 그때 하풍이 일어서서 담뱃불을 붙이고 연기를 깊이 들이마셨다가 내뿜었다. 그는 걸어가다가 다시 멈춰서 신중하게 입을 열었다.

"불가능하지 않을지도 모르죠. 중국과 미국의 국교 정상화와 함께……. 아마 가능할 겁니다."

하풍이 웃으며 고개를 끄덕이고는 말을 계속했다.

"나는 오늘밤 행복합니다, 아주머니. 애태우지 마세요. 모든 것은 저에게 맡기세요."

하풍은 자신보다 어린 아저씨에게 허리를 깊이 숙여 절을 하고 나서 말했다.

"존경하는 아저씨, 이제 우린 나갑시다!"

춘월은 문밖까지 따라 나갔다. 그리고 문에 서서 그들이 어둠 속으로 사라질 때까지 지켜보았다. 이윽고 문을 닫았을 때 두 사람의 웃음소리가 춘월의 귓전에 맴돌고 있었다.

쑤저우 시 근교의 완만한 비탈 위에는 잡초가 우거져 있었다. 돌보는 사람이 없는 무덤 위에도 풀이 높이 자라 있었고 묘비들은 부서져서 흩어져 있었다.

바다 건너에서, 시골에서, 변방에서 가족들이 모두 모였다. 언덕은 푸르고 바람은 포근했다.

모두 다섯 세대가 한 자리에 섰다.

어머니가 아들을 보고 나서 입을 열었다.

"은혜로운 조상님들, 오랜 세월 끝에 드디어 우리는 여기 모였습니다."

의례가 끝났을 때, 그들은 정오의 햇살이 비치지 않는 삼나무 아래 풀밭에 앉았다. 춘월은 가족들이 둘러앉자 그들이 알고 싶어했던 이야기에 귀를 기울이기를 기다렸다. 그것은 모두들 처음 듣는 이야기는 아니었다. 가장 어린 손녀를 제외한 모두가 전에 그녀에게서 들은 적이 있었던 이야기였다. 춘월은 반고 이야기부터 시작하곤 했다.

갑자기 멀리서 총소리가 들려왔다. 춘월은 눈을 감았다. 천천히 그리고, 조심스럽게 언덕을 오르는 장씨 가문의 옛 사람들의 모습이 눈에 선했다. 남자들은 검은 모자를 쓰고 술이 달린 공단 두루마기를 입고 있었다. 여자들과 아이들은 술이 달린 저고리와 수를 놓은 붉은색 치마를 입고 있었다. 그리고 두건에는 진주와 옥이 장식되어 있었다. 그들은 저마다 불이 지펴진 조그만 청동 향로를 들고 있었다.

춘월은 눈을 뜨고 팔을 뻗어 고손녀의 손을 잡았다.

❁ 옮긴이의 말

 번역을 하는 동안 많은 소설들이 떠올랐다. '치열한 생명력'에 가득 찬 〈토지〉, '가냘픈 몸으로 육중한 역사를 버텨내는 의지'로 가슴을 뜨겁게 덥혔던 〈바람과 함께 사라지다〉, 그리고 '아름답지만 슬픈 사랑'으로 내내 눈시울을 붉혔던 〈닥터 지바고〉. 마치 그 모든 소설을 동시에 읽는 느낌이었다.
 1938년 상하이에서 태어난 작가는 여덟 살에 아버지의 직업 때문에 미국으로 건너갔고, 1973년이 되어서야 고향에 돌아갈 수 있었다. 미국의 중국 대사였던 남편이 닉슨과 함께 중국을 방문한 다음 해였다. 작가는 미국에서 성장했지만 우리에게도 낯설지 않은 중국 문화와 역사, 그리고 정신을 정밀하게 재현하고 있다.
 이 소설은 중국 역사와 아름다운 중국 고전 시들을 각 장 앞에 복선처럼 배치하는 독특한 구성을 이루고 있다. 각 장을 읽은 다음에 다시 첫 부분으로 돌아와서 시를 읽으면 시에서 더 큰 감동을 느낄 수 있다.

다섯 세대를 거치며 살아가는 한 여인이 겪어야 하는 삶이란 거칠게 흐르는 흙탕물에 떠내려갈 수밖에 없다. 그것도 봉건시대, 근대, 현대를 동시에 온몸으로 뚫고 나가야 할 경우라면 그 소용돌이는 더욱 거칠었으리라. 그러나 그 흙탕물 속에서, 세월의 흐름에 휩쓸리지 않고 장대한 산맥이 이를 유유히 내려다보는 듯한 삶이란 얼마나 소중한가?

"가끔씩 가슴이 아프지 않다면 가슴이 있다는 사실을 어떻게 알 수 있겠느냐? 가슴앓이란 원래 시작도 끝도 없어서 때가 되면 좀 덜하다가도 또 심해지고, 그러다가 또 낫고 그러는 거란다. 새벽의 씨앗이 자라서 저녁이 되고, 황혼의 씨앗이 자라 아침이 되듯이 말이다."

죽어가면서 손녀에게 아름다운 세상을 보여주는 삶은 얼마나 가치 있겠는가? 이와 같은 정신이 산줄기를 이루고 있다면 흙탕물 속에서도 한 송이 꽃을 아름답게 피울 수 있음을 이 소설은 사실적으로 보여준다. 만나는 순간 이미 이별이 시작된다는 사실을 체득하고 있는 여인들, 그래서 수선화와 같은 봄꽃이 아니라 국화처럼 가을꽃만 수를 놓을 수밖에 없었던 여인들의 삶. 어떤 여인은 계절이 바뀌는 것을 막아보려고 애를 쓰고, 어떤 여인은 '태양이 빛을 발한 것을 후회하느냐고 태양에게 물을 수 없다'고 생각하며 계절에 몸을 맡긴다.

동양과 서양이 가장 격렬하게 충돌해서 온통 지도에 피를 칠했던 시기에도 인간에게는 변치 않는 사랑과 존엄성이 있었기에 이 소설의 웅장함과 우아함, 슬픔, 그리고 기쁨이 가능하지 않았을까. 책이 좋다는 사실을 일깨워주는 책이다.

영어로 풀어서 쓴 중국 지명과 등장인물들의 인명을 한자어로 바꾸는 작업은 쉽지 않은 일이었다. 한자어로 바꾼 지명을 다시 중국 현지음으로 고쳐주고 중국 근대사 속의 역사적인 사건들을 확인, 감수해주신 한정은 씨께 감사드린다.

2007년 3월
이동민

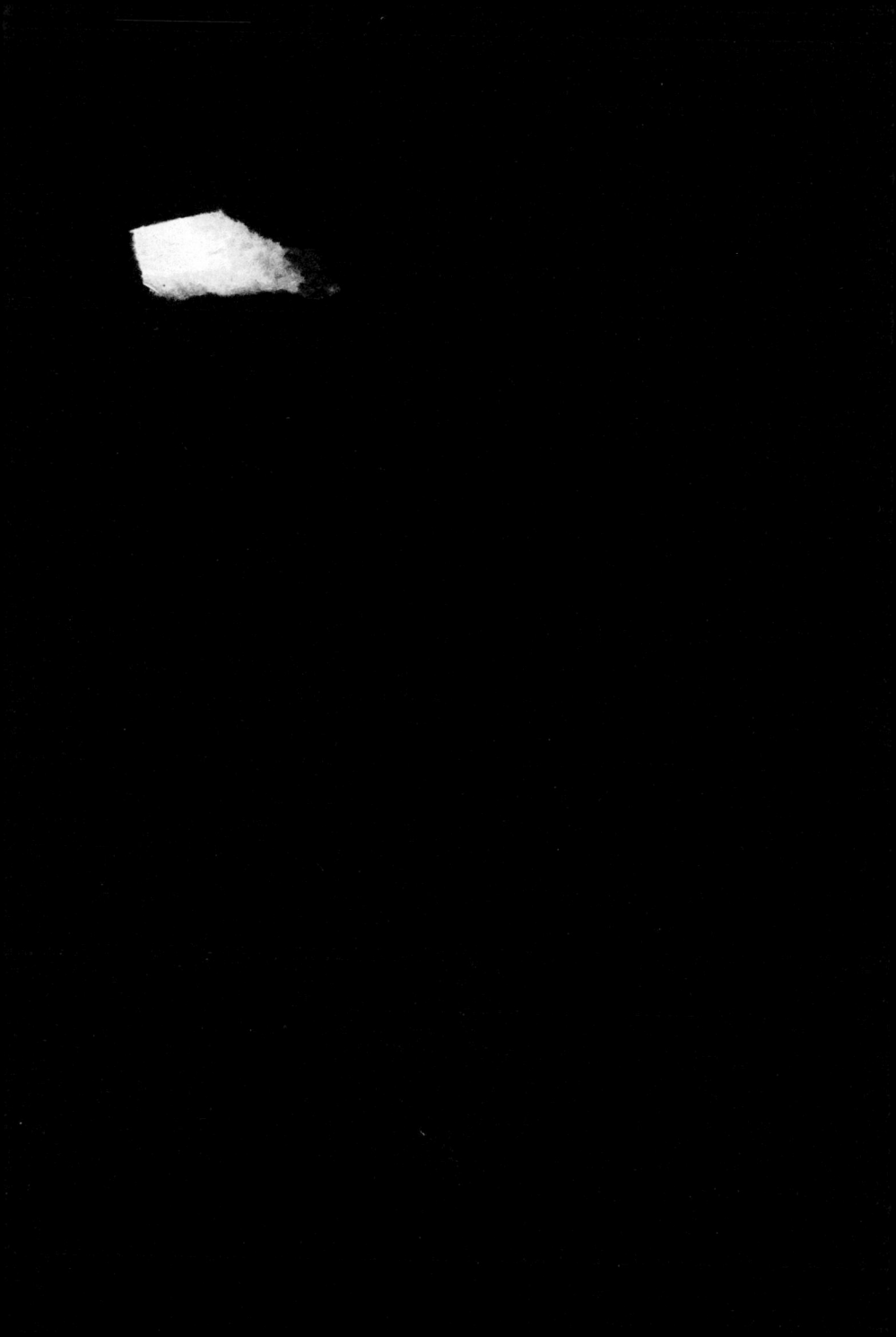